La región más transparente

Letras Hispánicas

Carlos Fuentes

La región más transparente

Edición de Georgina García-Gutiérrez

"Where the air is clear"

TERCERA EDICION

CATEDRA

LETRAS H ISPANICAS

Ilustración de cubierta: Rufino Tamayo.
Dos hombres en un paisaje (fragmento).

© Carlos Fuentes.
Ediciones Cátedra, S. A., 1991
Telémaco, 43. 28027 Madrid
Depósito legal: M. 33.575-1991
ISBN: 84-376-0328-1
Printed in Spain
Impreso en Anzos, S. A.
Fuenlabrada (Madrid)

Índice

Continental 18.95 7/98

2640

Introducción

Carlos Fuentes.

El escritor y México. La ciudad, la literatura mexicana, lo mexicano

> Cuando todo —por fin— lo que anda o repta
> y todo lo que vuela o nada, todo,
> se encoge en un crujir de mariposas,
> regresa a sus orígenes
> y al origen fatal de sus orígenes,
> hasta que su eco mismo se reinstala
> en el primer silencio tenebroso.
>
> JOSÉ GOROSTIZA, *Muerte sin fin.*

Carlos Fuentes nació el 11 de noviembre de 1928 en la ciudad de México y estuvo lejos del país durante la infancia, debido a que su padre, Rafael Fuentes Boettiger, perteneció toda su vida al cuerpo diplomático. La trascendencia del alejamiento casi ininterrumpido, la subrayan con tinta los apuntes biográficos sobre el escritor que, a veces, en mi opinión, dan la impresión de otorgarle un peso exclusivo. Este énfasis abre una brecha entre el niño, precoz cosmopolita, y la obra firmemente arraigada en México. El mismo Fuentes se ha referido con frecuencia a la peculiaridad de una infancia así, para iluminar los aspectos de su relación con México que pudieran haber repercutido en la configuración particular de su obra. En 1965 comunicó al auditorio reunido en el Palacio de Bellas Artes[1]:

---

[1] La conferencia se publicó el mismo año: «Carlos Fuentes habla de su vida y sus libros», «La Cultura en México», en *Siempre,* número 240, México, 29 de septiembre de 1965, págs. II-VIII. Se incluyó en el volumen colectivo: «Carlos Fuentes», en *Los narradores ante el público,* México, Joaquín Mortiz, 1966, págs. 137-155. Fuentes la reelaboró para «Radiografía de una década: 1953-1963», en *Tiempo mexicano,* México, Joaquín Mortiz, 1972, págs. 56-92.

11

Yo crecí fuera de México, en las embajadas que la lotería diplomática fue asignando a mis padres (...) y desde ellas siento que perdí ciertas raíces y gané determinadas perspectivas. México, para mí, era un hecho de violentos acercamientos y separaciones, frente al cual la afectividad no era menos fuerte que el rechazo. ¿Cómo penetrar en su mitología rampante, hacerla mía para después reducirla a la proporción que me interesaba? (...) ¿Qué actitud tomar, en mi vida y en lo que empezaba a escribir, ante las contradicciones de ese desorden básico en el que México es, crea y muere, y el orden inventado para ofrecer una semblanza de organización? ¿Cómo, en fin, darle palabras a todo esto, palabras mías...?

Si alguna respuesta pude dar a estas preguntas, están en mis libros. Pero si acabo de esbozar el impulso externo de algunos de ellos —sobre todo de *La región más transparente* y *La muerte de Artemio Cruz*— el impulso interno hay que buscarlo en otra parte, en otra raíz, quizás en la adolescencia (CF*, página 141).

Me parece que en las líneas citadas, el autor indica acertadamente las pautas para esclarecer los motivos de una producción tan ligada a México como la suya, a pesar de las ausencias. Así, como él sugiere, importa revisar el hecho menos valorado de una adolescencia y primera juventud vividas en su país de origen. Más allá de las interpretaciones de la crítica psicológica, tan sugerentes, me parece que junto a la significación innegable de la separación temprana, están los años que Fuentes permaneció en México porque corresponden a fases de formación intelectual. Las aclaraciones de Fuentes arriba incluidas contienen tanto el recuerdo de una niñez poco común como los razonamientos del hombre que se dedica a escribir, frente al lenguaje y la realidad específica que lo ocupan. La añoranza por la patria poco vista, la intensidad de los sentimientos conflictivos que le pudo haber despertado, cuadran perfectamente con la problemática sobre México, el ser del mexicano, el sentido de la historia, que ocupaba a los pensadores mexicanos desde antes de la Revolución[2]. Desde mi punto de vista el encuentro de las inquietudes personales de Fuentes con las preocupaciones y preguntas que la *intelligentsia* de México venía formulando se-

---

* Para las abreviaturas, véase la lista de las pág. 76.
[2] La Revolución catalizó la necesidad de reflexionar sobre la patria. Este acontecimiento histórico provocó una respuesta similar a la de la Generación del 98 frente a la catástrofe colonial, respecto a interrogarse como nación y a examinar el curso de la historia.

riamente, bien pudo haber dado forma a las cuestiones que generan la obra de este autor y la vinculan a un entorno específico. La presencia de la llamada filosofía de lo mexicano en la producción de Fuentes, asimilada de un modo muy personal (en parte como rechazo y crítica a los desarrollos estridentes de la década de los 50, cuando estaba en pleno apogeo y Fuentes empezó a escribir), y la calidad especial de las interrogantes que propone (el origen, la cultura, la historia, el mestizaje entre otras), le confieren un matiz característico a lo que escribe (más marcado al principio de su carrera). México, su destino y el de los mexicanos, la mitología prehispánica, la incorporación de la cultura mexicana, los modos de hablar, de comportarse, son varios de los intereses de Fuentes siempre vigentes en su obra que le descubren fuera de México como «escritor mexicano», y dentro, le inscriben en la corriente del pensamiento hispanoamericano conocida como filosofía de lo americano o de lo mexicano (México ha sido el país rector, por el número de sus adeptos, la calidad de los estudios, las numerosas décadas que ha influido; figuras relevantes son, por ejemplo, el filósofo Leopoldo Zea, los escritores Alfonso Reyes y Octavio Paz). Ésta podría ser «la raíz» a la que Fuentes se refiere, creo yo, que entrelaza íntimamente su literatura con la cultura mexicana, impensable sin sus aportaciones sustantivas.

Carlos Fuentes vuelve a México a los dieciséis años y radica allí hasta 1965[3]. Este es el lapso más largo que ha permanecido en el país y el periodo en que se encauzó el rumbo de su porvenir. Salvo los viajes acostumbrados y un año en el Instituto de Altos Estudios Internacionales en Ginebra (1950), residió en México durante dos décadas, aproximadamente. Fuentes regresa en plena adolescencia a una ciudad no exenta de toda clase de motivaciones, ciudad que llegó a ser, años después, el primer lugar en que se adentró para exponer los secretos de México por medio de la literatura. Es la época en que recaba experiencias e información que alimentarían *La región más transparente*, cuando empieza su «pasión por la vida nocturna en los bajos fondos de la ciudad de México. Asiste a la peña literaria de Cristina Moya, incursiona en las tardías vanguardias animadas por Adolfo Best Maugard y frecuenta prostitutas, magos, merólicos, exóticas y mariachis»[4]. Para el joven que reconocía su

    [3] La información cronológica sobre la vida de Carlos Fuentes se cotejó con los *Datos biográficos*, en «Carlos Fuentes», *Obras completas*, tomo 1, México, Aguilar, 1974, págs. 69-76.

    [4] Tomado de *Datos biográficos, ibíd., ídem*, pág. 70.

país, mientras se iniciaba en la profesión de escritor, la ciudad se reveló como objeto de conocimiento y como medio para profundizar en México, su historia y habitantes. Sin embargo, la atracción de Fuentes por las grandes ciudades (que parece guiarlo al escoger los sitios en que ha vivido durante la madurez) se empezó a delinear antes de su retorno a México, en donde adquirió la fuerza y halló las circunstancias para concretarse literariamente. La sensibilidad y gusto por lo urbano, la fascinación por los mundos y submundos que tejen la complejidad de las grandes ciudades, surgieron con el despertar adolescente. Recordando, el escritor cuenta cómo entonces lo impactaron, sucesivamente, Buenos Aires y México, dos de las ciudades que ha amado:

> ...en Buenos Aires, donde, con sabiduría que mucho les agradezco, mis padres decidieron sustraerme a la demagogia de la educación peronista para dejarme, chino libre, rodar día y noche por los cafetines de la Boca, los bares de la Vuelta de Rocha, los jardines tanguistas de Maldonado y El Tigre, donde reinaba Francisco Canaro y Aníbal Troilo «Pichuco», los rincones secretos de la Avenida Leandro Alem; será porque viví el México de las seducciones inocentes, (...) donde las vedas apocalípticas de los hermanos maristas en el viejo colegio Morelos eran estímulo suficiente para probar la fuerza del anatema en el teatro Apolo, en los palacios quejumbrosos del Buen Tono y Meave, en los escenarios que entonces dominaban Gema y Tongolele, Su-Muy-Key y Kalantán, Luis Arcaraz y Pérez Prado (CF, pág. 147).

Las ciudades, fuente enriquecedora de vivencias y material, marcan un aspecto característico de la producción de Fuentes que, al fin, abraza narrativamente a México y Buenos Aires en *Cambio de piel* (1967).

La vocación de Carlos Fuentes, su triunfo como escritor y su ciudad natal están estrecha, multifacética e indisolublemente ligados desde el comienzo de su carrera literaria, cuando tanto se compenetró con ella. En aquel tiempo, la avidez con que recorrió la ciudad de México, el extrañamiento con que la contempló, dieron lugar a cuentos y novelas cuya originalidad reside, en gran medida, en el hallazgo literario de la ciudad moderna y la consiguiente experimentación formal. Esa relación tiene el punto culminante en la primera novela de Fuentes que dio con ella a la ciudad de México la obra más sugerente y de mayores alcances de las que se le han dedicado. Gracias a Fuentes, la ciudad posee su novela en *La región más transparente* (1958).

Diez años después de haber regresado, Fuentes publica el primer libro, con la ciudad como escenario y presencia moldeadora de personalidades y destinos. Tres de los seis cuentos que forman *Los días enmascarados* (1954) revelan la indagación de esta veta de la realidad mexicana y la búsqueda de los medios expresivos adecuados para nombrarla. Si, por ejemplo, para «Chac Mool» y «Tlactocatzine, del jardín de Flandes», que relatan casos individuales en un marco ciudadano, el cuento fue el vehículo apropiado, no así para «Por boca de los dioses». Este relato ya persigue la idea de la obra total —tan cara a Fuentes— y pertenece al proyecto totalizador sobre la ciudad; manifiesta también tanto la ruptura formal con los géneros narrativos de ficción como los intentos experimentales hacia otra novela. El «desorden organizado» de «Por boca de los dioses» anticipa el tipo de estructura de *La región más transparente,* las rutas que seguirá la investigación de la «nueva novela» (meta artística de Fuentes) y al individuo que lucha en desventaja contra las fuerzas que oculta la ciudad de México (el pasado prehispánico soterrado y la modernidad enajenante). Los tres cuentos presentan la red de ideas conexas propias de Fuentes, sobre la identidad, el tiempo y el espacio. Respecto a la ciudad de México (como en *La región más transparente;* en otros textos, Guanajuato, Cholula, Londres, París), ya se la considera fuente histórica recargada de capas del pasado superpuestas, que pueden volverse presente por el conjuro de un personaje o por la determinación del tiempo cíclico.

Antes de Fuentes, a nadie había inquietado descorrer todos los velos de la capital de México (como el meollo del país y de la nacionalidad) y tampoco la renovación de la novela, estancada por así decirlo. Si la poesía había seguido un desarrollo constante y ofrecía un muestrario espléndido de posibilidades para continuar o rechazar, de tendencias poéticas firmes y variadas, no así la novela (una causa tal vez, de la «poeticidad» del estilo de Fuentes, quien para renovar la novela no partió directamente de la novela tradicional mexicana, sino de otras tradiciones artísticas, una de ellas, la poesía; el modo de escribir de Fuentes se permite un número muy alto de tipos de discursos o lenguajes, y el poético es de los preferidos). El género había atravesado por la práctica generalizada de la crónica revolucionaria o «derivación» testimonial de la novela; por la vida en el campo y la provincia; por los moldes convencionales, y allí se encontraba a principios de la década de los 50. En general, los novelistas mexicanos preferían no aventurarse ni técnica ni temáticamente. La novela de la revolución incluía a prosistas magníficos (Martín Luis Guzmán), narradores diestros y apasionados (José Vasconcelos), y había cumplido funciones muy claras: informar, legitimar la posición política e ideológica de una facción revolucionaria, contar la historia de la Revolución. Sin embargo, su hegemonía se fue volviendo monolítica, al no dar cabida sino a casos aislados de ensayos técnicos que no cuajaban en tendencias generales (Mariano Azuela). Los historiadores que hacían novela siguieron predominando cuando el tema de la Revolución ya era extemporáneo y la visión sobre los hechos bélicos se había convertido en la oficial. Contra esta situación se rebela Fuentes en sus primeras novelas *(La región más transparente* y *La muerte de Artemio Cruz),* que polemizan con la novela de la Revolución en varios niveles: como muestras caducas del género al que habían impedido desenvolverse (en este sentido, las novelas de Fuentes intentarían actualizarlo); como voceras de los que participaron en la Revolución (que Fuentes impugna en sus contenidos político, ideológico, social). Frente a los escritores de la Revolución, Fuentes aparece como el novelista que relata la otra historia, la verdadera, la que ellos no pudieron narrar. Así, desde el presente alejado cronológicamente de la época de la Revolución, Fuentes rastrea con y en sus novelas *(La región más transparente* y *La muerte de Artemio Cruz)* ese pasado de México y vuelve a contar las hazañas revolucionarias para confrontarlas con los resultados. De tal manera, destruye la novela de la Revolución como epopeya y escenifica (sobre todo en *La región más transparente)* la transición de un estadio de la novela mexicana a otro, dentro de obras ya situables en la modernidad.

El empuje vanguardista de Fuentes pudo prosperar gracias a la obra de tres grandes escritores que acababan de preparar el terreno: Juan Rulfo, José Revueltas, Agustín Yáñez. En el ensayo «Radiografía de una década: 1953-1963», Fuentes hace un balance cultural y describe la situación de la literatura anterior a la aparición de su propia obra:

> …dos novelistas, Agustín Yáñez y Juan Rulfo, cumplen la paradoja de cerrar el ciclo temático de las novelas de la tierra y de la revolución y, al transformarlo técnica, artísticamente, abrir el camino a la novelística moderna de México: tumba y parto simultáneos, conversión de la decadencia en culminación y nueva apertura (pág. 84).

Si algo asombra de la biografía de Fuentes es la perspicacia y olfato literarios para valorar, oportunamente, la potencialidad

16

artística de temas y materiales que no habían llamado la atención, empleando antes que la mayoría una gama amplísima de técnicas y recursos heterogéneos (así se adelantó, nuevamente, con *La cabeza de la hidra,* 1978, una de las novelas de espionaje y misterio mejor logradas en México, sobre conflictos nacionales e internacionales provocados por la recién estrenada riqueza petrolera mexicana). Respecto a la trascendencia de su descubrimiento de la ciudad, simultáneo a la comprensión del momento que vivía la novela en México, escribe Fernando Benítez[5]:

> La ciudad nunca había atraído a los novelistas ocupados en describir los episodios de la revolución o la vida de los poblados. No tenía una cara, sino miles de caras; no era una ciudad, sino un sistema de ciudades divorciadas, irreconciliables, absurdas, contradictorias (pág. 37).

Es muy claro que la primera novela de Fuentes logró una renovación no sólo por la novedosa inclusión de la ciudad, las clases sociales y el pasado prehispánico, sino por romper la timidez e inercia de los cultivadores del género. Desde *La región más transparente,* Fuentes abrió y entreabrió puertas a los escritores de su generación y de generaciones posteriores, mexicanos y aun hispanoamericanos. El empleo de diversas técnicas literarias, de novedades tipográficas, el rompimiento con las tradiciones vigentes y la utilización original de tradiciones artísticas olvidadas ocasionan que la modernidad irrumpa, a través de la obra de Fuentes, contra el localismo como única y loable ambición literaria. Más de dos décadas después de haber sido publicada, no extraña, pues, que *La región más transparente* haya conmovido el curso de las letras en México y que el año en que apareció se emplee para deslindar épocas literarias.

Acerca de la significación que muy pronto obtuvo la obra de Fuentes, el chileno José Donoso comenta en el Prólogo a *La muerte de Artemio Cruz*[6]:

> Creo no exagerar al afirmar que la resonancia internacional de *La región más transparente* dio un importante empujón de estímulo y esperanza a toda una generación de hispanoamericanos que hasta entonces creíamos que nuestras voces importaban

⁵ Benítez, Fernando, «Prólogo» a *ibíd, ídem* págs. 9-68.
⁶ Donoso, José, «Prólogo» a *ibíd., La muerte de Artemio Cruz,* en *ídem,* págs. 1057-1063.

sólo dentro del ámbito de nuestros pequeños países. Para el que escribe este prólogo, la lectura de esta novela, en el momento en que la leyó, que fue el de su aparición, significó un gran estímulo al presentar la posibilidad de que uno de nosotros, de los de nuestra generación, osara intentar algo tan audaz como pareció entonces esta novela, pese a sus defectos y excesos (páginas 1059-1060).

Carlos Fuentes es la figura más controvertida del llamado «boom latinoamericano» (sobre el cual se han escrito toda suerte de comentarios) que unió a una generación de novelistas de América latina, en torno a intereses comunes acerca de la novela. El aliento que cohesionó a hispanoamericanos sin importar fronteras, dio lugar a una revitalización del género literario y a la producción de novelas importantes. En el caso de Fuentes, defensor de la novela, ese aliento se ha concretado en obra de creación y en los ensayos acerca del tema, especialmente los del libro *La nueva novela hispanoamericana* (1969), manifiesto de su teoría del género y visión panorámica, generacional, de la obra de otros escritores contemporáneos. Para Fuentes, el «boom latinoamericano» representó, por un lado, la posibilidad de ser reconocido como latinoamericano («nacionalidad» de los novelistas del «boom») y así seguir uno de los ideales de la filosofía de lo americano, y, por otro, participar en la elaboración de la cultura de América latina (él, que vivió de niño en Río de Janeiro, Montevideo, Santiago de Chile, Lima, Buenos Aires, tal vez más que ninguno, pudo captar el significado de esa comunidad novelística). Así, quizá más que a Gabriel García Márquez y Mario Vargas Llosa (dos de los integrantes del «boom»), y en otro sentido que a Julio Cortázar (otro integrante, también preocupado teóricamente por la novela), a Fuentes le importó conseguir la identificación de los novelistas de su generación como artistas que estaban creando, simultáneamente, obras originales y trascendentes. El entusiasmo de Fuentes, la convicción de que valía la pena difundir la «nueva novela hispanoamericana», la fe en la propia capacidad y en la ajena, lo convirtieron en el catalizador del reconocimiento de las novelas de autores hispanoamericanos[7]. Fuentes (como la mayoría de los miembros del «boom») tuvo que ignorar la ausencia de la crítica diestra e ir a contrapelo de la opinión pública. Haber corrido el riesgo de escribir una novela, la primera, del tipo de *La región*

---

[7] Véase Donoso, José, *Historia personal del «boom»,* Barcelona, Anagrama, 1972.

más transparente (en cierto modo, compendio y revisión de la historia y la cultura de México), conllevó críticas sobre la pureza y legitimidad del género; sobre las fronteras entre letras extranjeras y nacionales. Las censuras partieron, predominantemente, de críticos hispanoamericanos y se dirigieron, sobre todo, al uso de los modelos externos o técnicos (Joyce, Dos Passos, Faulkner) que emparentan la obra de Fuentes con la literatura anglosajona[8]. No obstante, si los ímpetus de la «obra de juventud», como se clasificó inmediatamente la primera novela de Fuentes, merecieron la desaprobación de la crítica hispanoamericana, asimismo ocasionaron el aplauso de estudiosos y escritores (Alfonso Reyes se contó entre los últimos). La falta de recursos e información de la crítica en general, impidieron que muchos críticos se dieran cuenta de las dimensiones de lo que podría llamarse «movimiento literario», por lo cual, inevitablemente, los mismos novelistas tuvieron que criticar la obra de sus colegas. (Actualmente, la novela hispanoamericana del «boom» ha creado un nuevo tipo de sensibilidad y cuando se la ataca no es por «miopía».) En seguida, cito los comentarios de Julio Cortázar en una carta a Fuentes sobre *La región más transparente* (datan de la época de «gestación del boom») porque ilustran la mentalidad abierta de un gran escritor ante la obra del joven que empieza, la capacidad para valorar los aciertos y los errores de la novela (capacidad que caracterizó a los integrantes del «boom») y lo que podría llamarse el «espíritu» del «boom»[9]:

> Pero desde ya quiero mostrarle nuestra verdadera y auténtica fraternidad: leyendo su novela, he subrayado centenares de pasajes, y he escrito al lado: «Argentina.» Me imagino que usted ha podido hacer lo mismo con algunos libros nuestros (...). Además usted abarca con la misma eficacia la ciudad y el campo, cosa poco frecuente y admirable en la novela, donde o se es como Balzac y Proust, o como Giono o Ramuz. Por si fuera po-

---

[8] El Comité de Estudios Latinoamericanos de la Universidad de Washington organizó un simposio sobre la nueva novela en 1966. Esta reunión permitió a los críticos intercambiar opiniones sobre el «boom», la literatura de América latina, la novela. Sus ensayos ilustran la diversidad de criterios para evaluar la obra reciente de los novelistas del «boom»; están en Schulman, Ivan A., Manuel Pedro González y otros, *Coloquio sobre la novela hispanoamericana,* México, Fondo de Cultura Económica, 1967.

[9] En *Obras completas,* t. 1, México, Aguilar, 1974, págs. 135-139.

co, sus diálogos son verdaderos diálogos, no ese extraño producto que inventan tantos novelistas (pienso en Mallea, por
ejemplo) como si jamás hubieran hablado con el vecino, con su
amante o con el inspector de réditos. Pienso en los excelentes
diálogos de Gabriel, Beto y Fifo y en los de los «niños bien» tan
parecidos en todas partes del mundo, pero tan difíciles de
sorprender exactamente en sus diversos grados de prostitución
verbal (págs. 136, 139).

Es claro que la lectura de las novelas modernas propició el
acercamiento y conocimiento de los escritores-lectores y del
público de los países de América latina por mostrar las afinidades y las diferencias. El «hispanoamericanismo» de los novelistas rompió con las restricciones de las capillas literarias nacionales y aportó concepciones nuevas sobre la nacionalidad, la
novela, el campo y la ciudad, la realidad (mitos, lo «real maravilloso»). Respecto a la ciudad y sus ligas con el campo, Fuentes
(como lo hace notar Julio Cortázar, y a partir de *La región más
transparente*) muestra la interrelación, pues la ciudad para él es
por excelencia el sitio de encuentro del país. La migración de
los campesinos depauperados, por ejemplo, es una de las razones sociales y literarias por las que campo y ciudad están conec-
tados en la obra de Fuentes. La inclinación de Fuentes por la
ciudad de México tiene que ver necesariamente con su interés
por las clases sociales, debido a que, como él lo demuestra,
en una nación centralista, en la capital se hacen y rehacen
fortunas, se sube o baja socialmente. La ciudad de México
es el punto de reunión, en el que convergen mexicanos desde
todas las partes del país, el lugar en que se cruzan destinos y se
decide la historia. De estos atributos de la ciudad de México
(descubiertos por Fuentes) arranca la descripción y caracterización de la región que da nombre a la novela y en la que está situada la capital del país. Esta región, rodeada por el campo y
las montañas, es el escenario de la primera novela de Fuentes, en
el que se observa (como lo aprehende el autor) el ir y venir de
los personajes, sus ascensos y descensos sociales; es la región
que ha presenciado todos los momentos decisivos de la historia
de México. Ciudad y campo interdependientes literariamente, a
la manera en que lo están en la realidad, es una fracción de la
faceta «lo verdadero» de la realidad en la literatura de Fuentes
(que tiene también «lo verdadero» de la historia, como ya lo
mencioné). En lo que se refiere a la «verdad social», ésta se
presenta con un cariz crítico y está relacionada con la observación y el manejo de la historia, y también con la renovación de

la novela. Dentro del proyecto de analizar todos los grupos y clases sociales de México, para dar una tipología total del mexicano, el sondeo de la alta burguesía es el más profundo y Fuentes le ha dedicado varias obras. El acierto de Fuentes respecto a la «nueva burguesía» y a la más nueva clase media radica en que aquilató las posibilidades narrativas de dar a conocer su consolidación y las causas históricas de su surgimiento (hallazgo de importancia semejante al de la ciudad). En la solicitud de beca al Centro Mexicano de Escritores (1956) se lee cómo Fuentes tenía plena consciencia del estado de la narrativa y de la originalidad de la empresa que se proponía:

> Al aprovechar esta beca, pienso llevar a cabo la realización de una novela —«La región más transparente del aire»— en la que intento abordar, dentro del marco social de la vida urbana de México durante un periodo de años, el hecho, tan visible y tan pocas veces tratado por nuestra novelística, de la estructuración por vez primera en México, de una clase media y una alta burguesía.
>
> El encuentro de esa novedad histórica con los elementos —crueles, vitales— del México pétreo, eterno, establece, a la vez, mi tema y mi intención.

Las clases sociales, aspectos de la ciudad de México moderna, son fundamentales en la obra de Fuentes, sobre todo la burguesía. Los nexos de Fuentes con este estrato social, el que tal vez conoce mejor, le permitieron el desenfado de diseccionarlo con tranquilidad. Carlos Fuentes departió y observó a los burgueses como analizó y habló con los de baja extracción social. Reviviendo esa época, Elena Poniatowska recuerda al joven escritor [10]:

> En las fiestas, Carlos Fuentes se sienta junto a las madres que chaperonean a las hijas que pronto sacará a bailar y les pregunta ¡oh imprevisible! de qué tela es su vestido, si su bolsa de noche proviene de Hermès o de Dior y termina por apostarles diez contra uno a que llevan puesto Chanel número 5 (difícil ¿eh?). Las señoras, primero extrañadas, se encantan con él: «Ay, este Carlitos tan inteligente!». Después, Fuentes, fogoso y trepidante, baila con Pimpinela de Ovando, con Gloria Siegrist, con María Elena del Río y con la preciosa Celia Chávez, y se coloca muy en medio del salón, a la vista de todos, al

---

[10] Poniatowska, Elena, «Prólogo» a Carlos Fuentes, *Cambio de piel*, México, Promexa, 1979, págs. vii-xxx.

alcance de las orgullosas miradas de las chaperonas: / Yo soy / el icuiricui / yo soy / el macalacachimba (págs. VII - VIII).

Una parte significativa de la crítica de Fuentes se dispara, precisamente, contra los burgueses a quienes confronta con la verdadera imagen y censura en sus propios términos, al revelarles la ramplonería y ridiculez de los primeros pasos, la descomposición moral. Esta crítica es más fuerte en *La región más transparente* y en *La muerte de Artemio Cruz*, aunque para Fuentes siempre ha sido primordial mostrar al lector la manera de ser y actuar de los poderosos. Porque es un escritor polémico y provocador, y la crítica que practica siempre define al destinatario, la obra de Fuentes ha molestado a conciencias tranquilas. Él y sus textos han ocasionado repulsas, en el fondo puramente políticas, y su imagen pública carece del ángel de un García Márquez o de un Vargas Llosa. Fuentes expone críticamente a la derecha y a la izquierda (de ahí los resentimientos de ambos polos) mexicana e internacional y es el autor que mejor ha retratado los altos estratos sociales mexicanos. Por consiguiente, Fuentes es, ante todo, el novelista a quién tocó definir a la burguesía mexicana como clase social con una definición que caracteriza e impugna a la vez. Este papel, que singulariza el lugar que ocupa en la historia de la literatura mexicana, podrían describirlo las frases de Natasha, quien dice en *La región más transparente:*

> ¿Nuevos ricos que no saben qué cosa hacer con su dinero, que sólo tienen eso, como un caparazón de bicho, pero no todas las circunstancias, cómo se dice... de gestación que en Europa hasta a la burguesía le dan cierta clase? Claro, la burguesía en Europa *es* una clase; es Colbert y los Rotschild, pero es también Descartes y Montaigne y producen un Nerval o un Baudelaire que la rechacen (pág. 298).

La novela que pudiera representar a la nueva burguesía mexicana y a la ciudad de México, productos de condiciones diferentes a las europeas, tuvo que nacer distinta de las opciones novelísticas que la precedían. Por eso, la «nueva novela» de Fuentes surge como el rompimiento con lo establecido (ya lo dije: la novela costumbrista, la campestre o provinciana, las memorias de la Revolución) y como la prolongación de otras tradiciones, mexicanas y extranjeras. El propósito de «modernizar» el género o de ajustarlo a determinados fines, sin desarraigar su obra de la literatura mexicana, guió el escrutinio de Fuentes en

las técnicas literarias extranjeras, simultáneo a la valoración de
lo mexicano (mitos, léxico, cultura) como fuente riquísima e in-
tocada (salvo por la poesía). De este modo, la obra de Fuentes
funde procedimientos de las letras contemporáneas (predominantemente anglosajonas y francesas) que habían experimenta-
do en la novela, con asuntos extraídos de la realidad mexicana;
asimismo, aplica técnicas inspiradas en el lenguaje cinematográfico y entronca voluntariamente sus textos con la cultura
mexicana, por ejemplo, al recolectar todo lo existente sobre el
tema que le ocupa (sin importar el campo artístico o no artístico
del que provenga) para refundirlo novedosamente (por ejemplo,
lo que había sobre la ciudad de México, reaparece o se considera en *La región más transparente)*. De este modo, Fuentes encuentra recursos y materiales de los que su escritura se apropia
distintivamente. La preocupación por actualizar la novela mexicana se debe a su concepción «evolucionista» del género, es decir, que esta novela o la hispanoamericana se habrían rezagado
respecto a aquellas que no se mantuvieron estáticas. Esta idea
es, creo yo, uno de los motivos de su estudio de los ejemplares
más «avanzados» del género para modificar el estadio de la novela mexicana, ya que, «en todo caso —piensa Fuentes—, una
literatura no se crea de la noche a la mañana, ni se trasplanta.
Más bien, cumple una serie de etapas que no pueden quedar
pendientes, so pena de tener que regresar a ellas con escasa
oportunidad»[11]. Así, la observación de la novela anglosajona en
busca de elementos innovadores se debió tanto a las características contemporáneas vanguardistas de muchas de sus novelas
como a la familiaridad de Fuentes con la literatura escrita en
inglés (hizo los estudios primarios) en Washington, 1934-
1940, y lo mismo escribe en inglés que en español). El vínculo
con la obra de James Joyce, William Faulkner, John Dos Passos, D. H. Lawrence, Malcom Lowry, etc., o Jean Genet,
Michel Butor, Alain Robbe-Grillet, Nathalie Sarraute, etc.,
asemeja la producción de Fuentes a la de los demás integrantes
del «boom».

Son numerosos los campos a los que Fuentes recurre para la
elaboración de sus textos que, por lo mismo, remiten a información abundantísima. En lo que se refiere a las herencias culturales que confluyen en la obra de Fuentes, voluntariamente
buscadas en muchas ocasiones, éstas se asimilan en textos que

---

[11] Fuentes, Carlos, *La nueva novela hispanoamericana,* México, Joaquín Mortiz, 1969, pág. 11.

pueden considerarse cada uno como la suma cultural que entrecruza lo mexicano y lo extranjero. Por aspirar a la creación de textos que sean nacionales y universales, a la vez, los cuentos y novelas de Fuentes encierran una intención de síntesis y mezclas culturales, y revelan una mentalidad abierta, sin prejuicios. Desde estas consideraciones, a la par que las que pudieran provocar las reflexiones sobre la mexicanidad, ejemplificadas en *La región más transparente,* y la íntima vinculación con la filosofía de lo mexicano, podría decirse que la obra de Fuentes representa esencialmente a México, nación mestiza. La primera novela de Carlos Fuentes se inclina más obviamente hacia la mexicanidad u «originalidad» y, en este sentido, las palabras de uno de sus personajes sirven para describir esta «nueva novela» sin limitarla; dice Manuel Zamacona:

> Lo original es lo impuro, lo mixto. Como nosotros, como yo, como México. Es decir: lo original supone una mezcla, una creación, no una puridad anterior a nuestra experiencia. Más que nacer originales, llegamos a ser originales: el origen es una creación (págs. 196-197).

En la actualidad, sería muy difícil concebir un proyecto global sobre la ciudad y las clases sociales a la manera de Fuentes. Ya quedó muy atrás el momento preciso en que se pudo abarcar en una sola obra, *La región más transparente,* la imagen panorámica de la capital de México y sus habitantes. Entre la ciudad moderna de la década de los años 50 y el Distrito Federal de los 80, existen cambios abismales (baste decir que la población se triplicó; los modos de ser de sus clases sociales son cada vez más complejos; las poblaciones de marginados o «ciudades perdidas» forman un cinturón de miseria alrededor de la urbe sin urbanismo). Sin embargo, el mismo Fuentes (y sus seguidores) ha seguido revelando el comportamiento, los gustos, las ambiciones y todo lo cambiante de las distintas clases sociales de México, en especial de la burguesía (y de quienes están estrechamente relacionados con ella: los artistas, los intelectuales). En 1979, Fuentes anunció la publicación de una novela (todavía sin aparecer), *Ciudad perdida*[12], que podría formar

---

[12] Es imposible prever si el escritor mantendrá este título tentativo; me parece pertinente mencionarlo, sin embargo, porque en la última novela (*Una familia lejana,* México, Era, 1980) la idea de «ciudad perdida» es una especie de *leit motiv,* significativo porque cualquier texto que Fuentes publique, habrá sido escrito durante una de sus ausencias más largas (sólo visita México, breve y esporádicamente).

parte del ciclo sobre la ciudad y habitantes (cuyo título polisé-
mico —cfr. *supra*— tal vez alude al retorno del escrito a sus temas, sin la pasión de *La región más transparente*), y quizá con-
tinúe el tono nostálgico y decepcionado de algunos pasajes de
Una familia lejana, hasta ahora la última novela del autor. En
ésta, se presenta el personaje Carlos Fuentes que responde a las
observaciones de su amigo europeo:

> —Supervielle nació en Uruguay; es de allá, como usted, dijo
> Branly...
> —Oh, exclamé, Buenos Aires, Montevideo, son mis ciudades
> perdidas; han muerto y nunca regresaré a ellas. La patria final
> de un latinoamericano es Francia; París nunca será una ciudad
> perdida (pág. 28).

Las palabras de Branly velan (¿o amplían?), significativamente, la especificidad de la procedencia del Fuentes ficticio,
mexicano en la novela, con la reducción «allá» (sudamericano:
centroamericano, mexicano o hispanoamericano), el *la bàs*
irrecuperable para el interlocutor que afirma su nacionalidad
latinoamericana. Entre *Una familia lejana* y *La región más
transparente* están los numerosos libros que ha escrito Fuentes,
el tiempo transcurrido y, sin embargo, pese a las diferencias y a
la particularidad de cada texto, ambas novelas participan de la
coherencia que une toda la obra del escritor. La experiencia y la
madurez han refinado la expresión de las tesis y preocupaciones
que impregnaron la obra primera de Fuentes, pero básicamente
siguen siendo las mismas. La motivación que originó la literatura inicial del escritor persiste todavía, como claramente lo demuestra, una y otra vez, cada obra publicada: México es la mira de su arte y la fuente de la cual proviene. La lejanía física del
escritor, desde hace mucho una de las celebridades mexicanas,
podría entenderse a la luz de las condiciones especiales a las
que un escritor en México tiene que sobreponerse, sobre todo
cuando su producción tiene una carga política tan fuerte como
la de Fuentes. Independientemente de los conflictos que conlle-
va adoptar en público una posición política, están también las
circunstancias que han favorecido a muy pocos autores en el
logro de la libertad económica. Si algún escritor mexicano ha
conseguido poder vivir exclusivamente de y para su profesión,
es Carlos Fuentes, en gran parte a causa de su proyección internacional (gracias a la cual pudo volverse al caso diferente y que
lo empuja fuera de México), que ha multiplicado sustancial-
mente los derechos de sus numerosos libros (con un número

impresionante de traducciones y ediciones). Sin embargo, la actitud de Fuentes hacia la literatura y hacia su carrera sirvió para ayudar a cambiar favorablemente las condiciones limitantes (por lo menos en cuanto a mentalidad), pues mostró o creó la posibilidad de otra alternativa:

Fuentes inaugura en México una modalidad sorprendente nunca jamás vista: la literatura como carrera, como profesión. Antes de Fuentes, los escritores eran funcionarios públicos y además escritores, burócratas y escritores, siervos de la nación que demandaba su lealtad de escritores. Teñían su escritura con la suave melancolía del sacrificio y la entrega a la Patria. No podían comprometerse totalmente con ella; guardaban mucho bajo silencio, lo que ellos sabían no lo iban a revelar; había un honor del escritor, pero ese honor no radicaba en la escritura, sino en todo lo que escondían en aras del lábaro patrio. Eran solemnes, aburridos y desencantados. Y su obra reflejaba esta grisura (...). Al asumirse como escritor, Fuentes abrió las puertas para los que vendrían detrás de él. Ni Agustín, ni Sáinz, tendrían miedo de comunicarles a sus padres que ésa era su vocación: allí estaba el ejemplo de Fuentes[13].

---

[13] Poniatowska, Elena, op. cit., págs., xi, xii, xii.

La identidad mexicana y la obra de Fuentes. La historia, la cultura

Desde 1944 hasta 1965, Fuentes vive en la atmósfera formativa de la ciudad de México, cumple los requisitos de la educación universitaria, publica libros. Desde antes de ingresar en la Facultad de Derecho de la Universidad Nacional Autónoma de México (1951), cultivó la amistad de dos escritores, Alfonso Reyes y Octavio Paz. Estas influencias intelectuales marcan a Fuentes, confieren direcciones a su obra y, al parecer, también son los maestros y guías que reafirmaron su vocación. En los años que cursaba estudios secundarios y preparatorios (1944-1949), Fuentes convive con Reyes en Cuernavaca durante las vacaciones. No es difícil imaginar conversaciones entre ellos sobre México y España, la profesión de escritor, las literaturas mexicana, española, griega. Fuentes reconoce el ascendiente de Reyes, al igual que los de Paz y Novo (sobre los que volveré más adelante), como acepta, sin ocultarlas, las deudas y parentescos que hicieron posible la factura de su obra. La afinidad entre Reyes y Fuentes podría ser llamada espiritual e intelectual, ya que a pesar de las diferencias que saltan a la vista (cultivan distintos géneros, se enfrentan casi divergentemente a la lengua, a la política, a la vida), el novelista manifiesta de un modo u otro las enseñanzas del sabio amable. La selección de algunos puntos para la reflexión (la cultura, lo universal, lo nacional, etc.), lo mismo que algunas concepciones sobre los mismos, parecen llegar a Fuentes por medio del ejemplo de Reyes, a quien llama el «primer arquitecto de la literatura moderna en México». Si alguien, con justicia, puede ser considerado el seguidor de Reyes —en el sentido más rico del término— en México, es Carlos Fuentes. No es que el novelista prosiga, literalmente, todos los aspectos que hicieron de Reyes un hombre de letras y mucho menos que lo siga por los mismos caminos. Es que, como buen discípulo, Fuentes tomó de Reyes aquello, y sólo aquello, que él, con su formación y talento particulares, se sentía llamado a continuar. La obra de Fuentes está salpicada de referencias y homenajes a la obra de Reyes (por ejemplo, el título de esta novela), de citas suyas. Sin embargo, la obra de Fuentes y la de Reyes están ligadas profundamente de varios modos, también porque ambas pertenecen a las mismas tradiciones, desprendidas de la filosofía de lo mexicano (que tuvieron la oportunidad de conocer desde sus respectivas juventudes). Que Reyes ha sido un modelo para Fuentes, lo expresan directamente las frases siguientes:

> Pero no hay libro huérfano, y a la hora de los reconocimientos, creo que son tres los escritores mexicanos que continuamente han flotado sobre mi máquina de escribir [Reyes, Novo, Paz]. En primer lugar, Alfonso Reyes. Reyes libró la guerra contra el chovinismo estéril con el argumento de que una cultura sólo puede ser provechosamente nacional si es generosamente universal (...). Reyes nunca pidió permiso, en aquellos años del exequátur nacionalista, para ser lo que su vocación y su genio le revelaban (...). Su obra sigue siendo el más válido ejemplo entre nosotros de la experiencia literaria fiel a sí misma (...). En Reyes, todo reductivismo o negación era dañino para el cuerpo individual y colectivo: al traducir la cultura occidental a términos latinoamericanos, nos estaba defendiendo, con tanta actualidad como un guerrillero (...). A su lado, en fin, y con la gracia de una admiración que nació desde mi niñez, con mis padres en la Rua das Laranjeiras del Río de Enero, aprendí que la disciplina es el nombre cotidiano de la creación (CF, págs. 141-142).

La identificación rebasa los fines culturales de los dos escritores, la actitud común ante la cultura, el rigor profesional o la pluma prolífica que tanto los asemejan. Claramente, la producción de Fuentes arranca de muchos señalamientos de Reyes como escritor y como intelectual dentro de la filosofía de lo mexicano. Concretamente, *Los días enmascarados* y *La región más transparente* (los primeros libros de Fuentes) recuperan y prolongan dentro de la narrativa, planteamientos de *Visión de Anáhuac (1519)*[14]. Reyes escribió este ensayo en Madrid (1915),

---

[14] En Reyes, Alfonso, *Obras completas*, t. 2, México, Fondo de Cultura Económica, 1956, págs., 10-34.

cuando trabajaba en el Centro de Estudios Históricos, con una intención explícita de ilustrar a los lectores españoles sobre México. Los ensayos celebran la belleza del Valle de México, nombran su vegetación, describen todo aquello que capturó la atención de quienes lo contemplaban por vez primera. El orgullo nostálgico de Reyes inventó un paisaje inspirado en los libros de crónicas sobre Tenochtitlán y en los textos que festejaron la belleza y el esplendor, la riqueza cultural de los aztecas. El lirismo de Reyes buscó las expresiones de asombro ante lo que fue el mundo del Anáhuac en los libros de historia, y con esos testimonios refuerza su voz: no es el único en haberse maravillado ante el territorio, la naturaleza, la cultura de México. Reyes ve, o recuerda el país como nativo y como extranjero que lo descubre por primera vez y se dirige a los que nunca lo han visto como mexicano. Esta disociación de la perspectiva para observar a México (desde dentro y desde fuera, a la vez), y la necesidad de transmitir lo que es el país a quienes lo desconocen (aun a los mismos mexicanos), serán iguales en Fuentes, quien agregará la crítica de lo visto. *Visión de Anáhuac (1519)* congrega todas las visiones pertinentes sobre el Valle de México y por ello da cuerpo a una tradición ya existente, pero a la que faltaba ser revelada en cuanto tal. La tradición nace en la historia (las crónicas), pasa por la poesía, el ensayo, se reorganiza y vivifica en *Visión de Anáhuac (1519)*, cobra vuelo en la crónica de la ciudad *(Nueva grandeza mexicana* de Salvador Novo) y culmina en los cuentos y novelas de Fuentes (particularmente en «Por boca de los dioses» y *La región más transparente).* Que Fuentes tuvo en cuenta que partía de *Visión de Anáhuac (1519)* y las ramificaciones propuestas por esta obra, se nota en las menciones, en las alusiones a la literatura sobre el tema, en el mismo título de su primera novela (extraído del epígrafe de Reyes a *Visión de Anáhuac (1519): Viajero: has llegado a la región más transparente del aire).* Son varias las concepciones implícitas en *Visión de Anáhuac (1519)* que Fuentes retoma y amplía en *La región más transparente* acerca de lo mexicano, del valle de México como foco histórico y expresivo de la identidad mexicana, de la historia y la cultura mexicanas y universales:

Lo nuestro, lo de Anáhuac, es cosa mejor y más tónica (...). La visión más propia de nuestra naturaleza está en las regiones de la mesa central: allí (...) la atmósfera de extremada nitidez, en que los colores mismos se ahogan —compensándolo la armonía general del dibujo; el éter luminoso en que se adelantan las cosas con un resalte individual (...) en su *Ensayo Político,* el barón de Humboldt notaba la extraña reverberación de los rayos solares en la masa montañosa de la altiplanicie central, donde el aire se purifica.

En aquel paisaje, no desprovisto de cierta aristocrática esterilidad, (...) bajo aquel fulgurar del aire y en su general frescura y placidez, pasearon aquellos hombres ignotos la amplia y meditabunda mirada espiritual. Estáticos ante el nopal del águila y de la serpiente —compendio feliz de nuestro campo— oyeron la voz agorera que les prometía seguro asilo sobre aquellos lagos hospitalarios. Más tarde, de aquel palafito habrá brotado una ciudad (...). Más tarde, la ciudad se había dilatado en imperio, (...). Y fue entonces cuando, en envidiable hora de asombro, traspuestos los volcanes nevados, los hombres de Cortés («polvo, sudor y hierro») se asomaron sobre aquel orbe de sonoridad y fulgores —espacioso circo de montañas.

A sus pies, en un espejismo de cristales, se extendía la pintoresca ciudad, emanada toda ella del templo, por manera que sus calles radiantes prolongaban las aristas de la pirámide.

Hasta ellos, en un oscuro rito sangriento, llegaba —ululando— la queja de la chirimía y, multiplicado en el eco, el latido del salvaje tambor (págs. 16-17).

Sin embargo, si este texto sugirió tanto a Fuentes como muestra acabada y culminante de una tradición que funde historia, poesía, para cantar al Valle de México (tradición que de hecho empezaron los españoles), no fue así en la actitud mesurada, sin conflictos de su autor. Fuentes descarta lo idílico y si usa las imágenes de lo mexicano (que empezaron a crear Reyes y otros intelectuales como símbolos de la casi naciente «nacionalidad mexicana») es para contradecir, precisamente, todas las visiones optimistas respecto a México y ésta es una de ellas. De este modo, los símbolos nacionales son acogidos, en el discurso de Fuentes, para criticarlos en lo que tienen de anquilosado, de anacrónico, de oficial (la ideología institucional o de los poderosos los empleó más tarde para alimentar la confianza en su capacidad directiva). Así, *La región más transparente* es la negación de lo establecido, gracias al uso de la tradición, por lo que águila, serpiente, nopal, Anáhuac, lagos, son elementos de un mundo opresivo (diferencia enorme al empleo de Reyes)[15]. Así, la transparencia del Anáhuac de Fuentes es distinta a la perci-

---

[15] Cfr. los parlamentos inicial y final de Ixca Cienfuegos en *La región más transparente* págs. 143-147 y 546-565.

bida por los viajeros de antaño, pues consiste en haber revelado una región (geográfica, histórica, cultural) encubierta o desvirtuada por el tiempo. El Valle de México, para Fuentes, ya no puede ser o seguir siendo la utopía para nadie y, menos aún, para los descendientes directos de los antiguos pobladores del Anáhuac atrapados allí por circunstancias históricas, sociales y por la supervivencia de la mentalidad mítica.

Impulsado por las directrices de la filosofía de lo mexicano, Fuentes revisará la historia mexicana en busca de explicaciones para entender el presente; sondeará en los mexicanos para comprender el por qué de una identidad nacional e individual fracturada y dispersa; profundizará en la cultura de México para ver qué es rescatable. Estas acciones vertebran toda su obra, le dan la coherencia que he mencionado y pueden ser vistas, creo, como la manifestación de una problemática (de un individuo, pero también presente en lo que lo rodea) que el escritor asume como proyecto vital. De esta manera, cada nuevo texto de Fuentes se ubica dentro de un movimiento (de ida y vuelta) hacia el pasado de México y, al mismo tiempo, dentro del programa hacia lo universal (como en Reyes, la universalidad se busca ligando la cultura occidental con la mexicana, por ejemplo: lo griego más lo prehispánico; un ejemplo: *Zona sagrada,* 1967, introduce la mitología griega, para dar a conocer a la madre mexicana castrante, mito nacional y madre de Mito, el hijo desprovisto de personalidad). El movimiento hacia el pasado del país se detiene y profundiza en los momentos cruciales de la historia de México, que para Fuentes (y para la corriente del pensamiento mexicano a la que pertenece) son: la conquista de México (el nacimiento de una nación); la Revolución mexicana (la adolescencia del país o etapa en que se definieron rumbos de la historia y rasgos de la nacionalidad); el presente (desde el que observa el pasado para confrontar causas con resultados; presente que abarca los gobiernos de Manuel Ávila Camacho y Miguel Alemán Valdés, la época inmediatamente anterior a cuando empieza a escribir). También se ocupa de la etapa de la dictadura de Porfirio Díaz, el pasado causante de la Revolución y, excéntricamente, de la época del Segundo Imperio o gobierno de Maximiliano de Habsburgo (en el cuento «Tlactocatzine, del jardín de Flandes»; en la novelita *Aura,* 1962; en la obra de teatro *El tuerto es rey,* 1970). El sondeo de este periodo europeizante de la historia de México lo iguala, como otros puntos, al dramaturgo Rodolfo Usigli, quien también se interesó por la pareja imperial y por el mexicano sin identidad propia. Fuen-

31

tes, pues, se remonta hacia el principio que condicionó la dirección de la historia mexicana y, más aún, que imprimió caracteres particulares a la mexicanidad. El origen como la coyuntura decisiva de la vida de un ser, hombre o país, impele a Fuentes (igual que a otros inscritos dentro de la filosofía de lo mexicano) a examinar las dos vertientes iniciales de la nacionalidad mexicana: la indígena y la española. De esta manera, lo prehispánico es considerado atentamente, y desde varios ángulos, en *Los días enmascarados, La región más transparente, La muerte de Artemio Cruz, Cambio de piel,* etc., y cuando recurre al empleo de lo fantástico, en sus textos cobra forma un patrón cultural: el pasado prehispánico sin asimilar (como en algunos pensadores indigenistas a ultranza) se convierte en una amenaza incontrolable. De esta manera, demuestra cómo la nostalgia por lo prehispánico da vida a algo muerto, vengativo, que la presencia del sacrificio ritual, la justicia poética de Fuentes, domeña temporalmente (por ejemplo, los actos de los guardianes, en *La región más transparente,* tienen el fin último de revivir ese pasado y el sacrificio ritual, infructífero, conduce a la muerte de la mujer amada y a la anulación total de la personalidad del ejecutor; si en este caso se castigó a la mujer que negaba y se avergonzaba de su lado indígena, en «Chac Mool» y en «Por boca de los dioses» se ajusticia a quienes están obsesionados por recuperar y perpetuar lo prehispánico que cobra vida para aniquilarlos; en *Cambio de piel,* la pirámide, sobre la que se edificó una iglesia católica, se desploma, con todos los estratos del tiempo ido, sobre los personajes atraídos casi necrofílicamente por todo lo pasado). La crítica ideológica a posiciones extremas de la filosofía de lo mexicano, como es la añoranza por lo que pudo haber sido la civilización prehispánica sin la interrupción de la conquista española, está implícita en el sacrificio ritual al que recurre Fuentes en varios textos suyos, pero esta crítica se da desde la misma filosofía de lo mexicano. De esta manera, la ambigüedad literaria acoge todos los matices de esta mentalidad, para criticarlos, pero su autor no escapa al influjo de uno de ellos o de ciertos aspectos de todos los demás. Así, cuando Fuentes se enfrenta al hecho trascendental de la conquista española, retoma los símbolos creados por los pensadores mexicanos y la explica en los términos convencionales: la fatalidad en el encuentro de dos culturas propició la aparente realización del mito (el regreso de Quetzalcóatl, previsto por la religión azteca y su supuesta encarnación en la figura de Hernán Cortés): el choque entre dos grupos con caracteres étnicos distintos, ejemplificado en la relación hombre-mujer del conquistador Cortés y la conquistada Malinche (conceptos que subyacen en algunas reflexiones sobre el mestizaje). Entonces, la escenificación del momento mismo de la conquista española y de las circunstancias que la acompañaron, se efectúa en *Cambio de piel,* por primera vez, en la obra de Fuentes (es uno de los tiempos que se alternan en la novela); es la anécdota de *Todos los gatos son pardos* y una de las narraciones de *Terra nostra* (1975), novela monstruo que funde y reutiliza los textos sobre Tezcatlipoca, Quetzalcóatl —todos los que tienen que ver de algún modo con la conquista—, para concretar al doble, tan propio de la manera de Fuentes de presentar los conflictos sobre la identidad en la literatura; de igual modo este material se reelabora y refina para *Una familia lejana;* estas dos últimas novelas ejemplifican el sacrificio ritual, subrayando aún más el cariz destructivo de lo autóctono o prehispánico, presente en la misma personalidad del mexicano mestizo, junto a lo occidental en la concreción individual dentro de una familia; como la parte mítica (bella y amenazante) de la cultura y de la historia de México. Fuentes, pues, hace uso de Cortés y de Doña Marina o la Malinche como símbolos del origen de México y trata de explicarlos y entenderlos:

> *Respuesta y contestación, Todos los gatos son pardos* es a la vez una memoria personal e histórica, pues indagar sobre nuestros orígenes comunes para entender nuestra existencia presente requiere ambas memorias en México, el único país que yo conozco, además de España y los del mundo eslavo —no en balde excéntricos, como nosotros— donde preguntarse, ¿quién soy yo?, ¿quién es mi papá y quién es mi mamá?, equivale a preguntarse, ¿qué significa toda nuestra historia?[16]

La pareja original, formada por los símbolos culturales Cortés y Doña Marina, padres del mexicano, es analizada y expuesta por Fuentes como la de seres que amaron, ambicionaron, con tintes muy especiales. Fuentes subraya, a la manera de una línea de pensamiento dentro de la filosofía de lo mexicano, cómo esa unión repercutió en problemas de identidad que se repiten en las generaciones posteriores de mexicanos[17]: la madre,

---

[16] Fuentes, Carlos, «Prólogo» a *Todos los gatos son pardos,* Barcelona, Barral, 1971, pág. 17.

[17] Algunas variantes de las relaciones familiares están en *La región más transparente* lo mismo que los problemas individuales para enca-

subestimada, violada o sometida (que además olvida su lengua para enseñar al hijo la paterna); el padre, fuerte, ausente; el hijo, ilegítimo, no deseado (con una personalidad escindida, por así decirlo, que se relaciona conflictivamente con cada rama de su origen doble). Las abstracciones simbólicas de la genealogía del mexicano, en Fuentes tienen que ver con la transposición o identificación entre el ser del mexicano y el del país. No sorprende que rastree en ambas ramas del árbol genealógico para encontrar los motivos de cuestiones que afectan al país y al mexicano. Fuentes sondea y agota la rama de lo prehispánico, que de algún modo casi siempre toma en cuenta en sus textos: ya porque sirva de fuente (mitos, leyendas, tradiciones), ya porque aparezcan personajes relacionados peculiarmente con las civilizaciones precolombinas (son frecuentes los personajes con «fiebre arqueológica», por ejemplo). Sin embargo, lo prehispánico y lo indígena como temas habían atraído, especialmente, a narradores-antropólogos o recopiladores de tradiciones orales, pero toca a Fuentes descubrirlos para la literatura de ficción propiamente dicha. El enfoque particular de lo prehispánico, casi siempre teñido del horror propio de un mundo sangriento e indomable (incrustado en el «inconsciente» del país), fue modelado por Fuentes para la narrativa. Con ello, se enfrentó al nacionalismo paternalista que ensalzó todo lo prehispánico *per se,* como reacción a la ignorancia y subestimación cultural con que había sido tratado. Un antecedente, el más lejano, de este tratamiento fantástico está en la poesía de José Juan Tablada (1871-1945). Tablada, uno de los poetas más innovadores de las letras mexicanas (introdujo en la lengua española el haikú o haikai japonés), tiene poemas en que se condensa la fascinación horrorizada ante el rito y la mitología aztecas; de unos versos de «El ídolo en el atrio» proviene el título del primer libro de Fuentes *(Los días enmascarados)* que, con esta selección, manifiesta cómo la poesía es uno de los cimientos más fuertes de su obra. La poesía y lo prehispánico reelaborados dentro de la misma línea de Tablada por un poeta posterior, también se imbrican en las consideraciones de Fuentes sobre el tema. Octavio Paz es, sin duda, una influencia determinante (como tanto se ha señalado) para el pensamiento de Fuentes

_____

rarse al origen personal o del país. La ilegitimidad de Federico Robles se trasmite a Manuel Zamacona (padre e hijo sin saberlo); Norma Larragoiti, al igual que otros personajes, vive conflictivamente por ocultar la parte «vergonzosa» de su pasado.

respecto a México, el mexicano, su historia. En lo que se refiere a lo prehispánico, el novelista ha seguido de cerca al poeta. Actualmente, ambos comparten un número significativo de concepciones y de imágenes que prolongan la filosofía de lo mexicano en una percepción crítica, pesimista, de los planteamientos iniciales de la misma filosofía. De este modo, la visión desfavorable hacia lo prehispánico, igual en la obra de los dos escritores, como causante de los residuos que lastran al país (la mentalidad y el sistema sociocultural, entre otros), se sublima en símbolos inspirados en ese pasado de México, precisamente. La pirámide, el sacerdote, el sacrificio aztecas, las más sobresalientes de esas imágenes simbólicas, se utilizan como categorías para explicar la realidad y la historia mexicanas. Asimismo, se las relaciona con la idea del tiempo mítico o circular que reitera cíclicamente (aun en otro nivel temporal, por ejemplo, la época contemporánea) el comportamiento del sumo sacerdote (equiparado al presidente del país) que oficia en la gran pirámide (el país y la estratificación de clases, por ejemplo) para presidir, nuevamente, el sacrificio ritual (cualquier evento que altere el orden existente y en que aparezca la violencia física, en dimensiones nacionales). Es innegable la belleza poética, gracias al espléndido uso del lenguaje, que los dos autores han logrado con el cúmulo de imágenes comunes (que ya ha originado su propia crítica ideológica o política). Que los dos las emplean con distintos objetivos literarios se nota en la selección de los géneros diferentes que cultivan. Por su parte, Fuentes recurre a estas interpretaciones sobre México, a través de las mismas imágenes que Paz, a partir de *Los días enmascarados* y, más obviamente, desde *La región más transparente* (por ejemplo, el desarrollo de los acontecimientos que involucran a Ixca Cienfuegos, Teódula Moctezuma y Norma Larragoiti ejemplifican, en lo individual, las ideas señaladas). En *Cambio de piel,* Fuentes destruye simbólicamente la pirámide recargada de simbolismos basados en lo precolombino, en el enfrentamiento de la conquista, etc.; asimismo, dicen los personajes[18]:

El delirio —La pura pirámide, dragona. ¿No admiras la estética de la construcción? En México todo se hace en forma de pirámide: la política, la economía, el amor, la cultura... Hay que aplastar al de abajo para ser macho y rendirle al de arriba para

---

[18] Fuentes, Carlos, *Cambio de piel,* México, Joaquín Mortiz, 1967.

que nos resuelva los problemas. ¿Qué sería de México sin un padre supremo, abstracto, disfrazado en nombre de todos para que los demás no tengamos que mostrar nuestra cara verdadera? (pág. 162).

Naturalmente que han variado los modos, la intensidad, el uso de una o todas las imágenes de lo prehispánico, pero éstas no han cambiado en lo esencial. Que tampoco las ha abandonado lo demuestran *Terra nostra, La cabeza de la hidra, Una familia lejana,* las novelas más recientes de Fuentes.

El reconocimiento de la rama española asemeja a Fuentes con Reyes (que tanto amó a España aun en los momentos en que estuvo de moda negarla como raíz para glorificar nada más la parte autóctona de México), ya que ambos se fijaron en la historia y la literatura españolas, los modos de ser y de hablar de la gente, para compararlos con los propios. Esta búsqueda de afinidades, de diferencias, se orienta hacia la comprensión y conocimiento cabales del linaje de México. La atracción de Fuentes por España ha ido aumentando, aunque es notoria desde los primeros textos publicados por el autor. Ya en estos libros iniciales existen las citas-homenaje a los clásicos de la literatura española (por ejemplo, en *La región más transparente,* en el parlamento de un personaje se imita al pícaro del *Lazarillo de Tormes;* véase págs. 324-325) que harán de *Terra nostra* la obra que aspira a fundir las literaturas occidentales y la mexicana, por medio de la anulación de fronteras entre lo histórico y lo literario, entre el mito y la realidad «real», entre todos los tiempos. De este modo, en *Terra nostra* culmina el interés de Fuentes por lo español, porque es el resultado literario de la revisión exhaustiva de la historia de España (por ejemplo, para entender las razones del conquistador; los porqués de la religiosidad que la separó de Europa desde la Reforma) y de la asimilación voraz de las letras españolas. Así, cobran vida de nuevo las mujeres transgresoras de la literatura española (por ejemplo, Trotaconventos, Celestina, Melibea) y aquéllas cuya ambición y locura o amor se consignan en la historia (por ejemplo, Juana la Loca); reaparecen los personajes masculinos sobresalientes de textos literarios o históricos (por ejemplo, «El Quijote», «Felipe el Hermoso»). De este modo, conocer lo español significa comprender lo mexicano; por ello, Fuentes trata de descubrir la historia de España (como la de México) para exponer sus misterios. Asimismo, intenta poseer la cultura y la literatura españolas como propias. En este sentido, «recupera» esta herencia cultural de

México, como recuperó la prehispánica, dentro de obras «mexicanas». Fuentes considera que la actitud ante una u otra de las raíces de México debe ser la misma, de entendimiento y superación de lo negativo, en otras palabras (las de un personaje de *La región más transparente,* Manuel Zamacona):

> No, no se trata de añorar nuestro pasado y regodearnos en él, sino de penetrar en el pasado, entenderlo, reducirlo a razón, cancelar lo muerto —que es lo estúpido, lo rencoroso—, rescatar lo vivo y saber, por fin, qué es México y qué se puede hacer con él (pág. 393).

La investigación de la parte hispánica de la mexicanidad sigue a la precolombina, pero la enuncian la aparición de personajes con ancestros o familiares españoles (los lazos existentes), las referencias al presente de España (la época de la guerra civil; el gobierno del general Francisco Franco), en *La región más transparente* y en *La muerte de Artemio Cruz.* La conquista española interesa a Fuentes, en este sentido, como la conjunción de factores —azares de un destino fatalmente trágico, desde el punto de vista de los aztecas— que permitieron el encuentro violento de dos pueblos contrarios. En la «Advertencia»[19] a su libro de ensayos *Cervantes o la crítica de la lectura* (1976, nacido de las mismas inquietudes y materiales que *Terra nostra),* expresa Fuentes:

> Un trauma se encuentra en el origen de la relación entre *México* y *España:* el hecho de la conquista. Qué terrible conocimiento: el del instante mismo de nuestra gestación, con todas sus ternuras y crueldades contradictorias; qué intensa conciencia: la de la hora en que fuimos creados, hijos de madre sin nombre, anónimos nosotros mismos pero conocedores del nombre de nuestro terrible padre; qué magnífico dolor: nacer sabiendo cuánto debió morir para darnos el ser: el esplendor de las antiguas civilizaciones indígenas. España, padre cruel: Cortés. España, padre generoso: Las Casas (pág. 8).

Para Fuentes, siguen siendo primordiales las cuestiones acerca de la identidad nacional y del origen de México, más de veinte años después de haber empezado a escribir. Su pasión por las letras como escritor o lector tampoco ha cambiado, co-

---

[19] En Fuentes, Carlos, *Cervantes o la crítica de la lectura,* México, Joaquín Mortiz, 1976, págs. 9-12.

mo no ha disminuido su atracción por la historia y la cultura. Lo que sí ha variado, después de todos estos años de búsqueda en el árbol genealógico del país, es la tónica de sus respuestas. En la actualidad, para Fuentes, los cuestionamientos en torno al ser del mexicano y al sentido de México como entidad histórica, si no condujeron por ellos mismos al hallazgo de la mexicanidad (que no lo dice), ésta, sin embargo, ha sido alcanzada. Entre México y España han quedado atrás, superados, los conflictos que tanto motivaron a los pensadores de la filosofía de lo mexicano: «En todo caso —dice Fuentes—, cuanto suceda en esa otra mitad de nuestra vida y de nuestra herencia que es España, no puede sernos indiferente a los mexicanos»[20]. La nacionalidad mexicana, lograda dolorosamente «gracias a hechos políticos» y a haberse sobrepuesto a las experiencias traumáticas que ha vivido el país en el curso de su historia, permite el reencuentro con España. De este modo, según Fuentes, entre México y España no puede existir más la relación que fue conflictiva (problemática ontológicamente, desde el punto de vista del mexicano, concebido por la filosofía), cuando no asumía su identidad —español o indígena, nunca el mestizo en quien se funden, en otro diferente, dos sangres y dos culturas—:

> Tardamos tres siglos en ganar nuestro nombre, nuestra estirpe y en reivindicar, al mismo tiempo que la independencia mestiza, a nuestra madre. A fin de reencontrar a España, México debió, primero, reencontrarse a sí mismo a través de las luchas por la independencia política y enseguida por la independencia económica; contra sucesivas invasiones y mutilaciones territoriales; mediante una búsqueda constante de nuestra identidad nacional, mestiza, heredera a la vez de la civilización indígena y de la civilización española: la reforma de Juárez, la revolución de Zapata y el Estado Nacional de Cárdenas: México, al reconocerse, acabó por reconocer su auténtica herencia española y defenderla con la pasión de quien ha rescatado a su padre de la incomprensión y del odio[21].

El interés por la Revolución, cuya etapa bélica había concluido menos de una década antes de que Fuentes naciera, se relaciona con las reflexiones sobre la nacionalidad mexicana, ya que por vez primera en la historia de México sus habitantes se conocen entre sí y a su patria. Este es el aspecto rescatable,

---

[20] *Ibíd., ídem,* pág. 11.
[21] *Ibíd, ídem,* pág. 9.

para Fuentes, del periodo que conmocionó a la nación y del que no surgirían cambios auténticamente revolucionarios. Sin embargo, de algo sirvió ese movimiento:

> La Revolución, en esencia un paso del no ser, o del ser enajenado, al ser para sí, fue el acto mismo de ese descubrimiento [el de México por sí mismo]: los actos coinciden con las palabras y la apariencia con el rostro: la máscara cae y todos los colores, voces y cuerpos de México brillan con su existencia real. Un país dividido en compartimentos estancados entra en contacto con sí mismo. Las formidables cabalgatas de la División del Norte y del Cuerpo del Noroeste por todo el territorio de la república son un abrazo y un reconocimiento: los mexicanos saben por primera vez cómo hablan, cómo cantan, cómo ríen, cómo aman, cómo beben, cómo comen, cómo injurian y cómo comen los mexicanos (Rad., pág. 63).

En «Radiografía de una década: 1953-1963», Fuentes relata las experiencias de la primera juventud que lo motivaron para dedicarse a la literatura, y describe los puntos en común de los artistas mexicanos de su generación (todos entre «los veinte y los veinticinco años» al iniciarse la década). La Revolución y la ciudad señalan a estos jóvenes que iniciarán sus trayectorias artísticas marcados por ese hecho político y por la vida en la ciudad de México. Curiosamente, para esa generación la historia reciente constituía una carga no solicitada, pues no habían participado en la Revolución, omnipresente en todos los aspectos de la vida (el familiar que sí participó; la ruina o riqueza como sus consecuencias; la retórica oficial bordada alrededor de la palabra revolución) y del arte (el muralismo o Escuela Mexicana de Pintura; la novela de la Revolución). Esta generación podría definirse, en términos generales, por su reacción frente a la Revolución (rechazo, indiferencia razonada, hartura) y por la actitud ante la ciudad de México. La obra de Fuentes es el mejor exponente de estos rasgos generacionales. Dice Fuentes en el ensayo mencionado:

> Todos habíamos nacido cuando los cañones de la Revolución aún estaban calientes (...). Éramos devoradores de estas imágenes [de la historia que los antecedió] de nuestra ciudad, las del presente y las del pasado. Yo vivía para escribir la ciudad y escribía para vivir la ciudad: hoy y ayer (pág. 61).

La naturalidad con que remite la obra de Fuentes a varios periodos de la historia y su atracción por la ciudad de México, se explican también como inquietudes que formaban parte de la atmósfera intelectual de los años 50. De modo concreto, Fuentes parte de las sugerencias del autor que se había ocupado de los cambios sufridos por la ciudad de México (más tarde nombrado Cronista de la Ciudad), con quien tiene en común la obsesión por las mansiones coloniales, las porfirianas, y el trato irrespetuoso de la lengua. Salvador Novo (1904-1974) escribió *Nueva grandeza mexicana. Ensayo sobre la ciudad de México y sus alrededores en 1946,* y es el texto específico que prefigura la ciudad moderna de *La región más transparente.* Ubicada dentro de la tradición de ensalzamiento del Valle de México, esta *Nueva grandeza mexicana* se encarga, exclusivamente, de describir la capital de México. Con ello, continúa en línea directísima la tradición que habían iniciado Francisco Cervantes de Salazar y Bernardo de Balbuena al trazar, literariamente, el dibujo de la ciudad colonial. Salvador Novo vincula su libro de ensayos con la obra de sus antecesores, por medio del epígrafe y de la organización temática. Tres son los elementos que ligan el texto de Novo, voluntariamente, con la tradición en que se inscribirá *La región más transparente* de Fuentes. En primer lugar, el título que refiere al poema de Bernardo de Balbuena, *Grandeza mexicana,* con la intención explícita de prolongarlo en cuanto tradición. En segundo lugar, el índice de *Nueva grandeza mexicana* se basa en la primera estrofa o *Argumento* de *Grandeza mexicana* (también citada de otros modos): el *Sumario* de la obra de Novo descubre que, en cada capítulo, se tratarán los asuntos propuestos por los versos del *Argumento* que les dan título («Caballos, calles, trato, cumplimiento, Regalos, ocasiones de contento», etc.). En tercer lugar, el epígrafe de *Nueva grandeza mexicana* es de Francisco Cervantes de Salazar, a quien se reconoce como el más antiguo cronista de la ciudad:

> Es tiempo ya, Zamora, de que llevemos a pasear por México, cual nuevo Ulises, a nuestro amigo Alfaro, que tanto lo desea, para que admire la grandeza de tan insigne ciudad. De este modo, mientras le vamos enseñando lo más notable, él nos dirá algo que no sepamos, o nos confirmará lo que ya sabemos.

La visión negativa con que Fuentes se incorpora a la tradición sobre el Valle de México y su ciudad, lo distancia de Novo como de Reyes, al igual que el género literario con que los tres enriquecieron esta costumbre mexicana. Sin embargo, la necesidad de un relator y de un receptor, originada desde las crónicas sobre la Nueva España o de las epístolas descriptivas de la conquista, también la recupera Fuentes desde las necesidades de la novela. Si Cervantes de Salazar utiliza el recurso literario de figurarse guía de un también representado viajero; si Bernardo de Balbuena ve con ojos extrañados la ciudad de México, para describirla a doña Isabel de Tovar y Guzmán; si Reyes estructura su discurso para el lector ajeno a México; si Novo se representa a sí mismo y a un amigo al que dirige por las calles de la ciudad (fundiendo todas las variantes del narrador y del destinatario), Fuentes, en *La región más transparente,* recurre a ese legado y lo transforma. La figura de Ixca Cienfuegos, muchas veces empalmada con el autor implícito, guía al lector a través de la ciudad, pero también a través de las personalidades que expone y de la historia de México. Estas funciones las comparten ocasionalmente otros personajes que recorren la ciudad o cuya consciencia fluye libremente, «transparentándose» sus pensamientos. Pero es Ixca, más que ningún elemento del libro, en quien concurren esas características de la tradición sobre el Valle de México, características formales que reaparecerán en obras posteriores de Fuentes. En este sentido, el personaje narrador-confesor («conciencia de la ciudad», para Octavio Paz), «Ixca Cienfuegos, como un dantecillo, nos lleva a visitar el infierno —dice Luis Cardoza y Aragón en su "Prólogo"[22] a *La región más transparente*—: especie de diablo cojuelo, de lanzadera que hila la trama de la novela: catalizador que produce situaciones, espíritu de la ciudad de México y del pueblo, real y mitológico dentro de la ficción» (pág. 129).

Por proseguir determinadas tradiciones dentro de la novela, la «nueva novela» de Fuentes nace intrínsecamente ligada a la historia, a la poesía, al ensayo y a los nombres de Reyes, Novo y Paz. La producción de Novo presidió el nacimiento de *La región más transparente* y esta deuda es sopesada por Fuentes:

> Pocas lecturas me han importado más que las de los ensayos profanos de Salvador Novo, que pusieron de cabeza la solemnidad mexicana (...). Creo que Novo puso a hacer gimnasia el rígido lenguaje decimonónico de nuestra prosa; ofreció la primera imagen moderna de nuestra vida urbana —sus ensayos son hervideros de personajes, actitudes, lugares, humor—; (...). Yo llegué por Novo y partí de Novo a la novela: encontré la tra-

---

[22] En Fuentes, Carlos, *Obras completas,* t. 1, México, Aguilar, 1974, págs., 125-138.

dición donde no parecía haberla, porque la tradición puede ser una ruptura enriquecedora, más que una continuidad esclerótica (CF, págs. 140-143).

El contacto de Fuentes con la obra de Octavio Paz dio lugar al enriquecimiento de las imágenes sobre México en su obra, a incrementar la tendencia poética de su escritura y a definir su posición hacia y dentro de la filosofía de lo mexicano. Los poemas de *Libertad bajo palabra* (1949) y los ensayos de *El laberinto de la soledad* (1950) son los textos de Paz que Fuentes conoce durante la época en que estaba asimilando influencias, formando el caudal que lo ayudaría a empezar a escribir. El aprovechamiento de Fuentes de las enseñanzas del Ateneo de la Juventud, por medio de la obra de Reyes, y las de Los Contemporáneos, a través de la producción de Novo, se revistió también del rechazo de la filosofía de lo mexicano que estas dos generaciones aportaron. Este rechazo se extiende, con más fuerza, a las elaboraciones del Hyperión dirigido por Leopoldo Zea que elevaron la filosofía de lo mexicano, a principios de los años 50, a la cúspide de su desarrollo. La crítica a esos tres momentos de la filosofía de lo mexicano la fundamenta Fuentes en *El laberinto de la soledad* de Paz, que es en sí una interpretación poética de la filosofía de lo mexicano y una de las aportaciones más difundidas de este pensamiento. Sin embargo, Fuentes no escapó al influjo del Hyperión (como tampoco Paz) y coincide con este grupo, por ejemplo, en la noción de proyecto (tan ligada al existencialismo) que el novelista concibe en varios planos respecto a la novela y la cultura (promoverlas, por ejemplo, la creación de la *Revista Mexicana de Literatura,* con Emmanuel Carballo, en 1955). Para Fuentes son más cercanas las visiones de Paz sobre el mexicano y la mexicanidad de *El laberinto de la soledad* que las de otros pensadores, de quienes disentía hasta por efecto de la brecha generacional. El escritor no deja de asombrarse y de rechazar los abusos en que cayeron algunos cultivadores de la filosofía de lo mexicano («el mexicano es ontológicamente pendenciero», cita Carlos Monsiváis)[23], y así se nota en *La región más transparente* (en cuanto impugnación, exposición y revisión de todos los matices de este pensamiento), pero acepta sin conflictos la parte medular de las reflexiones de Paz:

---

[23] Tomado de Monsiváis, Carlos, «Notas sobre la cultura mexicana en el siglo xx», en *Historia general de México,* t. 4, México, El Colegio de México, 1976, pág. 401.

La amistad con Octavio Paz, y el contacto con su obra, fueron estímulos originales y permanentes de mis propios libros (...). Octavio Paz, en fin, había realizado un supremo esfuerzo por asimilar el pasado de México con relevancia poética, separar los valores vivos de los muertos y encontrar el contexto humano del particularismo mexicano. (...) ... de Paz, para regresar a la literatura [se había referido al cine de Luis Buñuel] creo haber aprendido que la novela es el encuentro de una visión del mundo con su necesaria construcción verbal y que el escritor huye de la seguridad para dar los saltos mortales de la espontaneidad y la elaboración (CF, pág. 143).

Desde la década de los 50, Fuentes y Paz han encabezado las corrientes literarias más fuertes e innovadoras en México. La intensa actividad de estos dos escritores y su renovación constante desmentirían la clasificación de sus figuras como patriarcales. Sin embargo, en el caso de Fuentes (nacido 14 años después que Paz) su predominio en la narrativa durante casi tres décadas ha ocasionado embates de escritores jóvenes en los campos ideológico y político, pero no una contrapropuesta radical en el literario. Lo cierto es que Fuentes, que lo mismo escribe cuento, teatro, novela, que se dedica al ensayo periodístico o más «literario», que lee y escribe en varias lenguas y puede tratar temas tanto de lo fantástico como de política nacional e internacional, es un fenómeno difícil de igualar. Es comprensible que sea el escritor idóneo para recibir agresiones de un medio literario que, pese a todo, tiene que definir cada nuevo intento individual por su relación con la obra de Fuentes que abrió demasiadas puertas, y que insiste en retoñar en textos excelentes *(Una familia lejana* mereció la aprobación unánime de la crítica mexicana, que la consideró la mejor novela de 1980). Si a lo anterior se añade que su figura aparece frecuentemente en un primer plano, expuesta a la observación, no admira que esa observación haya causado momentos tensos y abierto brechas entre Fuentes y su público mexicano. También es verdad que el escritor se desdobla en el conferenciante que desafía al auditorio (nunca indiferente a su presencia), en el entrevistado demasiado seguro de sí y de sus respuestas (sin aprovechar los réditos de la falsa modestia), en el hombre de mundo triunfador (no niega su procedencia social ni sus amistades por controvertidas que sean), todo lo cual impacta a sus críticos. Más allá de la efectividad de la imagen pública que Fuentes se ha complacido en elaborar desde que era el joven más prometedor e irreverente de su generación, del deseo de impactar con el cosmopolitismo o con sus declaraciones sensacionales, está su legado a la cultura mexicana. Que Fuentes se desdoble en personajes o actores que no siempre buscan la aprobación pública será quizá tratado por sus biógrafos, que estos entes de ficción, múltiples y complicados, vivan gracias a su esmero como escritor, es algo que aún sus oponentes le agradecen de algún modo. En todo caso, permanece la obra de Fuentes como el resultado de una identificación productiva e intensa con su patria. Me parece significativo que en *Una familia lejana,* Fuentes se haya desdoblado en un personaje que es su otro sí mismo, no tácita e intrincadamente oculto como en algunos rasgos de sus numerosos personajes, sino en el Fuentes que vive «la vida adyacente», simbólicamente opuesta a la del escritor real. Cito algunas líneas de esta novela porque expresan, a mi manera de ver, cómo Fuentes ve actualmente su relación con México, formulada por medio del personaje involucrado en los riesgos de lo fantástico (que invierte las leyes de la realidad); se dice del sosias que no volvió a México a los dieciséis años, que no escribió sobre su país:

—Mañana es el 11 de noviembre, Fuentes. Es su cumpleaños. (...) Toda novela es algo inconcluso pero también algo contiguo. Tome su propia vida. En 1945, Fuentes, usted se quedó a vivir entre Buenos Aires y Montevideo, no regresó a su México nativo, se convirtió en un ciudadano del Río de la Plata y en 1955 pasó a vivir a Francia; dejó de ser rioplatense y se hizo más francés que otra cosa, ¿no es verdad? (...)

—Imagine si hubiese regresado a México al terminar la guerra y se hubiese arraigado en el país de sus padres. Imagine que publica su primer libro de cuentos a los veinticinco años y su primera novela cuatro años después; habla usted de México y los mexicanos, las heridas de un cuerpo, la persistencia de unos sueños, la máscara del progreso. Queda para siempre identificado con ese país y su gente.

—No fue así, Branly, digo sin demasiada seguridad. No sé si para bien o para mal, pero soy otra cosa (págs. 204-205).

Comentarios mínimos a *La región más transparente* [24]

La región más transparente es la primera obra de Carlos Fuentes cuya elaboración obedece claramente al criterio de totalidad (notorio desde varios tipos de lectura) [25]. *Cambio de piel* [26] y *Terra nostra* [27] seguirán, con creces, esa orientación o necesi-

---

[24] Tuve que limitar estos *Comentarios* —obligadamente restringidos— tan sólo al trazo de rasgos generales de los aspectos estilístico, narrativo, estructural y lingüístico.

[25] La índole de los *Comentarios* deja fuera la posibilidad de reforzarlos teóricamente. Los juicios, descripciones, afirmaciones en general, acerca de *La región más transparente* o de cualquier otro texto de Fuentes, en esta edición, no fueron fundamentados debidamente, porque preferí que el espacio disponible sirviera para incluir sólo información concerniente a esta novela y no de otra naturaleza. La extensión y características de *La región más transparente* exigían que fuera así (el lugar que hubiera requerido la definición de la terminología o «conceptos operatorios» habría mermado excesivamente un espacio preciadísimo). Mi lectura parte de las sugerencias de varios críticos —R. Barthes, T. Todorov, J. Kristeva, de los aportes de los llamados «formalistas rusos», entre otros—; muestro su mecánica en el ensayo *Una lectura de Carlos Fuentes: Los días enmascarados; Aura,* tesis doctoral, El Colegio de México, 1978). Mi búsqueda del método adecuado para estudiar la obra de Carlos Fuentes y el análisis exhaustivo de algunos textos suyos están en mi tesis y en *Los disfraces: la obra mestiza de Carlos Fuentes* (México, El Colegio de México, 1981). Mis observaciones respecto a la primera novela de Carlos Fuentes, en esta edición, forman parte de una investigación que me ocupa desde 1973, por lo cual amplían, continúan, completan o reelaboran esos intentos que he llevado a cabo de abordar la obra de este autor.

[26] Premio Biblioteca Breve, 1967 (España).

[27] Premio Villaurrutia, 1976 (México). Premio Rómulo Gallegos, 1976-77 (Venezuela).

dad —ambición— de abarcarlo todo e incluir lo más posible dentro del discurso que pertenece al autor. Hasta la fecha, estas novelas constituyen las tres sumas literarias, cada una más extensa que la anterior *(Terra nostra* es el pináculo de la obra total), que despliegan múltiples datos, documentos heterogéneos, multitud de personajes y que se complican, asimismo, por medio de los numerosos niveles de significación y de planos con que están construidas. Sin embargo, la totalidad también tiene que ver con las obras del autor que no exhiben (como lo hace *La región más transparente*), sino sintetizan la información y en las que se manifiesta con mayor exactitud, lo que llamaré el «estilo pulido» de Fuentes. Este estilo estaría, creo, en un extremo de la escala que abarca el modo de escribir de Fuentes, mientras que en el otro extremo se localizaría el «estilo vasto». Ambos estilos se entremezclan y contaminan con frecuencia, como sucede en *La región más transparente*[28], pero ocasionalmente cuajan en obras que ejemplifican mejor un extremo que otro. Esto ocurre en *Aura* y *Terra nostra,* las muestras más convenientes de la síntesis o resumen condensado y del despliegue o suma, respectivamente. Es más fácil detectar las obras de Fuentes que se inclinan hacia el «estilo pulido», porque manifiestan la voluntad de apegarse más o menos rígidamente a las convenciones de los géneros literarios y tratan de cumplir el ideal estético de «perfección» (a la manera, podría decirse, de un Edgar Allan Poe). De este modo, la obsesión por el detalle, por la palabra precisa, por la «estructura impecable», aprovechan al máximo las posibilidades estructurales del «cuento redondo» (algunos de *Los días enmascarados,* casi todos los de *Cantar de ciegos);* la «estructura descarnada» del *nouveau roman* (la novelita *Aura);* las limitaciones teatrales particulares de tiempo, lugar y personajes *(El tuerto es rey);* las reglas del realismo tradicional (la novela *Las buenas conciencias);* las exigencias de la obra de misterio o de intriga *(Una familia lejana, La cabeza de la hidra).* En este estilo, hay una fuerte inclinación a lo fantástico y hacia temas más «literarios». Por su parte, en el «estilo vasto» se aspira a romper ciertos aspectos de lo establecido artísticamente, a transgredir los géneros (en la «nueva novela» de Fuentes abundan más estos rasgos) y los componentes diversos de la obra se mezclan con profusión y heteróclitamente. Este estilo, palpable en *La región más transparente,* admite citas textuales larguísimas, enumeraciones, reiteraciones

---

[28] En 1970, se incluyó en los cursos de agregación en Francia.

obsesivas y, sobre todo, discusiones filosóficas, políticas, artísticas o ideológicas en general. Estas digresiones, incorporadas por un afán de verosimilitud, característico de su autor, repercuten en la especificidad estructural de las sumas e inciden en el uso del lenguaje (pues al autor las reproduce por medio de la imitación veraz). Las diferentes formas de emplear el lenguaje a que recurre el autor comprenden una gama amplísima de tipos de expresión y de niveles en el ejercicio de la lengua. Van desde el discurso desarticulado de la locura hasta la articulación precisa y difícil de la poesía (propia o ajena); desde el habla culta hasta la populachera; desde el español castizo hasta el plagado de galicismos, anglicismos, nahuatlismos (léxicos o morfosintácticos, pues al autor le interesa mostrar cómo hablan los extranjeros polígotas en México o los mismos mexicanos cuyo español está perturbado por un sustrato de una lengua indígena o por la influencia cultural extranjera); desde el español de España hasta el de México, Chile, Argentina. Así, en *La región más transparente,* la intención de caracterizar por la manera de comunicarse verbalmente, expone el origen étnico de los personajes, define su posición social, revela el grado y tipo de cultura del hablante; en otras palabras, sirve a Fuentes para redondear intereses fundamentales (identidad, origen, clase, cultura, historia). La totalidad y el lenguaje en *La región más transparente* no sólo atestiguan un estado de la lengua española hablada en México (el de la década de los 50), pues se recogen todas las hablas de todos los estratos sociales, sino algunas diferencias dialectales del español americano de la misma época (filosofía de lo americano: cómo hablamos los hispanoamericanos). Con una obsesión por enseñar y recopilar las modalidades que adopta el español en América hispánica (que a veces estereotipa a los hablantes), el autor, en *La región más transparente,* exhibe los giros, expresiones, vocabulario propios de los chilenos, los argentinos, los caribeños, por medio de diálogos, interpolaciones de la poesía (auténtica o parodiada), fragmentos de canciones. Del mismo modo, las «deformaciones» que sufre el español en labios de quienes lo aprendieron tarde y mal, de oídas, deja traslucir la lengua materna de los locutores a través de los errores que cometen (traducción literal del francés, del alemán; pronunciación afectada por la fonética del árabe, de la lengua judía, etc.). Octavio Paz, en su ensayo «La máscara y la transparencia»[29], ha descrito esa aproximación del

---

[29] Este ensayo, uno de los más lúcidos sobre la obra de Fuentes, ha

autor al lenguaje: «La divisa de Fuentes podría ser: *dime cómo hablas y te diré quién eres.* Los individuos, las clases sociales, las épocas históricas, las ciudades, los desiertos, son lenguajes: todas las lenguas que es la lengua hispanomexicana y otros idiomas más»* (págs. 19-20). El lenguaje, la cultura popular y la totalidad, en *La región más transparente,* cumplen un propósito del autor: permitir que hablen los que no han podido hacerlo, ni en la literatura, ni en la historia (los que no tienen nombre). Las canciones populares, los insultos groseros, «el albur», la vulgaridad expresiva de los pobres e iletrados, en suma, la frescura innovadora de la lengua popular, penetran en *La región más transparente* con una fuerza e intención casi desconocidas en la narrativa mexicana (esta valoración de la riqueza del español hablado en México acerca a Fuentes y a Alfonso Reyes). Por otra parte, en *La región más transparente,* al autor no le importa escribir «mal», es decir, también como constructor de la novela (no sólo de lo que dicen sus personajes), se enfrenta al lenguaje para romper ciertas restricciones del buen uso literario de la lengua (puntuación, extensión de los periodos, orden de las oraciones simples o compuestas, neologismos, sintaxis). Esta actitud del autor ante su materia prima, más radical en el «estilo vasto», ha sido definida por Octavio Paz, quien piensa que «el eje invención verbal y crítica del lenguaje rige toda la obra de Fuentes» (*op. cit.,* pág. 18). Así, en el «estilo vasto», el autor permisivo experimenta más, crea sus propias convenciones (acerca del lenguaje, narrativas) y en la misma obra pretende albergarlo todo, probarlo todo. Estas características, ya presentes en *La región más transparente,* hicieron que Julio Cortázar (en el fondo concuerda con Fuentes) le escribiera al autor:

> Con usted hay que tirarse a fondo, devolver golpe por golpe la paliza que nos pega a los lectores con cada página de su libro. Y por eso el primer reparo (ya me dirá usted algún día si está de acuerdo con todo esto). Usted ha incurrido en el magnífico pecado del hombre talentoso que escribe su primera novela: ha echado el resto, ha metido un mundo en quinientas páginas, se ha dado el gusto de combinar el ataque con el goce, la

---

aparecido en varias publicaciones. El texto que cito en estas páginas se incluyó en el *Homenaje a Carlos Fuentes. Variaciones interpretativas en torno a su obra,* Nueva York, ed. H. F. Giacoman, 1971, páginas 15-22.

elegía con el panfleto, la sátira con la narrativa pura. No tengo el prejuicio de los «géneros literarios»: una novela es siempre el baúl en el que metemos un poco de todo (*op. cit.*, pág. 117).

La combinación excesiva de elementos, el muestreo exorbitante de clases de discursos (poético, ensayístico, narrativo, polémico) o poligrafía típica de Fuentes[30], la complejidad de «coordenadas» de tiempo y espacio, la mezcla de procedimientos de varios géneros, son rasgos sobresalientes de *La región más transparente* que heredarán obras posteriores del autor. En esta novela, se infiltran, además, el melodrama (por ejemplo, las vidas de Norma Larragoiti y de Rodrigo Pola, la descripción de la ruina de Federico Robles); las imágenes y escenas inspiradas en el cine internacional o en el mexicano; la «novela de la Revolución» (las historias de los revolucionarios); la novela gótica (por ejemplo, los elementos fantásticos: ciudad noctúrna; Ixca Cienfuegos; Teódula Moctezuma); historias de amor (por ejemplo, la de Norma y Rodrigo, la de Norma e Ixca). Todo concurrirá en las siguientes obras del autor, por separado (*Aura* es la interpretación de Fuentes de la novela gótica) o en conjunto (*Zona sagrada* recoge elementos fantásticos, recrea imágenes del cine nacional, etc.).

El «estilo vasto» se vale del simbolismo (que da un carácter distintivo a casi todos los textos de Fuentes), como se observa en *La región más transparente* (Robles: la Revolución traicionada; Norma: la arribista; Pimpinela de Ovando: la «ex aristocracia» que vuelve por sus fueros, etc.), pero la «nueva novela» del autor, por más recargada de funciones y atributos, logra desplegarlos uno tras otro. Esto no puede suceder en los relatos menos extensos, que condensan funciones y atributos por medio del simbolismo. Gracias a éste, en los textos total y necesariamente simbólicos, el autor hace que un personaje cumpla varias funciones; que el espacio sea numerosos espacios y luga-

---

[30] La poligrafía de Fuentes, tan afín con su persistente búsqueda de la totalidad, se muestra en un solo texto del «estilo vasto», como es el caso de *La región más transparente,* o en los numerosos géneros que cultiva. Fuentes lo mismo escribe un reportaje político (*París: La revolución de mayo,* México, Era, 1968) que un guión cinematográfico (sobre el cuento de Juan Rulfo, *¿No oyes ladrar los perros?,* para François Reichenbach, 1973). Las inquietudes vitales de Fuentes, que ha vivido intensa y rápidamente, se reflejan en la variedad temática y de géneros que frecuenta; en su producción tan abundante (por prolífico contrasta con Rulfo).

res a la vez; que el tiempo sea todos los tiempos; que un personaje sea todos los personajes en uno (véase *El tuerto es rey*[31]; *Aura*). *La región más transparente*, pues, participa de los dos estilos; con el «pulido», se cuentan las historias personales (seguidas detalladamente); se cuida del desarrollo de lo fantástico (sus elementos se desperdigan con la gradación apropiada; el misterio se descubre progresivamente, para no disminuir el impacto del sacrificio o momento culminante de lo fantástico). Por su parte, el método con que se concatenan los acontecimientos en *La región más transparente*, la irregularidad con que aparecen sus personajes (fortuitamente como en cualquier ciudad, pero relacionados entre sí por razones sociales, personales); la alternancia de distintos momentos de la historia de México o las de los personajes; las frecuentes descripciones de la ciudad; la proliferación de diálogos de mayor o menor extensión, son rasgos del «estilo vasto» de Fuentes. Este estilo genera el tipo de composición de *La región más transparente* (aparentemente anárquico, con una prolijidad y exuberancia que podrían recordar ciertos atrevimientos de James Joyce y aun de François Rabelais) que bien puede nombrarse «desorden organizado»; en él, el autor encuentra su combinatoria particular de elementos textuales, la cual le sugerirá variantes estructurales para obras más vastas (las sumas) y determinados procedimientos para las demás. Convencionalmente, *La región más transparente* está dividida en tres partes desproporcionadas que engloban los «capítulos» repartidos sin simetría (8, 27 y 3 capítulos, que corresponden a las partes numeradas 1, 2 y 3). Sin embargo, la regularidad, la simetría, las correlaciones estrechas, los numerosos nexos que entretejen la novela, se localizan en la distribución de *La región más transparente*, y destruyen cualquier impresión inicial de falta de cuidado del autor en su tarea (especialmente en lo que se refiere a «enhebrar» o «estructurar»). De esta suerte, los «capítulos» titulados *Mi nombre es Ixca Cienfuegos* (págs. 143-147) y *La región más transparente del aire* (páginas 546-565) que enmarcan, por decirlo así, la novela como serie discursiva, abren y cierran respectivamente el texto en todos sus niveles. Así, en la presentación que hace Ixca Cienfuegos de sí mismo (inicia la novela: «Mi nombre es Ixca Cienfuegos. Nací y vivo en México, D.F.»), su voz, la primera en aparecer, se dirige a sus iguales y a la ciudad. El hálito poético de su palabra

---

[31] En 1971 se estrenó en Barcelona bajo la dirección de Ricard Salvat. Ese mismo año se estrenó en París y en Bruselas.

enaltece los denuestos, dignifica la amargura y resignación ante el destino (o lucidez impotente frente a la ausencia de futuro) que los mexicanos como él están condenados a padecer (por eso el uso del tú y del nosotros, entre quienes él se incluye). En este parlamento, surge el *leit motiv* que aparece en labios de otros personajes: «Qué le vamos a hacer.» La insistencia en el uso de esta y de otras frases, por un lado, refuerza la presentación del fatalismo que caracteriza la mentalidad indígena y, por otro, crea lazos discursivos (lo utilizan los mexicanos marginados; Natasha, pág. 498). Este enunciado inicial de Ixca y el último de *La región más transparente* (su voz es la que concluye la novela y, por tanto, también la última en «oírse») cumplen funciones estructurales específicas. Ambos se valen de distintos recursos para entretejer el texto que es esta novela y cumplen de tal modo la necesidad de reorganizar (especialmente el capítulo final) la «ordenación caótica» que se extiende entre los dos (el cuerpo en sí de la obra, aunque con esto no quiero decir que estos capítulos estén separados del texto, del que incuestionablemente forman parte, sino recalcar su situación en un nivel diferente al de los parlamentos interiores, aun los del mismo Ixca). *Mi nombre es Ixca Cienfuegos* finaliza con las siguientes frases: «Aquí nos tocó. Qué le vamos a hacer. En la región más transparente del aire» (pág. 147). Estas frases son las mismas con que Ixca clausura formalmente la novela y pone punto final a su actuación como sujeto de lenguaje (pág. 563), su enunciado *La región más transparente del aire* engloba las palabras de todos los personajes). Esta es la última reiteración de las numerosísimas repeticiones, duplicaciones y triplicaciones de parlamentos, trozos de diálogos o monólogos que *in crescendo*, el autor disemina en toda la novela (uno de los recursos para conectar los innumerables hilos de la trama). Las palabras postreras de los dos parlamentos de Ixca (situado en el espacio del lenguaje), y como están dispuestas en la novela, revelan la intención del autor de cuidar la estructura de la obra. En este sentido se orienta el esmero con que el autor presenta circunstancias similares al principio y al final de la novela (la última remite a la primera, además de repetirla en algunos detalles). En ambas es de noche (delimitan el ciclo más amplio de la temporalidad de *La región más transparente*) y, en la segunda, Ixca «recuerda» la primera, la cita y repite ciertos pormenores, pero como en un espejo. Me explico, en *Mi nombre es Ixca Cienfuegos* dice: «Aquí caímos. Qué le vamos a hacer. Aguantarnos, mano. *A ver si algún día mis dedos tocan los tuyos*» (pág. 147, la cursiva es mía). Inmediatamente después sigue la invocación a la ciudad (identificada en cierto modo con la prostituta o «mala mujer» que atrae irremediablemente al que siente como poeta romántico); luego Ixca termina su enunciado (con las frases citadas, cfr. *supra*) y viene después el capítulo *Gladys García* (el nombre de la prostituta que se encarga de introducir al lector a la ciudad). El personaje femenino que aparece desde el principio, cuando se inicia la acción en la novela, es el último que menciona Ixca en *La región más transparente*. Nótense las correspondencias que ligan las citas que he utilizado y el pasaje del enunciado final, el cual, luego de captar a Gladys García en un movimiento característico, cierra la novela así:

> ...y la voz de Ixca Cienfuegos, que corre, con el tumulto silencioso de todos los recuerdos, entre el polvo de la ciudad, quisiera tocar los dedos de Gladys García y decirle, sólo decirle: Aquí nos tocó. Qué le vamos a hacer. En la región más transparente del aire (pág. 565).

En mi opinión, el uso de estas repeticiones podría explicarlo la concepción cíclica del tiempo (el autor la concreta una y otra vez en este texto como en casi todos) que influye en el «moldeado» o estructuración al igual que sus otros intereses (adecuación entre «fondo» y «forma»). Es decir, los recursos literarios que utiliza el autor (los que tienen que ver con el tiempo, por ejemplo) apoyan el plano conceptual. Así, el desarrollo de los acontecimientos en *La región más transparente* demuestra que ha habido una regresión en la historia del país, porque se llega a circunstancias semejantes a las que originaron la Revolución. De este modo, los movimientos temporales motivados por el recuento de las historias personales, envían a los personajes de regreso al pasado u origen. Esto implica su reinstalación en el lugar que ocupaban en la escala social y en la historia, Por eso, al finalizar la novela el ciclo temporal que contiene todos los demás ciclos (hacia el pasado: volverlo presente al contar las vidas de los personajes; desde el pasado: que vuelve para instaurar el mismo orden) formalmente sirve para rematar la serie discursiva (como las frases repetidas), aunque presuponga la reiteración sucesiva del tiempo cíclico (conceptualmente). El tiempo transcurrido entre las dos noches comprende desde 1951 hasta 1954. Sin embargo, la sucesión cronológica es sólo una de las numerosas líneas de temporalidad que el autor retuerce y entreteje. Así los acontecimientos que suceden entre este *antes* y *después* (el «presente» de la novela) se alternan con todas las historias de los personajes (cada una en su propio nivel del pasado o *antes*). Esto ocasiona un contrapunto de dos momentos de la historia del país (por medio de la vida de los individuos que la hicieron o fueron expulsados de ella) y, además, la alternancia formal de distintos momentos del pasado y del presente (confróntese simplemente el Índice). Esta «deformación temporal» que finaliza en un *ahora* que repite al *antes* más remoto es característica de Fuentes desde que empieza a escribir. Si, por un lado, el vaivén constante y repetido entre dos tiempos complica técnicamente la composición de la novela, por otro, sirve para entretejerla. Debido a la causalidad que también relaciona los hechos, históricos, personales, todo tiempo «presente» o *después* aparece como la consecuencia del pasado (la causa que determina el curso de la historia o de una biografía). De este modo, las «líneas de la vida» de los personajes que se entrecruzaron en un *antes*, vuelven a encontrarse en un *después* (cuando la relación causa-efecto se ha cumplido), para reunirse en un destino común o para repetir la separación dictada por el determinismo histórico (unido al tiempo cíclico). De esta manera, las relaciones de los personajes y las rutas de sus destinos (que los acercan o alejan) crean nexos y refuerzan el tramado textual —además de obedecer el mandato del tiempo—. Por otra parte, el tiempo interviene como sistema de ideas (por ejemplo, historia, mito, identificados ocasionalmente) y como recurso técnico para concretar artísticamente ese sistema: la alternación de *antes* y *después*, alternados sucesivamente, dentro del ciclo delimitado por las noches del principio y final de la novela. La idea de «círculo que se cierra» preside, entonces, la «estructura» de *La región más transparente,* por medio de varios aspectos de *Mi nombre es Ixca Cienfuegos* y de *La región más transparente del aire.* Sin embargo, el concepto de circularidad, tan ligado al de repetición, se observa en varios niveles de la novela y es básico para la tarea de enhebrar los numerosos elementos de esta obra y para sostener el simbolismo. Así, sobresale el que aglutina la muerte de varios personajes (el final de sus ciclos vitales) en el mismo día (por más que estos acontecimientos estén separados entre sí dentro de la novela): el 15 de septiembre (fecha simbólica del inicio de la Independencia de México: repetición de sucesos trascendentes para el país). La muerte y lo mítico, como características de lo mexicano, quedan ejemplificadas en las muertes simultáneas de varios seres: la muerte social de Federico Robles (el mismo día en que se

53

asesinó a Feliciano Sánchez en 1938, causa y castigo) y su esposa (sacrificada físicamente para cumplir el rito prehispánico; también muere socialmente Ixca Cienfuegos); la muerte del hijito de Rosa Morales. El 15 de septiembre de 1951 trae la ruina de Robles, el incendio de su mansión, la pérdida de Norma Larragoiti, es decir, para todos (aun para el niño muerto) se inician nuevos ciclos. Las velaciones del niño y del joven Gabriel, también muerto esa fecha, al igual que los hechos trágicos que estaban predestinados a sufrir Norma y Federico, coexisten en la ciudad con la celebración del Grito: muerte y fiesta (lo mexicano). Esa misma noche, en otra fiesta, Rodrigo Pola es por fin aceptado por el grupo que lo rechazó en reuniones similares (hay correspondencias entre las tres ocasiones) y conoce a Pimpinela de Ovando: su reinstalación definitiva en el espacio del triunfo (del que se expulsó a Robles). Al día siguiente, frente al sol con el que había pactado, muere Manuel Zamacona (Norma estuvo a punto de perecer bajo el mismo sol, pero a ella le correspondió la noche). El regreso al origen, como pasado social, mítico o encuentro con la naturaleza (la muerte; la unión sexual prolongadora de la vida), cierra también la segunda parte de *La región más transparente* con un ciclo formal, la noche del 16 de septiembre de 1951 (pág. 529). La parte 3 de la novela abre el ciclo siguiente, el de la generación de triunfadores simbolizada en la pareja de Betina Régules y Jame Ceballos, con otra fiesta análoga a la del principio de *La región más transparente*. Como *antes*, en casa de Bobó se reúnen los mismos personajes (que se repiten en actitudes, cfr. págs. 157 y 533) excepto los que «volvieron a ser lo que habían sido». Las correspondencias entre esta situación y la que está en las primeras páginas de la novela las crea tanto el narrador como lo que dicen los personajes (que «recuerdan» la otra fiesta) y descubren tanto una intención del autor de alcanzar la simetría como la repetividad de la historia de México. Salvo algunos ajustes, el orden establecido sigue siendo el mismo; el sacrificio ritual, como la Revolución, no logró sino sacrificar a muchos, los de siempre, para encumbrar o mantener en su sitio a los mismos. La novela demuestra, pues, que los pobres, los macehuales, están fatalmente destinados a permanecer enclavados en la región más transparente del aire: dentro de la miseria, sin porvenir, fuera de la historia, sin nombre.

En *La región más transparente,* el autor encuentra un procedimiento para recrear y dar a conocer la historia de México, para tipificar los rasgos del mexicano (que aplicará con profusión en *La muerte de Artemio Cruz*)[32]: seguir la o las historias de individuos representativos, arquetípicos. De este modo, simboliza en personajes múltiplemente simbólicos, a los hacedores de la historia, la política, la economía, en suma, de la nación. En las vidas de los hombres importantes para el destino y carácter del país, ha habido días que afectaron la linealidad no sólo de sus rutas personales a través de la vida, sino el curso de la historia de México y la suerte de todos los mexicanos. Así, el autor destaca la trascendencia de esos días: el día que el revolucionario traicionó a los suyos; el día que el hombre de empresa vendió al líder sindical; el día que el hombre de negocios fraguó la ruina de su contrincante; el día que el arribista sube un peldaño, etc. Los días del triunfo y los del fracaso, los de la traición y la villanía, simbolizan cada uno de los hitos negativos en que se fue torciendo («enmascarando») el curso de la historia de México (por eso, se utiliza la fecha simbólica, CF, *supra*). Por lo cual, el papel de Ixca como confesor crea vínculos formales, descubre las relaciones personales donde parecía no haberlas (revela otro modo de integración del material de la novela) y se vuelve el depositario también del pasado de los personajes (no sólo el guardián del prehispánico). La necesidad que parece tener Ixca de exhumar el pasado de los personajes (contrapuesta a la de enterrador y emisario de la muerte que también cumple, cfr. páginas 357, 361) se entiende por el encargo dado por Teódula Moctezuma, pero, además, por la función de desenmascarar a los personajes y de integrar sus pasados en la coherencia general de lo que cuenta la novela; de tejer la «deformación temporal». Gracias a Ixca, *La región más transparente* se puebla de todas las voces posibles: las del presente, las del pasado y el futuro; las de la conciencia y la inconsciencia; las de los vivos y las de los muertos. Ixca ayuda a que hablen todos los mexicanos no sólo por obligar a la confesión, sino porque, en ocasiones, su simple presencia motiva el fluir de la conciencia de los personajes sumidos en el mutismo; propicia o provoca parlamentos; anuncia o introduce enunciados de otros. Puede decirse que *La región más transparente* es una novela polifónica, no únicamente porque Ixca hace hablar a numerosos personajes, sino por la ambición del autor de recopilar todas las hablas, vocablos, cantos, expresiones, gritos y silencios que existen en el país, en la ciudad de México, en la historia (la oculta y la oficial). La

---

[32] Desde 1971, se incluyó en varios cursos universitarios de los Estados Unidos.

55

polifonía y el criterio de totalidad compaginan a la perfección, se articulan con los problemas sobre la identidad individual, nacional. La ciudad, la historia mexicana y la mexicanidad, por lo mismo la importancia de tener o carecer de un nombre, las clases sociales, todos los temas de la novela, tienen que ver con la totalidad y lo polifónico. En este sentido, los enunciados de Ixca que corresponden al comienzo y término de la novela manifiestan tanto la selección temática que la llena como la especificidad de su escritura. Es decir, la actuación de Ixca como sujeto del lenguaje, que habla desde el espacio mismo del lenguaje (o desde otro nivel diferente al de los personajes), coadyuva tanto a precisar la «estructura» de *La región más transparente* como a que el autor aborde con éxito la problemática de la filosofía de lo mexicano. O sea, ésta ya no como discusión o interés de los personajes, lo propio de una época, sino como la visión de mundo, personalísima, que engendra todos los aspectos de este texto. Me explico, la voz de Ixca, sola y única, principia la novela que desplegará gradualmente los problemas filosóficos imbricados por el afán de totalidad. Todas las voces de los mexicanos, se sucederán en la novela integrando el todo polifónico, desdoblando el texto, proponiendo y desarrollando temas, cuestiones. Cuando los hechos se han trabado en las distintas culminaciones que componen el clímax múltiple y prolongado de *La región más transparente* y los desenlaces se suceden, entonces Ixca interviene para rematar plenamente la novela. Así, en el fin del capítulo *Rodrigo Pola (1954),* después del encuentro con Rodrigo (a quien Ixca no puede matar como a Norma porque ha perdido sus poderes sobrenaturales), se descubren e inician las metamorfosis de Ixca que clausuran una a una los niveles de la novela. Antes, en el encuentro, se recogen ciertos hilos sueltos de la trama. En primer lugar, Ixca informa del futuro que corresponde a la Parte 2, es decir, lo que sucedió después de 1951: el paradero de Robles. En segundo lugar, es informado del futuro de Rodrigo (el presente o 1954): el triunfo, la adquisición de un nombre (De Ovando), la fama. En tercer lugar, expresa las consecuencias que sus propios actos le impusieron: carencia de vida personal (el único destino sin pasado y sin futuro, regido por el ritmo del eterno retorno). Ixca ingresó o reingresó al tiempo mítico; al de las circularidades repetidas; al que expulsa la linealidad del tiempo occidental; al que reproduce infinitamente el ciclo de la vida y funde el nacimiento y la muerte en una dualidad inseparable. Ixca, pues, se ha transformado en el ente sin memoria histórica, sin nombre, sin identidad:

—¿Y yo? ¿Qué quieres? ¿Mis recuerdos, mi vida? ¿Crees que no daría algo por conocerlos? (...)

—¿Crees que recuerdo mi propia cara? Mi vida comienza todos los días —le gritaba Ixca a Rodrigo— y nunca tengo el recuerdo de lo que pasó antes, ¿ves?, nunca; todo fue un juego espantoso, nada más, un juego de ritos olvidados y signos y palabras muertas (pág. 544).

La metamorfosis de este personaje, significativamente deseada y provocada por su madre, lo regresó al origen equiparado al claustro materno (intemporal, oscuro, la nada), pero no al pasado de la hegemonía azteca: la historia para él y los suyos es irreversible. Después de alejarse por última vez de Rodrigo, es decir, de salir del nivel y esfera de los personajes, Ixca inicia la serie de mutaciones que ayudan a concluir la novela (como anteriormente ayudó a catalizar los hechos, a guiar los destinos, a aumentar el dinamismo de la acción):

El frío viento de diciembre arrastró a Cienfuegos, con pies veloces, por la avenida, por la ciudad, y sus ojos —el único punto vivo y brillante de ese cuerpo sin luz— absorbían casas y pavimentos y hombres sueltos de la hora, ascendían hasta el centro de la noche y Cienfuegos era, en sus ojos de águila pétrea y serpiente de aire, la ciudad, sus voces, recuerdos, rumores, presentimientos, la ciudad vasta y anónima (...) era los rascacielos de vidrio y las cúpulas de mosaico y los muros de tezontle y las mansardas, era las casuchas de lámina y adobe y las residencias de concreto y teja colorada y enrejado de hierro, era los nombres y los sabores y las carnes regadas a lo largo del gran valle hundido, pesado, sin equilibrio, y era todas las losas de todas las voces, y las voces, era Gervasio Pola (...) y Feliciano Sánchez muerto sobre un llano de plomo y Pimpinela de Ovando y era, por fin, su propia voz, la voz de Ixca Cienfuegos (página 546).

Ixca se vuelve, como lo dice esta cita que antecede al final, una entidad que simboliza al mexicano (formado por todos los mexicanos), a la ciudad de México (con todo lo que contiene; en todos los tiempos) y a todas las voces que han recorrido el territorio nacional. Ixca, pues, a través de sus ojos que han visto todos los recovecos de la ciudad, que han penetrado en los repliegues de las vidas de todos sus hombres, absorbe completamente el medio que lo rodea (ya transformado en parte integral de la atmósfera de la región más transparente del aire: «...una neblina que iba envolviendo su cuerpo, limando sus contornos, penetrando en su carne hasta poseerla y convertirla en otra neblina, menos real y transparente que la que ascendía, con la respiración helada, de la tierra», pág. 544). De esta manera, asimila, por así decirlo, todo lo que se ha dicho en *La región más transparente* y se convierte en sus personajes, su ciudad, sus voces. En el proceso se menciona a los que la novela nombra, se resumen los detalles característicos de sus apariciones (se los recuerda al lector); en otras palabras, se sintetiza y recuenta rápidamente para que Ixca recoja en su voz las otras voces, en su persona a las otras personas. Es decir, Ixca se vuelve una entidad múltiple, total, que abarca la mexicanidad en todos sus aspectos. Por tanto, cuando retoma la palabra para decir el último capítulo, su voz y su personalidad, que reflejan el ansia de infinito del autor, son el conjunto de todas las voces y los seres que han transitado, existido y muerto en el Valle de México. Así, cuando asume el lenguaje (también asume su personalidad múltiple) en su enunciado se lleva a cabo la reiteración más extensa de la novela porque repite las partes y capítulos que la anteceden. Ixca, pues, recuenta, menciona de nuevo, nombra otra vez, por medio de repeticiones, inclusiones de frases y fragmentos de enunciados significativos. De este modo, la novela se desdobla para finalizar, la polifonía se reafirma en la emisión de una voz plural que contiene a las demás y que revive (como cuando Ixca era un personaje revivió los pasados personales y el pasado prehispánico de México) no sólo a la novela como pasado, sino, dentro de ella, a todos los pasados: históricos, míticos, de sus personajes y a éstos como lo pasado. Así, en la voz de Ixca confluyen todos los hilos que habían ido tejiéndose en la novela y su enunciado los traba porque «su recuerdo» de relator remite una y otra vez a distintos momentos y secciones de *La región más transparente*. No es gratuito, por tanto, que este capítulo, coherente con la concepción circular del tiempo (el eterno retorno), que concluye la novela con una reiteración total, cíclica, haya sido llamado *La región más transparente del aire*. Tampoco puede decirse que sin motivo, el autor haya puesto en boca del sujeto de enunciado, a cargo de rematar la novela, el nosotros, porque entonces, éste ya habla por todos y ya es todos, se dirige a todos. Las preocupaciones en torno a la historia de México, la identidad mexicana, el interés por el Valle de México, lo polifónico y el anhelo de totalidad concretan peculiarmente la hechura del último capítulo. La mirada y la voz totalizadoras de Ixca, ya ente plural y omnisapiente (pero con visión fatalista), vuelven presente el pasado, convocándolo con la palabra. Vertiginosamente, Ixca examina e invoca la me-

xicanidad desde dentro, desgranando uno a uno sus atributos
atávicos, míticos, condicionantes de todos los futuros de México
(«No tienes memoria, porque todo vive al mismo tiempo; tus
partos son tan largos como el sol, tan breves como los gajos de
un reloj frutal: has aprendido a nacer a diario, para darte cuenta de tu muerte nocturna: ¿cómo entenderías una cosa sin la
otra?, ¿cómo entenderías a un héroe vivo?...», pág. 546). La
muerte, fratricida o ritual, el asesinato, la alevosía y la traición
son las pautas de la historia de México que sólo reconoce a
héroes muertos. Esta interpretación, sostenida en la novela por
medio de las acciones de los personajes y de las referencias a la
historia real del país, se sugiere en las lucubraciones poéticas de
Ixca. De este modo, según él, se ha reunido el conjunto de
nombres inscritos en la historia y ha surgido la mexicanidad,
formada por un número incontable de máscaras superpuestas
por el devenir histórico. La totalidad, por medio del nominalis-
mo (nombrar un número infinito de nombres o de cosas), define la identidad del mexicano:

> ...nombres que gotean los poros de tu única máscara, la más-
> cara de tu anonimato: la piel del rostro sobre la piel del rostro,
> mil rostros, una máscara Acamapichtli, Cortés (...), Tizoc y tú
> sin nombre, tú que fuiste marcado con el hierro rojo... (pági-
> na 547).

En el enunciado de Ixca, se barajan y mencionan todos los
que sí tienen nombre, pero a diferencia de los textos históricos
también se habla de los no nombrados. El «tú» de los que no
tienen nombre, y están fuera de la historia (en el tiempo mítico
como Ixca), integra el «rosario» de la lamentación de Ixca en
que describe a cada tú, obsesivamente, sin poder nominar siquiera a uno (pág. 547). La masa doliente, indiferenciada que
compone el tú anónimo, ha sido siempre la misma, desde la
época de la encomienda hasta nuestros días (en otra parte de la
novela se indica que esta masa surge en tiempos prehispánicos,
cfr. *Maceualli,* pág. 314). Ixca trata de caracterizar a los mexicanos sin nombre, por medio de los predicados del tú sim-
bólico (que desmenuzan costumbres, situaciones, gustos).
Esta enumeración, significativamente, es más extensa que
la de los nombres en la historia (pág. 547) y aún más que la
de la nueva burguesía tecnocrática (págs. 549-550). Para ésta,
Ixca reserva el pronombre de las distancias sociales, el «usted»:

...y en la otra orilla ustedes que esperan el bienestar y la fama —yo, nosotros, ustedes, nunca tú, nunca el tercero— y ustedes que burlaron el azar para no ser tú, ustedes que pudieron haber sido ¡bastaba un sol, un parto! el mismo tameme, el mismo suplicante, pero ustedes que fueron los contados, los elegidos del reino de la tuna: ustedes que viajan y van y vienen y poseen un nombre y un destino claro (págs. 549-550).

El enunciado de Ixca también refuerza el aspecto crítico de la novela al insistir, en su argumentación poética, en ampliar o reiterar las mismas visiones sobre la historia, el país, las clases sociales, que se muestran con otros recursos en la novela. De esta manera, la coherencia conceptual, presente hasta en el capítulo final, y la consistencia resultante de recoger en una voz todos los hilos de la trama, procuran la fusión última de todos los niveles de la obra. Dije que una sucesión de reiteraciones discursivas clausura la novela; al examen de las clases sociales, es decir, de los que poseen o carecen de un nombre o de las coyunturas en que se hace, pierde o legitima otra vez, sigue el repaso de toda la historia de México. Ixca habla del tiempo del mito incólume («Y soñamos el discurso..., pág. 551) de la ruina del imperio azteca y del principio de la era de los vencidos («...y entonces fue el tiempo de la viruela y de la pestilencia, y de arrancar el oro a las sepulturas...», pág. 551); de la época de la colonia; de la guerra de Independencia; de la guerra de los Pasteles y de las divisiones territoriales, invasiones, y conflictos del siglo XIX (págs. 551-556). Así, con la prontitud del viento que mueve su voz vuelve a contar los incidentes del gobierno de Juárez y del Imperio de Maximiliano, del Porfiriato (páginas 556-550). Asimismo, recuenta con rapidez los sucesos de la Revolución y menciona los nombres de los revolucionarios (páginas 550-552). De acuerdo con la obsesión repetitiva que atraviesa la novela, y especialmente este capítulo, Ixca se refiere a la pluralidad otra vez: el nombre, la voz, el rostro comunes; el reconocimiento de todos los mexicanos y de su país a causa de la Revolución:

...el nombre Emiliano Zapata (...) Cenobio Moreno es el nombre de todos, de ellos y de los anteriores, el río de tierra que corre entre el río de voces surgido de una huella del tamaño de un hombre, de una tumba del tamaño de un hombre, de un canto del tamaño de un hombre (...): sólo la tierra habla, ¡no va más! Las memorias están echadas. Aquí está, por un segundo, fijo, abierto como un balcón de oración en las nubes, el rostro de todos que es el único rostro, la voz de todos: la única voz, de la axila de Puerto Isabel al puntapié de Catoche, de la cadera del Cabo Corrientes a la tetilla del Pánuco, del ombligo de México al costillar del Tarahumara (pág. 562).

Por tanto, *La región más transparente,* elaborada con el criterio de totalidad, también está permeada de concepciones totalizadoras que se explicitan por medio de la reflexión de Ixca, ente plural. En su enunciado, esta entidad total y simbólica prosigue la serie de repeticiones que ambicionan abarcarlo todo (repeticiones que retoman cada una los temas de la novela). Para concluir, antes de esfumarse (otro recuerdo de la ciudad) como las otras voces que ha revivido temporalmente, nombra los barrios de la ciudad (págs. 562-563); recuerda a los personajes de la novela, cita sus frases de nueva cuenta y por última vez (páginas 563-565). Es decir, crea una red cerrada de remisiones que entretejen con peculiaridad la textura de *La región más transparente.*

«Post scriptum»

> ...y el ulises salmón de los regresos...
>
> JOSÉ GOROSTIZA, *Muerte sin fin.*

> ...siempre supe que la madurez es una manera de recordar claramente todo lo olvidado (todo lo perdido)...
>
> CARLOS FUENTES, *Cumpleaños.*

A fines de mayo de 1981 salió *Agua quemada*[33], el libro con que Carlos Fuentes remite voluntariamente a su primera novela. De nuevo se confirma que si hay algún autor mexicano fiel a sus obsesiones, un artista cuya obra es coherente, un escritor que «reescribe» sus textos para producir con originalidad calidoscópica otros nuevos, éste es Carlos Fuentes. No hacía mucho tiempo que acaba de mostrar esa consistencia, pues *Una familia lejana* partió de los cuentos «Tlactoctzine, del jardín de Flandes», «Chac Mool» y de *Aura* y *Cumpleaños*. Las reminiscencias de estas obras fantásticas en *Una familia lejana,* la transformación de muchos de sus ingredientes en una obra diferente, también del «estilo pulido», revelan esa capacidad de maravillar al lector con un arte que sabe volcarse sobre sí mismo para renovarse. Pero las obras de Fuentes no sólo dialogan entre sí de esta manera, ya que existen varios tipos de enlaces que las conectan dentro de una «intertextualidad» en que no só-

---

[33] La intencionalidad de esta obra, dirigida ex-profeso a *La región más transparente,* me obligó a incluir estas notas después de haber finalizado la Introducción. Curiosamente, el escritor publica este texto en la misma editorial que le editó su primera novela: Carlos Fuentes, *Agua quemada* (cuarteto narrativo), México, Fondo de Cultura Económica, 1981.

lo aparece esa clase de retroalimentación, sino alusiones directas de una obra a otra. Entre *Agua quemada* y *La región más transparente* existen conexiones relevantes que, por un lado, son significativas para la biografía de Fuentes (que así quiso marcar o relacionar dos momentos de su carrera) y, por otro, acercan y relacionan estrechamente dos textos tan distanciados por el tiempo. Estos lazos parecen haber sido buscados por el artista con la intención de sugerir que el autor de *La región más transparente* retoma la palabra. Este es un nuevo recurso de Fuentes para ligar sus obras, ya que *Agua quemada,* volumen independiente en sí mismo, también puede leerse como la «continuación» de *La región más transparente.* Esto, no porque reaparezcan sus personajes (como sucede en otros textos del mismo escritor [34]) o se continúen sus historias personales (como también ocurre en algunos), [35] sino porque, en más de un aspecto, *Agua quemada* completa el relato de la historia de México, iniciado en *La región más transparente,* complementa la caracterización de la ciudad de México y de las clases sociales en las mismas direcciones que la novela. *Agua quemada,*

---

[34] Es el caso de *Cambio de piel* (México, Joaquín Mortiz, 1967). Personajes de *La región más transparente, Las buenas conciencias, La muerte de Artemio Cruz,* son parte del recuerdo de Elizabeth (lo que sería el futuro de esas novelas, que ya es el pasado de la mujer): «Vi pasar frente a mí a algunas personas conocidas, de esas que ocupan las páginas sociales de los periódicos, ofrecen tés, reciben showers o aparecen en un velero en Acapulco. Jaime Ceballos y su esposa la hija del banquero Régules, que fueron los que seleccionaron los discos y apagaron las luces para bailar. Pedro Caseaux, el jugador de polo, con una chiquilla muda al brazo. Charlotte García, ¿la recuerdas?, la famosa anfitriona del set internacional, con su eterno Bobó, los dos un par de momias, como si Lotte Lenya hubiera aparecido del brazo de Peter Lorre. Nuestro anfitrión, Reynaldo Padilla, el heredero de los negocios de Artemio Cruz, ¿recuerdas?, cuando el viejo aquel murió hace seis o siete años y los periódicos sólo hablaron de él durante quince días o un mes; ¿recuerdas cómo nos reímos leyendo esos elogios postmorten? Cualquiera hubiera dicho que aquel viejito millonario era un héroe de la nación y una figura mundial» (págs. 242-243).

[35] Así pasa escuetamente en *Cambio de piel* (véase nota anterior). *Las buenas conciencias* profundiza en el pasado de Jaime Ceballos, para encontrar las causas que lo llevan a la nueva burguesía. Su ingreso se describe en *La región más transparente* (págs. 530-537) y el triunfo definitivo en *La muerte de Artemio Cruz,* cuando se decide su suerte como uno de los poderosos del país (cfr. págs. 256-269; allí mismo también reaparecen otros personajes de *La región más transparente).*

pues, contiene tanto la descripción actualizada de la ciudad de México (o la imposibilidad de capturar las últimas devastaciones que ha sufrido), el empobrecimiento progresivo de las clases media y baja, como la visión nostálgica por la urbe moderna de los años 50 (cuando pudo creerse que se habrían colmado las necesidades destructivas de los especuladores en bienes raíces). El novelista que quiso inmortalizar sus imágenes juveniles de su ciudad natal, el primer cronista moderno de la ciudad de México, su descubridor contemporáneo por excelencia, se ve obligado a hablar del principal objeto de su arte, cuando éste está a punto de ser despersonalizado, descuartizado, para siempre. Pocos artistas habrán tenido que presenciar la ruina irremediable y gratuita del objeto que los inspiró. No es el caso del dolor por la pérdida de la belleza y frescura pasajeras del ser amado, o el de la congoja por las consecuencias de los cataclismos naturales, o el del pesar por los resultados de las guerras, que algo de todo esto pudo tener *La región más transparente*. Es la desilusión depués del desengaño. Como don Alfonso se sorprendió de los cambios que había sufrido su valle del Anáhuac durante su ausencia y lo dijo en «Palinodia del polvo» (su propia réplica a *Visión de Anáhuac*), así Fuentes escribe *Agua quemada*. Al igual que Reyes, llevó a cabo la urgencia de rectificar o precisar, pero en *La región más transparente* ya había partido del desengaño. La ambivalencia con que Fuentes había caracterizado a los héroes revolucionarios en el poder o a las clases altas (embellecidos artísticamente tanto como criticados), propia de sus primeras obras, casi desaparece en *Agua quemada*. La caricaturización despoja a los personajes de «El día de la madres», uno de los cuatro relatos que componen el volumen, de cualquier altura, dignidad o rasgos positivos (por ejemplo, en *La muerte de Artemio Cruz,* el protagonista traidor, corrupto y en plena putrefacción física y moral —muere durante la operación quirúrgica que descubre la gangrena intestinal, la podredumbre de sus excrementos— tiene una fuerza literaria no muy ajena a su poder de fascinación y control sobre los demás personajes). Esta es la tendencia que en mayor o menor medida da un cariz nuevo a la crítica de Fuentes y a la manera de percibir y hacer percibir a la ciudad, a los personajes. Se salvan, sin embargo, las caracterizaciones de los que pertenecen (por haber ingresado recientemente o por la inercia social que allí los ha refundido) a los estratos sociales más bajos. Esto ocurre con casi todos los personajes de «El hijo de Andrés Aparicio» y especialmente con los de

«Éstos fueron los palacios»[36] (los relatos números 4 y 2, respectivamente). El sarcasmo, sin embargo, se cuela en «El hijo de Andrés Aparicio»; la inconsciencia animal de Bernabé Aparicio, hijo del incorruptible ingeniero que muere asesinado por venganzas políticas, lo ayuda a sobrevivir socialmente. De este modo, se convierte en asesino a sueldo y miembro de un grupo paramilitar, siempre bajo el mando o la tutela de quien ordenó la muerte de su padre. La fuerza instintiva y física del joven Bernabé, su incapacidad para sentir remordimiento o entender la ironía de las circunstancias que definen su vida, lo hacen apropiado para aprovechar las libertades de esa profesión y desfogarse por intermedio de la violencia incontrolada. Con la personalidad representativa de este habitante de una ciudad perdida del Distrito Federal, y a través de su comportamiento y oportunismo elementales, Fuentes aborda la descripción de un tipo social mexicano inexistente en la década de los 50 (surgió, activamente, durante los acontecimientos conflictivos que preludiaron la celebración de las olimpiadas en 1968). Asimismo, reaparece la faceta política de la crítica de Fuentes, que se había esfumado para *Una familia lejana* (no en sus artículos periodísticos), característica de *La región más transparente*.

La cabeza de la hidra había continuado, respecto a la ciudad de México, la tradición de Fuentes de describir pormenorizadamente los lugares en que sitúa la acción. De un modo obsesivo, ha trazado literariamente los «mapas» de Guanajuato *(Las buenas conciencias)*, Londres *(Cumpleaños)*, París *(Terra nostra; Una familia lejana)*. Esta tradición personal comenzó con el diseño de la ciudad de México en *La región más transparente* que, incompleto por el paso del tiempo y el ritmo acelerado de las modificaciones, fue «retocado» posteriormente en *La muerte de Artemio Cruz;* en «Las dos Elenas», «El costo de la vida» de *Cantar de ciegos;* en *Zona sagrada* y *Cambio de piel.* Sin embargo, la calidad del interés con que Fuentes se enfrenta a la ciudad de México en *Agua quemada,* tanto como otros elementos pertinentes, ligan íntima y simbólicamente este volumen con *La región más transparente.* «El día de las madres», «Estos fueron los palacios», «Las mañanitas» y «El hijo de Andrés Aparicio» no únicamente delinean zonas de la ciudad que no habían descrito

---

[36] El título alude a la expresión que declaraba la belleza arquitectónica de la ciudad de México y que Fuentes utilizó en *La región más transparente,* con sentido contradictorio para titular uno de los capítulos (pág. 281).

otras obras de Fuentes, sino muestran el deterioro y desmantelamiento progresivos del centro y de barrios otrora bellos: los palacios del México colonial y afrancesado[37]. Igualmente, se nota la insistencia en las precisiones para nombrar calles, encrucijadas, por incluir puntos de referencia (El Caballito, por ejemplo). Se trata de nombrar lo que no había sido nombrado, de incluir lo que faltaba de la ciudad de México dentro de la obra individual más dedicada a ella. Y el desencanto está desde los epígrafes que rinden homenaje a dos maestros de Fuentes: Alfonso Reyes[38] y Octavio Paz. No podía ser otra cita, sino una de Reyes, la idónea para encabezar *Agua quemada* y cuál más insinuante o significativa:

> ¿Es ésta la región más transparente del aire? ¿Qué habéis hecho, entonces, de mi alto valle metafísico?
>
> ALFONSO REYES, «Palinodia del polvo».

Y si Reyes inició la práctica de consolidar un tema, creando un texto clásico, para depués retomarlo urgido por las circunstancias; si Paz hace lo mismo con su «Posdata» (1970) a *El laberinto de la soledad*[39], Fuentes, como ambos, regresa a una obra fundamental suya. La armonía y el simbolismo guían también la selección del título del cuarteto narrativo, que proviene de la obra de Paz que tanto puede decir sobre el sentido de este libro de Fuentes; dice el segundo epígrafe:

---

[37] En el guión de *Los caifanes* (México, 1966, dirección de Juan Ibáñez), Fuentes exploró el modo de vivir y pensar de los que viven allí. Una pareja de novios, snobs y extranjeros en su propio país, visitan las mansiones del centro de la ciudad y conviven durante una noche con los caifanes. De ese modo, recorren el espacio de la muerte «a lo mexicano» y descubren su incapacidad para comunicarse, para amar. «Chac Mool», «Tlactocatzine, del jardín de Flandes», *Aura*, «Las mañanitas», «El hijo de Andrés Aparicio» y «Estos fueron los palacios» aprovechan las posibilidades de esas edificaciones para convocar lo fantástico, para mostrar un problema «sociológico», como fuentes históricas.

[38] Por su obra en general, en 1979, Carlos Fuentes obtuvo el premio Alfonso Reyes (México).

[39] El ensayo en que Paz plasma sus reflexiones sobre México, el mexicano, la mexicanidad, las cuales consideran la importancia de la ciudad de México como el centro neurálgico del país y de la historia (que preserva al pasado azteca, sanguinario, mítico y redivivo cíclicamente).

                    se quebraron los signos

                                        atl tlachinolli
                        se rompió

                                        agua quemada
                                    Octavio Paz, «Vuelta»

La visión de Fuentes más reciente sobre la ciudad de México
y sus habitantes, no se concreta con naturalidad en una «nueva
novela» como ocurrió en *La región más transparente*. Esta vez,
su respuesta a la motivación de la ciudad, día a día más amorfa
y dividida, está en cuatro relatos. Como en *Los días enmascarados*, no se vale de la novela, pero *Agua quemada* (cuarteto narrativo) tiene una unidad de la que carecía su primer
libro y, sobre todo, detrás está la producción literaria de Fuentes. La división formal dentro de un volumen que sí cumple el
deseo de manifestarse como un todo, podría interpretarse,
creo, como una de las posibilidades de adecuar los medios de
expresión a un objeto de naturaleza difícil, casi no aprehensible. Así, la separación entre los cuatro relatos refleja, a mi manera de ver, la separación real entre los habitantes de la ciudad,
cuya fisonomía deshumanizada ya no permite los encuentros
que había en otras épocas (como se nota en *La región más
transparente*). Las vidas de los personajes de *Agua quemada*,
alguna vez relacionadas entre sí, ya no se cruzan y reencuentran
para tramar un solo texto. Se sabe, sí, que hubo contactos es-
porádicos o cercanos, relaciones de trabajo o sociales, pero la
ciudad dispersó ese haz de vidas humanas todavía reunido en *La
región más transparente*. No es que los relatos del último libro
de Fuentes retraten el estadio más actual de la transfiguración
de la ciudad de México, pues no es así. Es que el recuerdo, por
lo que fue la capital de México en los años 50 y lo que se está
volviendo, la dibujan indirectamente —o como en el impresio-
nismo. La intertextualidad buscada por Fuentes liga los cuatro relatos entre sí, el volumen con su propia obra anterior
y todo con la de sus maestros. La tradición mexicana sobre
el Valle de México[40] vuelve a continuarse conscientemente, con el
retorno de Fuentes a sus grandes temas, con el señalamiento de
sus influencias más cercanas. La decadencia de la «aristocracia»
porfiriana y la venganza del pasado prehispánico (o de los ma-

---

[40] Véase Velasco, José María; Balbuena, Bernardo de, en MPH.

ceguales) están en «Las mañanitas». La nueva burguesía, el destino del revolucionario longevo (enriquecido gracias a la Revolución) y el comportamiento de sus herederos (el hijo y el nieto), se hallan en «El día de las madres». La miseria y la magia de los pobres (que por una ironía histórica habitan los antiguos palacios del centro de la ciudad), están en «Estos fueron los palacios». Las últimas consecuencias de la Revolución mexicana, en los cuatro relatos y, especialmente, en «El hijo de Andrés Aparicio»; en esta narración, la más extensa y la que apunta más hacia la organización novelesca propia de Fuentes, se analiza una de las ciudades perdidas y a los que la habitan (por qué llegaron allí y cómo algunos consiguen salir). La movilidad social, hacia abajo, se describe en «El hijo de Andrés Aparicio». Este relato se refiere directamente a hechos específicos de la historia de México, a principios de la década de los años 70, que empaparon de sangre joven las calles de la ciudad —y los campos militares secretos. Este desenmascaramiento de los hechos que oculta la historia oficial mexicana revive al escritor de *La región más transparente* y de *La muerte de Artemio Cruz*. De nuevo, el problema de la ausencia de un nombre implica ser relegado al fondo de la escala social, pero en «El hijo de Andrés Aparicio» se trata de una de las ciudades perdidas que hacen germinar el descontento. Con la descripción del anonimato del espacio marginado empieza «El hijo de Andrés Aparicio»:

> *El lugar.*
> No tuvo nombre y por eso no tuvo lugar. Otras colonias fueron nombradas. Esta no. Como por descuido. Como si un niño hubiera crecido sin ser bautizado. Peor tantito: sin ser nombrado siquiera. Fue una complicidad de todos. ¿Para qué nombrar este barrio? (pág. 97).

El recuerdo de unos personajes por los demás o la imposibilidad de recordarse, la añoranza por todos los pasados de México, vividos en y por su ciudad central, atraviesan *Agua quemada* y son ligaduras con *La región más transparente*. El exponente más moderno de la tradición cultural sobre el Valle de México tiene todas las reacciones que causa una pérdida. La que siente el protagonista de «Las mañanitas» se inscribe en la línea nostálgica de los que conocieron esa región en épocas notables (con su recuerdo pongo punto final a esta noticia):

> Antes, México era una ciudad con noches llenas de mañanas.
> A las dos de la madrugada (...), ya era posible oler la tierra mo-

jada del siguiente día, respirar el perfume de las jacarandas y sentir muy cerca los volcanes.

El alba todo lo aproximaba, montañas y bosques. Federico Silva cerraba los ojos para aspirar mejor ese olor único del amanecer en México; el rastro sápido de los légamos olvidados de la laguna. Oler esto era como oler la primera mañana. Sólo quienes saben recuperar así el lago desaparecido conocen de veras esta ciudad, se decía Federico Silva. Eso era antes, ahora...
(página 71).

Esta edición

LRT apareció por vez primera en 1958[1].El forro ostentaba una viñeta de Pedro Coronel y una reseña en la primera solapa. La novela y la viñeta integraron un libro cuyo aspecto también fue significativo porque capta un momento culminante de la cultura mexicana[2]. El dibujo de Coronel funde la figura central de un hombre desnudo y los perfiles de otros hombres, como partes indivisibles de un todo. Puede decirse que la composición de la viñeta representó acertadamente el meollo de LRT: el rostro y el cuerpo del hombre múltiple, cuya cabeza tiene el esbozo de una corona, se encuentran dispersos en varias siluetas[3].

---

[1] FCE, editorial creada por el Estado mexicano, publicó LRT durante uno de sus períodos más exitosos como promotora de la alta cultura. La novela se editó en la colección Letras Mexicanas, número 38, encuadernada con cubiertas duras.

[2] Es decir, el apogeo de la «filosofía de lo mexicano». Varias editoriales editaban ininterrumpidamente las numerosas obras producidas desde el inicio de la década (por ejemplo, Porrúa y Obregón dedicó una colección, México y lo mexicano —bajo la dirección de Leopoldo Zea—, a difundir la riqueza del pensamiento en México. Unos títulos: Reyes, A., *La X en la frente;* Zea, L., *Conciencia y posibilidad del mexicano;* Moreno Villa, J., *Cornucopia de México,* cfr. nota 43 de la Primera parte; Gaos, J., *En torno a la filosofía mexicana*).

[3] Hay la silueta de la muerte (una calavera); de lo indígena (un perfil autóctono del que brota el símbolo azteca de la palabra); de lo europeo (un perfil con rasgos europeos); de lo mestizo (un perfil con rasgos que diluyen lo autóctono). En el centro, el cráneo sin facciones, con dos perfiles de cada lado, tiene un esqueleto con cuatro brazos completos: las manos y brazos centrales adoptan una posición ritual (de plegaria o de entierro); del otro par, un brazo está alerta, hacia arriba, y el otro sostiene el rostro pensativo (cuya prolongación, hacia abajo, es un abultado viente femenino con claras señas de preñez). Las dos pier-

La primera edición, con 463 páginas, se reimprimió tres veces (1958, 1960, 1963). El número de páginas de la edición de 1972, la segunda —la última hasta la fecha en la colección Letras Mexicanas—, aumentó a 476, por la inserción del *Cuadro cronológico* y de la guía de los *Personajes*[4]. El texto no se alteró, pues las reimpresiones y ediciones del FCE reproducen la primera edición. Hubo un cambio que actualizó la apariencia del libro, gracias al forro diferente, con la viñeta a cargo de José Luis Cuevas[5]. En las solapas se pusieron comentarios de C. Wright Mills, José Lezama Lima, José Alvarado y Julio Cortázar, sobre LRT (se incluyen en la página final de la edición en rústica, desde 1972). La novela se reimprimió para la Colección Popular, número 86, en 1968 (en dos ocasiones) y en 1969. Cuando se aumentó en 1972 la edición de Letras Mexicanas, igualmente, la de Colección Popular[6]. Ésta se reimprimió en 1973 y 1977[7]. En 1974, cuando Carlos Fuentes tenía cuarenta y seis años, EdA publica sus *Obras completas,* en cuatro tomos. LRT es la primera novela de las cuatro del tomo I (págs. 121-630)[8]. El *Cuadro cronológico* y *Personajes* reaparecen en la edi-

---

nas semidobladas estarían a punto de caer o de levantar al individuo que soporta su peso y el de los demás.

[4] Cfr. nota 1 de la Primera parte.

[5] Cuevas, como Coronel, rechazó los presupuestos de la Escuela Mexicana de Pintura (véase Orozco, José Clemente, en MPH). El sentido del humor de Cuevas, no desdeña lo siniestro ni la mordacidad. Su ilustración burlesca representa un zapato semejante a los mocasines indios, al cual se sobrepone una bolsa que le da el aspecto de una bota. De esta prenda sale un brazo cuya mano derecha, con el anular extendido, cubre con los dedos doblados la otra mano, de la que se ve el pulgar y nada más. El gesto triunfal, grosero y malicioso, se alimenta de las gesticulaciones de que se vale la procacidad mexicana para expresarse sin palabras (para el significado de este insulto, véase la nota 522 de la Primera parte).

[6] Ha alcanzado tiradas de 20.00 ejemplares; algo tan insólito en México como el número de reimpresiones de la novela —lo mismo sucede con otras obras de Fuentes.

[7] La portada de la edición en rústica tiene una fotografía de Pedro Bayona. Su diseño en rojo, verde y azul marino —con un poco de tinta negra— cubre todo el frente. Las letras sobrepuestas del título y el nombre del autor, en amarillo. En la parte posterior reaparecen algunos fragmentos de la reseña que tenía la primera edición en la solapa.

[8] Está inmediatamente después del *Prólogo* general a cargo de Fernando Benítez (págs. 9-68); de los *Datos biográficos* (págs. 69-76) y de *La narrativa y teatro de Carlos Fuentes. Una bibliografía selecta,* de

ción de Aguilar (págs. 141-145 y 147-150), con una sola variante tipográfica (se cambia la fecha que coordina los acontecimientos de las columnas *La novela* y *La historia*. En la edición
original se colocan en el vértice superior derecho de los hechos
de *La novela;* en cambio, en EdA se sitúan en el centro de la
página, en medio de las columnas. Esta modificación da la tónica de los cambios de esta edición respecto a las del FCE, por
eso la menciono. Es decir, EdA no introdujo variaciones en la
redacción, ni interpolaciones. Se cambió, sí, la distribución tipográfica de algunos párrafos[9]. Las cifras, fechas o datos precisos que habían ido transcritos con números, en la EdA se presentan con letras. Se corrigieron las erratas de las ediciones anteriores; ocasionalmente, se pasó de versales a minúscula y a la
inversa —en lugar de las comillas dobles, EdA recurre a las
francesas—; he tratado de señalar estos pequeños cambios.
Además de estas modificaciones inapreciables, EdA introduce
otras, también tipográficas, que distinguen su edición de la del
FCE (son, por otra parte, las que caracterizan toda la edición
de las *Obras completas)*. Debido a que la cursiva sirve a algunas intenciones específicas en la edición original[10] —el texto en

Richard Reeve. Como prólogo de LRT está un ensayo de Luis Cardoza
y Aragón (data de mayo de 1958; págs. 125-131). Tiene además cartas
completas de José Lezama Lima (La Habana, octubre de 1958, páginas 133-134) y Julio Cortázar (París, diciembre de 1958, págs. 135-139).
Estos documentos son las fuentes de las que se entresacaron párrafos
para los comentarios que acogen las ediciones del FCE.

[9] Por ejemplo, en los anuncios de neón (pág. 148), parece ser que
originalmente se intentó hacer con su representación un juego visual,
que reprodujera, en la composición del párrafo, la intermitencia de esa
luz artificial, del modo como la estaría viendo el narrador. En general,
esta idea no se abandona del todo en la EdA, ya que es un propósito
que se desprende del texto, pero se optó por ordenar los anuncios colo-
cando en el mismo lado a los iguales, para que coincidieran verticalmente los cortes del rayado.

[10] Me parece que cumplía el papel de subrayar determinadas expresiones; de destacar los versos (de poemas, de canciones populares); de
hacer notar ocasionalmente los títulos de libros y revistas (no sistemáti-
camente, pues también se entrecomilló). Podría decirse que en la edición original, la cursiva tuvo también la función de destacar la exposición de lo oculto: los pensamientos de los personajes (deseos más
íntimos, fracasos, traiciones y anhelos inconfesados); las retrospec-
ciones o relatos de los fragmentos cruciales de sus historias personales.
Así, se revela la faz mítica y prehispánica de la historia de México o se
subraya la miseria de uno cualquiera de los habitantes anónimos de la

que tal vez Fuentes se ha valido más de este recurso—, podría decirse que, en cierto modo, estos cambios de la EdA tienen un peso particular y quizá afectan la lectura de LRT. (Esto me llevó a intentar consignarlos; en seguida, los describo someramente.) Hay letras de dos tamaños y, como regla, para los versos que estaban en cursiva (los que formaban una estrofa, en la del FCE), se emplearon letras de tipo menor. En la EdA, asimismo, se imprimieron frases enteras en cursiva, me refiero a los reemplazos en los parlamentos de los personajes que utilizan otras lenguas. También se puso en cursiva el vocabulario políglota de la clase alta (no se uniformó el uso de las ortografías extranjeras; con la acentuación, se españolizó en algunos casos). Este vocabulario comprende las expresiones de saludo, los nombres de los objetos de consumo y de uso personal, los nombres de las bebidas en boga. Hubo cambios ortográficos y supresión de algunas comillas. En cursiva, asimismo, se pusieron en la EdA la mayoría de los apodos o motes cariñosos de los personajes (independientemente de su extracción social y del origen lingüístico de los sobrenombres). La jerga de los pobres se pone en cursiva cuando españolizan con peculiaridad las palabras del inglés.

En esta edición fidedigna de LRT señalaré las diferencias de la EdA, respecto a la del FCE, de la siguiente manera: si los cambios fueron sistemáticos haré una sola mención; en general, señalaré todas las variaciones.

Existen otros textos de corta extensión que también compararé con la edición original, pues son variantes de ciertas partes de la novela. Anoté estas variaciones de la redacción porque podría ser de interés seguir, aunque fugazmente, algunos pasos del autor para la creación de una obra capital. LDV se publicó en el segundo número de la *Revista mexicana de literatura* (1955)[11]. Este relato se incorporó a LRT (probablemente era un adelanto de la novela, pero por sus características pudo publicarse por separado sin desmerecer). LRT asimiló sin problemas LDV (Fuentes es un novelista y cuentista consumado); el parentesco no se niega, pues LDV representa a LRT en *Cuerpos y*

---

ciudad, las frustraciones y esperanzas de ascenso de la clase media. Pero no se generalizó, por ejemplo, la marca Raleigh de cigarrillos; anteriormente casi siempre entrecomillada, en la EdA no va en cursiva (página 604).

[11] Para los fundadores de esta publicación, importantísima durante una época, véase (pág. 42).

ofrendas (1972), la antología de textos que sirvió como paradigma de los intereses de Fuentes durante casi veinte años[12]. La redacción de 1972 proviene de LRT y tiene variaciones en el vocabulario y en la composición. Comparo tanto LDV de 1955 como LDV de 1972 (ésta, en tanto, «derivación» de LRT). El sexto número de la *Revista mexicana de literatura* (1956) dio a conocer un avance de la novela que se publicaría en 1958: «Fragmento de novela», *Macehualli;* con el título que después tuvo otra sección de LRT (cfr. pág. 311). Aunque hubo muy pocos cambios en la edición del FCE, también examinó esta variante parcial. Finalmente, también consideré un cuento publicado en 1956, CDQ[13] (también con el título de otra sección de LRT, cfr. pág. 483). El caso de este relato es muy especial porque se reorganizó por completo. Es decir, ingresa en LRT después de que se pensó que era un material que había que reelaborar profundamente. Parece ser una obra que no dejó satisfecho a su autor, quien decidió expurgarla. Es quizá la razón de que, desperdigadamente y con otro orden que el primitivo, ciertos fragmentos de CDQ se utilizan en varias partes de LRT, mientras que otros se desechan por completo (hasta que surgieron, nítidos, los sucesos apropiados para integrarse a la novela). La manera de emplear sus propios textos para la creación de otras obras, borrando su ascendencia, reelaborándolos en lo interior, es característica de la escritura de Fuentes, quien nunca «enmienda» un producto final, sino que lo recrea para producir otro nuevo. Se ha pretendido que en esta edición crítica se compararan distintas redacciones y estuviera refor-

---

[12] La editó Alianza Editorial, e incluye «Chac Mool», el mejor cuento del primer libro de Fuentes. LDV reúne varios aspectos fundamentales de LRT, entre ellos, la crítica a la Revolución mexicana y la idea de un destino de los que se entrelazan en la vida (básica para la estructuración de la novela).

[13] Los relatos que contribuyeron a la génesis de LRT fueron publicados cuando Fuentes ya era reconocido como cuentista. Gozaba de este prestigio, pues *Los días enmascarados* (1954) así lo habían dado a conocer recientemente. CDQ forma parte de una compilación que Emmanuel Carballo seleccionó, prologó y anotó «biobibliográficamente», para reunir en dos volúmenes a los cuentistas que más prometían. No podía faltar un cuento de Fuentes en *Cuentistas mexicanos modernos.* Curiosamente, Fuentes fue conocido primero como cuentista y después como novelista; la fama que le han dado las novelas, a veces, opaca su renombre como escritor de cuentos, de relatos cortos (que siempre ha cultivado).

zada con anotaciones a pie de página, con aclaraciones históricas, léxicas, culturales, literarias. Las históricas, por ser tan abundantes, me hicieron pensar en un apéndice que contuviera la información que urgía menos poner cerca del texto (aunque en mi opinión, imprescindible). MPH, entonces, aspira a servir de ayuda mnemotécnica al lector, que encontrará en ella más datos sobre algunos personajes: los que a mi juicio han atraído la atención del autor. Traté de incluir lo que me pareció pertinente para leer LRT, fuera de México, y veintitantos años después de haber sido publicada por vez primera. Respecto al léxico, el mayor obstáculo fue la ausencia de un diccionario del español de México apropiado, por lo que me basé en buena medida en mi propia conciencia de hablante (me temo que no pude escuchar autorizadamente el español hablado de la década de los 50, o mi recuerdo es mínimo) y en la familiaridad con la obra de Fuentes, que de algún modo me ha provisto de un conocimiento de ese estadio de la lengua (los errores en la definición de una palabra o en la aclaración cultural, histórica, literaria se deben, pues, a mi interpretación personal).

Lista de abreviaturas

CDQ = Fuentes, Carlos, «Calavera del quince», en *Cuentistas mexicanos modernos,* t. II, México, Libro Mex, 1956, páginas 233-246.

CF = Fuentes, Carlos, «Carlos Fuentes», en *Los narradores ante el Público,* México, Joaquín Mortiz, 1966.

DEM = Documentación del *Diccionario del español de México* (redacción provisional), por investigadores de El Colegio de México (todavía en proceso de elaboración).

DC = Chabat, Carlos G., *Diccionario de Caló. El lenguaje del hampa en México,* México, Francisco Méndez Oteo ed., 1964 (1.ª ed., 1956).

DLN = Siéon, Rémi, *Diccionario de la lengua náhuatl,* traducción de Josefina Oliva de Coll, México, ed. Siglo XXI, 1977 (primera edición en francés, 1885).

EdA = Edición de Aguilar (LRT, 1974).

FCE = Fondo de Cultura Económica (LRT, 1958, 1972).

LDV = Fuentes, Carlos, «La línea de la vida», en *Revista mexicana de literatura,* México (noviembre-diciembre), 1955, páginas 134-144. *Íd., ibíd.,* en *Cuerpos y ofrendas,* Madrid, Alianza Editorial, 1972, págs. 31-34.

LRT = Fuentes, Carlos, *La región más transparente,* México, FCE, (1958), (1972). *Íd., ibíd.,* EdA, *íd.* (1974).

Mci = Fuentes, Carlos, «Maceualli», en *Revista mexicana de literatura,* México (julio-agosto), 1956, págs. 581-589.

MPH = *Memoria de personajes históricos. Los que sí tienen nombre,* páginas 85-127.

Rad = Fuentes, Carlos, «Radiografía de una década: 1953-1963», en *Tiempo mexicano,* México, Joaquín Mortiz, 1972.

TMP = Jiménez, A., *Tumbaburro de la picardía mexicana. Diccionario de términos vulgares,* México, ed. Diana, 1977.

RVP = Velasco Valdés, Miguel, *Repertorio de voces populares de México,* México, Costa-Amic ed., 1967.

76

Bibliografía

Esta bibliografía de Carlos Fuentes comprende exclusivamente sus libros[1]. En orden cronológico, la lista incluye cuentos, novelas, obras de teatro y compilaciones de ensayos. No están los guiones cinematográficos, entrevistas personales, cuentos publicados por separado[2], ni los numerosos artículos en inglés, francés o español que publica sin interrupción en periódicos, revistas o volúmenes colectivos. No consigno exhaustivamente las traducciones, que crecen con rapidez paralela a la producción de Fuentes[3]. La bibliografía sobre el autor sugiere algunos títulos de un catálogo que aumenta con celeridad progresiva (y que la dedicación de Richard Mark Reeve ha procurado completar en sus bibliografías sucesivas). Menciono antes que nada, y por separado, las obras que han ahorrado tiempo y esfuerzo a los estudiosos de Fuentes.

JACKSON, RICHARD L., «Hacia una bibliografía de y sobre Carlos Fuentes», *Revista Iberoamericana,* XXI, 60, julio-diciembre 1965, páginas 297-301.

OCAMPO DE GÓMEZ, Aurora M., y PRADO VELÁZQUEZ, Ernesto, «Fuentes, Carlos», *Diccionario de autores mexicanos,* México, Universidad Nacional Autónoma de México, 1967, págs. 297-301.

REEVE, Richard M., «Carlos Fuentes y la novela: una bibliografía escogida», en *Homenaje a Carlos Fuentes,* Nueva York, Giacoman F. H. ed., 1971, págs. 473-494.

— «An Annotated Bibliography on Carlos Fuentes: 1949-1969», *Hispania* (EE.UU.), LIII, 4, octubre 1970, págs. 595-562.

---

[1] No incluye varios textos del autor mencionados en esta edición y que salieron en revista, antologías. Tampoco aparece aquí la referencia de sus *Obras completas.*

[2] Por ejemplo, *Chac Mool y otros cuentos,* Madrid, Salvat, 1973.

[3] Éstas aparecen poco tiempo después de su publicación en la lengua original. Algunos trozos de sus obras mayores y relatos cortos se han traducido y forman parte de publicaciones que no incluyo.

— «La narrativa y teatro de Carlos Fuentes. Una bibliografía selecta», en Carlos Fuentes, *Obras completas,* t. 1, México, EdA, 1974, páginas 77-115.

GIACOMAN, Helmy (compilador), *Homenaje a Carlos Fuentes. Variaciones interpretativas en torno a su obra,* Nueva York, Giacoman F.H. ed., 1971 [4]

[4] Reúne los estudios más renombrados hasta la fecha de publicación, por lo cual no los cito en la bibliografía. Los autores son algunos de los críticos más conocidos: O. Paz, E. Rodríguez Monegal, E. Parra, R. M. Reeve, M. Benedetti, J. Ortega, N. Osorio, R. Jara, C. J. Loveluck, M. A. Salgado, G. Durán, S. Sarduy, J. Sommers, J. M. Ullán, A. Díaz-Lastra, A. Brehil Luna, J. López-Sanz, G. Mac-Murray, C. M. Allen, A. O. Avellaneda, J. Stais.

Obras de Carlos Fuentes

Los días enmascarados (cuentos), México, Los Presentes, 1954; *ibídem*, México, Novaro, 1966.
La región más transparente (novela), México, FCE, 1958.

Traducciones

Where the Air is Clear, traducción inglesa de Sam Hileman, Nueva York, Ivan Obolensky, 1960.
La plus limpide région, traducción francesa de Robert Marrast, con prólogo de Miguel Ángel Asturias, París, Gallimard, 1964.
Nejpruzracnejsi Kraj, traducción checa de Eduard Hodousek, Praga, Klub Ctenáru, 1966.
Kraina najczystsego powietrza, traducción polaca de Teresa Marzynska, Varsovia, Panstowowy Instytut Wydawniczy, 1972.
Las buenas conciencias (novela), México, FCE, 1959.

Traducción

The Good Conscience, traducción inglesa de Sam Hileman, Nueva York, Ivan Obolensky, 1961.
Aura (novelita), México, Era, 1962.

Traducciones

Aura, traducción italiana de Carmine de Michele, Milán, Feltrinelli, 1964.
Aura, traducción inglesa de Lysander Kemp, Nueva York, 1965; también en Cohen, J. M., *Latin American Writing Today,* Middlesex, Penguin, 1967; también en Karl, Frederick R., y Leo Hamalian, *The Naked i, Fiction for the Seventies,* Greenwich, Fawcett Premier Books, 1971, págs. 213-241.
Aura, traducción holandesa de A. de Swarte, Utrecht, Bruna, 1966.
Aura, traducción noruega de Ase-Marie Nesse, Oslo, Samlaget, 1966.
Aura, traducción alemana de Christa Wegen, Stuttgart, Deustche Verlags Anstalt, 1966.
Aura, traducción checa en la revista *Literatura mundial,* Editorial Odeón (no hay más datos).
Aura, traducción portuguesa de Sergio y Marisa Parx Bath, Río de Janeiro, Inova, 1966.
Aura, traducción francesa de Jean Claude Andro, con prefacio de Octavio Paz, París, Gallimard, 1968 (el volumen incluye *Cantar de ciegos*).
La muerte de Artemio Cruz (novela), México, FCE, 1962.

Traducciones

The Death of Artemio Cruz, traducción inglesa de Sam Hileman, Nueva York, Farrar, Strauss y Giroux, 1964; también en Nueva

York, Noonday, 1966; también en Londres, Collins, 1965; también en Londres, Panther Books, 1969.

Nichts als das Leben, traducción alemana de Christa Wegen, Stuttgart, Deutsche Verlags Anstalt, 1964; también *Der Tod des Artemio Cruz,* traducción Christa Wegen, Berlín Oriental, Verlagsanst, Volk u Welt, 1966.

De dood van Artemio Cruz, traducción holandesa de J. F. Kilphuis, Amsterdam, Nieuwe Wieken, 1965.

Smrt Artemio Cruze, traducción checa de Hana Posseltová, con epílogo de Zedenek Velisek, Praga, Mladá Fronta, 1966.

Artemio Cruz' Død, traducción danesa de Uffe Harder, Copenhague, Gyldendal, 1966.

Artemio Cruzin Koulema, traducción finlandesa de Margareta Konkka, Helsinki, Kansankultuuri, 1966.

La mort d'Artemio Cruz, traducción francesa de Robert Marrast, París, Gallimard, 1966.

Artemio Cruz Halála, traducción húngara de Gyärgy Hargitu, Budapest, Europa Kiadó, 1966.

Smert Artemija Cruza, traducción servo-croata de Edita Marijanovic, con epílogo de Dalibor Soldatic, Zagreb, Zora, 1969.

Smerts Artemio Kruza, traducción rusa de M. Bylinkina, con epílogo de Yuri Dastkevitch, Moscú, Progress, 1966.

La morte di Artemio Cruz, traducción italiana de Carmine de Michele, Milán, Feltrinelli, 1967.

A morte de Artemio Cruz, traducción portuguesa de Gerardo Galvao Ferraz, Río de Janeiro, Inova, 1968.

Don Artemio Dód, traducción noruega de Ase-Marie Nesse, Oslo, Det Norse Samlaget, 1969.

Artemio Cruzi Surm, traducción estonia de Jaan Kaplinski, Tallinn, «Eesti-Raamat», 1969.

Artemio Cruz Död, traducción sueca de Jan Sjögren. Prólogo de Yuri V. Dasth Kevitch, Estocolmo, Rabén y Sjögren, 1969. Moscú, Progreso.

Cantar de ciegos (cuentos), México, Joaquín Mortiz, 1964.

Traducciones

Chant des Aveugles, traducción francesa de Claude Andrieu, con prefacio de Octavio Paz, París, Gallimard, 1968 (el volumen incluye *Aura*).

Piesn Slepców, traducción polaca de Kalina Wojciechowska, Varsovia, Czytelnik, 1973.

Zona sagrada (novela), México, Siglo XXI, 1967.

Traducciones

Zone sacrée, traducción francesa de Claude Andrieu, París, Gallimard, 1968.

Holy Place, traducción inglesa de Suzanne Jill Levine, en el volumen colectivo *Triple Cross,* Nueva York, E. P. Dutton y Co., 1972.

Cambio de piel (novela), México, Joaquín Mortiz, 1967; también en Buenos Aires, Editorial Sudamericana, 1967; también en México, Promesa Ed., 1979.

Traducciones

A Change of Skin, traducción inglesa de Sam Hileman, Nueva York, Farrar, Strauss y Giroux, 1968; también en Nueva York, Capricorn Books, 1969; también en Londres, Jonathan Cape, 1968.

Cambio di Pelle, traducción italiana de Carmine de Michele y Atalanta Calidon, Milán, Feltrinelli, 1967.

Hautwechsel, traducción alemana de Christa Wegen, Stuttgart, Deutsche Verlags Anstalt, 1969.

Peau Neuve, traducción francesa de Céline Zins, París, Gallimard, 1971.

París: la revolución de mayo (reportaje), México, Era, 1968.

La nueva novela hispanoamericana (compilación de ensayos), México, Joaquín Mortiz, 1969.

Cumpleaños (novela), México, Joaquín Mortiz, 1969.

Todos los gatos son pardos (teatro), México, Siglo XXI, 1970; también en *Los reinos originarios,* Barcelona, Barral, 1971 (incluye *El tuerto es rey).*

Casa con dos puertas (compilación de ensayos), México, Joaquín Mortiz, 1971.

El tuerto es rey (teatro), México, Joaquín Mortiz, 1970; también en *Los reinos originarios,* Barcelona, Barral, 1971 (incluye *Todos los gatos son pardos).*

Traducciones

Vse Koshki sieri, traducción rusa de Margarita Bylkina, Moscú, Innostranaya Litteraturya, 1972.

La Borgne est Roi, traducción francesa de Céline Zins, París, Gallimard, 1971.

Tiempo mexicano (compilación de ensayos), México, Joaquín Mortiz, 1971.

Terra nostra (novela), México, Joaquín Mortiz, 1975.

Cervantes o la crítica de la lectura (ensayo), México, Joaquín Mortiz, 1976.

La cabeza de la hidra, México, Joaquín Mortiz, 1978; también en Barcelona, Barral, 1978.

Una familia lejana (novela), México, Era, 1980.

Agua quemada (cuarteto narrativo, cuentos), México, FCE, 1981.

Obras sobre Carlos Fuentes

BEFUMO BOSCHI, Liliana B., y CALABRESE, Elisa, *Nostalgia del futuro en la obra de Carlos Fuentes,* Buenos Aires, Fernando García Cambeiro, 1974.

BLANCO AGUINAGA, Carlos, «Sobre la idea de la novela en Carlos Fuentes», en *Cuadernos políticos,* núm. 2, México, 1974, págs. 73-108; también en *De mitólogos y novelistas,* Madrid, Barral.

BROWER, Gary, «Fuentes de Fuentes: Paz y las raíces de *Todos los gatos son pardos»,* *Latin American Theatre Review,* 5/1, Kansas, 1971, págs. 59-68.

CHRZANOWSKI, Joseph, «Consideraciones temáticas-estéticas en torno a *Todos los gatos son pardos»,* *Latin American Theatre Review,* 9/1, Kansas, 1975, págs. 11-17.

DE GUZMÁN, Daniel, *Carlos Fuentes,* Nueva York, Teayne Publishers Inc., 1972.

DÍAZ SEIJAS, Pedro, «El tiempo y la muerte como unidad estructural en Artemio Cruz», en *La gran narrativa latinoamericana,* Caracas, Instituto Universitario Pedagógico, 1976, págs. 191-201.

DURÁN, Gloria, *La magia y las brujas en la obra de Carlos Fuentes,* México, Universidad Nacional Autónoma de México, 1976.

DURÁN, Manuel, «Carlos Fuentes», en *Tríptico mexicano,* Sepsetentas, 81, México, 1973, págs. 51-133.

FUENTES, Dagoberto, *La desilusión de la revolución mexicana de 1910, vista en la obra de Carlos Fuentes* (tesis doctoral inédita), Southern University of California, 1971.

GARCÍA-GUTIÉRREZ, Georgina, *Los disfraces: la obra mestiza de Carlos Fuentes,* México, El Colegio de México, 1981.

HARSS, Luis, «Carlos Fuentes o la nueva herejía», en *Los nuestros,* traducción de Francisco y Sara Porcía, Buenos Aires, Editorial Sudamericana, 1966; también en *Into the Mainstream,* Nueva York, Harper and Row, 1967.

MEYER-MINNEMANN, Klaus, «Tiempo cíclico e historia en *La muerte de Artemio Cruz* de Carlos Fuentes», *Iberoromania,* 7, Tubinga, 1978, págs. 88-105.

PEÑUELA CAÑIZAL, Eduardo, «Myth and Languaje in a Play by Carlos Fuentes», *Latin American Theatre Review,* 13/1, Kansas, 1979, páginas 15-27.

REEVE, Richard M., «Carlos Fuentes and the New Short Story in Mexico», *Studies in Short Fiction* (EE.UU.), VIII, 1, invierno 1971, págs. 595-652.

— «El mundo mosaico del mexicano moderno: *Cantar de ciegos* de Carlos Fuentes», *Nueva narrativa hispanoamericana* (EE.UU.), I, 2, septiembre 1971, págs. 79-86.

SOMMERS, Joseph, *After the Storm. Landmarks of the Modern Mexican Novel,* Alburquerque, University of New Mexico Press, 1968;

también en *Yáñez, Rulfo, Fuentes. La novela mexicana moderna,* Caracas, Monte Ávila, 1969, págs. 125-200.

STOOPEN GALÁN, María, *La muerte de Artemio Cruz, una novela de denuncia y traición* (tesis de licenciatura inédita), Universidad Nacional Autónoma de México, 1977.

Obras consultadas

BALBUENA, Bernardo de, *Grandeza mexicana* y fragmentos del *Siglo de oro* y *El Bernardo* (edición y prólogo de Francisco Monterde), México, Universidad Autónoma de México, 1941 (Biblioteca del estudiante universitario).

COSÍO VILLEGAS, Daniel, *et al., Historia Mínima de México,* El Colegio de México, 1977 (1.ª ed., México, 1973).

Diccionario Porrúa de Historia, Biografía y Geografía de México, México, Porrúa, 1969 (1.ª ed., México, 1965).

GARCÍA MARTÍNEZ, Bernardo, *et al., Historia general de México,* tomos 1, 2, 3, 4, México, El Colegio de México, 1976.

MENDOZA, Vicente T., *El corrido mexicano,* FCE, 1976 (col. popular) (1.ª ed., México, 1954).

NOVO, Salvador, *Nueva grandeza mexicana. Ensayo sobre la ciudad de México y sus alrededores en 1946,* México, Hermes, 1947.

PONIATOWSKA, Elena, «Prólogo» a Carlos Fuentes, *Cambio de piel,* México, Promociones Editoriales Mexicanas, 1970, págs. VII-XX (col. Clásicos de la Literatura Mexicana).

REYES, Alfonso, «Visión de Anáhuac» (1519), en *Obras completas,* tomo II, México, FCE, 1956 (1.ª ed., San José, Costa Rica, 1917).

VELASCO VALDÉS, Miguel, *Vocabulario popular mexicano,* México, Olimpo, 1967.

Fernández de Miranda, María Teresa. *Un vocabulario zapoteco antiguo*. México, INAH, 1960, pags. 123-301.

Jiménez Gómez, Matías. *Leyendas de la naturaleza. Vida indígena de diferentes razas. Cuentos de Zempoaltepec México*. Supplemento al Boletín Antropológico, Oaxaca, 1977, varios.

Otras consultadas

BURGOA, Fray Francisco. *Geográfica descripción y Palestra Historica de Santos, o Venerables..., la Iglesia y prólogo de Francisco Montejano*. México, 1934, introducción anotaciones de María del Carmen Pérez (Biblioteca del México).

CÓRDOVA, Fray Juan de. *Arte y Gramática Zapoteca*, Juan P. Esparza (2a. ed.), 1975, introducción. 1578.

Diccionario. *Estudio de Historia Indígena de Guerrero colonial*. Vol. XIII (Colegio Bello). 1978. Historia.

GARCÍA, Miguel, *Seminario de la...Historia y notas, la Historia General de México*. F.C.E., México. El Chapo de Mexica. 1977.

MEMORIA. *México. El siglo actual. México*. DGE, 1966 (col. Oaxaca, México. Memorias de la...).

NOVO, Salvador. *Historia y notas, la...Tenochtitlan y Tlatelolco de México en que hubo en la...*. 1346. México. México. 1967.

PRIETO, Luis. *PRIETO, Luis...Carlos...*. Carlos. *Reunión de los...*, México. Jorge Mejía. Tlalpan 2. México. 1974. pags. VII-XXVI. Historia General de la Literatura Mexicana.

REYES, Alfonso. *VISIÓN DE ANÁHUAC (1519), de la Obra completa, tomo II (Letras...)*. F.C.E., México. Serie de...Obra...ed. 1917.

VELASCO Y PÉREZ, Alfonso. *El Indígena mexicano moderno, México*. Oaxaca, 1967.

Memoria de personajes históricos

(Los que sí tienen nombre)*

Abad y Queipo, Manuel. Sacerdote español, electo obispo por la Regencia (1810), pero el Papa nunca ratificó la decisión. Declaró la excomunión canónica contra Miguel Hidalgo y Costilla, por lo cual los insurgentes desconocieron su autoridad eclesiástica. Interesado en la Nueva España, escribió sus *Representaciones* al Gobierno Real (1799, 1805, 1807, 1815), para describirla y analizarla económica, política y socialmente.

Abasolo, Mariano de. Jefe insurgente. Capturado en Acatita de Baján (como casi todos los dirigentes), estuvo entre los pocos que salvaron la vida (por el tesón de su esposa y su conducta en el proceso). Deportado a España, después que se confiscaron sus bienes, allí murió mientras cumplía la pena de prisión perpetua (1816).

Acamapichtli (o Acamapich, Acamapiclti: «puñado de cañas»). Primer rey azteca de Tenochtitlan; inició la organización del Estado mexicano. Durante su gobierno (1350-1403), Tenochtitlan alcanzó la categoría de reino —aunque todavía sujeto a los tecpanecas o señorío de Azcapotzalco.

Acuña, Manuel. Poeta romántico cuya obra alcanzó gran popularidad en su época (especialmente, los poemas amorosos «Resignación» y «Nocturno» a Rosario). Escribió una pieza de teatro, *El pasado,* y poesías de preocupación social.

---

* Por oposición a los que carecen de nombre y no son mencionados en la Historia (cfr. *Maceualli,* págs. 329; 311-345.

el tono amargo, la melancolía y la exaltación romántica matizaron su vida y sus textos. Se suicidó en 1873, a la edad de veinticuatro años. Colaboró en varios periódicos, por ejemplo, en *El Renacimiento* (véase Altamirano, Ignacio M.). Las poesías de Acuña son imprescindibles en las antologías mexicanas de difusión masiva.

Aldama, Juan de. Miembro de la célebre familia de insurgentes (en cuyo honor una ciudad se llama León de los Aldamas). Juan es héroe de la Independencia (lo mismo, su hermano Ignacio y sus sobrinos Antonio y Mariano). Conspiró desde 1809, a pesar de tener el cargo de Capitán del Regimiento de la Reina. Participó en varias batallas y también fue capturado en Acatita de Baján. Juan de Aldama murió fusilado el 26 de junio de 1811; su cabeza se expuso en un ángulo de la Alhóndiga de Granaditas, en la ciudad de Guanajuato (capital del Estado del mismo nombre; véase Hidalgo y Costilla, Miguel).

Alemán Valdés, Miguel. Abogado y político. Presidente de la República (1946-1952). Gobernador de Veracruz. Secretario de Gobernación durante el sexenio del general Manuel Ávila Camacho (véase). Su administración se propuso industrializar rápidamente al país, por lo que otorgó carta blanca a la iniciativa privada (él mismo, uno de sus miembros más fuertes). «Economía mixta» (supuestamente el mejor de los sistemas económicos) es el término que la retórica alemanista empleó para definir su política económica de corte hamiltoniano. La corrupción abierta, la desnacionalización ocasionada por el beneplácito y falta de control con que se acogió a las inversiones extranjeras, caracterizan al régimen de Alemán (y son, claramente, los trasfondos económicos, sociales y políticos que Carlos Fuentes reconstruye en *La región más transparente* y en *La muerte de Artemio Cruz,* 1962). Además, durante el periodo presidencial de Alemán, en México se podían implementar políticas de crédito y de finanzas para acelerar el proceso de crecimiento, porque existían las instituciones y organismos apropiados (Nacional Financiera, el Banco de México, los bancos privados; es decir, los organismos de crédito y finanzas oficiales y particulares; cfr. *Cuadro cronológico).*

Altamirano, Ignacio Manuel. Poeta, político, novelista, historiador de la literatura, periodista. Intervino en la rebelión de Ayutla (contra López de Santa Anna) y en la Guerra de Reforma. Luchó al lado de Benito Juárez frente a la Intervención Francesa. Altamirano tuvo ascendiente en la juventud de su época por medio de la docencia y de su obra escrita (enseñó en la Escuela Nacional Preparatoria, la de Comercio, la de Jurisprudencia y en la Nacional para Maestros). Colaborador de casi todos los periódicos y revistas de su tiempo; desempeñó cargos públicos importantes (por ejemplo, fue cónsul general de México en España). Fundó *El correo de México*, con Ignacio Ramírez y Guillermo Prieto (1867), y *El renacimiento*, con Gonzalo A. Esteva (1869). Altamirano promovió el nacionalismo cultural, particularmente con sus «Crónicas de la semana» y artículos en *El renacimiento*. Su poesía es de corte romántico. Es más conocido por sus novelas *La navidad en las montañas, Clemencia, El Zarco*. Murió el 13 de febrero de 1893.

Alvarado, Pedro de. Conquistador español, lugarteniente de Hernán Cortés, en México. Responsable de la matanza de aztecas que causó la retirada de la Noche Triste (1520). Posteriormente, conquistó Guatemala.

Alvarado Tezozómoc, Fernando de (véase Tezozómoc, Fernando).

Álvarez, Juan. Militar. Presidente de la República (desde el 4 de octubre de 1855 hasta el 15 de septiembre de 1856, día en que renuncia). Hombre de confianza de Benito Juárez, actuó como representante presidencial durante la Intervención Francesa. Combatió al lado de Morelos. Fue republicano, federalista y liberal (luchó con Vicente Guerrero, contra Iturbide). Desde 1830 hasta 1850, participó en batallas contra: el centralismo; el Plan de Escalada («Religión y fueros»); las Intervenciones francesa y norteamericana; la dictadura de Santa Anna. Impulsó el Plan de Ayutla que suspendía, en el ejercicio del poder público, a Santa Anna y sus funcionarios (1854). Cuando el Plan triunfó, fue electo presidente de la República.

Alzate y Ramírez, José Antonio de. Descendiente colateral de sor Juana Inés de la Cruz. Bachiller en teología, que se interesó en las ciencias naturales y las matemáticas. Editó varias publicaciones: el *Diario literario de México* (1768); la revista científica *Observaciones sobre la física, historia natural y artes útiles* (1787); *Gazetas de literatura* (1788). Escribió numerosos artículos sobre medicina, astronomía, meteorología, física, historia natural y química. La Academia de

Ciencias de París publicó sus *Observaciones del planeta Venus por el disco del sol.* Fue miembro de la Academia de Ciencias de París, del Jardín Botánico de Madrid y de la Sociedad Económica Vascongada. Murió en 1799. En 1884 se fundó la sociedad científica «Antonio Alzate», que se convertiría en la «Academia Nacional de Ciencias de México».

Allende, Ignacio María de. Caudillo insurgente. Se unió a la insurgencia desde que comandaba el Regimiento de la Reina en San Miguel el Grande (hoy de Allende). Descubierta la conspiración, sublevó a su tropa. Fue teniente general del ejército insurgente cuando éste concentró 80.000 hombres (véase Hidalgo y Costilla, Miguel).

Anaya, Pedro María de. Militar. Fue ministro de Guerra y Marina. Dos veces presidente de la República (del 2 de abril de 1847 al 20 de mayo del mismo año; del 13 de noviembre de 1847 al 8 de enero de 1848). Durante la Invasión Norteamericana, defendió el Convento de Churubusco y cayó prisionero. Cuando el general Twiggs, luego de tomar la plaza de Churubusco, preguntó al general Anaya sobre el paradero de las municiones, el mexicano respondió con frases que se han hecho muy famosas: «Si hubiera "parque", no estarían ustedes aquí.»

Ángeles, Felipe. Revolucionario, compañero de Pancho Villa; profesor y director del Colegio Militar. Fue un gran técnico militar; sus conocimientos de estrategia y sus tácticas lograron triunfos para la División del Norte (el ejército villista). Ángeles recurrió, frecuentemente, a la violencia (incendio y bombardeo de poblaciones; ejecuciones masivas; explosión de trenes). Segundo en jefe de Villa, desde abril de 1911, Ángeles muere ejecutado el 26 de septiembre del mismo año (fue capturado por las fuerzas de Venustiano Carranza), previo Consejo de Guerra.

Arango Quiñones, Doroteo (véase Villa, Francisco).

Ávila Camacho, Manuel. Militar y político. Presidente de la República (1940-1946). Al suceder a Lázaro Cárdenas, Ávila Camacho cambió la línea de la reforma agraria cardenista: el énfasis en la «pequeña propiedad» (neolatifundio), en lugar del ejido comunal. Con él, México perdió la posibilidad de reforzar la agricultura de subsistencia. (En *La región más transparente,* Carlos Fuentes muestra las consecuencias inmediatas de esas medidas, revelando la intensidad de la migración rural y urbana en el interior de México y hacia los

Estados Unidos.) A partir de Ávila Camacho, el Estado mexicano insistirá en industrializar y modernizar al país. Durante su sexenio, esas metas parecieron más accesibles por la herencia de las condiciones económicas propicias y el auge del crecimiento económico, causado por la estabilidad política nacional y por suplir a los Estados Unidos de bienes de consumo industriales, durante la Segunda Guerra. (En contra de la visión más optimista o institucional del futuro, *La región más transparente* sondea los pasados mediato e inmediato de México, para corroer las expectativas falsas del bienestar económico y social, a favor de todos los mexicanos; confróntese *Cuadro cronológico.*)

Axayácatl («mosco acuático»). Rey de Tenochtitlan. Durante su gobierno (1469-1481) se consagró la famosa Piedra del Sol, llamada «Calendario azteca». Inició la expansión del reino hasta el Istmo de Tehuantepec.

Balbuena, Bernardo de (Valbuena). Sacerdote y poeta español de sólida cultura humanista. Merecida fama tiene su extenso poema épico, *El Bernardo o victoria de Roncesvalles,* que consagra al héroe de la reconquista, Bernardo del Carpio. Estudió en la Universidad de México. Publicó, en la Nueva España, la *Grandeza mexicana* (1604), poema descriptivo de la ciudad de México. Este poema está entre las obras iniciadoras de una tradición cultural (que *La región más transparepente* prolonga novelísticamente). Esta tradición acoge obras históricas y literarias (por ejemplo, las crónicas de la conquista) y se funda en el deseo de descubrir al lector los secretos de la ciudad de México (véanse Díaz del Castillo, Bernal; Reyes, Alfonso). El poema de De Balbuena es una epístola dirigida a doña Isabel de Tovar y Guzmán, que iba a recluirse conventualmente. De Balbuena escribió también *El siglo de oro en las selvas de Erífile.* Salió de México (1608) para asumir el cargo de abad de Jamaica. Murió en San Juan de Puerto Rico (1627), en donde había sido obispo desde 1622.

Bazaine, Francisco Aquiles. Comandante en jefe de la Intervención Francesa, desde que Elías Federico Forey (véase) le entregó el mando (16 de julio de 1863). Participó en las operaciones militares más importantes. Su influencia en la política mexicana fue decisiva. Obtuvo Oaxaca cuando venció al general Porfirio Díaz, el 9 de febrero de 1865. Contrajo nupcias con Josefa Peña y Azcárate. Las relaciones entre Bazaine y Maximiliano llegaron a ser realmente tensas, porque el sobe-

rano decidió no abdicar. Bazaine fue uno de los siete consejeros que votaron a favor de la abdicación en la Asamblea que
se reunió en la ciudad de México (el 14 de enero de 1866).
Bazaine abandona la ciudad de México y al emperador, a la
cabeza de las tropas francesas, el 5 de febrero de 1867. Falleció en Madrid (1888), después de haber sido acusado de
traición, degradado, condenado a muerte (por la derrota de
Sedán, batalla en que comandó todas las fuerzas de Francia),
y haberse escapado de la isla de Santa Margarita (en donde
purgaba una sentencia de veinte años de reclusión, en vez de
la pena capital).

Benavente, fray Toribio de (o de Paredes).   Benavente, por su
villa natal en Zamora, Motolinía porque fue la primera palabra que aprendió de las lenguas indígenas y la tomó por
nombre («ser pobre, humillado, doliente»). Benavente fue de
los primeros franciscanos que llegaron a la Nueva España y
uno de los sacerdotes más queridos. Pudo comunicarse
estrechamente con los nativos porque aprendió el náhuatl a la
perfección (escribió en esa lengua el *Martirio de los niños de
Tlaxcala,* después traducido al español). Motolinía colaboró
en la fundación de la ciudad de Puebla de los Angeles. De su
interés en la cultura, la vida y los hombres del Nuevo Mundo,
surgen obras importantes: *Historia de los indios, Guerra de
los indios.* Murió en la ciudad de México (1569).

Bravo, Nicolás.   Caudillo de la Independencia. Como su padre,
Leonardo Bravo, luchó al lado de Morelos. Los realistas lo
mantuvieron en prisión (1817-1820). Se adhirió al Plan de
Iguala. Republicano contra el Imperio de Iturbide. Cuando
cayó Iturbide, Bravo gobernó con Negrete y Victoria, del 19
de mayo de 1822 al 1 de octubre de 1824. Presidente interino
de la República (del 10 de julio de 1839 al 19 del mismo mes
y año; de 1842 a 1843). Presidente sustituto del 28 de julio al
4 de agosto de 1846. Se dijo que Bravo y su esposa murieron
envenenados (1854).

Bustamante, Anastasio.   Insurgente de filiación iturbidista.
Miembro de la Junta Provisional Gubernativa, integrada por
38 personas, que eligió presidente a Agustín de Iturbide. Era
el vicepresidente de la República cuando derrocó a Vicente
Guerrero (tuvo posesión del Ejecutivo del 1 de enero de 1830
al 14 de agosto de 1832). Rechazó el gobierno con el Plan de
Jalapa (así originó una guerra civil, pues Guerrero se lanzó a
la lucha) y, por medio del ministro José Antonio Facio, pactó

el asesinato con Francisco Picaluga. Este marino genovés invitó a V. Guerrero y, a bordo de su bergantín «El Colombo», lo subyugó. Tras un consejo de guerra, Guerrero fue fusilado el 14 de febrero de 1831. Se dijo que el gobierno de Bustamante pagó a Picaluga cincuenta mil pesos en oro; el gabinete de Bustamante no concertó en pleno el crimen, pero sí lo aprobó tácitamente por permanecer en la Administración. Anastasio Bustamante fue desterrado cuando dejó la presidencia (1833). El Gobierno lo llamó a causa de la guerra de Texas (fines de 1846). Bustamante fue presidente de la República (19 de abril de 1837 - 20 de mayo de 1839); durante su gobierno, Francia declaró la guerra a México. El 19 de julio de 1839, Bustamante retomó el poder, pero la rebelión de Gómez Farías y del general Uranga lo aprisionó en el Palacio Nacional (1840). En 1841, es obligado a salir para Europa. Desde 1846, asume la presidencia del Congreso y prosigue su carrera (sobre todo la militar). Muere en 1853.

Cantinflas (véase Moreno, Mario).

Calleja del Rey, Félix María.   Conde de Calderón. Sexagésimo virrey de la Nueva España. Gobernó de 1813 a 1816. Organizó el Ejército del Centro (con el cual venció a Hidalgo y contuvo a Morelos). Esta fuerza armada le fue muy útil para efectuar continuas e intensas campañas contra los insurgentes (en una cayó Morelos). La Administración de Calleja controló eficazmente la insurgencia y así se hizo notar su falta de miramientos. De vuelta en España, Calleja del Rey recibió el título nobiliario y las cruces de Isabel la Católica y San Hermenegildo (1818). Después de varios tropiezos con la justicia, murió en Valencia (1828).

Calles, Plutarco Elías.   Presidente de la República (1924-1928); gobernador del Estado de Sonora; secretario de Industria, Comercio y Trabajo durante el gobierno de Carranza (1919); secretario de Gobernación durante el gobierno de Obregón (renuncia para convertirse en candidato a la presidencia de la República). En los dos últimos años del gobierno de Calles, estalló la lucha armada, como reacción a las nuevas disposiciones respecto a la Iglesia Católica: se reformó el Código Penal en cuanto a los actos externos de la Iglesia; se expulsó a los sacerdotes extranjeros y al delegado apostólico. Ante estas disposiciones, los católicos se rebelaron y crearon la «Liga defensora de la libertad religiosa». La rebelión «Cristera» alcanzó momentos de enorme violencia en ciertas regiones del país. Entre los últimos actos trascendentales del gobierno de Calles se destacó la reforma a los artículos constitucionales 82 y 13 (para hacer posible la reelección presidencial de Álvaro Obregón). La fuerte influencia política de Calles no decreció al concluir su mandato en la presidencia. Cuando el presidente Lázaro Cárdenas lo expulsa de México (1936), anula su injerencia en los asuntos internos de la nación.

Cárdenas, Lázaro. General y político. Presidente de la República (1934-1940). Intervino en la Revolución, desde la edad de dieciocho años. General de División. Gobernador de Michoacán. Presidente del Partido Nacional Revolucionario. Como presidente de la República, tuvo la habilidad de dominar el poder político de Plutarco Elías Calles (el llamado «Jefe Máximo de la Revolución» salió de México por Mandato Presidencial). Para esa tarea, Cárdenas obtuvo la ayuda del ejército, de los obreros y los campesinos. Por su parte, apoyó a los trabajadores y puso en práctica la Reforma Agraria (hasta entonces sin efectuarse). Durante el gobierno de Lázaro Cárdenas, se nacionalizó la industria petrolífera (el 18 de marzo de 1938 —iniciativa valerosa, pues tuvo que luchar contra fuertes intereses económicos internacionales—). Cárdenas fundó el Departamento de Asuntos Indígenas y organizó el Primer Congreso Indígena Interamericano. Apoyó al gobierno republicano español y acogió a los españoles que salieron de su país por la Guerra Civil.

Carlota Amalia. Emperatriz. María, Carlota, Amalia, Victoria, Clementina, Leopoldina. Princesa hija de los reyes de Bélgica, Leopoldo I y María Luisa de Orleáns. Emperatriz de México del 12 de junio de 1864 al 14 de mayo de 1867. Esposa de Maximiliano de Habsburgo. La personalidad de Carlota Amalia, su carácter, ambiciones e injerencia política han sido muy estudiados para explicar el comportamiento de Maximiliano como emperador (la locura de Carlota; el largo lapso que permaneció viva después de la muerte de Maximiliano —sesenta años—; su amor por él; la ambición por el Imperio mexicano y sus embajadas en Europa para obtener apoyo; en fin, la relación de la pareja imperial han atraído poderosamente la atención de Carlos Fuentes. La figura de Carlota —y la de Maximiliano— interesa a Fuentes por su papel histórico, carácter excepcional y el aliento romántico de su destino. Desde el primer libro —*Los días enmascarados,*

1954—, Fuentes les dedica, especialmente a Carlota, el cuento «Tlactocatzine, del jardín de Flandes»; después se ocupará, en la novela *Aura* y en la obra de teatro *El tuerto es rey* —1962 y 1970, respectivamente—, de Carlota y su esposo). Carlota muere en 1927; poco antes del fusilamiento de Maximiliano, perdió la razón (1867) (véase Habsburgo, Fernando Maximiliano de).

Carranza, Venustiano. General y político. Ministro de Guerra y Marina en el Gabinete de Francisco I. Madero. A la muerte de Madero, Carranza formuló el «Plan de Guadalupe» (26 de mayo de 1913) contra el gobierno de Victoriano Huerta. Fue proclamado primer jefe del Ejército Constitucionalista, que tenía el objetivo de restaurar el orden constitucional (roto por Huerta cuando asesinó al presidente Madero). La División del Norte, cuyo jefe fue Francisco Villa, representó la fuerza más importante del Ejército Constitucionalista. Entre Carranza y Villa hubo desacuerdos muy fuertes que engendraron la insubordinación del segundo. Así, Villa no concurrió a la Convención del 1 de octubre de 1914, que se proponía solucionar los problemas de la Revolución. Esta ausencia ocasionó otra Convención en Aguascalientes y que Carranza ignorara las disposiciones de la primera (que decidió quitarles a él y a Villa sus mandos militares y eligió al presidente de la República; véase Gutiérrez, Eulalio). Carranza se trasladó a Veracruz para instalar su gobierno y regresó a la ciudad de México cuando Álvaro Obregón pudo vencer a Villa en la batalla de Celaya. Un acto sobresaliente de Carranza fue su convocatoria para reformar la Constitución de 1857. El Congreso se reunió en Querétaro y el 5 de febrero se proclamó la Constitución o Carta Magna de 1917 (todavía en vigor). Carranza convocó a elecciones: para la presidencia de la República, para diputados y para senadores al XXVII Congreso de la Unión. El 1 de mayo de 1917, Carranza toma posesión del cargo de Presidente Constitucional de la República (gobierna hasta 1920). Se enfrentó a las rebeliones de Villa, en el norte del país, y de Zapata, en el sur; además, la alianza de Calles, Obregón y De la Huerta lo obligó a abandonar la capital (con todos los poderes), para establecerse en Veracruz. Murió durante el viaje, en un enfrentamiento con las fuerzas del general Rodolfo Herrero, en la Sierra de Puebla (21 de mayo de 1920).

Caso, Antonio. Escritor y ensayista; profesor de filosofía, fue seguidor de Henri Bergson, que influyó desde la cátedra y desempeñó un papel decisivo en la divulgación del intuicionismo. Antonio Caso, Alfonso Reyes, José Vasconcelos y Pedro Henríquez Ureña leían a los clásicos (1906). Estas reuniones y las conferencias que pronuncia en 1909 sobre la filosofía positivista, consolidan el Ateneo de la Juventud, grupo heterogéneo de músicos, escritores, pintores, arquitectos que atacó al positivismo, la filosofía oficial del Porfiriato (véase Díaz, Porfirio). Fue rector de la Universidad Nacional (1921-1923) y miembro de El Colegio Nacional (1942). El libro *La existencia como existencia y como caridad* (1916) ejemplifica la orientación de su pensamiento. Muere en 1946, después de haber publicado varias obras.

Cervantes de Salazar, Francisco. Español. Profesor de retórica en la Universidad de Osuna; viajó a México para enseñar latín (1551). Fue profesor de retórica desde 1553 hasta 1557. Dos veces fue rector de la Universidad (1567, 1572). Cervantes de Salazar pudo conocer la vida de la Universidad mexicana desde su inauguración y las costumbres de los habitantes de la Nueva España, por lo cual sus escritos constituyen verdaderos documentos históricos (tres *Diálogos* latinos: *Academia Mexicana, Civitas Mexicus, Mexicus Exterior*). En castellano, redactó una *Crónica de la Nueva España* y el *Túmulo imperial* (relato de las exequias de Carlos V en la ciudad de México) como cronista oficial. Es el fundador del humanismo en México (sus *Diálogos* se imprimieron como un apéndice a los coloquios de Juan Luis Vives). Cervantes de Salazar muere en Puebla de los Ángeles, en donde fue cabildo de la Catedral (1575).

Cetina, Gutierre de. Español. Poeta. Escribió sonetos, epístolas autobiográficas, canciones y madrigales. En México es muy conocido su «Madrigal a unos ojos». Fue herido al pie del balcón de doña Leonor de Osma, la noche del 1 de abril de 1554, en Puebla de los Ángeles (acontecimiento muy divulgado). Nació en 1520 y se desconoce la fecha de su muerte (¿1557?).

Comonfort, Ignacio. General y político. Presidente de la República (sustituto, de 1855 a 1857; constitucional, del 1 de diciembre de 1857 al 21 de enero de 1858). Promovió el Plan de Ayutla (declarado por el coronel Florencio Villarreal, 1854), que originó la Constitución de 1857. Comonfort (junto con los generales Diego Álvarez, Tomás Moreno, Juan Álvarez y Rafael Benavides) expresó en el Plan la decisión de cesar a

López de Santa Anna (y a los demás funcionarios públicos) en el ejercicio del Poder Público (por haber «desmerecido la confianza de los pueblos»). Poco después de prestar juramento como presidente constitucional, Comonfort da un golpe de Estado (17 de diciembre de 1857) por estar en desacuerdo con la Constitución de 1857. Este golpe y el Plan de Tacubaya que lo acompañó iniciaron la Guerra de Reforma. Comonfort salió al exilio, pero regresa cuando Benito Juárez lo llama para enfrentarse a los franceses (fue nombrado general en jefe del Ejército el 16 de octubre de 1863. Muere, luchando contra una guerrilla, el 13 de noviembre de 1863.

Cortés, Hernán. Español. Conquistador. Dirigió el sitio de Tenochtitlan, la capital azteca (del 30 de mayo al 13 de agosto de 1521); la victoria decidió la suerte del imperio azteca. Gobernó desde 1522 hasta 1524. Durante su Administración se produjo el primer volumen de leyes, las *Ordenanzas*. La expedición a Honduras (las Hibueras) para someter a Olid, marca el principio de su mala fortuna, pues perdió el gobierno. Por otra parte, obtuvo los títulos de Capitán General y Marqués del Valle de Oaxaca. Participó en expediciones en la Nueva España y en Argel (1541). Murió en Castilleja de la Cuesta, Sevilla (1547); conforme a su testamento, sus restos se trasladaron a México (1566) (véase Marina, Doña).

Cruz, sor Juana Inés de la (Juana Inés de Asbaje y Ramírez de Cantillana). Inteligente escritora mexicana que tomó los hábitos por amor al conocimiento y al arte. Murió por auxiliar a sus hermanas (durante una epidemia), el 17 de abril de 1695. Su numerosa obra incluye prosa, poesía, teatro. Como prosista, sor Juana tiene textos muy conocidos: la *Carta Athenagórica,* los *Ejercicios de la Encarnación* y la célebre *Respuesta a sor Filotea* (defensa del derecho y la capacidad de la mujer a ejercitar el intelecto). Escribió tres autos sacramentales, quizá el más notable es *El Divino Narciso.* También compuso comedias. El *Primero Sueño,* silva descriptivo-filosófica-culterana, evidencia la profundidad y la riqueza del saber de sor Juana. Madrid la consagró cuando publicaron la recopilación *Inundación castálida* (1689); entonces la llamó «Musa décima», «Única poetisa», «El Fénix de México».

Cuauhtémoc (o Cuauhtemoctzin: «águila que cae»). Último emperador azteca (¿1502?-1525); hijo de Ahuízotl. Inició su gobierno a la muerte de Cuitláhuac (hermano y sucesor de Moctezuma II). Dirigió la defensa de Tenochtitlan, durante el asedio que determinó el triunfo de la conquista española. Cuando intentaba cruzar el lago, para ir a Tetzcoco, fue aprehendido. Resistió el tormento sin alterarse (fuego en los pies, para que revelara el paradero de supuestas riquezas ocultas). Permaneció al lado de Cortes, prisionero como Coanacoch (señor de Tetzcoco) y Tetlepanquétzal (señor de Tlacopan), hasta que el conquistador determinó ahorcarlo. Según Hernán Cortés, debido a que los tres señores mexicanos preparaban una conjura, decidió ultimarlos el 28 de febrero de 1525, en Izancanac (durante el viaje a las Hibueras). Cuauhtémoc, símbolo cultural mexicano como Hernán Cortés, igualmente ha inspirado a escritores, pintores, etc. (véase Orozco, José Clemente).

Chimalpopoca («escudo humeante o resplandeciente»).   Tercer rey de los aztecas; gobernó de 1416 a 1428. Fue asediado por órdenes de Tezozómoc, rey de Azcapotzalco, y de Maxtla (posteriormente, Maxtla, hijo de Tezozómoc, es derrotado y ejecutado por Nezahualcóyotl). Chimalpopoca luchó por la hegemonía de Tenochtitlan.

De la O, Genovevo.   Revolucionario. Compañero de Emiliano Zapata. Cooperó en la elaboración del Plan de Ayala. Prosiguió la lucha después del asesinato de Zapata —sus fuerzas auxiliaron a Álvaro Obregón—. De la O militó en varios grupos políticos. En 1945, intervino en la fundación de la Federación de Partidos del Pueblo, de la cual fue dirigente. Murió en 1952.

Degollado, Santos.   Hijo del insurgente Francisco Degollado. Estudió en el Colegio Militar. Defensor de la causa liberal en la Guerra de la Reforma. Durante el gobierno de Juárez, ministro de Guerra y Marina y general del Ejército Federal. Fue destituido del mando militar, pues entabló negociaciones para apaciguar el país sin consultar a Juárez y Miramón. Aunque fue procesado, poco después se le encomendó combatir a los conservadores. Cayó prisionero en una emboscada; lo fusilaron en 1861.

Díaz del Castillo, Bernal.   Soldado y cronista. Participó en la conquista de Tenochtitlan. Combatió con Hernández de Córdoba, Juan de Grijalba y Hernán Cortés. Radicó en Guatemala hasta su muerte (¿1581?, ¿1583?); allí escribió el relato de los hechos de la conquista. Observador sagaz, narrador ameno, Díaz del Castillo se revela como historiador, en su *Historia verdadera de los sucesos de Nueva España* (1568);

documento valioso histórica y literariamente. La *Historia* se imprimió (Madrid, 1632) porque su autor había tenido la previsión de enviar una copia a España.

Díaz Mirón, Salvador. Poeta modernista, fundamental para las letras hispanoamericanas (influyó en Rubén Darío y en Santos Chocano). En su tumultuosa vida estuvo varias veces en prisión o fuera del país (en un encuentro personal quedó inutilizado del brazo izquierdo). Dirigió el diario gubernamental *El imparcial.* Su libro *Lascas* (1901), el único que Díaz Mirón reconoce, concreta sus exigencias formales, que llegaron a ser muy severas. Vivió durante el Porfiriato; murió en 1928.

Díaz, Porfirio. Presidente de la República en varias ocasiones (provisional en 1876; legal del 5 de mayo de 1877 al 30 de noviembre de 1881; gracias a Reformas Constitucionales, de 1884 al 25 de mayo de 1911). Los treinta y cuatro años de su gobierno se denominan el Porfiriato. La dictadura de Díaz finaliza por el surgimiento del Partido Antirreeleccionista, que encabezó Francisco I. Madero, y por la rebelión del 20 de noviembre de 1910. Porfirio Díaz combatió la Intervención Francesa y fue un militar de los más valerosos e importantes del ejército mexicano. La figura de Benito Juárez (también de Oaxaca como Díaz) frenó sus ambiciones políticas porque el Congreso Nacional dictaminó la reelección (cuando Díaz aspiraba a la presidencia). Después, Juárez vuelve a reelegirse (1871) y Díaz lanza el Plan de la Noria (que no triunfa). Para Díaz, la muerte de Juárez (1872) significó el fin de los obstáculos. Así, combate al presidente Lerdo de Tejada y llega a la presidencia. Durante su mandato provisional, propuso al Congreso el principio de No reelección. Esta sugerencia la respetó sólo un periodo (cuando fue presidente el general Manuel González). Durante esta interrupción en su carrera presidencial, Díaz se encargó de la Secretaría de Fomento y del gobierno del Estado de Oaxaca. El Porfiriato se caracterizó por la tendencia a la centralización política, militar y económica. Se construyeron más de 20.000 kilómetros de vías férreas, pero el 80 por 100 de la población no sabía leer. El país entero quedó cruzado por la red telegráfica, pero este servicio y el ferroviario se crearon, en gran medida, para beneficiar a las grandes inversiones de capital extranjero. La renuncia de Díaz puso punto final al Porfiriato. Díaz salió de Veracruz, el 31 de mayo de 1911, en el «Ipiranga». Murió en

París, el 2 de julio de 1915. (En *La región más transparente* y en *La muerte de Artemio Cruz*, Carlos Fuentes critica tanto al Porfiriato como a los resultados de la Revolución que lo suplió.)

Diego, Juan. Mexicano humilde. Según la Historia de la Iglesia Católica, la Virgen de Guadalupe se apareció a Juan Diego en 1531 (Nuestra Señora de Guadalupe). La tradición oral contaba que la Virgen estampó su imagen en la tilma o manta blanca de algodón de Juan Diego y la llenó de rosas frescas, para convencer al obispo Zumárraga de la autenticidad de las apariciones. El culto de la Virgen de Guadalupe ha sido promovido por la Iglesia con gran éxito; y es muestra distintiva del sincretismo católico mexicano. La Virgen de Guadalupe fue proclamada «Patrona de la Nación Mexicana» (1737); su imagen la usaron los insurgentes en el estandarte; Pío X la declaró «Celestial Patrona de la América Latina» (1910); Pío XII la llamó «Emperatriz de las Américas» (1945). La figura de Juan Diego, de origen indio y paupérrimo, ha sido siempre un símbolo cultural ligado a la también simbólica culturalmente Virgen de Guadalupe (de tez morena como el pueblo mexicano).

Echave Orio, Baltasar (el Viejo). Pintor español que fundó una familia de pintores muy famosos en el virreinato. Su hijo, Baltasar Echave Ibía (el Echave de los azules), y su nieto, Baltasar Echave Rioja, nacen en la Nueva España. Todos dejan su herencia artística, preferentemente, en las iglesias y capillas mexicanas. En la catedral hay varios lienzos del Viejo y de su nieto, Echave Rioja. Este último es considerado entre los mejores pintores barrocos (1632-1682); su pintura, *El entierro de Cristo*, ejemplifica el arte pictórico del siglo XVII.

Escobedo, Mariano. Militar liberal. Participó en las célebres batallas de las Cumbres de Aculzingo y del Cinco de Mayo en Puebla, durante la Intervención Francesa (fue hecho prisionero en el sitio de Puebla, pero se escapó, y con el general Porfirio Díaz formó el Ejército de Oriente, 1863). Organizó el Ejército del Norte y recuperó gran parte del territorio nacional; es muy celebrada su notable victoria en la batalla de Santa Gertrudis, cuando derrotó a los franceses (en ella estuvo Sóstenes Rocha, como su segundo, véase). Sitió a Maximiliano de Habsburgo en Querétaro, último reducto del emperador. Durante los gobiernos de Juárez y de Lerdo de Tejada, asumió varios cargos públicos de importancia y sometió a los porfiristas. Cuando Porfirio Díaz triunfa, Escobedo se expatria; a su regreso es encarcelado. Muere en 1902, cuando era diputado al Congreso General.

Escutia, Juan. Juan de la Barrera; Vicente Suárez; Francisco Márquez; Fernando Montes de Oca, y Agustín Melgar, son los nombres de los cadetes que sucumbieron en la defensa del Colegio Militar, ante la Invasión Norteamericana (1847). Son llamados «Los niños héroes».

Fernández de Eslava (véase González de Eslava, Fernán).

Fernández de Lizardi, José Joaquín. Periodista; autor de novelas, obras de teatro y poesía. Publicó folletos con poemas satíricos para ridiculizar diferentes tipos sociales. Su primer periódico se llamó *El Pensador Mexicano* (como su célebre seudónimo) y la línea editorial fue criticar la falta de libertad de imprenta. Publicó numerosos periódicos (el *Caxoncito de la Alacena*, la *Alacena de frioleras*, *El Conductor Eléctrico*, *El Correo Semanario de México*, etc.) a favor de la Independencia. Las tendencias políticas y religiosas de Iturbide provocaron los ataques de «El Pensador Mexicano». Durante 1824 y 1825 imprimió la hoja quincenal *Conversaciones del Payo y el Sacristán*, con dos personajes que discuten los asuntos de la Iglesia y del Estado (a raíz de que la Constitución de 1824 instituyó la intolerancia religiosa en su Artículo 30). En 1822 fue excomulgado a causa de su *Defensa de los francmasones*. Fue editor de *La Gazeta del Gobierno* como reconocimiento a sus servicios en pro de la Independencia. El periodismo mexicano tiene en Fernández de Lizardi una de sus figuras más relevantes. Su importancia como novelista, no es menor; las novelas de «El Pensador Mexicano» inauguran el género en Hispanoamérica: *El Periquillo Sarniento* (1816), *Noches tristes* (1818), *La Quijotita y su prima* (1819), *La vida y hechos del famoso caballero don Catrín de la Fachenda*. Ésta, su última novela, se publicó cinco años después de la muerte del escritor (1827).

Forey, Elías Federico. Mariscal de Francia. Comandó la Intervención Francesa, desde el 25 de octubre de 1862. Ocupó Puebla y la ciudad de México. Reunió la Junta de Gobierno para elegir un triunvirato encargado del poder ejecutivo (el 23 de junio de 1863 se formó la Regencia del Imperio, con Juan N. Almonte, Mariano Salas y el arzobispo P. A. Labastida y Dávalos). Forey ejerció el gobierno de orden político hasta julio de 1863; poco después abandona el país.

Gante, fray Pedro de. El primer maestro de lengua española en México. Fundó dos escuelas: en Tetzcoco y en la ciudad de México; esta última, de primeras letras, de bellas artes, artesanías o industrias y normal. Su obra escrita, como educador religioso, se llama *Doctrina cristiana en lengua mexicana*. Murió en México (1572).

Gómez Farías, Valentín. Médico y político. Diputado a las Cortes Españolas. Apoyó económicamente a los insurgentes. Secretario de Relaciones en el gobierno de Gómez Pedraza (1831-1833). Su personalidad política ha pasado a la Historia, particularmente, por haberse encargado del gobierno de la República durante las frecuentes ausencias del general López de Santa Anna (vicepresidente y presidente, respectivamente). Gómez Farías trató de efectuar cambios progresistas, políticos y sociales: libertad de opiniones y supresión de las leyes represivas de la prensa; abolición de los privilegios de la Iglesia y del Ejército; supresión de las órdenes monásticas y de todas las leyes que dieran autoridad a la Iglesia para hacer negocios civiles; mejora de la educación de las clases populares (quitando a la Iglesia el monopolio de la enseñanza), etc. Cuando López de Santa Anna retomó el poder, aniquiló el programa de reformas. Gómez Farías sale al exilio en abril de 1834; regresa en 1838 y, dos años después, defiende el sistema federalista. Desterrado, residió en Nueva York, Yucatán y en Nueva Orleáns, hasta 1845. Vuelve a la vicepresidencia con López de Santa Anna (1846). Hubo varios periodos en que fue presidente interino y vicepresidente. En 1850 se postula, sin éxito, para la presidencia. Murió en 1858.

González de Eslava, Fernán (Hernán). Español. Escritor y dramaturgo que se asimiló a las costumbres y modo de hablar el español en la Nueva España (llegó en 1858). Con acierto recurrió a mexicanismos y nahuatlismos, por lo que su obra presenta las posibilidades expresivas del habla popular mexicana de la época. Durante su vida tuvieron mucho éxito las representaciones de sus dieciséis coloquios y cuatro entremeses. Murió en la ciudad de México (¿1601?).

González Ortega, Jesús. Liberal. Célebre porque su tesón e iniciativas admirables le impulsaron a lograr la victoria, a pesar de no tener formación militar. General improvisado, derrotó a militares conservadores como Miramón y Leonardo Márquez. Su éxito en la batalla de Calpulapan finalizó la Guerra de Reforma. Al crecer el prestigio de González Ortega como jefe militar, crecen también sus discrepancias con el presidente Benito Juárez. Durante el inicio de la Intervención Francesa, González Ortega no participó en la defensa del país, pero Juárez tuvo que aceptarlo como jefe del Ejército de Oriente. Los franceses lo apresaron, pero escapó y cruzó la frontera (por ser vicepresidente, le correspondía la sucesión presidencial, pero Juárez prorrogó su periodo en la presidencia). Cuando se encontraba en los Estados Unidos, fue acusado de haber salido·del territorio nacional, sin permiso del Ejecutivo. Regresó a México, el 26 de diciembre de 1866, y lanzó un Manifiesto contra Juárez. Aunque las fuerzas militares le hubieran sido leales, prefirió presentarse al gobernador de Zacatecas, que lo envió a la cárcel el 8 de enero de 1867. En prisión, fue electo diputado al Congreso General, pero desde esa fecha, hasta su muerte, en 1881, rehusó cualquier cargo político.

Gutiérrez, Eulalio. General y político. Presidente provisional de la República (gobernó del 6 de diciembre de 1914 al 16 de enero de 1915). Fue electo por la Convención de Aguascalientes (véase Carranza, Venustiano). En el gabinete de Gutiérrez, se encontraba José Vasconcelos (véase). Gutiérrez fue partidario de Madero; miembro del Partido Liberal; gobernador de San Luis Potosí. En este Estado, Gutiérrez se refugia cuando tiene que abandonar el Palacio Nacional y organiza insurrecciones.

Gutiérrez Nájera, Manuel. Periodista y poeta del Porfiriato (véase Díaz, Porfirio). Colaborador de múltiples diarios y revistas. Utilizó, aproximadamente, veinte seudónimos; el más conocido es «El Duque Job» («Ignotus», «Puck», «Recamier», «Junius», etc.). Jefe de redacción de *El Partido Liberal;* diputado al Congreso de la Unión. Desde muy joven, tuvo acceso a la cultura francesa, y en su obra poética y periodística se nota esa influencia. Entre sus libros sobresale *Odas breves;* algunos de los poemas de Gutiérrez Nájera tienen cierta tendencia parnasiana. Escribió cuentos, narraciones fragmentarias y crónicas periodísticas muy frívolas (sociales y culturales).

Guzmán, Nuño Beltrán de. Conquistador de la Nueva Galicia, una de las principales provincias de la Nueva España. De hecho, Juan Álvarez Chico y Alonso de Ávalos habían empezado la conquista que Nuño de Guzmán sólo tuvo que concluir. Presidente de la primera Audiencia (1528-1529), cumplió tan mal como en el cargo de gobernador del Pánuco, por lo cual se le procesó. Para librarse de la justicia, Guzmán terminó la conquista de los chichimecas que había iniciado Cortés. Nuño Beltrán de Guzmán creó la Nueva Galicia (1529-1531) y cometió exceso de violencias, injusticias y atropellos. Guadalajara es la ciudad más importante de las que fundó. Fue destituido (1538) y enviado a prisión. Así, muere en España (¿1550?).

Habsburgo, Fernando Maximiliano de. Hijo segundo de los archiduques Francisco Carlos y Sofía. Hermano del emperador de Austria-Hungría Francisco José. En 1857, contrajo matrimonio con la princesa belga Carlota Amalia y aceptó de su hermano la Gubernatura de las provincias lombardo-venecianas. Se retiró dos años después porque la corte de Viena no lo invitó a participar activamente en la guerra del Piamonte. Napoleón III y los monárquicos mexicanos consideraron que Maximiliano era el noble más adecuado para el trono de México, que había pasado por la Guerra de Reforma, la Alianza Tripartita (Francia, España e Inglaterra; a causa de la suspensión del pago de deudas que decretó Juárez) y estaba en plena Intervención Francesa (Francia rompió la Alianza). Las fuerzas militares de Napoleón III se apoderaron de la ciudad de México (10 de junio de 1863) y poco después se reunió una Junta de Notables. La Junta decidió adoptar la monarquía hereditaria y ofrecer la corona al Príncipe Fernando Maximiliano, archiduque de Austria (el nuevo soberano debería ser católico; tomar el título de emperador, y si Maximiliano no pudiera llegar al trono, entonces Napoleón III podría sugerir soluciones). La Junta se denominó Regencia del Imperio (véase Forey, Elías Federico). Maximiliano recibió oficialmente a la comisión mexicana, el 3 de octubre de 1863, en Miramar. Su única condición fue que la Nación ratificara el voto de la Junta de Notables. La delegación de conservadores remedó un plebiscito y Maximiliano aceptó la corona mexicana (10 de abril de 1864). Con ello, debió rechazar cualquier derecho a la corona de Austria y someterse a los Tratados de Miramar (sostener los gastos de las tropas francesas en México, pagar el costo de la Intervención, indemnizar a los franceses, etc.). Napoleón, que se comprometió a retirar gradualmente sus batallones, para que Maximiliano no quedara indefenso ante el curso de los hechos, ordenó que su ejército abandonara el país a partir del 3 de julio de 1866. Maximiliano, en su viaje hacia México, trató inútilmente de establecer un Concordato con Pío IX. El gobierno de Maximiliano, además de implantar costumbres cortesanas europeas, siguió una línea política que disgustó a los conservadores mexicanos (para algunos, Maximiliano fue demasiado liberal): nacionalizó los bienes eclesiásticos, concedió la libertad de imprenta, etc. Durante la etapa del gobierno de Maximiliano o Segundo Imperio, el país estuvo conmocionado por las guerrillas republicanas y nunca claudicó el gobierno del presidente Juárez (véase Juárez, Benito). La sede de la República estuvo en la frontera norte del país, en Paso del Norte, hoy ciudad Juárez. Maximiliano (quizá dominado por su esposa) no abdicó como se le aconsejaba, Bazaine se retiró con las tropas francesas y así empezó el debilitamiento del Imperio. Carlota partió (para nunca regresar) hacia Francia y el Vaticano en busca de apoyo. Maximiliano intentó renunciar, pero una Junta se opuso fuertemente (14 de enero de 1867). Cuando el general Castelnau, enviado especial de Napoleón, recomendó la abdicación, Maximiliano había decidido quedarse en México (tal vez por el futuro poco prometedor en Europa). Se trasladó a Querétaro (19 de abril de 1867). Luego del sitio a cargo de los generales Corona y Mariano Escobedo, el archiduque fue hecho prisionero (15 de mayo de 1867). El Consejo de Guerra lo condenó a muerte. Fue fusilado, con sus generales leales (Mejía y Miramón), la mañana del 19 de junio de 1867, en el Cerro de las Campanas.

Hidalgo y Costilla, Miguel (llamado el Padre de la Patria). Iniciador de la Independencia de México. Cura del pueblo de Dolores, Guanajuato. Se unió a los conspiradores que intentaban reunir un congreso gobernador de la Nueva España (en nombre de Fernando VII). Tomó las armas cuando se descubrió la conspiración, y el 16 de septiembre de 1810 emitió el famoso Grito de Dolores (se conmemora todos los años, en el Palacio Nacional). El estandarte de los insurgentes tenía la imagen de la Virgen de Guadalupe y las inscripciones: «Viva la religión. Viva Nuestra Madre Santísima de Guadalupe. Viva Fernando VII. Viva la América y muera el mal gobierno.» El 22 de septiembre fue nombrado general; el 24, el obispo de Michoacán, Abad y Queipo, publicó un edicto para excomulgarlo y a los otros jefes insurgentes. Los encuentros entre insurgentes y realistas (con Hidalgo, cura ilustrado, como jefe principal de los primeros) fueron frecuentes en el Bajío, en el centro y en el norte de México. Hidalgo es capturado el 21 de marzo de 1811; el 27 de julio muere fusilado. La cabeza de

Miguel Hidalgo y Costilla, junto con las de Allende, Aldama y Jiménez, se expuso en la esquina respectiva de la Alhóndiga de Granaditas de Guanajuato (en donde había obtenido su primera victoria militar).

Huerta, Victoriano. General y político, célebre por sus torvas actuaciones. Contrarrevolucionario; participó en los asesinatos de Francisco I. Madero y de José María Pino Suárez. Después de derribar a Madero, ocupó la presidencia de la República (del 20 de febrero de 1913 al 14 de agosto de 1914). El gobierno de Huerta, cuyo interés principal fue el ejército, se volvió dictatorial desde el 10 de octubre de 1913, cuando disolvió el Congreso de la Unión (Carranza establece otro gobierno en Sonora, desde el 17 de octubre de 1913). Huerta renunció en agosto de 1914, porque las fuerzas de Francisco Villa pudieron doblegar al Ejército Federal. Vivió en los Estados Unidos, cerca de la frontera con México; después de pasar una temporada prisionero en Fort Bliss, muere en su domicilio, en El Paso, Texas (13 de enero de 1916).

Huitzilíhuitl («pluma de colibrí»). Jefe de la tribu azteca cuando, según la tradición, el pueblo llegó a Tenochtitlán, el punto final en su búsqueda de la tierra anunciada por Huitzilopochtli (1325). Hubo otro Huitzilíhuitl, hijo de Acamapichtli (véase), que gobernó de 1404 a 1416; murió en una emboscada de los reyes de Colhuacan.

Ilhuicamina (véase Moctezuma).

Iturbide, Agustín de. Emperador de México (véase Habsburgo, Fernando Maximiliano de). Gobernó desde el 21 de julio de 1822, fecha de su coronación, hasta el 19 de marzo de 1923, día en que abdicó. Sirvió en las fuerzas realistas y combatió a Morelos; participó en varias batallas frente a los insurgentes. El virrey Apodaca lo nombró comandante del Ejército del Sur, para combatir a Vicente Guerrero, y fue vencido por el jefe insurgente en numerosas ocasiones, por lo cual Iturbide le propuso la Independencia. Se entrevistó con Guerrero en Acatempan (reunión que sellan con un abrazo célebre) y proclamó el Plan de Iguala. Este Plan (24 artículos) y su Proclama, dirigidos a las Américas, reconocían la «independencia absoluta de la América septentrional»; aceptaban la monarquía como el gobierno legítimo y a Fernando VII (si el rey se presentara en el país a prestar juramento), y promovieron la formación del ejército protector o de las Tres garantías (conservación de la religión católica, independencia bajo la monarquía, unión íntima de americanos y europeos). El Ejército Trigarante consumó la Independencia y llegó vencedor a la ciudad de México, el 27 de septiembre de 1821. Iturbide se encargó de los asuntos públicos y nombró una Junta Gubernativa (que excluyó a los veteranos de la insurgencia). Pronto, ésta lo designó su presidente y, más tarde, presidente de la Regencia. Como regente, Iturbide se concedió, y a su familia: sueldos muy altos, capital propio, un terreno de 20 leguas en Texas, el tratamiento de alteza serenísima. Iturbide fue proclamado emperador y adoptó el nombre de Agustín I. Desde su jura dio comienzo la rebelión; el Imperio fue combatido por los republicanos y por los liberales. Iturbide disolvió el Congreso (a pesar de perseguir y aprehender a sus miembros, no pudo domeñar la revuelta que inició López de Santa Anna, véase). Guerrero y López de Santa Anna acordaron derrocar a Iturbide; su primer objetivo, reinstalar el Congreso. Iturbide abdicó ante el Congreso (que le otorga una pensión y, en seguida, lo declara traidor y fuera de la ley, el 28 de abril de 1824). Iturbide, a instancias de sus partidarios, regresó a México (se encontraba en Inglaterra e ignoraba el decreto del Congreso). Llegó al país el 14 de julio de 1824 (el Congreso de Tamaulipas lo sentencia a muerte); cinco días más tarde, fue fusilado.

Iturrigaray, José de. Virrey de la Nueva España (el quincuagésimo, gobernó de 1803 a 1808). Inauguró la estatua de Carlos IV (llamada «El Caballito», véase Tolsá, Manuel). Iturrigaray fue depuesto, por apoyar a los criollos en su intento de crear un gobierno nacional. Fue procesado en España —infidelidad—, pero la sentencia no se cumplió por el decreto general de Olvido (emitido por las Cortes, en 1810).

Izcóatl («serpiente color de obsidiana»). Rey de los aztecas desde 1428 hasta 1440. Conquistador de poblaciones cercanas a Tenochtitlan. Con su gobierno empezó la hegemonía azteca.

Juárez, Benito (llamado el Benemérito de las Américas). Expidió las llamadas Leyes de Reforma: independencia del Estado frente a la Iglesia; paso de los bienes de la Iglesia a la Nación; ley sobre el matrimonio civil; ley sobre el registro civil; ley de panteones y cementerios (1859). Gobernador de Oaxaca del 10 de enero de 1856 al 2 de noviembre de 1857; dos veces ministro de Gobernación (en la segunda, promulga y manda jurar la Constitución Federal de 1857); presidente de la Suprema Corte de Justicia (diciembre de 1857). Juárez asume la presidencia de la República el 19 de enero de 1858 durante un periodo en que sufría persecuciones políticas. Por la ayuda del general Jesús González Ortega (véase), Juárez pudo llegar a la ciudad de México e instalar el gobierno liberal. Su administración interrumpió el pago de la deuda exterior a Inglaterra, España y Francia (que formaron la llamada Alianza Tripartita). Así, el gobierno de Juárez se enfrentó a la Intervención Francesa, pues Francia resolvió enviar fuerzas militares (1862) (véanse Bazaine, Aquiles; Forey, Elías Federico). El mandato de Juárez se prolonga y es designado presidente nuevamente hasta el 8 de noviembre de 1865. Durante su régimen, la República vio en Juárez al representante de la soberanía mexicana, que preservó con su gobierno en éxodo continuo. La presidencia de Juárez coexistió con el gobierno del emperador Maximiliano (véase Habsburgo, Fernando Maximiliano de), ante el cual se mostró inflexible. Con el fusilamiento de Maximiliano (el 19 de junio de 1867), terminan para la República los conflictos que involucraban intereses extranjeros, pero no las tensiones nacionales. Reelecto de nuevo, Juárez toma posesión de la presidencia el 25 de diciembre de 1867 y causa la división de los liberales y la rebelión de Porfirio Díaz (1871). Juárez muere, como presidente, en el Palacio Nacional el 18 de julio de 1872. Su origen humilde, la importancia de sus acciones para el destino del país, los altos cargos que ocupó y el hecho de ser indio zapoteca, han convertido a Juárez en un símbolo cultural mexicano.

Labastida, Ignacio. Ingeniero y militar. Peleó cuando San Juan de Ulúa estuvo bloqueado por la escuadra francesa (15 de abril de 1838 al 9 de mayo de 1839), en la llamada «Guerra de los pasteles» (la primera guerra de México con Francia). La plaza mexicana capituló el 28 de noviembre; Ignacio Labastida fue uno de los defensores que murieron en el sitio (a los 32 años de edad).

Labastida y Dávalos, Pelagio Antonio de. Obispo de Puebla y arzobispo de México; rector del Seminario de Michoacán. Desterrado en 1856. Regente en el Segundo Imperio, como miembro del triunvirato (con Mariano Salas y Juan N. Almonte. Véase Forey, Elías Federico), que formó la Junta de Gobierno instalada por las fuerzas francesas.

Lara, Agustín. Músico mexicano (1897-1970), cuya obra muestra la vulgarización e influencia tardía del modernismo. Muchas de sus canciones alcanzaron enorme popularidad en el mundo de habla hispana («María bonita», «Madrid», «Granada», «Veracruz», etc.).

Lerdo de Tejada, Sebastián. Abogado y político. Estudió jurisprudencia en el Colegio de San Ildefonso (del cual fue rector desde 1852 hasta 1863). Presidente del Congreso de la Unión en tres ocasiones. Presidente interino de la República, por la muerte de Benito Juárez (julio de 1872 al 10 de diciembre de 1872). Fue electo presidente (10 diciembre de 1872). Gobierna hasta el 20 de noviembre de 1876; intenta reelegirse, pero Porfirio Díaz encabezó una rebelión. Lerdo de Tejada ganó las elecciones, pero la oposición derrotó a sus tropas (el Plan de Tuxtepec se proclamó para rebatir sus deseos de reelección). En el gobierno de Juárez (que viajaba con su Gabinete, véase Juárez, Benito), ocupó los cargos de ministro de Justicia, de Relaciones y de Gobernación. Con Juárez y José María Iglesias, Lerdo de Tejada formó un triunvirato que sostuvo a la República, frente a la Intervención Francesa y el Imperio de Maximiliano de Habsburgo. Lerdo de Tejada radicó en Nueva York; allí murió el 25 de enero de 1877.

Limantour, José Yves. Ministro de Hacienda del régimen de Porfirio Díaz (desde 1893). Su presencia en la Secretaría de Hacienda introdujo cambios. Las medidas de Limantour consistieron en: la creación de nuevos impuestos; restricciones en servicios y gastos públicos; descuentos a los sueldos de los empleados públicos, etc. Las Casas de Moneda se hicieron públicas; reorganizó las Instituciones de Crédito; impulsó la consolidación de los ferrocarriles (1902); procuró estabilizar el peso mexicano. El 25 de mayo de 1911 presentó su renuncia; murió en el exilio en 1935. Financió la construcción de edificios típicos de la arquitectura porfiriana, por ejemplo, el Teatro Nacional y el Palacio del Poder Legislativo (en la actualidad, el Palacio de Bellas Artes y el Monumento a la Revolución, respectivamente).

Linati, Claudio. Litógrafo italiano. Estableció la litografía en México. Linati, el poeta cubano José María Heredia y Heredia y el italiano Florencio Lalli crearon un periódico crítico-literario, *El Iris* (1826). Lalli y Linati redactaron artículos de contenido histórico, científico y, en ocasiones, aludían a la política mexicana. *El Iris,* que estuvo destinado al público femenino (intentó ser «ameno», «docente»), se transformó en revista política; Linati salió del país el mismo año de su llegada. Regresó a México, pero murió al desembarcar en Tampico (1832). Durante su estancia en Europa, trabajó en el libro *Costumes civiles, militaires et religeux du Mexique* (1828), con litografías en color de trajes y estampas mexicanas. Las litografías de Linati fueron las primeras ejecutadas en México.

López de Santa Anna, Antonio. Inquieto y deshonesto militar, cuya conducta política y guerrera (de «péndulo» y ambigua) no sólo llenó una etapa importante de la historia de México, sino que fue decisiva para el destino del país y límites territoriales. Presidente de la República en numerosas ocasiones, con frecuentes licencias para tomar el mando del ejército (véase Gómez Farías, Valentín): 1833, 1834-1835, 1839, 1841-1842, 1844, 1846-1847, 1852-1855 (dictadura). Por vez primera, el oportunismo de López de Santa Anna se hizo notorio cuando era militar de confianza del virrey y tenía la responsabilidad de defender dos poblaciones dominadas por los insurgentes (Córdoba y Orizaba). Sin embargo, prefirió adherirse al Plan de Iguala (véanse Guerrero, Vicente; Iturbide, Agustín) y pasar al lado insurgente. El mismo día de su defección, recibió un pliego del virrey que lo ascendía a teniente coronel y felicitaba por su triunfo. Iturbide, que ratificó el cargo, más tarde sospechó de López de Santa Anna y le despojó del mando del puerto de Veracruz. Este acto consiguió que Santa Anna se levantara en armas y proclamara la República (en contra del emperador). Sigue un periodo durante el cual siempre estuvo en un plano preponderante (en 1824, declara la guerra a España y pretende conquistar Cuba). En 1829, con el general Manuel Mier y Terán, vence al brigadier español Isidro Barradas, que dirigió una expedición de reconquista. Su vida pública, de intensa actividad, dura casi cuarenta años —hasta su muerte, el 21 de junio de 1876—. López de Santa Anna anheló instalar la monarquía en México, y buscó un rey europeo (quizá para mandar detrás del trono). En su dictadura se hizo llamar su alteza serenísima, y perdió otra parte del territorio nacional. Fue desleal durante la guerra con los Estados Unidos de América (1847) y después les vendió otra parte de México que reclamaban como suya. Por diez millones de pesos, el territorio nacional se mutiló otra vez, de acuerdo al Tratado de la Mesilla firmado por López de Santa Anna, con amplias concesiones para la otra nación (30 de diciembre de 1853). El presidente Benito Juárez ordenó un Consejo de Guerra (condenado a ocho años de cárcel, aunque el fiscal solicitó la pena capital). López de Santa Anna logró escapar y se refugió en La Habana. Radicó en varias islas. A la muerte de Juárez, se le permitió regresar al país.

Madero, Francisco Indalecio. Presidente de la República. Desarrolló su capacidad oratoria, para participar activamente en la política, y publicó el libro *La sucesión presidencial en 1910* (1908), que fue muy popular porque expuso los problemas fundamentales del país. Candidato a la presidencia de la República (Partido Antirreeleccionista), cuando Porfirio Díaz volvió a reelegirse. Entonces, Madero lanzó el Plan de San Luis (Potosí), el 6 de octubre de 1910, y declaró nulas las elecciones. La rebelión maderista empezó el 20 de noviembre y creció con rapidez, pero Madero debió huir a los Estados Unidos. Participó en el sitio de Ciudad Juárez (población fronteriza), que culminó en la renuncia de Díaz. Nuevamente candidato presidencial, triunfa y asume la presidencia de la República el 6 de noviembre de 1911. Madero se topó con estos problemas: su propio Gabinete; el Partido Antirreeleccionista (porque lo deshizo); Henry Lane Wilson (embajador de los Estados Unidos de América); Emiliano Zapata (por descuidar las cuestiones agrarias, véase); su propia ingenuidad política. La Administración conflictiva de Francisco I. Madero finaliza con su encarcelamiento y asesinato. En su muerte, fue terminante la traición de Victoriano Huerta (véase), en quien había confiado el mando del ejército (cfr. el *Cuadro cronológico).*

Malinche, La (véase Marina, Doña).

Marina, Doña (también llamada La Malinche). Intérprete de Hernán Cortés; bautizada con el nombre de Marina. Hija de un cacique controlado por los aztecas que decidió deshacerse de ella. En vez de matarla, La Malinche fue vendida y, con otras veinte esclavas, se obsequió a Cortés (según las costumbres del lugar). Doña Marina hablaba el maya y el náhuatl y aprendió la lengua castellana (con Jerónimo de Aguilar, náufrago español que conocía el maya, tradujo para Cortés). La Malinche fue una de las ayudas más eficaces para la conquista de Tenochtitlan. Dio un hijo a Cortés (Martín Cortés, El Bastardo). (Como símbolo cultural, en el origen mismo de la nación mexicana, La Malinche ha captado la atención de los estudiosos. Es, con Carlota Amalia, la figura femenina de la historia de México que más ha interesado a Carlos Fuentes. Su relación amorosa con Hernán Cortés es uno de los hilos de la trama de *Todos los gatos son pardos*, 1971: mito, historia y leyenda se entreveran, poéticamente, para relatar la conquista española.) Doña Marina poseyó solares y la encomienda de Jilotepec (a Hernán Cortés lo apodaron Malinche —que significa el dueño de la Malinztin—; del vocablo proviene el término «malinchismo», adjudicado a un comportamiento específico: el desdén por lo propio, aunado al apego por lo extranjero).

Mejía, Tomás. Militar. Conservador. General del Imperio de Maximiliano. En su carrera hubo numerosas victorias militares que interrumpió la pericia del liberal Jesús González Ortega (véase). A diferencia de otros imperialistas, no abandonó a Maximiliano. Fue hecho prisionero en el sitio de Querétaro, que aniquiló las últimas fuerzas imperiales. Un Consejo de Guerra lo condenó a muerte. El 19 de junio de 1867 fue fusilado, con Miramón y Maximiliano, en el Cerro de las Campanas, Querétaro.

Mendoza, Antonio de. Primer virrey de la Nueva España. Poeta, matemático, historiador, geógrafo y periodista. Fundó la Casa de Moneda. Con el Ayuntamiento de México, fundó dos colegios: el Colegio de Santa Cruz de Tlatelolco, para indios (excepcional, permanece de 1536 a 1576), y el de San Juan de Letrán, para mestizos (1547); este último incluía estudios superiores. En 1550, Antonio de Mendoza viaja a Perú, también como su virrey; allí muere en 1552. Otro acto memorable de Antonio de Mendoza fue la introducción de la imprenta (véase Zumárraga, fray Juan de).

Mier, fray Servando Teresa de (José Servando Teresa de Mier Noriega y Guerra). Dominico, orador, escritor político e historiador; partidario de la Independencia de la Nueva España. El destierro, la prisión en cárceles y conventos de España, Francia e Italia, fueron frecuentes en su vida, pues fue político activo y orador polémico. Fue desterrado a España por un discurso sobre la Virgen de Guadalupe (véase Diego, Juan). Tomó parte en la famosa expedición de Lucas Alamán, Francisco Javier Mina (véase) y Blanco White, que desembarcó en Soto la Marina (15 de abril de 1817). Allí fue aprehendido. La Inquisición lo procesó y envió a España, pero escapó en La Habana. A su regreso, estuvo encerrado en

San Juan de Ulúa (Veracruz) y otra vez en esa prisión por criticar al Imperio. Al caer Agustín de Iturbide (véase), se incorporó a la vida política del país. La muerte de Teresa de Mier fue un acto político, pues pronunció un discurso ante el presidente de la República (1827). Su escrito más relevante es la *Historia de la revolución de la Nueva España*.

Mina, Francisco Javier. Español. Liberal. Fusilado (a los veintinueve años de edad) por participar en la Independencia de la Nueva España. En su patria de origen, peleó en contra de la invasión francesa (1808). Conoció, en Inglaterra, a varios partidarios de la Independencia (entre ellos a fray Servando Teresa de Mier, véase) y se unió a sus ideales. Durante un año, Mina organizó la expedición que él mismo dirigiría con el título de general del Ejército Auxiliador de la República Mexicana. Peleó en varias batallas, desde el 15 de abril de 1817 hasta el 27 de octubre del mismo año (día en que fue capturado por el general Orrantia). Sus restos descansan en la Columna de la Independencia, en la ciudad de México.

Miramón, Miguel. Militar. En su juventud peleó contra los norteamericanos, en el Colegio Militar (1847, véase Escutia, Juan). Durante la rebelión del Plan de Ayutla, luchó en defensa de López de Santa Anna (véase) y frente a los liberales. Líder de los conservadores; también fue jefe del Ejército del Norte. Presidente sustituto (2 de febrero de 1859 al 13 de agosto de 1860); tomó posesión del cargo como presidente electo el día 15 de agosto de 1860 (hasta el 24 de diciembre). Durante su gobierno, combatió al presidente Benito Juárez (véase) cuando éste se estableció en Veracruz. Miramón sitió la ciudad en dos ocasiones, pero en ambas tuvo que retirarse. Jesús González Ortega (véase) lo derrotó en Silao y en Calpulalpan (así terminó la Guerra de Reforma). Miramón emigró a Europa. Regresó a México para ofrecer sus servicios a Maximiliano (1863), que lo envió a Berlín para que estudiara táctica militar. Cuando volvió (1866), Maximiliano estaba a punto de abdicar y se opuso. Decidió continuar en la lucha y permanecer junto al emperador (corrió la misma suerte del De Habsburgo). Miramón, uno de los tres jefes del Ejército Imperial, defendió valerosamente la ciudad de Querétaro. Con Maximiliano y Mejía, fue juzgado y sentenciado. En la ejecución, Miramón se colocó en el centro, por sugerencia caballerosa de Maximiliano (19 de junio de 1867).

Moctezuma (Motecuhzoma, Montezuma, «el Señor que se muestra enojado». Nombre de varios personajes de la historia del Valle de México). Moctezuma Ilhuicamina («el que flecha el cielo»). Hijo de Huitzilíhuitl (véase). Con él empieza el auge de Tenochtitlan, debido a los tributos y a la Triple Alianza (con Tetzcoco y Tlacopan o Azcapotzalco). Reinó de 1440 a 1469.—Moctezuma Xocoyotzin («el más joven»). Hijo de Axayácatl. Rey contra su voluntad. Su antigua investidura de sumo sacerdote y su religiosidad lo obligaron a recibir, benévolamente, a Hernán Cortés. Sumamente despótico, fue odiado por el pueblo. Hay múltiples versiones sobre su muerte violenta. Parece que recibió una pedrada, cuando trató de calmar (desde una azotea) al pueblo que sitiaba a Cortés. Gobernó de 1502 a 1520.

Montaño, Otilio. Maestro de escuela. Zapatista. Firmó el Plan de Ayala que Emiliano Zapata lanzó el 25 de noviembre de 1911 (con el lema «Tierra, libertad, justicia y ley»). La Asamblea de la Convención se dividió en dos grupos; Montaño fue el vicepresidente del grupo del sur (la Asamblea se constituyó en octubre de 1914, en la Junta de Aguascalientes que nombró presidente interino de la República a Eulalio Gutiérrez, véase). A raíz de una crisis interna de los zapatistas, Montaño perdió la vida (1917).

Morelos y Pavón, José María. Caudillo de la Independencia. Terminó la carrera eclesiástica en el Seminario Tridentino de Valladolid, su ciudad natal (en su honor, hoy Morelia), en 1795. Cura de Cuarácuaro. Se involucró en la lucha (1810), cuando Hidalgo lo comisionó para levantar en armas al sur del país. Muy valerosa fue su actuación en el sitio de Cuautla, que resistió bajo su mando el asedio de los realistas (dirigido por el jefe de más renombre, Félix María Calleja, véase, 1812). Estuvo contra la esclavitud, la división en castas y razas, los tributos. Las ideas sociales de Morelos están en la *Constitución de México independiente* (1814, nunca entró en vigor), elaborada por el Congreso que él había convocado (en la primera reunión, se declaró a México nación independiente bajo la forma de República, 1813). Fue capturado por las fuerzas del virrey, cuando custodiaba al Congreso en su cambio de sede. El Tribunal de la Inquisición degradó públicamente a Morelos; fue fusilado el 22 de diciembre de 1815.

Moreno, Mario (llamado Cantinflas). Cómico surgido de las carpas que pasó, victoriosamente, al cine (1935). «El desarrollo de Cantinflas en el cine —en palabras de Monsiváis— va de la inarticulación significativa a la (pomposa) articulación banal. Sus primeras películas («Así es mi tierra», «El signo de la muerte», «Águila o sol», «Ni sangre ni arena», «Ahí está el detalle», «El gendarme desconocido») siguen reteniendo un espíritu demótico, la ironía como mensaje subterráneo de una remotísima conciencia de clase» (Carlos Monsiváis, «Notas sobre la cultura mexicana en el siglo XX», *Historia general de México*, México, El Colegio de México, t. 4, 1977, pág. 52).

Morones, Luis N.   Dirigente obrero. Miembro de la Casa del Obrero Mundial y fundador del periódico obrero *El sol.* Participó en la Revolución, al lado de Venustiano Carranza y de Álvaro Obregón. Fundó el Partido Laborista Mexicano y la Confederación Regional de Obreros Mexicanos (CROM, 1922). Fue asesor permanente de la CROM hasta su muerte (1964). Presidente honorario de la *American Federation of Labor* (AFL) —la CROM obtuvo la ayuda del sindicalismo norteamericano—. La CROM aceptó subsidios oficiales y donativos de las empresas que no querían conflictos laborales. Morones y otros líderes (el «Grupo Acción») encarnaron la corrupción sindical, apreciable también en su tren de vida. Morones estuvo muy ligado a Plutarco Elías Calles (véase), por lo cual, cuando el Maximato termina, es expulsado por Lázaro Cárdenas (Carlos Fuentes desenmascara, por vez primera, en *La región más transparente,* la corrupción de los líderes sindicales y las traiciones de los que fueron revolucionarios. Profundiza esta crítica en *La muerte de Artemio Cruz,* 1962).

Motolinia (véase Benavente, fray Toribio de).

Narváez, Pánfilo de.   Colaborador de Diego de Velázquez de Cuéllar, en la conquista de Cuba (1511). Fue enviado por Velázquez a México, para someter a Cortés, pero fracasó. Adelantado de Florida en 1527. Desapareció en el Golfo de México (1528).

Negrete, Jorge.   Cantante y actor de cine. Figura relevante de la cinematografía nacional. Sus caracterizaciones como charro estereotiparon la imagen del mexicano. Las películas de Negrete, muy difundidas en el mundo de habla hispana, intentaron representar e imponer visualmente la manera de vivir, de ser, del mexicano; tuvieron mucho éxito, debido a la popularidad de las canciones interpretadas por el actor. Murió en 1953.

Nervo, Amado.   Poeta modernista y diplomático. Autor de extensa y popular obra, en verso y en prosa *(La amada inmóvil, Plenitud, Elevación,* etc.). Colaboró en la *Revista Azul,* en *El Nacional,* en *El Mundo,* en la *Revista Moderna.* Ingresó a la carrera diplomática, como segundo secretario de la Legación de México en España. Murió en Montevideo, cuando era ministro plenipotenciario en Argentina y Uruguay (1919). Entre sus libros están la novela *El bachiller* (1896), y los de poesía (con títulos que ilustran sus intereses), *Místicas, Perlas negras* (1898), *Flores del camino, Éxodo* (1902); también escribió un ensayo sobre sor Juana Inés de la Cruz, titulado *Juana de Asbaje (1910).*

Nezahualcóyotl («coyote de ayuno»).   Rey de Tetzcoco, desde 1431 hasta su muerte en 1472. Protegió las artes y la filosofía. Tuvo fuerte apego a la reflexión y dotes de escritor; algunos de sus poemas se conservan en manuscritos.

Nezahualpilli («hijo del ayunante»).   Sucede a su padre, Nezahualcóyotl, en el trono de Tetzcoco; su gobierno corresponde a la etapa de mayor esplendor del reino. Al igual que Nezahualcóyotl, fue poeta; sus textos se hallan en los manuscritos preservados.

Obregón, Álvaro.   Presidente de la República, de 1920 a 1924. Cuando hubo dificultades entre Villa y Carranza, tomó partido por el segundo. Asistió como delegado a la Convención de Aguascalientes (véase Gutiérrez, Eulalio). Carranza lo nombró general en jefe; venció a Villa en la región del Bajío (aunque perdió el brazo derecho en una batalla). En 1917, se encargó de la Secretaría de Guerra. La sucesión presidencial originó fuertes choques entre el presidente Carranza y los militares encabezados por Obregón, a quien se procesó (1920, véase *Cuadro cronológico).* Obregón firmó un manifiesto de rebeldía ante el Gobierno (20 de abril, en Chilpancingo) y tres días después se proclamó el Plan de Agua Prieta. Éste niega a Venustiano Carranza el ejercicio del Poder Ejecutivo y rechaza los resultados de las elecciones de poderes en los Estados de la República. Obregón y los militares forman el Ejército Liberal Constitucionalista, con Adolfo de la Huerta como jefe (el gobernador de Sonora). El movimiento militar concluye con la muerte de Carranza (21 de mayo de 1920). El gobierno de Obregón termina en 1924, pero por las reformas constitucionales de Plutarco Elías Calles (véase), vuelve a triunfar en las elecciones presidenciales (julio de

1928). Durante un banquete en el restaurante «La Bombilla», Obregón fue asesinado por León Toral (17 de julio de 1929).

O'Donojú, Juan.   Sexagésimo tercero y último virrey de la Nueva España. Gobernó del 3 de agosto al 27 de septiembre de 1821. O'Donojú firmó con Iturbide los Tratados de Córdoba que finalizan la guerra de Independencia (22 de agosto de 1821). El 26 de septiembre de 1821, llegó a la capital para entregarla a Iturbide. El día 28, participó en la Junta que elaboró el Acta de Independencia. Fue miembro de la primera Regencia (con Iturbide, Isidro Yáñez, Manuel Velázquez de León, Manuel de la Bárcena). O'Donojú falleció (el 8 de octubre de 1821) de pleuresía; Antonio Joaquín Pérez, obispo de Puebla, ocupó su lugar en la Junta Gobernadora.

Orozco, José Clemente.   Pintor. Uno de los tres grandes del muralismo (o Escuela Mexicana de Pintura), junto a Rivera y Siqueiros. Su pintura, calificada de «filosófica» —por el crítico Justino Fernández—, se encuentra en edificios públicos de la ciudad de México (la Escuela Preparatoria, el Palacio de Bellas Artes, el Palacio de Justicia, la Iglesia de Jesús) y de Guadalajara, su ciudad natal (el Palacio de Gobierno, el Hospicio Cabañas, la Universidad; véase Vasconcelos, José). Asimismo, pintó murales en los Estados Unidos de América. Exhibió por primera vez en 1916. Su obra mural, iniciada en 1922, buscó temas en la Revolución mexicana, en el origen cultural de América latina y en los símbolos de la nueva raza y cultura mestizas (véase Cortés, Hernán; Marina, Doña). Las obras más importantes de Orozco están en Guadalajara; en ellas, su espíritu crítico, muy personal, se trasmuta en símbolos históricos y sociales (en este sentido, hay cercanía y afinidad entre Carlos Fuentes y el pintor. Desde que apareció *La región más transparente,* se ha ligado, con frecuencia, al muralismo mexicano en general, aunque en cierto modo la novela sea su contrapartida: negación de los logros sociales de la Revolución, crítica al nacionalismo que defendió la Escuela Mexicana de pintura y, sobre todo, otra concepción del realismo artístico). Orozco escribió su *Autobiografía.* en 1943, que recoge la opinión del autor sobre el muralismo y es indispensable para la comprensión de la cultura mexicana porque relaciona el movimiento pictórico, con otras manifestaciones culturales.

Paz, Octavio.   Prestigiado poeta, ensayista y diplomático. Uno de los escritores mexicanos contemporáneos que más reconocimiento ha merecido nacional e internacionalmente (junto a Juan Rulfo y Carlos Fuentes). Su numerosa obra ha abierto caminos a escritores más jóvenes (entre ellos, a Fuentes). *El laberinto de la soledad* (1950), libro de ensayos, ha marcado profundamente la cultura mexicana. Las inquietudes artísticas e intelectuales de Paz, excepcionalmente productivo, se plasman en textos que evidencian su espléndido manejo de la lengua e intereses en constante renovación *(Las peras del olmo,* 1957; *Libertad bajo palabra,* 1949; *Águila o sol,* 1951; *Piedra de sol,* 1957; *El mono gramático,* 1975, etcétera).

Pino Suárez, José María.   Poeta y político. Perteneció al Partido Antirreeleccionista. Secretario de Justicia, en el gabinete de Francisco I. Madero, en Ciudad Juárez (véase Madero, Francisco I.; Díaz, Porfirio). Participó activamente en la campaña política de Madero. Su candidatura para la vicepresidencia se adjuntó a la de Madero para la presidencia. Cuando ambos asumían el Poder Ejecutivo de la República fueron encarcelados (la contrarrevolución había cobrado fuerza). La noche del 22 al 23 de febrero de 1913, en el trayecto a la Penitenciaría, se simuló un ataque para asesinar a José María Pino Suárez y a Madero. Mientras estaban apresados en el Palacio Nacional, se hizo el «Pacto de la embajada», que firmaron Victoriano Huerta (véase) y Félix Díaz (en la embajada de los Estados Unidos de América, el 18 de febrero de 1913). El pacto, también llamado el «Pacto de canallas», negaba la existencia del Gobierno y preveía la inminente toma del poder por Victoriano Huerta. Pino Suárez publicó: *Melancolías* (1896), *Procelarias* (1908); fue director del periódico *El Peninsular.*

Posada, José Guadalupe.   Grabador. La obra de este artista funda la escuela mexicana de grabado. Posada y el impresor Antonio Vanegas Arroyo (véase) se propusieron informar al pueblo de sucesos políticos y de la vida diaria (crímenes, predicciones de catástrofes mundiales). Ambos artistas se integraron a la cultura popular, en un intercambio benéfico para su arte y para el público (las canciones populares o corridos fueron ilustradas por Posada). Una tarea de los grabados de Posada fue formar opinión crítica en los grupos más desinformados. Así, su creatividad y estilo personales originaron las «calaveras», es decir, las figuras descarnadas de un mundo paralelo a la sociedad porfirista (poblado de esqueletos). Las «calaveras» manifestaron la visión crítica de Posada. Además de ilustrar las hojas sueltas, colaboró en periódicos *(El Ahuizote, El hijo del Ahuizote, El fandango, Fray Gerundio).* Murió en 1913, y el tema de la Revolución tuvo la oportunidad de aparecer en sus grabados. Posada trabajó en madera y en zinc; ilustró también carátulas de sainetes, cuentos y oraciones.

Quintana Roo, Andrés. Abogado, poeta y periodista. El primer presidente de la Academia de San Juan de Letrán, centro cultural que ayudó a fundar con Guillermo Prieto, Manuel Carpio y José María Lacunza (1836-1856). Esposo de Juana Vicario (véase), con quien compartió la lucha e ideales de la insurgencia. Difundió sus ideas a favor de los insurgentes, en el *Ilustrador americano* y en el *Semanario patriótico americano.* Presidió la Asamblea Nacional Constituyente que hizo la declaratoria de Independencia en 1813. Miembro del Gabinete del emperador Iturbide. Quintana Roo fue destituido y procesado por estar en desacuerdo con el gobernante. Ocupó puestos importantes en el Gobierno, hasta su muerte (1851).

Quiroga, Vasco de. Primer obispo de Michoacán (1538-1565). Llamado Tata Vasco (padre) por los indios porque fue su defensor. Oidor de la Real Audiencia de la Nueva España (1531-1533). Fundó los hospitales de Santa Fe de la Laguna y Santa Fe de México, en Michoacán. Escribió un *Tratado sobre la administración del Bautismo* y el *Manual de adultos.* Murió a la edad de noventa y cinco años, el 14 de marzo de 1565.

Rabasa, Emilio. Jurisconsulto y novelista. Catedrático de la Facultad de Leyes y de la Escuela Libre de Derecho. Conocedor del derecho constitucional mexicano. Miembro de agrupaciones científicas y correspondiente de las Reales Academias Española y de Jurisprudencia. Ocupó puestos públicos importantes. Autor de las novelas: *La bola, La gran ciencia, La guerra de tres años, El cuarto poder, Moneda falsa.* Escribió tratados sobre derecho; un ejemplo: *La Constitución y la dictadura. Estudio sobre la organización política de México.* Murió en 1930.

Ramírez, Ignacio. Político, educador, periodista y escritor. Estudió en la Escuela de Jurisprudencia. Perteneció a la Academia de San Juan de Letrán (véase Quintana Roo, Andrés). Desde 1845, cultiva el periodismo y adopta el seudónimo de «El Nigromante». La labor periodística de Ramírez tiene trascendencia, porque con ella creó e impulsó una tendencia del periodismo mexicano: la agudeza humorística ligada al certero ataque político (tendencia que, en la actualidad, representan José Emilio Pacheco, Carlos Monsiváis, Elena Poniatowska, Carlos Fuentes, entre los más conocidos). «El Nigromante» fundó, con Guillermo Prieto, el periódico bisemanario *Don Simplicio,* que tiene un lugar destacado en la historia de la sátira mexicana. Fundó varios periódicos: *El clamor progresista, La insurrección, El correo de México* (éste, con Prieto e Ignacio Altamirano, véanse). Además, con Guillermo Prieto, publicó la «Correspondencia entre "El Nigromante" y Fidel», en el *Semanario ilustrado.* Colaboró en múltiples periódicos contra la Intervención Francesa. Enseñó en el Instituto Literario de Toluca. Fue diputado al Congreso Constituyente; ministro de Justicia y Fomento en el gobierno de Juárez. Estuvo desterrado durante el Segundo Imperio; cuando se restableció la República, fue magistrado de la Suprema Corte de Justicia. Murió en 1879.

Revillagigedo, Juan Francisco de Güemes y Horcasitas (Conde de).   Virrey de la Nueva España (1746-1755) como Juan Vicente de Güemes Pacheco y Padilla (1789-1794). El segundo, también Conde de Revillagigedo, fundó el Archivo General (la base del Archivo General de la Nación) e inauguró el Museo de Historia Natural. Su gobierno fue progresista, con numerosas mejoras en las vías de comunicación, en los textiles y en la educación primaria y profesional.

Reyes, Alfonso. Poeta, ensayista, diplomático, periodista. Uno de los escritores mexicanos más ilustres. Fundador del Ateneo de la Juventud (véase Caso, Antonio; Vasconcelos, José). Las labores que Reyes desempeñó en el servicio diplomático (España, Francia, Argentina, Brasil) nunca afectaron su asombrosa productividad y no disminuyeron el rigor que presidió la creación de su obra. Los intereses de Reyes se agrupan en torno a la cultura clásica, la teoría literaria y las literaturas española, francesa, mexicana. Sus grandes preocupaciones fueron la identidad nacional, la cultura mexicana, el origen y el destino de México (pilares del pensamiento mexicano, esta tendencia influyó a Carlos Fuentes). En 1914, Reyes se trasladó a España. Bajo la dirección de Ramón Menéndez Pidal, trabajó en el Centro de Estudios Históricos de Madrid. Fue segundo secretario de la Legación de México en España (1920) y Encargado de Negocios (1922-1924). Miembro fundador de El Colegio Nacional (1943, con Alfonso Caso, José Vasconcelos y otros). Anteriormente, en 1939, había sido nombrado presidente de la Casa de España en México (en la actualidad, El Colegio de México). Miembro de la Academia Mexicana correspondiente de la Española. El primer libro de Reyes, *Cuestiones estéticas* (1911), se publicó cuando tenía veintidós años; desde entonces, hasta su muerte (1959), no dejó de escribir. La excelencia con que Reyes utilizó la lengua castellana originó obras tan conocidas como: *Visión de Anáhuac* (1915), *Simpatías y diferencias* (1921), *La X en la frente* (1952), *La experiencia literaria* (1942), *El deslinde* (1944).

Riva Palacio, Mariano. Liberal. Primer regidor del Ayuntamiento de México (1829). Fue senador, diputado, ministro de Hacienda, gobernador del Estado de México. Rehusó colaborar con el gobierno de Maximiliano de Habsburgo. Cuando Maximiliano fue aprehendido por las fuerzas liberales, solicitó a Riva Palacio que se encargara de su defensa ante Juárez (mayo de 1867). Además, fue uno de los abogados defensores del De Habsburgo, en el Consejo de Guerra. Murió en 1880.

Riva Palacio, Vicente. Historiador, político, novelista, periodista; uno de los colaboradores de *México a través de los siglos.* Hijo de Mariano Riva Palacio (véase) y de Dolores Guerrero (hija de Vicente Guerrero, véase). Se basó en procesos del Tribunal del Santo Oficio y en hechos de la Intervención Francesa. Sus novelas *Monja, casada, y virgen y mártir* y *Martín Garatuza* tienen datos de los procesos y época de la Inquisición. Tiene narraciones como *Los piratas del Golfo* y *Los cuentos del General.* Escribió poesía con el seudónimo de «Rosa Espino» *(Flores del alma).* Colaboró en *El Ahuizote.* Murió en 1896.

Rocha, Sóstenes. Militar. Combatió al ejército francés, bajo las órdenes de Ignacio Comonfort (véase). Desde 1864, peleó al lado del general Mariano Escobedo (véase) y participó en el sitio de la ciudad de Querétaro (que acabó con el Segundo Imperio, 1867). Persiguió a los rebeldes del Plan de la Noria (véanse Juárez, Benito; Díaz, Porfirio), por lo cual, cuando Díaz asumió la presidencia de la República, fue enviado a Europa a estudiar milicia. Fue director del Colegio Militar (1880-1886). Dirigió el periódico liberal *El combate* y escribió textos para enseñar las artes marciales.

Ruiz de Alarcón y Mendoza, Juan. Dramaturgo. Vivió y estudió tanto en México (su tierra de origen) como en España (su tierra de adopción). Mucho se ha escrito acerca de las desventuras de Ruiz de Alarcón en sociedad (a causa de su espalda deforme, su empeño en alardear de apellidos y exigir el «don»). Lo cierto es que —como otros autores— tuvo la desgracia de escribir cuando brillaba la figura de Lope de Vega en la metrópoli. Su obra, menos numerosa que la de otros dramaturgos de esa época, no carece de valor, ni de originalidad. Su teatro ha tenido difusión en México. Algunas de sus piezas son: *Las paredes oyen, La verdad sospechosa, Ganar amigos, El examen de maridos, Los pechos privilegiados.* Murió en Madrid, en 1639.

Sahagún, fray Bernardino de. Franciscano; historiador. Llegó a la Nueva España en 1529 y allí murió (1590). Dedicó los sesenta años de su vida en el Nuevo Mundo a investigar la cultura náhuatl. Los nativos en su propia lengua fueron sus informantes y los datos que recogió se hallan en las llamadas *Fuentes de Sahagún* (se conservan en manuscritos, en Florencia y en Madrid): los códices de Florencia y Matritense. El Códice Florentino tiene influencia europea (se encuentra en la Biblioteca de Florencia). Los códices de Madrid (uno en el Palacio Real y otro en la Academia de la Historia) conservan la tradición de los antiguos códices mexicanos. Después de 1570, Sahagún concluyó, en castellano, la *Historia general de las cosas de la Nueva España,* cuyos doce libros comprenden casi todo el conocimiento posible sobre México precolombino.

Santa Anna (véase López de Santa Anna, Antonio).

Scott, Winfield. Comandante en jefe del ejército de los Estados Unidos de América, durante la guerra con México (1847). La Invasión Norteamericana dirigida por Scott, se inició con la caída de Veracruz (29 de marzo de 1847) y terminó con el Tratado de Paz, que estableció la nueva línea divisoria entre los dos países (2 de febrero de 1848). Scott fue candidato a la presidencia de su patria en 1852 (lo derrotó Pierce). En 1864 publicó sus *Memorias.* Murió en 1866.

Sierra Méndez, Justo. Jurista, periodista y escritor de novelas históricas. Ocupó puestos públicos importantes. Subsecretario de Instrucción Pública; ministro de Instrucción Pública y Bellas Artes (1910-1911); en 1910, fundó la Universidad Nacional. Falleció en Madrid, cuando era ministro plenipotenciario en España (1912). Su obra es de las más caudalosas de la época: poesías, discursos, historia, novelas, ensayos críticos, libros educativos, libros sobre política. Escribió en numerosos periódicos y revistas: *La tribuna, La libertad, El federalista, Revista azul, Revista moderna*. Su obra influye en el pensamiento mexicano y recoge las manifestaciones culturales de más envergadura. Uno de los grandes educadores de México. Autor, entre otros textos, de: *Evolución política de México; Juárez, su obra y su tiempo*, e *Historia patria*.

Sigüenza y Góngora, Carlos de. Sacerdote, poeta, matemático, geógrafo, historiador, periodista. Por el lado materno, pariente de Luis de Góngora y Argote. Nació y murió en la ciudad de México (1645-1700). La obra y personalidad de Sigüenza y Góngora ejemplifican la alta cultura de la Nueva España. Su mente académica produjo obras científicas *(Libra astronómica y filosófica)*; su sensibilidad e intereses literarios originaron textos de notable belleza *(Primavera indiana, Triunfo parténico)*.

Soto, Roberto (llamado El Panzón). Actor cómico y director teatral. Actuó en comedias, dramas y zarzuelas; intérprete del género chico o frívolo. La compañía de Soto reunió a los artistas más famosos, a bailarines, cantantes y cómicos, y promovió un tipo de cultura ciudadana que llena varias épocas *(La región más transparente* pinta una de ellas, cuando reproduce la vida nocturna popular). Soto murió en 1960.

Tapia, Andrés de. Conquistador. Capitán del ejército de Hernán Cortés. Escribió una *Relación* de la conquista. De los primeros españoles que notaron la presencia del petróleo en México. Participó en todos los combates y expediciones.

Taylor, Zacarías. Militar norteamericano invasor (1847). Desde 1846 se apostó cerca del río Bravo e incursionó varias veces en México, con el objeto de provocar un encuentro. Al mando de sus tropas invadió la República Mexicana y llegó hasta el centro del país (véase Scott, Winfield). Fue candidato triunfal a la presidencia de los Estados Unidos de América. Murió poco después de tomar posesión del cargo (1858).

Tetlepanquétzal. Rey de Tlacopan (Tacuba), ejecutado con Cuauhtémoc (véase) y con Coánoch, rey de Acolhuacan (Tetzcoco), la noche del 28 de febrero de 1525, en Izancanac. Tetlepanquétzal y los otros dos señores mexicanos integraron la Triple Alianza (Hernán Cortés los mandó colgar durante la expedición a las Hibueras, por sospechas de conspiración).

Tezozómoc, Fernando (Fernando de Alvarado Tezozómoc). Cronista. Nieto de Moctezuma II. Basó su obra en los documentos familiares que sobrevivieron a la destrucción de Tenochtitlan. Su *Crónica Mexicayotl* está escrita en náhuatl y la *Crónica mexicana,* en español (la última es una traducción de textos y códices). Vivió en el siglo XVI.

Tízoc. Rey de Tenochtitlan. Gobernó de 1841 a 1846. Se cree que fue envenenado por sus tendencias pacifistas. Estuvo en contra del exceso de crueldad en la religión azteca.

Tolsá, Manuel. Escultor y arquitecto español. Director de Escultura de la Academia de las Tres Nobles Artes de San Carlos, en la ciudad de México (1790). Las actividades arquitectónicas y escultóricas de Tolsá modelaron la fisonomía de la ciudad de México y dejaron su huella en las ciudades de Puebla, Querétaro y San Miguel el Grande (de Allende). Las aportaciones de Tolsá al embellecimiento de la Nueva España son numerosas y de enorme valor estético: ya en obras arquitectónicas de gran envergadura, ya en cincelados de bronce para los altares. Se encargó de concluir la catedral de la ciudad de México: terminó la fachada principal; esculpió las estatuas de la Fe, la Esperanza y la Caridad; edificó la cúpula mayor (1813). La obra máxima de Tolsá es la estatua del rey Carlos IV (1796-1803). Esta estatua, una de las características más notables de la ciudad de México, se conoció con el nombre de El Caballo de Troya o El Caballito (así la siguen nombrando los capitalinos). El Caballito se colocó en la Plaza de Armas (llamada El Zócalo); en 1822 pasó al patio de la antigua Universidad. En 1852, se trasladó a la Plaza de la Reforma (allí se encontraba durante los años en que transcurre la acción de *La región más transparente*) y por mucho tiempo fue un punto distintivo y de referencia. En 1979 se puso en la Plaza de Tolsá.

Vallarta, Ignacio Luis. Jurista, orador, político. Ocupó cargos públicos importantes durante el gobierno de Porfirio Díaz (véase). Estudioso de la Constitución de 1857. Escribió las *Cuestiones constitucionales que como Presidente de la Suprema Corte de Justicia...* (1894-1895) —más conocido con el nombre de los *Votos de Vallarta*—. Murió en 1893.

Vanegas Arroyo, Antonio. Editor; autor de sainetes costumbristas. En su taller de imprenta trabajaron Manuel Manilla y José Guadalupe Posada (véase), relevantes grabadores mexicanos (descubiertos hasta 1926 por Jean Charlot). Vanegas

Arroyo escribió treinta y seis sainetes costumbristas para niños (*Galería de teatro infantil*). Las publicaciones de Vanegas Arroyo nunca llevaron su nombre, sólo firmó como editor: *Celos del negro con don Folías, Casa de vecindad, Perico el incorregible*. Vanegas Arroyo se cuenta entre los más importantes promotores de la cultura popular; su labor cultural se desarrolló en las tres últimas décadas del siglo XIX (crítico de la dictadura de Porfirio Díaz; véase).

Vasconcelos, José. Escritor y político. Miembro del Ateneo de la Juventud (grupo de artistas e intelectuales; véanse, Reyes, Alfonso; Caso, Antonio). Participó en la Revolución al lado de Francisco I. Madero y Francisco Villa. Fue secretario de Educación durante el gobierno de Álvaro Obregón, y así impulsó y promovió la cultura mexicana. Apoyó a la Escuela mexicana de pintura (véase Orozco, José Clemente) y los muros de los edificios públicos se cubrieron con el arte de Diego Rivera, David Alfaro Siqueiros, José Clemente Orozco, José Chávez Morado. Igualmente, el grupo literario conocido como los Contemporáneos también tuvo su ayuda. En ese mismo periodo fue rector de la Universidad; suyo es el lema del escudo de la Universidad Nacional Autónoma de México («Por mi raza hablará el espíritu»), que expresa su versión del nacionalismo. En sus libros, especialmente en los de carácter «filosófico», hay una visión utópica del futuro de la raza mestiza o «cósmica». Lanzó su candidatura a la Presidencia de la I República, en oposición al grupo de Calles (1929; véase Calles, Plutarco Elías). Nunca aceptó la derrota y mantuvo, hasta el fin, la convicción de haber sido electo presidente. Después de un breve exilio, Vasconcelos regresó al país y dirigió la Biblioteca de México. Perteneció a El Colegio Nacional y fue Académico de la Lengua. Murió en 1959 (igual que Alfonso Reyes, véase). Las preocupaciones de Vasconcelos por la cultura hispanoamericana están en *La indología* y *La raza cósmica;* su autobiografía en *Ulises criollo* (1936), *La tormenta* (1936), *El desastre* (1938), *El preconsulado* (1939).

Velasco, Luis de. Virrey de la Nueva España (1550-1564). Durante su gobierno se abrió la Universidad (¿1553?) y se fundaron ciudades o villas de importancia (por ejemplo, las de San Miguel y San Felipe, en Guanajuato). Hay varios nombres célebres con el apellido de De Velasco. Luis de Velasco, marqués de Salinas, hijo del gobernante del mismo nombre, también fue virrey en dos ocasiones (1590-1595; 1601-1611).

Velasco, José María.   Pintor paisajista profundamente atraído por la belleza del Valle de México. En 1873, pintó su primer *Valle de México.* Son muy famosas sus pinturas, *El Valle de México* (1875) y *México* (1877), también sobre el Valle; esta última tiene el águila y la serpiente (símbolos del escudo nacional mexicano). La obra de Velasco, por su interés en el Valle, forma parte de una tradición cultural mexicana muy fuerte y expresa, pictóricamente, la impresión del barón A. von Humboldt ante su belleza. (En general, es un antecedente dentro de la cultura nacional, del epígrafe de Alfonso Reyes a *Visión de Anáhuac,* que dio título a esta novela de Carlos Fuentes; cfr. mi *Introducción.*)

Vélez, Lupe (Guadalupe Villalobos Vélez).   Actriz y cantante. Actuó en el cine, en el teatro de revista y musical. De las estrellas que Hollywood consagró mundialmente como mitos. Se suicidó a los treinta y cinco años de edad, en Los Ángeles, California (1949).

Vicario, Leona.   Heroína de la Independencia (esposa de Andrés Quintana Roo, véase). Ayudó a los insurgentes con recursos monetarios e información pertinente de lo que ocurría en la ciudad de México. Se le confiscaron sus propiedades. Estuvo en prisión en el Convento de Belem de las Mochas (escapó con el auxilio de amigos). En 1822, el Congreso la recompensó públicamente por los servicios que prestó a la causa insurgente.

Victoria, Guadalupe (Miguel Fernández Félix).   Primer presidente de la República mexicana (gobernó del 10 de octubre de 1824 al 21 de mayo de 1829). Luchó al lado de José María Morelos y Pavón (véase), durante la guera de Independencia (entonces cambió su nombre). Durante su gobierno, capitula San Juan de Ulúa, último reducto español que seguía recibiendo ayuda de La Habana. Victoria ordenó el bloqueo con una flotilla (la plaza se rindió el 18 de noviembre de 1825; los españoles salieron con honores). Guadalupe Victoria promovió la educación y abolió la esclavitud; decretó, por otra parte, la expulsión de peninsulares. Murió en 1843. Desde que terminó su mandato, se retiró de la vida pública. Sus restos descansan en la Columna de la Independencia, en la ciudad de México.

Villa, Francisco (Doroteo Arango Quiñones, llamado Pancho Villa).   Revolucionario; agrarista. Jefe de la División del Norte. Cuando Villa se unió al movimiento maderista (véase

Madero, Francisco I.), empezó la etapa bélica de la Revolución, pues él y otros tomaron Ciudad Juárez (10 de mayo de 1911) y Madero pudo instalar allí su gobierno provisional —Porfirio Díaz renunció el día 21 del mismo mes—. Debido a problemas con Victoriano Huerta (véase) (quería fusilarlo, pero Villa escapó de la Cárcel Militar de la ciudad de México) se refugia en los Estados Unidos. Cuando Madero fue asesinado, Villa cruzó la frontera para combatir a Huerta. Reunió un ejército de 3.000 hombres, que se llamó la División del Norte o los Dorados de Pancho Villa. La trayectoria militar de Villa está llena de contrastes: sitios de ciudades (se apoderó y perdió las mismas en numerosas ocasiones); recorrió extensas zonas del territorio nacional; cruzó varias veces la frontera con los Estados Unidos. Es muy conocido el asalto de Villa a Columbus, Nuevo México (tomó la población a la fuerza, el 9 de marzo de 1916), acto que provocó un grave conflicto internacional (el territorio mexicano fue invadido por tropas norteamericanas al mando del general John J. Pershing, el 9 de marzo de 1916; es la llamada «expedición punitiva»). Pancho Villa y sus lugartenientes ganaron las principales batallas de la Revolución, arremetiendo contra Victoriano Huerta (Torreón, Ciudad Juárez, Tierra Blanca, Zacatecas, etc.; cfr. *Cuadro cronológico*). La División del Norte fue vencida en Celaya y León, en plena lucha de facciones (discrepancias con Venustiano Carranza). Las desavenencias entre Villa, Carranza y Zapata se debieron a criterios diferentes para resolver los problemas de México, emanados de tres fuertes y contrapuestas personalidades (a diferencia de Villa y de Emiliano Zapata, Carranza sí tenía como objetivo personal el logro del poder público). Algunas de las operaciones militares más importantes de Villa se efectuaron a lo largo de las vías férreas del norte de México, que eran puntos estratégicos. Cuando la Revolución terminó, le fue reconocido el grado de general de División; se le otorgó, además, el Rancho de Canutillo (en Parral, Chihuahua). Sin embargo, pese a que Villa se dedicaba a trabajar en su propiedad (con los Dorados), murió en una emboscada el 20 de junio de 1923. La figura de Pancho Villa impresionó a los norteamericanos y, en vida, le pagaron 25.000 dólares por los derechos cinematográficos de su campaña militar; ya muerto, su tumba fue violada y su cadáver mutilado (el norteamericano que profanó el sepulcro, huyó con la cabeza de Villa, en 1926). La imagen fílmica de Pancho Villa es una de las integrantes del núcleo de estereotipos mexicanos; la modelaron la *Mutual Films Corporation* (que lo filmó en batalla) y los filmes norteamericanos y mexicanos.

Villa Pancho (véase Villa, Francisco).

Villarreal, Antonio I. General y político. Con Lázaro Gutiérrez de Lara y Manuel Sarabia creó el ala socialista del Partido Liberal Mexicano, con la cual se formó el Partido Liberal Nacional (1911). Presidió la mesa directiva que Venustiano Carranza convocó el 10 de octubre de 1914 (en la que resultó electo presidente de la República Eulalio Gutiérrez). Villarreal fue uno de los ciento dos generales que se enfrentaron a Álvaro Obregón (véase), el 30 de noviembre de 1923, debido a la imposición de su candidatura por Calles (véase Calles, Plutarco Elías). Años más tarde, fue dirigente de una rama izquierdista de la oposición, durante la lucha electoral en que venció Lázaro Cárdenas (véase).

Villaurrutia, Xavier. Poeta, dramaturgo, ensayista, traductor, crítico y argumentista de cine. Destacado poeta que capturó, dolorosa e individualmente, la manera «mexicana» de abordar la muerte (como José Gorostiza con su impecable poema *Muerte sin fin*. Cfr. el epígrafe a mi *Introducción*). Fue uno de los miembros más activos del grupo y la revista *Contemporáneos* (1928-1931). La generación de los Contemporáneos fue determinante en la vida cultural de los años 20 (impulsada por José Vasconcelos, véase). Entre sus obras de teatro se encuentran las siguientes: *Parece mentira, La mujer legítima, Invitación a la muerte.* Sus poemas más sobresalientes son: *Canto a la primavera, Nocturno, Nostalgia de la muerte.*

Xicoténcatl («habitante del Xicotenco» —del lugar en que viven los abejorros—). Hay varios personajes con este nombre. El más célebre es Xicoténcatl el Joven (1484-1521), señor de Titzatlan, cuyos poemas se hallan en el manuscrito de los *Cantares mexicanos* (en náhuatl; esta colección la organizó fray Bernardino de Sahagún, véase). Como su padre, Xicoténcatl el Viejo, el Joven se opuso a recibir a los españoles. Más tarde se volvió aliado de los conquistadores. Porque se ausentó sin avisar, Cortés lo mandó ahorcar (cuando estaban a punto de sitiar la capital azteca).

Xocoyotzin (véase Moctezuma).

Zapata, Emiliano. Revolucionario y político. Con Villa y Carranza, uno de los tres jefes principales de la Revolución. Zapata se incorporó a la revolución maderista (el 11 de mayo de 1911), pero meses después se rebeló (el primero) por la falta de visión y estrategia políticas del infortunado presidente (véase Madero, Francisco I). Como presidente del Comité de Defensa de los pueblos del Estado de Morelos (Anenecuilco, Ayala, Moyotepec), Zapata lanzó el Plan de Ayala —que él y su gente defendieron, con tenacidad—. El Plan daba a conocer los problemas campesinos y las soluciones que parecían adecuadas: restitución, nacionalización y dotación de aguas, tierras y montes. El zapatismo peleó en el Estado de Morelos (su base) y fue de carácter populista (como el movimiento de Francisco Villa, véase). Zapata y Villa tuvieron el don de movilizar a muchos individuos, con un caudillaje no extento de admiración ciega de sus seguidores (los enemigos de ambos logran vencerlos, únicamente, con la traición y el asesinato). Los detractores de Emiliano Zapata divulgaron una leyenda negra («El Atila del Sur»), que singularizó las tácticas violentas de su ejército, a las que —sin excepción— recurrieron todos los jefes revolucionarios (véase, Ángeles, Felipe; De la O, Genovevo; Villa, Francisco; Carranza, Venustiano. Además, véase Huerta, Victoriano). El 10 de abril de 1919, en la hacienda de Chinameca, Zapata cayó acribillado en la celada de Pablo González. La muerte de Zapata marcó el inicio del restablecimiento del orden anterior (véase Díaz, Porfirio; cfr. *Cuadro cronológico*): resurgen las haciendas, por ejemplo (este «retroceso histórico» lo ilustra *La región más transparente*).

Zumárraga, fray Juan de.   Franciscano. Primer obispo y arzobispo de México. Introdujo la imprenta en la Nueva España (1546); intervino en la fundación de los Colegios de San Juan de Letrán y Santa Cruz de Tlatelolco (véase Mendoza, Antonio de); propició la creación de la Universidad (véase Cervantes de Salazar, Francisco); fundó el hospital Amor de Dios. Escribió libros en español y en latín: *Manual de adultos* (1540), *Doctrina breve muy provechosa* (1544), etc.

La región más transparente

A
RITA

CUADRO CRONOLÓGICO[1]

LA NOVELA	LA HISTORIA
1900	
Nacimiento de Federico Robles, hijo de humildes peones, en una de las haciendas de la familia De Ovando.	Desde 1876, Porfirio Díaz es dictador de México: formación de grandes latifundios; recursos nacionales entregados a compañías extranjeras; represión policiaca y militar.
1905	
Gervasio Pola, agitador intelectual, y Froilán Reyero, primo de Robles, participan en la huelga de los trabajadores de Río Blanco.	Huelga de los obreros textiles en Río Blanco, primera explosión de descontento popular contra la Dictadura. *Revolución rusa de 1905*.
1909	
Robles es llevado a vivir a Morelia con un cura que lo emplea como sacristán. Gervasio Pola participa en la campaña presidencial de Madero.	Francisco I. Madero lanza su candidatura a la presidencia contra Porfirio Díaz. *Crisis en los Balcanes*.

[1] La estrecha ligazón entre historia y literatura, propia de las obras mayores de Carlos Fuentes, se explicitó en LRT, desde la segunda edición, con este apéndice (1972). El *Cuadro cronológico* y *Personajes* se incorporaron tanto en «Letras mexicanas» (última vez que apareció) como en la «Colección popular». EdA empleó esta edición aumentada.

133

1910

Gervasio Pola combate en las filas maderistas.

Reelección de Díaz. El 20 de noviembre, Madero hace un llamado a las armas.

1911

Triunfo de la revolución maderista. La familia De Ovando sale rumbo al exilio en los Estados Unidos.

El ejército popular derrota a Díaz; el dictador renuncia y se exilia. Madero, elegido presidente, mantiene el aparato militar y administrativo de Díaz y no aplica las reformas sociales. Zapata enarbola la bandera de la reforma agraria. *Guerra turco-italiana.*

1913

Mercedes Zamacona abandona el convento y regresa a la hacienda de su familia en Michoacán. Gervasio Pola, encarcelado por Huerta, se evade para continuar la lucha en las filas zapatistas. Nacimiento de Rodrigo Pola.

Golpe de estado reaccionario del general Victoriano Huerta. Asesinato de Madero. Levantamiento popular contra la nueva dictadura, dirigido por Venustiano Carranza en el norte y por Zapata en el sur. *Guerra balcánica.*

1914

Robles es llevado por el cura a la hacienda de los Zamacona. Huye para unirse a las tropas revolucionarias.

Campaña revolucionaria contra Huerta. Victorias militares de Álvaro Obregón y Pancho Villa. Los revolucionarios prometen la reforma agraria. Huerta huye. Obregón ocupa la ciudad de México. *Primera Guerra Mundial.*

1915

Muerte de don Francisco de Ovando. La familia se instala en París. Robles participa en la campaña contra Villa. Nacimiento de Manuel Zamacona.

La revolución triunfante se divide: facción burguesa de Carranza y facciones populares de Villa y Zapata. Villa es derrotado en Celaya por el general carrancista Obregón. *Batalla de Ypres. Campaña de los Dardanelos.*

1916

Rosenda Pola trabaja en un almacén de la ciudad de México y educa a Rodrigo. Nacimiento de Norma Larragoiti.

Triunfo der la Facción burguesa de la revolución: Carranza, Obregón, Calles, De la Huerta. *Batalla de Verdún.*

1917

Robles entra a la ciudad de México con las tropas de Obregón. Doña Serena Palomo y Pioquinto siguen a Villa en su retirada hacia el norte.

Constitución revolucionaria: reforma agraria, protección obrera, recuperación de riquezas del subsuelo. Villa ataca la población norteamericana de Columbus. Expedición punitiva de Pershing contra Villa. *Los Estados Unidos entran a la Guerra Mundial. Revolución rusa.*

1918

Nacimiento de Hortensia Chacón.

Carranza, presidente. *Segunda batalla del Marne. Armisticio.*

1919

Asesinato de Zapata por militares carrancistas. *Conferencia de Versalles. República de Weimar.*

1920

Bancarrota y suicidio del padre de Norma Larragoiti. La niña es llevada a vivir a la ciudad de México con sus tíos.

Carranza aplaza la aplicación de las reformas. Calles, Obregón y De la Huerta se sublevan en Agua Prieta. Asesinato de Carranza. *Briand y el Bloque Nacional.*

1921

Robles estudia leyes con su compañero Librado Ibarra.

Obregón, presidente. Se inicia la reforma agraria. Los Estados Unidos, afectados por el artículo 27 Constitucional, se niegan a reconocer al gobierno mexicano. Acuerdos con los EE.UU., que limitan el alcance de la reforma agraria. *Poincaré, Harding, agitación fascista en Italia.*

1924

Ibarra lucha por la reforma agraria. Robles se aprovecha de la venta de terrenos de las familias arruinadas por la revolución. Nacimiento de Benjamín de Ovando. Rodrigo Pola va a la escuela con Roberto Régules.

Calles y De la Huerta se disputan la sucesión de Obregón. De la Huerta se subleva y es exiliado. Calles, presidente, reorganiza la economía del país. Se inicia la política de desarrollo de las comunicaciones, construcción de escuelas y de presas. Los EE. UU. impiden la nacionalización del subsuelo. *Mussolini, jefe del estado fascista italiano. Hitler encarcelado después del fallido* putsch *de Munich. Muerte de Lenin.*

1928

Rodrigo Pola en la Preparatoria. Ibarra, abogado consejero de los sindicatos de izquierda.

El clero rechaza la legislación revolucionaria. Guerra de los cristeros. Asesinato de Serrano, candidato de la oposición. Obregón, reelecto, es asesinado por un católico. *Primer plan quinquenal en la URSS. Trotsky, exiliado en Alma-Ata.*

1929

Robles se liga con explotadores de casinos. Ibarra es encarcelado por sus actividades de agitación sindical.

Calles, el Jefe Máximo, gobierna a través de presidentes nominales y se acerca cada vez más a los EE. UU. (Morrow, embajador). Corrupción de revolucionarios ávidos de rápidas recompensas. *Desplome económico en los Estados Unidos.*

1934

La novela	La historia
Ibarra sale de la cárcel. Robles acumula una fortuna en el negocio de bienes raíces.	Cárdenas, presidente. Calles cree que será otro fantoche. Cárdenas lo exilia y da nuevo impulso a la revolución: reforma agraria, organizaciones obreras y campesinas, educación popular. *Hitler toma el poder en Alemania; Rooselvelt y el* New Deal.

1935

La familia De Ovando regresa a México. Robles, abogado y consejero de compañías norteamericanas. Noviazgo de Rodrigo y Norma. Rodrigo abandona a su madre.	La reforma agraria crea un mercado interno; migraciones del campo a la ciudad, donde los campesinos se convierten en obreros o en lumpemproletariado. *Consolidación de la dictadura de Stalin en la URSS; invasión de Etiopía.*

1938

Robles entrega al líder Feliciano Sánchez. Ibarra trabaja para la educación nacional en el campo. Norma y la *dolce vita*.	Cárdenas lucha contra los caciques y nacionaliza el petróleo. *Anexión de Austria. Guerra civil en España. Pacto de Munich. Anexión de los Sudetes.*

1940

Matrimonio de Robles y Norma.	Ávila Camacho, presidente, da un viraje derechista a la política. La burguesía, aprovechando las reformas revolucionarias, se convierte en «la nueva clase». *Asesinato de Trotsky en México. Segunda Guerra Mundial.*

1946-1952

Acción central de la novela.	Miguel Alemán, presidente. La burguesía mexicana en el poder.

PERSONAJES

Los de Ovando

Francisco de Ovando, dueño de grandes latifundios, emigrado con la revolución.
Lorenza de Ovando, su mujer.
Joaquín de Ovando, su hijo.
Fernanda de Ovando, mujer de Joaquín.
Benjamín de Ovando, hijo de Joaquín y Fernanda.
Lucas de Ovando, sobrino de don Francisco.
Angélica de Ovando, su mujer.
Pimpinela de Ovando, hija de Lucas y Angélica; se casa con Rodrigo Pola en 1951.

Los Zamacona

Padre Agustín Zamacona, cura de Morelia.
Ana María Zamacona, dueña de una pequeña hacienda cerca de Uruapan.
Ernestina Zamacona, su hija mayor.
Capitán Felipe Zamacona, hijo de Ana María, primero oficial de Huerta, luego de Carranza[2].
Mercedes Zamacona, hija menor de Ana María.
Manuel Zamacona, hijo menor de Ana María[3].
Manuel Zamacona, hijo único de Mercedes.

Los Pola

Gervasio Pola, oficial de la revolución de 1910.
Rosenda Zubarán de Pola, su mujer.
Rodrigo Pola, hijo de Gervasio y Rosenda, novio de Norma Larragoiti, esposo de Pimpinela de Ovando.

---

[2] En el texto no se dice el nombre de pila del capitán.
[3] Este personaje no se menciona en el texto.

LOS BURGUESES[4]

Federico Robles, hijo de campesinos en una de las haciendas de los De Ovando, soldado de la revolución, abogado y consejero de compañías extranjeras, banquero. Casado en primeras nupcias con Norma Larragoiti y por segunda vez con Hortensia Chacón.
Norma Larragoiti de Robles, primera mujer de Robles.
Roberto Régules, financista.
Silvia Régules, su mujer.
Betina Régules, su hija.
Jaime Ceballos, joven abogado, novio de Betina.
Juan Felipe Couto, hombre de confianza y especulador.
Don Jenaro Arriaga, banquero y especulador.

LOS SATÉLITES

Junior, hijo de millonarios.
Pichi, estudiante de filosofía.
Bobó Gutiérrez, rentista, organizador de fiestas.
Pedro Caseaux, jugador de polo, amante de Silvia Régules.
Charlotte García, introductora de celebridades.
Lally, modelo de pintores, musa de poetas, amante de Bobó.
Gus, homosexual de regreso.
Cuquita, cazadora de herederos.
Gloria Balceta, esposa de un diplomático.
Paco Delquinto, imitador local de Hemingway.
Juliette, imitadora local de Juliette Greco.
Chicho, conseguidor.
Lopitos, secretario de hombres políticos.

LOS EXTRANJEROS

Príncipe Vampa, cocinero italiano que se hace pasar por noble.
Dardo Moratto, escritor argentino ex secretario de Victoria Ocampo y corrector de pruebas de Jorge Luis Borges[5].

---

[4] El interés de Carlos Fuentes por la consolidación de esta nueva clase social en México generó varias de sus obras. La primera, LRT (confróntese mi «Introducción»).

[5] Algunos datos del apéndice añaden información sobre los personajes, sobre todo sus secciones Los extranjeros y Los intelectuales (lo mismo acontece, respecto a la historia mexicana y mundial, en el *Cuadro cronológico). Personajes* sintetiza la caracterización por medio de calificativos certeros o completa ciertas biografías. La omnisapiencia implícita en los agregados de 1972 podría indicar que Carlos Fuentes siguió de cerca su elaboración.

Natasha, antigua cantante de cabaret en San Petersburgo, París y Berlín. Estrenó varias canciones de Kurt Weil.

Contessa Aspacúccoli, de la pequeña nobleza alemana.

Conte Lemini, nacido *Thomas Schwartz,* aventurero texano que ha levantado una fortuna sobre los yacimientos mexicanos de azufre.

Fabio Milós, poeta imaginista sudamericano, posteriormente eclipsado por Pablo Neruda.

Soapy Ainsworth, heredera norteamericana de una cadena de detergentes.

Pinky, príncipe serbio, primo en tercer grado del rey Alejandro asesinado en Marsella.

Simón Evrahim, sirio-libanés, productor de películas.

LOS INTELECTUALES

Estévez, introductor de Heidegger en México.

Bernardo Supratous, diletante, autor de algunos poemas imitados de E. E. Cummings.

López Wilson, marxólogo.

Luis Pineda, editor de revistas satírico-literarias, después cónsul de México en Oporto.

Pablo Berea, poeta, después alto funcionario.

Jesús de Olmos, poeta y periodista.

Ramón Frías, poeta, después embajador.

Jorge Taillén, poeta y antropólogo.

Roberto Ladeira, poeta de obra dispersa; se suicidó en 1939.

Tomás Mediana, poeta, muerto trágicamente en 1950.

Chino Taboada, director de telúricos melodramas cinematográficos.

EL PUEBLO

Gladys García, fichadora de cabaret.

Juan Morales, ruletero.

Rosa Morales, su mujer.

Pepe, Juan y Jorge Morales, sus hijos.

Pioquinto, guardavías.

Magdalena, su mujer.

Fidelio, su hijo, mozo de café.

Gabriel, su hijo, obrero y espalda-mojada.

Pepa, su hija, desocupada.

Doña Serena, antigua soldadera de Pancho Villa.

Palomo, antiguo sargento de la División del Norte.

Beto, ruletero.

Tuno, obrero.

Fifo, desocupado.

Hortensia Chacón, mecanógrafa, segunda esposa de Federico Robles.

Donaciano, burócrata, primer esposo de Hortensia Chacón.

LOS REVOLUCIONARIOS

Froilán Reyero, primo de Federico Robles, organizador de la huelga de Río Blanco.
Pedro Ríos, soldado maderista.
Sindulfo Mazotl, soldado zapatista.
General Inés Llanos, partidario de Zapata, lo abandona para unirse al dictador Huerta.
Librado Ibarra, abogado sindical.
Feliciano Sánchez, líder obrero.

LOS GUARDIANES

Ixca Cienfuegos.
Teódula Moctezuma.

1

MI NOMBRE *es Ixca*[6] *Cienfuegos*[7]. *Nací y vivo en México,*
D. F.[8] *Esto no es grave. En México*[9] *no hay tragedia: todo se*
vuelve afrenta. Afrenta, esta sangre que me punza como filo de
maguey[10]. *Afrenta, mi parálisis desenfrenada que todas las*

---

[6] *Ixca:* voz náhuatl, pl. *oixcac:* cocer un objeto, como una vasija,
un ladrillo, huevos, etc.; poner bajo la ceniza (DLN. La traducción de
las voces de lenguas indígenas se retringirá a los vocablos indispensables para comprender la novela; asimismo, sólo se dará la etimología
en los casos de este orden).

[7] *Cienfuegos:* alude al tiempo mítico o del origen, cuando los fuegos alumbraban el universo (de acuerdo con los mitos aztecas sobre la
reconstrucción periódica del mundo y del hombre). El nombre Ixca
Cienfuegos significa (según mi traducción libre e interpretación basada
en la mitología y simbolismo de Carlos Fuentes): el ente que por recuperar o conservar el tiempo mítico se abrasa a sí mismo —es tocado
por éste—; una especie de Fénix que se consume y, a los otros —sin
poder lograr el renacimiento auténtico—, en aras del pasado prehispánico (su papel de guardián se subraya en *Personajes,* cfr. pág. 142, véase
nota anterior).

[8] *D.F.:* abreviatura de Distrito Federal, capital de los Estados
Unidos Mexicanos. Sede política y administrativa del país, que es una
república federal democrática (la República Mexicana). Es muy problemático definir los límites entre la ciudad de México y el D.F. La
sabiduría popular denomina indistintamente a esta zona (también el
centro económico): «la Capital» o «el De Efe».

[9] Se refiere a la ciudad de México y, por extensión, a todo el país:
México (o los Estados Unidos Mexicanos, véase nota anterior). México también da nombre al Estado en donde se enclava el Distrito Federal (al cual rodea, excepto por el Sur que colinda con el Estado de
Morelos).

[10] *maguey:* nombre genérico, proveniente de las Antillas, de las
treinta especies de agaves que crecen en el suelo mexicano.

143

auroras tiñe de coágulos. Y mi eterno salto mortal hacia ma-
ñana. Juego, acción, fe —día a día, no sólo el día del premio o
del castigo: veo mis poros oscuros y sé que me lo vedaron abajo,
abajo, en el fondo del lecho del valle[11]. Duende de Anáhuac[12]
que no machaca uvas —corazones; que no bebe licor, bálsamo
de tierra —su vino, gelatina de osamentas; que no persigue la
piel alegre: se caza a sí mismo en una licuación negra de pie-
dras torturadas y ojos de jade opaco. De hinojos, coronado de
nopales[13], flagelado por su propia (por nuestra) mano. Su
danza (nuestro baile) suspendida de un asta de plumas[14], o de
la defensa de un camión[15], muerto en la guerra florida[16], en la

---

[11] Se refiere al Valle de México, cuenca lacustre otrora llena de agua y, en la actualidad, casi totalmente desecada. La ciudad de México colonial se construyó sobre las ruinas de Tenochtitlán (la capital del imperio azteca), que fue fundada en un islote del lago de Tetzcoco. Los aztecas construyeron un dique para separar el agua dulce de la salada, que fue destruido por los bergantines de Hernán Cortés. Debido a su origen lacustre, la ciudad de México sufrió varias inundaciones durante la época virreinal y posteriormente (a pesar del canal de desagüe concluido en 1900). Una de esas inundaciones sorprende a los personajes de LRT, véase pág. 350).

[12] *Anáhuac:* voz náhuatl: costa, ribera, playa («cerca del agua»). Antiguo nombre de los lagos centrales, o sea, del Valle de México.

[13] *nopales:* planta de la familia de las cactáceas erizada de espinas cuyo tallo lo forman series de espátulas planas o carnosas; su fruto es la tuna o higo chumbo. Nopales y magueyes son vegetales característicos del Valle de México y algunas variedades son la base de bebidas o alimentos. El escudo de la bandera mexicana tiene un nopal del Anáhuac.

[14] Alusión nostálgica al esplendor prehispánico. El arte azteca estaba ligado a la religión y la milicia. Las plumas, el jade, la turquesa fueron materiales preferidos por los artesanos aztecas que produjeron objetos de finura extrema, aun los guerreros.

[15] *camión:* autobús. Camión de pasajeros: urbano o de línea (el que viaja de una población a otra). Camión de carga (el que transporta mercancía). Camión materialista o de volteo (el que transporta materiales para edificar).

[16] La guerra fue una institución cultural de suma importancia para los aztecas. Su religión suponía que la sangre de los sacrificios humanos alimentaba al sol. La guerra se emprendía para conquistar y para obtener víctimas. La guerra florida se efectuaba periódicamente con fines religiosos (prevenir la falta de sangre, el líquido imprescindible a la supervivencia de los dioses). Esta guerra se concertaba de común acuerdo con los señoríos cercanos (aztecas y tlaxcaltecas guerreaban para sustentar al sol).

144

riña de cantina[17], *a la hora de la verdad: la única hora puntual. Poeta sin conmiseración, artista del tormento, lépero*[18] *cortés, ladino*[19] *ingenuo, mi plegaria desarticulada se pierde, albur*[20], *relajo*[21]. *Dañarme, a mí siempre más que a los otros: ¡oh derrota mía, mi derrota, que a nadie sabría comunicar, que me coloca de cara frente a los dioses que no me dispensaron su piedad, que me exigieron apurarla hasta el fin para saber de mí y de mis semejantes! ¡Oh faz de mi derrota, faz inaguantable de oro sangrante y tierra seca, faz de música rajada y colores turbios! Guerrero en el vacío, visto la coraza de la bravuconada; pero mis sienes sollozan, y no cejan en la búsqueda de lo suave: la patria, el clítoris, el azúcar de los esqueletos*[22], *el cántico frisado, mímesis de la bestia enjaulada. Vida de espaldas, por miedo a darlas; cuerpo fracturado, de trozos centrífugos, gimientes de enajenación, ciego a las invasiones. Vocación de libertad que se escapa en la red de encrucijadas sin vértebra. Y con sus restos mojamos los pinceles, y nos sentamos a la vera del camino para jugar con los colores... Al nacer, muerto, quemaste tus naves para que otros fabricaran la epopeya con tu carroña; al morir, vivo, desterraste una palabra, la que nos hubiera ligado las lenguas en las semejanzas. Te detuviste en el último sol*[23], *después, la victoria azorada inundó tu cuerpo hueco, inmóvil, de materia, de títulos, de decorados. Escucho*

---

[17] *cantina:* taberna. Establecimiento en que se toman bebidas alcohólicas, con algún alimento ligero (RVP).

[18] *lépero:* individuo grosero; de modales indecentes.

[19] *ladino:* hipócrita, simulador, taimado (RVP).

[20] *albur:* palabra o frase de doble sentido, dicha con malicia (RVP). Retruécanos, equívocos (DEM).

[21] *relajo:* desenfreno. Confusión, alboroto, desorden (RVP).

[22] Alude a la costumbre mexicana, en proceso de desaparición, de ofrendar objetos a los muertos la noche de los Santos Difuntos. Entre los comestibles se colocan golosinas de alfeñique modeladas como calaveras, cuya frente tiene el nombre del difunto (así están los muertos de Teódula Moctezuma, cfr. págs. 337-339). Al día siguiente, después de que los difuntos disfrutaron los regalos, los vivos pueden comerlos.

[23] Existen varios mitos prehispánicos sobre la creación del mundo y de los hombres. Aquí se trata del sol histórico de la época de la Conquista española, el momento en que se mezclaron el mito y la historia y, de hecho, el último sol de la civilización azteca. De acuerdo con la cosmovisión azteca, el universo ha pasado por etapas de destrucción o soles (cfr. nota 7). Hay varias interpretaciones sobre los soles cosmogónicos; por su parte, Carlos Fuentes se documenta en los *Anales de Cuautitlán* o *Códice Chimalpopoca*.

ecos de atabales[24] *sobre el ruido de motores y sinfonolas*[25], *entre el sedimento de los reptiles alhajados. Las serpientes, los animales con historia, dormitan en tus urnas. En tus ojos, brilla la jauría de soles del trópico alto. En tu cuerpo, un cerco de púas. ¡No te rajes*[26], *manito*[27]*! Saca tus pencas, afila tus cuchillos, niégate, no hables, no compadezcas, no mires. Deja que toda tu nostalgia emigre, todos tus cabos sueltos; comienza, todos los días, en el parto. Y recobra la llama en el momento del rasgueo contenido, imperceptible, en el momento del organillo*[28] *callejero, cuando parecería que todas tus memorias se hicieran más claras, se ciñeran. Recóbrala solo. Tus héroes no regresarán a ayudarte. Has venido a dar conmigo, sin saberlo, a esta meseta*[29] *de joyas fúnebres. Aquí vivimos, en las calles se cruzan nuestros olores, de sudor y páchuli, de ladrillo nuevo y gas subterráneo, nuestras carnes ociosas y tensas, jamás nuestras miradas. Jamás nos hemos hincado juntos, tú y yo, a recibir la misma hostia; desgarrados juntos, creados juntos, sólo morimos para nosotros, aislados. Aquí caímos. Qué le vamos a hacer*[30]*. Aguantarnos, mano. A ver si algún día mis dedos tocan los tuyos. Ven, déjate caer conmigo en la cicatriz lunar de nuestra ciudad, ciudad puñado de alcantarillas, ciudad cristal de vahos y escarcha mineral, ciudad presencia de todos nuestros olvidos, ciudad de acantilados carnívoros, ciudad dolor inmóvil, ciudad de la brevedad inmensa, ciudad del sol detenido, ciudad de calcinaciones largas*[31]*, ciudad a fuego len-*

---

[24] *atabales:* instrumentos de percusión prehispánicos.

[25] *sinfonola, rocola:* tocadiscos tragamonedas.

[26] *rajarse:* acobardarse, amilanarse, desanimarse, doblegarse.

[27] *mano:* compañero, amigo (aféresis de hermano, RVP).

[28] Los organillos, fabricados en Berlín, han deleitado a los capitalinos desde el siglo pasado. Muy comunes durante la década de los 50, menos frecuentes en la actualidad. Se los llama organillos o cilindros.

[29] Se trata de la Meseta de Anáhuac, parte de la Altiplanicie Mexicana dividida por la Sierra de Zacatecas (la sección del Sur está formada por la Meseta de Anáhuac, la Altiplanicie Meridional y las Mesas Central y del Sur). La Altiplanicie Mexicana está cercada por montañas y, por haber estado aislada del drenaje oceánico, albergó numerosas cuencas lacustres; los vasos desecados del Valle de México, situado en la Meseta de Anáhuac, forman llanuras y desiertos (cfr. notas 11 y 12).

[30] El fatalismo, como característica —remanente— de la mentalidad prehispánica, reaparecerá en LRT. Carlos Fuentes liga esta idea con la visión del vencido, por lo que el habla de los pobres de la ciudad está salpicada de vocablos y expresiones derrotistas.

[31] Los rayos soiares caen, en la ciudad de México, cercanamente a

*to, ciudad con el agua al cuello[32], ciudad de letargo pícaro,
ciudad de los nervios negros, ciudad de los tres ombligos[33],
ciudad de la risa gualda[34], ciudad del hedor torcido, ciudad
rígida entre el aire y los gusanos, ciudad vieja en las luces, vieja
ciudad en su cuna de aves agoreras, ciudad nueva junto al polvo esculpido, ciudad a la vera del cielo gigante, ciudad de barnices oscuros y pedrería, ciudad bajo el lodo esplendente,
ciudad de víscera y cuerdas, ciudad de la derrota violada (la
que no pudimos amamantar a la luz, la derrota secreta), ciudad
del tianguis[35] sumiso, carne de tinaja, ciudad reflexión de la furia, ciudad del fracaso ansiado, ciudad en tempestad de cúpulas, ciudad abrevadero de las fauces rígidas del hermano empapado de sed y costras, ciudad tejida en la amnesia, resurrección de in-
fancias, encarnación de pluma, ciudad perra, ciudad famélica,
suntuosa villa, ciudad lepra y cólera hundida, ciudad. Tuna incandescente. Águila sin alas. Serpiente de estrellas[36]. Aquí nos tocó.
Qué le vamos a hacer. En la región más transparente del aire[37].*

---

la verticalidad; la urbe está situada a 2.240 m de altura. Puede decirse
que por estas condiciones especiales, allí el sol es más inclemente que
al nivel del mar.

[32] El subsuelo de la ciudad de México todavía encierra grandes
cantidades de agua, pues las vertientes interiores llenan ese recipiente
natural (cuyo desagüe ha sido problemático). Durante el periodo presidencial de Miguel Alemán (el presente de LRT), la ciudad de México
sufrió inundaciones parciales por descuidos en el drenaje (las calles del
centro se anegaron en la temporada lluviosa, cfr. nota 11).

[33] Los antiguos lagos del Valle de México: el lago de Tetzcoco, el
de Chalco y el de Xochimilco.

[34] *gualda:* adjetivo poco frecuente en el español de México, que
alude aquí a la risa de los españoles radicados en la capital mexicana
(risa que contrastaría con la «solemnidad» del mexicano).

[35] *tianguis:* mercado. Periódicamente hay tianguis en un día específico de la semana, en calles o plazas. Sobre el suelo o en mesas, se
exponen a la venta toda clase de artículos. Esta costumbre se liga al
mercado prehispánico.

[36] El escudo de la bandera nacional ostenta, desde 1916, un águila
de perfil a punto de devorar a una serpiente (desde que se consumó la
Independencia el águila ha aparecido en la bandera: de frente o perfil;
con las alas caídas o extendidas). Águila, nopal y serpiente, en la actitud descrita, fueron las señas simbólicas que los mexicas buscaban
para establecerse; el mito cuenta que, en un islote del lago de Tetzcoco, encontraron al ave dominando al reptil y, por tanto, allí se fundó
Tenochtitlán (cfr. nota 11, véase Acamapichtli en MPH).

[37] Como el título de esta novela, esta frase proviene del epígrafe de
Alfonso Reyes a *Visión de Anáhuac* (cfr. la *Introducción*, pág. 29).

—¡Boinas![38]

El barrendero le dio un empujón en las nalgas, y Gladys respiró la mañana helada. Echó el último vistazo al espejo gris, a los vasos ahogados de colillas, del cabaret[39]. Chupamirto[40] bostezaba sobre el bongó[41]. Las luces limón se apagaron, devolviendo su opacidad descascarada a las pilastras de palmera. Algún gato corría entre los charcos de la calle: sus pupilas, alfileres de la noche pasada. Gladys se quitó los zapatos, descansó, encendió el último (boquita trompuda, dientes cincelados de oro), el cigarrillo que le tocaba cada quince minutos. Guerrero ya no estaba anegada[42], y pudo calzarse. Empezaban a correr las bicicletas, chirriando, sin sombra, por Bucareli; algunos tranvías, ya. La avenida semejaba una cornucopia[43] de basura: rollos de diario derelicto[44], los desperdicios de los cafés de chinos, los perros muertos, la vieja hurgando, clavada, en un bote, los niños dormidos removiéndose en la nidada de periódicos y carteles. La luz del más tenue de los cirios fúnebres. Del Caballito[45] a los Doctores[46], arrancaba un ataúd de asfalto, triste como una mano tendida. Sólo la resurrección daría sangre y pálpitos a este collar. Pero ya bajo el sol, ¿vivía? Desde la perspectiva de Carlos IV y su corte de neones enanos

LOTONAL   RESPONDEMOS DE LAS CUATROQUINTASPARTES
                        DE SU HIGHBALL   GOODRICH
       DE SU HIGHBALL   GOODRICH[47]

---

[38] *Boinas:* juego de lenguaje propio del habla popular de los años 50. Como ¡Vóitelas!, probablemente proviene de la flexión del verbo ir en la primera persona del singular.

[39] *cabaret:* sala de fiestas. Centro de esparcimiento nocturno (RVP).

[40] *Chupamirto:* cursiva en EdA. Colibrí.

[41] *bongó:* tambor de origen africano.

[42] Véase nota 32. Guerrero y Bucareli, calles del centro de la ciudad.

[43] Así se ha llamado al país por sus riquezas potenciales y por su forma peculiar. Cornucopia y cuerno de la abundancia son expresiones del acervo para describir a México con intención opuesta a la del narrador de LRT.

[44] *derelicto:* abandonado, deshecho.

[45] Estatua ecuestre de Carlos IV (véase Tolsá, Manuel, en MPH).

[46] Barrio.

[47] Los anuncios de luz neón se ordenan de otra manera en la EdA (véase el apartado «Esta edición»). Goodrich Euzkadi es una marca de neumáticos para auto.

Gladys no podía hablar de las fritangas[48] y los gorros de papel de los voceadores[49] y sus soldaderas[50] panzonas, porque desconocía lo diurno, del aire viejo, empolvado, que va masticando los contornos de las ruinas modernas de la aldea enorme. Iba caminando sola, su cuerpecillo de tamal[51] envuelto en raso violeta brillante, ensartado en dos palillos calados sobre plataformas: bostezaba para rascarse los dientes de oro: la mirada, bovina, los ojitos, de capulín[52] ¡Qué aburrido caminar sola por Bucareli a las seis y cuarto! Tarareaba la letanía que noche tras noche le había enseñado el pianista gordo del «Bali-Hai»[53], *mujer, mujer divina*[54] *esa me la cantaba Beto; ése sí que me trajo al trote, con eso de ser ruletero*[55] *y sacarme a pasear en el coche; ¡qué machote*[56] *y qué vacilador!*[57] «*Vieja*[58] *que se sube al coche, vieja que me bombeo*»[59], *decía;*

«—¿Estás sola, chata?[60]

«—Estoy contigo, ¿me siento?»

---

[48] *fritangas:* frituras de masa de maíz con carne y ají (chile); comida barata que se prepara frente al cliente en puestos callejeros. Guiso hecho a la ligera (RVP).

[49] *voceadores:* vendedores ambulantes de periódico, el cual ofrecen a voces.

[50] *soldadera:* mujer del soldado. Se llamó soldaderas a las mujeres que acompañaban a los revolucionarios (peleando, cocinando, curando heridos y suministrando el escaso sustento diario).

[51] *tamal:* es una comida típica mexicana de origen prehispánico. Su forma, a la que se refiere el narrador, es la de un pequeño almohadón —más rectangular que cuadrado— moldeado con masa muy fina de maíz (tiene relleno dulce o salado).

[52] *capulín:* fruto del árbol americano del mismo nombre. Los capulines se parecen a las cerezas y su color varía del castaño rojizo al castaño oscuro casi negro. La piel de este fruto es muy tersa y brillante.

[53] Sin comillas en la EdA.

[54] Canción de Agustín Lara (véase en MPH).

[55] *ruletero:* conductor de coche de alquiler. Chófer de taxi (TPM).

[56] *machote:* macho: formal, valeroso, con entereza, viril (RVP). El empleo frecuente de aumentativos y diminutivos es muy común en México (por ser una característica muy sobresaliente ha llamado la atención de estudiosos y no estudiosos de la lengua).

[57] *vacilador:* que le gusta divertirse, de carácter agradable (TPM).

[58] *vieja:* mujer.

[59] *bombear:* seducir sexualmente (Albur, véase nota 20).

[60] *chato(a):* adjetivo cariñoso que se usa aunque la persona no tenga roma la nariz (RVP).

149

ya Chupamirto[61] lo conocía, y le dedicaba sus mambos[62] por el micrófono, *yo soy el ruletero, que sí, que no, el ruletero*[63]

«—Estás muy buena[64], chata aaayyyjj por abajo anda el jarabe[65] al son de las copetonas[66]

«—No te calientes, granizo

«—Pa'su...[67]

«—Ay, qué siento, qué siento

que sí, que no el ruletero y chanceador como él solo, cómo me gusta, con su sueterzote de canario[68]

«—¿A ti no te agarró alguien de puerquito en la escuela[69], chata?

«—¿En la escuela? Estás chanceando.

«—Conmigo se metía[70] un tipo así de grandote, le decían el Mayeya y me traía maloreado[71]. Yo todo tilique[72] en aquella época, y él grandote, torciéndome las orejas. Hasta que maté a un cuate[73] y me mandaron dos años a la peni[74]. Lo vieras ahora. Me lo encuentro y no[75] es sonrisota de cuatacho[76] la que me hace. Pero yo tampoco me meto con nadie. Ya ves los líos que tiene uno ruleteando[77]; que se bajan, que te la mientan[78]. Pues que me la mienten. ¿Qué es peor? ¿Morirte en la cama? ¿O

---

[61] Este mote y los apodos de los personajes, en general, EdA los pone en cursiva (véase el apartado *Esta edición).*

[62] *mambo:* baile cubano. Los mambos, guarachas, chachachás, son conocidos genéricamente como música tropical; tuvieron apogeo en la década de los años 50, aunque todavía son muy populares.

[63] Fragmentos de la letra de un mambo.

[64] *estar bueno(a):* poseer un físico atractivo.

[65] *jarabe:* baile zapateado mexicano.

[66] *copetonas:* copas de licor.

[67] *Pa'su...:* exclamación admirativa. Proviene de «para su madre», insulto que también se usa con el eufemismo «para su mecha».

[68] *de canario:* de color amarillo.

[69] *agarrar de puerquito:* ensañarse con alguien o molestarlo con obstinación (TPM). Puerco o puerquito: el burlado siempre (RVP).

[70] *meterse con uno:* molestar.

[71] *malorear:* hacer maldades o travesuras; molestar.

[72] *tilico(a):* enfermizo, débil, enclenque, raquítico (TPM).

[73] *cuate:* amigo (TPM, DC). En este caso, individuo.

[74] *peni:* penitenciaría. Cárcel, prisión (DC).

[75] Negación por afirmación: «... es sonrisota...»

[76] *cuatacho:* amigo (TPM y DC).

[77] *ruletear:* buscar pasajeros con el auto de alquiler (TPM).

[78] *que te la mientan:* que te insultan. Mentada de madre: la injuria más grave (TPM).

que un cristiano venga y te mande al otro barrio?[79] ¿Para qué hacerle un favor a nadie? Palabra.»

Pero ya se lo había dicho, no le había tomado el pelo[80]:

«—Tendría harta lana[81] si no fuera por las viejas y el bailecito. Todos los días tengo que meterme por ahi, a bailar. Suave, chánchararancha, chánchararará... Qué quieres. Así me hicieron, medio drácula...»

Así nos hacen. No había vuelto a sentir lo que con él. Pero los prietos prefieren a las güeras[82], y aquélla se lo llevó. Beto. Y ahora el viejecillo flaco y con halitosis que la buscaba todos los viernes en la noche presumiendo de alto funcionario de alguna Secretaría. El único que le dejaba lana. Se las ponía de nevero[83], le apretaba la cintura y gritaba: —¡Raza de bronce, cabrona[84] raza de bronce![85] Y luego le contaba el gran chiste de cómo venía los viernes porque ese día le daba su mujer[86] la excusa del balance de fin de semana. Pero no era lo mismo que con Beto.

«—¿Le gusta el chou[87] del "Bali-Hai"?

«—Me encanta, qué caray, me encantas tú...

«—Venga más seguido, pues. Mire cómo será que nomás los viernes, si no es obligación.

«—Ya te he dicho que el viernes hago pato[88] a la vieja; mira, ese día nos pasan...»

Aquí había nacido Gladys, en los palacios huecos de la meseta, en la gran ciudad chata y asfixiada, en la ciudad extendiéndose cada vez más como una tiña irrespetuosa. Un día quisieron llevarla a Cuernavaca[89] unos abarroteros con automóvil, y el coche se descompuso en Tlálpam[90]. No sabía de monta-

---

[79] *Mandar al otro barrio:* asesinar.

[80] *tomar el pelo:* engañar.

[81] *lana:* dinero, moneda (TPM, DC).

[82] *güero(a):* rubio(a).

[83] *ponérselas de nevero:* embriagarse.

[84] *cabrón:* rufián. *Cabronada:* villanía, bajeza (TPM). Aquí se usa también con sentido admirativo.

[85] *raza de bronce:* el pueblo mexicano. Esta expresión reconoce, con orgullo, el origen no hispánico de la población de México (apreciable en la coloración morena o bronceada de la tez).

[86] EdA corrige: «... le daba a su mujer.»

[87] *chou: show.* EdA lo pone en cursiva.

[88] *hacer pato:* engañar.

[89] Capital del Estado de Morelos (véase nota 9). Sitio de recreo para los capitalinos, cercano a la ciudad de México.

[90] Tlálpam. Delegación suburbana del Distrito Federal, situada al

ñas o de mar; la brizna del jaramago, el encuentro de arena y sol, la dureza del níspero, la hermosura elemental... *qué rete chula*[91] *ha de ser la mar...* Amarrada al cemento y al humo, a la acumulación de brillantes desperdicios. Los ojos cerrados, siempre cerrados. Llegó al fin a los Doctores, rendida. Encendió la veladora[92], *Vos sois rica y nosotros pobres; Vos todo lo tenéis y nosotros no tenemos nada; ¿Por ventura no sois la madre de misericordia?* la jicotera no tiene cintura y se acostó. ¿Borregos? Fichas, fichas[93] cayendo sin eco sobre la mesa. Diez pesos. Ya no hacía tanta lana. Se le apretaban[94] los clientes. *¿Vieja? Treinta años. ¿Jodida?*[95] *Que lo diga Beto.* Por primera vez, se le ocurrió pensar qué iba a ser de ella cuando ya no pudiera ganarse la vida en el «Bali-Hai». ¿Cómo se gana la vida? *Voy a ir mañana a un comercio. A ver cuánto pagan de vendedora.* Tenía que impresionar; Liliana le prestaría el zorro, y si no el conejo propio. *¿Dónde está ese perfume que me regalaron a la entrada de un cine?* Rímmel a chorros; *no hay nada peor que una carota de gringa*[96] *desabrida...* Fichas, fichas, *la cucaracha no pué caminá*[97] acurrucada contra el muro frío, iluminada por la veladora, sentir que se perdían sus piernas y el vientre se le hacía grande, grande *que vuestro virginal manto cubra siempre a vuestros hijos, guardadlos, son vuestros para siempre, ¡oh celeste Tesorera del Corazón de Jesús! a vuestros hijos*

Salió de la tienda de modas a la avenida. La lluvia se soltó, confundida con los edificios grises. Es lluvia de ciudad. Contagiada de olores. Mancha las paredes. No se mete en la tierra. Lluvia mineral, el desconcierto de cabezas bajas, sumisas al lívido timbal del cielo, cabezas gachas, mojadas de lluvia y vaselina. Surtidores del cielo mexicano: esperando en silencio desesperado,

suroeste de la ciudad, está en la ruta hacia Cuernavaca. Antiguo pueblo (prehispánico y colonial), integrado a la ciudad.

[91] EdA dice *retechula*.

[92] *veladora:* cirio.

[93] Gladys trabaja como «fichera», es decir, recibe una comisión llamada ficha (cambiable por dinero) por cada bebida que hace pagar al cliente del cabaret («las ficheras» beben agua teñida, aunque se las haya invitado a beber licor).

[94] *apretar:* hacerse de rogar, negarse a participar; tomar una actitud de superioridad (DEM).

[95] *jodido(a):* el que está en malas condiciones (de salud, económicas, anímicas, TPM).

[96] *gringa:* norteamericana, yanqui (TPM).

[97] Fragmento de conocida canción mexicana.

esperando junto a los muros, como los condenados junto al paredón: la fusilada que no llega, los cuerpos enjutos y grasosos,
junto a la lluvia, disueltos en el vaho de gasolina y asfalto, momias de un minuto, junto a la lluvia. Bajo la lluvia: los letreros
despintados, el bostezo de las piedras, la ciudad como una nube tullida, olores viejos de piel y vello, de garnachas[98] y toldos
verdes, mínimo murmullo de ruedas, chisguetes de canciones:
el cielo se abría sin otorgar, el cemento y los mexicanos no
pedían: que luchen lluvia y polvo, que se muerdan viento y
rostros, que se espere pegado a las paredes, ensopado, los bigotes lacios, los ojos vidriosos, los pies húmedos, comprimido en
su carne espesa, maloliente e insano, plagado de cataratas y fo-
rúnculos, dormido en los nichos como ídolo eterno, de cuclillas junto a los muros acribillados de soledad, escarbando en
la basura algo que roer, que se espere, raza de murciélagos.
Que se espere allí: más cerca del origen húmedo, más cerca
de los rincones: lluvia en los rincones, toses pequeñas y huecas
¿que se abrazaran, solos, juntos bajo la lluvia? un abrazo de
todos, cuando los perfiles del firmamento negro dicen: tú aquí,
ellos allá. Gladys sorbía las gotas de su nariz. El rímmel le
escurría como un llanto de noche. El conejo apestaba. Gladys
se detuvo y sacó la mano.

(—Muy guaje[99], ¿no? Miren: mucho ojo[100]. Eso se saca una
por meterse con apretados. ¡A la chingada![101] ¿Hora? Seis.
Abren a las nueve. Y está lloviendo a trancazos.)

¡Ora si t'enjuagates, chilindrina![102], pasó una bicicleta fre-
nando. Se abría la noche, su noche, la noche que le reservan los
ángeles y el vacío. La ciudad olía a gas mientras Gladys ambu-
laba por la Avenida Juárez. ¿Dónde estaban los demás, las gentes a las cuales querer? ¿No había, por ahí, una casa caliente
donde meterse, un lugar donde caber con otros? Sus gentes...
*el viejo era pajarero; salía muy de mañana a agarrarlos,
mientras la madre le hacía el café con piquete[103] y nosotros
arreglábamos las jaulas. Junto al puente de Nonoalco. Me pusieron Gaudencia. Quién me manda nacer un veintidós de ene-*

---

[98] *garnacha:* un tipo de fritanga (véase nota 48).

[99] *guaje:* tonto (DC).

[100] *mucho ojo:* fíjense.

[101] *¡A la chingada!:* ¡al diablo! Locución muy frecuente (¡a la
mierda!).

[102] *chilindrina:* un bizcocho cuya superficie está cubierta de grumos
de azúcar prieta.

[103] *piquete:* porción de licor que se agrega al café o té (RVP).

ro. Las láminas[104] *ardían en verano, y a todos se les calentaba la sangre. En un catre, los viejos y el escuincle*[105]. *En el otro, yo con mis hermanos. Ni me di cuenta, ni supe cuál de ellos me hizo la desgraciadura. Pero las láminas ardían, todos estábamos muy calientes*[106], *muy chamacos*[107]. *Tenía trece años. Así comienza uno. Y luego ya no los vuelve a ver.*

Frente al Hotel del Prado, se topó con una comitiva de hombres altos y mujeres rubias, alhajadas, que fumaban con boquillas. Ni siquiera eran gringos, hablaban español...

—Rápido, Pichi, vamos a tomar un taxi.

—Voy, chéri. Déjame arreglarme el velo.

—Nos vemos en casa de Bobó, Norma. No llegues tarde: para las orgías, puntualidad británica...

—Y además, el canalla de Bobó cambia de la Viuda a Ron Negrita en cuanto se levantan los coros de las bacantes.

—¡Chao, viejita!

—Too-toot.

y parecían dioses que se levantaban como estatuas, aquí mismo, en la acera, sobre las orugas prietas de los demás, ¡qué de los demás!, sobre ella que estaba fundida, inconsciente, hermana de los vendedores de barajitas pochos[108], jafprais, berichip[109], de los de la lotería, de los voceadores, de los mendigos y los ruleteros, del arroyo de camisetas[110] manchadas de aceite, rebozos[111], pantalones de pana, cacles[112] rotos, que

---

[104] Las láminas metálicas son utilizadas por la gente de escasos recursos para fabricar o techar sus modestas viviendas.

[105] *escuincle:* rapazuelo (RVP). Niño de corta edad (TPM).

[106] *caliente:* sensual, lujurioso (RVP).

[107] *chamaco:* muchacho, niño.

[108] *pocho:* mexicano que por haber vivido en los Estados Unidos adopta costumbres ajenas; su vocabulario se plaga de anglicismos. Actualmente se llama *chicanos* a los emigrantes mexicanos.

[109] *jafprais, berichip: half price, very cheap.* Expresiones españolizadas a la manera de la jerga de los pochos (quienes, muchas veces, no tienen la oportunidad de aprender adecuadamente la lengua inglesa).

[110] *camiseta:* camisa de punto.

[111] *rebozo:* prenda de vestir femenina; rectangular y con flecos en los extremos. Se usa como chal, como ayuda para cargar a los niños, para embozarse cabeza y rostro. Sobrevive en la vestimenta de las mujeres del pueblo y es parte de muchos trajes regionales típicos. Los hay de algodón, seda y lana. El traje de la China Poblana (el traje criollo nacional, por excelencia, como el del charro) lleva un rebozo de seda.

[112] *cacles:* sandalias de cuero recio.

venía hollando la avenida. Pero en el siguiente puesto, entre uno de bolsas de cocodrilo y otro de cacahuate garapiñado, gastó dos pesos en una boquilla de aluminio.

EL LUGAR DEL OMBLIGO DE LA LUNA[113]

Junior hablaba como tarabilla[114] mientras, concienzudamente, picoteaba el seno derecho de Pichi[115]. En la noche lluviosa, el taxi se mostraba poco eficaz en salvar hoyancos, y cada brinco del chassís[116] aumentaba la presión de Junior sobre Pichi; ésta miró hacia la izquierda y consultó su reloj.

—Verás qué padres[117] fiestas arma Bobó. Ahí estarán el poeta Manuel Zamacona, Estévez el filósofo existencialista, el Príncipe Vampa —que es un tío de capa y espada— y Charlotte García, la famosa internacional, y miles de aristócratas y pintores y jotos[118]: el todo México. Bobó hace unos cambios de luz brutales[119], y no se escandaliza de que alguien o álguienes[120] se encierren media hora en su recámara, ¡todos son tipos que saben vivir! Mi papá es fantástico; cada vez que vengo a casa de Bobó me hace una cara así de larga y empieza a gruñir sobre el corn-flakes[121]: «viciosos, dipsómanos, amapolos»[122]. ¡Qué

---

[113] Traducción del nombre México (coincide con la de Gutierre Tibón): *Metl* (Luna); *xictli* (ombligo); *co* (lugar). Según la interpretación etimológica de Tibón, la reunión de los tres elementos mencionados formó México. (Nótese que la lengua náhuatl influyó tan profundamente en el español de México, que un nahuatlismo da nombre al país; véase nota 9.)

[114] *tarabilla:* gente que habla mucho y con voz ingrata al oído (RVP).

[115] Cursiva en EdA (véase nota 61). También *Junior, Bobó.*

[116] EdA dice *chasis.*

[117] *padre:* usado como calificativo, significa estupendo, magnífico. Muy común la expresión ¡qué padre!

[118] *joto:* homosexual, afeminado, sodomita (TPM). Término peyorativo.

[119] *brutales:* formidables.

[120] *álguienes:* vocablo que pertenece, probablemente, al idiolecto del personaje. Sin embargo, la actitud de hablar «sin propiedad», «con sencillez» y «desenfado», sí es de la alta burguesía (que adopta, con frecuencia, los modos de hablar español de las clases populares).

[121] Cursiva en EdA. Los personajes se refieren a los objetos de consumo con las marcas de fábrica. El inglés ha sustituido al francés como los productos de los Estados Unidos han suplantado a los europeos en el gusto de los mexicanos acomodados.

[122] *amapolo:* homosexual. Término peyorativo.

salida[123] tan buena!, ¿verdad? El pobre viejo sólo sabe hablar en inventario. Fíjate la lata de ser self-made[124] man. Pero mientras me pase la mensualidad, chás-chás[125].

Pichi metió su cabecita de poodle en la nuca de Junior:

—¡Qué excitante, Junior! ¡Conoces tantos intelectuales! La crema de la crema, como quien dice. A mí también me costó trabajo independizarme, no creas, y de no haber ido a tomar esas clases de psicología, sólo Dios sabe qué complejo me hubiera tragado. Hmmm, qué rico Yardley[126] usas...

El taxi se detuvo frente a la casa de apartamentos —balcones de mosaico multicolor, gran torso de vidrio liso— desde cuyo penthouse[127] chiflaba hacia la noche un repique de vasos.

—Mira —le dijo Junior al chofer—: Ahora te vas al 3094 de Monte Ararat a recoger a una señora. Pita y sale.

—No puedo, jefecito —remilgó el chofer, rascándose una cicatriz roja en la frente—. Hoy sí que no puedo; si no con mucho gusto.

—¿Cómo que no? ¿De cuándo acá nos damos ese taco?[128] —replicó Junior al mismo tiempo que, trasladado ya a la sala de Bobó, se esforzaba por mostrar los puños sedosos de su camisa.

—No, de veras —insistía el chofer—. Cualquier otro día. Barrilaco está rete alejado[129].

Junior prendió el briquet[130] y recorrió el interior del automóvil:

—¿Conque don Juan Morales, placas 37242? Ya hablaremos con el dueño de la flotilla...

Juan Morales dibujó una sonrisa:

—Ya estaría de Dios... —y arrancó. Se contuvo las ganas de refrescársela[131] con el claxon[132], y rascándose la cicatriz metió segunda y comenzó a chiflar.

---

[123] *salida:* ocurrencia.
[124] Cursiva en EdA.
[125] *Al chás chás:* al contado (TPM).
[126] Cursiva en EdA como la mayoría de las marcas de fábrica.
[127] Cursiva en EdA.
[128] *darse taco:* darse importancia.
[129] EdA dice «retealejado».
[130] Cursiva en EdA.
[131] Insulto grave dirigido a la madre (TPM). Equivale a mentar a la madre (véase nota 78).
[132] Cursiva en EdA.

—Pelados[133], cada día más pelados —gimió Junior, y con Pichi del brazo tomó el ascensor.

—Un besito gorda así mira... No te hagas la remolona[134].

—Después, Junior... no me desarregles el velo. Sígueme contando, ¿quiénes más vienen?

—Pues de los rancios, la Pimpinela, y la niña dorada, ¡Pierrot es cumbre; le dicen la niña mal de familia bien!, vas a ver... ah, y el tal Cienfuegos. Mucho cuidadito. De ése te me mantienes alejada.

La puerta de laca se abrió sobre una atmósfera cargada de humo de cigarrillo, vencedor de los coquetos pebeteros y de los perfumes surtidos. Pichi y Junior entraron riendo a grandes voces.

—¡Bobó, Bobó!

—¡Caros! Entren a aprehender las Eternas Verdades. Por ahí anda un indígena con charola[135] y bebestibles. Voici, oh Rimbaud!, le temps des assassins[136].

Bobó corrió saltando, su chaleco floreado un anuncio de bonhomía, a callar a la concurrencia. En el pequeño estrado junto a la escalera la declamadora (del circuito del Caribe, naturalmente) había tomado su lugar y miraba con intensidad al suelo, como si de él debiera surgir la repetición lúdicoliteraria del festín de Baltasar. Al hacerse el silencio, la eximia, con un drástico movimiento de torso, las manos extendidas, la tela neohelénica apretada a la cintura, el busto arremangado, tornó los ojos al cielo raso:

> Telúricos de mi tierra
> ayes en los senos crío
> a los que la voluntad se aferra,
> pescada en Rubén Darío...[137]

Los invitados se fundieron en la melodía. En torno a Manuel Zamacona, una docena de jóvenes y de ancianas formaban corte; Estévez conversaba en un rincón con dos muchachas de gafas. Pierrot Caseaux mantenía un cuchicheo discreto: gracioso

---

[133] *Pelado:* lépero, grosero (RVP). Tipo popular de la clase baja, harapiento; persona de mala educación con lenguaje y modales obscenos. Proviene tal vez de estar sin pela, es decir, sin pesetas (TPM).

[134] *hacerse el remolón(a):* tratar de eludir hacer algo.

[135] *charola:* bandeja.

[136] Cursiva en EdA desde *Voici.*

[137] Sin cursiva en EdA, que utiliza letras más pequeñas.

balancear de la gran copa de cognac[138]. Charlotte García, en el acto de blandir con irreverencia sus impertinentes sobre la cabeza de la masa mientras Gus, en compañía del Príncipe Vampa, insinuaba su impaciencia por la falta de fotógrafos en la reunión. Silvia y Roberto Régules habían fijado su sonrisa favorita, heladamente sentados en el sofá como en la espera entre dos trenes lentos que al cabo no se han de tomar. El humanista argentino Dardo Moratto examinaba los escasos libros de la estancia. La declamadora acompañaba de lejos, exacta en la distancia que un buen pianista de bar sabe mantener bajo las voces de la clientela. Pichi y Junior se acercaron al abrevadero, no sin antes decirse *Hmmm* y sobar narices.

—Todavía no empieza lo bueno —se acercó a decirles Bobó—. Dejen que llegue Lally con los bongoceros[139].

Ixca Cienfuegos entró en la sala, se detuvo y encendió, con una mueca, un cigarrillo

primero, dejarse llevar; no hacer preguntas, no ver caras: dejarse llevar por el rumor y las sombras, por los borrones. Cambio de luces. Amarillo. Les va bien. Debía instalar Bobó unos rayos X. ¿Hacen falta? Espejos. Los borrones se reproducen al infinito. Luces, espaldas, talles, tantas axilas tantas veces rasuradas, la conciencia en los senos, la mecánica de expeler humo, dejarse llevar, los tufos... carne y olor, no es posible desentenderse de ellos, pero sí hacerlos elegantes. Esta carne no es elegante, esta carne es refinada, este olor es ofensivo, este olor es aristocrático. Caras, hasta el rato. Ahora, dejarse llevar. Olvidarse de sí, clave de las felicidades, que es olvidarse de los demás; no liberarse a sí: sojuzgar a los demás

Copias fotográficas en relieve ahorcadas a las paredes —escarlata, siena, cobalto— del dúplex[140]: Chagall, Boccioni, Miró, y un solo original: búfalos azules en una arena teñida de un color ictio, de Juan Soriano. Por el suelo, los ídolos; bajo un ciclista en proceso de futurizarse, la herida abierta de una Coatlicue enana. Enredadera y palo-bobo brotaban junto al ventanal enorme, y entre las botellas de la cantina decorada con azulejos poblanos una gringa de carnes nylon, recortada del *Esquire,* telefoneaba con una mirada de la más dulce cachondería[141]. Manuel Zamacona, semirrecostado en el diván, se

---

[138] Cursiva en EdA.
[139] *bongocero:* que toca el bongó.
[140] *dúplex:* apartamento doble.
[141] *cachondería:* lujuria.

acariciaba el pelo revuelto. Al perfil griego le sobraban dos grandes carrillos, y de sus labios caía sin interrupción una fumarola que, expelida con lentitud sagrada, mantenía la atención de los acólitos —jóvenes escritores invitados por el delirio potpurrista de Bobó, ancianas maquilladas que alguna vez se dejaron seducir por Barba Jacob— en la línea de su faz que Zamacona sabía más atractiva:

—Ahora, a lo que no puede renunciar el poeta es a la vital tarea de llamar al pan y al vino de otras maneras. Pero esto, obviamente, supone que se tiene una conciencia lúcida de lo que son pan y vino. Entonces se puede ir más allá, al centro de las cosas: dominarlas, dejar de ser sus esclavos...

—Pero el poeta es sobre todo un hombre que nombra cosas —dijo un astigmático joven.

—Sí, pero que no encabeza sus «nombramientos» con las siglas de la United Press. ¿O qué, puesto que el nivel de comprensión que le ha correspondido, históricamente, es delezable, por ese solo hecho la poesía debe descender a fundirse en la época, so capa de «inteligibilidad», y a desaparecer con ella?

—Ay, qué bonito...

—Soberbia, señor Zamacona, digo yo...

—Sí: que alguien la posea. Ustedes hablan mucho del imperialismo yanqui. Yo me pregunto si abaratando nuestras palabras, es decir, nuestra imaginación, no lo ayudamos, y si, por el contrario, intentando —con esa humildísima soberbia— llevar a su más alta expresión nuestras palabras y nuestra imaginación, no somos, acaso, más hombres y más mexicanos...

—La lucha contra el imperialismo tiene que ser directa, llegar al pueblo.

—No me desprecie a este pobre pueblo. ¿Qué cree usted, sinceramente, que sabrá, a la postre, entender mejor nuestro pueblo: «Vuelvo a ti, soledad, agua vacía, agua de mis imágenes, tan muerta», o «Gran Padre Stalin, baluarte del obrero»? Además, no confunda las cosas. Sea bienvenida su lucha contra el imperialismo, amigo, pero que sea efectiva: contra el imperialismo se lucha en su terreno de intereses, no escribiendo cuplés realistas-socialistas. Pero en realidad, ¿qué le interesa a usted más: luchar efectivamente contra el imperialismo, o sentirse un hombre justo colocado del lado del bien y digno de señalar y condenar a los hombres malos?

El joven astigmático se puso de pie, regando de ceniza a las ancianas:

—¡Decadente, vendido, artepurista! ¿Cuánto le paga el Departamento de Estado?

Manuel Zamacona aspiró serenamente su humo:

—Hasta para ser payaso se requieren integridad e imaginación.

Federico Robles apretó un botón.

—Sí señor —gimió, ronca, la voz de la secretaria.

Robles inclinó la cabeza, pegó la boca al micrófono, tocó con la yema del pulgar su corbata de seda:

—Convoque a los de la Limitada para el sábado a las diez. Asunto: transmisión de la parte social de Librado Ibarra. Puntualidad. Puede usted pasar la llamada de Ibarra si vuelve a telefonear. Es todo.

—Sí señor.

Con el ¡clic! del aparato, Robles se levantó de la silla de cuero. En la oficina alfombrada, entre las paredes de caoba, el penduleo del reloj sonaba a memoria. Las nueve de la noche. Federico Robles observaba su reflejo fantasmal en la ventana. Se había blanqueado, igual que el General Díaz[142]. Hasta se veía distinguido. Pasaba las uñas por una solapa creada con el objeto de disimular la barriga. Veía los dedos manicurados, con deleite. Sonó el aparato.

—El señor Librado Ibarra al teléfono, señor...

—Pásela.

Robles cerró los ojos. Pase la llamada. Librado Ibarra. Librado Ibarra. Debía imaginarlo, de un golpe: tres mil pesos de aportación. Traje ratonero. El eterno olor a cocina barata. Calvo. Peinado de prestado, hilos de gomina. Los ojillos bulbosos, sumisos. *¿Y algo más? Sí... no, nada más, nada más.*

—Pásela... ¿Qué hay, Ibarra? ¿Cómo sigue esa pierna? Vaya pues. No, no estaba en la oficina. ¿No se lo dijeron? ¿Qué se le ofrece, pues?

un pie destrozado por la máquina; la máquina sigue funcionando, empieza a gruñir, a masticar con avidez la materia extraña: la carne de un viejo que ha ido a que lo mastiquen el acero y las tuercas

—Sí, cómo no. Siento no haber podido ir al hospital. Usted se da cuenta que junto a esta pequeña sociedad llevo otras más importantes... No, no llegó aquí ningún recado... Claro, que se le va a hacer

---

[142] Véase Díaz, Porfirio, en MPH.

tres mil pesos de aportación, empresa común, veintitrés socios, un viejo de trajes apestosos, para cuidar la máquina y ver que los obreros no hagan chanchullos[143].

—¿Cómo, Ibarra? ¿Accidente de trabajo? ¿De qué habla usted? ¿Con qué clase de su baboso[144] cree que está hablando? ¿Eh?

Sociedad de Responsabilidad Limitada, S. de R. L.

—No, amigo. Se equivoca usted de medio a medio. Usted prometió prestaciones accesorias como socio. Tome sus accidentes de trabajo. Eso digo: tome... ¿Responsabilidad limitada? No sea usted ingenuo. ¿Con quién cree que está hablando, eh? Se figura que una institución seria de crédito contrataría con nosotros si no respondiera yo ilimitadamente? Vaya con usted

tres mil pesos de aportación; todos los ahorros; la cantinela de todos: todos mis ahorros y ahora imposibilitado

Robles pegó con el puño en la mesa: una vena verde se abrió en el vidrio: —¿Junta de conciliación? Mire, tarugo[145]: usted no es trabajador, sino socio. ¿Ahora lo viene a averiguar? Pero vaya nomás a su junta de conciliación. Vaya nomás. ¿Sabe lo que es poner en el índice?... Menos mal... ¿Su qué? El sábado hay asamblea. Vamos a ver si unánimemente se aprueba su solicitud, ¿eh? A ver si su dinerito sale así nomás

cuesta trabajo echar a andar una empresa, grande o chica; qué saben estos. Una pata coja y tres mil pesos no van a echarla a rodar; todo está contra uno en este país... se empieza dando concesiones en los negocios pequeños y luego...

—Adiós Ibarra. Que esté usted bien.

Robles colgó la bocina. La carta sobre la Anónima. *Muy estimado amigo: Usted sabe que durante el año en curso parece previsible que más del 50 % de las Sociedades que se funden serán precisamente Sociedades Anónimas. ¿No le parece significativo que...*

Robles apretó un botón.

¿Qué decir de los muebles de Bobó? Exigían posturas del Bajo Imperio, y las mesitas chaparras repletas de vajilla de carretones[146] repleta de uvas de vidrio azul invitaban a ello. Una

---

143 *chanchullo:* negocio turbio e ilícito.
144 *baboso:* tonto, imbécil.
145 *tarugo:* tonto, estúpido (TPM).
146 *carretones:* fábrica famosa por sus artículos de vidrio tosco.

edición intonsa de la filosofía estética de Malraux, lado a lado con las obras completas de Mickey Spillane y *Las iluminaciones,* hacía fila india en el pequeño estante de cristal. En un atril de madera, *Los cantos de Maldoror* y dos ceniceros peruanos. Y en cada peldaño de la escalera, una maceta con su nopal. Pierrot Caseaux seguía balanceando el cognac. A su vera, Pichi y Junior reían en oleadas rítmicas, obligada respuesta al bon vivant por excelencia.

—Pierre acaba de regresar de Inglaterra, Pichi.

—Que vale decir de Saville Row[147], queridos. No existe país que de tal manera se limite a una calle. Sin embargo, ven, de esta última incursión traigo un descubrimiento satisfactorio: la austeridad culinaria parece haber afectado positivamente la otra, tradicional austeridad. ¿Saben? Ya gozan de la vida vis-á-visce-ra. ¿Quién es la glamorosa en turno, Junior?

Roberto Régules no debía perder la sonrisa. Roberto Régules miraba fijamente el perfil de su esposa. La papada comenzaba a colgarle. Al casarse con ella, había imaginado que nunca podría ver —o sentir que le inquietara tanto— una señal de vejez en Silvia. Pasión. Amor. Compañeros. Ésa era la secuela programada. No debía perder la sonrisa:

—Anda, vete con él. ¿Qué esperas? ¿Todos lo saben, o no? ¿Qué apariencias guardas?

Silvia no movió un músculo, los ojos sonriendo, aprobando de lejos a cada uno de los concurrentes:

—Cállate. Si no fuera por los niños...

Junto a Manuel Zamacona, tomaron asiento Bernardito Supratous y Amadeo Tortosa. Con una mueca de irritación, Zamacona tuvo que abandonar su postura favorita, la récamie-rina:

—Tenemos que regresar —continuó, pasando la mano por la frente— a la actitud de los hombres señeros, a Pascal, a Goethe, a sentir la reverencia por la vida, a decir con Keats, «Estoy seguro de crear simplemente por el deseo y la alegría de alcanzar lo bello, aun cuando todas las mañanas se quemara mi labor de la noche». ¿No puede haber, hoy, un Quevedo que ejerza la simple, santa, total profesión de hombre y creador?

Tortosa tosió y adelantó ambos brazos:

—A usted, mi querido Manuel, se le escapan los significados

---

[147] EdA no corrigió esta errata. *Savile Row,* o sea, la calle del centro de Londres con algunas de las tiendas más exclusivas (especializadas, muchas, en prendas de vestir para hombre). Por sus sastres habilísimos, es sinónimo de corte insuperable.

del fluir social. Vive usted demasiado de la nostalgia, suspira usted por ideales derrotados. Claro, y por desgracia, hay que teorizar antes de actuar. Pero teoría quiere decir visión; en última instancia, acción. Hay que sentir el dolor de los pobres, el angustioso imperativo de la solidaridad...

—¡Claro que hay que luchar contra este mundo monstruoso! No se puede continuar con esta cultura conventual, avergonzada frente a la burguesía. La cultura ha tomado un cariz de decorado, está formada por bienes fungibles. ¡Hay que hacerla, de nuevo, insustituible, sagrada! ¡Hay que lograr que todos los hombres se sientan Leonardos! Ésta es la misión del poeta: la misión de la comunicación profunda y sagrada, que es la del amor.

Supratous dixit: —Ciertamente, l'amour est une réalité dans le domaine de l'imagination[148].

Con la mirada brillante, un rictus de orgullo en la boca, Juan Morales abrió de par en par las puertas de la fonda.

—Pásale vieja, anden chamacos.

Rosa ajustó al pecho su vestido de algodón. Los niños corrieron hacia una mesa desocupada. Juan, contoneándose, pasó por entre los demás clientes. Tiró de su bigotillo recto. Un mesero se inclinó:

—Pasen ustedes, señores. Por aquí.

Pepe y Juanito y Jorge apoyaban las barbas en el mantel, leyendo el menú grasoso, mientras su madre se ajustaba el vestido. Juan tomó asiento y comenzó a juguetear con un palillo de dientes.

—Juan, estos chamacos ya debían estar en la cama. Mañana tienen escuela y...

—Hoy es un día especial, vieja. A ver muchachos, ¿qué se les antoja?

Juan Morales se rascaba la cicatriz rojiza en la frente, *no es fácil, veinte años de ruletear de noche —si lo sabré yo. Ahí está mi bandera*[149] *en la frente, como quien dice. Cuánto borracho, cuánto hijo de su pelona*[150] *que a Azcapotzalco*[151],

---

148 Cursiva en EdA desde *dixit*.

149 *bandera:* así se llama la parte movible exterior del taxímetro, la cual tiene escrita la palabra «libre» y está a la vista de los peatones. Cuando se baja esa especie de bandera, entra en acción el taxímetro y desaparece el aviso.

150 *pelona:* la muerte (RVP).

151 La colonia Azcapotzalco. En la ciudad de México a los barrios se les dice *colonias*.

que a la Buenos Aires, tres cuatro de la mañana. Y de repente, le sorrajan a uno la cabeza, o hay que bajarse y bajar al cliente, y se acaba con las costillas rotas. Todo por veinte pesos diarios. Pero ya se acabó.

—Bueno, ¿se deciden?

—Mira papá. A esos niños les llevan un pastel. Eso.

—Juan...

—No te preocupes vieja. Hoy es un día especial.

y luego aquellos que tomaron el coche para llevarlo a una emboscada, para robárselo. *Ahí sí que anduve abusado[152]; ahí sí casi me despachan[153], Rosita. ¿Y de qué me ando azorando? No me lo decía mi padre: «Ay Juan, tú naciste para burro de los demás, para fregarte[154] y cargar con los fardos ajenos. No te olvides de vacilar[155] de cuando en cuando. Haz tu gusto, pero no te hagas tonto: nadie nos pide cuentas de la vida, y se olvidan muy pronto de nosotros.» Pero eso era en la tierra chica; aquí en la capital, hay que andar abusado, o nos comen el mandado[156].*

—A ver mozo: un pollito entero, bien dorado, para la familia. Y pastelitos, de esos de fresa, y con su cremita. Y que vengan a tocarnos los mariachis[157].

Rosa, siempre sola la pobre. Ni cuando andaba pariendo estuve con ella. Siempre lista, con el café a las siete de la noche, agua para la rasurada a las siete de la mañana. (Y las sábanas siempre frías, cuando me metía a dormir en la mañana. Siempre heladas. Como si en vez de gente sólo la noche y la escarcha hubieran dormido ahí. Como si Rosa no tuviera su carne pesada, y su sangre, y su vientre lleno de hombre. Nunca los veía. Ahora sí, ahora ya cambia la cosa.)

—¿Qué nos tocan, Rosa?

—Ahi[158], que escojan los niños...

—Juan Charrasqueado. Juan Charrasqueado[159]...

---

[152] *abusado:* astuto, perspicaz, inteligente (TPM).

[153] *despachar* (para el otro mundo): asesinar.

[154] *fregado:* derrotado, arruinado (RVP).

[155] *vacilar:* divertirse.

[156] *comer el mandado:* sacar ventaja por medio del engaño.

[157] *mariachis:* orquestina popular mexicana.

[158] En EdA dice *ahí.* El FCE no acentúa, pero así se marca la entonación popular de ese vocablo (llana, en muchas ocasiones).

[159] Cursiva en EdA. Título de un corrido.

La fonda[160] rumiaba un pequeño olor de chilpotles[161] y de tortilla[162] recién calentada y sedimentos de grasa y aguas frescas[163]. Juan se acarició la barriga. Miró alrededor, las mesas de manteles floreados y sillas de mimbre y los hombres morenos y vestidos de casimir peinado y gabardina aceituna que hablaban de viejas y toros y las mujeres con melenas negras y encrespadas, acabadas de salir del cine, con labios violeta y pestañas postizas. ¿Quién no los estaba mirando, a él y a la familia?

de aquellos campos no quedaba ni una flor[164]

—Juan, no podemos...

—¿Cómo que no? Esto sí lo quise siempre. Una botellita de vino, de ese de la etiqueta dorada, ya sabe...

¿qué tal si no voy con el gringo hoy? ¿qué tal si no estoy en el sitio[165] *cuando me piden del hotel para todo el día? ¿qué tal si el gringo no me lleva al Hipódromo y me regala esos cuarenta pesos de boletos?*

«*—Oye mano, ganaste, ándale a cobrar*

«*—¿Cómo que gané? ¿Qué pasó? Oye, ¿y dónde?*

«*—Cómo se ve la suerte del principiante*

«*—Cómo se ve que en tu pinche*[166] *vida has visto tanto junto...*»

—A tu salud, viejecita.

pistola en mano se le echaron de a montón[167]

Rosa dejó caer su gran sonrisa mestiza y se chupó la fresa de los dedos.

Ochocientos pesos. «—Tuvo usted la suerte del principiante. Pero no vuelva por aquí o le pelan hasta la camisa». ¡Qué iba a volver! Pero iba a ser chofer de día, se iba a acostar a las once y levantarse a las seis, como la gente. Ahora tenía ochocientos pesos, para empezar con suerte, para que le tocaran los mariachis, para calentarle la cama a Rosa.

---

160 Restaurante barato.

161 *chilpotles:* tipo de ají. Este chile se prepara en encurtidos (con muchas especias) que tienen un olor característico.

162 *tortilla:* torta de masa de maíz, en forma de disco, que se usa como pan o para preparar platos de comida mexicana.

163 *aguas frescas:* bebidas refrescantes (la limonada, una de ellas) hechas con agua azucarada y la pulpa o el jugo de diversas frutas.

164 Verso del corrido *Juan Charrasqueado.*

165 *sitio (de coches):* agencia que despacha coches de alquiler, solicitados por teléfono.

166 *pinche:* despreciable; de escasa calidad; feo (TPM).

167 Verso del corrido *Juan Charrasqueado.*

Rodrigo Pola salió del elevador[168] con la cabeza baja y las cejas arqueadas. Su traje de gabardina contrastaba con los tonos oscuros

—*Ves: charcoal hues, es la moda en Londres*

de los otros invitados. Se acercó al grupo giratorio de Manuel.

—*L'amour est une réalité dans le domaine de l'imagination*[169].

Cienfuegos apoyó las manos en la pared. Lo pensó mejor, y comenzó a chupar una aceituna negra de cocktail[170]. *Supratous. L'Amour Est Une Réalité...* Frases en este estilo, silencio en toda otra ocasión impenetrable, le habían acordado su fama de oráculo. Exclusivo lector de biografías (¿vivir de prestado, dijo alguien?): producto elaborado de su pedestal. Por estas fechas, debía leer la vida de Talleyrand; ya en otras ocasiones, había entreabierto las rendijas de su genio a la admiración colectiva gracias a Maquiavelo, Napoleón, Shaw, Wilde y Guillermo Prieto —se le conocía, así, la visión, la osadía, la brillantez conceptual, el cinismo y el sabor de la tierruca. Y López Wilson, el joven astígmata: viene para conocer de cerca al enemigo, pisar sus terrenos, para servir de testigo presencial al derrumbe de la clase capitalista, y participar, mientras tanto, de sus placeres. Ahí están, todos, el poeta de provincia, consciente de estar recibiendo sus primeras lecciones de frivolidad mundana; el matrimonio à la page[171], profesional de la elegancia: el mundo es el espejo, ¡envidiable!, de sus atractivos y su humor; el novelista de la cara de papa, inexpresiva, surgido de quién sabe qué entrañas de tierra desmoronada: como un volcán mudo, arranca el talento de la pura opacidad, y su voz monocorde enumera pueblos y rancherías, señores curas y caciques[172] y niñas de provincia que se quedaron a vestir santos. Ahora se pavonea el autor sin libros, en la vigésima edición de sus primeras veinte cuartillas: qué importa, un genio porque es cuate, nos cae bien, es chistoso: esto es lo importante en México. El intelectual burócrata, titular de toda la reticencia y buen sentido del mundo; los jóvenes poéticosocialistas que en Marx han encontrado su Dadá[173]; los chambistas[174], los redentores de San-

---

168 *elevador:* ascensor.
169 Cursiva en EdA desde *L'amour.*
170 Cursiva en EdA.
171 EdA pone la expresión francesa en cursiva.
172 *cacique:* persona que detenta el poder económico en las poblaciones pequeñas. Mandón político atrabiliario y voraz (RVP).
173 Cursiva en EdA.
174 *chamba:* trabajo fácil y modesto (DEM, RVP).

born's[175], los mecenas de cocktail, y el que con sus breves notas dominicales crea y derrumba reputaciones. Y frente a ellos los demás, los del otro bando: los seguros, los que desprecian (¿nunca se enterará el intelectual mexicano del asco y desprecio con que es visto por la «gente popoff»?)[176], la chica que ha declarado querer convertirse en la gran cortesana internacional —tiene su plan perfectamente elaborado: dos artistas de cine, un pelotari, una prueba en Hollywood, tres estaciones en la Riviera, un millonario—; el último vástago de la gran familia: para sí, es también el último gran señor, el irresistible, el que nació para brillar en los salones con una boquilla de marfil, para seducir a ciertas mujeres que sólo desean variar de vez en cuando, para espantar a las vírgenes. Todas las mexicanitas rubias, elegantes, vestidas de negro, convencidas de que dan el tono internacional en el triste país pulguiento y roído. Sus maridos, los abogados de éxito, los incipientes industriales, creen estar penetrando (aquí, en todas las fiestas de todos los Bobós) la zona de la recompensa definitiva, de los grandes placeres, del loco éxito. Y los arrimados a la grandeza: los jóvenes oscuros, hijos de pequeños burócratas y profesores de primaria, súbitamente transformados, en virtud de su anexión a la figura social del momento, luciendo su sello común de finura pegada con saliva: el chaleco a cuadros, el corte de pelo Marco-Fabio-Bruto. La marea de marquesados destituidos arrojados al altiplano[177] por la guerra, y su maestro de ceremonias: Charlotte García. Bobó, desesperado por urdir un enjambre de alegría y diversión: un grupo, El Grupo. Y los que importan, los que pueden fracasar: Rodrigo Pola, llevado por cada rechazo a la posición contraria de quienes lo rechazaron; Manuel Zamacona, que nunca tocará lo sagrado, nunca encontrará la explicación vital... Y Norma... Y Federico. Los que tendrán el valor y la paciencia de recordar.

Un lejano murmullo hablaba de pertinaces virtudes:

---

175 Redentores de café. Sanborn's es un restaurante y cafetería (en la actualidad, una cadena) situado en el centro, en lo que fue el antiguo Jockey Club. Existe desde principios del siglo XX y se conoce también con el nombre de Palacio de los Azulejos.

176 EdA utiliza comillas dobles y pone popoff en cursiva. Popoff significa elegante, aristocrático (palabra rusa según Ángel María Garibay, en RVP).

177 Véase nota 29.

Porque siento que no siento...
Cuando ya mi sangre advierte
que lejos de ti no hay vida,
viene la Parca y se vierte
en un regreso que es ida[178].

El grupo de Manuel asentía, guiñaba, murmuraba; Tortosa agitaba sus aspas:

—Yo creo haber logrado esta comunicación de conciencia con los pobres: no me mire usted así: no es necesario ser cocinero para juzgar una tortilla de huevos. Me ve usted aquí, sentado, bebiendo en una fiesta de Bobó, pero nunca me verá ajeno, ni por un instante, a mi preocupación hacia las clases menesterosas. Sí, haríamos bien en preguntarnos, ¿tengo derecho a mi biblioteca y a leer los domingos por la mañana a T. S. Eliot, tengo derecho a mi cómoda culturita, tengo derecho a sentarme en casa de Bobó a fabricar frases, cuando en mi propia tierra estoy viendo las tragedias de los braceros[179] y del Valle del Mezquital[180]?

—No quiero recordar mis lecturas más pedantes —interrumpió Zamacona—, pero usted también, sin duda, aguanta la respiración cuando viaja junto a un peladito en los camiones.

Pola levantó el dedo: —No todos tenemos que ser el cochino hombre de la calle o, por oposición, un homme révolté[181]...

—Ponerse las plumas antes de hablar, amigo —gruñó Zamacona—. En cuanto a Camus, tan francés...

Bernardito sintió su oportunidad dorada: —Perdón. C'est pas français parce que c'est idiot[182].

Al clavarse en él todas las miradas de asombro, Supratous replicó con otra que decía «Nadie entiende mis alusiones».

---

[178] EdA utiliza letras menores en lugar de la cursiva.

[179] *braceros:* campesinos que migran temporalmente a los Estados Unidos en busca de sustento a cambio de su fuerza de trabajo. Muchos se convierten en «pochos» (véase nota 108).

[180] La frontera entre la República Mexicana y los Estados Unidos se estableció en los tratados de 1848 y 1853 y, en partes, es fluvial o terrestre. La parte fluvial, marcada por el río Bravo, cambió cuando las aguas formaron otro cauce. Este movimiento del Bravo comió una parte del territorio mexicano: el Valle del Mezquital (causante de fricciones políticas; se regresó durante el periodo presidencial de Luis Echevarría Álvarez, 1970-1976).

[181] El francés en cursiva en la EdA.

[182] *Ídem.*

Rodrigo Pola alzó la voz: —Vamos entendiéndonos. Yo amo a la poesía...

—¿Pero la poesía te ama a ti? —inquirió una voz pastosa a sus espaldas. Era Ixca Cienfuegos.

—¿Es Ixca Cienfuegos?

—Es un sangrón[183], caro Príncipe. Como Dios: en todas partes, nadie lo puede ver. Entrada libre a los salones oficiales, a los de la high-life, a los de los magnates también. Que si es el cerebro mágico de algún banquero, que si es un gigoló[184] o un simple marihuano[185], que si viene, que si va: en fin, una fachita más de este mundo inarmónico en que vivimos.

Gus se ajustó su saco de pana roja:

—¡Armonía, armonía, princeps meus[186]! Los griegos sí entendieron que la armonía era el valor supremo. En la armonía se resuelven los contrarios. Si lo principal es la armonía, puedes amar a quien gustes, no como estos merengueros[187] que insisten en que te acuestes con viejas petaconas[188] y apestosas. Un hombre nunca huele mal.

El Príncipe Vampa asentía desde su columna de humo. Charlotte García, que en ese momento se reincorporaba al grupo, rió al ritmo de su Martini[189]:

—El pudor es cuestión de alumbrado, dicen que dicen. Saben el acto de osadía que es para mí venir chez[190] Bobó; las cosas con Lally no andan bien. Pero cuando llegue, le diré la verdad: que es una perversa, que me ha hecho daño, pero que la adoro. ¡Oh último de los Vampa! ¡Estoy tan fatigada, tan aburrida de todo! —Charlotte acariciaba su garganta como un encantador de serpientes. —¡Qué ganas de quebrantar la felicidad conyugal de alguién! Bobó está hecho una estruendosa facha invitando a todos estos jóvenes literatos que no conducen a nada. Míralos.

---

183 *sangrón(a):* antipático (TPM).
184 Cursiva en EdA.
185 *marihuano:* fumador de marihuana.
186 Expresión en cursiva en la EdA.
187 *merengueros:* que bailan o tocan la música del merengue, baile dominicano. Es la época triunfante de la música tropical, caribeña, de la Cuba de Fulgencio Batista, de Héctor Trujillo Molina, en la República Dominicana (véase nota 62).
188 *petacona* o *petacuda:* mujer de nalgas grandes (TPM; petacas: nalgas).
189 Cursiva en EdA.
190 *Ídem.*

Qué falta de seguridad, de verdadero sans-façon[191]. ¡Vivimos en Afriquita! Está muy bien la joie de vivre y todo eso, pero un cocktail[192] es un cocktail, y debe tener consecuencias prácticas. Bobó no acaba de entender que los nuevos ricos de hoy serán la aristocracia de mañana, como la aristocracia de hoy fueron los nuevos ricos de ayer.

—¿Y la aristocracia de anteayer? —preguntó, herido, el Príncipe Vampa.

—Ah, querido —repuso Charlotte pellizcando la mejilla del exangüe noble. —Ésa es la única que no cuenta: por lo menos en México, es la pequeña burocracia de hoy. Salvo, claro, los que como tú están demasiado ocupados para trabajar, y además, ese pequeño detalle de Gotha... Pero ¡miren quién acaba de entrar! ¡Pero si fue la gran belleza! ¡Miren esas patitas de gallo, oh la la!

Natasha, envuelta hasta las orejas en terciopelo verde, encalada como una luna, coronando sus «kissmequick»[193] con un breve turbante de oro de la época del shimmy[194], entró con la seguridad de quien, desde 1935, había presidido el fasto de San Fermín, la cabeza de playa internacional de México. Varios jóvenes escritores desocuparon, instintivamente, el diván más frondoso del salón. Natasha tomó asiento y esperó.

el rito nunca falla; luces amarillas, buenas costumbres y contención; ahora cambian al azul: se preparan los pretextos, las confidencias, los elementos táctiles de esta noche. Se van a sentir diablitos. Allí está Pola, saboreando su quinto daiquiri[195]. Pensando «Valgo más que ellos. Puedo darme el lujo de que me aburran». No perderlo de vista. Comienza a llover otra vez. Primera de la noche: Silvia se levanta en pos de Pierrot...: Ixca Cienfuegos sonrió.

Silvia aprovechó la oscuridad para acercarse a Pedro Caseaux. Manejaba, nerviosa, la polvera de brillantes: —Pierrot, un momentito...

Caseaux le acarició la oreja: —¿Otro momentito, querida? Nuestra amistad se ha fabricado de momentitos. No me gustan

---

[191] *Ídem.*
[192] *Ídem.*
[193] *Ídem* (EdA quita las comillas).
[194] *Ídem.*
[195] *daiquirí:* bebida alcohólica cubana (ron, jugo de limón, azúcar y hielo escarchado).

las ofrecidas, ¿ves? Mira a Régules. Está más enojado que un nibelungo. Evítame las escenas domésticas. Adieu, adieu[196].

Natasha, desde el diván, sonrió. Adivinaba la técnica. Ella se la había enseñado. Pobre Pierre. Se le estaba cayendo el pelo.

Norma Larragoiti de Robles entró, en el preciso segundo en que Bobó cambiaba las luces del azul al verde. Brillaron más sus joyas, el coup-de-soleil[197] del pelo, las arracadas de oro, los párpados violáceos. Rodrigo Pola se desprendió rápidamente del grupo. Y —Pichi[198] —susurró Caseaux, escondido por una bocanada de Craven[199]—, nuestro querido Junior quiere una taza de café, y quizá otros menesteres. Ayúdame a llevarlo a la recámara. Zitti, piano—. Junior, con falsete garruliento, le gritaba a cada persona que se acercaba al bar: —¡Ooooy, que surrealista!; ¡oooy, qué heidegerrrriana!— y seguía cantando calipsos con ademán suntuoso, *Lemme go, Emeldda dahling, You're biting mah fingah*

—¡Qué desagradable! —comentó Pichi. —¿A qué cree usted que se deba esta falta de control? Adler opina...

El Junior quedó tendido sobre la cama, y se eclipsó.

—Bueno, ya no causará daño. Sentémonos a observarlo dormir. ¡Pobre Junior! Existen esnobismos fundados en el descubrimiento de que Santa Claus no existe. ¿Cómo una chica tan maliciosa como tú...?

—¿Por qué dice usted eso, señor Caseaux? Junior me ha enseñado...

—¡Señor Caseaux, señor Caseaux! Llámame Pierrot como todo el mundo. Parecería que me tienes miedo.

—Lo cortés no quita...

—Lo caliente[200]. —Pierrot tomó a Pichi de las caderas, besó lentamente su cuello.

—Hmmmmm.

—Mi reina, ¿eres virgen?·

—¡Pierrot! Están bien los jugueteos.. hmm... pero primero hay que prepararse intelectualmente, y después... hmmmmm... gozar de la vida...— La voz de Pichi se iba diluyendo, como el goteo de un filtro grueso, grávido.

—Mens sana in corpore insano[201].

---

196 Cursiva en EdA.
197 *Ídem.*
198 *Ídem.*
199 Esta marca, EdA no la pone en cursiva.
200 Cfr. nota 106.
201 EdA utiliza cursiva en todo el parlamento.

—¿Y si entra alguien? ¡Pierre, mi Pierrot, mi velo! ¡Mis botones!

—Puse el seguro en la puerta. —Pierrot buscó a tientas el contacto de la lámpara y lo arrancó.

—Pierrot, ¿y Junior?, ¿aquí?

—Le dará la sensación de que sigue en pleno holgorio... Ven, preciosa.

—¡Ay, Pierre, Pierrot!

—Madone, ma maîtresse... etcétera, etcétera... au fond de ma détresse[202]...

—Hmmmmm...

Natasha recorrió, con las manos cuadriculadas de venas azules, sus pómulos duros, blancos. Bajo el cuello de terciopelo, construido hasta las orejas, palpó el verdadero cuello. Tuvo la sensación de tocar las cuerdas de un violoncello fofo. Imaginó, desde que los vio subir a la recámara, a Pierrot y a esta chica semejante a la Natasha de otra época, todo. Recordó al Pierrot de 1935, al joven de seducción byroniana, a la mujer en plenitud, aureolada de capitales europeas y playas y amantes. No pudo contener un gemido ronco y audible. Arropada en el terciopelo, se levantó y salió, con la mirada brillante, del salón inundado de ruidosa penumbra.

Un levísimo chocar de vasos superaba apenas los murmullos del Bar Montenegro. El olor de alfombra mullida, cosméticos y ginebra rebotaba en la decoración oreada. Un teléfono iba y venía en manos del mozo, fraguando citas, excusas, excursiones de la Cook's[203]. Cuquita, ya por costumbre, agitó los hombros para dejar caer la estola sobre el respaldo.

—¿Y dónde vives ahora, Gloria?

—En Chile. Tú sabes, my dear[204], la vida allá es como era aquí en tiempo de Don Porfirio[205]; grupo exclusivo, ¡y de qué categoría! Reciben espléndidamente, en el Hípico, en el Unión, en Viña del Mar, champagne[206] helada, des choses flambées[207],

[202] Ídem.

[203] Agencia norteamericana de viajes. EdA no emplea la cursiva en este caso.

[204] Cursiva en las palabras inglesas en EdA.

[205] Cfr. Díaz, Porfirio, en MPH.

[206] Cursiva en EdA.

[207] Cursiva en las palabras francesas en EdA.

sabes... Y desde luego, no hay esta horrible invasión de tenderos de Tennessee[208]. Mira a tu alrededor.

Gloria se polveaba cuidadosamente, frunciendo los labios frente a su espejo de mano.

Sure, sure, They're gay and colorful, but look here, I don't get the impression they're active, bussiness-like people...

—Tiene sus bemoles estar casada con un diplomático de carrera, no creas. Alguien dijo que hay cuatro profesiones que nunca se pueden abandonar: diplomático, periodista, cómico y puta. ¿Y tú, guapísima despampanante?

Cuquis meneó la pequeña cabeza rizada y peló los dientes:

—Aquí, Mexiquito siempre igual, ya sabes...

oooh, the most beautiful old ruins you can imagine; quite a trip, and cheap, too...

—Las niñas bien siguen teniendo babys[209] a los cinco meses de casadas, ¡puras ollitas express![210]

—¿Y del corazón?

—Pues te diré. Conocí a un mango[211]. Si tuviera que vender mi cuerpo y mi alma por ese señor, lo haría. Debía haber un aviso oportuno de cuerpos y almas.

Un grupo de norteamericanos con sombreros de paja entró gritando *¡Viva México!* Gloria dejó ostentar un calosfrío. El guía de turistas —moreno, bajo, vestido con un saco color pichón[212] demasiado largo— se adelantó a hablar con el jefe del cuarteto de músicos.

—Oyes, va a haber un baile de caridad en casa del banquero Robles. No dejes de ir. Como va a ser de cuota y ando con este compañero regio, tengo la oportunidad de ir a esa casa y no saludar a su dueña. ¡Vieras qué mango de señor! Yo, de plano, corto con el pedazo de cosita que tengo por marido. Éste está regio. Ya me llevó a la hacienda y hasta Acapulco. Gran romance entre las palmeras. Me quiso dar con tubo[213], ¿tú crees?

happy birthday to you, happy birthday dear Larry, happy[214]

---

208 EdA no utiliza la cursiva en este caso.
209 Cursiva en EdA.
210 *express* en cursiva en EdA.
211 *mango de Manila:* mujer bonita (TPM). También, hombre atractivo.
212 *color pichón:* parecido al del vino tinto, pero muy brillante.
213 *dar con tubo:* deslumbrar, golpear con fuerza.
214 EdA cambia la cursiva por caracteres pequeños.

173

—Acábate la copa. Nos esperan con Bobó.

Cuquita agitó los hombros: —¡Hasta no verte!

Rosenda se puso de pie con gran esfuerzo; en seguida tuvo que agarrarse de la cabecera de latón al sentir que las rodillas se le licuaban bajo el ancho camisón amarillento y sus ojos quedaron fijos en el pedazo de espejo claveteado a la pared. Una piel hecha de cáscaras de cebolla brillaba en respuesta y, ya erguida, Rosenda se dirigió al armario y extrajo, del lugar conocido, las fotografías amoratadas y ácidas y volvió a meterse en la cama con ellas: *Rosenda Zubarán, 1910,* estaba firmada la de la muchacha peinada con rizos un poco ridículos para su edad, reclinada sobre una columna de estudio fotográfico, con la mano en la mejilla y la figura en forma de S. *Rosenda Z. de Pola,* describía una caligrafía empinada sobre la siguiente, ahora de una mujer sentada, pero en la misma postura, con la misma inclinación de cabeza, y acompañada de un niño delgado y ojiabierto. Y sobre el retrato de un militar tieso y de pelo brillante, sonriendo marcialmente, con un casco emplumado en el brazo rígido, Rosenda empezó a tartamudear; las venas del cuello le bailaban sin ritmo y, sofocada, dejó caer al suelo las fotografías y cerró los ojos para pensar en una alacena colmada de dulces de leche, membrillo y tarros de miel; en una casa cerrada como un estuche; en un muro inmenso, que nunca terminaba, que ella recorría con los ojos volteados y que, en un instante de pavor, de erección de toda la carne, florecía en una ráfaga de pólvora brillante: cada bala era un sol que emprendía el vuelo propio, que iba a estrellarse contra la córnea atónita de la anciana que, ya sin fuerzas, dejaba que la saliva le escurriera sin control hasta el pecho.

Una costilla de humo mantenía vertical al salón. Bobó se había sentado en un peldaño, solo con un vaso, para gozar a sus anchas este espectáculo del éxito y la animación. Una dulce ensoñación flotaba por sus ojos azules. Bobó ex machina. ¡Qué categoría! ¡Y acababa de entrar la Contessa Aspacúccoli! ¡Qué categoría!

La Contessa[215] se dirigió rectamente al grupo de Vampa, Gus y Charlotte: —Bienamados —gruñó con su acento montenegrino

---

[215] Cursiva en EdA.

y sin más preámbulos: —En la casa no hay de comer más que un rice-krispies[216] seco. Diríjanme rápido a las botanas[217].

En un rincón, las señoritas de gafas asentían urgentemente al nervioso hablar de Estévez: —El mexicano es este ente, anónimo y desarticulado, que se asoma a su circunstancia con, a lo sumo, miedo o curiosidad[218]. El Dasein, en cambio, ha tomado conciencia de la finitud del hombre; éste es un conjunto de posibilidades, la última de las cuales es la muerte, siempre vista en terceros, nunca experimentada en pellejo propio. ¿Cómo se proyecta el Dasein a la muerte?

Las señoritas de gafas tiraban de sus sweaters[219] con alegría sudorosa.

—...es un ser para la muerte; una relación entre el ser puro y la nada anonada... uuy, el argentino. Perdón; no se puede filosofar con la australidad abstracta...

Dardo Moratto asomó su cutis de bizcocho, atento y perfumado: —Siga, siga, Estévez. Para eso estoy aquí, para enterarme de lo que se piensa en México. Muy interesante, muy interesante ver las cosas cuando recién empiezan. Van bien, ustedes. Harán cosas. Preséntenme a las chicas. Pero, ¿y qué hace?

—Voy al baño —espetó Estévez.

—¡Y...! ¿Ustedes no conocen la historia del que inventó el retrete?

Las señoritas de gafas admitieron nerviosa, risueñamente su ignorancia. Moratto se arregló la corbata, el ancho cuello de piqué: —Ché, qué gran laguna en sus culturas. Sir John Wotton, cortesano isabelino, latinista y traductor de Virgilio. Qué quieren: a pesar de todo, le intrigaron en la corte. Isabel lo destierra a uno de esos castillos fríos e incómodos. ¿Cómo aprovechar los preciosos instantes de la lucidez inmediata al defecar traduciendo la Eneida[220], si hay que correr por campos helados?

Con un florilegio manual, Moratto vació el contenido de su copa: —Oh, perdón, señora, ¿no la he manchado?

---

216 *Ídem.*

217 *botanas:* comida (tapas).

218 Esta discusión muestra cómo se divulgó la «filosofía de lo mexicano» o la «filosofía de lo americano», durante la década de los años 50 (esta popularidad creó una moda: lo «autóctono»; cfr. la decoración de la casa, en las págs. 158; 151-152).

219 Cursiva en EdA.

220 EdA dice *La Eneida.*

—No es nada —volteó a decir Norma Robles. —Casi trece años, Roderico mío. Pero ya ves que la ventaja de México es que nadie busca a nadie, y como además no hay estaciones, pues así pasa el tiempo, sin que nadie se dé cuenta, ¡para qué te cuento!

—Trece años, Norma.

—¿Y?

—¿Esperas a tu marido?

—¿Mi qué? —se abrieron sus ojos masticando una aceituna. Y rió como antes, se decía Roderico mío, nunca lo había hecho. —A cualquier cosa...

—Norma —Rodrigo quiso tomar la mano tibia y enjoyada de la mujer.

—Oh, quieto. Todavía te sientes en el jardín de nuestra añorada adolescencia. —Inundó otra risotada en la copa. —¡En ti naufragaré, procelosa ginebra!

Nunca la había visto tan hermosa, con dos velos suspendidos por un broche de luz. Y era otra.

—Andas muy pachucón[221], Rodrigo. Veo que los tiempos han cambiado para bien.

—Depende del plano en que estés situado —dijo Rodrigo, avanzando, abierta, la palma de la mano.

—No, no, no empieces con aquellos discursos interminables de lidercillo. ¡Cómo me aburrías! En primer lugar, eso; en segundo, que no tenías razón, ¿o no? No, chiquito, sólo los ricos nos damos cuenta del abismo que nos separa de los pobres; los pobres nunca lo saben y mientras algún terrateniente renegado no se los diga, estamos a salvo. Pero, comes the Revolution[222], y a los primeros que fusilan son a los renegados, o a los lastres intelectuales. ¡Ja!

Rodrigo se quedó mirando un cerillo. La voz de Dardo Moratto volvió a insinuarse, milonguera:

—Sir John inventa el excusado y traduce, sentado en él, a Virgilio. La gran obra puede llevarse a cabo. Y pensar que los caballeros ingleses de hoy en día no dedican, al obrar, un pia-

---

[221] *pachuco:* que viste con extravagancia de mal gusto. Se asocia a los de extracción popular que intentan vestirse elegantemente (pantalones de excesiva amplitud y tobillos estrechos; saco muy amplio y más largo que el normal; colores muy llamativos) e imitan la moda norteamericana en los años 50.

[222] Cursiva en las palabras inglesas en EdA.

doso recuerdo a la memoria de Sir John Wotton, latinista, cortesano y traductor de Virgilio!

—Ay, Rodriguito, no me digas que has ido a parar en el tipo de persona de la que siempre hay que burlarse. Tch, tch. ¡Mozo! Un daiquiri[223] para el señor.

Fidelio casi regó las copas. («Me lleva...[224] ya van a ser las once, ya va a llegar Grabiel, y yo aquí. Me lleva...»)

—Fíjate por dónde andas —chifló Bobó—. ¿Qué te pasa hoy? Pareces bruto.

Norma tomó las copas y estiró los brazos como serpientes adormiladas: —Ah, qué sabroso un esposo gordo, mago de las finanzas, y con una conciencia estricta, pero sólo estricta, de sus deberes. Si no me buscara una vez por semana, creería que andaba con otra, despertaría mis celos, ¡oh complemento del amor, que no deseo! Estaría perdida, abrumada, trágica, ausente en estos momentos de un party[225] tan agradable donde me encuentro viejos amigos que yo creía para siempre perdidos. ¿Y qué haces ahora, viejito?

—Nada; escribo un poco, y...

Las manos enguantadas de Norma aplaudían en silencio: —Bien, bien, la literatura es un accesorio tan indispensable como los cigarrillos o el buen cognac[226].

—Norma... no sé, te sigo queriendo...

—¡Bravo! ¡Qué original! El mal parece generalizarse.

Detrás del velo, los ojos de Norma se hicieron pequeños y oblicuos: —¿Pero qué te crees, so zoquete? —y volvieron a abrirse, cantarinos: —¡Ay, qué chiflón[227]! Bobó, ¿qué te cuesta cerrar esa ventana; para qué queremos una poetisa gangosa...?

¡Oh tú que no desfalleces
y tienes un no sé qué,
devuélveme aquellas veces
en que, sin pecar, pequé![228]

---

223 Cursiva en EdA.
224 *llevárselo a uno:* Dios para su rancho; la tristeza; la trampa; la tía de los muchachos; la chingada: fallecer, morir (TPM).
225 Cursiva en EdA.
226 *Ídem.*
227 *chiflón:* corriente de aire que se cuela por las hendeduras.
228 EdA sustituye la cursiva por caracteres menores.

—Bueno, ¿y luego? Quizá pretendas que volvamos al jardín soñado a hacer cusicuz con la boquita, ¿o puede que prefieras que ahorita nos metamos agarraditos de la mano al Cinelandia[229]? Siempre te conformaste con eso, sabes, y llegarás a los noventa besándote a escondidas con las ancianas del asilo. Porque allí acabarás, ¿sabes? Bueno, nos vemos.

Norma le dio la espalda y comenzó a agitar la mano. Acababa de llegar Pimpinela de Ovando. Alta, la nariz aguileña, la ardiente heladez de los ojos metálicos. Ixca Cienfuegos sonrió: *Norma y Pimpinela, del brazo. Dame clase y te doy lana. Dame lana y te doy clase. No hay pierde. Te petateaste[230] demasiado pronto, Porfirio[231].*

—¿Verás mañana a tu marido? —preguntó Pimpinela mientras dirigía una sonrisa colectiva a la fiesta.

—Hélas, oui[232] —exclamó Norma, inconsciente en su imitación de los ademanes de Pimpinela.

—No se te olvide, querida, rogarle que se acuerde de mis trescientas acciones. Trescientas. Prometiste, ¿recuerdas?

—No sé, Pimpinela, nunca trato...

Pimpinela amplió su sonrisa: —Ah, antes de que pasemos a otra cosa. Quiere mi tía que vengas a cenar a su casa, el jueves entrante...

Norma no pudo contener el brillo de sus pupilas:

—¿Doña Lorenza Ortiz de Ovando?

Todo el olor a vómito, respiración pesada, sueño, se suspendió un segundo al frenar el camión. «¡Méee-ico!» eructó el chofer y se echó la gorra hacia atrás. Cagarruta de pájaro embadurnada en las ventanas, y un lento removerse de los pasajeros, de pollos en huacales[233], de petaquillas[234] maltratadas y zapatos descartados. Gabriel trató de limpiar el vidrio para peinarse; se acomodó la gorra de beisbolista y descolgó su saco de cuero. ¡México! A correr, ahora sí, a gastar unos pesos en un libre[235], y llegar pronto a la casa. Con la mano apretada sobre la cartera[236],

---

[229] *Cinelandia:* cine que ofrecía funciones sin interrupción; ya no existe.

[230] *petatearse:* morirse.

[231] Véase Díaz, Porfirio, en MPH.

[232] EdA pone *oui* en cursiva.

[233] *huacal:* jaula.

[234] *petaquilla* (petaca pequeña): maleta, baúl (véase nota 188).

[235] *libre:* automóvil de alquiler.

[236] *cartera:* billetera.

178

Gabriel se abrió paso hasta la puerta del camión. Unas huilas[237] se paseaban por la plaza Netzahualcóyotl con las rodillas vendadas y los tacones lodosos. «Ahora, maje[238], o no me vuelves a ver». «Conmigo te acabas de criar, papacito[239]». «Para todas traigo, putas. ¡Y pago dolaritos!» «Yes yes[240] hazla buena pendejote[241] sabroso». «¡Nos estuvimos mirando[242]!» Gabriel se echó a andar por la calle, a sentir el olor punzante de las carnes morenas, a escuchar el taconeo de sus pies sobre baldosas viejas, a ver su nuevo reflejo, próspero, curtido, en los aparadores[243] apagados de las zapaterías. Se le amontonaba la ciudad, se le hacía pedazos en la cabeza. Como que no había cielo. Pero ya volvería al campo abierto de California, cada año, a respirar piel de tomate. «¡Libre!» Calles rectas, amojonadas de basura, casas bajas, descascaradas. Se divertía leyendo los letreros de las cantinas, de la pila[244] de funerarias que hay por Tránsito y la Colonia Obrera: sus fachadas pintadas de blanco, y siempre los féretros enanos, para los niños, de pino blanco, en exhibición afuera. Creía oler la sangre tiesa de un niño detrás de cada puerta: en su casa, nada más, se habían muerto cuatro, tempranito, antes de poder hacer nada, ni trabajar, ni coger[245], ni ninguna de las cosas importantes. Gabriel castañeteaba con impaciencia los dedos. Ya mero[246], con el fajazo de dólares en la bolsa, y los regalos relucientes para que todos vivieran mejor. Era el primer año, y volvería todos, a como diera lugar, con la legalidad o sin ella, exponiéndose a las balas y hasta encuerado por el río[247]. Eso, o andar de paletero[248] en las colonias[249] del

---

[237] *huilas:* prostitutas.

[238] *maje:* magistrado; majesús; magallanes: ingenuo, tonto (TPM).

[239] Se emplean *papacito* o *mamacita* como calificativos con connotaciones sexuales: deseable, atractivo(a).

[240] EdA pone las afirmaciones inglesas en cursiva.

[241] *pendejo,* penitente: tonto, torpe (TPM).

[242] *nos estuvimos mirando:* ¡Adiós!

[243] *aparadores:* escaparates.

[244] *pila:* montón.

[245] *coger:* efectuar la unión sexual.

[246] *mero:* exacto, preciso (RVP). En este contexto: estar a punto de (llegar a su casa).

[247] *río:* Río Bravo. Los braceros mexicanos entran, ilegalmente, cruzando a nado ese río; se los nombra «espaldas mojadas» (véase nota 179).

[248] *paletero:* heladero ambulante que vende «paletas» o helados que se sostienen con una paleta de madera.

[249] *colonias:* barrios (véase nota 151).

D. F. Ya se lo decía al Tuno[250], cuando estuvieron juntos en la cosecha de Texas: «Y qué que no te dejen entrar a sus pinches restoranes. Voy, voy[251], ¿a poco te dejan entrar al Ambasader en México?» «Aquí mero[252]; cóbrese». Tocó Gabriel la puerta de tablas, las del 28-B. «Aquí estoy con mis chivas[253]». La mamacita con los dientes amarillos, y el viejo con su expresión de máscara de sueños, y la hermana grande, la que ya estaba poniéndose buena[254], y los dos niños de overol[255] y camisetas con hoyos. «Grabiel, Grabiel, estás más fuerte, más hombrezote!» «Ahí les traigo a todos; anden chamacos, abran la petaca». El cuarto iluminado por velas, con las estampas junto al catre de hierro. «Para ti, Pepa, que ya te encontré tan tetona: esto que usan las gringas para detenérselos. Very fain[256]». «Ah qué Grabiel tan curioso[257]» repetía la madre una y otra vez. «Y otra gorra igual a la mía para ti, viejo, de los meros indios de Cleveland[258]: ahí es donde se las pone de a cuatro[259] Beto Ávila[260]. Y para ti, viejecita: mira nomás, para que ya no trabajes tanto». «¿Y qué clase de chingaderita[261] es ésa, hijo?» «Ahorita te enseño. Oigan, ¿y Fidelio?» «Anda de chamba, Gabriel, en casa de unos apretados. Pero explica este chisme[262]». «Mira: el frasquito lo pones encima de la cosa blanca; luego metes ahí los frijoles, o las zanahorias, o lo que quieras y al rato está todo bien molido, solito, en vez de que lo hagas tú». «A ver, a ver». «No viejecita, hay que enchufarlo, en la electricidad». «Pero si aquí no tenemos luz eléctrica, hijo». «Ah caray. Pues ni

---

[250] Cursiva en EdA, como otros apodos.

[251] *voy, voy:* expresión de sorna.

[252] Véase nota 246.

[253] *chivas:* objetos menudos de escaso valor, que ⬤ dquieren y conservan fácilmente (RVP).

[254] Véase nota 64.

[255] *overol:* vestimenta de tela recia para proteger la ropa durante el trabajo; en este caso, pantalones con peto y tirantes.

[256] Cursiva en EdA.

[257] *curioso:* excéntrico.

[258] *Cleveland:* equipo de jugadores de béisbol.

[259] *ponérselas de a cuatro:* avisparse y actuar como cuatro individuos.

[260] *Ávila:* jugador mexicano de Base-Ball.

[261] *chingaderita* o *chingamusa:* cualquier objeto cuyo nombre no quiere mencionarse porque no se conoce o no se recuerda (TPM).

[262] *chisme:* trebejo.

modo viejecita, así, como metate[263]. Úsalo así. Qué remedio. ¡A ver, traigo filo[264]! ¿Dónde andan las tortillas?» Por nada se cambia la comidita mexicana, *pero el año entrante, otra vez, a jalarle*[265] *p'al Norte, donde está el dinero, y el trabajo a la mano, y los five and ten*[266], *y la luz eléctrica.*

Rodrigo Pola vació el vaso del séptimo daiquirí[267] y recorrió el salón con la vista; en su lucidez, adivinaba un ritmo de bienestar y de distinción, de palabras brillantes, que cobraba cuerpo en cada rubia fumarola, aureola ceniciente que coronaba todas las cabezas. La sangre le punzaba con cinco letras: éxito. Cada palabra brillaba, aislada: e, equis, i, te, o. Tomó otro daiquirí. Había que conjurar esa palabra. Era algo más; sus ojos irritados y lánguidos querían voltearse hacia adentro, para conversar consigo mismo; era algo más. No era sólo la solución obvia de convertir nada en algo. Pola, sus ojos conversando con su occipucio, repetía la verdad: era convertir algo en nada, la disipación. Tiró la copa al tapete y se acercó a Bobó.

—Hay que animar esto más. Voy a hacer un número.

—¡Sh, shhhhh! —corrió Bobó con el dedo sobre los labios húmedos; y plantado en el centro del círculo abierto por sus esfuerzos, simuló el son de una trompeta.

Rodrigo no vió caras; se lanzó con desparpajo. La gente abandonó los sofás y los cojines y se apretó en torno al comediante; el número había tenido gran éxito siempre, entre sus compañeros de escuela hacía años, y hace poco en una cantina. Era una parodia de los viajes narrados de Fitzpatrick:

—Y ahora llegamos a la Venecia mejicana[268], los hermosos

---

263 *como metate:* es decir, rodando el artefacto sobre los alimentos para molerlos, a la manera del *metlapil* o *mecapil:* trozo de piedra en forma de huso, con los extremos aguzados para moler en el metate (piedra rectangular volcánica, con tres soportes y ligeramente inclinada, RVP).

264 *traer* o *tener filo:* tener apetito.

265 *jalar para:* dirigirse a; viajar; ir a determinado sitio.

266 EdA quita la cursiva en las palabras inglesas (que nombran a las tiendas de baratijas norteamericanas).

267 EdA conserva la cursiva en esta palabra y en los motes que ya había empleado.

268 *mejicana:* la ortografía de esta palabra, las exclamaciones y vocabulario son ajenos al español de México. Se llamó «la Venecia mejicana» a Xochimilco, uno de los tres lagos del Valle de México. Todavía

jardines flotantes de Chuchemirco[269]. ¡Cáspita! ¿Es una rubia?[270] lo que viaja en esa bella canoa de flores[271]? Ea, ¿nos permites acompañarte, preciosura?

La gente regresó a sus asientos; los grupos volvieron a ronronear y a prender cigarrillos.

—Y ahora tenemos aquí al famoso músico, poeta y loco, que nos va a contar cómo nacieron sus canciones[272]...

Pola torció la cara y chupó las mejillas para iniciar la imitación de Agustín Lara. Entonces vio los rostros de los escasos invitados que aún le prestaban atención: sin interés, como quien ve llover, expeliendo el humo, vagamente concentrados en él —y sólo una sonrisa, la que hubiera pagado por no ver: la de Norma. Pimpinela murmuró algo y las dos se retiraron del círculo. Rodrigo, con la cara torcida y las mejillas hundidas, no abría la boca. El resto del grupo se dispersó y Rodrigo, solo en el centro del salón, empujado por los mozos —activados por Bobó para restaurar la animación—, con los ojos fijos en el tapete, comenzó a cantar, como en un sueño:

—Santa, Santa mía[273]...

Paco Delquinto entró, borracho, en el salón. Su pelo canoso y revuelto, su camisa a cuadros, los zapatos amarillos. Bohemio natural, periodista, pintor y vigésimo lugar en la vuelta en bicicleta al Bajío[274], le acompañaba una mujer de mirada fija y despreocupada con una de esas melenas que se han dado en llamar existencialistas, sobre el patrón Juliette Greco.

—¡Avanti[275], Delquinto! —aulló Bobó, abandonando su Belvedere de la escalera—. ¡Esto es la animación! ¡He aquí al único mexicano que entiende la necesidad de crearnos un fondo de

---

en la década de los 60, un paseo turístico muy común fue navegar en los restos de los canales de ese lago.

[269] *chuchemirco:* pronunciación cómica de Xochimilco.

[270] Podría afirmarse que difícilmente se encontraría una rubia entre las mujeres que vendían flores a los turistas.

[271] *canoa de flores:* en México, a ese tipo de embarcaciones, se las llama trajineras o chinampas.

[272] Con estas palabras se presentaba a Agustín Lara (véase MPH).

[273] Canción de Agustín Lara.

[274] *El Bajío* es una región situada en el centro geográfico del país, que abarca extensas regiones de los Estados de Guanajuato y Michoacán (región agrícola importante).

[275] Cursiva en EdA.

comedia, al único auténtico lurias[276] de la famosa México el asiento[277]!

—¡Letras, virtudes, variedad de oficios, regalos, ocasiones de contento, primavera inmortal y sus indicios! —vociferó Delquinto con ademán grotesco.

—¡... gobierno ilustre, religión y estado...! —continuó, muerto de alegría, Bobó.

—... y los veneros de petróleo el diablo... —trató de terminar, detrás de un buche de caviar, la Contessa.

Juliette, sin abrir la boca, miró a los tres con profundo desprecio.

—¡Abajo la comunidad! —gritó, trepándose a un sofá, Delquinto. —Si alguien quisiera escribir sobre nosotros, tendría que calcarnos de otra parte; somos la calca de una calca, el fracaso de la mecanografía: la vigésima copia a carbón en blanco! Éste es el mexicano creador, original, suntuoso! Naaaa, todos pegados como lapas a sus chambas y a los pequeños tics que no llegan a vicios, hablando de la mexicanidad, la paraguayidad, la hondureñez[278], ¡artistas del columbio cerebral! ¡Artistas de todo el mundo, uníos: no tenéis nada que perder sino vuestro talento! Oh Barbara quelle connerie la guerre[279]... Dulce Filis, ¿en qué piensas?

La interpelada arqueó la ceja, frondosa sobre unos ojos color de cucaracha, y mantuvo su silencio indignado. Los calcetines blancos, aquella noche, le iban bien. Bernardito Supratous creyó, por un segundo, encontrar a la compañera de su vida.

La Contessa, nuevamente en su grupo, recibió otro platillo de caviar y galletas de soda: —Evaristo recibe pingües ganancias: seiscientos pesos al mes. Yo me las arreglo en estas recepciones. Pero el día menos pensado voy a tener que entregar los documentos para subsistir.

—¡Qué mal gusto invitar a Delquinto! —escurrió Gus.

---

276 *Lurias* o *lucas:* loco, tonto (TPM).
277 Aquí y en seguida, los personajes citan y parodian la primera estrofa *(Argumento)* del poema laudatorio *Grandeza mexicana* de Bernardo de Balbuena (véase en MPH): De la famosa México el asiento, origen y grandeza de edificios, / caballos, calles, trato, cumplimiento, / letras, virtudes, variedad de oficios, / primavera inmortal y sus indicios, / gobierno ilustre, religión, estado, / todo en este discurso está cifrado.
278 Se refiere a la filosofía de «lo americano» (véase nota 218).
279 EdA utiliza cursiva en las palabras francesas.

—¿Qué les parece si organizamos un cocktail para el sábado, chez moi[280]? —preguntó Charlotte. Le bastó una mirada de Vampa, quien parecía recriminar las noches del sábado como abluciones colectivas de la pequeña burguesía, para añadir: —Bueno, el martes entrante. Tú, Gus, consultas las listas de pasajeros de Nueva York y Los Ángeles para ver si viene alguna celebridad. Tú, Prince, me prestas el escudo de la familia para las invitaciones. ¡Manos a la obra! Podemos comenzar a telefonear a los amigos desde ahora, para matar el tedio. ¡Pensar que hoy no lloré, para verme guapa, aquí!

Juliette se sentó en el suelo con los ojos en blanco, mientras Delquinto mezclaba unos submarinos[281]. Supratous se acercó, cohibido, a la mujer de tobilleras y melena de carbón:

—Ah, que vous êtes jeune, et que vous êtes femme[282]...

—Usted a mí me la pela[283].

Cauteloso, el viejo pintor rondaba a una de las señoritas con gafas: —Se ve que usted es prisionera de los convencionalismos de la familia burguesa. No sería justo que su gran talento se perdiera asfixiado por la vulgaridad... usted nació para el arte... venga a verme. Mire: mi tarjeta... —mientras Estévez inquiría al oído de Tortosa: —¿Por qué es triste el mexicano? —y Manuel Zamacona decidía salvar, salvar, y tomaba a Bobó de los hombros: —¡No es posible que deje de zozobrar una sociedad donde en vez de poesía sólo se leen anuncios que declaran la obligación de usar algún ungüento para los sobacos, so pena de perder al novio, o de hacer gárgaras con clorofila, so pena de ser impopular! ¿Cómo se puede sentir así el terror cósmico? ¿Cómo puede evitarse así el fastidio de la seguridad colectiva? Paradoja, metáfora, imagen, ¡a qué peligros conducís!

—El novelista de la tierra le explicaba a la Contessa, quien ahora comía con avidez papas[284] fritas: —Después de Apatitlán viene un llano seco y luego se sube a San Tancredo de los Reyes. Allí como que las nubes son más bajas, y las gentes tristes. La tierra no da nada, sólo tunas y desolación. Se divisan los indios bajando de la sierra, con los machetes como banderas. Esto no me lo contaron, lo vi. Y más adelante hay un bajonazo y se em-

---

[280] Ídem.

[281] submarinos: bebida alcohólica preparada con jugo de naranja, vodka y cubos de hielo.

[282] EdA pone cursiva desde vous.

[283] me la pela: respuesta obscena.

[284] papas: patatas.

pieza a sentir el calor. Es que nos vamos acercando a Chimal-papán, donde ya se da una hierba cruda y el gobierno empezó a construir una presa. Allí viven los Atolotes, una gavilla de caciques que traen asolada a la comarca y se roban a las mejores viejas. De eso me acuerdo... —y López Wilson invocaba la dialéctica para consumo exclusivo del incrédulo Príncipe Vampa:

—El marxismo tendría algo interesante que decirle a usted.

Lally, la amante de Bobó, invadió el salón con cinco bongoceros.

—Suivez moi! —les gritaba—. Je suis le péché[285]!

La maravillosa, la asombrosa pulpa Lally, en su eterno sudario negro que contrastaba con el pelo blanco y el cutis de alcatraz sin agua, besó con estrépito a Bobó, bajó a la eximia de su estrado y colocó a sus bongoceros: —¡El Triunfo de Pérez Prado[286] sobre las Musas! ¡A darle[287], muchachos, que yo voy a raspar codos[288]!

Es también la noche (decía sin hablar Hortensia Chacón) *y quisiera marcar con algo más que el aliento su percepción. Es lo que menos falta me hace* —sonrió— *y es, así, lo que más quisiera volver a convocar, no como la fuerza natural en mí, sino como la hora excepcional.* Luego pasó las manos por las sábanas revueltas de su cama y quiso sentir, en las yemas de los dedos, el contorno, hundido, tibio, apenas húmedo, donde había yacido Federico Robles. Así lo hizo durante algunos minutos, horas hinchadas, pensando que sólo la fatiga le indicaría la hora de esperar, la hora de dormir y de despertar y luego, siempre lo mejor: olía la tarde, el sabor de gasolina se volvía intenso, así como el de los niños de la escuela de enfrente cuando salían y todos sus rumores, su aparente algarabía, se descomponía en el oído de Hortensia en palabras exactas: aunque no los escuchara, sabía cuáles eran, fabricaba su exactitud; llegaban a su olfato, también, las transparencias dulzonas del algodón de azúcar vendido a los niños, y la sensación sápida, hecha de jabones y zacates[289], de la tienda de abarrotes en la

---

[285] El francés va en cursiva en EdA.

[286] *Dámaso Pérez Prado.* Cubano radicado en México, famoso porque dirige orquestas que interpretan música tropical (calipso, rumba; véanse notas 62, 187). Puso de moda el mambo.

[287] *a darle:* manos a la obra.

[288] *raspar codos:* bailar mambo (tal vez porque se baila moviendo los brazos doblados).

[289] *zacates:* estropajos.

planta baja del edificio. Luego pegaba la nariz a las sábanas y trataba de reconstruir el cuerpo de Federico. Con un dedo, iba indicando sobre el lino abochornado ojos, boca, cuello, estómago, brazos, piernas, y volvía a colocarse encima de la sombra blanca, a abrazarla y a decir, sin hablar jamás: *a ti te espero, porque eso me exigiste y eso quise siempre, sólo esperar y no, no es la oscuridad la que me obliga a esperar: la oscuridad corona mi ansia de espera y todo mi cuerpo, contigo, deja de sentirse ultrajado y expuesto para ser sólo oscuro, otra vez oscuro, como en el principio.*

—¡Que excitante, Pierrot, hmmmmm!

Todos estaban allí cuando Federico Robles entró en la casa de la Colonia Narvarte, adornada con cuadros taurinos de Ruano Llopis, un mantón de Manila sobre el piano de concierto. Entró como acostumbraba entrar, embistiendo lento, con la cabeza india, rapada sobre las sienes, en forma de balazo, devolviendo los saludos con un ligero movimiento de mano. Hasta encontrar el highball[290]. Entonces se erguía y esperaba.

—No se crea, sin ornato no se crea la impresión tangible de progreso, y sin esa impresión no hay inversiones extranjeras. ¿Qué es lo que retrata una revista americana de gran circulación? No retrata alcantarillas ni pavimentos ni focos de luz eléctrica: retrata grandes edificios, carreteras escénicas, hoteles, la fachada de un hospital aunque adentro no haya ni una cama. Algo con aire de elegancia y progreso, que se vea bonito en kodachrome[291], ¿a poco no? Y eso mismo es lo que ve el inversionista norteamericano...

—...mira Pepe; todo va unido. Se compran los terrenos a cuartilla, los compramos todos. Luego te esperas agachado[292] un año o dos, y de repente el gobierno descubre que allí se ha encontrado un paraíso en la tierra, habla de las bellezas naturales de México, y a darle: carreteras, urbanización, obras públicas, fomento del turismo, todo lo que quieras. Ya nos armamos[293]. Decuplicas, por lo menos...

---

[290] *high ball:* cursiva en EdA. Bebida muy común en las fiestas *(whisky,* agua gaseosa y hielo).
[291] Cursiva en EdA.
[292] *agacharse:* en los juegos de mesa, principalmente en el dominó, fingir una desventaja para luego aprovecharse (DEM).
[293] *armarse:* asegurarse una situación muy ventajosa o provechosa por medio de la obtención de algo (DEM).

—...y el muy baboso[294] fue a cerciorarse de que la carretera que aparecía en el mapa, y que había costado treinta millones, estaba allí. Claro que sólo encontró milpas[295]...

—...¿por qué se hundió Río Janeiro? Pues porque cerraron el Casino de Urca y Quitandinha se convirtió en un elefante blanco. Y lo mismo le va a pasar a Acapulco si no autorizan casas de juego. Esos garitos flotantes apenas rinden...

—...no nos hagamos tontos: la única fuerza organizada es el clero, y está dispuesto a colaborar...

El Chicho[296] pasó corriendo entre los grupos, mostrando unas tarjetas obscenas, y luego susurró:

—Vamos a importar cien cueros españoles. Llegan el sábado en la mañana, así que en la noche ya saben, en Acapulco...

Y Lopitos añadió:

—Fíjense: *de España*. Nada más gringas de Beverly Hills, medio ajadas a los treinta años. ¡Ahora sí, la pura importazione, carissimi[297]!

—¿Qué tal los chicos? —preguntó Robles.

—De vuelta en Canadá, con los dominicos —respondió Pepe—. Sara muy alicaída. ¿A Norma no le interesa la canasta[298]?

Luego el Chicho salió con un brassiére[299] lleno de naranjas y un frutero en la cabeza, mientras Robles se iba acercando, pausado, al grupo central:

—Régules es el indicado para hacer la gestión. Nosotros, ya saben, manos fuera. Régules está dispuesto a dar la cara si nos vemos necesitados de reprobar públicamente la operación. Incluso quiere irse a Europa un par de años a disfrutar; las cosas con la señora no van bien... ¿Qué tal, Robles?

Robles inclinó la cabeza cuadrada.

—Mire, Robles. Se trata simplemente de dar la impresión de que la inversión que usted sabe está dando un rendimiento público favorable. Conviene que la noticia provenga de una institución privada.

---

[294] *baboso:* estúpido.
[295] *milpas:* plantíos de maíz.
[296] Cursiva en EdA.
[297] EdA pone el italiano en cursiva.
[298] *canasta:* Juego de naipes, con dos o más barajas francesas. Entretenimiento social para las mujeres de clases altas (lo mismo, las fiestas de caridad).
[299] Cursiva en EdA.

Robles inclinó de nuevo la cabeza, y en la puerta se encontró con Roberto Régules:

—¡Adiós, mi banquero! Allá le cuidé a su señora en casa de Bobó. ¿Nos vemos en el golf mañana?

Robles asintió y con un dedo nervioso, erguido, llamó a su chofer.

ahora los cuerpos, las ideas, los gruñidos se funden en una pelota de sebo; ahora circula el mismo alcohol, la misma sangre diluida, el mismo olvido, por todos estos cerebros; ahora el desperdicio se engalana; ahora las singularidades tan buscadas en el corte de los trajes, en las citas, en las puntas del pañuelo, en los perfumes, en los ademanes, caen al pozo de la gelatina común: agarrarse juntos, emblema del señorío mexicano, agarrarse juntos, costras fungibles, agarrarse juntos en el mismo spa [300], *en el mismo Cap d'Antibes* [301], *en el mismo San Sebastián, en el mismo México: cambia el telón de fondo, el mundo es el mismo. Nosotros tenemos todos los secretos, todos los datos, todos los valores empeñados. Por algo será. Tenemos derecho a pisotearlos.*

La jitanjáfora [302] inundó la estancia de Bobó *píntame de colores pa' que me llamen Supermán, ay Su-per-Man, pa' que me digan ahhmi Tarzán, nené* [303] Delquinto regó el submarino en una contorsión rígida, Juliette le seguía, los brazos en alto, sin pestañear *me llaman loco, porque soy un poco, y también borracho, porque tomo ron* Cuquita dejó caer el visón y agitó los hombros, *eeepa, pa' que me llamen Supermán, caaaaballero* Silvia Régules salió sin despedirse, Gloria Balceta entró con los labios entreabiertos y la cabeza en alto, Charlotte se desprendió del teléfono para abrazar a Lally: —¡Ante todos lo he de decir: esta mujer es perversa y me ha hecho daño, pero la adoro! *así, así, a ver, gózala, caaaaballero, ay tú verá, nené* Cuquita bailando como pingüino

baila, baila como el pingüino, baila

—Licenciado Tortosa —preguntó Gus con una mano en la

---

[300] Dice «spa» en EdA.

[301] Dice «Cap d'Antibes» en EdA.

[302] *jitanjáfora:* término acuñado por Alfonso Reyes (véase MPH) para la combinación de palabras, sílabas o sonidos, en función del ritmo y el sonido (la significación y el sentido común pasan a un plano secundario).

[303] Chachachá (véase nota 62).

cadera—. ¿No se siente cohibido, usted que es marxista-cristiano, en este ambiente de Armagedón?

Ay minué minué minué, lo bailaba el siglo quince y ahora en el cincuenta y uno[304]

—Nihil humanum a me alienum puto[305] —exclamó en éxtasis Tortosa.

—Oooj, siempre las indirectas. Los griegos opinaban que la armonía...

¿quién es, quién es? yo les voy a decir: Pachito 'e Ché, le dicen al señor

—Inderweltstein.

la televisión, pronto llegará, aaay, no, no, no, no[306]

—El lugar del intelectual está en el campo.

pabarabatibi cuncuá neeegro, pabarabatibi cuncué

—Quiere obligarme a que duerma con medias y ligas puestas, ¿tú crees?

Delquinto gritaba por encima del estruendo de maracas y tumbaores y sudor de negros: —Esnobismo, puro esnobismo. ¡Miren a mi Juliette! ¿Creen que es una mujer enigmática, con pasado? Es una idiota, vulgar, ignorante, recogida por mi sabia mano en la Facultad de Odontología, y muerta del susto en este ambiente, ¡grrrrr! —y apretó a Juliette entre sus brazos mientras la Contessa Aspacúccoli aprovechaba la confusión general para colarse a la cocina.

ay supermán, ay supermán

—Ché, ¡México es el tropicalismo nietzchiano!

Bobó lloraba de risa, haciendo girar locamente los colores; las luces, tijeras de todos los perfiles, morados, rojos, índigo, Cuquita hacía el paso del conscripto mientras Supratous la perseguía de rodillas, humo deshebrado en los cuerpos, vasos tronaban y los brazos en la agitación aérea, nerviosa del ganglio desnudo

cuando se murió Dolores, murió siendo señorita: cero jit[307], *cero carrera, cero error*[308]

---

[304] Carlos Fuentes siempre sitúa histórica y cronológicamente los acontecimientos. Con este fragmento de una canción en boga, proporciona datos aún más precisos.

[305] EdA pone toda la frase en cursiva.

[306] Chachachá. El 1 de septiembre de 1950, se inauguró la primera estación televisora en México.

[307] Dice «jit» en EdA.

[308] La picardía de la canción se basa en el uso de la jerga del béisbol, juego muy popular en México.

—No cabe duda que México es un país vital. ¡Imagínense esto en Mar del Plata!

Delquinto manoseaba a la mujer, le besaba la nuca, exponía sus senos, apretaba su vientre, entre los aullidos de Bobó y Charlotte y Lally y las señoritas de gafas y el filósofo Estévez:

—¡Meretriz infame! Que la tierra cubra de llagas tu sepulcro y que tu sombra sienta el terrible tormento de la sed...

—¡Propercio! —exclamó con júbilo Dardo Moratto—. ¡Propercio! ¡Terra tuum spinis![309]

ya se va, la clave azul, se va al son del marabú[310]

Comprimido en un piyama[311] de tiempos esbeltos, Bobó terminaba la última botella de cognac con el aire de melancolía total de un visigodo derrotado, y al aspirar el aire rancio de colillas y fondos lodosos de copas rotas, gruñía:

—¡Teme a los griegos, Bobó, teme a los griegos!

Luego, en cuatro patas, comenzó a recoger los cerillos regados por el tapete. Once de la mañana. Los motores rugían por Insurgentes[312], por Niza, donde ya las mansiones del porfiriato[313] iniciaban su declive hacia la boutique[314], el restaurante, el salón de belleza[315]. El sol, duro en la llaga del mediodía. Ni una brisa agitaba los copetes gráciles del Paseo de la Reforma[316]. Desde el noveno piso de un edificio de piedra rosa estirado entre dos melancólicas mansardas, Federico Robles clavaba la vista sobre el pastiche irresuelto de la ciudad. Fachadas vaporosas y cristalinas mostraban su lado flaco, de ladrillo pintado y anuncios de cerveza. A lo lejos, al pie de las montañas, un remolino de polvo reunía sus átomos pardos. Aquí, cerca, el traqueteo de los obreros levantando una calle. La guirnalda de secretarias y vendedoras rechonchas, de piropos, de contoneos, se tejía con las filas de vagos y gringos viejos, de camisa abierta y anécdotas de Kansas City que relataban a otros grin-

---

[309] EdA pone toda la frase en cursiva.

[310] Fragmento de una canción de Agustín Lara.

[311] *piyama*: pijama.

[312] La Avenida de los Insurgentes (concluida durante la época de Miguel Alemán, véase en MPH) cruza toda la ciudad de México (Insurgentes Norte, Centro y Sur) y atraviesa el Paseo de la Reforma (la Avenida del Imperio), véanse Habsburgo, Maximiliano de, en MPH.

[313] Véase Díaz, Porfirio, en MPH. Véase *Cuadro cronológico*.

[314] Cursiva en EdA.

[315] *salón de belleza*: peluquería.

[316] Véase nota 312.

gos viejos llenos de anécdotas de Peoria. Corrían, consultando su reloj, los hombres calvos, vestidos de gris, con un portafolio descosido bajo el brazo.

Uno, Uno se clavaban los dedos en los taxis. En zig-zag, tántaranta-tán-tán, corrían, apretados, los automóviles. Los claxons[317] despertaron a Rodrigo Pola; el rumor impenitente de la ciudad se colaba por las rendijas, hasta su cuarto interior de la calle de Rosales. En la azotea de su casa, amurallada por las Lomas de Chapultepec[318], Norma Larragoiti de Robles acomodó unos cojines y descartó su bata de seda. Con esmero, consciente del brillo de cada poro, se embarraba el aceite opalino. Sun tan[319]. Hortensia Chacón, en la oscuridad, esperaba los ruidos de la calle de Tonalá[320], esperaba la segunda hora de salida de la escuela —la tarde— y el rumor de la llave sobre la cerradura. La avenida Mixcoac[321] se iba abriendo paso, lenta y chata, custodiada por ultramarinos y tendajones mixtos y cines populares, entre el zumbido de aplanadoras y picas y alquitrán: nada entraba hasta el cuarto sellado de Rosenda Pola, siempre dormida en su vigilia delirante, presa de una espantosa lucidez final que no lograba hacer viva en las palabras que se amasaban sin salida en su garganta nerviosa y floja. Charlotte, Pierrot, Silvia Régules, Gus, el Príncipe Vampa, Pichi, Junior[322], dormían: sólo Pimpinela de Ovando caminaba erguida y perfumada, detrás de un par de anteojos negros, por Madero[323], hacia el despacho de Roberto Régules. A la vista de Robles, México iba abriéndose como naipes de distintas barajas —el rey de

---

[317] EdA conserva la cursiva en éste como en otros términos.

[318] *Lomas de Chapultepec:* barrio elegante (originalmente, *Chapultepec Heights)* destinado a la nueva burguesía. Se fundó al finalizar la Revolución (de 1920-1930).

[319] Cursiva en EdA.

[320] *Tonalá:* calle del barrio llamado «colonia Roma». Se fundó en 1902 y su estilo «porfiriano» reproduce arquitectónicamente lo europeo. En la década de los 50, todavía existían numerosos chalets; en la actualidad, los hoteles porfirianos han desaparecido, en su mayoría, y en su lugar se edificaron edificios modernos.

[321] *Mixcoac* fue una antigua municipalidad (como Tlalpan, Xochimilco —véanse notas 90 y 268—, San Ángel, Coyoacán, Acapotzalco, Tacuba, Iztapalapa) que se incorporó a la ciudad gradualmente; LRT capta la transformación de pueblo aledaño a barrio urbano.

[322] Pierrot, Pichi y Junior conservan la cursiva en EdA.

[323] *Madero:* avenida céntrica (antes, Plateros).

Bastos en Santo Domingo[324], el tres colorado en Polanco[325]—del túnel oscuro de Mina, Canal del Norte[326] y Argentina, con la boca abierta, en busca de aire y luz, tragando billetes de lotería y volantes de gonorrea[327], hasta encontrar la línea recta de conducta en la Reforma, indiferente a los vicios menores, apretujados, de Roma y Cuauhtémoc[328], con sus caras quebradizas, sus cimientos flácidos. Desde la oficina, Robles veía los techos feos, las azoteas desgarbadas. Pensaba en un despertar inútil: legañas de tinacos[329], macetas raquíticas. Robles gustaba de inclinarse, imperturbable, desde la ventana, y saborear el pulgueo sin molestias de los pelados, de todas las hebras de la ciudad que pasaban inconscientes del rascacielos[330] y de Federico Robles. Dos mundos, nubes y estiércol. Un vaso comunicante perfecto, aislado, individual, lo llevaba de la casa colonial[331] y enrejada, con su portada de merengue pétreo, al automóvil, del automóvil al elevador de níquel y acero, del elevador al ventanal y a las sillas de cuero, y con sólo apretar un botón se cumplía la trayectoria contraria. —Bien merecido— frotaba Robles su solapa. —No es empresa fácil cercenarse de este pueblo. Derrotados, todos derrotados para siempre. Miraba sus uñas rosa: habían escarbado, con la tenacidad de los distintos hechos, tierra en Michoacán. Volvía a mirar a lo lejos: hasta el

---

[324] *Santo Domingo:* antiguo monasterio del Virreinato.

[325] *Polanco:* barrio fundado en una antigua hacienda (h. 1920), al Poniente de la ciudad de México.

[326] *Canal del Norte:* se refiere al Gran Canal del desagüe, en el Norte de la Ciudad. El sistema de desagüe combinó canales abiertos y drenaje entubado. Actualmente, los canales casi han desaparecido (véanse notas 11 y 32).

[327] Se refiere a la propaganda para la cura barata y rápida de enfermedades venéreas.

[328] *Roma y Cuauhtémoc:* barrios de la ciudad.

[329] *tinacos:* depósitos de agua, cilíndricos la mayoría de las veces.

[330] Los rascacielos transformaron la fisonomía de la ciudad de México. Se empezaron a construir desde la época de Miguel Alemán Valdés (véase *Cuadro cronológico*), con gran intensidad, pues fue entonces cuando empezó el auge de los negocios especuladores con bienes raíces. Para eregir los rascacielos (no muy altos, debido a la calidad del subsuelo, véase nota 11) se destruyeron palacios, monumentos, sin considerar su valor cultural, ni la armonía estética del conjunto.

[331] *colonial:* estilo arquitectónico «autóctono» que interpretó, peculiarmente y en este siglo, lo que se consideró como arquitectura colonial.

humo de la terminal de Buenavista[332], y más allá del puente, hacia la Villa[333]. Gladys García, parada sobre el puente, fumaba un cigarrillo apestoso y luego lo dejaba caer sobre el techo de una casucha de lámina y cartón[334]. Por el rumbo de Balbuena —el otro extremo de polvo— Gabriel jugaba rayuela mientras esperaba a los cuates —Beto, Tuno, Fifo—[335] para empezar a celebrar su regreso. Rosa Morales buscaba una caja barata entre los enterradores del barrio, mientras Juan esperaba, con los labios embarrados de sangre y vino, en una plancha de la Cruz Roja.

La mano que tronaba sobre la puerta arrebató a Rodrigo de su letargo. Gimiendo, protestando, arrojó las pesadas sábanas y lentamente llevó los pies al piso astillado. Dejó caer, como un plomo, los ojos entre las palmas de las manos. El repique de la puerta no cesaba; lo acompañaba una voz detestable, de urgencia e incomprensión. Por fin reunió la voluntad necesaria para levantarse y abrirla. Los ojos encarbonados de Ixca Cienfuegos lo saludaron con esa mirada, lóbrega y alegre, indiferente a las circunstancias personales, que tanto irritaba a Rodrigo. Cienfuegos entró, se llevó la mano a la nariz y corrió a abrir los postigos que se asoleaban sobre un patio interior húmedo, impregnado del olor de comida casera.

—¿Gas? —afirmó, interrogando, Cienfuegos. —Pero si no te pertenece. ¿Todavía no te das cuenta? No te pertenece—. Con una carcajada, Ixca arrojó el periódico del mediodía hacia la cabeza de Rodrigo. Éste se dejó caer, boca abajo, sobre la cama. Cienfuegos parecía tomar el pequeño mundo de la recámara entre las manos, modelarlo, devolver a la pared sus contornos groseros, embutir las cosas, nuevamente, en sus casilleros habituales, circular el oro en cobre gastado. Mataría el gran sueño; aplastaría con una risotada a la gran población hechicera.

—Dilo, dilo —insistió Cienfuegos, jugueteando con una silla.
—Dale rienda suelta a tu retórica. ¿No es esto lo que querías: un testigo? No te aprietes. Habla.

---

332 *Buenavista:* estación de ferrocarriles.
333 *Villa:* se refiere al Santuario de la Villa de Guadalupe, situado en el norte de la ciudad, al pie del Cerro Tepeyac (véase Diego, Juan, en MPH).
334 Véase nota 104.
335 EdA dice *Tuno, Fifo.*

—¡No me cuelgues otra vez tu equipaje de ratas a la cabeza! —murmuró Rodrigo, mientras, siempre boca abajo, fijaba los ojos en el periódico arrojado por Ixca y que lentamente absorbía un pequeño charco creado por las goteras del techo: tres magnates engullendo en un restaurane, agarraron a la Viruelas[336], crimen pasional, gran esperma de tintas negras: tres magnates envuelven a un pescado muerto, la Viruelas sirve de gorro napoleónico a un chamaco bajo la lluvia *(Duro, caparazón duro y entrañas pertinaces. Anoche, amordazado entre cuatro paredes. Y hoy aquí, a pesar de todo, rescándome las uñas y mirando la cara de tres banqueros gordos —no, es como pintarle un violín[337] a Paganini).* Rodrigo saltó de la cama riendo: uno de ellos, perla en la corbata, highball[338] en la mano inflada, era él, Robles.

Norma abrió los ojos y quiso que sus rayos le calcinaran las pupilas. Luego los cerró para vivir la fuga de puntos azules y centellas amarillas que crecían como las ondas del estanque una vez arrojada la primera piedra. Pero el sol se concentraba en los labios. El sol la besaba. Norma quiso recordar, recordar los besos. Abrió de nuevo los ojos y se irguió rápidamente. Es que siempre había rogado que la recordaran a ella, y nunca había deseado recordar a nadie. Ahora sentía, más que terror, un leve sentimiento de ultraje, de desprecio, al pensar que tuviera que empezar a recordar mientras los demás la olvidaban. Dilató la nariz para aspirar el perfume de retama que ascendía del jardín. Era idéntico al otro, al del pequeño jardín de la pequeña casa donde celebró sus diecisiete años. ¿Alguien, además de ella, lo recordaría? ¿Alguien, en este instante —en todos los instantes— recordaría toda la vida de Norma? Alargó el brazo y tomó el frasco de aceite mientras el sol, comprimido, se desbarataba en la luz propia que el cuerpo brillante le devolvía, disparado desde las puntas moradas de los senos.

Manuel Zamacona abrió las ventanas de su pequeño apartamiento de la calle de Guadalquivir[339] y cerró los ojos, gimiendo.

---

[336] Cursiva en EdA.

[337] *pintar un violín:* efectuar cierto ademán ofensivo, que consiste en llevar los dedos índice y mayor a la nariz, y subirlos y bajarlos alrededor de ésta (TPM).

[338] EdA mantiene la cursiva en este caso como en los que se han venido señalando.

[339] *Guadalquivir:* calle de la colonia Cuauhtémoc, que tiene calles con nombres de ríos, únicamente.

194

Se tomó la cabeza con ambas manos y se sentó, con la respiración cortada, en una silla de vaqueta. Quiso reconstruir sus frases de la noche anterior, y sólo veía bailar en el recuerdo la imagen de los ojos astígmatas, de la piel inviolada de los negros, del perfume de tabaco y Miss Dior[340] y desodorantes. «Paradoja, metáfora, imagen, ¡a qué peligros conducís!» murmuró y corrió al espejo enmarcado por una estrella de hojalata, para observar cómo se le encendían las orejas de sangre. Regresó a su mesa de trabajo, sonriendo. Tomó un papel y una pluma. Miró hacia la Reforma[341], tratando de descubrir un nuevo color, un aire nuevo, en ese rincón conocido. Empezó a escribir: «México», con alegría, «México», con furia, «México», con un odio y una compasión que le hervían desde el plexo solar y «México» nuevamente, hasta llenar la página y comenzar otra y terminarla también y luego salió al balcón, fijó los ojos en el sol, apretó las cuartillas y con todas sus fuerzas las arrojó hacia el centro del astro, seguro de que llegarían, de que se incendiarían en él, y entonces tomó una maceta y la arrojó también hacia el sol[342]. Quería una piedra, mil piedras, y sólo escuchó cómo la maceta se desparramaba sobre el pavimento y vio que un geranio yacía aplastado por la rueda de un automóvil.

Se sentó a su mesa de trabajo. Recordó que ese rincón amplio y suntuoso del Paseo de la Reforma había sido trazado sobre el modelo de la Avenue Louise, de Bruselas, por indicación de Carlota[343]. Y vio el paso fugaz de una familia indígena, flotante y cabizbaja. Escuchó el ríspido llanto de una niña, olió elotes[344] cubiertos de polvo de chile, jícamas[345] con limón: lo que entraba por su ventana abierta. A la altura de sus ojos, una casa de apartamentos de quince pisos, suspendida sobre pilotes de concreto, aérea en su policromía veloz de vidrio y mosaico. ¿Contraste? No. Zamacona tomó la pluma.

«Excentricidad, más que contraste. Ésta puede ser nuestra palabra: excentricidad. No sentirnos parte de ningún engranaje racional, susceptibles de alimentarlo y permitir que nos alimen-

---

340 EdA no utiliza la cursiva en esta marca.
341 Véase nota 312.
342 *sol:* por el papel preponderante de este astro en la religión azteca, se ha llamado a este pueblo, el pueblo del sol (véanse notas 16, 23, 31).
343 Véase Carlota Amalia, en MPH.
344 *elote:* espiga de maíz tierno.
345 *jícama:* tubérculo muy jugoso, blanco en su interior, que se utiliza para ensaladas.

te. Claustro cerrado, de espaldas al mundo. No sentir que nuestras obras, que nuestro espíritu, penetran en un orden lógico, comprensible para los demás y para nosotros[346]. España: excéntrica, sí, pero excéntrica dentro de Europa. Su excentricidad es la nostalgia de no haber participado en todo lo que, por derecho, le correspondía: en la aventura del hombre moderno. Allí estaba la pasta de la modernidad. ¿Qué frustró su realización? ¿Qué cerró los caminos de la participación europea en una nación que hoy vive cerrada a todas las manifestaciones de la inteligencia? Éste es el dolor, la nostalgia, la excentricidad de España. Y Rusia es la excentricidad frente a Europa, la afirmación de una excelencia rusa fundada en la pretensión de diversidad frente a Europa. Pero ya este hecho la hace excéntrica; al pretender ser sui géneris[347] en su rechazo de Europa, Rusia deja de serlo plenamente, debe aceptar un reto europeo y emprender la carrera que le ponga a la par de Europa. Carrera en busca del tiempo perdido. Sólo México es el mundo radicalmente ajeno a Europa que debe aceptar la fatalidad de la penetración total de Europa y decir las palabras y las formas de la vida, de la fe, europeas, aunque la sustancia de su vida y su fe sean de signo diverso. Más que muerte —hecho natural, aceptable— asesinato, tortura brutal, cercenación de las formas que correspondían a la sustancia. Todo, desde entonces, es la búsqueda, cerrada, ciega, marginal, del punto de encuentro entre lo que realmente somos y las formas que han de expresar una sustancia, en sí, muda.»

Observó su reflejo en la ventana. El perfil de finas líneas, la nariz delgada y agresiva, los labios casi lineares: la silueta marginal impresa sobre su rostro de anchos huesos y de carne gruesa y oscura.

«No saber cuál es el origen. El origen de la sangre. ¿Pero existe una sangre original? No, todo elemento puro se cumple y consume en sí, no logra arraigar. Lo original es lo impuro, lo mixto. Como nosotros, como yo, como México. Es decir: lo original supone una mezcla, una creación, no una puridad anterior a nuestra experiencia. Más que nacer originales, llegamos a ser originales: el origen es una creación[348]. México debe alcan-

---

[346] Interpretación personal o reelaboración de Carlos Fuentes sobre la «filosofía de lo mexicano» (véase nota 218).

[347] EdA dice *sui géneris*.

[348] El origen, la originalidad cultural y el sentido de la historia son algunas de las preocupaciones de la «filosofía de lo americano» (México fue el país rector en esta tendencia del pensamiento).

zar su originalidad viendo hacia adelante; no la encontrará atrás. Cienfuegos piensa que regresar, dejarse caer hasta el fondo, nos asegurará ese encuentro, esa revelación de lo que somos. No; hay que crearnos un origen y una originalidad. Yo mismo no sé cuál es el origen de mi sangre; no conozco a mi padre, sólo a mi madre. Los mexicanos nunca saben quién es su padre; quieren conocer a su madre, defenderla, rescatarla. El padre permanece en un pasado de brumas, objeto de escarnio, violador de nuestra propia madre. El padre consumó lo que nosotros nunca podremos consumar: la conquista de la madre. Es el verdadero macho, y lo resentimos»[349].

Volvió a descomponer la imagen reflejada. Sí, allí, en su propio rostro, estaba la madre íntegra: criolla de facciones amasadas con esmero por la cruza prevista. Y detrás, en la esencia, la sustancia informe, morena, oscura, indígena del padre.

«La carne oscura en el fondo, creándose a sí misma, sin contactos. ¿Cuándo la rescataremos? ¿Cuándo le daremos un nombre? Un ser fuera del anonimato.»

Se puso de pie y encendió un cigarrillo. Recorrió con la vista su estancia: sillas de vaqueta, anaqueles desordenados, repisas cubiertas de reproducciones del arte indígena: el ser concentrado en las fauces de hachas votivas olmecas[350], la ceremonia abstracta de las formas estelares de Oxkintok[351], la alegría sensual de los primitivos, el frío incendio de las totalidades aztecas. «La cima de la barbarie —pensó Manuel—. La barbarie no como defecto, o por defecto, sino como la perfección, entera, de su modo, anterior y ajena a la idea de personalidad. Ser para los ciclos, alimentar al astro, vivir bajo el signo de la naturaleza

---

[349] Carlos Fuentes y Octavio Paz (véase en MPH) representan a los seguidores de la tesis filosófica antropológica, según la cual, la bastardía del primer mexicano repercutió en un condicionamiento histórico para el ser del mexicano (véanse Marina, Doña; Cortés, Hernán, en MPH).

[350] *olmecas:* pueblo prehispánico («habitantes de la región del hule»). Su cultura (cuyo esplendor se localiza hacia el siglo V a. C.) influyó en el desarrollo de las grandes civilizaciones del México antiguo. Se establecieron en la región de La Venta y al Sur de Veracruz. Entre los restos arqueológicos olmecas más conocidos, se encuentran las cabezas gigantescas con labios muy gruesos y nariz chata.

[351] *Oxkintok:* ruinas situadas a 30 km de Uxmal (Norte de la Península de Yucatán): estelas, esculturas, bajorrelieves.

increada[352]. No, no tienen razón: todo esto sólo nos explica parcialmente. Y no es posible resucitarlo. Para bien o para mal, México ya es otra cosa. Es ese algo radicalmente diverso lo que hay que explicar, en su totalidad, y enfocándolo hacia el futuro, hacia su integración, no basándolo en un asesinato colectivo.»

Tornó a su mesa y a su pluma. «Constantes. Gestación lenta, intuitiva del pueblo mexicano, sin contacto con las formas sociales exteriores. Búsqueda de una definición formal, jurídico-política, frente a búsqueda de una filiación sustancial, histórico-cultural. Afirmación de las definiciones formales en proyectos anti-históricos, fundados en la importación, en la imitación extralógica de modelos prestigiosos. Negación del pasado como supuesto inicial de todo proyecto salvador.»

¿Pero cuál es el modelo, el modelo propio, y realmente salvador, que México debe atender? —pensó en seguida. ¿Cuál atendería él, personalmente? No sin humor, pensó que él mismo tenía posibilidades religiosas, sí, posibilidades artísticas, y posibilidades animales. Mordió la pluma y tomó una nueva hoja de papel.

«Cuál es la escala de los valores vivos? Si fuese objetiva, quizá no habría problemas. Pero no lo es, y cada quien es dejado al socorro de sus propias fuerzas. Pero supongamos, hipotéticamente, que esa escala es objetiva y que el sumo grado del ejemplar humano lo alcanza, digamos, Leonardo da Vinci. El hecho debería ser alentador, pues existe, sin duda, menos diferencia entre Leonardo y el hombre corriente que entre el hombre corriente y un chimpancé. Sería más fácil, para el hombre corriente, acercarse a un gran artista que a un simio. Pero he aquí que aparece un buen cristiano y nos dice que hay menos diferencia entre el hombre corriente y Jesús que entre éste y Leonardo. ¿Sería más fácil, entonces, acercarse al modelo Jesús que al modelo Leonardo? ¿O se trata, en realidad, de dos líneas de valor que se excluyen? El hecho es que se toma al hombre corriente como presupuesto de ambas, y que a ratos uno quiere acercarse a la posibilidad Jesús y a ratos a la posibilidad Leonardo. La línea del propio valor se vuelve quebradiza; cinco días de Leonardo contra tres de Jesús. ¡Si todas mis fuerzas pudieran dirigirse a una u otra meta, sin cejar! ¿Y por qué no dirigirlas todas a la meta chimpancé?, me dirá un amigo irónico. Es más fácil descender que ascender, y aunque haya menos diferencia entre tu persona y las de Jesús y Leonardo, que entre

---

[352] Se refiere a los aztecas (véanse notas 16, 23).

198

tu persona y un chimpancé, llegarás más rápidamente a asemejarte a éste que a aquéllos. Claro que estas ideas no se expresan de manera tan brutal. Decimos, más bien: "No basta el curso del tiempo para alcanzar la perfección. El tiempo, en realidad, sólo nos aleja de la perfección original." Esto debe pensar Cienfuegos, sí. Ergo, nos dejamos caer hasta el chimpancé so pretexto de que en el fondo vamos a encontrar nuestro Super-Ser olvidado y original. Pues esto es lo que comúnmente pasa por progreso —digo, por "progreso" espiritual más que material: éste se contenta con propósitos muy simples, demasiado seguros de su esencial bondad para justificarse—: la búsqueda de una meta que, no siendo ni Jesús ni Leonardo, sólo puede ser el chimpancé, pero el chimpancé disfrazado de buen salvaje, de Sigfrido, de comunista original, de Escipión el Africano o de Josué con aspiradora eléctrica. El progreso debe encontrarse en un equilibrio entre lo que somos y nunca podremos dejar de ser y lo que, sin sacrificar lo que somos, tenemos la posibilidad de ser —Jesús, Leonardo o chimpancé.»

Un ruido lo distrajo. Asomó la nariz por la ventana para ver el esfuerzo con que un cargador de facciones repelentes —frente escasa, pelo cerdoso, nariz aplastada y anchos labios— cargaba un garrafón de agua, cómo se le escapaba el garrafón y se hacía añicos en la acera. El cargador se santiguó. Después se sentó en la defensa del camión repartidor y, mientras se secaba el sudor de la brevísima frente, empezó a cantar,

¡Qué bonita chaparrita!
Valía más que se muriera... [353]

Manuel frunció el ceño y volvió a escribir: «Ahora, éste es un país que ha tenido sus redentores, sus Ungidos y sus hombres superiores. Pero quizá lo fueron por la abundancia de chimpancés a los que debieron enfrentarse. Y sucumbieron, también, gracias a la acción conjunta de los chimpancés. No ha habido un héroe con éxito en México. Para ser héroes, han debido perecer: Cuauhtémoc, Hidalgo, Madero, Zapata[354]. El héroe que triunfa no es aceptado como tal: Cortés. La idea podría extenderse al país. ¿Se aceptaría México a sí mismo en el triunfo? Saboreamos y tomamos en serio nuestras derrotas. Los éxitos

---

[353] EdA utiliza caracteres menores, en lugar de la cursiva.
[354] Estos héroes aparecen en MPH.

tienden a convertirse en aniversarios huecos: el 5 de mayo[355]. Pero la Conquista, la guerra con los Estados Unidos...[356] ¿Quién ganó, en realidad, la guerra de 1847? El triunfo aparente de los Estados Unidos, piensan sin decirlo los mexicanos, fue el triunfo de la acromegalia, de la borrachera de poder, del materialismo, del crecimiento excesivo, y la derrota de los valores humanos. Automóviles en masa versus[357] jícaras[358] a mano. Etcétera. La derrota de México nos conduce, por el contrario, a la verdad, al valor, a la limitación propia del hombre de cultura y buena voluntad. Lo que tiene éxito no siempre es lo valioso, sino todo lo contrario. Y en consecuencia, lo que tiene éxito no es lo bueno, ni lo que fracasa lo malo. No es posible identificar el éxito con el bien y el fracaso con el mal, pues entonces los Estados Unidos serían buenos y México malo. Como sabemos que esto no es cierto, nos sentimos en la verdad cuando pensamos que no interesa ser bueno o malo, sino importar humanamente: es decir, ser odiado o amado con intensidad. Vale la fuerza e intención del sentimiento, no la de los resultados prácticos. Pero si el sentimiento odio es malo y el sentimiento amor bueno, ¿no volvemos a caer en un maniqueísmo, no para efectos prácticos, sino sentimentales? Todo lo mexicano es, sentimentalmente, excelente, aunque prácticamente sea inútil. Y todo lo extranjero, así sea prácticamente bueno, es, sentimentalmente, malo»[359].

Mordió la pluma. Pensó: ¿sentimiento de inferioridad?[360] escribió sonriendo: «¿Qué cosa es el sentimiento de inferioridad sino el de superioridad disimulado? En la superioridad plena, sencillamente, no existe el afán de justificación. La inferioridad

---

[355] Se refiere a la batalla contra la Intervención Francesa, en la cual los mexicanos triunfaron el 5 de mayo de 1862, dirigida por el general Ignacio Zaragoza (véanse Juárez, Benito; Bazaine, Aquiles; Forey, Elías Federico, en MPH).

[356] Véanse en MPH: Anaya, Pedro María; Taylor, Zacarías; Scott, Winfield; Escutia, Juan; López de Santa Anna, Antonio.

[357] Cursiva en EdA.

[358] jícara: vasija hecha con una calabaza seca.

[359] Argumento contra el nacionalismo oficial, uno de los que tuvieron vigencia antes y durante la década de los años 50 (véanse Orozco, Clemente; Marina, Doña, en MPH).

[360] Reflexión sobre las teorías de Samuel Ramos (seguidor de Alfred Adler), quien trató de explicar al mexicano a partir de un supuesto complejo de inferioridad, en *El perfil del hombre y la cultura en México* (México, FCE, 1934).

nuestra no es sino el sentimiento disimulado de una excelencia que los demás no alcanzan a distinguir, de un conjunto de altas normas que, por desgracia, no acaban de funcionar, de hacerse evidentes o de merecer el respeto ajeno. Mientras esa realidad superior de lo mexicano no cuaje, piensan en el fondo los mexicanos, habrá que disimular y aparentar que hacemos nuestros otros valores, los consagrados universalmente: desde la ropa hasta la política económica, pasando por la arquitectura. El último hito accesible del prestigio europeo, la Revolución Industrial, nace en México cada día. Nuestra superioridad por decreto. Y sin embargo, en algo tienen razón; hay que ver hacia adelante. Sólo que "hacia adelante" no significa "formas de vida europea y norteamericana" que, aunque todavía estén vigentes, señalan sólo una etapa final. Por desgracia, la nueva burguesía mexicana no ve más allá de eso; su único deseo, por el momento, es apropiarse, cuanto antes, los moldes clásicos de la burguesía capitalista. Siempre llegamos tarde a los banquetes[361]. Cuando creemos estar saboreando la sopa, ésta se nos convierte en migajas de un pan duro y roído por los ratones. Y sin embargo... hoy podríamos tener los ojos abiertos, y prepararnos, sin más fuerza y orientación fundamental que la de nuestra propia experiencia, a crearnos desde la raíz en una nueva estructura social y filosófica. ¿No nos acercó la Revolución a esta verdad? ¿Pero qué vamos a hacer cuando todo el poder real emanado de la Revolución se ha entregado, voluptuosamente, a las cosquillas de un cresohedonismo sin paralelo en México? Éste es el problema, el poder real. Pues nunca este poder real del hombre ha sido tan grande y, a la vez, tan desprovisto de valor para el hombre. ¿Qué representa el poder real de un hombre como, digamos, este banquero Robles del que tanto se habla, sino un puro acrecentar del poder en sí, sin atributos de valor? La disyuntiva es monstruosa, pues si algún valor es valor del hombre, es precisamente el poder, en su acepción más amplia. Cuando el poder ya no es valor, se avecina algo muy grave: su ejercicio, en todos los órdenes, deja de ser respon-

---

[361] Homenaje a Alfonso Reyes, uno de los pioneros (dentro de la literatura) de la «filosofía de lo mexicano» (véanse en MPH: Reyes, Alfonso; Vasconcelos, José). Las preocupaciones del personaje retoman muchos de los argumentos y ejemplos de Alfonso Reyes (dispersos en varios textos) acerca de la cultura mexicana, de la identidad nacional. De hecho, el personaje casi cita textualmente o glosa juicios de Reyes.

sable. Valor-poder-responsabilidad son la gran unidad, la que nos liga a unos con otros, con la naturaleza y con Dios. Poder sin valor y sin responsabilidad desemboca en dispersión, en pequeños dioses abismales o en el único dios de una abstracción terrena: la historia, las fuerzas ciegas, la nación escogida, o la mecánica incontrolable. Estamos en el cruce. ¿Cuál vamos a escoger, entre todos los caminos? Sobre todo México, tan cargado de experiencias confusas, de vida contradictoria. ¿Le será posible escoger, escoger su propio camino, o se dejará arrastrar por la ceguera criminal de los escogidos?»

No quiso escribir más. Fijó, nuevamente, los ojos en el sol. Se sintió pequeño y ridículo; pequeños y ridículos debían sentirse cuantos trataran de explicar algo de este país. ¿Explicarlo? No —se dijo—, creerlo, nada más. México no se explica; en México se cree, con furia, con pasión, con desaliento. Dobló sus cuartillas y se puso de pie.

—Es que quería valer intrínsecamente —dijo Rodrigo, distraído, buscando un zapato debajo de la cama.

—¿Para qué? —bosquejó una sonrisa Cienfuegos mientras colocaba la tetera sobre una hornilla eléctrica. —Aquí no se respeta a los hombres, sino a las categorías de membrete: Señor Presidente, Señor Director, Señor Etiqueta. Y por el contrario, ¿suicidarte, tiene sentido? En México, digo. Salvo como una burla a las potencias asesinas.

Aguardó, con los brazos cruzados, a que el agua hirviera:

—Podías haber muerto satisfaciendo una necesidad colectiva, «mirando feo»[362], dándole gusto a todos.

Rodrigo se calzó con lentitud, guiñando los ojos: el cigarrillo entre los labios le molestaba, el humo se le colaba a la piel:

—No sirven las palabras, Ixca. Ahora me vuelve la tentación de anoche. Pero ya no es más que eso: una tentación. Dos tentaciones. La de anoche y la de seguir viviendo. No sé; pero lo veo todo, la búsqueda durante mil días irreflexivos del pequeño entronque, de ese encuentro súbito, anhelado: la persona equis, la única. Todo tan pequeño, tan pinche... He fracasado, Ixca.

—No. Sólo has tenido pequeños éxitos.

La mirada lánguida de Rodrigo siguió recorriendo la tinta (INMEJORABLE SITUACIÓN DE NUESTRA GANADERÍA *con todos los auxilios espirituales de la Santa Madre Iglesia*

---

[362] Morir por «mirar feo»: por la insensatez de un individuo que malinterpreta la mirada de la víctima (reto).

Mientras las cosas en claro
se ponen, de mala gana
con su hijita a la Peni
ayer noche fue Susana[363].

Chofer barbaján[364] *se estrella. Juan Morales, chofer del coche de ruleteo,* etcétera, *se estrelló ayer en la noche con un camión de línea*[365] etcétera *su mujer y tres niños, que sufrieron leves contusiones* etcétera *en cambio el barbaján cuya autopsia reveló la reciente ingestión de alcoholes* etcétera *una familia queda en la pobreza a resultas de esta nueva muestra de irresponsabilidad* etcétera *barbaire de los ruleteros* REINA DEL ALGODÓN lo es linda damita de Torreón Coah.) *pasito tun tun tun tun pasito*

De un arañazo, destrozó el periódico. Pero la sinfonola del estanquillo[366] comenzó a chillar, y alguien barría con premura los pasillos. Rodrigo alargó la mano y se colocó verticalmente una botella abierta de cerveza en los labios; la escupió; había dejado caer un cigarrillo adentro.

—No, he fracasado. Tú que estuviste allí, ¿recuerdas aquellos días de la Preparatoria, cuando publiqué *Florilegio...*?

No pudo continuar; sintió que el orden de la justificación se le venía abajo. Lo había construido y conservado —e invocado— durante tanto tiempo... y ahora, de repente, esta palabra, «Florilegio», lo destruía. Cayó sobre la cama, y casi rebotando, con las lágrimas contenidas, gritó a la figura inmóvil de Cienfuegos:

—¡Florilegio! ¿No es para morirse de la risa? ¿Y qué más, dime, qué más?

—Si quisieras, hasta el fracaso.

—¿Más? ¿Sabes que no puedo sentarme a escribir sin una colección de frases a la vista, sacadas de la última docena de ensayos y malas novelas traducidas que he leído? ¿Y no saben todos que esto es lo que escribe Rodrigo Pola: un platillo de sobras, con la suciedad ratonera de una criada?[367]

Hundió la cara en la almohada amarilla y Cienfuegos sirvió dos tazas de té humeante.

---

363 EdA emplea caracteres pequeños y no la cursiva.
364 *barbaján:* bárbaro, rústico, bruto.
365 Véase nota 15.
366 *estanquillo:* tiendecilla que vende tabaco, cerveza, refrescos embotellados, cerillas, dulces, velas.
367 *criada:* empleada doméstica.

—¿Y habrías ganado el éxito, qué sé yo, con Norma, el aplauso literario, el dinero...?

—No —levantó la cara Rodrigo—. No... los habría destruido con todas mis fuerzas. Ése es el poder de mi debilidad. Para todo. ¡Suicidarse! Ése sí que es el gran chiste. Suicidarse porque en la fiesta de un tal Bobó, un tal eunuco con pelo oxigenado, me rechazaron, ¡me rechazaron, Ixca, tú lo viste, no miento!

—Otro rechazo, Rodrigo. No ha sido el primero.

—Y tú lo sabes. ¿Qué no sabes? ¡Qué risa! «¡El gran bardo juvenil, la promesa!»

Cienfuegos dejó las tazas sobre la única silla y tomó a Rodrigo de los hombros:

—Y hoy debes escoger, ¿lo entiendes, verdad? Entre uno y otro. Asumir uno u otro plenamente, ya nunca más a medias.

—Qué más da? ¿A quién le importa?

—Nos importa a todos. A los que nunca nos enteraremos. A los que puedes decir sí o no con tu silencio. A los que tú mismo negarás el perdón o concederás la sonrisa conciliatoria. Son tantos, Rodrigo, los que nunca sabrán de tu decisión. Pero una te traerá con nosotros, te abrirá los ojos al contacto de llantos más graves y desnudos que el tuyo, te clavará un pedernal en el centro del pecho[368]. Y la otra te pondrá frente a nosotros, nítido y brillante, único y solo en medio de la compañía y la igualdad y la pertenencia. Acá serás anónimo, hermano de todos en la soledad. Allá tendrás tu nombre, y en la muchedumbre nadie te tocará, no tocarás a nadie. Escoge.

Rodrigo apretó ambas manos y exclamó: —Es que no entiendes, Ixca... es que no creo, no creo...

De pie, con todo su poder, Cienfuegos apartó las manos de Rodrigo:

—Escoge... y recuerda

—Recuerdos... *Yo soy Rodrigo Pola*

—*Y más, y más...*

—*Y el lugar de la concepción*

—*Y más*

—Y el éxito a la mano, siempre para otros, nunca para mí, ¿no es cierto, Ixca? Norma y Federico, hasta Bobó, Pedro Caseaux, *¿por qué ellos?*

—*¿Y los que no llegaron? ¿Los que tuvieron que darle a México más que su vida: su novida, sus nopalabras? ¿Los que no*

---

[368] Alusión al sacrificio humano de los aztecas.

tuvieron tiempo de hundir un nombre en el aire? ¿Los que no
tuvieron que renunciar a nada?
　　—Dos orillas
　　—Que no se tocan
　　—Orilla suntuosa de plumas y cuchillos y pencas de oro y
orilla severa del códice y el fuete[369], orillas de todos los mexica-
nos que están aquí
　　—Muertos
　　—Y orilla de todos los mexicanos que están allá
　　—Vivos
　　—Orilla del sueño permanente, sueño de sucesión de soles,
ala luminosa, daga brillante, y orilla del maíz roñoso y los cuer-
pos encogidos y el agua seca
　　—Y en el centro la ciudad
　　—Cabeza inflada, depósito de dineros y huesos y títulos,
levantada sobre miembros raquíticos. Aquí viven los que son,
los que tienen que renunciar
　　—Pero allá, en la otra orilla
　　—Alargando los brazos, están los que nunca llegaron
　　—Mi padre
　　—Gervasio Pola ¿Morirán tú, Rodrigo, y Federico Robles y
Norma y todos, sin saber quiénes fueron?
　　—Sin saber que nos alimentaron, mi padre
　　—La memoria... Rodrigo... se engendra y perece entre dos
lunas y la mirada azorada busca
　　—El clavo de dónde crucificarse: el clavo es siempre un
hombre, mi padre
　　—Y el país es anónimo: ¿dónde encontrar el nombre que in-
dique un jefe, un jefe
　　—Mi padre
　　—que viva por nosotros todos los instantes que nos separaron
y se nos escaparon, que escondimos en una mínima rencilla, en
un sentimiento de envidia, en una cobardía
　　—Disfrazada de razón? Mi padre
¿Lo recuerdas?
　　—Mi padre mi padre mi padre

---

[369] Referencia a los aztecas y españoles, los dos orígenes de México.

Una noche de marzo, en 1913, el aire sabía a polvo y la luna cicatrizaba el valle, cuando Enrique Cepeda, gobernador del Distrito Federal, llegó a la cárcel de Belén[371]. De los automóviles bajaron treinta hombres armados, limpiándose la nariz con la manga, encendiendo los pequeños cigarrillos deshebrados, lustrando los botines de cuero contra los muslos. El calvo Islas le gritó a la guardia de la prisión: *¡Aquí está el Gobernador del Distrito!*[372] y Cepeda llegó contoneándose ante el primer oficial y eructó: —Aquí está el Gobernador del Distrito...

Gabriel Hernández dormía en una bartolina[373]. Sus ojos de aceite, su máscara de obsidiana[374] se quebraron con el puntapié de una bota negra: —Ándele, vístase... Hernández irguió su pequeño cuerpo mongoloide[375], y por el rabo del ojo distinguió a la escolta apostada fuera de la celda. —¡Al patio! —dio la orden el Subalcalde[376].

Aire morado, muros grises de Belén. El gran muro acribillado, con sus florones de pólvora. Cepeda, Islas, Casa Eguía, se ofrecían cigarrillos unos a otros, se carcajeaban en complicidad, mientras la escolta, con el general Gabriel Hernández en el centro, avanzaba hacia el paredón.

—Si tuviera un arma no me asesinarían.

La mano gorda de Cepeda cruzó el rostro de Hernández.

Cinco tiradores hirieron el cuerpo, entre los ecos de la risa del Gobernador. Con el último tiro, cesaron las carcajadas. Cepeda frotó la mano sobre la tierra: —Hagan una pira, aquí mismo... —y se apoyó contra el muro.

Mientras el fuego consumía el cadáver de Hernández y el olor de carne tostada ennegrecía las facciones de Cepeda, Gervasio

---

[370] «La línea de la vida» (LDV) empieza en «Una noche de...».

[371] *Belén:* prisión pública general, destruida al triunfar la Revolución (1920). Se llamó de Belén porque, con anterioridad, había sido el colegio de Recogidas San Miguel de Mercedarias (Belén de las Mochas).

[372] Sin cursivas en LDV (1955).

[373] *bartolina:* calabozo.

[374] *obsidiana:* vidrio volcánico muy común en México, país montañoso con numerosos volcanes.

[375] Dice *mongólico* en LDV (1972).

[376] Dice *subalcalde* en LDV (1972).

Pola y tres prisioneros más escapaban de Belén, escondidos en el carro recolector de basura.

Durante el recorrido de Belén al depósito de desperdicios, Pola pensó que así se debían sentir los muertos, con ganas de gritar y decirles a los enterradores que en realidad estaban vivos, que no acababan de morir, que sólo los sofocaba una pestilencia muda, una rigidez transitoria, que no les clavaran el féretro, que no les echaran la tierra encima. Los cuatro hombres, boca abajo, sepultados por el cúmulo de basura, concentraban todo su terror en el acto de respirar. Sobre el suelo del coche, entre las planchas de madera, pegaban la nariz a los resquicios, aspirando la tierra suelta de las calles. Uno de los evadidos confundía su ronco jadeo con sollozos; Pola hubiera querido robarle ese aire desperdiciado. Los pulmones se le congestionaban de hierbas podridas y excrementos, cuando el coche se detuvo[377]. Gervasio Pola codeó a su compañero próximo, y todos esperaron el momento en que se abrieran las puertas, entrara la noche a alumbrar de viento el estrecho sudario, y las palas de los basureros empezaran a pulverizar de inmundicia[378] el potrero.

Estaban en el llano, por el rumbo de San Bartolo. Los dos basureros no habían ofrecido resistencia; yacían amarrados a las ruedas del carro. Los montículos de basura gris, blanda, coronados de moscas, se extendían desde el camino hasta el pie del cerro más cercano. El desaliento invadió a Gervasio Pola cuando pudo distinguir las caras embarradas, los cuerpos mojados, de sus tres compañeros.

—De aquí a mañana tenemos que ganar el primer campamento zapatista —dijo uno.

Pola se quedó mirándole los pies descalzos. Luego, con la vista baja, recorrió las piernas desnudas y enclenques del segundo, los tobillos heridos de grillete, supurantes, del tercero. La luna les patinaba en las uñas, como joyas de tierra. El viento de la serranía empezó a desbaratar los montones de basura. Tenían que decidirse a la caminata —la fuga se fabricaría de roca y espina.

Gervasio la inició, rumbo al cerro. En fila india, como por costumbre, lo seguían los otros. Aquí, en el llano, las piernas se hundían en el lodo de hierba; allá, a partir de la pendiente, la carne comenzaría a rasgarse más, a punzar la sangre las dagas

---

[377] LDV (1972) suprime la coma: «... y excrementos cuando el...»
[378] Dice *inmundicias* en LDV (1955).

del bosque. Gervasio, al pie de la sierra, aflojó los muslos. El viento seco rechinaba entre el huizache.

—No hay más remedio que separarse —murmuró sin levantar la vista. —Aquí salimos juntos hasta antes de Tres Marías. Allí Pedro y yo nos desviamos[379] por el rumbo fácil, pero por donde hay que esquivar la caseta de los federales. Tú que conoces mejor el rumbo de Morelos te vas con Sindulfo y tomas la desviación de la izquierda. Si antes de la noche no hemos encontrado el campamento, volvemos a separarnos, ahora cada cual solo, y nos escondemos hasta la madrugada, o esperamos que pase un destacamento de Zapata para unírnosle. Y si no resulta, hasta vernos en Belén.

—Pero es que aquí Sindulfo no va a aguantar con la pata amolada —dijo Froilán Reyero. —Y el camino de la izquierda es el más difícil. Mejor que Sindulfo se vaya contigo, Gervasio, y Pedro conmigo.

—Mejor es andar juntos, por lo que pase —interrumpió Sindulfo, el del tobillo supurante.

Pola levantó la cara: —Ya oyeron lo que dije. Por lo menos que uno se salve el pellejo[380]. Más vale que uno viva solo y no que los cuatro mueran juntos. Se sigue el proyecto original.

Entonces les azotó el pecho el frío que anuncia el fin de la redonda medianoche y el principio de la madrugada de terrones de hora, y Gervasio tomó la vereda que iba trenzando el escarpado cerro de cigarras.

A veces, la inmensidad no empequeñece. Gervasio sintió que, con su banda, formaba una falange de heroicidad, y que los pies arrastrados por las veredas del monte llegarían a sonar como tropel, como cascos de metal, hasta superar la grandeza de la sierra, y hacerla esclava de su marcha. El sol naciente desparramaba los pinos mientras los cuatro hombres ascendían. Pola quiso mirar el valle seco; lo circundaba la lejanía. Los hombres no hablaban; el ascenso era lento.

Mira Froilán[381], *quién te iba a decir que aquí en la sierra ibas a sentirte más preso que en la cárcel, más solo. ¿Qué me quebraron allá? Ahora recuerdo la noche en que escuché los primeros aullidos. Tantas primeras noches, primeras madrugadas. Todas iguales, todas nuevas. Primera noche de aullidos. Prime-*

---

[379] Dice: «Allí yo y Pedro nos desviamos...», en LDV (1955).

[380] Dice: «Por lo menos que uno salve el pellejo», en LDV (1972).

[381] LDV (1955) emplea comillas. Las redacciones posteriores utilizan cursiva.

ra madrugada de tambores y descargas en el patio. Sólo me llegaban los ruidos, uniformes. Pero sabía que cada uno era distinto. Todo igual, siempre diferente. Yo nunca el primero, nunca el siguiente, nunca el próximo. Nunca la hora de levantarse y decirles que estaba listo, que yo no tenía miedo, que no hacía falta vendarme la vista. Siempre esperándola[382]. Ya quería que me chamuscaran, para demostrarles quién era yo. Nunca me dejaron. Otros murieron llorando y pataleando, y pidiendo clemencia. No sabían que yo estaba allí, en la solitaria, esperando la hora de escupirles su clemencia en la cara. Cada uno que fue al paredón me dejó esperando, con ganas de ir en su lugar con la cara en alto, y de regresar a mi celda. Les regalo la muerte; yo podría haber sustituido a cada uno en la marcha de la bartolina al patio. Eso nunca me lo permitieron. Me quebraron[383].

Pedro se rajó la planta del pie con un vidrio y apretó los labios.

Que se me raje todo. Que se me quede la sangre hecha polvo en el cerro. Pero que no me dejen solo. Juntos aguantamos. Juntos nos pescaron y nos volverán a pescar. Acabarán por fusilarnos a los cuatro juntos. Pero no me van a dejar solo en el cerro.

Y Sindulfo no pensaba, sólo alargaba los brazos tratando de tocarse los tobillos sin dejar de caminar[384].

Se detuvieron al mediodía, acercándose ya a las cumbres más altas[385], donde debían separarse. Pero aún no entraban en la neblina; se sentaron a la sombra de un pino.

—No hay agua por aquí para lavarle a Sindulfo las heridas —dijo Froilán Reyero.

—No piensen en agua... —exclamó cabizbajo Sindulfo.

—No piensen en comida —dijo riéndose Gervasio.

Pedro murmuró:

—Comida...

—No piensen en comida —apretó los dientes Gervasio.

—Ya vamos a llegar a Tres Marías[386].

—Sí. Ahí empieza la desbandada.

---

[382] Dice: «Y siempre esperándola», en LDV (1955).

[383] *quebrar:* matar, asesinar (TPM). Romper, destrozar (DC).

[384] Dice: «...los tobillos supurados sin dejar de caminar», en LDV (1955).

[385] Dice: «Se detuvieron al mediodía, ya acercándose a las cumbres más altas, donde debían separarse», en LDV (1955).

[386] Población en el Estado de Morelos, zona zapatista por excelencia (cfr. Zapata, Emiliano, en MPH).

—A mí me quebraron, Gervasio. A mí me quebraron.

—Tú conoces mejor que nadie los rumbos de Morelos; no te quejes. El que las va a pasar duras soy yo...

—Hace falta alguien que las pase duras para que salgamos los cuatro[387] —Froilán se mascaba el bigote lacio.

—Con uno que se salve... —dijo, con la mirada dura en las piedras, Gervasio[388].

—Allá en el pueblo un viejo quiso morirse solo; dicen que siempre lo había querido. Se figuraba a la muerte desde hacía mucho; no lo iba a coger la sorpresa. Y cuando sintió que se le acercaba, mandó correr a todos los de la casa para recibirla sin compañía, como para gozar solo lo que tanto había esperado. Y en la noche, cuando ya le andaba rondando, y la voz se le caía como caliche[389], salió arrastrándose hasta la puerta con los ojos pelados, queriendo contarles a los demás cómo era la muerte. Esto yo lo vi, porque me había metido a su huerto a robarle las naranjas. Me agradeció que lo viera morirse, con las cejas pegadas a la tierra.

Pedró calló.

—Hace falta a quien contarle las cosas... antes, un minuto antes.

—Se las cuentas a un federal[390].

—No te dan tiempo. Te encuentran solo y ahí se acabó. Te encuentran acompañado y entonces cruzas la mirada con el amigo antes de caer.

—Hace falta quien te perdone —dijo Pedro.

Y Gervasio pensó que perdonaban los buitres, que perdonaba la tierra cuando se convertía en único corazón de despojos, que hasta el gusano nos perdonaba la porquería al cumplir su banquete. De pie bajo un pino[391], alargó la mano sobre el valle: percibió en ese instante que, lejos de las heridas de sus compañeros, lejos de la imagen encadenada de la tierra triste, pulmón

---

[387] Dice: «... para que salgamos los cuatro... (...)», en LDV (1955).
[388] Después del punto y aparte, dice: «—Vamos amontonando soledades», *ídem*.
[389] *caliche:* yeso de las paredes cuando se descompone por la humedad. A veces se desprende en forma de polvo (DEM).
[390] Con mayúscula en LDV (1955). Esta redacción acentúa los monosílabos. (Todavía no aparecían las reglas ortográficas del Segundo Congreso de Academias de la Lengua, Madrid, 1956). *Federal:* el ejército de Victoriano Huerta o cualquiera de sus integrantes.
[391] Dice: «De pie bajo el pino...», en LDV (1955).

de polvo, o más allá de su fondo acuoso secado por los penachos sangrientos y el rumor de sacrificios inconscientes, o más arriba del piélago de montes labrados de sequía y tala[392] —en la otra orilla del mundo indiferenciado, masivo, de México— cabía[393] la salvación de un hombre como él, teñido de basuras y fatiga, ausente de la memoria de los demás hombres mexicanos, pero fiel, sólo fiel a ellos cuando era fiel a sí mismo. *Salvarme hoy*[394], *a mí, a mi piel, para salvar mañana a los demás. Ellos quieren que muera con ellos; esta muerte impersonal, de todos, sería reconfortante para mis hombres. Creen que cumplo mi deber sucumbiendo con ellos. Incluso prefieren que yo muera antes, y alivie su muerte*[395]. *Estoy dispuesto a salvarlos, si se dejan salvar. Pero sólo salvándome puedo salvarlos hoy a ellos y mañana a otros.*

—Ya vieron desde la torre —iba diciendo Froilán. —Era el general Hernández ese que fusilaron y echaron al fuego[396]. Se lo llevaron solito. Es lo que nos espera si nos vuelven a agarrar. Más vale aquí en la sierra, los cuatro juntos.

—Yo no quiero morir solo en el monte, o rodeado de enemigos, en la cárcel —sollozó entonces Sindulfo.

Pola se regresó y con una rama seca azotó las espaldas de Sindulfo; la luz del valle amortiguaba la cólera en los ojos:

—¡Pendejo! ¿Para qué tienes que hablar? ¿No te das cuenta de que bastante hemos hecho cargándote con todo y tu maldita pata tullida? ¿Para qué[397] tienes que venir a lloriquear, a destrozarnos? ¡Ándele!

—Ya, ya, jefecito... no más.

—No le pegues más, Gervasio —Froilán le detuvo el brazo, mientras leves espirales de humo comenzaban a surgir del bosque, impulsando un olor a hojas quemadas y a pino seco.

—Bueno, vámonos. Ya están cocinando en los campamentos: miren el humo. Cada columna de ésas puede indicar un amigo,

---

[392] Dice: «...montes labrados de sequía y tala — en la...»; en LDV (1955); «...montes labrados por la sequía y la tala — en la...», en LDV (1972).

[393] Dice: «... de México, cabía...», en LDV (1972).

[394] LDV (1955) utiliza también la cursiva.

[395] Dice: «... que yo muera antes y alivie su muerte», en LDV (1972).

[396] Dice: «Era el general Hernández ese que fusilaron y echaron a las llamas», en LDV (1955); «Era el general Hernández, ese que fusilaron y echaron al fuego», en LDV (1972).

[397] Dice: «¿Pa' que...?», en LDV (1955).

un enemigo. Pero el que tenga hambre nada más, que se vaya derecho a cualquiera...

Cerca de Tres Marías[398] se separaron. Froilán sosteniendo a Sindulfo, abrazándolo de la cintura. Y Gervasio con Pedro detrás, cabizbajo y frotándose los brazos para combatir la niebla helada de la montaña.

La tierra se sentía fría y amortajada bajo los pies[399] de Gervasio y Pedro; su rostro húmedo, de roca y abetos, se hinchaba a cada paso, ascendiente y lívido. Había que salvar la caseta federal, de soldados ateridos y chozas con olor a frijoles[400] refritos, que se interponía entre ellos y el primer campamento zapatista. Al atardecer, Pedro se agarró a dos manos el estómago[401] y cayó de rodillas. Luego empezó a vomitar. Sombras de crepúsculo se alargaban en la maraña sombría del bosque, y Pedro, con la vista y la boca convulsivas[402], pedía en silencio un descanso, un momento de respiro.

—Ya va a caer la noche, Pedro. Tenemos que seguir juntos un trecho, luego nos separamos. Ándale, levántate.

—Como el general Hernández, así dijo Froilán. Primero fusilado, luego quemado[403]. Eso es lo que nos espera, Gervasio. Más vale quedarse aquí, en el monte, y morir solos, con Dios. ¿Adónde vamos? Dime, Gervasio, ¿adónde vamos?[404]

—No hables más. Dame la mano y ponte de pie.

—Sí, tú eres el jefe, el fuerte, tú sabes que hay que caminar, y caminar. Lo que no sabes es adónde. ¿A unirnos con Zapata? ¿Y luego qué?[405].

—Estamos en una lucha, Pedro. No hay que pensar ahora, hay que luchar.

---

[398] Dice: «En Tres Marías...», *ídem.*

[399] Dice: «...amortajada bajo las plantas de...», *ídem.*

[400] *frijoles:* judías.

[401] Dice: «..., se agarró con dos manos el estómago...», en LDV (1955).

[402] Dice: «..., con la vista y la boca convulsiva...», *ídem.*

[403] Dice: «—Como el general Hernández, así, dijo Froilán. Primero, fusilado; luego, quemado», en LDV (1972); «Como el general Hernández —así dijo Froilán—. Primero fusilado, luego quemado», en EdA.

[404] Dice: «¿Dime, Gervasio, a dónde vamos?», en LDV (1955).

[405] Dice: «Sí, tú eres el jefe, el fuerte, tú sabes que hay que caminar y caminar. Lo que no sabes es adónde. ¿A unirnos con Zapata? ¿Y luego, qué?», en LDV (1972) (véase Zapata, Emiliano, en MPH).

—Luchar sin darse cuenta, como si uno no tuviera recuerdos y presentimientos. ¿Qué crees que va a salir de todo esto? ¿Crees que importa algo que yo y tú luchemos? Ahorita que estamos solos aquí, medio perdidos en un bosque, y yo con la fiebre que se me viene encima, ponte a pensar. ¿Qué podemos, tú y yo, solos aquí? ¿Qué importa lo que hagamos o digamos? ¿No se resolverá todo por su cuenta? ¿No es el nuestro un sacrificio más, en balde? Vámonos, Gervasio, lejos de aquí, lejos de la bola[406]. Que pase el viento sobre nuestras cabezas. Nada va a cambiar.

—¿Qué propones?

—Vamos a Cuautla[407] a ver quién consigue ropa, o dinero... Y luego cada quien para su tierra[408]...

—Te buscarán, te encontrarán, Pedro. Ya no puedes salirte de esto. Tú no quieres que te arrastren. Yo sólo puedo dejarme arrastrar. Ni remedio. Además, ya no hay tierra que valga. Ya no habrá escondrijos en México. Nos va a tocar a todos por igual.

—¿Y después?

—Cada quien a su lugar, después. Al que le corresponda.

—¿Lo mismo que antes?

—No preguntes. No hay que andarse haciendo preguntas cuando te metes a la revolución. Tenemos que cumplir. Es todo.

—¿Quién va a ganar, en serio? ¿Nunca te has puesto a pensar?

—No sabemos quién va a ganar. Todo gana, Pedro. Todo está vivo. Gana lo que sobrevive. Aquí todo sobrevive. Ándale, de pie.

—Ya me volvió la fiebre, Gervasio. Como si los murciélagos hubieran nacido en mi estómago.

—Vamos. Ya va a caer la noche.

Pedro se puso de rodillas: —Hay que dormir aquí. No puedo más.

Cuando el aire se llenó de chicharras[409] y comenzó a soplar por las laderas frías, Pedro se frotaba los brazos y sus dientes rechinaban. La noche súbita del espacio los rodeó.

—No me dejes, Gervasio, no me dejes... Sólo tú puedes llevarme adonde hay que ir... No me dejes, por tu mamacita...

---

[406] *la bola:* la Revolución.
[407] *Cuautla:* ciudad del Estado de Morelos.
[408] Dice: «... Y luego, cada cual para su tierra...», en LDV (1955).
[409] *chicharras:* cigarras.

Pedro alargó el brazo y arañó la tierra: —Pégate, por favor, que tengo frío... Nos calentamos los dos.

Trató de alargarlo más y rodó, besando el polvo: —Gervasio, háblame, no sea que aquí me entierres...

Quiso mirarse las manos, para darse cuenta de que vivía; una tiniebla espesa cubría el monte. Con los ojos redondos recorrió el bosque negro y gritó: —Hay mucha tierra para el poco polvo que dejo; arrástrame lejos de aquí, Gervasio; vámonos de vuelta a la prisión. Le tengo miedo a este monte pelón de almas; tengo miedo de andar suelto, sin grilletes... Que me los pongan, pronto, Gervasio, ¡Gervasio!...

Pedro apretó los puños en torno a los tobillos, y, por un minuto, volvió a sentirse libre prisionero. *Prisionero de hombres quiero ser, no prisionero del frío y el dolor y la noche. Que me pongan los grilletes, mamacita, para no andar rodando. Quiero quedar sujeto. Nací sujeto. Ahí está la pena*[410]. —¡Gervasio! No me dejes solo, por tu mamacita... Tú eres el jefe; llévame... Gervasio.

El monólogo de Pedro silbaba entre las peñas. Gervasio Pola ya corría monte abajo, hacia la fogata amarilla del valle de Morelos.

El general Inés Llanos se limpió los dedos en el ombligo y tomó asiento junto al vivac[411]. Los sombrerones ocres de la tropa brillaban, con los ojos indios, a sus espaldas, en la noche.

—Sírvase bien, no tenga pena. Éntrele. ¿Así que usted se les escapó de Belén?

—Sí, mi general. Yo solo me escapé y crucé el monte en un día —repuso, soplando el aliento entre las palmas heladas, Gervasio Pola[412]. —Me salvé solito. Y ahora estoy a sus órdenes para unirme al general Zapata y seguir la lucha contra el usurpador.

—Ah qué atrasado y tarugo será usted —carcajeó el general Llanos mientras tomaba otra tortilla del brasero[413]. —¿A poco usted no lee? ¿Qué dice el verdadero Plan de Ayala? Ahi se po-

---

[410] LDV (1955) también utiliza la cursiva.

[411] *vivac:* campamento.

[412] Dice: «..., soplando el aliento entre las palmas heladas Gervasio Pola», en LDV (1955).

[413] *brasero:* en la cocina, lugar donde se enciende fuego, con carbón o leña para calentar alimentos, cocer, guisar, etc. Fogón de metal (o cacharro en vez de fogón) para calentar alimentos, cocer, guisar, etc. (DEM).

ne verde a Madero[414] por su falta de entereza y debilidad suma, dice el escrito. ¿Y quién lo tiró? Pues mi general Victoriano Huerta, qu'es ahora nuestro jefe...

—¿Y Zapata?

—Qué Zapata ni qué Zapata. Aquí está usted frente a Inés Llanos, su servidor, fiel a las fuerzas del gobierno legítimo, y mañana está usted de regreso en Belén. Ahora prepárese su taquito[415], que el viaje es largo y abochorna.

Gervasio Pola volvió a penetrar los muros grises de Belén. La tierra achicharrada del patio señalaba[416] el sitio de la incineración de Hernández. Pola pasó pisando las cenizas, y ahí empezaron a temblarle las piernas. En la solitaria quería dormir; los párpados le pesaban, cuando entraron dos oficiales.

El capitán Zamacona[417], rubio y esbelto, con los bigotes cuidadosamente encerados, le dijo: —No hay necesidad de avisarle que va usted derecho al paredón[418] —Miraba continuamente el techo: —Pero antes va a decirnos por qué rumbo tomaron los prisioneros evadidos Pedro Ríos, Froilán Reyero y Sindulfo Mazotl.

—Si al fin los han de agarrar... qué más da.

—Da que queremos matarlos a los cuatro juntos, como ejemplo y escarmiento. Decídase, o mañana mismo pasa usted solo frente al pelotón.

La puerta de la celda se cerró con un estruendo acerado, y luego Gervasio escuchó el taconeo sobre las losas de piedra de la larga galería de Belén. Un viento clausurado se arremolinaba entre los barrotes. Gervasio se tiró al suelo; *mañana paso[419] solo frente al pelotón; mañana, siempre una calavera anda escondida en la esquina de mañana... Ya las piernas empezaron a temblarme, cuando pasé encima de las cenizas de Gabriel Hernández; vamos a ser un puente de cenizas para las botas de los ajusticiados; luego pasa Pedro sobre mis*

---

414 Dice: «... Ahí se pone verde a Madero, ...», *ídem* (cfr. Madero, Francisco I.; Huerta, Victoriano; Zapata, Emiliano, en MPH).

415 *taco, taquito:* tortilla de maíz enrollada, con carne, alubias, etcétera, en el interior (véase nota 162).

416 Dice: «... del patio, señalaba...», en LDV (1955).

417 Véase nota 2.

418 Dice: «No hay necesidad de avisarle —dijo el capitán rubio— que va usted derecho al paredón», en LDV (1955).

419 Dice: «Gervasio se tiró al suelo: *mañana paso...*», en LDV (1955); «Gervasio se tiró al suelo. / Mañana paso...», en LDV (1972).

cenizas, y Sindulfo sobre las de Pedro, y Froilán sobre las de Sindulfo. Sin que nos toque decirnos adiós más que con las botas. Solo frente al pelotón; ahí voy por la galería en la hora débil y pequeña, tratando de olvidar lo que sabía y de recordar lo que he olvidado... ¿Va a haber tiempo para el arrepentimiento? ni que me regalaran la vida de nuevo para arrepentirse de cada cosa; pero ¡ay venganza que te tomas, muerte calaca, por andar uno creyendo que[420] eres distinta de la vida! Tú eres todo, la vida te invade, te hiere. No es más que una excepción de la muerte[421]. Ahí vamos dando tumbos, que dizque[422] vamos a ser héroes, para acabar pensando ¿qué se siente cuando una bala de plomo, y luego otra, y otra más, se te clavan en la barriga y en el pecho, qué carajos[423] se siente? ¿Vas a darte cuenta de tu propia sangre regada, de los ojos que dicen se te paran como cebollas? ¿Vas a saber cuándo se acerca otro hombre a darte el tiro de gracia, en la mera nuca, y tú ya no puedes hablar y pedir piedad? Ya la agotamos, la piedad, Diosito santo, ya la agotamos nosotros, ¿cómo vamos a pedírtela a tí? Tengo miedo, Diosito santo, tengo puro miedo... y tú no vas a morir conmigo[424]; ¡no quiero hablarle de mi muerte a los que no van a morir conmigo![425]. Quiero contársela a mis camaradas[426], para que callemos juntos y muramos juntos, juntos, juntos. Se dejan cosas, cosas sin hacer... eso es la muerte...

De pie, Gervasio le gritó al guardia: —¡Que venga el capitancito ese[427]...!

---

[420] Dice: «...lo que he olvidado... ¿va a haber tiempo para el arrepentimiento? ni que me regalaran la vida de nuevo para arrepentirse de cada cosa pero ¡ay venganza que te tomas, muerte calaca, por andar uno creyendo que...», en LDV (1955). «...lo que he olvidado... ¿Va a haber tiempo para el arrepentimiento? Ni que me regalaran la vida de nuevo para arrepentirse de cada cosa; pero, ¡ay venganza que te tomas, muerte calaca, por andar uno creyendo que...», en LDV (1972).

[421] Dice: «Tú eres todo, la vida te invade, te hiere. La vida no es más que una excepción de la muerte», en LDV (1972).

[422] *dizque:* expresión adverbial de duda; tal vez proviene de «dicen que...».

[423] *carajos:* expresión de furia intensa; enojo, sorpresa, descontento y algunas veces alegría (DEM).

[424] Dice: «Tengo miedo, Diosito santo, tengo puro miedo..., y tú no vas a morir conmigo, ...», en LDV (1972).

[425] Dice: «...a los que no van a dormir conmigo!», en LDV (1955).

[426] Dice: «Quiero contársela a mis puros cuates, ...» *ídem.*

[427] Sin admiraciones, *ídem.*

(Pedro se quedó en el monte a la derecha de Tres Marías, apenas pasada la caseta federal. Tenía fiebre. Ahí debe estar todavía. Froilán y Sindulfo se fueron por la parte difícil a la izquierda. El terreno es duro, y Sindulfo anda tullido; no deben haber avanzado mucho. Y tampoco habíamos comido en mucho tiempo, y con ese frío...)

La madrugada de un domingo, antes de que las campanas parroquiales comenzaran a tañer, Gervasio caminó amodorrado por la galería hueca de Belén. Se palpaba los hombros, la cara, el estómago, los testículos: tenían más derecho a vivir que él, y era eso lo que moría. Traía los ojos cegados de carne. Luego quiso recordar todo, recorrer toda su vida; el recuerdo se le fijó en un ave mojando sus alas en un río de Tierra Caliente[428]. Quería brincar a otras cosas, a las mujeres, a los padres, a su esposa, al hijo que desconocía, y sólo veía al ave mojada[429]. El pelotón se detuvo y de otra celda salieron Froilán, Pedro y Sindulfo. No les vio las caras, pero sabía que eran ellos, porque en seguida dejó de recordar y se dio cuenta de que marchaban[430] a la cabeza de los condenados. Iban a morir los cuatro juntos. La madrugada le bañó el rostro. Pensó lo mismo que en la sierra; se sintió grande. Marcharon hasta el paredón, y dieron media vuelta, para enfrentarse a los fusiles.

—Nos salvamos juntos —murmuró Gervasio Pola a sus compañeros.

—Ah qué la muerte más cabrona —suspiró, a su lado, Sindulfo—. Nomás sirve para alejarnos un poquito.

—Para caer juntos —dijo Gervasio llenando de aire los pulmones—. Dame la mano. Diles a los demás que se las den.

Entonces vio los ojos de sus compañeros, y sintió que por ellos se aparecía primero la muerte, y cerró los suyos para que la vida no se le fuera antes de tiempo.

—¡Viva Madero! —gritó Froilán en el instante de la descarga.

El ave cayó despedazada en el río de Tierra Caliente, y el capitán se acercó a dar el tiro de gracia a los cuatro hombres que se retorcían en el polvo de Belén[431].

---

[428] Dice: *tierra caliente, ídem.*

[429] Dice: «Quería brincar a otras cosas, a las mujeres, a los padres, y sólo veía al ave mojada», *ídem.*

[430] Dice: marchaba, *ídem.*

[431] Dice: «Entonces vio los ojos de sus compañeros, y sintió que

A ver si aprenden ya a matarlos con la pura descarga —le dijo al pelotón; y se fue mirándose las líneas de la mano[432].

—*Mi padre, mi padre, mi padre*

Un tufo de grasa chisporroteante subía por el patio interior al cuarto de Rodrigo Pola, a las azoteas, hasta el centro del aire, a mezclarse con todos los olores de la ciudad. Por Madero, Pimpinela de Ovando caminaba erguida y perfumada, los ojos escondidos por anteojos negros, hacia el despacho de Roberto Régules. Cifras exactas se dibujaban, como en una pizarra de aire, dentro de su cabeza. Trescientas acciones. Cuarenta y cinco mil hectáreas. Un puesto para Benjamín en el banco de Robles. La comida en casa de la tía Lorenza estaba arreglada. Régules era el camino que conducía a la devolución de algunas tierras. Las cifras se borraron y se dibujó la imagen de la tía Lorenza, teñida de años y recuerdos, superpuesta a otras muchas imágenes   Porfirio Díaz   un landó frente al Hotel Porters   el Zócalo[433] sombreado de árboles   los toldos y los techos de cucurucho[434]   muchas palabras   *He aguardado durante muchos años pacientemente, a que el pueblo de la República estuviera preparado para elegir y cambiar el personal de su Gobierno en cada período electoral sin peligro ni temor de revolución armada y hoy presumo que ese tiempo ha llegado ya*[435] y un perfume denso y antiguo.

---

por ellos se aparecía primero la muerte, y cerró los suyos para que la vida no se le fuera antes de tiempo. El ave cayó despedazada en el río de tierra caliente, y el capitán se acercó a dar el tiro de gracia a los cuatro hombres que se retorcían en el polvo de Belén», *ídem*.

[432] Hasta aquí, «La línea de la vida».

[433] *Zócalo:* así se llama a la plaza de armas (Plaza de la Constitución) de la ciudad de México. El pueblo acostumbró nombrar así a la plaza mayor (en donde estuvo, temporalmente, El Caballito, véase Tolsa, Manuel, en MPH) desde 1843, cuando se construyó el gran zócalo que iba a soportar un monumento a la Independencia, por órdenes de Antonio López de Santa Anna. La columna gigantesca nunca se erigió, pero el zócalo permaneció algunos años. En la actualidad, ya no hay árboles en el Zócalo.

[434] *de cucurucho:* los techos con torrecillas cónicas, las mansardas (es decir, la arquitectura a la europea), son propios de las mansiones del Porfiriato, cuyos barrios nuevos fueron la colonia Juárez y la colonia Roma (véanse notas 320, 330).

[435] Palabras de Porfirio Díaz, quien en esa entrevista (mayo de 1908), declaró a James Creelman (director de *Pearson's Magazine*),

¿Previsto?... un buen día, gran recepción en la casona —¡aquellas mansardas que como un escudo hablaban a todos de rango, de gusto, de propiedad!— de las calles de Hamburgo, en honor del Marqués de Polavieja (los largos años de dulzura se agolpaban y ceñían, en los sentimientos implícitos de doña Lorenza, a ese minuto exacto); al siguiente, el exilio impuesto por la fidelidad. A doña Lorenza le había parecido una muestra de falta de altivez no acompañar a Don Porfirio hasta París[436] y vivir ahí, Joaquinito opinaba que toda esta lealtad era excesiva, y don Francisco citó algo sobre la virtud mediana optando por establecer a la familia en Nueva York: quedarían así satisfechos el deber y la prudencia. De las haciendas nadie se preocupó; *el destierro, digámoslo en voz baja, es más bien la regla que la excepción, y sólo el deber de encontrarse presente en las fiestas del Centenario*[437] *pudo privarme de las ceremonias de coronación de Jorge V e interrumpir mi delicioso séjour en Inglaterra. En Nueva York, ya tengo visto ese agradable piso situado en Park Avenue. Lorenza sabrá hacerse de amistades. Joaquinito —muchacho excéntrico— disfrutará los banquetes a caballo de los Vanderbilt y los veranos en Newport. Reflexionemos serenamente: de cualquier manera, la tormenta no tardará en amainar. Si Madero quiere permanecer en el poder, necesita seguir la obra de paz, consolidación y decencia del General Díaz; y si no lo logra, el regreso de Don Porfirio parece inevitable. ¿No lo dicen sus mismos enemigos?* «Su vida privada es intachable. Como padre de familia, ha sabido dirigir con acierto la educación de sus hijos, como lo demuestran las grandes vir-

---

además de las frases citadas: el pueblo mexicano ya tiene madurez para la democracia; vería con gusto la aparición de un partido opositor; no pensaba reelegirse («Me retiraré al concluir este período constitucional y no aceptaré otro.» «Yo veré gustoso un partido de oposición en México. Si aparece, lo veré con una bendición».) Díaz se reeligió y estalló el movimiento encabezado por Francisco I. Madero.

[436] Porfirio Díaz murió en el exilio, en Francia, el 2 de julio de 1915.

[437] El Centenario de la Independencia se conmemoró durante todo el mes de septiembre de 1910 (en 1810 se inició la guerra de Independencia). Hubo banquetes, desfiles, inauguraciones de edificios y monumentos, representaciones con héroes nacionales.

tudes de sus hijas y la corrección, modestia y actividad de su hijo; como esposo, es un modelo, pues a su distinguida compañera la trata con todas las consideraciones y cariño que se merece.» *¿No es ésta la tónica del México moderno? ¿Puede esta ejemplaridad sustituirse de la noche a la mañana? El magnífico edificio de la paz y el progreso*[438] *no puede ser destruido tan fácilmente; la revolución será una llamarada de petate*[439]. *Los empleados públicos saben que están mejor pagados que nunca y las familias de la clase media que están mejor alojadas y mejor alimentadas y vestidas que nunca*[440]. *De cualquier manera, el país no podrá prosperar sin su élite directiva. Esté quien esté a la cabeza del gobierno, poco a poco irán regresando los elementos que no en balde han sabido conducir a la Nación por las sendas del progreso material y la seriedad administrativa.* Don Francisco formulaba listas en su cabeza, y se percataba con satisfacción de que no había en México más hombres que ellos. Y detrás de los hombres, los nombres, las firmas que atestiguaban el nivel de la Nación; don Francisco los saboreaba, eran como la manifestación tangible de una igualdad, del primer tuteo mexicano con el mundo:

Doheny, Pearson, C. P. Huntington,

Moctezuma Copper Co.,

Palmer-Sullivan, Batopilas, Nelson and Weller,

Creston-Colorado Gold-Mining...

Sólo pudieron llevarse los recuerdos más significativos, los que lucían en las vitrinas de la casa de Hamburgo, los cuadros de Félix Parra y Alberto Feuster. Dejaban la ciudad color de rosa, lenta, con sabor de polvo y lluvia vespertina.

Cuando llegó a Park Avenue la noticia de la Decena Trágica[441], don Francisco ordenó a la familia empacar. Cuando se consolidó Huerta, volvió, ahora con cierta reticencia, a ordenarlo. Pero Joaquinito siempre estaba en alguna casa de campo, o don Francisco era citado a una Junta de la Sonora Land and

---

[438] Calificativos elogiosos (de los mismos partidarios de Díaz) para nombrar los logros de esa dictadura (véase *Cuadro cronológico*).

[439] Llamarada de *petate* equivale a fuego fatuo *(petate:* estera).

[440] Durante el régimen de Porfirio Díaz se consolidó la burocracia pública, parte fundamental de la clase media mexicana de esa etapa.

[441] Así se denomina el periodo del 9 al 19 de febrero de 1913, por sus acontecimientos. El golpe de Estado militar y las intrigas nacionales e internacionales confirieron, violentamente, el poder a Victoriano Huerta y propiciaron los asesinatos de Francisco I. Madero y de José María Pino Suárez (véase en MPH).

Cattle en Chicago, y cuando regresaban a Nueva York era demasiado tarde y don Francisco conocía ya otras noticias: que en Morelos habían incendiado un ingenio, que en Zacatecas habían volado un tren. Y luego, don Francisco murió de pulmonía, y ni doña Lorenza ni Joaquinito entendían bien cómo manejar estos títulos y acciones que sólo estaban apuntados en la memoria del viejo, y menos cómo arreglárselas para pagar la renta en un inglés que no era el aprendido por Joaquinito en Inglaterra. Cerca de París, poseían casa, en Neuilly, y a ella se trasladaron en el otoño de 1915 doña Lorenza y su hijo.

¡Qué delicia hablar francés[442]!, suspiró doña Lorenza y, en efecto, al año quedó desterrado el castellano de la finca de Neuilly. Aquí sí era posible, comentaba doña Lorenza mientras daba órdenes a sus mozos, recibir, ofrecer tés, volver a ser gente decente. *Aquí sí se da su lugar a las cosas. ¡Nueva York! ¡Sufragistas y protestantes! ¡Y presidentes que cazan tigres! Hay algo que se llama cachet, no me cansaré de repetírselo a mi hijo, algo que se llama cachet, y que pocas personas saben distinguir y apreciar. Los Estados Unidos... toujours quantité, jamais qualité. Nuestra patria espiritual está aquí, en Europa. No me cansaré de repetirlo.*

Neuilly se convirtió en lugar de cita para los mexicanos que, huyendo del caos, mantenían la dignidad nacional demostrando a sus amistades europeas que sí sabían distinguir las edades de un Borgoña. *Claro, Francia está en guerra, ¡pero cómo se conoce la diferencia entre una guerra de gentes finas y otra de huarachudos[443] despeinados!* En uno de los tés de su madre, conoció Joaquinito a una muchacha mexicana que no hablaba español. Esto decidió a doña Lorenza para fraguar el matrimonio, y al poco tiempo la boda tuvo lugar en la iglesia de St. Roche. ¡Volvían los viejos tiempos! ¡Cuántas caras conocidas! Al leer y releer sus listas de invitados, doña Lorenza sentía un goce muy particular frente a cada apellido que aquí, en el amargo destierro, continuaba demostrando la validez de los principios y categorías permanentes. A veces, pensaba que en realidad nunca había salido de la Colonia Juárez: México estaba donde estuvieran ellos.

Fernanda, la mujer de Joaquín, era una muchacha rígida,

---

[442] La afición por lo francés (la lengua, literatura, moda, arquitectura) aumentó durante la dictadura de Porfirio Díaz (véanse notas 121, 320; véase Gutiérrez Nájera, Manuel, en MPH).

[443] *Huarachudos,* derivado de *huarache:* sandalia de los campesinos.

severa, pálida, educada por las monjas en Suiza, y pronto se cansó del parlotaje incensante de doña Lorenza y de la nostalgia de sus frecuentes huéspedes. «Je ne peux pas suporter tes mexicains folkloriques et leur pitoyable sens d'épave[444]», le decía con los dientes apretados a su marido. En 1924, nació Benjamín, y desde la primera semana la abuela lo llevó a dormir a su alcoba, entre los retratos de familia. «Está bien que aprenda francés, pero también que no olvide lo que es ser un Ortiz de Ovando. Tu padre, Joaquín, habría opinado algo inteligente, como que no puede tolerarse más que bandidos sombrerudos hagan pedazos a México —toma, mira esta carta de tu tío: ahora resulta que las tierras nunca fueron nuestras—, o que estos señores Carranza y Obregón[445] no son gente decente, pero lo cierto es que pronto nos llamarán, en cuanto se cansen de todo esto, a todos, y hay que estar preparados para volver a ocupar nuestro sitio.» En el parque de Neuilly jugaba Benjamín, y a los dos años fue encargado a una institutriz belga; pero todas las noches doña Lorenza lo llevaba a su cuarto, le mostraba las fotos, le hablaba del encomendero de la Nueva Galicia, *mira, querido, este cuadro es de don Álvaro, que fue capitán general del Corregimiento. Arraigó en Nueva España hacia 1620. Y tu bisabuelo, prefecto del Emperador. Ésta es la fotografía de la casa de Hamburgo: aquí creció tu padre. Mira, tu tío cuando fue enviado a la jura de Alfonso XIII. Y ésta, ¿te gusta? Es la «Pro Ecclesia Pontifice», nos la entregó Su Santidad...*, de las haciendas, de las otras familias de gente bien con las cuales algún día habría de tratar. Benjamín creció con un haro, sin otros amigos, y cuando se disfrazó con pechera y espadín y exclamó: «Aux aztéques, aux aztéques[446]», doña Lorenza no cupo en sí de orgullo y satisfacción.

Iba a cumplir cinco años el niño, cuando su madre murió, y Joaquinito regresó a la casa de Neuilly. Con bienaventurada sincronización, murió también el apoderado de la familia, y Joaquinito se instaló en la biblioteca a dirigir el patrimonio Ortiz de Ovando. Con asombro descubrió que éste, lejos de disminuir, había sido incrementado por el viejo abogado Leselles, y Joaquín, viudo, cuarentón, y en un París de poetas vanguardistas, predisposición y cortesanas que, si bien no lucían tan espléndidas como en 1915, sí eran más distrayentes y menos

---

[444] EdA sustituye las comillas y utiliza cursiva.
[445] Aparecen en MPH.
[446] EdA no entrecomilla, pero emplea cursiva.

gravosas, decidió que había llegado el momento de invertir en formas novedosas el cuantioso haber, ¡bendito Lesselles, benditos don Francisco, y haciendas, y acciones! Dos días duró la afición administrativa de Joaquinito, y pronto fue famoso el millonario sudamericano[447] de sombrero gris capaz de arrendar «Le Sphynx»[448] por una noche y recitar a Victor Hugo con acento *épatant.*

Nacía el año de 1935 cuando la familia tuvo que vender la casa de Neuilly y embarcar rumbo a México. Durante unas semanas, Montparnasse lloró la ausencia de Joaquinito, quien pronto —y ya sin interrupciones— no supo de otro placer que el del muelle sofá en la casa de Hamburgo.

¡La casa de Hamburgo! La noche que volvió a penetrar en ella, doña Lorenza se sentó en la escalera a llorar. La saludó el mismo espejo, de marco dorado, frente al que, ¡hace tanto!, se había despedido, arreglado el velo, esbozado una sonrisa de dulce resignación: ahora, algo irreal brillaba en el vidrio, o en su boca, algo en lo que doña Lorenza no quería pensar, que se había estampado en toda su figura: una certidumbre de alivio definitivo, de alivio sin puertas a la vida, definitivo como un recuerdo recobrado que ya no permite el intento de buscarlo y, en la búsqueda, creer que sigue existiendo. La mirada fija en sus manos, doña Lorenza decidió olvidar. Olvidar que había recordado. Seguir siendo una gran dama.

«¿Has visto, Joaquín? Ayer busqué la casa de Genoveva: ahora es pastelería, las caballerizas están en ruinas; y la de Rodolfo es un centro social español. Dicen que hay puros masones en el gobierno. Y eso no es todo. No dan religión en las escuelas. No hay dinero para los recibos. Todos nuestros amigos son contadores públicos y comerciantes, agentes viajeros y oficinistas de cuarta, y al que bien le va, profesor de historia.» En casa tras casa, quedaban como espectros los espacios teñidos de pared donde antes colgaban los cuadros seculares, hoy en manos de algún anticuario; telas corrientes de florecillas tejidas cubrían las sedas raídas de los muebles, linóleo en vez de tapetes. Y nadie los tomaba en cuenta, *Francisco habría dicho: ¿cómo es posible llegar a decisiones graves sin consultar a la legítima clase dirigente? y ¿cómo, que las hijas de mi hermana tengan una tienda de blusas y se pasen el día detrás de un mostrador?,*

---

[447] El territorio de México forma parte de América del Norte y de América Central.
[448] EdA suprime las comillas.

¿cómo que la nieta de un Ministro de Estado anuncie en su ventana, «se tejen sweaters»? Esto no le sucederá a Benjamín. A él, yo lo voy a mantener erguido, consciente de su clase y de su deber; con él, con el apellido Ortiz de Ovando, volveremos todos al puesto que nos corresponde. Y Joaquinito: *yo no tengo la culpa de la débacle; bastante los jorobé con que se salieran del campo y compraran bienes raíces, como los primeros, que allí están bien hinchados. En fin, creo que es preferible pasarme el día sobre un sofá bebiendo cognac*[449]*, a andar como mis compañeros de escuela británica, vendiendo corbatas, con horarios de esclavo y un jefe de piso gachupín*[450].

Muchos, entre los viejos amigos, seguían en Europa. Otros, los que aún tenían dinero, empezaban a regresar a México y a traicionar —doña Lorenza gemía— a su clase: a asociarse con los bandidos, a jugar bridge[451] con las esposas de los políticos, y a cerrar las puertas de los empobrecidos. ¡Hasta hubo quien emparentara con un comecuras! Y la casa de Hamburgo se fue fraccionando: primero, el jardín, para que construyesen unos libaneses sus apartamientos; luego la caballeriza, para unos abarrotes; por último, la fachada de la casa, los salones, la planta baja, para una tienda de modas. Cuatro piezas, es todo lo que les quedaba. Una alcoba transformada en sala, el cuarto de Joaquinito, la pieza donde dormían doña Lorenza y Benjamín —¡dieciocho años!— y la cocina, y la dieta diaria de arroz y albóndigas. Doña Lorenza no quiso desprenderse de los muebles; amontonados en las recámaras, junto con las macetas de porcelana y vidrio y las mecedoras de mimbre, el olor guardado en los armarios de nogal, los pequeños cortesanos de por-

---

[449] Sin cursiva en EdA.

[450] *gachupín:* así se llamó a los españoles durante la guerra de Independencia. Se utiliza con intención peyorativa y (como bien lo ha visto Jorge Alberto Manrique) se opone al término criollo. «Criollo es el que se siente novohispano, americano, y que, por tanto, no se siente europeo —dice J. A. Manrique—, pero eso que tan rápidamente se dice, entraña no pocas complicaciones en sus entretelas. El concepto de criollo, por principio de cuentas, no se da solo, sino en pareja con otro, el de gachupín. Podría decirse que es la presencia del gachupín, del español advenedizo, lo primero que hace al criollo consciente de su ser diverso. Al calor de este pique, de esa inquina irreductible, el criollo va de alguna manera formando su propio ser. Ya para los fines del siglo XVI el antagonismo puede advertirse con toda claridad» («Del barroco a la ilustración», en *Historia general de México,* t. 2, México, El Colegio de México, 1977, pág. 359).

[451] Cursiva en EdA.

celana con sus pelucas blancas, los camafeos y las cajas de música, las escenas bucólicas, la compresión tullida de su grandeza. Ya el sol no les llegaba. Y en las noches, el parpadeo verde del anuncio de cerveza en la azotea arrendada. Debían entrar en silencio y rapidez por la casa de modas, por el salón glorioso donde se agasajó a Polavieja, hoy invadido por los huéspedes sordos, por los maniquíes. Pero en la recámara persistía el viejo mundo. Allí todo se conservaba, el pasado, y el futuro[452]. *¡Y Benjamín! Dócil, y tan respetuoso, con su encantador acento francés. Sí, va a ser un gran señor. No habrá podido, de acuerdo con la tradición, estudiar en Europa. Pero tampoco tendrá que ir a rozarse con los pelados de la Universidad, como sus primos,* que preferían ser arquitectos a Ovandos.

Durante largas horas de suspensión, doña Lorenza, erguida, nariz aguileña y chal de seda, el pelo amarillento cuidadosamente compuesto, medias opacas, botines de lazo, rememoraba con Benjamín los saraos de la primera década del siglo, con él revivía los nombres de las propiedades en el Bajío, en Sonora, en Morelos, los títulos de España que bajo este mismo techo habían recibido hospitalidad, las visitas a Chapultepec, cuando doña Carmelita[453]. ¡Dócil, respetuoso, Benjamín, con su encantador acento francés! Con la boca siempre entreabierta, los ojos dormidos, su barba mal afeitada de pelos lacios, su andar jorobado y la permanente comezón en la nuca. Benjamín, sin mujeres, paralizado en una vitrina. Benjamín, el último camafeo. Cuando la abuela lo dejaba solo, leía en voz alta la sección de avisos en el periódico, y agitaba los brazos cuando veía un nombre en francés.

Cuando cumplió veinticuatro años Benjamín, la prima De Ovando (también, pensaba con tristeza la abuela, empeñada al capricho de los nuevos ricos y a las orgías de una banda de aventureros que a sí misma se titulaba, sin el menor pudor, «internacionales») fue a cenar. Primero, cuchicheó con doña Lorenza, y una vez sentados a la mesa, Pimpinela habló con la ceja arqueada:

---

[452] Carlos Fuentes explora las posibilidades literarias del tiempo «invariable» o interior, frente al tiempo «variable» o exterior (véase su novelita *Aura;* la novela *Cumpleaños;* la obra de teatro *El tuerto es rey).*

[453] *Carmelita:* la esposa de Porfirio Díaz. Durante el régimen de Díaz, el Castillo de Chapultepec fue la residencia veraniega del dictador.

—¿Qué han pensado hacer con Benjamín, tía? Porque han estado viviendo de los restos de su fortuna durante los últimos trece años, no crean que van a durar hasta la muerte del muchacho.

—¿Y qué propones, hija? ¿Que Benjamín salga de este hogar para vender calcetines, o qué? Benjamín es un muchacho ejemplar, casi pudiéramos decir el último que ha sido criado como caballero, y que algún día...

—Con mucha suerte, venderá calcetines. Claro, él no tiene preparación alguna, y hay que ver... pero si fuera posible encarrilarlo en la banca.

—¡En la banca! ¡Mi querida Pimpinela! Francisco siempre decía: «Procura que los banqueros te sirvan, hazlos depender de ti; el grado inmediato, la otra alternativa, es ser sus esclavos.» ¡Habráse visto! Y eso era antes, cuando los directores de los bancos eran gente conocida y venían a almorzar con Francisco. ¡Pero hoy! Si creo que todos han sido revolucionarios y comunistas antes. Ah, no. Benjamín nació para utilizar a los banqueros.

—Oh, tía, perdóname. Pero mira cómo...; en fin. Perdón, perdón. Vas a invitar a cenar a Norma Larragoiti, que es la esposa de Federico Robles, el famoso banquero. Ella es una cursilona, de acuerdo, clásicamente advenediza y todo lo que tú quieras, y Robles un salvajón salido de quién sabe qué chaparral. Pero Normita se derrite con un buen apellido, y una cena aquí, entre tus mementos, la va a sacar de quicio. No te preocupes: nosotros compramos todo. Y al día siguiente, Benjamín tiene empleo en el banco.

Las protestas de doña Lorenza de nada sirvieron. *¡Norma Larragoiti! Hija de algún tendero vasco. Y sin embargo, a ella habrá que demostrarle qué significa ser lo que somos, y dentro de esta estrechez, digna estrechez, hacerla sentir el favor que se le dispensa.* No fue posible: doña Lorenza sintió con dolor una sustitución definitiva cuando entró Norma, radiante, envuelta en mink[454] y jugueteando descuidadamente con su collar, afirmando a los ojos de la anciana un sentimiento de seguridad en el nuevo mundo, de pertenencia y voluntad, que había sido el de ellos. El pedestal que durante cerca de cuatro décadas doña Lorenza había creído vacío, esperándoles, ya estaba ocupado, con vulgaridad —en ello insistía la abuela—, con atropello, sin el dulce fluir de la gracia.

---

[454] Cursiva en EdA.

—Sabe usted, doña Lorenza, mi padre perdió todas sus haciendas en la Revolución. Le digo a Federico, que tanta fidelidad guarda a los principios revolucionarios, que haberme casado con él tiene algo de revancha. Pero además, esa circunstancia nos coloca, pues un poco en el mismo plano, a usted y a mí, ¿verdad? ¡Tanta gente conocida que sufrió! Pero lo importante es mantener la verdadera dignidad, como todos nosotros lo supimos hacer, ¿verdad? Ahora, lo que no tiene nombre es que no nos dejen traer a México los restos de Don Porfirio, y...

La semana siguiente, Benjamín comenzó a rotular etiquetas en el Banco de Ahorro Mexicano, S. A. A todos les pareció encantadora su letra, tan afrancesada, como del Sagrado Corazón.

Pimpinela, disfrazada por sus anteojos oscuros, evitó el encuentro de su mirada con la de Ixca Cienfuegos. Entre ambos, providencialmente, se cruzó un cargador que a su frente renegrida amarraba un pedazo de costal desde el cual se dibujaba el arco del peso que soportaban sus espaldas. Cienfuegos sonrió y penetró en el edificio de piedra rosa, levantado en la Avenida Juárez entre dos antiguas casas de fines del siglo XIX, coronadas por mansardas, en el que se encontraba la oficina —y del cual era propietario

FEDERICO ROBLES

—Me pide usted que hable de alguien muy distinto, Cienfuegos —dijo Federico Robles, de pie frente al ventanal azulado de su oficina. Se veía las manos, después levantaba la vista y trataba de reflejar en el vidrio otra imagen, dibujada sobre un aire ligero y frío. —Ya no me acuerdo que vine de allí
un riachuelo manso y junto a él un jacal[455], bosques muy delgados, algunas milpas; venía un hermano tras otro, de manera que tenerlos ya no era cosa de alegría o de pena; y la madre sabía recuperar tan pronto esas formas concisas, que apenas están allí, de la raza purépecha[456]; imágenes que ya no son verdaderas, sólo pintorescas: el padre que llega a comer y a acostarse y a enjuagarse el sol de la cara: viejo con la tierra momifi-

---

[455] *jacal:* choza. Cabaña muy humilde.
[456] *purépecha:* uno de los grupos indígenas del Estado de Michoacán; asimismo, su lengua.

cada en la cara, de ojos terribles y manos dulces, que todo lo
hubiera querido decir siempre sin abrir la boca, porque las palabras le pesaban y le ardían; como que decir las cosas era venderlas, o dejarlas escapar de lo importante, lo que no se decía:
las imágenes del campo y la mujer y las horas con ellos, que es
cuando salían ardientes y pesadas las palabras,

«arre mula cabrona, arre que se acaba el sol
»dios quiere que seas mía Madalena dormida cada que la
luna se asoma y no te deja dormir»
los domingos en Morelia[457]: dulces y calandrias[458], y hombres a
caballo; iglesias hermosas de atrios abiertos como saetas entre
el verdor del cielo de hojas; todos juntos a colocar un retablo
pintado por el hijo mayor, que ya trabajaba en Morelia como
carpintero, al altar del santo predilecto

«que el niño salga con bien
»que me regalen a la Torcaza recién nacida
»que salgan bien las mazorcas
»que estemos siempre juntos
»—Se siente uno a gusto, señor padre, trabajando libre aquí,
en la carpintería»
y otra vez al jacal cercado de milpas, el olor de tallos podridos y
hojas quemadas y cerdos flacos

—Hay que olvidar todo aquello. Subimos muy de prisa como
para pensar que somos los mismos que hace apenas medio siglo
trabajábamos bajo las órdenes de hacendados. Tenemos ahora
tanto por hacer. Abrir fuentes de trabajo. Hacer la grandeza
del país. Aquello se murió para siempre.
decían que los amos eran buenos; que exigían lo suyo pero que
permitían cultivar la parcela en libertad, y que no tenían tienda
de raya[459]

—Don Ignacio de Ovando era el dueño de aquellas tierras.
Pasaba muy pocas veces por allí. Su nombre y su figura eran
casi legendarios. Ahora recuerdo la figura de mi padre, la recuerdo como si desde el principio del mundo hubiera estado

---

[457] *Morelia:* capital del Estado de Michoacán.
[458] *calandrias:* alondras.
[459] *tienda de raya* (de «rayar»: pagar a los empleados): la institución de las haciendas del Porfiriato, que pagaba a los campesinos
con vales canjeables por objetos de primera necesidad. Como los precios eran muy altos y los salarios muy bajos, los trabajadores siempre
estaban endeudados con la tienda de raya (servidumbre por deudas)
y ni podían abandonar la hacienda, ni ganar un sustento decoroso.

allí. Recuerdo que cuando terminaba la faena siempre hundía un pie en el surco negro para que al día siguiente el sol secara el lodo sobre los huaraches. Los sábados todos se reunían a contarse sus cosas, y entonces mi padre también recordaba cómo era la situación antes «—*Todavía en tiempos de Serafín mi abuelo esta tierra daba de comer a todos. Después vinieron las leyes esas*[460] *y es cuando el señor don Ignacio empezó a comprar todas las parcelas. Después los soldados extranjeros*[461] *acabaron con muchos de nosotros. Yo me quedé cultivando. Todavía andaba creyendo que era para dar de comer a todos, como antes. Pero después de la guerra nos mandó el gobierno esas nuevas leyes*[462], *y entonces sí nos tragó don Ignacio. Pero no hay que quejarse. En otras partes los hacen comprar todo en el lugar. Aquí por poco y vas a Morelia y gastas como te gusta*»

—Sí, yo creo que estaba satisfecho. El indio nunca hubiera hecho por sí solo la revolución. Por aquel entonces llegó por allá mi primo grande Froilán Reyero, al que se habían llevado desde niño a México. Yo lo recuerdo mojándose unos bigotazos lacios en la jícara mientras me acariciaba la cabeza, y contando que en Morelos había sabido que el joven Pedro, el hijo de don Ignacio, hacía tropelía y media en el ingenio. El joven Pedro iba a venir en lugar de su padre cuando el viejo se muriera.

«—*Allá en Morelos organiza unos paseos a caballo con sus*

---

[460] Se trata de las Leyes de Desamortización o Leyes de Lerdo, que incrementaron (indirectamente) los latifundios. Se expidieron el 25 de junio de 1856. Su autor, Miguel Lerdo de Tejada (hermano de Sebastián), ministro de Hacienda del presidente Comonfort, pretendía limitar la influencia económica de la Iglesia. Los 35 artículos establecían la manera de rentar y adjudicar fincas.

[461] Se trata de la Intervención Francesa (1862-1867) (véanse Forey, Elías Federico; Bazaine, Aquiles; Habsburgo, Fernando Maximiliano de; Juárez, Benito, en MPH).

[462] El 31 de mayo de 1875, el Congreso promulgó la ley que confiaba la colonización de terrenos baldíos a la iniciativa privada. La legislación de 1883 puso enormes predios al alcance de los ricos. La ley de 1894 —en palabras de Luis González— «declaró ilimitada extensión de tierras adjudicables y suprimió la obligación de colonizarla; esto es, darle habitantes y cultivos. Las compañías deslindadoras se dieron gusto haciendo haciendas vastísimas con tierras de nadie y con las privadas sin titulación suficiente» («El liberalismo triunfante», en *Historia general de México,* t. 3, México, El Colegio de México, 1977, pág. 237).

amigos y salen todos a lazar a las mujeres de los campesinos. ¡Vieran el chilladero que se arma! Ya nadie quiere salir de sus casas. Pero como a fuerzas hay que ir por agua o a lavar al río, pues entonces se aprovechan, se las lazan y después las regresan»

Froilán hablaba también de otras cosas que había sabido en sus viajes. Del Valle Nacional[463], de donde nadie salía con vida, y de los huelguistas de Cananea. Y también había estado en Río Blanco[464].

«—Igual que allá se organizaron las gentes, hay que hacerlo aquí con los campesinos. Ahora el señor Madero anda de campaña[465], y las gentes dicen que se va a acabar con él toda la desgracia»

—Recuerdo que mi padre nada más fruncía las cejas, atizaba el fuego y le decía a Froilán que los dejara en paz, que las cosas se arreglan solas.

«—En Morelos ya andan reuniendo gente los Zapata[466]. Yo estuve en lo de Río Blanco y me di cuenta de que ya se pasaron de la raya[467]. Mi amigo Gervasio Pola anda en México buscando fondos para Zapata, y ya nadie va a aguantar más si Don Porfirio no respeta las elecciones»

Federico Robles tomó asiento en el sofá de cuero y esbozó una sonrisa: —«Dense la paz», decía con su voz pareja mi pa-

---

[463] El Valle Nacional fue colonizado por inmigrantes canarios y cubanos que llegaron a México en 1882. La necesidad de poblar el país obligó al Congreso (1875) a ofrecer tierras a los inmigrantes, a un costo muy bajo y a un plazo muy largo para pagarlas (mas toda clase de facilidades para obtener la ciudadanía). México no resultaba atractivo a la inmigración (como Argentina o los Estados Unidos), debido a la situación política interna, al insalubre clima y a la mala calidad de la tierra.

[464] Durante el régimen dictatorial de Porfirio Díaz (véase *Cuadro cronológico)*, las huelgas de Cananea y Río Blanco preludian la Revolución de 1910. Estas compañías (minera y de textiles, respectivamente) se enfrentaron sangrientamente a los problemas laborales. Por un lado, la masacre de trabajadores mexicanos ejecutada por la policía extranjera (de los Estados Unidos; Cananea es un lugar fronterizo), en 1906. Por otro, la masacre y aprisionamiento de obreros, por parte de las autoridades mexicanas, en 1907.

[465] Se refiere a la campaña presidencial, antirreeleccionista, de Francisco I. Madero contra Porfirio Díaz (véase MPH).

[466] Se refiere a los hermanos revolucionarios Eufemio y Emiliano Zapata (véase en MPH).

[467] *pasarse de la raya:* extralimitarse.

dre, mientras Froilán recordaba los incidentes de la huelga de Río Blanco.

«—*Yo conocía por allá*[468] *a un compadre que se le murió el niño y por eso fue a Río Blanco. Allá la fábrica y las casas están en lo bajo, pero luego empieza el monte y la selva, que es como una empalizada para que todos se sientan bien cercados. Se sentía mucha tristeza, que venía de la sierra y llenaba de polvo el centro de la calzada entre la fábrica con sus balconcitos y atrás la tienda de raya. Pues ahí*[469] *tienen que el hijito de mi compadre se había muerto porque a los once años lo habían metido a trabajar a las entintadoras, y el pobre no duró ni un año, metido ahí tragando tanta pelusa. Ahi me lo encontré metido en una caja, con su camisa blanca y sin calzones, todo chupado el inocente. Y no era la primera ocasión. La de viejos que se murieron por lo mismo, y que llegaron a viejos de puro milagro. Porque los obreros tienen hijos a cada rato, y quién va a decir si les viven o no, cuando ganan cincuenta cobres diarios y en seguida hay que meter a trabajar a los niños que sólo les pagan veinte. Échese sus cuentas, Albano, y piense que ahí*[470] *tienen que pagar dos pesos a la semana por las casas. Y como el pago se hace con vales para la tienda, pues sólo porque Dios es grande no se han muerto todos de hambre y de puritita mugre. Pero la mayoría nomás se seca, después de trabajar trece horas todos los días, nomás se secan como un montón de raíces al sol. Yo los veía llegar, sin poder hablar como si les hubieran cosido la boca, y caer rendidos al suelo. Ya estaban tan cansados que ni de comer pedían. Pero le estaba contando, que ahí*[471] *estaba el niño tendido y mi compadre ya no aguantó y salió dando de gritos con el cadáver del niño arrastrado de los pies hasta que todos los jefes se asomaron a los balconcitos esos entre asustados y haciendo burla y yo creo que mi compadre no pudo aguantar ni que tuvieran miedo ni que se burlaran y les aventó el cadáver a las caras mientras todos cerraban las ventanas. Pero ya para entonces se estaba organizando el Círculo de Obreros y Gervasio Pola, que es de letras, llegó a decirles a todos que se aguantaran un rato y se organizaran. Por eso,*

---

[468] Esta narración del personaje se sujeta, con fidelidad, a los hechos históricos en general (desde: «Yo conocía por allá...», hasta «... luego los ahorcaron allí mismo» (pág. 239).

[469] Dice *ahí* en EdA (véase nota 158).

[470] *Ídem.*

[471] *Ídem.*

231

cuando vino la huelga textil en Puebla, los de Río Blanco hicieron a duras penas una colecta y se la mandaron a los de Puebla.
La empresa se enteró y mandó cerrar la fábrica. Entonces vino
la huelga y todos sabían que iban a cerrar la tienda y no iba a
haber qué comer. ¡Dos meses anduvieron en el monte, buscando qué comer! Hubiera usted visto, Albano, cómo sacaron
aquellas gentes fuerzas de su hambre. Todos tenían las manos
arañadas de andar buscando entre las espinas una raíz. Todos
andaban con los pescuezos estirados y los ojos pelones. A veces
se ve en las caras de la gente lo que les está pasando allá dentro, y así era entonces. Dos meses se aguantaron, y aunque no
hubiera pasado nada después, como pasó, yo ya hubiera sabido que sólo de recordar esas caras nunca dormiría sosegado
otra vez hasta ver libres a esos mexicanos. Porque se comían
las uñas, Albano, y hasta se hubieran cortado los brazos y la
lengua para que los otros comieran algo. Si usted lo hubiera
visto, ya sabría a estas horas que no está solo. Y también que
no estar solo es como morirse de pena. Yo tenía pena y rabia, y
ya nunca se me ha de quitar, se lo digo. Entonces se dirigieron
los huelguistas a Don Porfirio[472] para perdirle que tuviera clemencia y prometieron cumplir con lo que él dijera. Y Don Porfirio[473] sólo dijo que se aguantaran y volvieran a trabajar igual
que antes. Aquellas son gentes de palabra, y cuando se rindie-
ron sólo pidieron que les dieran un poco de maíz y frijoles para
aguantar la primera semana antes del pago. A esos perros no
les damos ni agua, dijeron entonces los capataces. Pero con el
hambre se puede hacer todo, Albano, menos burlarse. Mientras
no se burlen del hambre, cada quien se aguanta, por pura dignidad, hasta la muerte. Entonces los seis mil trabajadores se
metieron a la tienda de raya y sacaron todo lo que había y luego la incendiaron y también la fábrica. No había rabia en sus
caras, ni siquiera odio. Sólo había hambre, algo así como nacer
o echarse la bendición antes de morirse, que ya ni quien lo
evite. Que se viene encima sin que nadie lo piense. Entonces
fue cuando entraron las tropas de Rosalío Martínez, echándose
sus descargas una tras otra, sin parar, mientras todos caían
muertos en las calles, sin poder ni siquiera gritar, sin tener
para dónde voltear del ruido y el polvo que levantaba esa metralla. Pues hasta las casas los seguían y allí los balaceaban, sin
averiguar nada. Y a los que se metieron al monte, allá los fue-

---

472 Dice *Don Porfirio* en EdA.
473 *Ídem.*

ron a buscar y a matar sin decir nada. Ya a esas horas nadie abría la boca, ni las tropas ni los trabajadores. No había más ruido que el de las balas. Todos se murieron en silencio, pero ya para entonces no sabían qué era mejor. Ya no distinguían bien. Hubo un batallón de los rurales que no quiso disparar, y luego fue exterminado por los soldados de Rosalío. Después nomás se vio cómo salían las plataformas de ferrocarril repletas de cadáveres y a veces nomás de piernas y cabezas. Los fueron a echar al mar en Veracruz, y a los del Círculo de Obreros que quedaban en Río Blanco luego luego los ahorcaron allí mismo»

Robles se dirigió a la caja de ébano que, sobre el escritorio esmaltado, guardaba los habanos: —Mi primo Froilán murió muy pronto. Lo mandó fusilar Huerta. A veces me pregunto qué habría sido de él después, una vez terminada la lucha.

La vista perdida sobre los contornos pálidos de la Alameda, Ixca Cienfuegos murmuró: —Es lo que nos preguntamos todos. ¿Qué habrían hecho los llamados «revolucionarios puros» ahora? ¿Qué harían hoy los Flores Magón[474], Felipe Ángeles[475], Aquiles Serdán?[476].

—Quizá serían profesores mal pagados y un poco atarantados —gruñó Robles mientras daba vueltas en la boca al puro, como un torniquete aromático. —No es lo mismo darse cuenta de la injusticia que ponerse a construir, que es la única manera eficaz de acabar con la injusticia. Yo tuve la suerte de pelear primero y construir después. Aunque quién sabe... Queremos construir una economía capitalista y al mismo tiempo aplicar una legislación protectora de la clase obrera. La pura verdad es que para tener capital hay que pagarlo con vidas, como la de los niños que murieron en las salas de tinte de Río Blanco, y después hacer leyes del trabajo.

Cienfuegos fijó los ojos en la cúpula solferina de Bellas Artes

---

[474] Enrique y Ricardo Flores Magón, precursores de la Revolución. Por oponerse al gobierno de Díaz, ambos sufrieron persecuciones y prisión (Ricardo fue anarquista y lanzó, en 1918, un manifiesto a todos los anarquistas del mundo; fue encarcelado en los Estados Unidos; allí murió en la cárcel).

[475] Váse MPH.

[476] Defensor de la causa de la Revolución. Pereció en los albores de la lucha armada, por proteger las armas escondidas en su casa. El 11 de noviembre de 1910, Aquiles Serdán y su familia fueron sitiados en su residencia (por 500 hombres: soldados y policías), la cual defendieron valerosamente.

233

y en seguida los cerró, invitando a Robles a continuar. El banquero, con el puro gordiflón plantado entre los dientes, se sentó y sacó los puños de la camisa mientras se acomodaba:

—A los diez años me llevaron con el cura a vivir a una iglesia pequeña de Morelia. Ahí me enseñé a escribir, y a ayudar en las misas. Al principio, iban mis padres a verme, o yo iba a comer al jacal junto al río. Pero después casi nunca salía de Morelia. Mi padre murió de difteria y los demás hermanos ya no me buscaron. Luego me contaron que habían lazado a mi madre y cuando mi hermano mayor, el carpintero, salió a vengarla, la leva federal[477] se lo llevó y los demás ya no chistaron. Siguieron cultivando la parcela. No crea usted que esto me dio ganas de vengarme, pues yo no entendía nada

«cada que la luna se asoma y no te deja dormir
«que salgan bien las mazorcas
«se siente uno a gusto, señor padre, trabajando libre
»ya sabría a estas horas que no está solo»

y aunque lo hubiera entendido, no hubiera ido por ese motivo a la revolución. La revolución llegó como llegan el sol o la luna, como llueve o hace hambre. Hay que levantarse, o acostarse. O cubrirse del agua, o comer. Así. Yo nunca supe de dónde surgió, pero una vez que estuvo allí, había que entrarle al toro. Después algunos, como yo, encontramos las justificaciones.

—Otros no las encontraron, y son los que supieron por qué... —interrumpió Cienfuegos.

—Correcto. Pero eso es harina de otro costal. Ésos siempre sabrán los porqués, pero bendito para lo que les sirve.

—Usted fue de *ésos*...

—Como el maíz fue grano antes de ser mazorca. Pero cuando es mazorca, ya no es grano.

La palabra «ésos» punzaba el cerebro de Ixca mientras observaba a Robles chupar con seriedad el puro. ¿Quiénes eran *ésos?* ¿Hasta qué punto lo sabía perfectamente Robles, hasta qué punto seguía siendo uno de *ésos,* igual a *ésos,* tan anónimo como *ellos?* El dejo cantarino del banquero cortó en dos el hilo:

—El cura me decía que cuando supiera bien latín me mandaría al seminario, porque todos los muchachos que él proponía se presentaban sabiéndolo, y luego llegaban a obispo.

---

[477] El Ejército Federal: el Ejército mexicano defensor de los gobiernos institucionales (desde el de Díaz hasta el de Victoriano Huerta). Fue vencido por las fuerzas militares de Francisco Villa. Se disolvió en 1914.

Cuando cumplí catorce años conocía ya muy bien mi rutina, y debí haber sido muy simpático porque todos me entregaban con gusto la limosna —Robles sofocó una carcajada que se hundió en el humo espeso del habano—. Tenía algunos amigos, pero muchos se habían ido a unirse a la revolución maderista, al norte, y otros al sur en busca de Zapata. El cura hablaba de esas cosas, y se puso muy contento cuando triunfó Huerta en México. Yo nomás esperaba la famosa ida al seminario. Sí... la esperaba

«—*Es un indito frágil y dócil, que ha comprendido temprano las diferencias que lo separan de los mejores, que ha encontrado un casillero en el sabio ordenamiento del mundo, y que toda la vida servirá a Dios y a la Sociedad como sacristán, ¡ay!, aún después de que yo los abandone y manden un nuevo párroco a guiarlos. Lo vieran, todo el día puliendo los vasos y el mármol, concentrado en sus tareas, ajeno a las tentaciones, con pocos amigos, y la ilusión, ¡pobrecito!, de ir al seminario*» hasta un día en que me tocó asistir a la ceremonia de noviciado de monjas en la catedral. Hubiera usted visto aquellas caritas de porcelana, vivas sobre el fondo negro de las cofias. Ninguna tendría más de dieciocho años. Yo nunca había visto muchachas así. Y cuando pensé que se iban a enterrar para siempre, me dio mucho coraje. Quería correr a besarlas, Cienfuegos, a pedirles perdón en mi nombre, en nombre —sobre todo— de todas las cosas que yo no era. Creo que hasta para ofrecerme a ellas para algo que no entendía muy bien, para ¿darles mi amor? Aquello olía a pulmón seco, y por eso se han de haber escuchado con una fuerza tan detallada los movimientos de los hábitos sobre las baldosas de la nave. Usted sabe lo que son esas cosas, o más bien esos momentos en que uno empieza a darse cuenta. A saber que puede actuar. Por eso, cuando el cura me llevó a la hacienda de su familia, unos tales Zamacona, cerca de Uruapan[478], iba yo tan gallito.

Nuevamente de pie, Robles se detuvo frente al retrato que Diego Rivera[479] le había pintado, y que colgaba encima de la fila de archivadores de acero. Sobre un fondo azul índigo, la figura del banquero se recortaba oscura y tensa, enfundada en un casimir marrón y con dos pies izquierdos. Más esbelto, más agresivo, el Robles del retrato parecía a punto de estallar, dis-

---

[478] *Uruapan:* población del Estado de Michoacán.
[479] *Diego Rivera:* pintor de la Escuela Mexicana de Pintura (véase Orozco, José Clemente, en MPH).

parado por un arco interior, dispuesto a avasallar los colores, a tragárselos para que del marco sólo resaltara su propio contorno.

—Las revelaciones llegan así, a invitar sin ser invitadas. No ha pasado un segundo y ya sabe uno que no volverá a caminar igual que antes. Allá en la hacienda estaban la mamá, una señora inválida; la hermana mayor que tenía treinta años, se vestía de negro y no se había casado; y la otra hermana que iba a cumplir dieciséis y se apretaba mucho el vestido alrededor del busto. Mercedes. El papá había muerto y el hijo menor era capitán del ejército...

Robles fijó la vista en la fecha que constaba en la margen derecha del cuadro: 1936. Ahora pasaba las manos por su talle hinchado y quería distinguir, detrás de las del retrato, las facciones del jovencito de quince años. ¿Quién iba a recordarlo? Sin precisión, pensó Robles que su primera fotografía se la habían tomado a los veintitantos, que nunca podría recuperar la imagen de su niñez. Dio la espalda al retrato para encontrarse con los dientes blancos de Ixca que expelían una columna gris. Lo observó con molestia y se juntó las manos en la espalda.

—Por lo que usted guste, me salí de la hacienda y pasé dos días acarreando agua en Uruapan para los caballos. Después me agarraron los federales y me llevaron a Querétaro. Les robé un caballo y me fui viajando de noche, al norte.

Robles empezó a palpar su cuello, las venas abruptas a los lados, la grasa sin rigidez bajo la barbilla: —En Aguascalientes, cuando se murió el caballo, me colé en un tren. Un tren repleto de gentes que huían de un bando o iban a unirse a otro. En un pueblo de Coahuila le caí bien a un general constitucionalista[480] porque sabía algunas palabras de latín. Allí cumplí diecisiete años, en la tropa, cantando la *Valentina*[481] en latín para que se carcajeara el general.

Los dedos pasaron sobre el casimir gris del brazo, buscando bajo la tela suave y su forro de seda y la batista de la camisa la concentrada nerviosidad del músculo.

—Tenía la espalda tensa y los brazos duros de dormir en la tierra y pelear al sol. Las piernas, como que se vuelven tensas

---

[480] El Ejército Constitucionalista se organizó para combatir a Victoriano Huerta; Venustiano Carranza fue su primer jefe (véase en MPH).

[481] *Valentina:* conocido corrido de la Revolución.

de corcel. Quién sabe cuántos pueblos, cuántos nombres y batallas... pasamos...

Santa Rosa Guaymas Orendain ahora sí borracho Huerta ya te late el corazón Zacatecas Lucio Blanco Felipe Ángeles Herrera el sordo al saber que en Zacatecas derrotaron a Barrón[482] *Diéguez Iturbe y Buelna.*

> *andaban los federales*
> *que ya no hallaban qué hacer*
> *pidiendo enaguas prestadas*
> *pa vestirse de mujer*[483]

...el sol... era como un volado[484] diario que nadie cobraba. La patria era el general, la gloria mi sombrero acribillado. Todas esas imágenes corren con el color de las paredes del norte, que era el color de las montañas, de las faldas de percal

dos mil quinientos pelones

> *fueron los que se agarraron*
> *los llevaron a las filas*
> *pero a ninguno mataron*[485]

por los llanos y los montes pelearon de noche y día y sufrieron mil rigores por quitar la tiranía recorrimos el territorio palmo a palmo, Cienfuegos, *de monterrey a laredo y de lerdo a torreón se echaron los carrancistas toda la federación*[486], nosotros sí conocimos el país. Aquel país seco y triste que apenas existía en la línea de pólvora alzada entre el cielo y la tierra, y que estallaba en la gran fiesta que siempre nos acompañaba. La fies-

---

482 Estrofa del corrido de la Revolución, *De la toma de Zacatecas:* «Ahora sí, borracho Huerta, / ya te tiembla el corazón / al saber que en Zacatecas / derrotaron a Barrón.»

483 *Ídem.* EdA mantiene el uso de caracteres menores para sustituir a la cursiva (en las estrofas centradas o en las intercalaciones con juegos en la distribución tipográfica —la cual, en ocasiones, EdA sí conserva).

484 *volado:* juego de cara o cruz. Se jugaba con monedas que tenían en un lado el escudo mexicano y, en el otro, el sol («águila o sol»).

485 Estrofa de un corrido de la Revolución. EdA utiliza caracteres menores.

486 Estrofa del corrido de la Revolución *De Don Venustiano Carranza.*

ta de los trenes repletos de soldaderas[487] y cajas de munición, de los cabritos asados a la orilla del riel *era china, china, china; chinos su papá y mamá*[488] eran días de metralla y sangre, vividos sobre aquellos llanos amarillos que parecían galopar solos.

La mirada de Robles se perdía fuera de la ventana, más allá de las siluetas de los árboles de la Alameda y lo que se lograba distinguir de las iglesias de la Avenida Hidalgo. Un brillo opaco le brotó de las bolas de cuero que ceñían sus ojos y en seguida pensó que debía hacer más ejercicio y que el golf le daría várices. —Las vírgenes prietitas con quienes se cogía una sola vez, la ocasión en que accidentalmente quemamos una choza donde dormían la mujer y los hijos de un cabo. «¿Quién carajos iba a saber que ésta es tu tierra?» —Robles volvió a tomar asiento y volvió a chupar el puro mientras se restiraba los calcetines y buscaba alguna inflamación en las piernas—: Y luego lo mataron a él por chillón. Después, en las noches, me llamaba el general

«—*Pásele, mi latinista. Ora sí ya vienen las vacas gordas, y a exprimirles las tetas. Tú nomás flétate*[489] *tantito, y verás dónde llegas. Güevos*[490]*, es lo único que hace falta para dominar a esta raza, y como ni se dan cuenta, cuando menos lo sabes ya estás trepado en sus cogotes. Que los azotes y robes, no les importa, con tal de que tengas buenas viejas, y güevos. Hasta puede que si eres honrado les caigas gordo*[491]*, ¿pá qué ir contra la voluntad soberana del pueblo, eh?»*

y luego se carcajeaba y salía a cantar con la tropa, de cuclillas junto a una pared acribillada. Así fue que en abril de 1915 nos situamos frente a Celaya.

Ixca no lo interrumpió; sólo ladeó la cabeza y quiso, en ese instante, ser Robles, penetrar al punto donde Robles dejaba de ser Robles el soldado, Robles el abogado ambicioso y oscuro, Robles el que sabía manejar los asuntos debajo del agua, Robles el banquero, Robles el del nombre, para ser Robles el de un destino que a nadie podría revelar, y que por ningún otro podría cambiar. Robles no habló. Detuvo su mirada en la de

---

[487] El papel de la mujer en la Revolución fue importante (véase nota 50).

[488] Verso de un corrido de la Revolución.

[489] *fletarse:* fastidiarse haciendo algo que no gusta.

[490] *güevos:* huevos, en sentido figurado arrestos.

[491] *caer gordo a alguien:* ser antipático.

Ixca, y éste en la de Federico. Robles se olvidó de sus manos y su cuerpo; dejó caer los brazos y levantó la espesa cortina de su mirada. Su mirada y la de Cienfuegos se fundían en una sola pupila, pupila de recuerdos, líquida y punzante. Ixca no se permitió mover un músculo. Como un ídolo elocuente, con su rigidez invitaba a Robles no a abrir los labios sino a abrir los ojos, apenas rasgados en una línea de tinta entre los gruesos párpados, a licuar las dos pupilas, a permitir que en una revelación —siempre un recuerdo— madurara todos los días que no había recogido en la memoria o el anhelo. Los ojos de Robles se poblaron de luces fugaces, trepidantes, como un ala de turquesas incendiada en la noche

«—¡Maycotte[492] está sitiado en Guaje!

un río de infantes subía al tren, envuelto en el ritmo de clarines y engranajes y vapor   desde su puesto a caballo, Federico divisaba las figuras de los generales Hill[493] y Obregón, comandando el movimiento de tropas ellos esperarían aquí, frente a Celaya[494], a que los villistas fueran atraídos por la estrategia de Obregón, una vez salvado el sitio de Guaje y entre el sol y el llano hormigueaban, de pie y a caballo, los hombres de caras cobrizas y bigotes lacios, los grandes sombreros zambutidos[495] hasta las cejas o ladeados y con un ala levantada, los kepís de los oficiales, los pañuelos amarrados a la nuca, los botines embarrados de lodo amarillo   ojos vidriosos bajo el fulgor, dientes centelleantes, miradas ladinas, máscaras de oro ennegrecido, y las yaquis[496] construyendo las

---

[492] Fortunato Maycotte. Militar. Se unió a Francisco I. Madero al principio de la Revolución. Desde 1913 peleó con Venustiano Carranza. Murió fusilado en 1924, por sublevarse contra Adolfo de la Huerta (quien había desconocido al gobierno de Álvaro Obregón).

[493] Benjamín Hill. Militar. Dirigente del Partido Antirreeleccionista. Jefe de las Infanterías de Álvaro Obregón.

[494] *Celaya:* ciudad del Estado de Guanajuato (véase nota 274); punto estratégico en varias acciones militares: Durante la Intervención Francesa estuvo en poder del ejército francés y su sitio termina con el II Imperio (durante la guerra de Independencia fue ocupada, alternativamente, por los insurgentes y por los realistas). En la Revolución fue escenario de la célebre batalla (que reconstruye LRT) entre los Constitucionalistas (guiados por Álvaro Obregón) y los Convencionistas (mandados por Francisco Villa), en la cual vencieron los primeros.

[495] *zambutidos:* embutidos.

[496] *yaquis:* indígenas que viven a lo largo del río Yaqui, en el Estado de Sonora. Durante la dictadura de Porfirio Díaz, que los hostilizó,

loberas[497] *y sembrando los trigales de alambre de púa   toda la*
llanura, vasta, caldeada, se erizaba la actividad mientras ellos,
alineados, inmóviles bajo el sol, esperaban, fumando cigarrillos
deshebrados, recibiendo las ollas de tamarindo[498] *y arroz de las*
soldaderas que, arrinconadas bajo un toldo de lona, agitaban la
lumbre en los braseros y desbarataban chiles verdes y mezclaban
las aguas en tinajas de barro ocre   el día entero sobre la mon-
tura, listo a obedecer las órdenes, Federico soplaba el humo sobre
la crin del caballo y seguía la trayectoria de las nubes que viajaban,
cargadas de sus días, como manteles esponjados rumbo a la mon-
taña   ni pensaba ni preveía: todos los instintos de coordina-
ción muscular parecían unirse en un punto tenso, listo a dispa-
rarse sobre las tropas del general Francisco Villa   con estruen-
do mudo, los trigales fueron inundados   a las tres de la tarde,
el tren regresó[499]

«—¡Villa se echó sobre el tren cuando oyó los pitazos!

«—¡Maycotte se salió por el flanco derecho!

«—¡El ejército se reconcentra en Celaya!

«Obregón se arrojó de la locomotora, el ceño férreo, el bigote
crispado, a ordenar, atestiguar, inspeccionar las loberas y los tri-
gales inundados y la caballería alineada y la siembra de púas
los yaquis, sus pañoletas rojas bailando en el viento, invadieron
las loberas, armados de fusil y bayoneta —allí, enterrados en el
lodo, parecían encontrar sus nichos   Hill ordenó a las infan-
terías el dispositivo de combate   el sol hinchado del crepúsculo
subrayó todo el movimiento, recortó las figuras de hombres y
cañones y caballos   la infantería villista ya había ocupado los
bordes al frente de las fuerzas de Obregón y con un aullido
descendieron sobre ellas   el galope de la primera carga villista
incendiaba de tensión y relinchos la llanura   sincronizados con
el resoplo de los animales y el canto raspante de las espuelas,
los fusiles yaquis tronaron desplomando jinetes y en seguida se
levantaron verticales las bayonetas, ensartadas hasta el fondo de
las barrigas de los caballos desde el húmedo santuario de las

---

se mantuvieron en rebelión constante. Participaron en la Revolución,
al lado de Álvaro Obregón.

[497] *loberas:* trincheras individuales inventadas por los yaquis.

[498] Con la pulpa de *tamarindo* se prepara una bebida refrescante
de sabor agridulce (véase nota 163).

[499] En la Revolución los trenes desempeñaron funciones determi-
nantes para la estrategia y para el transporte. Los del norte del país
fueron muy importantes por comunicar con los Estados Unidos, que
vendían armas a los revolucionarios.

loberas   una lluvia de sangre y de intestinos bañaba las cabe-
zas de la tropa india, mientras los jinetes villistas caían de las
monturas sobre más índices de fierro, brotando de todas las lobe-
ras diseminadas por el campo   los hombres de Villa, al avanzar
por la laguna de trigo, sintieron súbitamente piernas atrapadas,
testículos rasgados por el alambre; la metralla rebotaba en el
agua y las bocas se llenaban de burbujas de sangre: los hom-
bres aprisionados levantaban una muralla de carne y gemidos,
engarzada al araño de las púas   veintisiete cargas de caballería
villista se sucedieron entre el atardecer y el nuevo día   en el
alto sol, la carroña de los caballos infestaba el llano; el peque-
ño corneta Jesús Martínez, que tocaba la diana en medio del
fragor, replegaba a las fuerzas obregonistas   el nuevo avance,
incontenible, de Villa, se encontró con la nueva concentración,
encabezada por las fuerzas de caballería   Federico Robles ga-
lopó, blandiendo el machete, disparando la pistola, entre la in-
fantería del enemigo: las bridas volaban solas, azotando los
ojos del caballo; los rostros petrificados por un segundo de
asombro, los cuerpos regados de sangre, las manos levantadas
que arrojaban las armas, se sucedían con la fugacidad de par-
padeos; el kepí de Federico voló, y en sus cabellos azotados, en
la mañana sin viento, por la velocidad y el tumulto, sintió
nacer la ambición y la gloria: el machete se irguió con la rapi-
dez del deseo y cayó sobre las nucas y los cráneos, batidos,
pegajosos de sudor y sangre, de los hombres de la División del
Norte[500]*; el pecho inundado de calor, la verga erecta, las pier-*
nas tensas sobre el lomo del caballo, los dientes hundidos en la
rienda, Robles blandía, disparaba, ajeno a los cañonazos villis-
tas, a los gemidos últimos en que la voz permanecía una vez
muerto el cuerpo y cantaba una despedida por nadie escucha-
da ni sentida   vacíos, los odres de la infantería villista crujían
bajo las herraduras del caballo de Robles   frente a él, sólo es-
paldas en fuga   caracoleando, regresó al campamento que pul-
saba en clarinadas y el nuevo olor de los braseros que comenza-
ban a levantarse, señal definitiva de la victoria, del regreso de
los vivos   por última vez, trató de abarcar la visión del campo
de Celaya   sus trigales teñidos, que dejaban escapar un him-
no al susurro del viento vespertino; el humo despedido por los
caballos desollados; el entrelazamiento de brazos y piernas, las
caricias inequívocas de los cadáveres, las manos crispadas que
emergían de la laguna alambrada, los ojos en blanco acribilla-

---

500 *División del Norte:* el Ejército de Francisco Villa.

dos por el sol y las bocas que cantaban adiós para siempre   la
figura de Álvaro Obregón se erguía, entre la tropa fresca que
avanzaba hacia la plaza, sobre el llano fecundado   a trote li-
gero, Federico regresó   bajó la vista y miró sus manos   las
líneas acentuadas de sangre y tierra negra   así, siempre, por
favor, corre viento, sobre mi cabeza, azótame, así, siempre,
sucias»

incendiada en la noche. No pasaron dos minutos entre las dos
miradas. Robles volvió a darse cuenta de que poseía un cuerpo,
un porte, una máquina motriz: —Abril de 1915. Llegamos a
México en 17, Cienfuegos. Al general no se le hizo ir a Querétaro, y lo consolaron con una casota, de escalera de mármol y
toda la cosa, en la plaza del Ajusco. Yo no sabía qué hacerme
fuera de los campos de batalla. El general me arrastraba a sus
comilonas, que al principio eran sólo de los nuestros. Luego
comenzaron a caer abogados jóvenes con olfato largo, mujeres
de cierto estilo. Me tuve que tragar mucha bilis. Por mi ignorancia, por mi facha. Eso nomás me acicateó. Tenía que colocarme donde me tuvieran que respetar pese a mi facha y mi
ignorancia. Y tenía que trabajar duro, para servir al país. Si
no, ¿para qué habíamos hecho la revolución? No para sentar-
nos a contemplar el triunfo de nuestros ideales, sino para
trabajar, cada quien en lo suyo. Los sentimientos de los que
habíamos entrado con Carranza y Obregón a México eran
contradictorios. Pero todos sentíamos que había llegado el momento de tomar las grandes resoluciones, de armarnos de una
ambición a toda prueba.

Robles apenas dejaba que la luz pasara por las estrechas
rendijas de sus párpados:

—El país estaba destruido; diez años sin orden, sin progra-
mas de trabajo, y casi un millón de muertos. El general se dio
cuenta de las cosas y allá por el año veinte, después de la
muerte de Carranza, desbandó sus tropas, cuando todos creían
a pies juntillas que sin esos fieles soportes no había títere que
no se desnucara

«NO BUSCO LA PRESIDENCIA», DICE DE LA HUERTA[501]
VILLA ASESINADO

----

[501] Cuando Adolfo de la Huerta se rebeló contra Álvaro Obregón,
en 1923 (véase nota 492), fue proclamado presidente provisional por
su partidario, el general Guadalupe Sánchez. El movimiento de De la
Huerta fracasó y tuvo que refugiarse en Los Ángeles, California.

Pancho Villa se murió,
lo mataron a traición,
pobrecito Pancho Villa,
ya se encuentra en el panteón[502]

Él no, él fue derecho a lo que veía venir: los negocios

> *el lugar que ha de quedar como centro de moda*
> *y de lujo*
> *en la capital: el cabaret 'Don Quijote' del Hotel*
> *Regis*

sabía que el pretorianismo se acababa en México

LAS FUERZAS DE ESTRADA[503] TOMARON GUADALAJARA

que ya había tenido su gran fiesta en la Revolución y que si México quería progresar tenía que abrirle paso a ese germen de burguesía que se había venido incubando desde las guerras de Reforma

> *los cinturones de moda, esas grandes*
> *fajas multicolores de fleco opulento*

un viejo amor ni se olvida
ni se deja[504]

al aparecer Lupe Rivas Cacho sobre el escenario
se escuchó una ovación delirante   CARRILLO PUERTO
extenderlo y hacerlo amo del país, en la realidad y no sólo en los esquemas ideales como Juárez y Ocampo

cuatro milpas
tan sólo
han quedado[505]

---

502 Caracteres menores en EdA. Corrido de la Revolución.
503 Enrique Estrada. Militar. Uno de los principales jefes de la rebelión de A. de la Huerta.
504 Palabras de la canción *Un viejo amor.*
505 Caracteres menores en EdA. Canción campirana.

243

El Plan de Agua Prieta[506] le dio la puntilla al pretorianismo, y la rebelión delahuertista y luego lo de Serrano[507] y Escobar[508] sólo fueron patadas de ahogado

TRIUNFO GOBIERNISTA Once horas duró la batalla de OCOTLÁN

(Adiós mi chaparrita,
no llores por tu Pancho)[509]

La revolución emergía con dos claras cabezas: Obregón y Calles

El maestro de escuela, el revolucionario de 1911, el comisionado de Sonora, el gobernador provisional, el amigo, el ciudadano, el estadista, todos aparecen siempre íntegros en su autonomía creadora, siempre mexicanísimos y paralelos al instante en que les ha tocado actuar

que con todos sus excesos

—¿Qué horas son?
—Las que usted guste, señor Presidente

defenderían lo esencial y terminarían con la anarquía. Y yo me fui derecho a lo mío;

---

[506] Al concluir la lucha armada, la sucesión presidencial dividió a los militares, que encabezados por Álvaro Obregón se enfrentaron al presidente Venustiano Carranza. Los disidentes lanzaron el Plan de Agua Prieta (23 de abril de 1920), cuyos 17 artículos desconocían al gobierno. Esta rebelión triunfó y Carranza pereció en Tlaxcalaltongo, el 21 de mayo de 1920.

[507] Francisco R. Serrano. Militar. Firmó el Plan de Agua Prieta. Candidato presidencial antirreeleccionista contra Álvaro Obregón (quien se reeligió en 1928). Fue fusilado el 3 de octubre de 1927, con sus seguidores.

[508] José Gonzalo Escobar. Militar. Partidario de Álvaro Obregón. Encabezó una rebelión cuando concluyó el periodo presidencial de Emilio Portes Gil (el momento de elegir sucesor). La rebelión de Escobar empezó el 3 de marzo de 1929 y lanzó el Plan de Hermosillo. Este Plan acusó a Calles de intentar perpetrarse en el poder (imponiendo a un incondicional) y lo culpó del asesinato de Álvaro Obregón. Esta revuelta, aplacada por el Gobierno, fue la última importante en la etapa postrevolucionaria.

[509] Caracteres menores en EdA. Canción popular campirana.

me eché la carrera de abogado en tres años, empecé a ir a Sanborn's en la mañana a desayunar, a frecuentar teatros. Caí en la cuenta de los sastres. Hasta tomé clases de baile

> *Rodolfo Valentino*
> *La compañía de Isabelita Faure*
> *María Teresa Montoya en el Teatro Principal*
> *el hipódromo de Chapultepec, Son-Sin,*
> *L'Orangerie*[511],

'Tis you —just you
I've loved you —and never knew

Estaba listo cuando el general Calles llegó a la Presidencia y se procedió, en serio, a organizar al país.

> *después de varios años de luchas armadas se pre-*
> *senta al pueblo una oportunidad excepcional para*
> *aquilatar el valor de los prohombres de la*[512]

El General Obregón se
consagra a la agricultura en Huatabampo[513]

> *revolución, juzgando de la sinceridad de sus ideas*
> *y la raigambre popular de las mismas*[514]

Aquello era tarea de titanes,

MORROW, NUEVO EMBAJADOR DE EE. UU.
No-retroactividad del Artículo Veintisiete
Los Arzobispos en Chapultepec

y de andarse con pies de plomo

---

[510] Lema de la Universidad Autónoma de México. Creado por su rector José Vasconcelos. Vigente desde entonces (1929).

[511] Caracteres menores en EdA (desde «Rodolfo Valentino»).

[512] *Ídem* (desde «después»).

[513] Álvaro Obregón regresó a la vida pública, después de que se reformó la Constitución (véase Calles, Plutarco Elías, en MPH) y resultó electo presidente de la República (julio de 1928). Poco tiempo después fue asesinado.

[514] Caracteres menores en EdA.

—Pueden criticarnos mucho, Cienfuegos, y creer que el puñado de millonarios mexicanos —por lo menos la vieja guardia, que por entonces se formó— nos hemos hecho ricos con el sudor del pueblo. Pero cuando recuerda uno a México en aquellas épocas, se ven las cosas de manera distinta. Gavillas de bandoleros que no podían renunciar a la bola[515]. Paralización de la vida económica del país. Generales con ejércitos privados. Desprestigio de México en el extranjero. Falta de confianza en la industria. Inseguridad en el campo. Ausencia de instituciones. Y a nosotros nos tocaba, al mismo tiempo, defender los postulados de la Revolución y hacerlos trabajar en beneficio del progreso y el orden del país. No es tarea sencilla conciliar las dos cosas. Lo que sí es muy fácil es proclamar ideales revolucionarios: reparto de tierras, protección a los obreros, lo que usted guste. Ahí nos tocó entrarle al torito y darnos cuenta de la única verdad política, el compromiso. Aquello fue el momento de crisis de la Revolución. El momento de decidirse a construir, incluso machacándonos las conciencias. De sacrificar algunos ideales para que algo tangible se lograra. Y procedimos a hacerlo bien y bonito. Teníamos derecho a todo, porque habíamos pasado por ésas. A éste lo había agarrado la Acordada, a aquél le habían violado a la madre, al otro robado las tierras. Y a todos, el porfirismo no nos abría caminos, nos había cerrado las puertas de la ambición. Ahora era la de armarnos[516], Cienfuegos, la nuestra, sí, pero siempre trabajando por el país, no gratuitamente como los del viejo régimen.

De pie junto a la ventana, Robles señaló la extensión anárquica de la ciudad de México. Cienfuegos prolongaba sus columnas de humo, silencioso.

—Mire para afuera. Ahí quedan todavía millones de analfabetos, de indios descalzos, de harapientos muertos de hambre, de ejidatarios[517] con una miserable parcela de tierras de temporal, sin maquinaria, sin refacciones, de desocupados que

---

[515] *bola:* grupo de gente en desorden; tumulto, revolución (DEM).
[516] Véase nota 293.
[517] Trabajadores de los *ejidos.* La tierra comunal se llamó *ejido* a partir del triunfo de la Revolución (véase Cárdenas, Lázaro). La Reforma Agraria se propuso repartir ejidos a los campesinos (esta tierra no es vendible).

huyen a los Estados Unidos. Pero también hay millones que pudieron ir a las escuelas que nosotros, la Revolución, les construimos, millones para quienes se acabó la tienda de raya y se abrió la industria urbana, millones que en 1910 hubieran sido peones y ahora son obreros calificados, que hubieran sido criadas y ahora son mecanógrafas con buenos sueldos, millones que en treinta años han pasado del pueblo a la clase media, que tienen coches y usan pasta de dientes y pasan cinco días al año en Tecolutla o Acapulco. A esos millones nuestras industrias les han dado trabajo, nuestro comercio los ha arraigado. Hemos creado, por primera vez en la historia de México, una clase media estable, con pequeños intereses económicos y personales, que son la mejor garantía contra las revueltas y el bochinche[518]. Gentes que no quieren perder la chamba, el cochecito, el ajuar en abonos, por nada del mundo. Esas gentes son la única obra concreta de la Revolución, y ésa fue nuestra obra, Cienfuegos. Sentamos las bases del capitalismo mexicano. Las sentó Calles. Él acabó con los generales, construyó las carreteras y las presas, organizó las finanzas. ¿Qué en cada carretera nos llevamos un pico?[519] ¿Que los comisarios ejidales se clavaron la mitad de lo destinado a refacciones? ¿Y qué? ¿Hubiera usted preferido que para evitar esos males no se hubiera hecho nada? ¿Hubiera usted preferido el ideal de una honradez angelical? Le repito: nosotros habíamos pasado por ésas, y teníamos derecho a todo. Porque nos habíamos criado en jacales teníamos —así, sin cortapisas— derecho a una casota con techos altos y fachadas labradas y jardines y un Rolls[520] a la puerta. Lo demás es no entender qué cosa es una revolución. Las revoluciones las hacen hombres de carne y hueso, no santos, y todas terminan por crear una nueva casta privilegiada. Yo le aseguro que si no hubiera sabido aprovechar las circunstancias y todavía estuviera labrando la tierra de Michoacán, igual que mi padre, no me quejaría. Pero el hecho es que aquí estoy, y le soy más útil a México como hombre de empresa que como campesino. Y si no yo, otros habrían surgido para exigir esas prebendas, ocupar el lugar que yo ocupo, hacer lo que yo hago. Nosotros también éramos del pueblo, y en nuestras casas y nuestros jardines y nuestros automóviles, triunfaba en cierta

---

518 *bochinche:* bola (véase nota 515). Fiesta bulliciosa; juerga con libaciones (RVP).

519 *llevarse un pico:* quedarse con parte del presupuesto.

520 Dice «Rolls» en EdA.

manera el pueblo. Además, éste es un país que se duerme muy pronto, pero que también se despierta muy de repente: ¿quién nos iba a decir, en aquellos días, qué cosa iba a pasar mañana? Había que asegurarse. Y para obtener todo eso, nos la jugábamos. Nada de esa politiquita fácil de ahora. Entonces se necesitaban, en primer lugar, güevos, en segundo lugar, güevos y en tercer lugar güevos. Para hacer negocios, había que estar metido hasta el cogote en la circunstancia política y ser muy bragados[521]. Entonces no había empresas de participación norteamericana que protegieran contra cualquier eventualidad. Entonces nos la jugábamos cada día. Y así inventamos el poder, Cienfuegos, el verdadero poder mexicano, que no consiste en el despliegue de la fuerza. Ya ve usted qué falsa ha resultado esa imagen del mexicano sometido por la tiranía. No hace falta. Lo demuestra el hecho de que llevamos treinta años sin actos proditorios. Hacía falta otra cosa: trepárrsele en el cogote al país, jorobar a los demás, no dejarse, ser los grandes chingones. Entonces, lejos de revueltas, hay admiración. Nada es más admirado en México que el gran chingón[522].

Robles dejó caer el brazo. En la exaltación, su color era pizarra; volvía a ser su piel la piel del indio, tan cuidadosamente disfrazada por el casimir, los tonos de la camisa y la corbata, los toques de loción en el pañuelo.

—Nosotros tenemos todos los secretos. Sabemos lo que necesita el país, conocemos sus problemas. No hay más remedio que tolerarnos, o caer de vuelta en la anarquía. Pero eso lo impediría la clase media.

Ixca Cienfuegos apagó con movimientos lentos el cigarrillo y se dirigió a la ventana, encandilada por el sol de las tres de la tarde.

—Usted es muy mañoso, Cienfuegos, y nomás oye. No se crea que confío en usted ni que le hablo nomás por el gusto de escuchar mi propia voz. Usted sabe más de lo que enseña y de repente me quiere pegar un susto. Para eso le cuento estas cosas, para que sepa usted qué terreno pisa —nomás.

---

[521] *ser muy bragado:* valiente, enérgico, audaz.
[522] *gran chingón:* el triunfador sin escrúpulos. El oportunista y arribista, por excelencia (el que «chinga» a los demás. Carlos Fuentes ha escrito páginas memorables, empleando todos los usos y formas derivadas de la palabra chingar; así, en *La muerte de Artemio Cruz,* recupera poéticamente esas variaciones y disecciona a un triunfador de la Revolución mexicana, equiparable a Federico Robles (cfr. páginas 144-145).

Cienfuegos no ocultó una franca y simpática sonrisa que, a pesar suyo, reblandeció las duras facciones de Federico Robles. Los ojos de Cienfuegos, sonrientes, absorbieron todo el físico, tenso y fláccido a la vez, del banquero y, en silencio, sus labios fueron repitiendo las palabras de otra entrevista, las palabras de otro hombre que inventó el poder mexicano, de otro gran chingón: «...México tiene ahora una clase media. La clase media es el elemento activo de la sociedad. Aquí y en todas partes. Los ricos se preocupan demasiado por sus riquezas y sus dignidades para ser útiles al bienestar general. Por otra parte, la clase menesterosa es, por regla general, demasiado ignorante para desarrollar poder. La democracia dependerá, para su desarrollo, de los esfuerzos de la clase media activa, trabajadora, amante del adelanto»[523].

Sin dejar de sonreír, Ixca pensó que esas anchas aletas nasales, esos ojos de saurio, ese cutis cuidadosamente blanqueado, de Robles, se semejaban a los de Porfirio Díaz. El banquero chupó por última vez su puro lánguido:

—Cuál no será la verdad de lo que le digo, Cienfuegos, cuál no será el instinto cabal del país, que hasta los gobiernos más izquierdistas han forzado la marcha hacia esa estabilidad burguesa. El capitalismo mexicano le debe gratitud a dos hombres: Calles y Cárdenas. El primero puso las bases. El segundo las desarrolló en vivo, creando la posibilidad de un amplio mercado interno. Aumentó los salarios, dio toda clase de garantías a la clase obrera, haciendo que se sintiera protegida y sin necesidad de armar borlotes[524], instaló definitivamente la política de gasto gubernamental en las obras públicas, aumentó los créditos, repartió las tierras y, en todos los ámbitos, logró desatar una vasta circulación de riqueza estancada. Éstos son los hechos vivos y permanentes. Su perniciosa demagogia me parece secundaria. Si Cárdenas no le imprime un carácter oficial al obrerismo, los gobiernos posteriores no hubieran podido trabajar en paz e incrementar de tal manera la producción nacional. Y, por sobre todas las cosas, con su política acabó Cárdenas con el feudalismo mexicano. Después de él, México podrá ser lo que se quiera, menos un país latifundista regido por una inútil plutocracia agraria. Plutocracia la puede haber,

[523] Cita textual de la entrevista de James Creelman a Porfirio Díaz (veáse nota 435).
[524] *borlote:* tumulto; revolución.

pero gracias a que crea mercados, abre fuentes de trabajo, impulsa a México. La Revolución Mexicana ha sido sabia: entendió temprano que, para que una revolución sea efectiva, la militancia ha de ser breve y la fortuna larga. Y no dejó un solo acto de importancia al arbitrio sin formas. Todos sus actos han sido meditados. El hombre necesario ha llegado en cada ocasión a la Presidencia. ¿Se imagina usted a este pobre país en manos de Vasconcelos, de Almazán o del general Henríquez?[525] Ahí sí, para hablar sin ambages, que nos hubiera llevado la puritita[526]... Los cuadros técnicos y administrativos de México está hechos, y no pueden ser sustituidos por advenedizos. Ya aquí se acabó el cuento.

Federico Robles se abotonó, llenando el pecho de aire, su saco cruzado. Ixca sospechó que su gordura era ficticia: una necesidad impuesta por la mímesis política.

—Mi esposa nos espera con un jaibolito —dijo Robles, y corrió las cortinas de gasa de la oficina.

Con dos algodones sobre los párpados, Norma Larragoiti de Robles recibía, desnuda, los rayos de un sol seco y enervante. Como dos yemas difusas, el astro se reproducía, penetrando el algodón y los párpados, en el centro de los ojos de Norma. El sol era el primer recuerdo: sol chato y desierto del Norte, y después el sol alto, llagado y oscuro de México. Primer recuerdo y primer ser; quiso ser el sol, sentir una semilla de astro que le calcinara el vientre y repitió, en el calor del sol, su nombre, una, dos, varias veces.

NORMA LARRAGOITI

Norma nació en Torreón[527] de una familia de pequeños comerciantes que quebraron cuando ella tenía cinco años y acababa de proclamarse el Plan de Agua Prieta[528]. El padre se suicidó y

---

[525] José Vasconcelos, Juan Andreu Almazán y Miguel Enríquez Guzmán fueron candidatos perdedores a la presidencia de la República.

[526] *llevárselo a uno la puritita trampa* o *la chingada*: fracasar, perecer.

[527] *Torreón*: ciudad del Estado de Coahuila (uno de los que limitan con los Estados Unidos).

[528] Véase nota 507.

su mamá la mandó a México en cuanto lo metieron en la caja, a casa de unos tíos acomodados. Las Navidades, las pasaba en Santa María del Oro, donde ahora vivía la familia, porque el hermano trabajaba en una mina y era todo el pan. Pero ya a los quince años se negó a dejar las posadas en México, y sus tíos lo comprendieron muy bien y le compraron un traje de baile. Norma llamó mucho la atención: sus ojos son muy verdes, y ella, blanca, se lavaba el pelo con manzanilla y bailaba fox-trot[529] con gracia *in a secluded rendez-vous* y ponía siempre su mano fresca sobre la nuca del compañero. Los tíos tenían una casita con un jardín amplio en la Colonia Juárez[530], y a menudo daban fiestas. Iban muchos muchachos y Norma sabía darse su lugar pero también coquetear sin peligro. «¡Los muchachos dicen que Norma es muy caliente!», le gritaba, sacando la lengua, el primito más chico, y Norma simulaba enojarse, pero en el fondo quedaba satisfecha. Cuando cumplió diecisiete años y los tíos le organizaron un baile, conoció a un muchacho de la Prepa que tenía fama como poeta y unos ojos muy negros y lánguidos que la enamoraron. No tenía dinero, y se llamaba Rodrigo Pola, pero bastaba con oírlo hablar tan bonito y tomar helados en la nevería de París e ir todos los sábados al cine Iris a ver las películas de Greta Garbo, Charles Farrell, Janet Gaynor hablando. Le contaba de su papá, que había sido un gran general zapatista asesinado por Huerta, y de cómo su mamá se había sacrificado para darle una educación y ahora iba a entrar en Leyes, y de sus proyectos para escribir poesía y de cómo había descubierto los universos de Rimbaud y St.-John Perse y de la autonomía universitaria[531] y del movimiento obrero mexicano. Después se atrevía a besarla *hay una cosa que no toleraré nunca, y es que me subestimen; eso es lo que ha hecho Rodrigo besándome, y enamorándose de mí, creyéndome lista y acceder a todo por el gusto de que me apriete la cintura al bailar. ¡Idiota! ¿Qué quiere que hagamos entre beso y beso? ¿No se ha dado cuenta de que quiero vivir, vivir, entre los momentos y en compañía de los demás, que hay grupos superiores a él, coches descubiertos y cabarets caros y fines de se-*

---

529 Cursiva en EdA.

530 Véase nota 434.

531 En 1929, el presidente Emilio Portes Gil concedió la autonomía a la Universidad de México, por medio de una ley. Desde entonces, esta casa de estudios se denomina: Universidad Nacional Autónoma de México.

mana? A él le ha de gustar estarse esperando una semana o quince días para que llegue un beso a escondidas en la huerta de la casita de mis tíos. Eso es insultarme, creer que siempre voy a vivir en este ambiente atufado, ¡ja! y entonces Norma sintió que ya había logrado lo que quería, pero Rodrigo la continuaba buscando y susurrando a su oído. Su tía la recriminaba:

—Te vas a desprestigiar. Los muchachos ya no te van a hacer caso. ¿Cómo es posible que dejes de querer a un muchacho de la noche a la mañana?

Pero ella pensaba que a cada hombre debía dársele, y arrancarle, toda la ternura, todos los besos y caricias: almacenarlos para el siguiente, o para el último: el amor era asunto de voluntad, y se ganaba con la experiencia y el despecho de los demás. El tío había tenido suerte en los negocios, y se fueron a Las Lomas[532], donde había gente más rica y un nuevo grupo, de manera que olvidó a la pandillita de la Reforma, y cuando empezó a pasar por ella el hijo de un político en un Mercedes-Benz, dejó dicho que si llamaba Rodrigo dijeran siempre que no estaba. Luego conoció a otro muchacho rico, Pedro Caseaux, que le llevaba orquídeas, y con él conoció a un grupo que se dedicaba a organizar excursiones a haciendas preciosas, a donde la invitaban desde el jueves por la noche. Estaba en Cuernavaca cuando vino su mamá a México, y ya no pudo alcanzarla cuando regresó *sólo le pido a Dios que no me arrebate mi orgullo; es lo único que tengo, que verdaderamente siento mío: mi orgullo. Que está por encima de esta viejecita mestiza (¿cómo pudo mi padre, rubio y español, casarse con ella? gracias a Dios, heredé el tipo de él) que todo el día anda uniformada de delantal y rebozo. ¡Y el patán[533] de mi hermano! Para picar piedras, para eso es bueno. Creo que hasta los tíos empiezan a verlos con vergüenza, como yo; ¡y eso que los tíos no son nada del otro mundo! Ya les he pedido que no se asomen por la ventana como payos[534] cuando viene Pedro a recogerme; me muero de la vergüenza. Ni los tíos, ni la vieja, me comprenden: que quiero llegar alto, rozarme con lo mejor que ofrece México. ¡No, por Dios, no rozarme! Ser lo mejor que ofrece México. No vivir del brillo y la riqueza y la elegancia ajenas, ser, yo, el brillo y la riqueza y la elegancia. ¿Hay alguna ley*

---

[532] Véase nota 318.
[533] *patán:* palurdo.
[534] *payo:* ridículo; de mal gusto; rústico.

que me ate a la mediocridad? Total, les conviene que me case con un rico y les pase su mensualidad. En las haciendas se reunían muchas gentes que hablaban mal del gobierno. Iban extranjeros que jugaban artificiosamente con las palabras y hacían mofa de todo lo que sus tíos respetaban.

«—Vamos a ver cuánto dura este país sin las compañías petroleras[535].

»—Ils sont bêtes![536] Un país de indios, y gobernado por un indio...

»—...hace falta otra Junta de Notables[537]. Allí estaba la solución. O en la inmigración europea... como Argentina, ya ven ustedes...

»—Bueno, no sean criticones. Por lo menos hay whisky[538] barato, buen clima y mujeres ansiosas de acostarse con uno.

»—Ça, alors[539]...! Fornicar a dos mil metros de altura, sólo las cabras y los mexicanos, tu sais»[540].

La excentricidad, pero de buen gusto; una indiferencia a la que la frivolidad no sabía despojar de su pesantez solemne; la nostalgia de cabos sueltos; Biarritz, Jean-de-Luz, Ischia; las palabras «nuestro grupo», «mi tipo», «nuevo rico», «sensibilidad», y el sol pesado, la piedra domesticada, los bloques de aire escarlata, el profundo azul del verdor del valle mexicano. Matrimonios intercambiables; las visitas arrojadas, vestidas, a la piscina; el *¡pop!* monocorde de la champagne[541]; las cejas arqueadas; las noches en vela inventando nuevas recetas de cocktail[542]: las mañanas crudas, los poros ofrecidos en silencio a la luz; los concursos de pezones; la enumeración sin límite, *blasé,* de los nombres famosos en las artes, la política, el turismo de alcurnia; la repetición constante de las largas historias

---

535 Véase Cárdenas, Lázaro, en MPH.

536 Cursiva en las palabras francesas en EdA.

537 *Notables:* nombre que se ha dado en México al grupo de personas convocadas por los conservadores, en momentos de dificultades políticas. En 1863 y en 1867 se reunieron las últimas Juntas de Notables. La primera resolvió que la monarquía era el gobierno apropiado para México (véase Habsburgo, Fernando Maximiliano de, en MPH). La segunda fue convocada por el emperador para decidir el futuro de su gobierno; la Junta decidió que no abdicara.

538 Cursiva en EdA.

539 *Ídem.*

540 *Ídem.*

541 *Ídem.*

542 *Ídem.*

de una reputación. Evaristo y la Condesa Aspacúccoli, que en París se creyeron, respectivamente, rica heredera y millonario petrolero, que se casaron y que en Cuernavaca descubrieron su también respectiva penuria; el Conde Lemini, originario de Dallas, *né* Thomas Schwartz, empeñado en buscar azufre en el sur de México; la anciana millonaria, Mrs. Melville, acompañada de un siempre joven, siempre renovado, siempre astuto sobrino; don Efrén, el viejo porfirista que tan oportunamente supo vender sus haciendas e invertir en bienes raíces urbanos; Lally, la exquisita modelo de todos los nuevos pintores mexicanos; Bobó[543] Gutiérrez, el jovencito lleno de animación y *practical jokes;* y las niñas, las niñas extraídas de todas las procedencias, admitidas al santo de los santos por el poder etéreo de su risa cantarina, sus cualidades potables, y el exclusivo gusto del amo y señor del lugar: don Luis Verdaguer, autoclasificado como «el último Gran Señor de éstas, Fabio, ay dolor»: Itálica famosa estaba en subasta. Fue un palacio en la Avenida Juárez. Fue los puestos diplomáticos en Europa. Fue la sustancia, *hors commerce,* de un apellido. Fue el té sabatino en la casa de la Cadena. Fue, en una palabra, la decencia. Ahora era sólo un casco viejo, una piscina: San Fermín.

Y una mujer con pantalones de terciopelo negro que fumaba en boquilla china, labrada en la sierpe de elefantes y pagodas:

—Chére[544] Norma —le decía mientras se pintaba las uñas al borde de la piscina—, ¿todavía eres virgen? ¡Mira con qué cara de caballero bayardo te mira Pierrot![545].

Norma tenía que hacer un gran esfuerzo para aparentar despreocupación y no ruborizarse.

—Es eso que nos tiene conquistados. Tú eres la sola[546] que sabe ponerse colorada. ¡Si tú supieras lo que se pierde cuando ni eso se puede! Ah, *liebchen,* tú con tus sonrojos retienes a Pierre, y yo... Y es que siempre hay que taparse algo para después de la función, como hacen las coristas; allí, *voila,* queda una forma de la belleza, la única, por descubrir. ¡Dame un taparrabos y moveré al mundo! Estos hombres mexicanos tienen una idea magnífica del pudor femenino; si ellos te ven desnuda una vez, aunque no te toquen, les entra lo místico. El

---

[543] *Ídem.*
[544] *Ídem.*
[545] *Ídem.*
[546] El modo de hablar de Natasha muestra que el español no es su lengua materna.

acto con hoja de parra, sin embargo, deja intacto el honor. Y esto es perverso. Más valdría un Rousseau a los pies de Mme. Basile: respeto y estertor combinados.

Norma siempre reía nerviosamente y no sabía qué decir, y además, le molestaban los permanentes anteojos oscuros de Natasha.

—¿Qué edad crees tú que tengo, Normita?

—Treinta años, un poco más, quizá...

—¡Qué poco ingeniosa! Crees que si tuviera treinta años dormiría doce horas, usaría anteojos negros todo el día, y esta bandana para taparme la calvicie. Zanahorias crudas, galletitas de cebada, dos horas de crema, masajes; ¡todo un ceremonial que da del chic[547] a la agonía! Y deberías verme al acostarme. ¡Guignol![548]

—Es usted muy atractiva, Natasha.

—¡Ja! Cinco años más, y tendré que hacer el ridículo con un gigoló[549] o jugar pocker[550] con otras ancianas pintarrajeadas, como personaje de Colette. ¿Cómo cantan ustedes? «Mejor me muero de una vez.» Oh, pero qué macabro. Si aquí estás tú, y vacilas ante el amor. ¿Es que crees que vas a ser siempre la misma, lozana y colorada de pena? Realízalo. Y él es algo... color de oro, de músculos... Bueno, ya.

Natasha acariciaba a su mastín y se iba caminando a Cuernavaca. Norma fue por la pintura de uñas en la noche, al cuarto de Natasha, y encontró una momia, calcárea y tiesa, con los brazos engarrotados y dibujados de venas azules. Había amarrado todo el pelo en tres bucles erizados, y la papada le colgaba como bolsa de marsupial. En el buró brillaba otra Natasha, lánguida, enjoyada, de hacia veinte años.

—La foto me la tomó Rasputín. Persona no lo cree. En fin; decía... alguien... que no creer en lo sobrenatural es darle ventajas al demonio.

Natasha mamó sus galletas, y Norma salió nauseada al ver los dientes en un vaso de agua, como el tesoro de un ogro submarino *una cosa que sí creía, era el deber de llegar virgen al matrimonio. Es concederle demasiada honradez al marido, y secarse de angustia en el intervalo. Hay noches de calor en Cuernavaca en que saldría a venderme a la plaza. Voy a volver-*

---

[547] Cursiva en EdA.
[548] Ídem.
[549] Ídem.
[550] Dice *póquer* en EdA.

me loca si no encuentro carne a la cual pegarme, si tengo que seguir con la única voluptuosidad de observarme desnuda en el espejo, de irme desvistiendo con caricias bajo las sábanas... El siguiente fin de semana, Norma tuvo que ir por la noche a la pieza de Pedro pretextando cualquier cosa, y allí la pasó, ya sin miedo, y con impaciencia. Un mozo estaba recogiendo las botellas vacías cuando, a las siete de la mañana, salió Norma, y la observó con una sonrisa que antes había visto dirigida a la mayor parte de los huéspedes a cualquier hora. A Pedro le dio asco que hubiera sangrado tanto, y dejó de verla, pero la invitaban a salir otros muchachos, que ya no le mandaban orquídeas y en el coche le ponían la mano en el muslo, y no la volvían a invitar si no los besaba. Su mamá vino de Santa María del Oro. Norma ya no se atrevió a salir a la calle con esta anciana vestida de negro, que a veces decía «pos» y no tenía conversación. La mamá se fue llorando a la mina, y le dejó fotos de ella y de su hermano, dedicadas con una caligrafía atroz, que Norma extravió al poco tiempo. En la estación, estaban también las de Ovando, y Norma se cubrió con las pieles hasta la nariz y después de que le dijeron que la habían visto despidiendo a sus criadas, *¡qué democrática, Normita!*

Cuando cumplió veintiocho años, hablaban mucho de ella: salía retratada en todos los cabarets cada vez con un hombre distinto, y en una recepción oficial conoció a un banquero prieto vestido con un frac estupendo a quien todos sus amigos le hacían reverencias.

Don Nicolás Bravo poniendo en libertad a los prisioneros [551], *¡ja! usa patillas como Rodriguito... Tiene su pinta el banquero; todos le rinden. Eso es lo único que necesito, en realidad: que mi hombre sea objeto de homenajes. El amor, dice Natasha, por definición excluye la sinceridad.*

«—Si logro dormirme a este viejo, recuperamos la fortuna.
«—Es el Rotschild local, nunca habla, y es soltero.»

Federico Robles invitó a Norma a bailar, pero a los dos compases desistió y la llevó al buffet [552]. Ella le habló mucho, de cómo había crecido México, de los nuevos lugares, de *Casanova* y *Sans Souci,* de la cantidad de gente interesante que había

---

[551] Nicolás Bravo, al enterarse que su padre había sido ejecutado por los realistas, mandó llamar a los 300 prisioneros de su triunfo más reciente y ante ellos pronunció estas palabras: «Quedáis en libertad» (véase en MPH).

[552] Cursiva, en EdA.

llegado de todas partes, ¡ahora sí era una gran capital!, con Carol y la Lupescu, y los peinados verdes de Fernanda Montel: había que disfrutar de este México nuevo, alegre, cosmopolita, ¿no le parecía a él? Disfrutar, porque todo el mundo tenía derecho a gozar después de trabajar toda la vida. Pero hacían falta hombres de veras, con quienes disfrutar. Una chica decente conocía a tantos peleles sin personalidad, a tan pocos hombres de carácter, a los que podría ayudar, pues en mil pequeños detalles: la vida social, la ropa, el buen gusto, el verdadero disfrute de los bienes verdaderos de la vida, ¿no le parecía a él? Robles logró reír con ella. La respetaba mucho y al año se casaron.

Cuando la sirvienta se asomó a la terraza, Norma se acababa se sentar súbitamente, mareada por el sol, y pensando —no pensando, sino deseando saber qué sentía— que no podía llorar, que por más imágenes de dolor o miedo que inventara, no le salían las lágrimas, no le salían, no le salían. Se cubrió los pechos con la bata.

—Quesque[553] ya llegó el señor con el invitado y la esperan, señora.

—Dígale al señor... dígale al señor que me excuse. Que no me siento bien, cualquier cosa. Dígale.

—Está bueno, señora.

RODRIGO POLA

Rodrigo respiraba hondo y a su lado Ixca cubría con ambas manos la luz naranja del fósforo y sorbía con lentitud un cigarrillo. Iba atardeciendo sobre las copas azules del Paseo de la Reforma y el tránsito, a la altura de la calle de Sevilla, era en esos momentos escaso. Las dos figuras: una de estatura mediana, facciones delgadas sobre una piel verdosa que iba oscureciéndose en las cuencas hasta hundirse en los ojos como dos alas de cuervo que miraban los otros ojos, de almendra quemada, de Ixca, sus sienes pobladas de cerdas, sus anchos labios y sus facciones, alternativamente indígenas en pureza, pura y oscuramente europeas —de un mediterráneo asoleado y denso y ocioso en el mar y las estatuas que, fijándolo, lo continúan. Caminaban sobre la tierra suelta del Paseo. Rodrigo mi-

---

553 *Quesque:* (parece ser) que... Véase nota 422.

raba cómo el polvo se acumulaba en los zapatos amarillos. Se sentía consciente de todos sus movimientos nerviosos. Y Cienfuegos como si no caminara, como si lo fuera empujando la leve brisa de verano, como si no tuviera esas piernas, esas manos que tanto estorbaban a Rodrigo. Ixca lanzó el cerillo al aire y dejó que el humo le ascendiera por las aletas de la nariz hasta nublarle la vista:

—Tú y yo hemos vivido juntos muchos momentos. Y creemos saber todo el uno del otro...

—¿Saber algo de ti? No se podía caminar por esta ciudad diez minutos sin llenarse de polvo.

—Tanto como yo de ti. Somos lo que se llama «mexicanitos aguados». Ladinos, reservados, chingaqueditos...

Chingaquedito. ¿Quién a quién? ¿En dónde empezaba esa violación secreta, ese acto de abrir, de rasgar lo más escondido con tanto sigilo? Rodrigo se sintió lleno de pies, de manos. Pesado, en todas las posturas ridículas. El monumento a la Independencia se alzaba a sí mismo por las pantorrillas, y hacia Florencia cruzaban unas chivas arreadas por un indio descalzo.

—Sabes que a mi padre lo mandó fusilar Victoriano Huerta en la cárcel de Belén. Era por el año de 1913, y yo nací cuando estaba preso

«¿Me recordaste, padre, antes de morir: pensaste un instante en mí?

»Bolsa de semen, ingles tibias, es lo que recuerdo

»Y a mí, que ya había incendiado la sangre de mi madre, y a mí

»No; sólo una madrugada fría, y el recuerdo de un ave que pasó mojando las alas en el río de Tierra Caliente y después el plomo que entra sin que lo sientas a empaparte por dentro, a pintarte de gris»

pero no nos entregaron el cadáver, y sólo nos enteramos —quiero decir, se enteró mi madre— años más tarde, cuando el cadáver de mi padre se había amontonado con los demás de la Revolución, todos anónimos

«Ahora vienen las tolvaneras[554], hijo, y yo voy a cerrar los ojos y a tragar el polvo, porque allí han de venir los restos de tu padre»

---

[554] *tolvaneras:* las polvaredas muy densas son frecuentes en el Valle de México, especialmente en los meses de febrero y marzo, porque la desecación de sus lagos ocasionó parajes desérticos o semidesérticos.

todo era siempre pensar en él, Ixca, como si en realidad viviéramos tres en la casa. Sin embargo, yo no tenía de qué asirme para recordarlo; desde que tengo memoria, trato de encontrar algo que me ayude a recrear su verdadera imagen; nunca bastó ese retrato tieso y amarillo de un hombre uniformado, con los bigotes lustrosos y una leve sonrisa marcial, y mi madre nunca quiso recrear la imagen que yo deseaba, que no era la de ella, porque para ella mi padre era otro, fuera de ella, un hombre que la dejó viuda al año de casados, un rencor reiterado, o un ansia de emulación, de haber vivido brevemente, como él, pero rodeada de algún elemento extraordinario; mi madre nunca tuvo eso, y fue esa ausencia de relieves, más que otra cosa, la que la hacía compararse con mi padre y querer ser él, pero otro y que él hubiera sido ella —pero yo no, yo sólo quería ser su prolongación, de alguna manera, y creía que esa prolongación era moral (esto, sin poderlo explicar, lo supe desde muy niño); sí, eso es lo que supe desde entonces, y creo que sólo hoy empiezo a darme cuenta: pero él vivió en otro país, en otra ciudad: México y México mueren radicalmente cada vez que un hombre vuelve a manar sangre con pasión; es como si estuviéramos esperando a ese hombre que puede entregarlo todo para sacrificarlo en seguida y morir con él; y yo nacía cuando él iba a morir, creo; sólo me encontré con el cadáver recogido de mi madre, sentada en una silla de mimbre, tejiendo ropa de niño para la clientela de Santa María, y después, cuando el abuelo, que era quien nos pasaba algo, murió intestado, los demás hijos, que habían desterrado a Rosenda, a mi madre, de la familia cuando se casó con el revolucionario, cayeron sobre aquel pobre patrimonio y se valieron de todos los medios para impedir que ella tocara un centavo. Ahí empiezan mis recuerdos y mi vida: arrastrado de una mano por las calles del centro, de almacén en almacén, buscando trabajo y mis ojos fijos en los viejos botines de lazo que apretaban los pies de mi madre. Cuando al fin encontró empleo en un comercio, el sueldo de 125 pesos más comisiones (y tejer, en la noche, más ropa de niño) nos permitió irla pasando y yo pasaba los días solo en la azotea de la casita del Chopo, porque no había dinero para una escuela religiosa y mi madre no quería mandarme a una popular: yo salía a ver la telaraña de fierro del Museo de Historia Natural y a escuchar los pitos de los vendedores de globos; la música de los organillos que todas las tardes poblaban el barrio: los organilleros me veían encaramado en la tapia, me tendían el sombrero y yo comenzaba a chiflar y a mirar al cielo, como para dar a entender que no había solicitado la música y que además la podía producir por mi cuenta. Qué raro, cómo te acuerdas, así de pronto, de los detalles pequeños y te ves a ti mismo como a otra persona, tan lejana que casi parece un dibujo, o una fotografía vista por encima al ojear una revista: te acuerdas de la media que usaba ese niño todas las noches para que se le restirara el pelo, sólo ves a ese niño dibujado sobre una azotea, horas y horas quieto junto a la tapia, viendo pasar a la gente y escuchando, a veces, un rumor de caballería sobre los adoquines de la ciudad. Eran unos hombres de los que había que esconderse, a los que había que tenerles miedo: nunca olvidaré la cara de mi madre, pálida como un cielo de invierno, cuando regresó de su trabajo el día que entraron los villistas a México; me escondió debajo de un colchón y fingió una enfermedad de varios días para no ir al centro. Sobre todo, ha de haber pensado que uno de esos hombres feroces era mi padre, mi verdadero padre, que no había muerto, sino que seguía cabalgando por los llanos, disfrazado... No tiene sentido recordarlo; no es lo que fue, en ese mismo momento, y no deberíamos tener derecho de recordarlo

«ya viene el coyote[555], a comerte viene con un gran garrote»[556]. ese ir y venir por la calle del Chopo era mi única diversión. Todo el día en la azotea, y durante la noche horas más cortas al pie de la mecedora viendo a mi madre tejer *«¡Pobrecito hijo mío! Ya nos quedamos solos tú y yo en un mundo sin hombres. ¿Qué va a ser de nosotros, hijito?» «sanca, que sanca, que sancamaleón»*[557] a los ocho años entré al colegio de los maristas, y mi madre redobló el esfuerzo en la tienda y la labor en la noche; yo tenía los dos retratos, el de mi padre y el de mi madre, y si él era siempre el mismo, pues hasta muerto me lo imaginaba de uniforme y con esa sonrisa marcial, de ocasión, ella era dos, la del retrato y la nueva; mientras hacía la tarea bajo la lámpara bamboleante de terciopelo verde, la observaba por el rabo del ojo, sentada junto a la ventana, tratando de secuestrar las últimas horas de luz tenue sobre el estambre; la de antes siempre decía, «Pronto se compondrán las cosas»; la nueva me sorprendió; la vi en un reflejo de la ventana, y ella misma se debe haber visto, porque repasó sus pómulos, sus mandíbulas, como tratando de recordar frases hermosas: eran sus ojos los que ha-

---

[555] *coyote*: lobo de México.
[556] Fragmentos de una canción infantil.
[557] *Ídem.*

bían cambiado; más allá del leve tejido de arrugas, del retroceso mínimo de las cuencas, había una nueva mirada. Ella misma lo vio, al mismo tiempo que yo, y desde ese momento, todas las noches, en cuanto era posible fijar un reflejo en el vidrio, la mirada de mi madre detenía el movimiento de agujas e intentaba reducir el cambio de su mirada a una fórmula inteligible. Yo simulaba escribir sobre el cuaderno, pero no perdía detalle de esta ceremonia nocturna, y mi madre, a medida que su vista profundizaba en el cristal, iba percibiendo más el mundo reflejado: me iba percibiendo a mí, hasta que sus ojos se volvieron, como un relámpago, sobre mi figura encorvada mientras yo, con un movimiento eléctrico, trataba de reanudar la escritura; pero ella no se había dejado engañar, se había dado cuenta de que la espiaba, de que no envejecía sola, de que no se daba cuenta sola de las cosas, de que había otra persona en su vida, con la cual debía compartirla; esto debió sentir en ese momento, y erguida, con el chal volando, cayó sobre mí y me golpeó la cara y regó la botellita de tinta; «¡No me engañes!», me gritaba: yo me dejé caer de la silla para guarecerme entre las patas de la mesa, y desde allí veía la figura de mi madre levantarse hasta el techo, como una columna oscura y despojada de sombra, veía cómo le bailaban los nervios del puño, cómo lo fue aflojando, cómo abrió las palmas implorantes y me dijo: «Ven muchacho; si no te protejo yo, ¿quién, hijito¿»; y yo corrí a abrazarle las rodillas llorando con una nueva amargura, contento de haber entendido algo de ella, de saber que podía entenderla sin que se enojara, pero avergonzado de mí mismo, de ser un espía.

Rodrigo levantó la cara, despertado por la insistencia de los claxons[558] en la glorieta de Cuauhtémoc; los ríos de vehículos encontrados que subían y bajaban por la Reforma y desembocaban de Dinamarca y Roma, de Insurgentes y Ramón Guzmán, se torcían en sierpes amalgamadas y sin solución; los claxons no cesaban, el policía pitaba infructuosamente y las cabezas emergían de los coches a gritar palabras y volvían a caer sobre los claxons unadostrescuatrocinco veces.

—Uno sabe quién es desde muy temprano, y yo entonces supe que era algo así como lo que entonces sentí: un espía, es decir, un segundón, un contratado para enterarse de lo que viven los otros. Pero nada más. Y me enteré de algo peor. De

---

558 Cursiva, en EdA, las tres veces que aparece en el párrafo.

mi capacidad para conocer todos mis defectos, y de mi incapacidad para superarlos.

—Te pareces al país —dijo Ixca al tomar de un codo a Rodrigo para cruzar la avenida.

—No, Ixca, no. ¿Por qué mi padre supo lanzarse a luchar, a superar esos defectos, y yo no? ¿Por qué para él y para sus hombres hubo una vía de acción honrada, abierta, y para nosotros no hay sino la conformidad, el quemarse por dentro, el sigilo y eso, eso, el chingar quedito? Ya te lo dije, desde que tengo noción de las cosas sé que soy su hijo moral más que carnal, y que hoy debía actuar, y con más razón que él; que él actuaría hoy, de alguna manera, que no trataría, como yo, de vivir de segunda mano. Pero lo he intentado, ¿verdad, Ixca?, siempre he luchado dentro de mí mismo por saber la verdad, por entregarme a la idea moral; pero ¿de qué ha servido?, dime...

—Manuel Zamacona te diría que en ti mismo se cumple esa lucha moral, que es suficiente que pienses y en tu fuero interno te sientas solidario de otros hombres para que participes en todo...

—¿Tú lo crees?

—Yo creo... en fin, tu propia vida te llegará a decir lo que yo creo, o no te habré servido para nada.

—Mira al marido de Norma. Él sí está centrado, sabe lo que quiere. Está convencido de que trabaja por el bien del país. ¿Es suficiente hacer lo mismo que él y sentirse como él? Por Dios, ¿qué es este país, Ixca, hacia dónde camina, qué se puede hacer con él?

—Todo.

—¿Pero todo qué? ¿Cómo le haces para entenderlo? ¿En dónde empieza, en dónde termina? ¿Por qué se conforma con las soluciones a medias? ¿Por qué abandona lo mejor que tiene? ¿Qué fórmulas sirven para entenderlo? ¿De dónde, de dónde te agarras? ¿Qué le sucedió a su Revolución? ¿Sólo sirvió para crear a un nuevo grupo de potentados seguros de que lo dominan todo, de que son tan indispensables como creyeron serlo los científicos?[559]

---

[559] Los científicos (o «cientísicos», para la clase media) fueron los que se incorporaron a la burocracia de Porfirio Díaz: ingenieros, médicos, abogados, periodistas, maestros, historiadores, poetas. Tenían inclinación por el enciclopedismo, la política y la oratoria. Fueron elitistas, aunque provenían de todas las clases sociales. Como divulgaron el positivismo (la ideología oficial del Porfiriato) se les llamó los científicos. Díaz los utilizó políticamente.

—No hay nada indispensable en México, Rodrigo. Tarde o temprano una fuerza secreta y anónima lo inunda y transforma todo. Es una fuerza más vieja que todas las memorias, tan reducida y concentrada como un grano de pólvora: es el origen. Todo lo demás son disfraces. Allá, en el origen, está todavía México, lo que es, nunca lo que puede ser. México es algo fijado para siempre, incapaz de evolución. Una roca madre inconmovible que todo lo tolera. Todos los limos pueden crecer sobre esa roca. Pero la roca en sí no cambia, es la misma, para siempre.

—Eso no me sirve, Ixca, no me soluciona nada.

—¿Y tu propia vida?

—Sí, de eso veníamos hablando.

Una cola se formaba frente al cine Roble; Rodrigo e Ixca se abrieron paso entre la gente aburrida que a paso de tortuga avanzaba hacia la meta iluminada de la taquilla.

—Todos los días a las siete y media me iba a pie a la escuela, y una cuadra antes de llegar empezaba a arrastrar los pies y a patear corcholatas[560]. La clase de moral me llenaba de terror. Los maestros decían que era la más importante: «Si no sabes geografía, serás sólo un tonto; pero si no sabes catecismo, te condenas y te vas a un lugar donde estarás solo, sin tus papás ni nadie, para siempre»; y yo nunca sabía nada. En las otras clases había algo, un poco, que aprender por cuenta propia; pero en la de moral, todo estaba ya listo, rechazando la duda, cerrando todos los caminos...

«—¿Las virtudes teologales?

»—Fe, esperanza, y...

»y Rodrigo avergonzado de las palabras que no entendía. Su compañero de banca era Roberto Régules y una vez lo invitó a tomar chocolate después de las clases. Vivía en una casa con almenas cerca de la Avenida Chapultepec y tenía un cuarto lleno de soldados de plomo y grandes cuadernos. Rodrigo le preguntó qué eran esos cuadernos y Roberto le contestó que allí estaban todos los secretos, se encaramó a la cama y bajó uno de los volúmenes del estante; lo abrió sentado en el suelo, satisfecho y anticipando el asombro de su compañero

»—Ya ves la lata[561] del catecismo. Pues no es lata de verdad. Depende, porque aquí están los secretos —y abrió el cuaderno,

---

[560] corcholata: chapa, tapón metálico de las botellas (de cerveza o refrescos) cuyo lado interior estaba cubierto por una capa de corcho.
[561] lata: molestia.

erizado de recortes y estampas religiosas y frases escritas con tinta china. —El chiste es buscarle lo que de veras quiere decir a cada cosa, para que cuando el maestro Valles te pregunte, tú sepas de veras y no te tomen el pelo. Mira: aquí está la esperanza.
»En la hoja abierta, una estampa del crucificado junto a la fotografía de una de las artistas de cine italiano. La palabra 'esperanza', escrita con lápiz rojo, presidía la página, y luego estaba escrito 'Cruz, cruz, que se vaya el diablo y venga Jesús'
»—Pero si Jesús no viene, ¿qué tal? O te come el diablo, o te haces más diablo que el Diablo y entonces es el diablo el que grita: cruz, cruz, que se vaya el diablo y venga Jesús, ¿ves?
»Rodrigo no veía, y con la cabeza ladeada inspeccionaba la página de la Esperanza
»—Si te digo que de a tiro eres. ¿No ves? Todo quiere decir dos cosas, y tú escoges la que te conviene, ¿ya? Mira, aquí está la Castidad
»Esa página estaba en blanco
»—Y ésa sin nada, ¿qué?
»—Ahí también quiere decir dos cosas. Como nadie habla de la castidad y todos se callan cuando hago preguntas en la mesa, quiere decir que la castidad es algo malo y que te prohiben
»—Pero si el catecismo dice que hay que tener castidad...
«—¿Entonces por qué tus papás nunca quieren hablar de eso? No, seguro que es algo malo, pero como te lo prohiben, también ha de ser algo bueno. Por eso está la página en blanco, que ni es bueno ni malo, y tú nomás haciéndote el disimulado, a ver qué cae. Ahora dime, ¿quieres entrar al juego?
»Rodrigo dijo que sí, y los amigos se dieron la mano, y Roberto le hizo firmar un papel arrugado con una 'x' y en la clase se miraban furtivamente cuando el padre hablaba de la esperanza y Rodrigo recordaba a la actriz italiana recostada sobre una piel de tigre y cada vez que el padre decía una de las palabras sagradas Roberto escribía en un papelito y se lo pasaba a Rodrigo: la flor seca, el gato, la cruz con sangre. Al regresar a su casa, Rodrigo se sentaba a la mesa, bajo la luz verde, abría los cuadernos cuadriculados y fingía el cumplimiento de las tareas. En realidad, buscaba nuevas correspondencias a las palabras mágicas del catecismo: afiebrado, hurgaba en su breve memoria buscando fórmulas, voces brillantes que, al día siguiente, merecieron la aprobación de Roberto: el espíritu santo la bandera del corsario negro; la caridad la última cena de mi ratón; la teología el crespón negro de la casa del abuelo... A medida que se acercaba la hora de cenar, sentía una flaqueza

intolerable en las corvas, masticaba el lápiz y esperaba el momento en que su madre se levantara del sillón junto a la ventana y pasara a ver el cuaderno; entonces, velozmente, llenaba las hojas de números sin sentido y escondía en la mochila los papeles sagrados del juego.»

—Por eso, Ixca, mi amigo Roberto Régules —sí, éste mismo— y yo inventamos un juego secreto basado en el catecismo; un juego que nos devoraba la imaginación y el tiempo, en la escuela y en la casa. Y yo —no sé— quería tener a mi madre en este juego, no por su compañía y su comprensión, sino porque me sentía superior a ella, gracias al juego, al juego exclusivo de dos, de Roberto y mío, al juego que sólo él y yo podíamos explicar y al que sólo él y yo podíamos permitir la entrada a otros; yo le tenía lástima a mi madre, sin saberlo, lástima a sus viejos botines y a su cara cada día más distinta de la señora elegante y joven del retrato y quería regalarle, desde arriba, este juego donde se concentraban todas las excelencias del misterio y la exclusividad pero mi madre no lo sabía, creía que me dominaba naturalmente, sin pedir permiso, y que yo siempre sería parte de ella, espectador único de su vida diaria y de sus horas nocturnas junto a la ventana, en la mecedora de mimbre, con la pelota de estambre sobre el regazo y los ojos cada día más hundidos en el cerebro, más lejos de mi retrato lleno de ropas espesas y ella no quería asistir a lo mío, ni yo a lo suyo, pero sin ella no podía terminar de construir el juego, sin su asombro, sin su conocimiento de que yo había creado otro mundo: eso me hacía falta, que ella entrara para que supiera que yo vivía por mi cuenta, sin necesidad de ella pero ella no se enteró nunca, porque una mañana, por fin...

«El Padre Valles, que daba la clase de catecismo, se acercó en silencio a Roberto y le abrió el pupitre; sus mejillas lisas y coloradas se agitaron cuando Roberto cerró violentamente la tapa y le atrapó un dedo. El profesor volvió a abrir el escritorio mientras le torcía la oreja al niño: encontró los papeles de las equivalencias incomprensibles, y se los llevó. A la salida, llamó a Roberto y le advirtió que se dejara de chistes o lo acusaría con el director.

»—¿Qué vamos a hacer, Rob? —le preguntaba Rodrigo cuando los dos caminaban por las calles de olmos viejos y casas rosadas

»—Tú verás lo que hago. Vamos a meter al padrecito al juego

»Una semana más tarde, toda la escuela fue convocada al salón

de actos. Los muchachos de knickers[562] *y medias de popotillo*[563] *café dejaban escapar un olor colectivo de nucas enjabo-
nadas, desayunos acedos, carne soñolienta, que se mezclaba
con el del ocote*[564] *de las bancas y el serrín de los sacapuntas.
Un altar azul y una estatua de la Virgen María cubierta de telas
blancas y azules, sofocados por azucenas, brillaban al fondo
del salón. Entró el barbado director; a su lado se encontraba,
cabizbajo, el Padre Valles vestido de civil. Los rejuegos y codazos y chistes cesaron cuando las barbas del director se abrieron
en la cueva azul de su lengua. —Estamos aquí para confirmar
una grave denuncia. El padre de uno de sus compañeros ha
denunciado graves irregularidades de parte de uno de los maestros. Quiero que ante todos el señor Valles, antes de abandonar para siempre este claustro, pida disculpas por su incalifi-
cable conducta. Ustedes, niños queridos, sabrán explicar a sus
padres cuán grande es la honradez de la directiva de esta escuela, que con peligro de perder algunas colegiaturas el año
entrante, prefiere cumplir con los deseos de un padre de familia...*
«*Rodrigo sintió un remolino en la boca del estómago que le
impidió seguir escuchando el discurso del director; sabía que
el Padre Valles*[565] *había entrado al juego; era el tercero. Trató
de susurrarle algo a Roberto, que estaba en la fila de atrás;
la sonrisa, el brillo triunfal en los ojos de Roberto le impidieron interrumpirlo. El director no dejó nada en claro. Las hi-
pótesis fabricadas por los muchachos adjudicaban al Padre
Valles*[566] *toda clase de crímenes:*
«—*Lo han de haber visto con una mujer.*
»—*No seas tarugo; a ésos no les gustan las mujeres.*
»—*Seguro que se clavó las colectas.*
»*Rodrigo se acercó, con las manos sudorosas, a Roberto en
el patio y le preguntó con la voz quebrada: —¿Entró al juego?
—y Roberto le contestó con una carcajada: —¡Y de qué manera! Como que le encontraron el libro en su cuarto —y se
columpiaba, con las manos clavadas en los bolsillos, sobre los
talones. —¿Nuestro libro? ¿Pero qué hacía allí... cómo pudo?
—y sentía ganas de llorar, o de morderse los labios. —Lo*

---

562 Dice «*knickers*» en EdA (pantalones bombachos).
563 *popotillo:* un tipo de punto de algodón.
564 *ocote:* pino resinoso.
565 Dice *padre Valles* en EdA.
566 Ídem.

puse yo. *Y luego le conté a papá las ideas que me metía el curita en la cabeza, y papá pidió que lo expulsaran o retiraba la anualidad que le da al colegio... y como la anualidad vale más que cuarenta colegiaturas, pues ya ves—. Entonces, el juego no era sagrado; eso quería decir Rodrigo, no echándoselo en cara[567] a su compañero, sino diciéndolo, nada más diciéndolo; pero Roberto empezó a volar una moneda en el aire: —Ahora yo ya me voy a Guanajuato, a mi tierra. Allá viven unas tías medio mensas y me pondrán un profesor particular. Este ambiente ya me chocó[568]—. Y Rodrigo, con la mirada fija en las acrobacias de la monedita, sentía que todo el calor del cuerpo se le iba a la garganta: —¿Y nuestro pacto? —fue todo lo que pudo decir, y quería decir (tú eres mi único amigo, tú inventaste el juego, ahora no va a haber más que las largas horas en la azotea, y mi madre tejiendo: yo solo no puedo jugar al juego, tú eres mi amigo, quédate). Roberto se fue jugando con la moneda, Rodrigo se quedó rascando el árbol del patio con la punta del botín amarillo, mientras las correspondencias, ya sin la palabra sagrada equivalente, le bailaban en el cerebro madre vieja, chocolate, fe, coscorrón, caridad, luz verde»*

La luz pellizcada de los anuncios de cerveza y seguros y ron y diaros alumbró con intermitencias los rostros de Ixca y Rodrigo. Carlos IV se erguía en el centro, comandando el movimiento de camiones y taxis mientras un altoparlante lanzaba desde el edificio blanco rodeado de billeteros desanimados que regresaban a devolver los sobrantes, los números de la lotería. Por Rosales, los tranvías amarillos pasaban rechinando y un grupo de mujeres, en la esquina de Colón, se untaba saliva en la medias y en las cejas mientras, de Bucareli, bajaban corriendo y dándose manotazos en las espaldas y encolerizando a un perro pinto una docena de chiquillos descalzos vestidos de overol que acababan de repartir los vespertinos y ahora se dirigían a buscar puerto para su sueño en una banca de la Alameda o en los portales del Carmen: Rodrigo hesitó y cruzó Bucareli: —Vamos al Kiko's a tomar un café. Todavía no tengo ganas de encerrarme.

Entre los hombres gordos, vestidos de gabardina verde y los escuálidos, mal rasurados y las señoras de melenas aceitosas

---

[567] *echar en cara algo:* reprochar.
[568] *chocar:* aburrir, molestar.

y los muchachos de blue-jeans[569] que se peinaban los copetes
y metían veintes en la sinfonola, los dos amigos buscaron
una mesa.

—¡Hay cada vieja en casa de Chayito!

—Jive, boy, jive![570]

—Oye tú, ¿y qué me dices de aquel pase por alto? ¡Coño!
Que si las puede el chavalillo.

—Ya nomás porque es una su subordinada, yuro[571] que
se cree con derecho a todo.

—Jive, boy, jive![573]

—¿Aumento de sueldos?

—Entonces ascendieron a mi madre en el almacén, y yo
me había quedado solo en la escuela. Roberto se fue, y él
había sido mi único amigo. Ahora todos los muchachos, en
cuanto me vieron sin la protección de Régules, el rico, el que
tenía un papá que le pasaba grandes sumas a la escuela,
se dedicaron a tomarme el pelo y a darme de ligazos en las
piernas.

«¡Pola, Pola, bésame la cola!»
y yo fingía enfermedades para no asistir. Empezaba a comprar libros con los ahorros de los domingos y a leer en la azotea hasta que el sol me lo permitía; bajaba antes que mi madre regresara del centro, cenaba y me metía a mi cuarto a
leer y entonces mi mamá comenzó a obligarme a que me sen-
tara a sus pies en la noche y a decirme mientras tejía,
«Nunca me cuentas tus proyectos, hijito; ¿qué vas a hacer?»,
pero yo no contestaba y pensaba en palabras mágicas que
ya no querían decir nada, o en *El Vizconde de Bragelonne,*
o en los ligazos que me tenían moradas las piernas —¿cómo
eran sus palabras? «Recuerda que aunque te quedes solo en
el mundo, siempre tendrás a tu madre para hacerle confidencias y decirle la verdad. Ahora vas a hacerte hombre, y
si no le cuentas todo lo que te pasa a tu madre, te quedarás
lleno de dudas y sin explicarte nada», y yo paseaba la vista
por la pequeña sala familiar, la sala de los dos y del fantasma
de mi padre: la lámpara de terciopelo verde, la mesa con
sus sillas tiesas y su frutero apestoso; la mecedora de mimbre
donde cosía mi madre todas las noches; el sofá, también de

---

[569] Cursiva en EdA.
[570] Cursiva en EdA (jerga, chico, jerga).
[571] Cursiva en EdA.
[572] *Ídem.*

mimbre, también deshebrado; el piso de madera pintada de rosa; la ventana con sus cortinas de algodón; la puerta con su campanita de bronce. Y sólo ahora, al escuchar las palabras de mi madre, se me ocurría que alguna vez habría de abandonar esta casa, que debía brincar por encima de las tazas de chocolate y las pelotas de estambre, y pensé, sin darme cuenta, que mi madre no quedaría sola porque el fantasma de bigotes lustrosos y sonrisa marcial la acompañaría siempre, por más lejos que yo me fuera, y ella debió saber esto —como sabía tantas cosas, pero sólo un minuto antes que yo, como adivinando en mis ojos idiotas y abiertos todo lo que pensaba, como si sólo gracias a mí pudiera saber ciertas cosas, pero siempre un minuto antes que yo— y por eso nunca midió lo que me dijo esa noche, esas palabras gratuitas que nunca entendí, que nunca creí ciertas, y que ahora veo como ese deseo de beberme entero, de apresarme entre sus piernas y estar siempre, hasta la consumación de nuestras tres vidas, dándome a luz sin descanso, en un larguísimo parto de noches y días y años que la fortalecieran y le dieran la razón, en un eterno parto parlante que le dijera lo que ella quería saber siempre, alzada sobre las placentas como un monumento, viva en su espeso anhelo de ser siempre la madre, de encarnar a la naturaleza ya que lo demás —la vida de los hombres, lo urbano, lo que se resuelve en proyectos y papeles— nunca la tocaría, de encarnar a la naturaleza viviente y eléctrica en su único acto permanente. Por eso, cuando le pregunté «¿Era bueno contigo mi papá?», ella supo todo, leyó mis ojos idiotas y abiertos, se mordió los labios y dejó las agujas sobre el regazo. Naturaleza gratuita, Ixca, como sus palabras de gran madre, de madre abierta y rajada para la cual no existe más que el momento prolongado, verdadero y veraz, del parto, palabras que, aunque las explique, nunca entenderé: «Tu padre fue un cobarde que delató a sus compañeros y murió como un tonto, dejándonos en la miseria.»

Rodrigo escondió sus facciones quebradas en la taza de café. Ixca Cienfuegos comenzó a tararear la pieza que la sinfonola gemía: *Si Juárez no hubiera muerto, la patria se salvaría.* Rodrigo dejó la taza en su asiento de melcocha.

—Después me recuerdo con los ojos más hundidos, la piel más verde. Cuando cumplí dieciséis años, iba a entrar a la preparatoria. La escuela de los religiosos había sido clausurada[573] y mi madre tenía mucho miedo de que en la Prepa

---

[573] Véase Calles, Plutarco Elías, en MPH.

me hicieran algo. No habíamos podido hablar —salvo para pedirnos cosas, decir que salíamos o entrábamos— desde aquella escena. Pero ella observaba mis movimientos, espiaba mis horas solitarias, con un gran temblor sediento. Ahora ella pasaba sus horas solitarias en la salita, tejiendo, y tratando de decirme cosas en silencio; eso me llegaba hasta mi cuarto, donde todas las noches tomaba la pluma y escribía porque al fin había llegado el descubrimiento. Escribía afiebrado, tenso, sin saber muy bien qué palabras caían sobre el papel, seguro de que, saliera lo que saliera, era importante. Importante porque el papel no era papel, ni las palabras palabras, ni escribir escribir: importante porque todo era la única manera de decir Aquí estoy. Yo. Yo que no soy todos, ni uno más. Yo que soy yo. Único. Ni Dios mismo me puede cambiar por otro. Si yo fuera otro, el mundo se vendría abajo. La luna sería sol, el día parte de otro astro. No me pueden cambiar por otro, ni a otro por mí. Leía a Garcilaso, y sentía que entraba en el mundo perfecto, en la armonía en que todos podrían amar, vivir, ver y ser vistos sin vergüenza y sobre todo sin excusas. Y cuando cayó en mis manos el tomo de Rimbaud, creí encontrar a mi verdadero hermano y amigo, al que sabría comprender, y compartir conmigo, el gran descubrimiento, la gran desdicha. Apretaba los dientes mientras escribía; le daba un manotazo a la luz eléctrica que colgaba del techo para sentir que mi cerebro bailaba con las sombras y que el cuarto no era ya un espacio ajeno a mi cuerpo, sino mi mismo cerebro, grande e ínfimo a la vez, iluminado y oscuro, bailando con un ritmo fatal y desordenado. Después caía rendido sobre la cama. En silencio y con los ojos cerrados me desvestía, me cubría con las sábanas y esperaba el dolor de cabeza de todas las mañanas, cuando me preparaba para el momento terrible de entrar a la escuela. En la Preparatoria encontré a aquel grupo de muchachos que también se interesaban en la literatura. Lo capitaneaba Tomás Mediana y proyectaba una nueva revista que tradujera a todos los nuevos escritores europeos desconocidos en México. Se rieron un poco de que sintiera tanto entusiasmo por Garcilaso, pero cuando hablé de Rimbaud me miraron con atención y decidieron que podía conversar con el grupo[574] durante los re-

---

[574] Alude al grupo llamado los Contemporáneos, caracterizado por el estetismo y tendencia europeizante (opuestos al realismo socialista mexicano). Su revista, del mismo nombre, publicó traducciones de

creos. Tomás me preguntó si había leído a Gide, y me prometió llevarme a conocer su biblioteca: «Yo estoy suscrito a la N.R.F. y me llegan todas las novedades. Aquí ni siquiera han oído hablar de Marcel Proust. Existe una nueva sensibilidad que es de veras la nuestra, la de nuestro siglo.» Esas amistades me estimularon. Todos, como yo, hacían el bachillerato de leyes, pero ninguno leía libros de derecho. «Es la carrera más cercana a lo que nos interesa —decía Mediana. —Y nuestros papás creen que si no tenemos título seremos gente sin honra, amén de que moriremos de hambre. ¡Se acabó la bohemia!» Yo empecé a pulir mis versos para mostrárselos a Tomás, y cuando uno de ellos me decía «¿Cuando leemos tus cosas?» ... ¿qué no sentía, eh, Ixca, qué no sentía? ¿Recuerdas esos días? ¡Cómo nos sentíamos capaces de todo, portadores de una gran promesa! Arte, literatura, nuestras nuevas palabras mágicas... Recuerdas que Orozco[575] estaba pintando la Preparatoria, y que yo me quedaba después de clases a observar esa figura de araña que, clavada al andamiaje, durante horas y con una sola mano iba llenando de forma y color los viejos muros. Sentía que ese color me pertenecía, que algo importante había sucedido para que esos colores pudieran salir a la luz, a hablar y a decirle a cada persona quién era, en dónde estaban sus ideas, su personalidad. Después comencé a llegar tarde a la casa, a pasar horas con el nuevo grupo en los cafés del centro —¿los recuerdas como eran entonces, Ixca? Pablo Berea, el más formal y que ya había obtenido triunfos como poeta y distinciones como funcionario; Luis Pineda, que había publicado una revista satírica; Jesús de Olmos, alto y engominado, por cuya cuenta corrían los retruécanos; Ramón Frías, modesto y pulcro, de palabras escasas y exactas, trabajando siempre su largo poema secreto; Jorge Taillén, el mayor de todos, el que ya había viajado por lugares exóticos y publicado tres tomos de poesía candente y novedosa; Roberto Ladeira, el más secreto, el más brillante, el expositor de las nuevas ideas; y Tomás Mediana, pequeño y pálido, de humor y satanismo semejantes, vestido siempre de negro. ¡Con qué entusiasmo, entonces, pronun-

---

J. Cocteau, G. Apollinaire, A. Gide, P. Eluard, A Maurois. Entre los Contemporáneos: Salvador Novo, Xavier Villaurrutia, Carlos Pellicer, Gilberto Owen, José Gorostiza, Jaime Torres Bodet (véase Vasconcelos, José, en MPH).

575 Véase Orozco, José Clemente, en MPH.

ciaba sus nombres, Ixca! Ellos eran los sacerdotes del nuevo culto que nos llevaría, a través del poema, a salvarnos individualmente y a dejar un legado de belleza.

Rodrigo husmeó el aire rancio del café y quiso trasladarse a aquellas mesas del París en las que todas las tardes los esperaban.

«DE OLMOS (murmura cuando ve entrar la silueta opaca de Mediana) *L'Ange Heurtebisse! Je te garde, je te heurte, je te brise...*

»LADEIRA (los ojos llenos de humo) *Gide se pregunta si en primer lugar hay que ser, para luego aparecer, o si la condición es parecer primero para, al fin, poder ser lo que se parece*[576].

»MEDIANA (al tomar asiento) *Existe una incierta, pero aprehensible, geometría del tiempo. El tiempo y el hombre son los únicos elementos que saben jugar con sí mismos. Quizá porque son los únicos que no se tocan, aun cuando se envuelvan recíprocamente: les jours s'en vont, je demeure*[577]. *Pero, también, yo me voy y los días permanecen. Es decir, ¿parece el tiempo y soy yo? ¿O me parece el tiempo, y él es? Allá, en el infinito, las paralelas se juntarán. Acá...*

»DE OLMOS *A Rose is a Rose is a rose*[578] *Espejo del espejo del espejo, cada ser es eso: la ilusión de sí mismo, una prolongación en el cristal de un simple aquí estoy... ¿Hasta cuándo?* (pega en el piso con un bastón de puño nacarado para llamar al mozo) *Tú, Tomasso —y yo también, por qué no confesarlo cuando la confesión puede ser voluptuosa— profesas la amistad, que no el culto (¡tenebrosa palabra!) de lo elástico. Sabes que nuestra inmovilidad, en este instante, está cargada de inminencias —¡de las eminencias, líbranos!— Que nunca es tal inmovilidad, sino por un sutilísimo proceso de autogestión que no podríamos analizar, so pena...*

»PINEDA (desde su horchata, con los ojos en redondo) *¡Siempre ese leit-motiv*[579] *editorial! ¡Frustrados!*

»DE OLMOS (con los labios muy apretados) *Knopf thyself*[580], *sería hoy el slogan*[581] *adecuado en el jardín de Academo*

---

[576] EdA entrecomilla la frase en francés.
[577] Ídem.
[578] EdA entrecomilla la frase en inglés.
[579] Dice «leit-motiv» en EdA.
[580] Dice «Knopf thyself» en EdA.
[581] Dice «Slogan» en EdA.

272

»BEREA (tose e imposta la voz) *Me parece que la conversación se desvía. Esa disparidad u oposición del tiempo y del hombre lo son, en realidad, de un tiempo y unos hombres. ¡Gocemos, queridos amigos, de la nostalgia de aquellas épocas en que tiempo y hombre coinciden! Hoy que esa coincidencia se ha roto, nos toca a nosotros volver a encontrarla; quiero decir, la coincidencia justa para este tiempo y esos hombres. Coincidencia que me atrevería a denominar sinónimo de sensibilidad: he aquí la palabra mágica que explica, a la vez, nuestra promesa, nuestros propósitos*

»LADEIRA (sin abandonar su incómoda postura, la nuca plantada sobre el filo del respaldo de mimbre) *Iago tiene cierta razón. Algo nos une, y es lo que debía desunirnos*

»MEDIANA (sugiere, y luego teme haberlo dicho, o siente vender algo a bajo precio) *Nuestra soledad, nuestro no ser para nadie*

»LADEIRA *Sí. Existe, ¡qué duda cabe!, una comunidad de poetas, de hombres con altas preocupaciones. Pero esa comunidad está determinada, ya no por valores o por quehaceres comunes, sino precisamente, por la divergencia y la soledad de individuos que ejercen un oficio cada día más ajeno al interés colectivo, a las necesidades de masa*

»MEDIANA (con los ojos más bajos) *No es fortuita, pues, la exclamación dolorosa de Cocteau. La poesía de nuestro tiempo conservará la belleza del martirio. Poesía: afán de comunión. Martirio: experiencia única, intransferible, aunque los leones del Coliseo digan otra cosa*

»DE OLMOS (redondeó) *Ser culto es ser oculto*

»PINEDA (al sorber con estruendo sus popotes) *¡Justo Sierra O'Culto!*»[582]

—Bajo esos signos empecé a escribir. «Enséñate al rigor desde ahora», insistía Tomás Mediana cuando, hacia las siete, salíamos juntos del Café París y nos íbamos caminando hasta el Puente de Alvarado, donde él vivía. «Debemos, cuanto antes, conocer y acotar nuestro terreno, y nunca más salirnos de él.» Nos despedíamos en las esquina de Sadi Carnot y yo caminaba hasta la ventana junto a la cual, en la calle del Chopo, mi madre tejía. Ahora —un día— estaba oscura, y

[582] Justo Sierra O'Reilly. Periodista, historiador, novelista. Se encerró en el convento La Mejorada (Mérida) para redactar un proyecto de Código Civil (1859). En pocos meses, con el auxilio de estudiantes, elaboró tres volúmenes del Código que entró en vigor en diciembre de 1861 y sirvió como fundamento a los códigos posteriores.

entré a la casa con un presentimiento de malestar, como si una enfermedad que aún no se declaraba estuviera, sin embargo, trabajando ya, germinando su flora de microbios en la laguna de mis intestinos. Fue el día —la noche— en que hallé en mi cuarto a mi madre, sentada sobre el catre, con los ojos alumbrados y un fajo de cuartillas en la mano. Era el manuscrito; yo quise correr a recoger mis papeles: era esa luz de desengaño, esa petición de lástima en los ojos de mamá lo que me lo impedía. «Cuidado», decían sus labios (porque no sus ojos, no, que decían otras cosas, más terribles: desengaño, ansia de compasión) cada vez que trataba de acercarme, a través de su nombre —madre— a ella, cada vez que la invitaba a cenar. Mi madre logró transformar sus propios ojos —esa noche— de un estanque manso de fuego inmóvil a dos alfileres punzantes: esos ojos, ya unidos a los labios, me dijeron (¿dijeron? no, no era decir, sino descolgarse del pecho una parte de su vida, descubrir, como no lo había descubierto cuando jugaba el primer juego, que el cordón se quebraba, que las piernas se cerraban y que el hijo había escapado de la entraña calurosa que lo alimentaba y a la que, a su vez, debía calentar y nutrir: eso era decir): «¡Esto es lo que te has dedicado a hacer todo el año! ¡Esos versos!» y yo sabía, sólo entendía entonces, que mi madre había encontrado la oportunidad para exigirme algo que nunca había expresado; lo sabía, lo temía, ahora que la figura oscura y despeinada del catre agitaba las cuartillas «Y yo matándome en ese almacén todo el día para hacerte un hombre de provecho, ¿qué? Mírame: soy la que se ha quedado sin sangre y ahora sin amor —no, desde antes, desde siempre sin amor, desde que él no quiso— por darte de comer, por darte una carrera, tu madre, pero no has entendido nada» y a mí sólo me parecía... incongruente... escuchar estas palabras en el mismo lugar en el que todas las noches había escrito, me había dado cuenta de que existía con una carga dolorosa de ideas y proyectos que sólo eran míos y que mientras yo no expusiera nadie tenía por qué conocer (porque era nuevo saberlo, y ahora sólo sabemos que pesa más la única boca invisible y monstruosa de todas las bocas que exige que las palabras se escupan y venderlas al lema más eficaz, sí, ahora se gana y se paga la fama a ese precio), por eso me sentí... súbitamente... dueño de un contorno, de una línea de vida (como mi padre debió, en un momento, conocer la silueta de su vida, en ese monte por donde huyó, en la prisión de Belén, en su cara manchada de balas junto al paredón) e hijo, más que de mis padres, de mi propia, breve, sí, pero para mí única, incanjeable experiencia y dije (¿qué palabras fueron? sólo las que sé ahora: yo tengo mi propio destino) «Mamá, yo tengo mi propio destino», cuando el puño de mi madre se apretó en torno a las cuartillas y repitió esas palabras, las que recuerdo, con la caricatura de la risa: «¿He tenido yo mi destino? ¿Lo ha tenido alguien (tu padre no tuvo destino: tuvo muerte, desde que nació, muerte para él y los suyos, y la patria, ¡la patria!, que lo mandó fusilar y a la que él regó de más sangre, de todo menos la novedad de un amor singular que lo aguardaba, sí) alguna vez? No tienes ningún destino, sábelo ya. Tienes responsabilidades, y una madre que no ha tenido (ni querido, no, nunca) su destino, sino penas y amarguras y luchas para hacerte un hombre de bien (sí, de bien: educado; sí, de bien: rico: sí, de bien: casado; sí, de bien: con hijos; sí, de bien: católico; sí, de bien: que sepa y pueda recibir en su casa; sí, de bien: sin escrúpulos; sí, de bien: conforme; sí, de bien: ayuno de caridad y dolor; sí, de bien: sin días de misericordia o ira). La voz de mi madre se quebró, y era a la vez trueno y relámpago, en una mueca de lágrimas reprimidas. Yo caí a sus pies, abracé sus rodillas y quise suprimir todas las voces que me pedían frialdad. Luego me levanté, me senté en la cama junto a ella, le acaricié el pelo. Ella no daba rienda suelta a su llanto, lo seguía conteniendo como un viento encajonado en esa mueca dolorosa y yo me sentía satisfecho (cuando levantas el dedo en clase porque eres el único que sabe la lección, cuando esperas a que otros pasen por la calle para entregar la limosna al mendigo, cuando sabes que te están escuchando y tú no te das por enterado e impostas la voz y buscas tus palabras más impresionantes) de mi belleza filial cuando mi corazón gritaba rebeldía y un aire ronco seguía agitándose en la garganta de mi madre y sí, la veía, la sabía —¿cómo te diré, Ixca?— como una mujer... cursi, nada más. Dejó las cuartillas sobre mis muslos y salió corriendo del cuarto para que yo acercara los papeles a la lámpara de noche *Filis, penumbra de mi tiempo... dos ojos que al cantar evocan... triste condición de ser ajeno...* y apreté las palmas de mis manos contra los ojos y sentí un deseo ilimitado de reír: ¿dónde cabrían esas palabras, dentro de los días y los hechos de mi vida real, de esta escena con mi madre? ¿Qué tenía que ver una cosa con la otra? Acaso ella tenía razón y nadie tenía derecho a ser y la vida era un continuo desvanecerse en los deseos y actos de los demás: este mismo cuarto, desde entonces, no sería más mío, sólo mío; habría siempre, para siempre una figura suplicando la compasión, ofreciendo despecho, exigiendo disculpas, sentada en el filo de la cama. Volvían las palabras de Mediana a mi memoria, y lo detesté. No quise creer en su voz untuosa y grave «Nuestra generación debe crear en México ese oficio de rigor sin el cual toda obra no pasa de ser, en el menor de los casos, una moda pasajera»[583] no, no, no, cobardía, hay que lanzarse de cabeza a intentar lo que nos expone al fracaso, y por mis labios corrían los lugares comunes y los versos cojos pero sagrados porque decían lo que yo quería saber, lo que deseaba creer; yo y el mundo estábamos, dichos de alguna manera, allí, y esto era lo que importaba y no sabía cómo decírselo a Tomás.

—Sí —dijo Ixca Cienfuegos *Juárez no debió de morir, ay, de morir*[584]

—A los pocos días, llevé el manuscrito al impresor que me habían presentado Mediana y De Olmos. No tenía con qué pagar, pero el impresor se quedaría con la edición y yo no pediría un solo ejemplar. El libro se llamaría *Florilegio*[585] y no llevaría pie de imprenta. Cuando le conté esto a Mediana, frunció las cejas y me dijo que nada hubiera perdido con mostrarlo a los amigos antes de darlo a la imprenta; que había cierta solidaridad de grupo y que lo que uno publicara afectaría a todos. Pero yo había sentido (por todo) esa necesidad; ese libro sería la única prueba de que existía y tenía derecho a pensar, a dudar, por mi cuenta sin tener que pedir permiso.

—Le dio dos derechazos a la bestia que casi lo dejan sin barriga.

—Ándale baby[586], aquí está tu Sinatra[587] de bolsillo

---

[583] El rigor fue una de las ambiciones del grupo los Contemporáneos (véase nota 574).

[584] Fragmento de canción.

[585] Juan José Tablada (1871-1945) se inició en la carrera literaria con la publicación de un libro de poesías titulado *Florilegio* (1899). Este poeta introdujo en la lengua española el haikai o haikú japonés; fue vanguardista y rompió con el modernismo. Por su parte, el título homólogo del libro del personaje, no es ni original, ni de vanguardia (como el grupo al que quiso pertenecer y como lo fue Tablada).

[586] Cursiva en EdA.

[587] Frank Sinatra. Cantante de los Estados Unidos.

276

—Yo nomás de dejada, ahi[588] fui a dar con él a unos courts[589]

—Ahi[590] nos vidrios, le dije a la vieja esa, y luego andan creyendo que está uno como el gendarme de la esquina[591]

—Las reuniones del café seguían celebrándose. Ahora todos hablaban de crear un grupo de teatro para dar a conocer a Cocteau y a Pirandello. De Olmos se había hecho fotografiar con borla y espadín para ilustrar sus declaraciones a una revista sobre la nueva sensibilidad literaria, en las que hacía mofa del viejo panteón de poetas románticos y modernistas y adaptaba frases de Gide y Ellis a la vida mexicana. Una de ellas («¡Acabemos con la láctea costumbre de poner la poesía al alcance de las mujeres y las familias: Juan de Dios, cómo pesas!»)[592] había motivado cartas de protesta a la revista. Taillén andaba en Tierra Santa y enviaba sonetos exaltados. Berea colaboraba en la Secretaría Particular de Hacienda. Y acababa de llegar a México el afamado poeta sudamericano Flavio Milós. El grupo decidió ofrecerle una cena, y se escogió la casa más elegante, que era la de Mediana. Todos colaboramos con algo y la noche del agasajo nos presentamos vestidos de negro con claveles en los ojales y prendimos velas en la mesa adornada con tulipanes. La familia de Mediana había vivido de puestos secundarios en la burocracia porfirista y la casa, aunque un poco desmantelada, lucía aún cierta nostalgia de grandeza en sus cornisas de yeso y en sus espejos de marco patinado. Los muebles, tiesos y algo raídos, y en las consolas volúmenes de la N.R.F. que Tomás había bajado de su recámara. Las horas pasaban y Milós no se presentaba. Una criada viejísima se asomaba a cada instante y declaraba: «Joven Tomasín, se me está aguando la ensalada».

Rodrigo sonrió y pidió otra taza de café: —El grupo, por fin, dejó de conversar y fijó la vista en los cabos cada vez más cortos de las velas. Ladeira se plantó una sonrisa equívoca

---

588 EdA acentúa (véase nota 158).

589 Cursiva en EdA.

590 EdA acentúa. *Ahi nos vidrios:* hasta la vista (probablemente viene de nos vemos).

591 *Estar como el gendarme de la esquina:* estar dispuesto físicamente al acto sexual.

592 Juego con el nombre del poeta y dramaturgo modernista Juan de Dios Peza, quien alabó la vida hogareña y familiar en varios libros: *La ciencia del hogar* (teatro, 1874); *Cantos del hogar* (poesías, 1890), etcétera.

en el rostro y a mí me acometieron unos deseos tremendos de reír. Por fin, al filo de las doce, sonó el timbre y entró un hombre gordo, con barba de tres días, vestido con un saco de pana, sin corbata. Recuerdo muy bien esas palabras de introducción que rompieron como un cristal endeble la parsimoniosa compostura intelectual de nuestro grupo: «¡Puchas[593] que hay buenos potos[594]!» y sin saludar a nadie, tomó una botella de vino y se acostó en el suelo. Ladeira franqueó su sonrisa y Mediana palideció.

DE OLMOS (reluciente de pomada, al quite) *Hay una frase tan "posterior" en Max Jacob*

»MILÓS (aulló escupiendo parte de un buche de vino sobre el tapete) *¡Dos noches y sus días en Guatimozín[595], coño!*

»MEDIANA (gimió) *Roberto, sería adecuada una presentación*

»LADEIRA (clavó la nuca en el respaldo y observó intrigado al obeso poeta)

»MILÓS (ahora de barriga, metió la nariz en su copa) *Esas mujeres que son como tierra de volcán amasada, ¡pucha!, coño, qué tijeras. Todas con sus sabanitas azules. Eso y una caja de Tequila,[596] para sentirse cóndor[597] y apalear las nubes con el aliento. Hay que saber rodar, rodar como los delfines cerca de Talara[598], que brillan sobre las olas un instante para que todos los vean y los añoren, y luego hundirse al fondo. Puchas, y qué nalga...*

»BEREA (componiéndose la corbata) *Habíamos pensado, señor Milós, que una breve charla acerca de la influencia de Herrera y Reissig...»*

—Berea y Mediana, sentados muy derechitos en los sillones Segundo Imperio, sorbían mecánicamente el vino. Milós se estiraba sobre el tapete. De Olmos abría la boca y la cerraba en seguida. Yo estallé en una carcajada: recordé las frases preparadas, el repaso colectivo de la obra de Milós y sus posibles influencias, las preguntas que se le harían, la iluminación que se esperaba, y ahora, frente al espectáculo de esta ballena borracha, me sentía contento, pensaba en mi libro y agradecía no habérselo mostrado a Mediana. Mi ataque de risa fue tan

---

[593] *¡Puchas!:* exclamación rioplatense de sorpresa.

[594] *poto:* trasero; ano (se usa en Argentina, Bolivia, Perú y Chile).

[595] *Guatimozín:* nombre con que se conoce fuera de México a Cuauhtémoc (véase en MPH).

[596] *tequila:* bebida mexicana; aguardiente del maguey tequilero.

[597] *cóndor:* ave de los Andes de gran envergadura.

[598] *Talara:* provincia, ciudad y puerto de Perú (centro petrolero).

agudo, que opté por salir sin despedirme, mientras Tomás continuaba, pálido, sorbiendo el vino, y Flavio Milós gritaba y se estiraba sobre el tapete...

Rodrigo se detuvo y vació su cajetilla de «Delicados»[599] sobre la mesita de tubo de aluminio. Con la cabeza baja, empezó a construir una pirámide de tabaco. —Pero Milós no era más que un turista divertido, Ixca. Se fue y yo me quedé, perseguido por las miradas de recriminación de Tomás Mediana. Cuando apareció *Florilegio*, Tomás encabezó la crítica, sin duda honrada y con fundamentos, pero que yo, entonces, consideré alevosa. Crítica verbal, se entiende. No apareció un sólo artículo. Los chistes y retruécanos se multiplicaron. Mi madre repartió la mayor parte de los ejemplares entre sus compañeros de trabajo del departamento de lencería. Tal fue el destino de mis noches de desvelo, de mis ambiciones, de mi presunción de destino frente a mi madre. Ella se dio cuenta, y no me dijo nada. El grupo se fue enfriando conmigo; por fin, decidí cortar con ellos. Fue cuando conocí a Norma, y en ese momento creí que teniendo su amor podría dispensarme del grupo y de la gloria literaria. Cuando también perdí eso, traté de encontrar mi nueva justificación en la política universitaria... Allí andabas tú, Ixca... En 1940, era un burócrata mal pagado que dejaba todo su sueldo en los burdeles. Mediana tenía razón. El grupo dejó una obra, se aferró a su vocación. Mi madre tenía razón. No hay destino, hay responsabilidades. Es que...

—Ya va a ser hora de bajar la cortina[600]; si no nos multan —se acercó a decir la mesera.

Rodrigo bebió un vaso de agua. Ixca pagó la cuenta.

—¿Seguimos otro día, verdad? —dijo Rodrigo, con la mirada baja.

Un gran silencio, apenas roto por el chisporroteo de luces, rodeaba la helada imagen de Carlos IV.

---

599 EdA suprime las comillas.
600 *cortina:* cierre metálico de los establecimientos públicos.

2

EL ANCIANO *del bigote amarillo y el bastón de empuñadura*
de cobre aprovecha el domingo para sacar a su nieto de una
casa oscura sobre la calle de Edison y arrastrarlo hasta el Ca-
ballito [1], *donde ambos abordan un autobús Lomas, y el ancia-*
no, con un temblorín intermitente, sienta al muchacho junto
a la ventana y, blandiendo el heroico bastón, va señalándole
los lugares que ya no están allí —la casa de los Iturbe, la
casa de los Limantour, el café Colón [2]*— o los que, aislados,*
merecen la memoria del anciano aunque sigan allí. «Antes
ésta era una avenida de puros palacios» [3]*, le dice al muchacho*
y pega con el bastón sobre el vidrio, indiferente a las soeces
interpelaciones del chofer gordinflón que apenas en las boca-
calles transitadas deja a un lado el retograbado deportivo y
la botella de limonada. «Después del General Díaz este país

---

[1] *El Caballito:* estatua ecuestre de Carlos IV (véase Tolsá, Manuel,
en MPH).

[2] *Café Colón:* sitio de reunión de la sociedad porfiriana, desaparecido más de una década antes de que Carlos Fuentes escribiera
LRT. «... allí donde acaban de demoler el edificio construido no
hace tanto sobre la demolición del *Café Colón* —dice Salvador Novo—,
estuvo, muchísimos años, un *Café Colón* de vívida historia, adonde
iba uno de chico con su papá por los pasteles del domingo; adonde
el inevitable «Duque Job» (véase Gutiérrez Nájera M. en MPH) saboreaba su rubia cerveza y abría los ojos asombrados ante el formi-
dable crecimiento de una ciudad que ya llegaba hasta por allá» *(Nueva
Grandeza Mexicana. Ensayo sobre la ciudad de México y sus alrededores en 1946,* México, Ed. Hermes, 1947, pág. 33) (véase Balbuena,
Bernardo de, en MPH; véase nota 277 de la primera parte de LRT).

[3] El Paseo de la Reforma (véase nota 312 de la primera parte de
LRT).

se acabó, muchacho, se acabó para siempre», y el muchacho
lame un barquillo y estira la nuca para alcanzar la altura de
los nuevos edificios de la glorieta de Colón, pero el anciano
no los ve, tiene la previsión fija, y entreabre su boca floja, en
la expectación del próximo palacio porfiriano: un páramo de
acero y cemento ciñe esos islotes aislados de su memoria y su
gusto, y después del monumento a Cuauhtémoc, donde suben
al camión veinte mozalbetes sudorosos vestidos con camisolas
rojas y que traen pelotas de futbol bajo el brazo, la mirada
se le engolosina y mueve el bastón a la derecha y a la izquierda,
describiendo los jardines que conoció, la usanza de los coches
y las libreas de los mozos y cocheros, las mansardas y, algo
que no puede decir muy bien, el ritmo de esos pasos diversos,
el diverso olor, el porte diferente de las personas. «Nos es-
tropearon para siempre esta ciudad, hijo. ¡Antes sí que era la
ciudad de los palacios! Fíjate bien en lo que te señalo y deja
de lamer ese mantecado.» Quiere mencionar al gobernador de
Landa y Escandón pero sospecha que el muchacho no enten-
derá nada. Ya están en las Lomas[4]. El viejo observa con horror
una casa estilo colonial, con abundancia de pedrería y nichos
y vitrales amarillos[5]. El viejo golpea el piso con el bastón.
«Antes había puro llano aquí».*

CIUDAD DE LOS PALACIOS[6]

Federico penetró en el vestidor, pesado de perfumes y motas
rosadas, de su mujer. Apartó dos cortinas de gasa azul; frente
al espejo, Norma se componía cuidadosamente el pelo —al
acercarse su marido, se cubrió con la bata de seda los pechos
y sonrió ligeramente. Robles se detuvo junto a las cortinas e
intentó fijar los ojos de Norma en el reflejo del cristal; en
seguida recorrió el torso sentado, la espalda, la cabellera caoba.

---

[4] Véase nota 318 de la primera parte de LRT.

[5] Para este estilo, véase nota 331 de la primera parte de LRT.

[6] La tradición oral comunica que la antigua belleza de la ciudad
de México deslumbró a los visitantes europeos. Se dice que un viajero
europeo de fama la llamó «Ciudad de los palacios» (se refería a la
ciudad de México barroca y neoclásica, de fines de la época virreinal).
Hay quienes afirman que fue un inglés (Latrobe) quien acuñó la expresión laudatoria; otros, los más, sostienen que el autor de la frase
fue el barón Alexander von Humboldt.

—¿Sí? —preguntó Norma, con una voz totalmente despojada de intenciones.

—No... sólo vengo a preguntarte qué vas a hacer hoy... —Federico se dio cuenta de que esa ausencia de inflexiones en las preguntas y en las respuestas era ya lo obligado, y lo natural. Jamás habían faltado a la cortesía. Jamás se habían suscitado escenas. Pero ella se veía tan inútil, tan débil, desde aquí: su espalda era tan delgada, tan fácil de quebrar.

Norma tomó la mota y levantó una nube rosa sobre el cuello. —Es la boda de la chica Pérez Landa. En domingo, como cualquier criada... No sé en qué están pensando, oye. Figúrate, con el dinero del viejo. Seguro que va a ser tan cursi como...

—¿Para qué vas? —«Sólo preguntas inútiles, respuestas inútiles», pensó Federico. ¿Para qué iba? ¿No sentía él mismo que era preciso que Norma fuera, a esta y a todas las bodas, a complementarlo, a ayudarlo a cubrir todos los terrenos a fin de que, tácita o expresamente, la presencia de Federico Robles se dejara sentir en todos los ámbitos del mundo escogido como el del éxito?

Norma, a su vez, buscó en el espejo el rostro de su marido. —Tenemos que corresponder. —Sonrió. —Y se entera uno de los chismes. Alguna vez debíamos ir juntos. Se me hace que en estas bodorrias[7] se fraguan cositas. Por lo pronto, hay que ver el braguetazo[8] que da el novio...

—¿Qué, no quiere a la chica?

—¡Ay tú! ¿Te figuras que alguien quiera a ese lorito huasteco?[9] Ya lo veo con sus mitoncitos blancos, suda que te suda. No, hombre. Lo que pasa es que el fifí[10] este se arma hasta los dientes y no vuelve a levantar un dedo en su santa vida. Pero al fin la nena está tan guillada[11] con las monerías que le dicen en los periódicos, que ni cuenta se da. Se ha de sentir la divina garza envuelta en huevo[12]. ¡Con esa cara de esper-

---

[7] *bodorria:* boda rumbosa, pobretona y cursi (TPM).

[8] *braguetazo:* casamiento interesado entre un pobretón y una rica (TPM).

[9] *huasteco:* de la Huasteca, región que comprende varios Estados de la República (Veracruz, Puebla, San Luis Potosí, Hidalgo, Tamaulipas).

[10] Cursiva en EdA. Petimetre.

[11] *guillada:* chiflada.

[12] *sentirse la divina garza envuelta en huevo:* creerse lo mejor de lo mejor.

pento de feria! Y el cuerpo de la Tiny Griffin, ¿te acuerdas? Lo que no hará el dinero. —Norma suspiró y continuó polveándose.

—¿Y Pérez Landa acepta esa situación?

—¡Pues qué más quiere! ¿Que la enana empingorotada se le quede a vestir santos y le arruine para siempre el paisaje de ese jardín tan chulo[13] que tiene? Que le dé gracias a Dios de que haya un zonzo que jale con el engendro. Figúrate, dicen que las monjas del Canadá no la quisieron aceptar de pura fea, que dizque desmoralizaba a las demás niñas. Y es que de plano dan ganas de tirarle cacahuates a la chamaquita esta. Que si recepción de frac para celebrarle el cumpleaños, tú, que si la niña viaja a la Cochinchina para adquirir perspectivas, y la pobre allí siempre como baúl, buchona buchona y mensa[14] como ella sola. Pues a la hora que cae un retrasadito que quiere cargar con ella y que de paso lambisconié[15] al papá, ¡vámonos volando al altar! Dime si no.

El perfume espolvoreado ascendió hasta la nariz de Robles. Recordó —sin quererlo, pues sólo quería que esos momentos se consumieran solos, en otro radio de vida— la ausencia de estos elementos en la recámara de Hortensia Chacón, y por encima de la intensa penetración del polvo y el perfume de Norma, deseó regresar a esa ausencia de todos los olores salvo uno: el de carne unida y sudor único, instante adelgazado de la reunión irrepetible, en el que todos los actos ponían en peligro la estabilidad de la creación; era posible alcanzar el aire y empuñarlo, era posible levantar todas las costras de la tierra hasta la otra tierra, incandescente y líquida, de los astros. Robles quiso intuir esto, la diferencia entre las dos mujeres. Acostarse con Norma no era peligroso. Con Hortensia, sólo con Hortensia amar era un sobresalto, un no saber qué velo se rasgaría, qué cristal de fuego quemaría sus lenguas, qué sustentación de cualquiera de las dos vidas —Federico, Hortensia— quedaría destruida o edificada al cesar el contacto. La ceremonia de Norma era exacta a sí misma, siempre, como el cuadrante de un reloj. Y Hortensia era el tiempo, las horas, sin cronómetro. Intocable y muda, exigiendo una respuesta sin palabras, el filo y el acero, mantenida y cercada por toda su vida en espera de ese momento en que soltaría las riendas y

---

13 *chulo:* bonito.
14 *mensa:* tonta.
15 *lambisquear* o *lambisconear:* adular servilmente (TPM).

agotaría toda la sangre acumulada durante el tiempo sin número en dos, en cuatro minutos contados. Federico se acercó a Norma y colocó una mano sobre la espalda de la mujer.

—Por favor... —Norma retiró la mano suavemente.

¿No era también creación suya? ¿O sólo su otra mitad? Ni siquiera eso: prolongación, o avanzada. Ahora buscaba en el espejo las facciones reales de Norma: la cara, que originalmente debió responder a la categoría de lo «monísimo», se había ido refinando, hasta corresponder, cada vez más, a la máscara de todos los modelos de la estilización internacional: cejas arqueadas, ojos fríos y brillantes, cuello esbelto, pómulos altos, boca llena y rígida. Federico quiso recordar el rostro original de Norma (pues aún antes de conocerla, la primera vez que supo de ella, que escuchó a dos hombres hablar de ella en un restaurant[16], allá por el año 40, cuando un simple «Soy creyente»[17] relajó una tensión, autorizó ciertos estilos de vida hasta entonces, aunque reales, vergonzantes, el rostro de Norma ya era el creado en su mente, sin conocerla, el rostro imaginado desde que supo que existía una mujer hermosa que se llamaba Norma Larragoiti) y en ese instante se dio cuenta de que estas facciones, las de este mismo momento, eran las únicas que correspondían a las que entonces había imaginado. La máscara de Norma, insensiblemente, había sido moldeada por aquel rostro inventado o deseado por Federico. Todo el perfil de la mujer, supo Robles, era un producto de su pura voluntad. Ella, sin saberlo, sólo se había amoldado a un deseo imaginario hasta plasmarlo sobre su efigie verdadera, perdida para siempre. Con un estremecimiento, Federico quiso tocar con las manos la cara de su mujer: la furia contenida de Norma volvió a apartarlas —furia concentrada en un grano invisible, pues la sonrisa permanecía idéntica, idéntico el movimiento alegre de la mota sobre los senos. Siempre igual. Federico quiso creer que faltaría un segundo

---

[16] Dice *restaurante* en EdA.

[17] La violencia religiosa no desaparece hasta fines de la década de los años 30. La pérdida de poder político de la Iglesia (por la Constitución de 1917) ocasionó tensiones entre ésta y el Estado. A partir de 1926, el enfrentamiento se traduce en choques que no amenazaron seriamente al Gobierno, pero que sí lo condujeron a utilizar la violencia. La «guerra cristera», rural, pretendía sustituir la Constitución del 17 con la Constitución Cristera. El 30 de junio de 1929, se reinició la práctica regular del culto católico y hubo reapertura de las iglesias (véase Calles, Plutarco Elías, en MPH).

para que escuchara lo que pensaba; paseó la vista de la bata de seda y el talle frágil y la nuca perfumada de Norma a sus propias manos amoratadas, al porte solemne y rígido, a su propia efigie, reflejada también en el espejo común: ¿cuál sería el punto de unión del rostro diamantino que reproducía todas las páginas de modas martilleadas hasta convertir esa subespecie de la elegancia singular en la muestra común de una vulgaridad clandestina, y el rostro grueso y oscuro, de carnes espesas y ojos de cucaracha y sienes rapadas que asomaba a su lado? Las palabras jamás lo habían dicho. Las palabras jamás se pronuncian. Este maldito estilo oblicuo —pensó Robles sin saberlo, pues él lo vivía naturalmente— incapaz de un solo alarido, esta contención minuciosa, cerrada, aun frente a los hechos más terribles, esta reticencia mexicana que no puede fijar en las palabras una expresión sumergida, arrastrada, por fin corrupta. «¿Somos todos así?», se preguntó en silencio. Quiso pensar, sabiendo que no podría, que el sentimiento era ajeno: aparentamos todos la cortesía, suprimimos lentamente algo que se llama espontaneidad y es sólo dos o tres momentos descargados, limpios, erguidos; tenemos miedo de ser juzgados, porque queremos ser singulares, y en esa singularidad mezquina de lo único sacrificamos la gran singularidad, la singularidad de lo vario, el gran uno que es unión de muchos, el punto donde ya no se puede decir «te quiero» porque quererte es quererse y bajar todas las defensas hasta rendir el pudor y la vanidad y el poder en la entraña de quien nos conoce y nos domina y nos abre de par en par porque ya no somos yo sino ella y ella no es ella, sino yo. Esto jamás lo podrían hacer él y Norma. Norma no lo haría con él, como él no lo haría con los hombres que constituían los valladares entre su persona y las metas de su ambición. Pero así la quería; así la había pensado y buscado: contrapartida de su vida pública, continuación o avanzada de sus resortes de éxito, nueva soldadera de la verdadera Revolución. Volvió a fijar los ojos en el reflejo de Norma, y vio correr ese reflejo por un rosario de cocktail-partys[18] y bodas y cenas donde Norma era respetada porque era la mujer de Federico Robles y Federico Robles era un hombre que había sabido triunfar y dominar y era el dinero y el poder y la posibilidad de ayuda para escalar y en consecuencia Norma era la elegancia y el chic[19] y todo lo que

---

[18] Cursiva en EdA.
[19] *Ídem.*

los atributos de su marido significaban, al pasar la frontera invisible entre el trabajo y el juego, en el gran mundo. Así la quería —creyó pensar—, así la había buscado, para esto. Para nada más. No tenía derecho a exigirle otra cosa. Norma había cumplido el pacto tácito.

—Vieras cómo impresioné a los de Ovando, Federico. Claro, los pobres viven como ratas de sacristía, en otra época, sin confort...[20]

—Habrá que invitarlos a cenar alguna vez.

—Uuuy, se mueren de ganas. Cómo no, ahorita mismo. Pero mejor vamos dejándolos que primero venga a visitarnos, tú. Vamos dándonos nuestro lugar. La tal doña Lorenza es una vieja orgullosa, luego luego se ve. Toditita atufada y como si te hiciera el gran favor. Pero le vi la cara de envidia cuando me miró el brazalete que me regalaste de Navidad —¡rico!—, y te juro que esa señora viene a visitarme y a pedirme más favores.

Federico sintió un ligero asalto de rebeldía. ¿Qué había sido don Francisco Ortiz en su época sino un advenedizo que había tenido la buena fortuna de caerle bien al general Díaz y aprovecharse deslindando terrenos robados a las comunidades indígenas? ¿Qué había sido el padre de Pimpinela, don Lucas, sino un mercachifles que hacía negocios en las aduanas al amparo de Limantour[21]? Pero quizá la compasión que en realidad sentía Norma hacia todos esos eres incapaces de participar en el nuevo mundo mexicano era la que merecían. No tenérsela hubiera equivalido a respetarlos.

—¿Qué se sentirá haberlo tenido todo y luego ser un don nadie? —dijo Norma mientras se aplicaba, frunciendo los labios, el lápiz labial.

—No te preocupes. Si mañana yo quedara en la ruina, pasado volvía a construir mi fortuna.

Norma, ahora, apretó la mano de Federico. Y Robles volvió a sentir su prolongación y avanzada, y no quiso recordar más los momentos con Hortensia Chacón, momentos que no podían pertenecer al esquema cerrado del mundo que sólo con Norma —en el silencio y el ocio retenido y la ficción conyugal— podía compartir. La plenitud de su poder le subyugaba como una

---

[20] Ídem.

[21] Ministro de Hacienda de Porfirio Díaz (véase Limantour, Yves, en MPH).

esfera cálida y perfecta que alumbrase todos los rincones previsibles de su vida. De una brida tensa entre los dientes, en el campo de Celaya, origen del poder, hasta este mismo momento en que la prolongación de Federico Robles iba a reinar con su elegancia sobre una boda aristocrática: extremos de esa esfera total. Federico canceló, automáticamente, todos los momentos anteriores, y todos los que, hoy mismo, querían ligarse a ellos, reconstruir su otra imagen, su vida olvidada y escondida. Mercedes, Hortensia: dos nombres que bailaron apenas en los pliegues de su memoria, mientras Norma se ponía de pie y suspiraba:

—Mi amor, ¡las cosas que hay que hacer para cumplir! A veces pienso que no es vida, tanto cumplido y trajín social. Créeme que lo hago por ti.

Federico, con una leve sonrisa tiesa, lo creía.

—¡Pero qué bodita más cursi! —gruñía entre dientes Charlotte García mientras agitaba una mano en señal de despedida a los anfitriones y el Mercury arrancaba de Monte Líbano hacia la glorieta de Reforma. A su lado, Pimpinela de Ovando sonreía, en el acto de deslizar fuera de los brazos sus altos guantes negros. Charlotte, con un movimiento brusco, se desprendió el sombrerito de plumas rosa y lo dejó caer al lado de Pimpinela: —Nunca comprenderé, querida, por qué este desperdicio de champagne[22], pavos, canapés, orquesta de violines, colas de seda, jacquets[23] y dinero; para que luego cada quien se vaya a su casa repelando.

La avenida descendía, ondulante, recortada por un sol oblicuo, entre fresnos y cristal y piedra labrada: —Todavía se entiende que una advenediza confesa como yo caiga en estos holocaustos, ¡pero tú, Pimpinela! ¡Cómo puedes tolerar ese smugness, ese estar tan satisfechos de sí de todos estos nuevos ricos! Estrenando su burguesía, como si fueran los capitalistas del día de la creación. ¡Qué horror!

Pimpinela no varió su encantadora sonrisa, punto de destello de todo su físico dorado: —Recuerdo que mi abuelita decía que igual que la aristocracia porfiriana vio con horror la entrada a México de los Villas y los Zapatas, ella y las viejas familias vieron entrar a Díaz y a los suyos el siglo pasado. En-

---

[22] Cursiva en EdA.
[23] Ídem.

tonces las gentes decentes eran lerdistas[24]. Aunque también ellos se habían hecho ricos con los bienes del clero.

—¡Me parece divino! Hay que ser leal a nuestros propios prejuicios —comentó Charlotte con una carcajada carrasposa. Sobre sus facciones, mantenidas en ese punto de elegancia sin edad por las cremas, los masajes y, sobre todo, por la actitud y la voluntad, bailaban los reflejos verdosos del Bosque de Chapultepec.

—Ponte a pensar, ¿a quién verán entrar con horror mañana los aristócratas de la Revolución? No hay remedio: Mexiquito siempre será Mexiquito. Y mientras tanto, hay que subsistir. Cuando veo a mi tía Lorenza atada a su nostalgia, creyendo todavía que Don Porfirio va a resucitar y a correr con látigo a los bandidos y al peladaje[25]... Cuando todos podrían aprovechar, como yo, esta necesidad de prestigio, de barniz aristocrático, de los nuevos peces gordos. Hay que tener un poco de sentido práctico en el mundo moderno, ¿no crees?

—Ay, Pimpi, tú eres muy lista, pero yo que sólo veo el lado estético de las cosas, ¿cómo quieres que me sienta en medio de tanto llanto de padres sentimentales y mocos de niñas vestidas de tul? Si puede uno vivir en Nueva York o en París, en el centro del mundo, con gentes que hablan y se visten como tú, ¿quieres decirme qué estamos haciendo en México?

—Masoquismo, querida —dijo Pimpinela, agrandando sus ojos de miel cristalina a la vez que bajaba la voz—, y el agradable axioma de que en país de ciegos...

—¡Eres insoportable! —gimió Charlotte y se alborotó el pelo. —Cuéntame, ¿viste al modisto[26] ese espiando la boda desde la cocina y elogiando su creación con los gatos[27]?

—Vi algo más impresionante: a Norma Larragoiti vieja por primera vez.

—Bueno, es que con ese marido. Te imaginas el miedo de que le haga un hijo igualito a él...

El auto se detuvo frente a un bar de la calle de Liverpool. En la tarde dominical, grupos de sirvientas con las bocas pintadas como grandes cerezas húmedas, vestidas de algodón y

---

[24] *lerdistas:* se refiere a Miguel y Sebastián Lerdo de Tejada (véase en MPH). Véase nota 460 de la primera parte.

[25] *peladaje:* así suelen llamar las clases media y alta, despectivamente, a la clase baja (TPM).

[26] Dice *modista* en EdA.

[27] *gatos:* empleados domésticos. *Gata:* sirvienta, mucama (TPM).

falso terciopelo negro y mocasines de charol, se paseaban abrazadas de cabos del Ejército. Los rebozos se enganchaban en los botones militares, algunas chupaban paletas de limón, otras tarareaban canciones. Iban y venían faldas anchas de colores chillantes, permanentes ensortijados y bañados en grasa, vendedores de helados y globos.

—Basta de zoociales —suspiró Charlotte al descender.

—¿Estás segura de que estará aquí Silvia?

—Todos los domingos. L'amour, tu sais...[28]

Un cuarteto de guitarristas suspiraba junto a la mesa donde Silvia Régules, el mink[29] detenido en un hombro, presidía con los ojos fijos en uno de los intérpretes, crespo y moreno.

—¿Cómo que esto es un old-fashioned?[30] —gritó Bobó[31] al jefe de meseros—. ¿Me va usted a decir a mí, nibelungo, lo que es un old-fashioned? Lugar: Nassau. Año: 1942. En noches de delirio, Windsor pedía mis old-fashioneds mientras la morganática se dejaba retratar para *Vogue*.

Silvia besó las mejillas de Charlotte y Pimpinela: —Su Alteza el Príncipe —indicó, y Charlotte ejecutó un torpe movimiento de rodillas. —A los demás los conocen: la Contessa[32] Aspacúccoli, Cuquis, Bobó...

ay, amor ya no me quieras tanto, ay amor[33]

Cuquis trataba de meter su mano entre el dorso y el brazo del príncipe y éste —prógnata y oloroso a nardos— la retiraba con igual insistencia. Pimpinela tomó asiento al lado de Silvia, y Charlotte frente al príncipe: — Conocí a sus augustos papás chez la Comtesse[34] de Noailles...

—Los deplorables eventos de 1918 —suspiró, desde su escandalosa quijada, el real personaje.

—Ahora a las siete doy un cocktail[35] en honor de Maryland Ainsworth, «Soapy»[36] Ainsworth, ¿sabe usted?, y también de

---

[28] El francés en cursiva en EdA.

[29] Cursiva en EdA.

[30] El inglés en cursiva en EdA, las tres veces que aparece en el párrafo.

[31] Cursiva en EdA. Bobó, Cuquis mantienen la cursiva.

[32] *Ídem.*

[33] Fragmento de un conocido bolero.

[34] Cursiva en EdA desde *chez.*

[35] Cursiva en EdA.

[36] Dice *Soapy* en EdA.

su caballo, si es que gana el handicap[37] en el Jockey[38], y me honraría...

—Hoy la patria ancestral es presa de la tiranía roja...

—Recuerdas, Pinky[39], los últimos bailes, cuando tú y yo espiábamos desde el balcón de músicos... —dijo con voz nublada la Contessa Aspacúccoli.

—Liebe Zagreb![40]

La Contessa ingirió rápidamente el contenido de su copa: —Pinky, Pinky, todo se terminó, kaputt[41], es aquí el reino des épiciers et commerçants, oh damn![42] Voy a llorar. Hasta este lugar —por consanguinidad en tercer grado— pudo ser tuyo.

El Príncipe serbio, de pie, gruñó levantando su copa: —Vive l'Empereur![43]

—Sí, se lo matamos nosotros[44], ¿verdad? —interrumpió Charlotte—. Pues ahora, en desagravio, le ofrezco también a usted el cocktail de Soapy Aisworth y Tennessee Rover Boy[45].

—¿Quién es Tennessee Rover Boy? —arqueó las cejas la Contessa.

—El caballo de Soapy que ya ha de haber ganado el handicap, si Dios quiere.

—Desconocemos el pedigree[46] de su Rover Boy, querida Charlotte, pero se está usted refiriendo con el mismo aliento a la línea de Reifferscheidt-Orsini, regentes de Aquisgrán dede el año 1147 y emparentados con las más viejas familias del Sacro Imperio.

—¿Pedrigrees a mí, señora? Léase su Bernal Díaz: ahí viene mi tatarabuelo, que ya era Marqués de Aguasfloridas y pariente de Moctezuma cuando los suyos plantaban betabeles en el Danubio...

La Princesa, roja al duco, regó su martini[47] y, de pie, levantó el índice y atropelló una serie de palabras incompren-

---

[37] Cursiva en EdA.
[38] Ídem.
[39] Ídem.
[40] Ídem.
[41] Ídem.
[42] Cursiva en EdA desde *des*.
[43] El francés en cursiva en EdA.
[44] Se refiere a Fernando Maximiliano de Habsburgo (véase en MPH).
[45] Dice «Tennessee Rover Boy» en EdA.
[46] Cursiva en EdA.
[47] Ídem.

sibles. Se cruzó la estola sobre los pechos, infló la nariz, y, ya impotente, gritó: —¡Hija de los galeotes y forzados que cruzaron el mar con escorbuto! —y tomó con furia los cabellos de Charlotte: —¡Te voy a enseñar las posaderas donde está grabado eso que es el lunar de Charlemagne!

Los guitarristas se detuvieron en seco y sólo la Augusta intervención impidió a la Contessa bajarse los calzones: —Liebe Sophia, je t'en prie[48]...— Con una profunda reverencia y la Contessa agitada entre sus brazos, Su Alteza se retiró.

—¡Me fregaron[49] el romance! —se quejó Cuquis plantando su daikirí en la mesa—. Ahora que ya me lo iba a amarrar...

—J'ai le cu de Charlemagne![50] —aullaba la Contessa desde la puerta del bar.

siempre que me preguntas, que dónde, cuándo y cómo, yo siempre te respondo[51]

Junior[52] se acercó a la mesa del combate: —Buenas todos; ya vi tu royal match[53], Charlotte. La aludida se arreglaba el pelo: —¡Que viva el triunfo de *trade over tradition!* ¡Qué se puede esperar de gentes que desconocen las tinas de baño! ¿No olieron al Sacro Archiduque? ¡Fiúuuu! Siéntate, Junior.

Cuquis corrió a abrazar al columnista que se desprendía con evidente labor de la barra: —¡Mi ocho columnas adorado! ¡Ya me amarré a la testa real! Puedes poner que estuvieron aquí puros nobles para el suceso: el Príncipe serbio, la Aspacúccoli, Charlotte que nos ha resultado de la línea de Cuauhtémoc y yo que fui Soberana de la Primavera *quizá, quizá, quizá*[54]

—Ya está arreglado tu asunto —le susurró Silvia a Pimpinela. —Mi marido habló con esa gente y han acordado la devolución de la hacienda de Chihuahua, por el momento, y después de las otras[55]...

---

48 Cursiva en EdA desde *liebe.*
49 *fregar:* estropear (RVP).
50 El francés en cursiva en EdA.
51 Fragmento del bolero *Quizá.*
52 Cursiva en EdA.
53 El inglés en cursiva en EdA.
54 Fragmento de la misma canción que aparece arriba (véase nota 51).
55 La Revolución, en especial el movimiento zapatista, afectó la propiedad de algunos latifundios. Incipientemente, hubo expropiación de haciendas y repartición de tierras a los campesinos (véanse Zapata, Emiliano; Cárdenas, Lázaro, en MPH).

—¡Silvia! Esto es tan inesperado; tía Lorenza no va a tener palabras...

—¡Tch! A ti te debo algo más, ¿verdad? —dijo Silvia y apretó la mano del guitarrista crespo y bigotón.

Tennessee Rover Boy[56], en efecto y a Dios sean dadas, ganó el handicap. Colocado por una nariz en el primer lugar, su éxito corrió en ondas de creciente entusiasmo del estrado general del Hipódromo a las mesitas friolentas que, en lo alto, constituyen el Jockey Club. Maryland Ainsworth levantó ambos brazos y los arremolinó en éxtasis. A su lado, Gus y Lally sufrieron colapsos, aunque aquél, con más sentido común, salió corriendo hacia el teléfono para avisarle a Charlotte. Desde el hall[57], observaba con una mirada lejana, mientras esperaba la comunicación, a los rosarios de niñas, gordas unas, macilentas y sacréficadas otras, que corrían en parvadas nerviosas de un rincón izquierdo a un rincón derecho, a los dandys[58] aburridos que se lanzaban fumarolas esquivas unos a otros, a las demimondaines[59] endomingadas de violeta —vestidos, párpados, labios—, a los disecados elementos de la vieja guardia, a las señoras que se aprestaban a iniciar, lastrando las sillitas plegadizas, sus partidas de canasta uruguaya.

—¡Rover Boy! —suspiró Gus a la bocina y colgó, corriendo de nuevo hacia las exaltadas extremidades de Maryland, quien ahora lloraba: —My old mammy should have seen this! She raised Rover Boy on clover and alfalfa, she did![60]

—No te preocupes, chula[61] —se apresuró a añadir Lally, sofocada: —A mí me criaron entre puras lecturas místicas, desde el occiso Platón hasta Guisa y Azevedo, dizque para que distinguiera entre las estrellas de los cosméticos y las de la cosmología, ¡dime si no es para chotearse[62] como de por vida!

—She says she understands your feelings[63] —tradujo Gus.

—Oh, that's sweet[64] —lacrimeó Maryland «Soapy»[65] Ains-

---

56 EdA no mantiene las comillas en este nombre (véase nota 45).
57 Cursiva en EdA.
58 *Ídem.*
59 *Ídem.*
60 El inglés en cursiva en EdA.
61 *chula:* linda.
62 *chotearse:* reírse de, tomar a broma.
63 El inglés en cursiva en EdA.
64 *Ídem.*
65 Sin comillas en EdA.

292

worth, infinitamente pecosa en el atardecer azulado del valle.

—Soapy, Mister So-and-So[66], ¡el hombre más divino de México! —susurraba Charlotte mientras conducía a la heredera del imperio jabonero de un invitado a otro. El apartamiento, forrado de seda naranja, ostentaba en las paredes retratos autógrafos de celebridades: Shirley Temple, el Dr. Atl, Somerset Maugham, Elsa Maxwell, los Duques de Windsor, Alí Chumacero y Victoria Ocampo. Los taburetes de raso diseminados como hongos muelles constituían varios nucleos de academia social: sobre uno, se sentaba Lally; sobre otro, el Junior; sobre un tercero, Pedro Caseaux. Alternaban, desde un escondido magna-voz, Jacqueline François y Los Panchos. Una corona de gardenias, con las palabras ROVER BOY escritas con nomeolvides, inundaba el salón de un triple olfato de velación, arrepentimiento y musgo fresco.

—Julia de Bulgaria —presentó Paco Delquinto a la ya demacrada y siempre muda Juliette ante el grupo peripatético de Charlotte y Soapy: —Charmed, I'm sure[67].

—Desde los Sargónidas no se organizaba un huateque[68] como el de San Fermín la semana pasada —comentó un Pierre Caseaux, y Cuquis[69], a sus rodillas, suspiró: —¡Estaba el Serbio! Y por más que Pichi[70] le hizo la lucha, fue a mí a la que invitó al Te Deum[71] del viernes. En honor de los difuntos Reyes de Montenegro, ¿sabes?

oh je voudrais tant que tu te

—En esta época la Place Furstenberg se llena de hojas muertas —sugirió Pimpinela de Ovando.

—Bueno, pero eso no le quita lo sangrón a los franchutes y lo mugroso a París —recogió la sugerencia el Junior—. Oye tú, Pimpis, que dizque la Ciudad Luz. ¿Dónde, digo yo? Ya quisieran tener la iluminación de Insurgentes para un día de fiesta. Eso está bueno para ir como yo, una vez al año, pero para vivir, México. ¿Dónde has visto en Francia tantas comodidades como hay en México? Empezando por los baños, oye, y luego las casas, y todo el nivel de vida. ¿A poco allá tienen zonas residenciales como Las Lomas o el Pedregal? No, allá puro vivir de museos y Napoleón.

---

66 Dice: «—*Soapy,* míster So-and-So», en EdA.
67 El inglés en cursiva en EdA.
68 *huateque:* guateque, fiesta.
69 Sin cursiva en EdA, que no la mantiene en este caso.
70 Cursiva en EdA.
71 *Ídem.*

les pas des amants désunis

—La señora Jaboncito dice que se ha casado siete veces y todavía no entiende por qué nunca la han embarazado —rumió con la sonrisa dentrífica Lally—; ¿verdad, suit?[72]

—Sure, daddy makes a surplus of three million a year, tax deducted, but he likes to keep in touch with the finer arts and pays a roving culture-trailer with records and books[73].

—Que si eres homosexual, Gus.

—Homo, sí, sexual quién sabe.

abre el balcón, y el corazón[74]

Rodrigo Pola se acercó al visible perfume de Cuquis[75], quien, con el pelo caoba recogido en dos olas que partían de la sien y se agotaban, escondidas y exánimes, en la nuca, se acariciaba el occipucio, consciente de los blandos dobleces de su axila afeitada, de la redonda línea de músculo que acentuaba el contorno del seno y lo convertía en un objeto, a la vez, aéreo y grave. Junto a ella, charlaban Caseaux, Delquinto y Juliette. Rodrigo suprimió, mentalmente, toda referencia culta de su vocabulario: no había otra manera de agradar a Cuquis pensó, pensó que era eso lo que había hecho huir a Norma; esas continuas referencias a lo que, lejos de ser un patrimonio común, resultaba la soporífera clave de un grupo de iniciados. ¿No quería tener éxito en todo lo que intentara? El éxito es asunto de pasividad, se dijo Rodrigo; basta plegarse a la ocasión, someterse a un tren de hechos automático que nadie ha puesto en marcha con inteligencia o pasión. Y además, ¡qué diablos!, resultaba pedante y poco democrático sacar a colación cuanta cita y asociación se le ocurrieran a uno. Recorría con los ojos los sabios movimientos de Cuquis, en los que alternaban una pasividad acogedora de gatita con otra tensión, reptil. Los gatos se cruzan con las serpientes y se hace el reino bovino, musitó Rodrigo al llegar, en su observación, al regazo de Cuquis.

—¿No les parece que el serbio se parece al cuero de Rock Hudson? —inquiría Cuquis cuando Rodrigo se decidió a penetrar la barrera de Miss Dior[76] que la abrazaba.

—¿Quién va ganando en la carrera monárquica? —dijo Rodrigo, cruzándose de piernas sobre el tapete. Intuía que

---

[72] Cursiva en EdA.
[73] Todo el párrafo en cursiva en EdA.
[74] Fragmento de un bolero.
[75] Sin cursiva en EdA, que la suprime desde la página anterior.
[76] Dice *miss Dior* en EdA.

la pregunta no había sido oportuna; Cuquis frunció los anchos labios con los que pretendía crearse una personalidad muy joancrawfordiana.

—Después de todo, yo te lo presenté —dijo Pierrot[77].

—Ay, mi ángel —contestó Cuquis y acercó los labios a los de Caseaux, agradeciéndole, sobre todo, el pie: —¡Qué haríamos sin tu savoir faire[78] estas tristes abandonadas de Tunaland!

—Oye, oye —gritó el Junior desde el taburete contiguo—, esos nobles estarán muy bien para darse taco[79], pero a la hora de que aquí está su convertible y aquí está su departamentito, ¿quién afloja la lana?[80]

—Ay, Junior, pero si a ustedes también les conviene andar con chicas de tono. ¿A poco nomás por la buena chichi[81] nos sacan a pasear? No te conoceré: si no hubiera ese tono distangué[82], ni caso nos harías.

—Oye, oye, los placeres ocultos déjaselos a los monjes —dijo el Junior lamiendo los bordes de su vaso: —¿Quién anda con una vieja si no es para que los demás se enteren?

—¡Eres divino, Junior! —y Cuquis estiró aún más el cuello para volver a acercar sus transitados labios a los dos riñones colorados del higiénico joven.

—No hay vacilón[83] que valga sin su equito exterior[84] —trató de mediar Rodrigo, conteniendo con dificultades una cita poética.

Cuquis cortó su prolegómeno de beso con una mueca de fastidio: —Oiga señor, ya van dos veces que abre usted la boca y las dos para meter la pata[85]. ¿Qué usted me conoce, o qué? ¿De cuándo acá esas confiancitas conmigo?

—Nos presentó en una ocasión Norma, en casa de Bobó... —dijo, sin convicción, y sintiéndose ofensivamente ridículo en su postura de yoga, Rodrigo.

—Ah, pero si tú eres el zonzo aquel, ¡mi amor!

---

[77] Cursiva en EdA.
[78] El francés en cursiva en EdA.
[79] *darse taco:* pavonearse.
[80] *aflojar la lana:* aportar dinero.
[81] *chichi:* tetas.
[82] Dice *distingué* en EdA.
[83] *vacilón:* diversión.
[84] Dice *séquito exterior* en EdA.
[85] *meter la pata:* hacer el ridículo, cometer una imprudencia.

Rodrigo trató de suplir inmediatamente su desagradable sentimiento de reputación perdida: —Vous n'êtes si superbe, ou si riche en beauté, qu'il faille dédaigner un bon coeur qui vous aime[86].

Sintió que su mirada vergonzante y la actitud declatamatoria de las manos no se avenían cuando Pierrot[87] sofocó una risa histérica que pronto contagió, sin sentido, a Cuquis y al Junior. Los tres se pusieron de pie y fueron a sentarse en un rincón oscuro de la sala.

que yo también, tengo una pena muy honda[88]

Como un pez ojeroso surgido del fondo de un acuario, surgió Natasha de ese rincón oscuro, desalojándolo en beneficio de la tertulia Cuquis-Junior-Pierre[89]. Había en la vieja sapiencia de sus ojos un sentimiento, más que de recuparación, de afanoso vertir de su mundo acumulado sobre nuevas cabezas. Aquella doble imagen —suntuosa una, amortajada la otra— de los viejos y primeros tiempos de Cuernavaca se había resuelto en una sola: la efigie calcárea, ahora, se había impuesto a la de carne, y pugnaba por apoderarse de todo el cuerpo de la mujer. Rodrigo sintió sobre su mejilla un colorete rasposo y dio la cara a los labios llenos de una pintura anaranjada de dos tonos:

—¿Me permites una cita? No, no digas nada; ya sé que aquí eso es, ¿cómo decir?, poco democrático, ¿no? No importa; escucha, hay impertinentes y hay fatuos; ... alguien... dijo que el impertinente es un fatuo exagerado. El fatuo cansa, aburre, disgusta y enfada; el impertinente enfada, irrita, ofende: él comienza donde el otro finit[90]... acaba.

Rodrigo observó con melancolía el alto cuello de terciopelo y el turbante de plumas de garza de Natasha; su rostro brillaba, entre los extremos verde y rosa, como la única luna antigua y demacrada de la creación.

—¿Y cuál cree usted que soy yo, señora?

Natasha puso los ojos en blanco y formó una arrugadísima «O» con los labios:

—¡Usted! ¡Usted! Sólo un mexicano piensa en seguir hablando de usted a una mujer desconocida que se acerca a de-

---

[86] El francés en cursiva en EdA.
[87] Cursiva en EdA.
[88] Fragmento de una canción.
[89] Cursiva en EdA.
[90] *Ídem.*

cirle una preciosa frase de La Bruyère. ¡Usted! ¡Siempre esa cortesía! ¿Que qué cosa eres tú, mi amor? Mira a tu alrededor. Basurero dice a ensaladera: yo también soy ecléctico.

Natasha acercó un largo cigarrillo ruso al pecho de Rodrigo en su pose favorita de solicitud de fuego. No entendió hasta que Natasha, con un gesto de impaciencia, subrayó su intención y Rodrigo, torpemente, hurgó en sus bolsillos hasta encontrar unos «Clásicos»[91]. La pose de Natasha no varió:

—Todo es cuestión de alas, querido. Con alas: mariposa. Sin alas: gusano. Voila![92] Convídame un drink[93].

Con gran ceremonia, Rodrigo tomó el brazo de Natasha; la mujer crujía al levantarse del taburete. —On n'est pas ce qu'on était[94]... —suspiró mientras guiñaba el humo fuera de sus ojos glaucos, dos vasos de sombra irrespirable. La pareja caminó hasta el bar; Charlotte había apagado casi todas las luces, y Cuquis besaba al Junior[95] mientras Pierrot ofrecía sus comentarios a la técnica oscular empleada y Lally le acariciaba la cadera a Soapy Ainsworth y Bobó comentaba, observándolas, las ventajas de la ambigüedad. Juliette, como acostumbrada a una ceremonia que a fuerza de juzgar siniestra le era ya indiferente, escuchaba la catarata verbal de Paco Delquinto. Natasha chocó su vaso con el de Rodrigo. —Cheers![96]

La cara se le iba palideciendo con cada nuevo sorbo. —Sabes, querido, déjate crecer las alas. No te salen, parece que[97]... te las cortan a cada ratito, o te las dejas cortar, ¿quién lo sabe? Am I right?[98]

Mientras mamaba, con una delectación intensa en la que el alcohol y la compañía inesperada conspiraban, los popotes de su Manhattan[99], Rodrigo asintió. No quiso interrumpirla. Su cuerpo comenzaba a fundirse con la fiesta; sentía los muslos adormecidos, la nuca excitada; y Natasha, sobre el banquito del bar, le recordaba —no sabía por qué— alguna

---

91 Sin comillas en EdA.
92 Cursiva en EdA.
93 *Ídem.*
94 El francés en cursiva en EdA.
95 Junior, Pierrot, Bobó, Soapy conservan la cursiva en EdA.
96 Cursiva en EdA.
97 Dice *parece que* en EdA.
98 El inglés en cursiva en EdA.
99 *Ídem.*

escena invertida de *El ángel azul*. La mujer comenzó a cantar, en voz baja, con una cuerda pastosa,

> *Surabaya Jonhny, warum bist du so roh?*
> *Du hast kein Herz, Johnny und ich liebe dich so* [100]

Ella un Emil Jannings femenino, y él una Marlene azorada; lo pensó y se enrolló el pantalón sobre una de las piernas: Natasha se llevó las manos a los ojos mientras su canción se le atrofiaba, quebrada, en risas

> *Du hast kein Herz, Johnny und ich liebe dich so* [101]

Rodrigo tomó la mano de la mujer y la besó; ella pasó la muñeca sobre la nuca fría y excitada. Pidieron más copas.

—¿Sabes que eres muy cariñoso y dulce? Lo sé, querido, no lo digas: aquí es muy difícil. Todas las mujeres mexicanas de nuestra clase son unas beatas hipócritas fruncidas o unas putas baratas. Quieren seguridad o manoseo, pero no una relación... ¿humana? Il faut savoir mêner les choses [102], ¿sabes?

—¿Y quién tiene la culpa?

—Los hombres mexicanos, bien sur [103]. ¿Qué cosa decía la monjita esa? [104] «Hombres necios» [105], etcétera. Ellos quieren que las mujeres sean beatas o putas, algo definido que no los obligue a gastar mucho la imaginación. ¿Y qué más? ¿Te lo digo? Ecoute [106]: no hay quien me pare de hablar mal de México. ¿Nuevos ricos que no saben qué cosa hacer con su dinero, que sólo tienen eso, como un caparazón de bicho, pero no todas la circunstancias, cómo se dice... de gestación que en Europa hasta a la burguesía le dan cierta clase? Claro, la burguesía en Europa *es* una clase; es Colbert y los Rotschild, pero es también Descartes y Montaigne; y produce un Nerval o un Baudelaire que la rechacen. Pero aquí, querido, es como un regalito imprevisto para unos cuantos, on ne saurait pas

---

[100] EdA emplea caracteres menores.
[101] *Ídem.*
[102] El francés en cursiva en EdA.
[103] *Ídem.*
[104] Se refiere a Sor Juana Inés de la Cruz (véase en MPH).
[105] Palabras iniciales de unas redondillas muy populares de Sor Juana Inés de la Cruz.
[106] Cursiva en EdA.

se débrouiller[107]... No hay, cómo se dice... ligas, se trata de una casta sin tradición, sin gusto, sin talento. Mira sus casas y, ¡sale marmite![108], sus ajuares; son una aproximación a la burguesía, son toujours les singes[109]... los changuitos[110] mexicanos jugando a imitar a la gran burguesía.

Natasha soltó una carcajada y bebió el contenido de su copa:
—¡Y los intelectuales! Chére, chére[111], son a la inteligencia lo que la saliva al correo, una manera, tu sais[112], de pegar la estampilla. Quieren prestigio y consideración, querido, et ça suffit[113]; no quieren a las ideas ni a la obra ni a la pasión que lleva crearlas; nada más quieren estar en la vitrina; su conversación es triste cuando no es pomposa, su aspecto es feo, ¿sabes?, en el mal sentido, feo sin personalidad o grandeza, feo como la halitosis o las legañas. En fin... ¿sigo? Esos periodistas que con una mano rezan a la Guadalupe y con la otra reciben mordidas[114], ¡porco Dio![115] Una persona de inteligencia mediana tiene derecho a leer algo más que anuncios de cine en los diarios. ¡Este país está más lejos del mundo que... que Júpiter! Todos con un set[116] de ideas prefabricadas para sentirse, ¿cómo se dice?, personas justas y honorables que están del lado de la razón, buenos mexicanos, buenos padres de familia, buenos nacionalistas, buenos machos, ça pu, mon vieux![117] ¡Pero qué tristeza! Oye, y los pinches curas de México, y el pinchí-si-mo catolicismo mexicano. ¡Pero qué tomadura de pelo, viejo! Pero si esto es grave, querido, si ser cristiano de veras —o budista de veras, si tú quieres— es un problemón... ¿cómo dices?... de la tostada[118], tu sais. Il faut avoir...[119] unos riñones de acero. No es cuestión de mandar a las niñas a un colegio de monjas a aprender vergüenza y mezquindad, no es prohibir

---

107 El francés en cursiva en EdA.
108 *Ídem.*
109 *Ídem.*
110 *changuitos:* monos, micos.
111 El francés en cursiva en EdA.
112 Dice «tu *sais*» en EdA.
113 El francés en cursiva en EdA.
114 *mordida:* soborno, cohecho.
115 Italiano en cursiva en EdA.
116 Cursiva en EdA.
117 El francés en cursiva en EdA.
118 *ser o estar de la tostada:* peliagudo.
119 El francés en cursiva en EdA.

que se critique al papa a la hora de la comida y llorar ante una postal del Vaticano, ni siquiera de dar mendrugos o darse golpes de pecho para sentirse con buena conciencia[120], ¡ser cristiano es como agonizar tous les jours[121], ¿sabes? y resucitar todos los días y sentirse al mismo tiempo la mierda más grande y el ser más bendito cuando se tiene que pedir perdón en serio y ser humilde de verdad! Lástima que el rito católico sea más impresionante que sus dogmas.

—¿Por qué vives en México? —Rodrigo quería reír y guiñar un ojo, solidarizarse tácitamente con lo que decía, desde la espuma anaranjada de sus labios, Natasha, pero se sentía realmente ofendido por las frases de la mujer.

—¿Por qué *vivimos*, chérie?[122] ¿Por qué vivimos en una ciudad tan ho-rrible, donde se siente uno enfermo, donde falta aire, donde sólo debían habitar águilas y serpientes? ¿Por qué? Algunos, porque son advenedizos y aventureros y éste es un país que desde hace treinta años le da prioridad a los aventureros y advenedizos. Otros, porque la vulgaridad y la estupidez y la hipocresía, comment dire?[123], son mejores que las bombas y el campo de concentración. Y otros... otros, yo, porque al lado de la cortesía repugnante y dominguera de la gente como tú hay la cortesía increíble de una criada o de un niño que vende esos mismos diarios enmerdeurs[124], porque al lado de esta costra de pus en la que vivimos hay unas gentes, ça va sans dire[125], increíblemente desorientadas y dulces y llenas de amor y de verdadera ingenuidad que ni siquiera tienen la maldad para pensar que son pisoteados, comme la puce, hein?[126], y explotados; porque debajo de esta lepra americanizada y barata hay una carne viva, ¡viejo!, la carne más viva del mundo, la más auténtica en su amor y su odio y sus dolores y alegrías. Nada más. C'est pour ça, mon vieux[127]. Porque con ellos se siente uno en paz... y allá, en lo que dejamos, está lo mejor de lo que ustedes

---

[120] La segunda novela de Carlos Fuentes, *Las buenas conciencias* (1959), aborda el problema del verdadero catolicismo.

[121] El francés en cursiva en EdA.

[122] Cursiva en EdA.

[123] El francés en cursiva en EdA.

[124] Cursiva en EdA.

[125] El francés en cursiva en EdA.

[126] Cursiva desde *comme* en EdA.

[127] El francés en cursiva en EdA.

creen que es lo mejor, pero no lo mejor de lo que ustedes creen que es lo peor. Ça va? [128]

Rodrigo permaneció unos instantes con los ojos perdidos en el fondo de una botella vacía. ¿No le quería decir Natasha lo mismo que Ixca: escoge, escoge tu mundo y no des más la cara a las ciudades de sal? Levantó la vista: —¿Paul Gauguin en cruzada otra vez? ¿Otra vez la búsqueda del buen salvaje y el color local y el candor primitivo, ahora entre los limpiabotas totonacas [129] y las cocineras descendidas de la sierra de Puebla?

—Puede que sí, mi amigo. Por lo menos a nosotros nos queda siempre eso: la posibilidad de s'enfuir [130], de buscar el là-bas [131], El Dorado fuera de nuestro continente. ¿Pero ustedes? Ustedes no, mon vieux [132], ustedes no tienen su là-bas [133], ya están en él, ya están en su límite. Y en él tienen que escoger, vero? [134] —Natasha sonrió con una explosión cálida que quería comunicar a Rodrigo un sentimiento verdadero de interés y preocupación. —Para ti no debe ser difícil. Déjate crecer las alas de un color o de otro. Es tan fácil. Cuestión de dejarse llevar, en uno de los casos, hein? [135]. Mira a tu alrededor. ¿Crees que existe en ellos algún escrúpulo moral, o por lo menos la idea de que no tienen ningún escrúpulo moral? Fíjate qué fácil, mi amigo, fíjate nada más... —La voz de Natasha se iba alejando, con su cuerpo, con sus manos, de Rodrigo y del pequeño bar; las sombras de la fiesta, más profundas, por elaboradas, que las sombras nocturnas de un bosque perdido, se la tragaron: Rodrigo fijó hasta el último segundo los ojos en la luna escuálida y después quedó solo, mientras los ruidos y las voces y las invitaciones y el tedio volvían a zumbarle, a rezagarlo, a apartarlo del lugar central.

Ixca Cienfuegos camina a través del viejo Mercado Juárez hacia el cuartito de Librado Ibarra en la calle de Abraham González. Atraviesa los puestos, vacíos después de la compra

---

[128] *Ídem.*
[129] *totonacas:* grupo indígena que todavía habla el totonaco. En tiempos prehispánicos alcanzó un nivel cultural elevado.
[130] Cursiva en EdA.
[131] *Ídem.*
[132] *Ídem.*
[133] *Ídem.*
[134] *Ídem.*
[135] *Ídem.*

*de la mañana, donde los vendedores se han sentado a consumir
algunas sobras de carne resinosa y hierbas entre el olor penetrante de pollos degollados y sangre de huachinango*[136] *que
tiñe los pisos y se mezcla con los ríos de agua jabonosa que las
mujeres gordas, de pelo envaselinado y verrugas negras, hacen
volar de sus cubetas, entre aullidos de perros, mientras las otras
mujeres, las recogidas y quietas, no dejan de contar los manojos de tomillo y mejorana, laurel, orégano y epazote*[137]*, de pe-
rejil y hierbabuena y manzanilla que les sobraron, antes de
emprender el regreso a las delegaciones, a Contreras, a Milpal-
ta y a Xochimilco, a esperarse junto a la parcela mínima para
regresar con más manojos escuálidos al día de plaza. Se deja
escuchar alguna guitarra perdida; la modorra la arrastra, con
dedos de siesta, y los pajarillos en venta, cubiertos por un
trapo, ya no chirrean ni mueven las alas. Los cuerpos van cayendo, pesados, sin postura fija, bajo el sueño. Van a dar las
cinco de la tarde. Un gran silencio desciende sobre el mercado.
El sol de la tarde hiere los ojos de Cienfuegos. Comienzan a
alzarse, por todas las calles y las plazas, los tonos compungidos
del organillo callejero. Algunos chamacos se unen al organillero
y cantan las canciones tradicionales   rayando el sol me des-
pedí*[138] *peregrina de ojos claros y divinos*[139] *y Cienfuegos busca el número correcto de Abraham González, penetra el largo
patio de macetas abandonadas y asciende por una escalera crujiente al segundo piso.*

LIBRADO IBARRA

—¿Difícil hablar de Federico Robles? ¡Qué va! Difícil hablar
de uno mismo, o de los demás cuando hay amor o hay odio de
por medio. ¡Qué va! Con Robles no hay nada de eso. Es como
sentir odio o amor por un encabezado del periódico, por algo
que está allí, nomás, parte de otra cosa que a uno ni le toca.

---

[136] *huachinango:* pescado de piel rosada y carne blanca y fina.

[137] *epazote:* planta aromática, condimento de varios platos mexicanos; también es vermífugo.

[138] Fragmento de una canción de Guty Cárdenas (1905-1932), representante de la canción yucateca.

[139] Fragmento de una canción de Ricardo Palmerín (1883-1944),
representante de la canción yucateca.

—Sí, creo entender lo que me dice —intervino Ixca Cienfuegos. —Aunque veo que a usted sí le ha tocado de cerca.

—¿Por esta pata? ¡Qué va! Eso me lo hizo una máquina, no Federico Robles. No, quiero decirle que a mí mi propia experiencia me sobra y basta, que estoy contento de lo que he visto y vivido, y menguada la cosa que Robles le puede hacer a eso. Verá usted: yo conocí a Federico en la escuela de derecho, cuando los dos tendríamos unos veinticinco años. Federico era secretario de un general, y yo un pasante con tantas ambiciones, si no más, que Robles. No es ése el problema, ya ve usted. Puede que Federico haya hecho lo que yo no pude hacer. Puede que yo haya hecho lo que Federico no pudo hacer. Pero ahí nos tiene a los dos, de veinticinco años, los dos estudiantes pobretones, con el mismo México por delante[140]. Obregón en la presidencia y una bola de jóvenes como nosotros, llenos de ambiciones. Seguros de que ahora empezaban las cosas en grande. ¡Cómo nos fregamos macheteando[141], amigo! Esas noches largas de noviembre y diciembre (el olor a castaña asada, ¿sabe usted?) en un cuartito mierda de Doctor Vértiz, lleno de humo y tazas de café repletas de ceniza, sobre el civil de Planiol y el constitucional de Lanz Duret, hasta que la cabeza nos zumbaba y los ojos los sentíamos a puro huevo cocido. Qué cosa serán esos lazos que se forman en la escuela, en esas noches desveladas, que después las gentes no se pueden volver a ver. Como que hay una entrega excesiva. Como que el otro se entera de la manera de pensar de uno, de todas las debilidades que cada quien trae dentro, ¡hasta del modo de mear! Y esto como que no lo aguantamos mucho nosotros, ¿no se le hace? Como que hay que guardar siempre las distancias, porque si no parece que se anda uno entregando demasiado. Así somos, mi estimado, ¡qué le vamos a hacer! Yo me conozco al dedillo al tal Federico, igual que él a mí. Sólo que él está donde puede jorobarme y yo donde me expongo a que me joroben. Total, que a veces hace hambre, ¿se da cuenta?, y ahí sí ni modo, hay que bajar la testuz. Pero entonces estábamos los dos igualitos, al mismo nivel. Eso de ser secretario de un general estaba muy

---

[140] En «Chac Mool» (*Los días enmascarados,* 1954), Carlos Fuentes presenta un personaje que tampoco triunfó con la Revolución. Filiberto, como Librado Ibarra, tuvo esperanzas, capacidad personal, pero no el triunfo.

[141] *machetear:* estudiar intensamente (TPM).

bien como experiencia, pero no dejaba mucha mosca[142] por el momento. Y yo litigando asuntos civiles de a cuartilla. De manera que andábamos los dos de café de chinos y putas del Dos de Abril, comprando libros usados en la Avenida Hidalgo y todas esas historias. ¿Le decía que hasta la manera de orinar le conocía? ¡Qué va! Me quedo corto. La de veces que compartimos a la misma vieja en la misma cama. ¡Ah qué caray! Ya ve usted.

Librado Ibarra se rascó la calva y guiñó sus ojos bulbosos, de cebolla frita. En el estrecho cuarto de Abraham González, la luz penetraba a través de unas ventanas llenas de macetas de porcelana y cachitos de vidrio[143]. Con la pierna enyesada, Ibarra trataba de acomodarse en la cama y, de vez en cuando, lanzaba un escupitajo al artefacto de cobre. En la incómoda postura, su pequeña y redonda barriga resaltaba como una cacerola mal avenida con la lividez escuálida de su cuerpo. Un aguamanil[144], un ropero antiquísimo, la silla de madera despintada sobre la cual se sentaba Cienfuegos, un buró[145] con losa de mármol. Era todo.

—Pues sí, los dos igualitos, con los mismos caminos por delante. Era cuestión de escoger. Sí, se dice muy fácil. Todo estaba por hacerse, y uno tiende a irle a la segura, claro. Pero en esos días ¿cuál era la segura? Faltaba conocer los nuevos caminos del éxito. Parecían ser todos. Todo estaba por hacerse, sí señor. Íbamos a empezar en cero a construir a México. ¿Qué camino no ofrecía posibilidades? Fíjese: los nuevos gobiernos atraían a todos, a los obreros, a los campesinos, a los capitalistas, a los intelectuales, a los profesionales, ¡hasta Diego Rivera![146]. Al revés de los científicos[147] de Díaz, que se habían organizado de arriba abajo, la Revolución primero se atraía a todas las fuerzas vivas del país. Ésa era la situación cuando Federico y yo teníamos veinticinco años: oportunidades en todos los sectores, ¿ve usted?, promesas para todos. Para eso se había hecho la Revolución. Iban a tener las mismas oportunidades el

---

[142] *mosca:* dinero (TPM).

[143] Macetas de porcelana con incrustaciones de trozos de espejo y de porcelana de colores.

[144] *aguamanil:* lavamanos de tocador.

[145] *buró:* mesa de noche.

[146] *Diego Rivera:* pintor muralista, muy ligado al partido comunista (véase Orozco, José Clemente, en MPH).

[147] Véase nota 559 de la primera parte de LRT.

obrero y el campesino y el abogado y el banquero. Sí, cómo no. En fin, así lo creíamos entonces. Era cuestión de escoger y aventarse, mi distinguido. Al fin y al cabo aquí la gente se hace de prestigio gracias a sus errores. En la escuela el maestro Caso[148] hablaba mucho del empirismo inglés. ¡Qué va! Aquí les damos mate a cualquier hora. Pero entonces, pues no veíamos así las cosas. Yo dizque iba a especializarme en derecho agrario, por el porvenir que esto ofrecía para un joven de talento. Mandé a volar el bufete donde estaba y me lancé a ver cómo funcionaba la cosa. Federico ya iba por otro rumbo. En cuanto se recibió, el general le dejó muy buenos negocios. Figúrese: se enteró de que unos porfiristas arruinados y además mensos vendían varias manzanas del centro a la quinta parte de su valor. Luego luego fue Federico a proponer la venta de los terrenos, que ni siquiera eran suyos, a tres veces su valor real a unos banqueros gringos. Como los banqueros le cicatearon al precio, Robles se consiguió un cheque falso del general por cinco veces el valor de los terrenos, dizque para uso del Gobierno. Los gringos capitularon, le pagaron los terrenos al precio que pedía Robles, y después Federico fue a hablar por primera vez con los porfiristas y se los compró a la quinta parte de lo que valían. Y yo, ¿que qué me encontré, señor? Pues que los ingenieros mandados a las viejas haciendas eran asesinados por los pistoleros de los hacendados que actuaban a sabiendas y a veces con el apoyo del cacique local. O que donde se hacían las distribuciones de tierra, el cacique armaba a los campesinos, se hacía de su ejército privado y explotaba las tierras igual que antes. O que los hermanos y tíos del Gobernador resultaban pobres indios titulares de una parcelita tras otra. Ya ve usted. Para qué le hago larga la historia. Me retaché[149] a México, y después de aquella experiencia sólo quería vivir en la ciudad y ni oler algo que tuviera que ver con el campo. Venía impresionado, mi distinguido; ¡la de veces que tuve que salir corriendo de un latifundio, sospechoso de ser espía del gobierno! Aquélla fue muy mala vida. Así que llegué y me casé con la primera que me encontré. Una chiquilla feúcha y flaca —que al fin y al cabo yo no soy Jorge Negrete, amigo. Con la que me imaginé —¡mire usted, a esa edad!— que podría uno envejecer tranquilamente. En el bufete me mandaron al carajo, pero un sindicato me dio chamba de abogado. Pues ahi tiene usted a todos los

148 Antonio Caso (véase en MPH).
149 *retacharse:* regresar; devolverse (TPM).

profetas del proletariado con su casota en Cuernavaca —¿a qué horas, mi estimado, a qué horas? eso se llama ser el gaucho veloz— dándoles fiestas a las coristas y a uno que otro aristócrata del viejo régimen, y uno de idealista que va a dar con sus huesos a las Islas Marías[150]. Con los comunistas, con los líderes honrados, con los chamacos de las juventudes socialistas, con uno que otro vasconcelista taimado, sí señor. Ahí me tuvo usted hasta el año de 34. Y mi feúcha clavada aquí; apenas la saboreé, y ¡pácatelas!, el trancazo. Ni tiempo de hacerle un hijo. ¡Ah qué caray! Ésos fueron para mí los frutos de la Revolución —si es que la Revolución y el Jefe Máximo[151] eran la misma cosa.

Librado se rió quedamente y acercó un pañuelo a la nariz. En medio del estruendo, preguntó: —¿Y Federico Robles? Pues ahí lo tiene usted con los fifís[152] de Sanborns todas las mañanas y después, con lo que sacó de su primer negocio, comprando establos en Toluca. Luego se salió de eso y me dijo que en el campo mexicano no había nada que hacer, que eso quedaba fuera del mercado en virtud de las leyes agrarias, sobre todo ahora que iba a ser Presidente este Cárdenas[153], que era un hombre de cuidado, y que los caciques que andaban metidos en el asunto iban a acabar mal; que ahora la tierra que valía era la de la capital. Luego se fue al Norte —¿esto no lo sabía usted, verdad?, bien que se lo ha guardado— y estuvo metido en unos garitos de Baja California. Creo que la hizo de todo: de mandadero y conseguidor[154], con tal de conocer gringos y quedar bien con los meros meros[155]. Cuando regresé de las Islas, me lo encontré al frente de una compañía de fraccionamientos en sociedad con unos gringos y con políticos mexicanos. Acababan de comprarse loma y media a cuartilla. Luego fue de los primeros en construir casas de apartamentos. La segura, ve usted. Para 1936 ya no había quién lo parara. Dinero llama dinero, amigo, y esos gringos le tuvieron confian-

---

[150] *Islas Marías:* archipiélago situado en el Océano Pacífico, frente a las costas de Nayarit. Tiene cuatro islas (San Juanito, María Madre, María Magdalena o de Enmedio y María Cleofás) cuyas costas son inaccesibles, excepto por el Oriente, por lo cual han sido prisiones estatales para criminales y presos políticos.

[151] Plutarco Elías Calles (véase en MPH).

[152] Cursiva en EdA.

[153] Lázaro Cárdenas (véase en MPH).

[154] *conseguidor:* alcahuete (TPM).

[155] *los meros meros:* los principales; los más importantes.

za, lo pusieron de abogado consultor en sus compañías, después en los consejos de administración, después ya pudo él solo alzar el vuelo y meter su dinero en empresas propias. Para prestarlo ¡qué olfato tuvo! Se dio cuenta de que para la agricultura no había un centavo disponible, que ahora todo era predio urbano, comercio, industria, y todo en el Distrito Federal. Fue de los primeros en dar crédito en gran escala para la industria de la construcción. Y mientras tanto los terrenitos sube que sube, las rentas de los apartamentos también —y si no, a tumbar éste y construir otro. La ciudad crece y crece, amigo, y él con ella. Ya ve usted esto retacado[156] de gentes del campo que vienen aquí porque aquí hay trabajo en la construcción y al campo ni quien le haga caso. Y los demás de braceros. O la bola[157] de familias que pasan de la aristocracia de Orizaba y Mazatlán y de donde usted quiera a la clase media de la capital, creyendo que aquí van a hacer fortuna rápida y acaban de mecanógrafas y de pequeños comerciantes. Robles, siempre a la segura. En política, contactos con los gringos, pero también, en tiempos de Cedillo[158], con los Camisas Doradas[159] y los nazis, por si las moscas[160]. ¡Ah qué caray! Viajes a los Estados Unidos, y una esposa popoff[161], y todas esas cosas que dan prestigio. Se ha sabido manejar bien, cómo no. ¿Y yo? Pues cuando regresé de las Islas me encontré a mi pobre feúcha bien amargada, y no era para menos. Andaba bien desconectado, pero al fin Feliciano Sánchez, mi amigo de aquel sindicato, me consiguió chamba en Educación[162] y me mandaron a promover dizque la aplicación del artículo tercero. Usted ya sabe lo que fue eso, y allí anduve. Ni modo de llevar a mi mujer conmigo, mi estimado. A una profesora de Villa de Refugio la agarró una gavilla de bandoleros pagados que la arrastraron de cabeza sobre un pedregal hasta dejarla hecha trizas. A otra le cortaron las orejas, a otros maestros los ahorcaron y les quemaron los pies. Siempre los caciques, señor, los caciques y los

---

[156] *retacar:* llenar con exceso.

[157] *la bola de:* gran cantidad; número muy alto.

[158] Saturnino Cedillo. General. Encabezó una rebelión contra el gobierno de Lázaro Cárdenas (mayo de 1938) porque poseía propiedades agrícolas en San Luis P·tosí y no deseaba una Reforma Agraria profunda. Murió en combate (enero de 1939).

[159] *Camisas Doradas:* grupos fascistas.

[160] *por si las moscas:* como medida de precaución.

[161] Cursiva en EdA.

[162] La Secretaría de Educación.

curas. Ésa fue la educación rural. Ya ve, empezamos igual, todo parecía ofrecer grandes oportunidades. Debía haberlas ofrecido más todo aquello por lo que se hizo la Revolución. La tierra, la educación, el trabajo. Pues ya ve usted cuál fue mi experiencia. En cambio, lo seguro era otra cosa, a lo que le fue Federico Robles. Para eso se hizo la Revolución, pues. Para que hubiera fraccionamientos en la ciudad de México.

Ibarra comenzó a reír con grandes carcajadas; no carcajadas justificadas o comprensibles, sino grandes ráfagas semejantes a un llanto disfrazado, y que con cada onda crecían, oleaje de ruidos guturales, hasta parecer infinitas e incontenibles.

—¿Y mi feúcha? Pues imagínesela. ¿Cómo le iba a hacer para conseguir dinero mientras yo andaba dando de tumbos? Feliciano Sánchez, mi amigo del Sindicato, le tuvo lástima y se la llevó a su casa y ella, claro, tuvo que corresponderle en especie. ¡Ah, qué mi feúcha! Pero no le guardo rencor. Total, era exigirle demasiado. Ahora me ha venido a visitar, ahora que he estado enfermo. A Feliciano lo mataron un 15 de septiembre: la ley fuga. Por andar de bochinchero[163] en el interior. Pero mi feúcha prefirió quedarse con los hijos que le dio Feliciano. Ahora sí está vieja, y cuando recuerdo que al casarme pensé en que envejeceríamos juntos… Se necesita alguien que envejezca con uno, no crea usted. Todo lo que se pueda compartir no se pierde, sino que es como si se tuviera dos veces, ¿no se le hace? ¡En fin! Yo regresé a Educación, y allí estuve hasta hace poco de burócrata. Mire lo que son las cosas; hasta el obrero tiene hoy más defensas que el burócrata. La clase media está más amolada[164] que el pueblo, mi estimado, porque tiene ilusiones, y más que ilusiones, tiene que mantener las apariencias. Tiene que aparentar cierta decencia en su casa, en su comida, en su ropa. No puede andar de huaraches y calzón de manta[165]. Y no le alcanza, de plano. Vivimos en una sociedad de libre empresa, señor, y las gentes que viven de eso se van para arriba, pero la clase media se queda en donde está. Con ese trabajo sórdido, rutinario; en fin, para qué le cuento… A mí un día me entraron ganas de quemar todos los archivos y no volver a ver un papel empolvado en mi vida. Catorce años metido allí, señor, y todos los días lo mismo, el mismo trabajo sin utilidad para nadie, el

---

[163] *bochinchero:* revoltoso.

[164] *amolada:* de *amolar:* dañar, perjudicar (TPM).

[165] *huaraches y calzón de manta:* sandalias y pantalón de algodón rústico (vestimenta de los campesinos).

mismo camión Cozumel de bancas duras, el mismo cuartito, el mismo no tener qué hacer después del trabajo, salvo buscar a una mujer, o meterse a una tanda doble en el cine Colonial. Y a las ocho del día siguiente, otra vez marcando una tarjeta. ¡Ah qué caray! Mientras que Federico Robles... Pues quién no iba a doblar la nuca, dígame nomás. Con un sueldo de seiscientos pesos al mes. ¿Y a quién conocía yo en la nueva plutocracia sino a Federico Robles? Allí acabé, como usted sabe, prestándome a un chanchullo jurídico, aportando tres mil pesos que ni eran míos para hacerme socio de una S. de R. L.[166] en apariencia y en realidad servir de capataz a una bola de infelices en una fábrica mal montada con maquinaria anticuada y defectuosa. Todo para evadir la ley. Aquí me tiene, pues. Habla usted con el brillante especialista en derecho obrero.

Ibarra inició otra carcajada infinita. Cienfuegos, desde su silla, sonrió.

—Ahora Robles me habla de «usted», ¡hágame el favor! Pero no, no es eso lo importante. Lo importante es que cada quien vivió su vida ¿no?, y que allá quedó él y acá abajo yo, dos vidas, nomás, dos ejemplos. Pero ni quien se queje, ¡qué va!

Antes de volver a sonarse, Ibarra gritó —¡Ignacia! ¡Ignacia!... Es la criadita del edificio, amigo. De esas indias bonitas. Mire: ¿no le importa comprarme unos «Monte Carlo»[167] y una Pepsi en el estanquillo? Se lo voy a agradecer. Aquí tiene... hombre, no faltaba más, ¿porqué me ha de convidar usted? Hombre, muchas gracias.

El sábado al filo de las diez de la noche la puta barata entra en una lonchería[168] de San Juan de Letrán y pide una torta compuesta[169] de chorizo y puerco con una taza de café. Mientras engulle, se mira en el espejo del lugar y saluda con tres dedos nerviosos a otras mujeres que, con rapidez, comen allí o se untan saliva en las carreras de las medias o fruncen los labios frente a un espejo de mano sin dejar de hablar. Todas son «manas» y en el lugar las conocen y cuando andan muy amoladas les regalan algo de comer, pero la que come la torta de chorizo y puerco no se mezcla con las otras; las otras creen que

---

166 *S. de R. L.:* Sociedad de Responsabilidad Limitada.
167 Sin comillas en EdA.
168 *lonchería:* lugar donde se venden y comen los «lonches». *Lonchar:* comer *sandwiches* o tortas en la comida del mediodía (TPM).
169 *torta:* pan de trigo. *Torta compuesta,* la que tiene relleno.

lo hace por apretada o por nueva en el oficio, pero ella sabe que le cuesta contar las mismas mentiras, inventar, como todas, que viene de Guadalajara y que tiene un viejo al cual mantener y que un político la encontró con su viejo y la golpeó; le cuesta inventar esas aventuras que rompan un poco la monotonía sin fechas de lo que sólo es su trabajo, sin excusas, sin madre vieja, hijo recién nacido o hermano tullido que mantener, por el puro gusto de ser puta, porque trabajar de criada o dependiente de almacén la aburre y ahora hasta de puta se aburre y cree que va a poder dormir toda la mañana y a las once del día ya está despierta y aburrida, contando las horas hasta las diez de la noche para llegar a la lonchería y comer su torta y subir al hotel cabaret y ver si le regalan otra torta y después esperar y hacer como que baila y pedir un agua pintada tras otra[170] y despachar al cliente en diez minutos. Se arregla la cola de caballo, se polvea los pómulos oscuros y sale a la calle, con la mirada clavada en la acera por donde caminan los hombres de camisola y pantalones bombos y algunos jotos descarados que se acercan a cabos del ejército y no sabe que el aire delgado y el vapor que asciende de las aceras y el cielo cargado que araña las azoteas pelonas y los avisos luminosos y todo el perfil quebrado de la ciudad quieren acariciarla y hacerla suya, gota viva de la ciudad, y llevarla hasta el origen de la misma ciudad y todos sus habitantes, que es donde la ciudad y todos sus hombres y mujeres dejaron su sabiduría: así piensa Ixca Cienfuegos cuando, en la esquina de Mesones, ve cruzar a la puta barata que no levanta la vista de la acera y camina con un contoneo impuesto que ya es su meneo natural. Entonces Ixca Cienfuegos va arrastrando los pies por las calles, al lado de la puta barata que para la trompa y se detiene y se clava las manos en la cintura regordeta y mal fajada. «Si no compras no mallugues[171], mano.» Y se pierde por un costado de Vizcaínas. En Niño Perdido, Cienfuegos entra en una cantina de humo bajo y voces dominadas por el guitarrón y la corneta que rasga de cobre todas las gargantas y el ir y venir de chicharrones colmados sobre bandejas de latón hasta la mesita donde Beto, con las mangas enrolladas, se abraza al cuello largo y negro de Gabriel y contesta con aullidos las voces gangosas y perdidas del mariachi.

---

[170] Véase nota 93 de la primera parte de LRT.
[171] *mallugar:* magullar. Expresión que utilizan los vendedores de fruta o verdura, cuando los clientes manosean la mercancía.

MACEUALLI[172]

¡Ay ay ay ay ay! Las olas de la laguna[173]
—¿Qué hay, Beto?[174]
—Pos ahi...
—¿El negocio?
—Ahi nomás[175]...
—¿Y tu amigo?
—Es Gabriel.
—¿El que se fue de bracero?
—¿Cómo...?
—Teódula me lo contó.
—Pos a poco[176].
¡Ay ay ay ay! unas vienen y otras van
—Oyes[177], que el señor aquí es amigo de la viuda Teódula, Gabriel.
—Pos sí.
—¿Qué tal te fue por allá?
—Pos ahi, cómo le diré[178]...
—¿Se toman algo?
—Pa' luego[179]...

---

[172] *macehualli:* en la organización social del México prehispánico, «el común del pueblo recibía el nombre de macehualtin (singular macehualli) —dice Pedro Carrasco—, del que proviene en la época colonial el término macegual. Los maceguales eran los gobernados y tenían la obligación de pagar tributos y servicios personales» («La sociedad mexicana antes de la conquista», en *Historia general de México,* t. I, México, El Colegio de México, 1976, pág. 198).

[173] Éste y los siguientes renglones en cursiva pertenecen a la misma canción.

[174] *¿Qué hay?, ¿qué pasó?:* saludos populares.

[175] *Ahi nomás:* aquí estoy y no hay nada más que decir. *Ahi* se emplea en el habla popular en expresiones de inseguridad, desinterés, resignación; significa: aquí, ahí, allí (véase nota 158 de la primera parte de LRT).

[176] *pos a poco:* expresión de incredulidad.

[177] *oyes:* oye; escucha.

[178] Los estratos de bajos ingresos, en México, acogen hablantes bilingües (español y lengua indígena: náhuatl, otomí, etc.) y monolingües (español o lengua indígena). Podría decirse que ciertos usos y construcciones del habla popular —también recopilados en LRT— se deben al grado de bilingüismo del hablante.

[179] *pa' luego:* enseguida.

¡Ay ay ay ay ay! unas van para Sayula
—¿Tequila?
—Ahi usté dirá[180]...
—Esto debe darles nostalgia por allá.
—¿Cómo?
—Que en los Estados Unidos deben extrañar su tequilita.
—Extrañar el tequila. Pos luego[181].
—Bueno, ¿por qué te fuiste de México, Gabriel?
—Pos eso sí quién sabe.
—¿No encontrabas trabajo, o qué?
—No; usté sabe cómo son las cosas, que si esto, que si l'otro...
—¿Se sirven las otras?
—Pos luego...
¡Ay ay ay ay ay! y otras para Zapotlán
—La vida es dura en México, Gabriel.
—Usté dirá, patrón[182].
—¡Qué patrón! Soy tu cuate, Gabriel, igual que Beto.
—Usté dirá...
—¿De qué barrio eres?
—Ahi... este, del rumbo aquel... de por allá...
—De Boturini, señor, Boturini y Jamaica es nuestro cantón.
¡Ay ay ay ay ay! Allá va mi corazón
—Pero hombre, no seas desconfiado.
—No, si desconfiado no.
—¿Entonces?
—La mera verdad...
—Órale[183], Gabriel. El señor es jalador[184].
—Pos la mera verdad, la mera verdad que cuesta echar labia
así de repente y la mera verdad que aquí vinimos a otra cosa...
—¿La que sigue, Gabriel?
—Pa'luego. Oyes Beto, ¿y el Tuno?[185].
—Que luego se descolgaba[186].
—Está suave[187].

---

[180] *Ahi usté dirá:* elija usted.
[181] *pos luego:* por supuesto.
[182] *usté dirá, patrón:* si usted lo dice, así es; como usted diga.
[183] *órale:* ánimo.
[184] *jalador:* dispuesto a divertirse, a beber, a compartir.
[185] Cursiva en EdA.
[186] *descolgarse:* venir, visitar.
[187] *está suave:* muy bien. Suave o su avena con arroz: agradable, sabroso (TPM).

¡Ay ay ay ay ay! Sobre una viga nadando

—Me imagino que en los Estados Unidos, las circunstancias...

—Oyes, ¿qué le pasa al Tuno?

—Que al ratón[188], te digo.

—¿No que no?

Gabriel lanzó un chiflido agudo y el joven de pelo hirsuto y camisola de manga corta hizo un guiño y se abrió paso entre el humo y los mariachis y las cabezas gachas.

—Jaya boy![189].

—¡Ah qué Tuno más jijo![190].

—Aquí el señor...

—Gusto, míster.

—...el señor es jalador, Tuno.

—¡Aaaaaah! Nomás luego no se me chivié[191]... Jaya boy![192]. ¡Desde El Ei!

—Desde El Ei, Tuno! Ah que la chingada[193].

¡Ay ay ay ay ay! ¿Qué dice ese amor engrido

—¡La cuenta! Bueno, los dejo.

—Ándele nomás, señor.

—Gracias patrón.

—Bisiña, míster[194].

¡Ay ay ay ay ay! con el que me estás pagando?

—Voy voy[195], qué olorosos y perfumados nos estamos poniendo.

—No te la jales[196], Tuno. Es amigo de la Teódula.

—¿Y eso?

—Es cliente, y jalador. ¿A poco no, Gabriel?

—Ése es puro apretado.

—N'hombre, jala parejo[197].

---

[188] *ratón*: rato.

[189] Dice *Jaya boy!* en EdA.

[190] *jijo*: travieso; hijo. Jijo de la jijurria, de la tostada, de la trompada o de la mala patada: insulto en forma eufemística (TPM).

[191] *chiviarse*: asustarse, ponerse nervioso, desconfiar (DC).

[192] Dice *Jaya boy!* en EdA.

[193] *Ah que la chingada*: exclamación admirativa (en este contexto).

[194] Dice: —*Bisiña, míster* en EdA.

[195] *voy, voy*: expresión de burla (véase nota 38 de la primera parte de LRT).

[196] *jalársela*: exagerar, mentir (TPM).

[197] *jalar parejo*: hacer las mismas cosas y al mismo ritmo que los demás.

—Puro apretado. Que si te va bien, que si te va mal; luego luego a tenerle compasión a uno.

—N'hombre, es buena gente.

—Qué buena gente ni qué la pinga[198]. A poco[199] cree que así nomás suelta uno lo que trae dentro? ¿Qué chingados[200] va a entender?

—Seguro, Gabriel. No hay que andarse dando[201], chur[202].

—Seguro. Sólo con los cuates, como tú y Beto...

—Y a veces ni así.

—Y a veces ni así.

—Seguro, mano.

—¿Qué anda averiguando? Pos a poco le iba a contar algo nuevo.

—¡Las otras!

—Seguro. Unas que me sepan suaves. ¿A poco? Ahi están, luego luego, que si fueron a la escuela, que si saben leer, que si la chingada... Salud.

—Yurai[203].

—Seguro, Gabriel.

—Ya ven lo que son las cosas; ¿quién va a andar recordando a cada rato? Bastante jodido anda uno para que encima...

—Ni hablar, bróder[204].

—Ya ves mano, ni quien se queje. Ahi empecé en la peluquería esa, no estaba tan peor, ¿a poco no? Pero no, tienes que salirte de lo seguro, ir a buscar por ahi, de metichi[205]. Ni modo, mano.

—¿Quién se queja?

—Otros andan con suerte, Tuno. Luego luego les cae el gordo[206]. Se arman con lo que sea. Ni modo[207].

—¡Ya estaría![208]

---

[198] *pinga:* falo.

[199] *a poco:* expresión de incredulidad y burla (véase nota 176).

[200] *Qué chingados:* qué diablos. Expresión de enfado.

[201] *No hay que andarse dando:* no hay que confiar, ni contar intimidades.

[202] Cursiva en EdA (*sure*).

[203] *Ídem* (*your eye*).

[204] *Ídem* (*brother*).

[205] *metichi* [metiche]: entremetido (TPM).

[206] *caer el gordo:* ganar el premio mayor de la lotería.

[207] *ni modo:* expresión de resignación.

[208] *¡Ya estaría!:* Ídem.

314

—Ni quien diga nada. A cada quien le va asegún quiere Dios, ¿a poco no?

—Ni modo.

—Pero al cabrón[209] que le va bien, ni quien le diga nada. Pa' qués más que la verdad[210]; a mí tampoco me dijeron que si haz esto o haz l'otro; pero nomás había que verlos —¡a los viejos[211], mano!— para saber que como que estaban ahi nomás, esperando que hicieras algo. Luego, como eres el mayor y los hermanos se murieron y las viejas no sirven para nada y los jefes cada día más encogidos y dados a la desgracia, pues ni modo.

—Seguro. Ni modo.

—De chamaco las cosas son de otro modo. Nomás te andas paseando, buscando a ver qué encuentras. Te salen perros al paso, que conocen el cantón[212] mejor que tú, y tú nomás te dejas llevar. Como que toda la colonia es tuya, todos te saludan y te convidan a jugar rayuela, mano. Pero ay jijos, apenas te ven la cara de machito[213], y luego luego empiezan las caras feas.

—No les vayas a comer el mandado[214].

—Las viejas, la lana, todo les da desconfianza, Beto. Luego luego te las esconden. Y luego te sale al paso un matoncito de ésos, nomás para probarte, y ahi sí ni modo...

—Segurolas[215]. Que no se te frunza[216].

—Abusados[217]. Nomás andas mirando p'alante y p'atrás, a ver si a l'hora del'hora[218] no te salen con una navaja. Y te joden si quieren, Beto. ¡Son más buenos para meter chisme![219]. Y como ven la manera de arrimarse a los meros meros[220] y estar listos para lo que sea...

---

209 *cabrón:* persona. Peyorativo.

210 *Pa' qués más que la verdad:* es la verdad.

211 *los viejos:* los padres.

212 *cantón:* barrio.

213 *machito:* hombre.

214 Véase nota 156 de la primera parte de LRT.

215 *segurolas:* seguro.

216 Albur (véase nota 20 de la primera parte de LRT). *Que no se te frunza* [el ano]: no te acobardes.

217 *Abusado:* listo, astuto, mañoso. *Ponerse abusado:* ponerse alerta, afinar la astucia, las mañas (DEM).

218 *a l'hora del'hora:* inesperada, pero definitivamente.

219 *meter chisme:* hacer enredos, tergiversar.

220 Véase nota 155.

—¡Y hasta les conviene tenerlos tranquilos! Al rato ya andan de fotingo[221] y toda la cosa.

—... pues ahi está que si les caíste gordo[222] te llevó Cantinflas[223], mano. Tú les buscas la vuelta[224], pero hasta eso, ¿a qué le tiras?[225]. ¿Pos a poco servimos más que para lo que somos? Voy...[226]. En el cabaré[227] ese en donde estuve de mozo, pos sí, muy suave. Pero luego les ves los hocicos a los mozos viejos, mano, y sientes rete gacho. Ya no dan una, ya nunca hicieron lana, y como que se les salió todo de adentro. Están pendejos. Y los cabrones lambiscones metidos allí todas las noches, buscando trancazos. No, mano... ¿Pero qué te queda entonces? Te vas de paletero y es la misma cosa. No, mano... Vamos al carajo, a buscar chamba al Norte. Ahi te dan dólares, te regresas a gastarlos en tu cantón y ni quien te esté jodiendo. ¿Que te tratan como mierda los gringos? Pos ni modo, para esto te pagan tu buena lana.

—¡Godán sonobich![228].

—¡Hijos de puta! Caray, Beto, a l'hora que te echan ese argüende[229] para matar pulgas encima y te encueran y a veces hasta te rapan, te entran ganas de...

—De agarrar un chicote[230] y...

—Un montón de pelados metidos en un cuarto para reses, Beto, todos encuerados[231] y oliendo a la chingadera esa.

—Di Di Ti[232].

—Ésa mera. Y un gringote de dos metros gritándote gríser[233] y esculcándote[334] todito. Pero ¡qué caray! A ése no lo vuelves a ver, ni a los otros. Luego, cuando sales del trabajo,

---

[221] *fotingo:* automóvil de alquiler.

[222] Véase nota 491 de la primera parte de LRT.

[223] Véase nota 224 de la primera parte de LRT (véase Moreno, Mario, en MPH).

[224] *buscar la vuelta:* evitar a alguien.

[225] *tirarle a algo:* aspirar, pretender algo.

[226] *Voy:* expresión de duda.

[227] Dice *cabaret* en EdA.

[228] Dice: —*Godán sonobich!,* en EdA.

[229] *argüende:* mejunje.

[230] *chicote:* látigo.

[231] *encuerados:* desnudos.

[232] *D.D.T.:* insecticida muy fuerte y tóxico (diclorodifeniltricloroetano).

[233] Cursiva en EdA.

[234] *esculcar:* registrar.

316

pues duermes en un catre a gusto y tienes lana para ir a coger o a tomar. Se acaba la cosecha y te despachan volando. Y cuando cruzas la frontera, mano, pos hasta recuerdas bonito aquellas tierras. Acá no ves más que tierra seca y indios mugrosos, mano. Como que no crece nada, mientras que del otro lado...

—Ora me dijo el Fifo[235] que en Sonora va a haber buenas tierras, Gabriel, con las presas...[236].

A ver. ¡Qué más diera uno que trabajar bien y ganar lana en México!

—A ver.

El domingo[237] siguiente[238] —como todos— los sobrevivientes de aquella breve falange de la División del Norte[239] se reunieron en casa del compadre Pioquinto. Doña Serena, que había sido la soldadera[240], con sus setenta años amarillentos; el antiguo teniente Sebastián Palomo, a quien el tiempo había quitado los arrestos, pero no los dientes de salvaje fulgor, para convertirlo en guardaguajas en Indianilla; y el propio don Pioquinto, con la misma cara soñolienta de siempre. Ahora un acontecimiento especial colmaba la mesa de tamales costeños[241], ensabanados de oro[242], y de pulque rojo[243]: Gabriel, el hijo de don Pioquinto, había regresado del otro lado del Bravo, curtido, fuerte y con muchos dólares. En el cuarto único y común de la casucha de Balbuena, con su puerta de maderos

---

235 Cursiva en EdA.

236 Se refiere a la Presa Falcón que fue inaugurada durante el gobierno de Adolfo Ruiz Cortines (sucesor de Miguel Alemán Valdés; véase *Cuadro cronológico*).

237 Aquí empieza «Maceualli» (Fragmento de novela). Mci.

238 Dice: «Ese domingo...», en Mci.

239 *División del Norte:* El ejército de Francisco Villa.

240 Véase nota 50 de la primera parte de LRT.

241 *costeños:* una variante del tamal (véase nota 51 de la primera parte de LRT).

242 Los tamales se cuecen al vapor envueltos en hojas de la espiga del maíz, en trozos de hojas del árbol del plátano o en la piel de las pencas del maguey. Aquí se trata de hojas del plátano, cuyo color cambia debido a la cocción.

243 El *pulque* es una bebida alcohólica (no más del 10 por 100 de alcohol) muy común en México. Se obtiene a partir de la fermentación de la miel que se extrae del maguey. El pulque curado tiene frutas maceradas (fresas, piña, etc.) que le dan color y sabor variados.

claveteados abierta para que entrara la luz del mediodía y el breve tañer de campanas, todos se sentaron en torno a la mesa. Gabriel se conocía de memoria la conversación, las anécdotas, las fotografías amoratadas que cada uno de los viejos traía en cada ocasión.

—Por la salucita del pollo —gritó doña Serena, meneando su cabeza de canas azules y levantando el jarrito de pulque.

—¿Y por qué no organizan otro reatazo a Columbus?[244] —le preguntó Palomo a Gabriel, pelando los dientes.

—Los chamacos de ahora ya no son como nosotros, mi Teniente —suspiró doña Serena. —Y qué le vamos a hacer. ¡Nosotros tampoco fuimos como los que llegaron alto![245] Se acuerda, compadre, cuando todos salimos de las mismas rancherías, de los mismos pueblos, todos igualitos, a la Revolución. Pues ya ve usted, cuántos son ahora gente fina, y nosotros igual que cuando comenzamos. ¡Pero no nos quejamos! Lo vivido, ni Dios...[246].

Don Pioquinto, con la gorra de beisbolista que Gabriel le había traído de Laredo embarrada al cráneo, se paseaba sirviendo del garrafón: —¿Se acuerdan cuando vino a corretearnos la punitiva?[247].

Los otros dos sobrevivientes levantaron los brazos con alborozo y se carcajearon en grande.

—Oye esto, pollo —le dijo doña Serena a Gabriel, quien ya conocía la anécdota. —Nos agarran en el puro bolsón de Mapimí[248], solitos tu viejo, Palomo aquí, yo y tres rasos descuachalangados[249]. Nosotros, que conocíamos el terreno como el propio culo, nomás agachados[250], y los gringos perdidos y hechos una bola[251].

---

[244] Véase Villa, Francisco, en MPH.

[245] Véase nota 30 de la primera parte de LRT.

[246] *Lo vivido, ni Dios* [nos lo quita].

[247] Después del ataque de Francisco de Villa a Columbus, el general John J. Pershing cruzó la frontera para perseguirlo (15 de marzo de 1916). Esta invasión se llamó la «Expedición punitiva» (véase Villa, Francisco, en MPH).

[248] *Mapimí:* zona desértica de los Estados de Chihuahua, Durango y Coahuila.

[249] *descuachalangados, descuacharrangados* o *descucharlangados:* desarreglados; que han perdido su figura original.

[250] Dice: «Nosotros, que conocíamos el terreno, nomás agachados...», en EdA.

[251] *bola:* confusión, enredo.

—Cinco días sacándoles el cuerpo en pleno desierto —señaló Palomo.

Doña Serena levantó los brazos y dejó caer las manos con estruendo sobre las rodillas cuadradas: —¡Y que se nos acaba el agua!

Los tres viejos se unieron en un coro de carcajadas.

—Cuéntalo tú, Palomo.

—Pues nada, que se nos acaba el agua, y pasan doce horas y todos con el gaznate más seco que el huizache del llano. Entonces vemos que uno de los caballos va a mear y —¿quién fue[252] el de la idea, Serena?

—Pos tú, quién había de ser...

—Pues se me ocurre rápido la solución y rápido le metí la cantimplora entre las patas.

—Y con agua de seis caballos estuvimos aguantando allí, bajo el sol ese de Chihuahua, que te pica hasta adentro de las orejas.

Y luego doña Serena sacó de su bolsón de mercado una tanda de fotografías viejísimas y teñidas que corrieron de mano en mano:

—¡Mírate nomás, Serena, a caballo y con tu rifle por el Cinco de Mayo![253]

—¡Nunca debíamos haber salido de México![254]. Nos comieron el mandado a los villistas.

—¿A que no lo sabías, Gabriel, que tu viejo se sentó en la silla presidencial?

—¡Puerco[255] coscorrón que le pegó mi general Villa cuando se lo encontró!

Todos guardaron silencio mientras engullían los complicados tamales y cuando trajeron las tortillas norteñas, de harina quebradiza[256], y los frijoles, Sebastián Palomo se atragantó y doña Serena tuvo que azotarle la espalda. Después del café Palomo comenzó a tañer la guitarra, y todos, fumando «Faros» deshilachados[257], se dieron a cantar[258],

---

[252] Dice: «... uno de los caballos va a mear y ¿quién fue el de...», en Mci.

[253] *Cinco de Mayo:* calle del centro de la ciudad de México.

[254] De la ciudad de México.

[255] Dice: «Tremendo...», en Mci.

[256] *tortillas...:* elaboradas con harina de trigo. En el sur, se hacen de maíz (véase nota 162 de la primera parte de LRT).

[257] Dice: «... deshebrados...», en Mci.

[258] Dice: «... a cantar: ...», en Mci.

Los carrancistas se fueron,
un veinticinco de julio,
dejando el campo regado
con muertos de su peculio[259]

Con el rasgueo, doña Serena sentía que le hacían cosquillas en el ombligo y se soltó chillando[260]. Gabriel se levantó y dijo que se iba a los toros.

En «Los amores de Cuauhtémoc»[261] lo esperaban ya Beto, el ruletero, que los iba a llevar en el coche, y Fifo[262] con su camisola abierta y su sombrero de palmas deshebradas. Luego llegó el Tuno[263], que también acababa de regresar de la cosecha de Texas, y que ahora se cortaba el pelo —de un negro de dos de la mañana— como los conscriptos navales yanquis y que usaba un pantalón abombado y un saco de cuadros amarillos[264]. A las cuatro andaban trepándose entre las piernas de las mujeres regordetas y hediondas de vaselina, y entre los brazos de los vendedores de refrescos y cacahuates en lo alto del sol de la plaza. Cuando se sentaron y pasó el momento solemne del paseíllo y la banda de música se calló, el Fifo[265] comenzó a chiflar con los dedos hinchando el labio inferior mientras Beto aventaba avioncitos de papel apuntados a las nucas de los aficionados. El Tuno afectó una mueca de tedio:

—Voy, no será más triling[266] el beis...

Los primeros pases frustrados del diestro provocaron la tormenta de cien mil chiflidos; el Fifo se daba gusto, y Gabriel gritaba:

—¡Si no venimos a tomar tecito!

—¡Ordéñalas[267], güey![268]

Cuando una famosa estrella de cine entró agitando su estola de visón, un murmullo de resentimiento se encrespó por toda la gradería de sol:

---

[259] EdA utiliza caracteres menores. Estrofa de un corrido revolucionario. Mci no emplea la cursiva.
[260] Dice: «... y se soltó a llorar», en Mci.
[261] Dice «En "Los amores de Cupido"...», en Mci.
[262] Cursiva en EdA.
[263] *Ídem.*
[264] Véase nota 221 de la primera parte de LRT.
[265] EdA mantiene la cursiva en este mote y en Tuno.
[266] Cursiva en EdA.
[267] Dice: «—¡Ordéñala, guey!», en Mci.
[268] *güey:* buey.

320

—¡Si quieres cogidas[269], quédate en tu casa!

—¡Ay, mamacita[270], aquí está tu mero Miura![271]

Fifo se quitó el sombrero y sacó de él una culebra amarilla que se retorcía sofocada: —A ver, pásenla; no pica...

La serpiente comenzó a pasar de mano en mano, entre alaridos de las mujeres regordetas y manipulaciones obscenas de los hombres. Su trayectoria era visible; las contorsiones del reptil parecían imitadas por las filas de aficionados que la corrían.

El tedio se apoderó de todos. Los toreros no daban una; los picadores se ceñían sobre el cuello bufante de las bestias; los banderilleros saltaban al callejón y un espontáneo dejó los tenis[272] en la arena y voló tres metros. La culebra regresó, muerta, a manos de Fifo[273]. Todos empinaban sus cervezas. La rechifla se generalizó, y las almohadillas volaban incendiadas[274], y las botellas. Las bolsas de papel manilla[275] llenas de orines se estrellaban en[276] las cabezas de los espectadores de barreras.

—¡Parecen salvajes! —gritó un hombre sentado a espaldas del grupo. —Semos[277], manito —suspiró el Fifo. Beto se volteó y le lanzó un chisguetazo de cerveza. El hombre comenzó a agitar los brazos mientras el Fifo le picaba el ombligo y el Tuno le hundía el sombrero hasta las orejas. El hombre salió limpiándose la cerveza mientras el Fifo le pellizcaba, con las puntas del zapato, las nalgas a una muchacha de la fila anterior.

—Sígale y llamo a un azul[238] —chilló la muchacha.

—Voy, no tendremos influ[239].

—¡Aguas[280] con los gringos! —chifló Gabriel.

Una pareja de turistas se disponía a sentarse adelante de ellos: el Fifo colocó un plátano vertical sobre el asiento y el

---

269   *cogidas:* albur (véanse notas 20, 245 de la primera parte de LRT).

270   Véase nota 239 de la primera parte de LRT.

271   Este parlamento y el anterior no aparecen en Mci.

272   Dice: «tennis», en Mci.

273   Dice: «... a manos del Fifo», en Mci.

274   Dice: «..., y los cojines volaban incendiados...», en Mci.

275   Dice: «Las bolsas de manila...», en Mci.

276   Dice «... sobre...», en Mci.

277   *semos:* somos.

278   *un azul:* un gendarme (por el color que tenía el uniforme).

279   *influ:* influencias o influyentes: conocidos poderosos, que pueden hablar a favor de uno.

280   *¡Agua!:* ¡atención! ¡Agua! o ¡aguas!: exclamación para advertir de un pelibro inminente (TPM).

norteamericano pegó un salto en tanto que la mujer tomaba cine de los cuatro rufianes mexicanos. El Tuno comenzó a hacerle cosquillas con un popote[281] a la mujer mientras Beto le metía la culebra muerta en el bolso y le sustraía la cartera.

—¡Police![282] —intentó gritar la mujer, y sólo suspiró cuando el Fifo dejó asomar el filo de su navaja.

Los cojines seguían volando; un chaparrón de agua sucia descendió sobre el turista y el hombre manchado de cerveza regresó con cinco amigos y empezó[283] a repartir cachetadas[284] al Fifo y a Beto; el Tuno y Gabriel le metieron zancadillas a dos de los amigos y luego los patearon mientras el Fifo, de un solo navajazo, le cortó los botones de la camisa al hombre manchado y Beto le metió un rodillazo en la barriga al otro. Los gendarmes se picaban los dientes con palillos y reían, y el hombre manchado y su grupo se retiraron humillados y gritando: —Ya nos veremos a la salida, cabrones...

—Ay wanna foc[285] —musitó el Tuno, y los cuatro salieron, rascándoles las cabezas a los espectadores y aventando gargajos a las filas de abajo y agitando la culebrita muerta sobre los bustos de las mujeres. Todavía hubo dos o tres encuentros de box antes de que alcanzaran la salida y —¡Pura vida! —aulló el Fifo y —¿Qué les pareció mi descontón?[286]— preguntó Beto.

En el coche de Beto todos siguieron aullando y cantando las canciones de moda y gritándoles palabras a los transeúntes y abrazándose.

—Ay wanna foc[287] —insistía el Tuno, arreglándose las ligas y abombando más la valenciana del pantalón.

—Todavía no es hora. Primero a inflarle[288].

Estacionaron el coche enfrente del «Margo» y se echaron a andar por Santa María la Redonda, gris en el atardecer, en espera de las luces y la aglomeración nocturnas. En la esquina de La Libertad encontraron una cantina y entraron pateando las escupideras de cobre y mirando feo[289] a los demás clien-

---

[281] *popote:* paja para beber.
[282] Sin cursiva en Mci.
[283] Dice: «... comenzó...», en Mci.
[284] *cachetadas:* bofetadas.
[285] Dice: «*Ay wanna foc*», en EdA.
[286] *descontón:* golpe artero; golpe que deja fuera de combate (TPM).
[287] Véase nota 285.
[288] *inflar:* ingerir bebidas alcohólicas.
[289] *mirando feo:* retando (véase nota 362 de la primera parte de LRT).

tes[290] hasta encontrar una mesita de mármol. El tequila comenzó a correr.

—¿Se van a regresar a los Esteits?[291] —preguntó Beto.

—¡Pos a poco no![292]. ¿Qué tal, Tuno, las viejas que te trinchas[293] por allá?

—Puro latin lóber[294] —dijo el Tuno. —Qué se me hace que esos gringos en vez de coger sólo les hacen pipí adentro.

—¡Ah qué Tuno más hijo de su pelona![295]. Y tú, Fifo, ¿cómo va la chamba?

—Pos cuál chamba, digo yo. Ésa de paletero que me dejaste tú cuando te fuiste a Gringolandia no era más que una chapuza tras otra. Ya hasta las gatas se me apretaban. No hay nada peor que una chamba fija; necesitas cosas más movidas que te traigan así al trote, y te den ese aire misteriosón que qué se traerá éste[296], que de dónde sacará la lana, ¡pícales la curiosidad, manito!

—Yo a veces sí quisiera chamba fija aquí en México. Pero con futuro, ¿sabes? —dijo Gabriel—. —¿Pero dónde te la ofrecen? Ya fui paletero, albañil, mozo de cabaré[297], ¿qué me queda?

—¡Pinche vida esta! —gimió el Fifo. —Sólo Beto está bien armado, con eso de ser ruletero.

—No creas —dijo Beto. —Claro que hay sus ventajas; que te levantas viejas, o les das un aventón[298] a los cuates. Pero luego dejas toda la lana en el bailecito, y te aburres de andar todo el día traqueteando[299] por la ciudad, así medio soledoso[300], y aprendiéndote nombres de calles. A veces me dan ganas de jalar con el Tuno y Gabriel.

—No te quejes, Beto. Tú has tenido suerte en todo. Oyes, ¿y qué fue de la vieja aquella del «Bali-Hai»?

—¿Gladys? Puta, la pinche vieja tenía una sífilis de a cua-

---

290 Dice: «... parroquianos...», en Mci.
291 *Esteits:* los Estados Unidos (States).
292 *¡Pos a poco no!:* ¡por supuesto que sí!
293 *trinchas:* metáfora gastronómica del acto sexual.
294 Dice: «... *latin lóber*...», en EdA.
295 *hijo de su pelona:* eufemismo para hijo (o jijo) de la chingada. En este caso, tiene carga admirativa muy fuerte y equivale a chingón (véase nota 522 de la primera parte de LRT).
296 *traer(se) algo:* ocultar algo.
297 Dice cabaret en EdA.
298 *aventón:* viaje gratis (TPM).
299 *traqueteando:* deambulando.
300 *soledoso:* solitario.

renta y ni se las había olido... Si no es por el doctorcito ese de San Rafael, me lleva[301]... Y te acuerdas que luego me salió al paso la güera esa, y ni modo de echarle pimienta al piloncillo[302], mano...

—¿Pos para qué nos exigen las viejas que dizque la fidelidad? ¿A poco a ellas no les gusta su castigo y su variedad también, a poco no?

—Es que no se saben respetar, y no jalan parejo con las demás viejas. ¿Te has fijado? Como los hombres, que somos todos cuates y jalamos parejo, como machos; como tú, Fifo, que eres mi mero hermano.

Fifo y Beto se abrazaron y se palmearon las espaldas.

—¡No hay como un cuate de uno!

—¿A quién si no le cuentas tus confidencias?[303]. ¿Y si no cómo[304] no se te ha de podrir toda la melancolía adentro? Con esta pinche vida que arrastramos, ¿cón quién si no con tus cuates?

—Ya ven cómo son los jefes[305] de uno, que ni se ocupan de uno. Desde los nueve años te avientan como perro a la calle a vender periódicos o a levantar[306] carteras, o de bolero[307].

—Pero así te haces hombre, Beto. Ahi[308] les conoces las caras y las mañas a toda esta bola de cabrones. Yo que anduve hasta los trece años acompañando a un ciego, no lo sabré[309]. Hasta en la manera de dar limosna los conoces. ¡Y lo que no sabía el ciego tarugo! Se me hace que hasta ochos ojos tenía, metidos en las orejas y en las puntas de los dedos y otro en el puro ombligo. Hasta por el olor sabía quién se acercaba, quién le iba a dar un peso y quién cinco fierros. Era abusado el viejo. Nunca dejó que averiguara dónde escondía la lana, y a la

---

[301] *llevárselo a uno...:* fallecer, morir (véase nota 526 de la primera parte de LRT).

[302] *piloncillo:* pan de azúcar morena en forma de cono.

[303] Dice: «—¿A quién, si no, le cuentas tus confidencias?», en EdA.

[304] Dice: «Y si no, cómo...», en EdA.

[305] *jefes:* padres.

[306] *levantar:* robar.

[307] *bolero:* limpiabotas.

[308] Dice: «Ahí...», en Mci.

[309] Dice: «... no lo sabré. Yo que anduve hasta los trece años acompañando a un ciego, no lo sabré. Me sabía de memoria las caras, las mañas de toditos. Hasta...», en Mci.

hora en que me lo machucó[310] el camión[311], nadie supo dónde la tenía y me quedé sin chamba y sin lana.

—Lo que es parejo no es chipotudo[312], Fifo.

—Ésas sí que son buenas chambas; quise entrar a los Aztecas luego, pero ahí estaban sindicalizados.

—Bueno, túpanle[313] que ya va a ser hora.

Salieron abrazados y cruzaron entre las filas de camiones escarapelados[314] a la calle del Órgano. Las puertas y las ventanas abiertas iluminadas de luz verdosa ofrecían las camas de hierro[315] oreado y sus sábanas azules a los ojos del tropel de soldados, albañiles, choferes, que[316] paseaban con las manos en los bolsillos entre las hileras de mujeres chaparras y de carne inflada, embarradas de lípstick[317], de colorete grisáceo sobre las mejillas, morenas o encaladas con capas de polvo oloroso. Como títeres acoplaban, imitaban los movimientos tradicionales. Las había de paseo y contoneo, y las que sólo asomaban, envueltas en batas de algodón, la cara por las ventanas; las que esperaban, displicentes, junto[318] a los muros, y las que abordaban, arañando las mangas de los hombres, explicando que con uno más completarían para los frijoles y el camión. El énfasis en las nalgas y el busto; las barrigas también paradas, y las rodillas cubiertas de tela adhesiva. Los ojos como penachos, agitados y saltarines, o como piedras, duros y aburridos. Bocas apretadas, dibujadas en forma de arcos y pétalos, y bocas llenas, de encías rojas y dientes de ratón. Y en todas, brillante, como una herida poblada de alhajas, el sexo oculto y blando, de fugaz bienvenida, alevoso y veloz, ratonera breve, flojo o apretado, amable y largo en su tertulia, o impaciente de soledades. Unos como cataratas y otros apenas de goteo, unos recientes y otros vetustos, unos patinados, ruinosos y sabios, otros estrenados al acaso, lacrimosos y sin concierto, unos desvergonzados y otros avergonzados, unos dados a reír y ju-

---

310 *machucó:* atropelló.

311 Dice: «...a la hora en que lo machucó el camión...», en Mci.

312 *chipotudo:* de *chipote* o *chichón:* protuberancia traumática en el cráneo o en la cara (el dicho significa: las cosas no se pueden cambiar).

313 *tupir:* concluir rápidamente algo.

314 *escarapelado, descarapelado:* que tiene la superficie estropeada.

315 Dice: «fierro», en Mci.

316 Dice: «... albañiles, choferes que paseaban...», *Ídem.*

317 Dice: lipstick, en Mci; *lípstick,* en EdA.

318 Dice: «...; las que esperaban, displicentes junto a los muros...», en Mci.

guetear, otros sombríos y ceremoniosos. Unos como fresas magulladas[319] que se ofrecen por última vez, otros fuertes como níspero maduro. Unos que saben cantar y decir palabras metálicas y otros que no tienen lengua y sólo gimen y se agitan. Todos de una velocidad lenta y arrullante, mestizos de ansia profunda, apremiante dolor.

—Vamos antes al Tívoli[320] —sugirió Gabriel.

En la gayola[321], masticaban muéganos[322]. Rechiflas y luces intermitentes corrían al tenor y a su smoking[323] de solapas escarlata. Las viceples[324] se tropezaban entre sí, agitaban las manos y saltaban sin gracia. Oxigenadas[325], con grandes ombligos y senos aplastados, aleteaban y alguna rodaba por el escenario. Luego entraba la diminuta estrella, enfundada en terciopelo negro y con un gran sombrero de plumas.

—¡Aguayón, aguayón![326] —gritaba[327] el teatro.

El vestido caía, pese al atorón del zíper[328], luego el portabustos y los dos gigantescos senos de la enanita volaban divididos por una medalla guadalupana mientras el cuerpo se acercaba, las cortísimas piernas abiertas, al filo de la cortina y allí se regresaba y contorsionaba entre los gritos de la concurrencia:

—¡Pelos! ¡Pelos! ¡Pelos![329].

La mano de la exótica se acercaba a la pantaleta[330] y fingía el último despojo. La luz se apagaba y la orquesta lanzaba un crescendo[331] furioso.

Afuera, la noche levantaba entre sus manos los cimientos quebrados y las paredes sin espina de Santa María la Redonda. Los grupos de mariachis asaltaban los coches que penetraban en la[332] Plaza Garibaldi; chaparreras[333] y sombreros de fieltro

---

[319] Dice: «mayugadas», en Mci.
[320] Mci entrecomilla «Tívoli.»
[321] *gayola* o *gallola*: galería (TPM).
[322] *muéganos:* golosina: bizcochos pequeños acaramelados.
[323] Cursiva en EdA.
[324] Dice vice tiples en Mci.
[325] *oxigenada:* con el pelo decolorado con agua oxigenada.
[326] *aguayón:* carne de la vaca.
[327] Dice «aullaba» en Mci.
[328] Dice «zipper» en Mci; *zíper* en EdA.
[329] *¡Pelos!:* petición del público, a gritos (en teatros frívolos, carpas y cabarets), para que las coristas se desnuden totalmente (TPM).
[330] *pantaleta:* pantaloncillo interior de las mujeres.
[331] Cursiva en EdA.
[332] Dice: «... penetraban a la...», en Mci.
[333] *chaparreras:* zahones de piel.

cuajados de metal y guitarras y violines se agitaban de un extremo al otro del Tenampa[334]; nenas con tobilleras rosa salían a bailar a cambio de una agua pintada[335]. Los puestos de tacos de chorizo y gusano de maguey[336] encontraban los dedos grasosos, las bocas gordas; el bailoteo de luz neón se disparaba al cielo[337], y en las sombras de la calle invadida de hombres y mujeres lacios, abrazados, laxos y sin rumbo, se ofrecían las tarjetas obscenas y los sobres con drogas y polvos. Carteles de los médicos del barrio, basureros volteados y la avenida bullendo de pedazos de tortilla y perros sarnosos y enormes volantes de periódico desechado. Los pequeños cuerpos de overol y camisetas rayadas y raso se detenían en las taquerías[338] y los puestos de revistas y entraban en los cabarets[339] de humo poroso donde el danzón arrastraba suave los zapatos y las melenas rebotaban con el mambo[340]. En Bellas Artes la feria nocturna se disolvía antes de cobrar nuevo ímpetu —más secreto, menos cargado de lentejuelas— por San Juan de Letrán. El río humano, indiferenciado, en busca del rito de un domingo, de caras nunca y siempre vistas, impresas de rasgos singulares, pero todas idénticas: prietas, pétreas[341].

El Fifo se alisó con las manos la melena envaselinada y tomando del bíceps al Tuno se cortó[342] hacia la calle del Órgano. El Tuno se abombaba el pantalón y sacaba el pecho.

—Bueno —gritó el Fifo desde media calle a Gabriel y a Beto.
—Mañana nos vemos en la Villa[343].
—Eso es lo que me chingaba[344] con los gringos —gruñó el

---

[334] Dice: «... de Tenampa», en Mci.

[335] Cfr. nota 93 de la primera parte de LRT.

[336] *gusano de maguey:* larvas de mariposa que incuban en el maguey. Se recolectan cuando alcanzan su mayor desarrollo; se tuestan o fríen.

[337] Dice: «... los dedos grasosos, las bocas gordas, el bailoteo de luces de neón se disparaba al cielo...», en Mci.

[338] *taquería:* lugar en que venden tacos.

[339] Dice: «... y los expendios de libros pornográficos y entraban a los cabarets...», en Mci.

[340] Véanse notas 62, 187 de la primera parte de LRT.

[341] Dice: «El río humano, indiferenciado, en busca del rito de un domingo, de caras nunca y siempre vistas: impresas de rasgos singulares, pero todas idénticas: prietas, pétreas...» Hasta aquí, Mci.

[342] Se separó del grupo. *Cortar:* suspender una relación entre personas, momentánea o definitivamente (TPM).

[343] *en la Villa* [de Guadalupe], santuario de la Virgen (véase Diego, Juan, en MPH).

[344] *chingaba:* molestaba.

Tuno. —¡Que qué jus dis Virchin of di Guadalupi![345]. Pero ahi sí no me cuarteaba:[346] el escapulario bien plantado aunque todos se rieran de mí.

La noche se los tragó, y Beto y Gabriel caminaron hasta la calle del Meave.

—Puede que aquí esté mejor la cosa —dijo Gabriel.

Las luces mortecinas abrían paso al fulgor de la gran sinfonola iluminada desde donde gemía, cansado, el danzón *Nereidas.* «¿Cigarrito?» solicitaban las muchachas vestidas de lino blanco y lentejuela drapeada. Beto se levantó a pasear y se dirigió a los pequeños cuartos, separados entre sí por canceles corredizos. Una mesa con rollos de papel y una botella de alcohol, y el solitario diván de linóleo verde. Beto se recostó, seguro de que alguna llegaría. Él no las buscaba, caían solas. Y a todas sabía darles algo, a las más viejas y corridas[347], como a las recién embaucadas. Apagó la luz y encendió un cigarrillo. Al rato sintió la respiración cercana, el olor aceitoso a su lado. Alargó la mano y la pasó por el cuello de la mujer invisible. Le pellizcó la punta de un seno.

—No te conoceré, gordita.

—Te vi entrar, y ya te conozco las mañas...

—Aguaita, aguaita[348], que ya voy a dar.

—Siempre lo dije: chanceador como él solo... Beto —la voz se le adelgazó hasta sonar otra, la voz recordada y vergonzante.

—Gladys —dijo casi en silencio Beto. —¿Aquí viniste a dar?

Gladys se recostó a su lado, le quitó el cigarrillo y encendió el suyo. El silencio se le arremolinaba en el centro del vientre, y sin saberlo, sin poder expresar ni siquiera tocar con la sangre esa certidumbre, le corría por el cuerpo la advertencia de que, dijera lo que dijera Beto, a él le pasaba lo mismo: esa noche no se habrían de tocar. Las dos luciérnagas de humo bajaban y subían, de los labios a la postura laxa del brazo.

—Hay que pagar veinticinco pesos —dijo Gladys.

—Ahora[349] en la mañana, cuando salgamos.

—¿Te ha ido bien?

---

[345] Cursiva en EdA, desde «jus».

[346] *cuartearse:* faltar a un compromiso, a la palabra empeñada (TPM). Doblegarse.

[347] *corrido(a):* experimentado(a); que ha vivido mucho.

[348] *aguaita:* calma (sentido figurado; aguaitar: acechar).

[349] *Ahora, ahorita, ahorititita:* después, posteriormente, más tarde (en diminutivo, tiene un matiz de cortesía).

—Pos ahi traqueteando, como de costumbre —Beto cerró los ojos.

—¿A cómo nos toca?

—¿De cuando acá? Te acuerdas cuando me pelé[350] con la güera esa, y ya no nos vimos... No fue cosa mía, Gladys, de que yo quisiera; era que así nos tocó, a los tres. Dizque hay gentes muy voluntariosas, que se les hace lo que se les antoja. Pero tú y yo...

Gladys se tapó los ojos con las manos y quiso decir algo; oraciones, palabras, un profundo temor al sueño le temblaban entre los senos

«Pedir, qué vamos a pedir; se nos cayó el circo encima y nos taponeó la boca; pero ni falta que hace; no face falta hablar, nomás vernos... ¿te has fijado en la gente igualita a nosotros, que son un chorro, que son todas las que van por las calles y los mercados, todas como nosotros, que no dejan que la voz se les oiga?»

Beto aplastó la colilla contra la pared manchada de cucarachas. Él no sabía hablar, pero pensaba

«Yo nací y otro día me muero y no supe lo que pasó en medio los días se van y el domingo llega todo vestido de feria vamos a los toros le inflamos a la cervatana[351] nos la jalamos[352] en una carpa nos cogemos a una vieja y la pura verdad es que nomás esperamos agachados a que nos toque la de Dios»

—¿Te has fijado, Beto, que hay gente así como que tiene su nombre?[353] —preguntó Gladys mientras se soltaba los zapatos que cayeron como dos cachetadas al piso astillado. —El papa[354] y Silverio[355] y el Presidente.

«Gladys, no quiero que me hables; yo nunca le platico a la gente; me sale lo que me sale, así; ¿de qué te hablo si no tengo recuerdos? sólo me acuerdo de mi mamacita, y cada día como que se me borra más su cara, y sólo me acuerdo del último día, qu'es cuando mi cara se borra; pero no me pidas cuentas de en medio, que ahi[356] es donde no supe lo que pasó; tengo frío y vuelvo a abrir los brazos, tengo sueño, ganas de irme hasta abajo»

---

[350] *pelar:* escapar, huir.

[351] *cervatana:* cerveza (TPM).

[352] *jalar:* beber.

[353] Cfr. título de MPH.

[354] Dice: «El Papa...», en EdA.

[355] *Silverio* [Pérez], torero mexicano.

[356] Dice: «... ahí...», en EdA.

Gladys cerró los ojos y dejó caer el cigarrillo en la escupidera de cobre

«Son tantos, como hormigas, si te pones a pensar en todos los que vivieron y ya entregaron su ánima»

—Empieza a contar a los bien jodidos, y no les sabes el nombre a uno solo.

«No hables, Gladys, por favorcito... hoy es la fiesta, ya echamos relajo[357], pero es nuestra fiesta a oscuras, ya no como antes; es la fiesta negra, y antes era de puro sol»[358].

«Nos fuimos sin nombre, Beto, como el chucho[359] que nomás por gracia se lo ponen; son tantos, todos sin nombre; y quién quita[360] y también soñaron, como tú y yo ahora

»Soñar juntos

»que sólo así la memoria de lo que pasó y todos los colores y los días uno uno tercera reversa hay un puente en Nonoalco y allí no crece nada pero hay pájaros enjaulados que son para venderse y un rincón para rezarle a la virgen no te hagas chiquita panza no te vayas y me andes dejando con el puro corazón para comer»

Los párpados de Gladys y Beto se juntaron y ambos se vieron rojos bajo el techo oscuro del burdel; un perro comenzó a ladrar a sus pies

«son[361] las enanas con largos cabellos aceitados que nos abrazan y bailan sobre nuestros ombligos; el guajolote[362] nos habla desde el trono de amatistas y con las plumas nos coloca las máscaras del sueño y de la danza: la música es la voz de la mujer de piedra que agita las aguas del lago y luego se estrangula a sí misma con un nudo de flores: las flores mastican los hoyos de la luna para que el día de fiesta el sol líquido corra por las entrañas de nuestros signos, los que nos trajeron y nos llevarán, el conejo y el agua, la serpiente y el cocodrilo, la hierba y

---

[357] *echar relajo:* divertirse desordenadamente.

[358] Alusión al pasado prehispánico. El quinto sol, no sobrevivió (confróntese nota 23 de la primera parte de LRT).

[359] *chucho:* perro (TPM).

[360] *quién quita:* quizá.

[361] Para Carlos Fuentes, el mito es la memoria de los que carecen de nombre (como Gladys y Beto. Cfr. título de MPH). A partir de aquí, habla el mito prehispánico. Los párrafos en cursiva se inspiran en textos sobre la fundación del Universo, especialmente, la «Leyenda de los soles» (tercera parte del manuscrito *Anales de Cuautitlan* o *Códice Chimalpopoca*).

[362] *guajolote:* pavo mexicano.

casa de la diadema de turquesas,
que habla, nuestro el espejo negro
a matriz del poniente nos esperan las
que el sol se levante cuando las ha-
etos de nuestros vientres: toma el ca-
con el papagayo[363], con el camote[364]
ua sangrante...

las sendas, pero llegamos al ojo de

r discurso, para que todos recibieran
uyeran la ciudad
ojo del águila salió la orden, y todos
lo cubrieron con un manojo de soles
s abrieron sus fauces de piedra y con-
tomar asiento y entonces el agua se
los frutos rojos y la serpiente anduvo
regresó al surco y las aguas se refres-

que también el sol tenía hambre, y que
e le devolviésemos sus frutos calurosos

cargaran los fardos y metieran las uñas
en la tierra y buscaran con cerbatanas[366] al pájaro silvestre y a
la bestia de escamas*

»*Pero llegaba el día de la fiesta, y era tocado por todos los
dedos el trono de oro y las plumas del pavorreal caían de las
nubes y el agua se convertía en piedra y ya no se escapaba de
los labios*

»*Entonces podían ofrecerse las venas abiertas antes de hacer
el viaje con el perro colorado[367]*

»*Entonces podíamos alimentarnos sin vergüenza los unos a
los otros*

»*Pero el viento de metal pudo convertir la piedra en arena
y lodo*

---

363 *papagayo:* loro.
364 *camote:* batata dulce.
365 Véanse notas 16, 23 de la primera parte de LRT.
366 *cerbatana:* canuto para lanzar dardos.
367 En la religión azteca, la muerte se explica como el principio de
un viaje muy largo hacia el infierno. En el trayecto, el hombre debía
cruzar el río Chicnahuapan, con la ayuda de un perro que lo llevaba
sobre su lomo.

»*Y llegó el día de llorar y buscar en vano, de sentarse en el polvo y hurgar los insectos, de abrirse el corazón y encontrar un sol calcinado, llegó el día de la orfandad, el día en que la palabra no salía más de nuestra boca*

»*Ay pordioseros, ay hermanitos, coman sus insectos, que el ojo de agua se secó y vuelve la marea del lodazal a cubrir las ciudades: bailen descalzos y abran los brazos sobre el nopal, clávense las manos a las alas del colibrí mientras el perro sarnoso les roe el ombligo, llénense de volcanos morados sus aguas y sus sexos, cárguense de limo sus ojos y sus palabras: ya llegan al fondo, a la madre de las aguas, al abuelo de las mariposas con alas de cochinilla...*»[368].

—Ya se soltó el frío —dijo Gladys cuando despertó.

Beto abrió los ojos para encontrar los últimos fulgores de un dosel amarillo en el techo.

—Ora es otro día —dijo entre dientes mientras se refregaba los párpados. Sus ojos encontraron los de Gladys, pequeña y aterida sobre el diván de linóleo.

—Por nuestro patrón —dijo Beto, con el estómago ardiente, con las manos tensas—, por nuestro patrón San Sebastián de Aparicio, te lo juro, Gladys...

Gladys acercó su cara a la de Beto. Los labios se unieron en un beso tierno y secreto.

—No hace falta ir a la Villa, porque la madrecita santa anda suelta por todos lados[369] —murmuraba la viuda Teódula Moctezuma[370] mientras se paseaba con la escoba sobre el piso de tierra[371] de su jacal. La luz del atardecer se metía, enterrada,

---

[368] *cochinilla:* este insecto servía para producir colorante. El cultivo de la cochinilla persistió durante la colonia (fue el tercer producto de exportación, después del oro y la plata).

[369] *la madrecita santa:* la Virgen de Guadalupe.

[370] El nombre Teódula Moctezuma significa (según mi traducción libre): diosecilla de la realeza azteca: *Teo:* sagrado, divino (DLN); Moctezuma fue el nombre de soberanos cuyas acciones determinaron el auge y la caída del imperio azteca (véase en MPH). Esta encarnación divina mantiene vivo, en sí misma, al pasado prehispánico (véanse notas 6, 7 de la primera parte de LRT; su papel de guardiana se destaca en *Personajes).*

[371] Referencia directa a Coatlicue («falda de culebras»), diosa azteca madre de Huitzilopochtli. Al barrer, la Coatlicue encontró una bola de plumas y la guardó en su seno; de tal modo concibió a Huizilopoch-

por las rendijas de las tablas viejas y la paja que formaban y cubrían las paredes del lugar. Dos petates amarillos, el comal[372], el racimo de chiles secos colgados de un clavo, la masa para las tortillas, una canasta llena de trapos. La viuda Teódula dejó la escoba, recogió un cántaro y comenzó a regar el suelo polvoso.

—Ahi quieta, tierra, ahi sosegada.

Su figura parecía lastrada por los grandes pendientes, las pulseras en las muñecas de venas moradas, los collares de oro que le ceñían el cuello hasta la barbilla. Teódula se esponjaba el ropón rojo y las joyas chocaban con el vaivén rítmico de los movimientos de la anciana. Cuando terminó de regar, se hincó y dijo en voz alta: —Tú no necesitas altar, pues yo te ofrezco mi corazón[373], ay tilma de rosas[374], ay falda de serpientes, ay madre misericordiosa, ay corazón de los vientos. Trátame bien al viejo don Celedonio, que se me murió tan joven, y a todos los escuincles que te llevaste. Ya voy para allá, ya no tardo.

De pie, acariciaba las joyas. Arrugó, de repente, los párpados y se llevó la mano a la oreja, estirada en el lóbulo por el peso de las arracadas. —¿Ya llegaste? —exclamó. —Pasa, hijo, estoy sola.

La puerta desvencijada se apartó para que penetrara, primero, la luz granulada, después el alto perfil de un hombre. La viuda Teódula se sentó sobre el petate y le hizo una señal de invitación.

---

tli y provocó la ira de sus 400 hijos. Los hermanos deciden matar a Coatlicue, pero Huitzilopochtli, que nació armado, los aniquila. La figura de Coatlicue y la acción simbólica de barrer con la escoba forman parte de la simbología de Carlos Fuentes (lo mismo, Moctezuma, véase nota anterior). Cfr. *Todos los gatos son pardos* (Doña Marina —véase en MPH— y Moctezuma barren en los momentos cruciales).

372 *comal:* círculo de barro o metal, para cocer las tortillas y asar los alimentos.

373 Ofrenda como en el sacrificio azteca.

374 En la plegaria de Teódula Moctezuma se advierte el sincretismo de la religión católica en México. El personaje se dirige, indistintamente, a la Virgen de Guadalupe y a Coatlicue (véase nota 371; Diego, Juan, en MPH). En la primera, se fundieron los cultos a diosas prehispánicas y a la Virgen (en *Todos los gatos son pardos,* Carlos Fuentes explicita el sincretismo guadalupano en la oración del coro: «—Malinaxóchitl, diosa del alba... Tonantzin, Guadalupe, madre...», Barral Ed., pág. 116).

—No te dilates[375] tanto —dijo Teódula— que ya siento cómo la sangre se me empieza a secar y a correr más despacito.

—De veras que se acerca tu día —dijo Ixca Cienfuegos mientras se acomodaba sobre el petate, cruzando las piernas a la vez que acariciaba la cabellera blanca de la viuda.

—Tú lo debes saber mejor que nadie, hijo. Ahora me paso los días sin orinar y las tortillas se me atragantan en el gaznate.

—Luego comenzarás a escupir sangre y a contar los minutos con los dedos. Sabes que puedes escoger la forma definitiva.

—No sé si será mejor así. Lo que sí quiero es el sacrificio, hijito, un sacrificio aunque sea chiquito... —La voz de Teódula se alteraba, y sin vacilar se estiró a lo largo del petate, hasta tocar las rodillas de Ixca con las puntas amarillas de los dedos. —... aunque sea uno así de chiquito. Me lo prometiste, hijo. Allá en mi tierra, antes de que me viniera a la capital, yo les hice un sacrificio a mi viejo don Celedonio y a todos los niños. Ninguno se fue solo; a todos les engalané los huesos, les dejé sus regalos, les ofrecí lo que pude. Ahora que yo me voy, sólo de ti me puedo fiar para que no me dejen sin mis regalos[376].

—No dudes de mí, Teódula —dijo Ixca, respirando hondo el aroma del brasero y los chiles morrones. —Alguno querrá hacerlo, alguno vendrá a darte lo que quieres.

—Déjalo nomás, hijito. Nomás faltaba que me fueras a dar un sacrificio forzado. Esas cosas salen así, como Dios manda, o más vale ni menearlas.

—¿Aquí nadie ha querido robarte las joyas?

—¡Cómo crees! Me decía el Tunito[377] el otro día que yo soy como parte del barrio, y que aquí todos se habían puesto de acuerdo para respetarme y destripar al primero que me faltara en algo. Claro que no es lo mismo que en mi tierra; allá podía lucir las joyas en las fiestas, y como que se veían más bonitas con tanto helecho y tanto árbol frondoso alrededor. Los trajes de los demás también eran más bonitos, el sol llegaba más alto que aquí, y la luz del oro también se iba volando hasta alcanzarlo...

---

[375] *dilatar:* tardar.

[376] Las costumbres prehispánicas exigían que los muertos se sepultaran con los objetos necesarios para llegar al infierno (véase nota 367): utensilios de trabajo; reliquias de los seres que habían ofrecido en sacrificio.

[377] Cursiva en EdA.

—Menos mal que nunca has intentado venderlas.

—¡A callar, hijo, a no mentármela![378]. Vienen desde hace mucho tiempo, desde antes del abuelito más viejo que recuerdo, que era don Huismín y ya había cumplido ciento y pico de años cuando yo me puse los primeros moños. Luego, cuando me casé, me abrieron los hoyitos en las orejas, me colgaron todas las cosas, y ya desde entonces no me las quité nunca. Se me hace que sin ellas no podría rezar, ni siquiera pensar que luego voy a juntarme con Celedonio y los chamacos. Son como las alas del colibrí, o las escamas del armadillo, que si se las quitas se vuelven otra cosa, gusano rojo o perro pelón, pero ya no son lo que el gran tata[379] quiso que fueran. Ahí me dirás que estoy loca, Ixca hijo, pero yo ahora me acuerdo de toda mi vida, que cuando la vas viviendo no tienes tiempo de acordarte de lo que te va pasando, y ahora sí, y me parece que yo soy la Teódula, la viuda Moctezuma, nomás porque he traído colgando desde que me esposaron a los catorce años todas estas cosas

«—*Éntrate a calentarme, Teódula*

»—*Ya voy Celedonio, pero huele a canícula y sándalo, y antes quiero que me dé un poco el sereno para que primero me sientas fría y luego me gustes con calor*

»—*Déjame verte así, cerca de la puerta. Si hace apenas un año ni eras mujer*

»—*Todavía era la época de lluvias cuando me empezaron a crecer las tetas y a salirme los vellos, y ya ves; ahora soy tu mujer*

»—*Me gustas así, desnuda, sin nada más que las joyas de don Huismín*

»—*Nunca me las he de quitar, Celedonio, y cuando esté contigo será lo único que traiga puesto*

»—*¿Ya te sientes fresca?*

»—*Ya voy Celedonio, ya me enjuagaron bien las estrellas*»

—Sí, Ixca, son como mi carne...

Ixca se levantó a encender un cabo de vela que se columpiaba, dentro de un jarrito, desde el techo de paja. Un leve ritmo de sombras bailó sobre los rostros de Teódula y de Cienfuegos: no era la primera vez que Ixca escuchaba el relato de la mujer, pero la viuda continuaba hablando, encandilada por la novedad recurrente:

—Luego por allá hay mucha selva, y culebras color de vidrio,

---

378 *mentar* [la madre]: insulto.
379 *tata:* padre, Dios.

y yo salía a pasearme con mis joyas. Quería hacerme una falda de fiesta con las pieles de las serpientes[380] pero cuando salía a pasearme todas las bestias se quedaban asombradas del ruido y la luz de mis joyas, y era como cosa de encantamiento cómo se apartaban y yo ya no podía ponerles trampas a las inocentes. Pero allá las joyas eran, ¿cómo te diré?, un pedazo de toda la luz y el color, no eran cosas aparte para esconder o disfrutar a solas, hijo. Aquí en México es donde se me ocurrió que podrían robármelas, o que las joyas ya no eran de todos, sino sólo mías. Aquí hace falta que los muchachos me protejan, pero allá las joyas eran de todos, y sobre todo de los animales que tanto las admiraban. Cuando iban a nacer los chamacos, me ponía el collar sobre el ombligo para que todos salieran paridos con bien, y ¿sabes?, para que se continuara la trenza de oro sobre el ombligo de ellos. Por eso se han de haber ido tan pronto, para que gozara yo rápido su vida y luego su muerte. Para que les pusiera la joya al nacer y luego los regalos de muerto. No me puedo quejar, hijo...

La viuda encendió un «Elegante» y empezó a pujar agitando los hombros: —Allá estuve hasta quién sabe cuándo, porque todavía cuando se murió el primer niño recuerdo que pasaron por ahí las tropas aquellas del rey güero[381] llevándose a todos los jovencitos en la leva —o deja ver ¿fue después?— [382] y luego cuando me trajeron a México ya andaba por aquí el Niño Fidencio[383] predicando y yo no sabía a qué horas habían pasado tantas cosas como contaban los vecinos.

Con una mueca de asco, Teódula arrojó el cigarrillo y se

---

[380] Como Coatlicue (véase nota 371).

[381] *rey güero:* se trata de Fernando Maximiliano de Habsburgo (véase en MPH), es decir, de los años de 1864-1867. Carlos Fuentes también llama así al De Habsburgo en «Tlactocatzine, del jardín de Flandes» *(Los días enmascarados,* 1954).

[382] La longevidad y soledad de la mujer que espera reunirse de nuevo con el esposo muerto interesaron a Carlos Fuentes en el inicio de su carrera. Esto se ve, sobre todo, en *Aura* (1962) y, de algún modo, en «Tlactocatzine, del jardín de Flandes». En LRT y en *La muerte de Artemio Cruz,* igualmente hay personajes femeninos que tienen que ver con ese interés.

[383] El Niño Fidencio (Fidencio S. Constantino) fue un curandero al que seguían las multitudes. Millares de enfermos del sur de los Estados Unidos y de México buscaban curas milagrosas en su hacienda «El Espinazo». Tuvo más fama durante los años 1927 y 1928, curiosamente, cuando el Estado y la Iglesia se enfrentaron en la Guerra Cristera (véase nota 17). Murió a mediados de la década de los 40.

336

fue a sentar junto al comal, mientras Ixca estiraba las piernas, la cabeza recostada sobre el petate, y una luz de absorción brillaba en sus pupilas, más allá del relato, repetido cien veces, de la viuda. Teódula comenzó a fabricar tortillas, alzando la voz sobre el cacheteo de la masa[384]: —Ahora luego de merendar los sacamos y les rezamos. Perdona, hijo, que no te haga tantas tortillas como otras veces, pero ahora me duelen los brazos mucho.

La anciana terminó de hacer las tortillas en silencio y, en silencio, después de desbaratar un par de chiles y rociarlos de cebolla, ofreció los tacos a Ixca. Con gran solemnidad, Teódula masticó la pasta picante y luego hizo buches con un agua de tejuino fresca. De pie, se limpió las manos en el ropón colorado y le hizo una seña a Ixca. Ambos, de rodillas, retiraron el petate y apartaron con las manos la tierra hasta dejar descubierta una plancha de madera. Ixca la levantó con esfuerzo y el jacal se inundó de un olor a la vez tibio y húmedo, olor de barro mojado y flores secas. Ixca se dejó caer al pozo abierto.

—Primero la de don Celedonio, que es la más grande —dijo Teódula. La caja de madera carcomida ascendió verticalmente, empujada por Ixca, y luego cayó con un sordo estrépito sobre el suelo polvoso. La viuda la arrastró a un rincón y ya sin aliento regresó a recoger las otras cajas, más pequeñas, que Cienfuegos había levantado del sótano funeral. Las cajitas hacían ruido de sonaja mientras Ixca, ya fuera del pozo, las acomodaba al lado de la caja grande. Teódula se persignó[385].

—Aquí la tierra es de agua, y luego luego se pudre la madera —comentó. Luego cayó de rodillas y separó la tapa de la caja mayor. Un hacinamiento de flores e ídolos de barro cubría la parte superior.

—Híncate también, hijo.

Cienfuegos se colocó junto a la anciana mientras ésta sacaba los ídolos.

—Aquí estás, Celedonio, y encima de ti el nahuaque cercano, para que tus huesos no dejen de cantar nunca—. Teódula recogía un ídolo, lo besaba y se pegaba tres veces en el

---

[384] Las tortillas de masa de maíz se hacen palmeando una bola. La fabricación en serie, por medio de maquinas, ha sustituido progresivamente a la hechura manual.

[385] Véase nota 11 de la primera parte de LRT.

pecho: —Y la ixcuina de cuatro caras[386], que es la que te cubre y te llena de mugre para que no te olvides de quién eres, y luego el de las dos caras[387], para que los veas a ellos y nos veas a nosotros, y no llegues nunca y nunca te vayas. Y luego el patecal ese, que no te pudo salvar con sus medicinas, aunque tú ni las necesitabas, pues de que te llaman ya ni quien te detenga. Y luego todos los conejitos para que tus huesos le den de beber a la tierra y pueda haber fiestas...

Cuando apareció la calavera de Celedonio, la viuda Moctezuma juntó las manos y sollozó: —¡Ay mi viejo Celedonio, que tan joven te me fuiste, y que apenas me dejaste disfrutarte! ¡Ahora te llevó el huahuantli, te llevó igual de encuerado que él, ahora te quitó la piel y te llevó al puro corazón de las montañas, donde ya no hay aire! ¡Ay Celedonio, vé nomás cómo te han puesto!

Cienfuegos abrazó la espalda de la anciana y en seguida levantó la calavera de Celedonio para que le diera la luz. —Ya le toca otra manita[388] —dijo la viuda, secándose el rostro de maíz oscuro con su ropón. —A ver, tráela.

Ixca recogió de una esquina un bote de pintura azul y un pincel y los llevó a la anciana. La viuda mojó el pincel y lo pasó sobre los pómulos de la calavera.

—A ver hijito, tú que sabes escribir...

Cienfuegos tomó la calavera con una mano y con el pincel en la otra escribió en la frente, con grandes letras azules, *Celedonio*[389]. Una gran sonrisa se dibujó en la cara cuadriculada de Teódula: —Ahora sí. Lástima que no le pueda poner ahora sus flores, pero hay que traerlas de nuestro lugar; eso se lo prometí.

De rodillas, la viuda se dirigió a las otras cajitas: —Y aquí están los niños, que no supieron ni cuándo. Nomás se alejó la chihuateteo[390] que nos mata al parir, y llegó el otro niño a llevárselos. Ahi están dormiditos con el de la carita negra

---

[386] *Ixcuinan, Ixcuiname:* complejo de cuatro divinidades hermanas (de origen huasteco) y probable antecedente de la diosa del amor carnal (llamada Tlazolteotl) y de la basura (llamada Tlaelcuani) o comedora de suciedad (a quien se confesaban los pecados sexuales).

[387] El dualismo es una característica del pensamiento azteca.

[388] *Una mano* [de pintura]: una capa de pintura.

[389] Cfr. nota 22 de la primera parte de LRT.

[390] *chihuateteo* (diosa) o *cihuapipiltin* (princesa), nombres que los aztecas daban a las que morían en el parto.

que cura de todos los males, a ver si los durmió con bien.
Ellos ya están pintaditos de la última vez, y sus flores son
nuevas. Nomás rézales, Ixca, y no me los vayas a turbar. Pide
que los alumbren los cuatrocientos del sur[391], que es a donde
se quedaron mirando mis hijitos, pintados de campanas, como
la luna.

La viuda Teódula Moctezuma bajó la cabeza y se quedó en
un sueño vigilante y profundo. El oro del cuello, de las muñecas, iluminaba las figuras de barro que hacían fila junto
al féretro. Inmóvil, los párpados cada vez más pesados y oscuros, Teódula permaneció mucho tiempo así, junto a sus
muertos. Ixca la miraba fijamente, sin apartar los ojos del
cráneo de la vieja. Después Teódula se quedó dormida y la
vigilia de Ixca, a su lado, se prolongó hasta que una nueva
luz hizo palidecer la de la vela y cayó desde un resquicio del
techo sobre la calavera pintada de Celedonio. La viuda se
removió sobre el nido de ídolos y polvo.

—Ya es hora de que me vaya, Teódula —dijo en voz baja
Cienfuegos.

La viuda, sin abrir los pesados párpados, gimió: —¿Tendré
la ofrenda, hijo?

—Estás cerca de ella.

—¡Alabada sea la madrecita santa! —suspiró Teódula, con
los ojos siempre cerrados.

A esa misma hora, Rosa Morales, la vecina de doña Teódula,
se miraba las manos y sentía un malestar profundo, unas
ganas de vomitar, que sólo podía controlar fijando la vista
en las manos cuadradas, cada día más enrojecidas por el vapor,
los jabones, el agua caliente. Un ligero rumor en el catre de
los niños la hizo volver la mirada. Se llevó un dedo a los labios,
mientras Jorgito se pasaba una mano por el pelo y guiñaba
los ojos, negros y ovalados. El niño bajó con sigilo de la cama
y en voz baja le dijo a su madre:

—¿Ya te vas otra vez?

—Ya pasé dos días con ustedes, niño. No nos toca fiesta
de guardar todas las semanas.

—¿Y por qué no vives siempre con nosotros como antes,
mamacita?

---

[391] Los cuatrocientos conejos (centzon totochtin), dioses del pulque
que se identificaban con cerros del Valle de México situados en el Sur,
punto cardinal con el que estaban relacionados.

—Porque ahora tu mamacita tiene que trabajar en vez de tu papacito que se fue al cielo.

El niño ladeó la cabeza y se quedó interrogando a Rosa.

—Mira, Jorgito, no dejes que se despierten tus hermanos, y cuando se levanten dales su desayuno y llévalos a la escuela. Ahi le dejaré dicho a doña Teódula que mire de vez en cuando a Juan por si le vuelven las calenturas.

—Oye mamá, ¿y ya nunca vamos a volver a oír los mariachis como la noche que mi papacito se fue al cielo.

Rosa abrazó al niño desnudo: —A ver si para las navidades me dan los patrones mi aguinaldo, y les prometo que los llevo.

—¡Piocha![392] ¿Y qué tal son los nuevos patrones?

—Gente muy fina, Jorge, pero es la cocinera la que ordena todo. La señora Norma no se mete para nada.

—¿No me vas a llevar un día a conocer la casa?

—Un día sí, pero la señora dice que no quiere ver chamacos… Te llevo cuando estén de vacaciones.

Juanito empezó a respirar sofocado desde el catre. Rosa se levantó de la silla y corrió a mirarlo. Luego encendió una veladora y le besó la frente al niño.

—¿Ahora hasta el domingo que viene, mamá?

—Pues sí, ahora hasta el domingo. Si tu hermano se siente muy mal, ya sabes el teléfono…

Rosa salió con premura de la casita, sin volver a mirar al niño que agitaba el brazo desde la puerta de maderos claveteados. Se detuvo un instante en el jacal de la viuda: —Ahi le encargo a los chamacos, doña Teódula…

Tomó en la calzada de Balbuena el camión lleno de obreros, y mujeres que iban al mercado, y huacales con pollos y verduras. Una ligera neblina coronaba, a lo lejos, los edificios grises del centro; las luces se acababan de apagar en Fray Servando Teresa de Mier y ya se alargaba la cola de obreros frente a una ventanilla de empleos. Las marquesinas aún estaban calientes en los cines y los cabarets[393], y una banda de mariachis cansados comía pozole[394] en la esquina del Salto del Agua. Los rostros de la ciudad corrieron veloces

---

[392] *¡Piocha!:* exclamación de alegría: ¡qué bien!

[393] Cursiva en EdA.

[394] *pozole:* caldo condimentado, con carne de puerco, granos de maíz y un aderezo de lechuga, cebolla, orégano, rábanos y zumo de limón.

sobre el vidrio del camión y Rosa, con la mejilla pegada a la ventana, sólo recordaba la tos sofocada del muchachito y, cercana a esa imagen, pero inconsciente, la del choque y Juan muerto en la plancha de la Cruz Roja y todos, los niños y ella, viéndolo allí, todavía con el sabor del vino rojo en los labios. *Qué gano con echarle la culpa a nadie, a poco así me lo devuelven... ay Juan, cómo te contaré todo, cómo te diré que las miserias y no ver a los chamacos casi nunca y todo eso ya no me duele, ya no me importa, que yo nomás quiero volverte a calentar la cama una vez más, antes de que ya no me acuerde de tu cara ni de tu cuerpo... porque te vas más lejos cada día, ya no puedo tocarte con los ojos, como hacía en los primeros meses después que te enterramos; ahora ya tengo que cerrar los ojos y arañarme los brazos para olerte y sentirte cerca como antes; yo quiero olerte y sentirte cerca, nomás, yo quiero que me vuelvas a calentar una vez más, nomás una vez aunque luego ya ni en el paraíso te vuelva a ver...* Entonces comenzaba el paisaje de setos altos y prados de Las Lomas y Rosa se abría paso para bajar y luego se iba caminando cinco cuadras hasta la casa de los patrones, de don Federico Robles y la señora Norma, a lavar trastos[395] y hacer camas y a esperar hasta el domingo para regresar a Balbuena y ver si no se había muerto su hijo.

Un indio con chamarra azul eléctrico[396] y huaraches volteó la cara y peló sus dientes de elote recién cortado. Gabriel se fregó la nariz y pasó el peso de una pierna a la otra. La cola se iba trenzando por Fray Servando Teresa de Mier. Había por lo menos cincuenta obreros antes que él. La resolana del cielo encapotado picaba y excitaba la piel. Gabriel se abrió el cuello de la camisola y comenzó a chiflar. El indio que le precedía volvió a sonreírle entre los bigotes ralos, frunciendo una nariz larga y angosta de topo. Gabriel hizo un gesto de impaciencia y hurgó en sus bolsillos. El indio le ofreció un cerillo. Gabriel negó con la cabeza: buscaba un cigarrillo. El indio no tenía cigarros, sólo cerillos. *Estamos jodidos.* Quién sabe si habría lugar para él. No se necesitaban más de cincuenta obreros en esta construcción. Y ya habían pasado, durante la mañana, cerca de treinta. Una vendedora de anto-

---

[395] *trastos:* vajilla.
[396] *Azul eléctrico:* azul de las plumas del pavo real.

jitos[397] pasó, envuelta en trapos y canastas, recorriendo la fila. Gabriel masticó y se llenó la boca de las hebras dulzonas de mole[398]. Levantaba los hombros y se rascaba las orejas. «¡Se acabó!», gritó el contratista desde la ventanilla y la cerró rápidamente. La fila se desintegró en medio de un murmullo de descontento. La mayoría de los obreros se sentó a comer los tacos en la acera. Gabriel pateó una corcholata. —No hubo suerte —dijo el indio. Gabriel escupió un pedazo de tortilla e hizo una seña de despedida. Se fajó los pantalones y en la esquina se subió, chiflando, a un camión en marcha. Se abrió paso hasta un barrote y continuó chiflando. —¿Y ése? —aulló el chofer, guiñando los ojos en el espejo cubierto de estampas, altares mínimos de flores artificiales, tarjetas postales con mujeres desnudas. —¡No distraigas, mano!— Gabriel dejó de chiflar. Escupió una hebra de carne al suelo. En cada vuelta, le caían encima mujeres obesas cargadas de bolsas de petate y fibra, se le agarraban a los pantalones mocosos de overol[399] y mejillas tiñosas. Gabriel brincó del camión y se dirigió a la cantina chaparra, pintada de azul y con grandes corcholatas de Pepsi-Cola dibujadas en la pared: *Los triunfos de Sóstenes Rocha*[400].

Eran las doce del día. Apenas dos borrachos se abrazaban y murmuraban palabras sin sentido en un rincón. Gabriel pidió un mezcal[401] y se quedó observando sus facciones en el espejo, manchado de moscas y años, de la cantina. La piel se reproducía con un color mostaza. El pelo crespo se detenía en esas márgenes lisas, parejas, sin vello, de su frente y sus mejillas. Los labios entreabiertos cumplían un arco espeso, retador. Poco después se abrieron las puertas y dos hombres con sombreros gachos y trajes de gabardina entraron. Se le quedaron mirando. El más alto se acercó a la barra.

—¿Tú de vuelta?

—Qué tal —dijo Gabriel. —Sí, ya se acabó la cosecha.

—¿Y ahora qué vas a hacer?

—Pos aquí, buscando chamba.

---

[397] *antojitos:* refrigerio mexicano (tacos, tortas compuestas).
[398] *mole:* guisado de carne con salsa picante de chiles molidos.
[399] Cursiva en EdA.
[400] Véase Rocha, Sóstenes, en MPH.
[401] *mezcal:* aguardiente; el más refinado es el que se extrae del agave tequila (véanse notas 10 y 13 de la primera parte de LRT).

Los dos hombres se codearon[402] y fruncieron los labios en una mueca risueña.

—¿Conque buscando chamba?

—Pos luego. Hay que comer, ¿no? —Gabriel empinó el brazo para tomar su mezcal; el hombre alto se lo detuvo y la bebida se regó sobre la barra.

—Voy mano, ¿pos qué se traen?[403] —Gabriel cerró los puños y sintió la sangre en las orejas.

—Dice que qué nos traemos, Cupido, óyelo nomás —le dijo el hombre alto a su compañero. Éste abrió la boca y suspiró. —Qué corta es la memoria de unos.

—Nomás vine de paseo —dijo Gabriel. —¡Ya estuvo suave![404] Ni quien los ande buscando...

—¿Quién habla de que nos busques, manito? Nosotros te buscamos a ti, para que nos recuerdes, nomás. Para que nos recuerdes a tus cuates, ¿verdad tú?

El compañero del hombre alto volvió a abrir la boca. Ahora, movió también los ojos en redondo y tiró del ala del sombrero.

—Porque luego se les olvida a unos quiénes son los que parten el queso[405], y luego luego quieren volar por su cuenta, ¿a poco no?

—Yo no me ando metiendo con nadie —gruñó Gabriel y le hizo una seña al cantinero. —Sírvame otra igual.

El hombre alto metió un dedo en el ombligo de Gabriel: —¿No ves? Luego luego. ¿Quién te dijo que podías tomarte otra copa, manito? Mejor te la convidamos nosotros. ¿Verdad tú? —y volvió a codear a su compañero. —A ver, un mezcal aquí para mi cuate y dos cervezas.

Las moscas zumbaban sobre las cabezas de los tres hombres. No se escuchaba otro ruido: los dos borrachos, abrazados, se habían dormido. El cantinero iba y venía, en silencio, destapando botellas.

—Bueno, salud—. El hombre alto saboreó su cerveza. Y cuando Gabriel volvió a levantar el brazo para tomar el mezcal, el hombre alto volvió a pegarle en el codo. Gabriel se limpió el brazo lentamente mientras los dos hombres, sonriendo, lo observaban.

—Ya ves, mano —dijo el hombre alto. —Tú de turista en

---

[402] *codearse:* hacer una seña golpeando con el codo a otra persona.
[403] Véase nota 296.
[404] *suave:* bien.
[405] *partir el queso:* mandar, sobresalir.

la California y uno aquí, igual que siempre, y recordando cosas.

Gabriel acercó su rostro al del hombre alto. —Óyeme, si una vez te di de cates[406], fue para que sepas que por más influyente[407] que seas en el barrio, y por más lambiscón, mano, de todas maneras puedo rajarte la madre[408] cuando se me hinchen[409].

El hombre flaco saboreó de nuevo la espuma del vaso. —Puesto, mano. Sólo que a mí no me agarras dos veces con los calzones en las rodillas, ¿verdad tú?

El compañero peló los dientes y, de su postura laxa, pasó a dar de macanazos[410] a Gabriel mientras el hombre flaco le metía la rodilla en el vientre y, tomando la botella vacía, le golpeaba los hombros y el rostro.

—¡No la...![411] —trató de gemir el cantinero.

Gabriel se dobló con una mano sobre la cabeza y otra en el vientre. El hombre flaco seguía pateándolo mientras se arreglaba la corbata. —Aquí todos saben quién manda —dijo— y tú, aunque andes de vacaciones, más vale que te enteres, manito.

Los dos hombres pagaron la cuenta y salieron codeándose. Gabriel, tirado en el suelo, sentía la sangre correrle por los labios. Al tratar de levantarse, volteó una escupidera, cayó nuevamente y dejó que su sangre se mezclara con la saliva regada.

—Con ésos no te andes metiendo —gimió, ahora plenamente, el cantinero.

—Qué más da, qué más da...[412]

—Qué le vamos a hacer...[413]

La madre apretaba un trapo caliente contra la nariz hinchada de Gabriel. La hermana mayor ronroneaba canciones en un rincón y el padre ya dormía en el catre.

---

[406] *dar de cates:* golpear. *Cate:* golpe con el puño cerrado (TPM).

[407] *influyente:* poderoso (véase nota 279).

[408] *rajar la madre a alguien:* golpearlo triunfalmente, humillándolo. Muchos insultos mexicanos aluden directa o indirectamente a la madre.

[409] *cuando se hinchen:* cuando se me acabe la paciencia, cuando me harte.

[410] *macanazos:* golpes.

[411] *¡No la* [chinguen]!: no jodan.

[412] *Qué más da:* expresión de resignación.

[413] *Qué le vamos a hacer:* Ídem.

—Peor les fue a tus hermanos, Gabriel, que nomás se murieron.

—Yo sólo quiero trabajar. Te lo juro que no me ando metiendo con nadie, que no me la ando buscando.

La madre suspiró y fue a recoger otro trapo caliente del cubo de agua que hervía sobre la lumbre. —Si todo ha sido igual por aquí, Grabiel. Unos más que otros, pero todos con sus penas. Cada que me voy a confesar, la de penas que me cuenta el señor cura. Figúrate si él no las sabrá todas. Ahí me quedo horas oyéndolo hablar tan bonito, contándome las penas de todos los vecinos. Como que me confieso por mí y por todo el barrio. Se siente una aliviada, no creas. Debías ir...

Con un gesto de impaciencia, Gabriel se quitó el trapo entibiado del rostro. —Para lo que me sirve. ¿A poco el señor cura me consigue trabajo?

La madre colocó el segundo paño sobre la cara de Gabriel. —Total te gastas lo que trajistes. No te hace falta trabajar ahorita mismo.

—Me siento gacho[414], palabra. Está bien el vacile, pero que te cueste tantito. Los cuates andan en su chambas toda la mañana, y yo, ¿pos qué me hago? Fidelio de mozo todo el día, y el viejo en Indianilla. ¿Qué me queda? Sabes, de plano me quedo todo el tiempo en los Esteits. Allá no falta quehacer.

Al dejar caer el paño, la madre de Gabriel acercó ambas manos a la cabeza de su hijo y no quiso decir nada, sino apretarla contra su pecho, acercar su propio rostro rígido, de hondos surcos, al de Gabriel, mientras la muchacha ronroneaba y el viejo dejaba escapar una somnolencia pesada y olorosa desde el catre.

Un hombre de carnes flojas y esqueleto grande y derrumbado camina por la Avenida Mixcoac con un perrito blanco en los brazos. El perrito luce un traje de listones amarillos y azules, con cascabeles alrededor del cuello y en las cuatro patas. Detrás del hombre, camina otro, moreno y cerrado, más viejo que el hombre grande: carga un cilindro de cartón, una trompeta raspada y una escalerilla. Los dos hombres usan sombreros de fieltro desteñido, camisas sin corbata, pantalón y saco de distinto color y viejísimo uso, y los dos caminan sin ritmo, como si las calles mismas los fueran arrastrando. Pero el hombre grande, aun en su perpejidad, luce cierta seguridad

---

[414] *gacho:* deprimido, desalentado.

teatral en sus ademanes, en tanto que el más pequeño casi
se embarra al piso, casi no levanta los pies y se veía más
natural tirado en la calle, dejado a un lado, que tratando de
caminar con un cansancio tan absoluto que le luce en los ojos
sin brillo, en la boca larga y cerrada, en todas las facciones
alargadas como por la mano de un escultor sobre una pasta
gris y sin resistencia. Caminan al lado de tendajones mixtos
y cines de barrio y misceláneas, entre tranvías amarillos[415] *y*
postes de luz, caminan como dos figuras de un carnaval per-
petuo que no se detiene a celebrarse a sí mismo, que va co-
rriendo en pos de la consumación de su propia alegría decre-
tada. Vienen desde la Colonia Portales, de donde salieron muy
temprano, deteniéndose al mediodía en General Anaya, y más
tarde en la Noche Buena. Las casas son iguales, la gente igual.
Sólo el cansancio los obliga a detenerse y entonces comienzan
a trabajar. El hombre grande tuerce su nariz aguileña y se
chupa las encías desdentadas; cruza hacia la izquierda, en
11 de Abril, y abraza más al perrito amarillento. Caminan
hasta Héroes de la Intervención; el hombre pequeño, con la
máscara gris y los ojos sumergidos, se ha atrasado. El hombre
grande se detiene, se quita el sombrero y de su bolsa saca
un cucurucho rojo. El hombre pequeño y cansado toca la cor-
neta con un gemido desigual entre el aire y el metal, y el gran-
de lo acompaña con un tararará sin letra desde su voz cas-
cada. Algunas criadas se asoman a las azoteas de las pequeñas
casas, de un gris polvoso. Ixca Cienfuegos, antes de entrar
en una de ellas, se detiene para observar cómo el perrito ca-
mina sobre el cilindro rodante. El hombre grande se quita el
cucurucho y saluda a las criadas. «Les presento al gran perrito
Josué, de largo historial en los grandes circos internacionales
que han visitado esta tierra donde la providencia ha dejado
más dones que hojas tiene un laurel: ¡México!», resopla el
hombre grande mientras el pequeño continúa berreando la
corneta raspada y ahora, con lentitud, coloca en el centro de
la calle mal pavimentada la escalera y el grande conduce al
perrito hasta el pie de la escalera y el animal sube con rapi-
dez y se queda sentado en el descanso, gimiendo y asustado.
«Y ahora véanlo bajar, señoras y señores. Es el gran perrito
Josué, de los Atayde y del circo Barnum, que ha dado la vuelta
al mundo.» El perrito gime y sus cascabeles se agitan en un

---

[415] Ya no existen estos tranvías. En la ciudad de México, ese sistema de transporte público ha desaparecido casi totalmente.

temblor imperceptible. El hombre grande truena los dedos y por fin toma al animal del cuello y lo obliga a descender mientras la trompeta alcanza un crescendo roto. El traje ajironado y los cascabeles de terror brillan en el crepúsculo. Las criadas se han retirado. El hombre grande pasea su cucurucho ante ventanas cerradas. El pequeño se ha sentado en la banqueta[416] *con la cara más oscura que la próxima noche. Ixca Cienfuegos penetra en la vecindad y se dirige al cuarto de Rosenda Zubarán de Pola. «Pícale*[417] *que Portales está lejos», le dice el hombre grande al pequeño, pero éste parece no escuchar sentado en la banqueta. «Órale*[418]*, hoy no hicimos mucho y no hay para el camión. Ándale, te regalo un taco en la esquina.» Pero el hombre pequeño no se mueve. El grande se sienta, con las coyunturas entre sus enormes huesos rotas y líquidas, a su lado. «Ya estará. Prefieres pintarte a comer. Te daré gusto. No comas, pues. Píntate igual que antes. ¿Qué, te da vergüenza salir como eres? Y crees que yo me siento muy a gusto, nomás con el cucurucho este. Ya, ya te lo prometí, ¿no? Nomás no te la gastes toda de un jalón*[419]*, no seas tonto.» Y los dos se levantan pesadamente y recogen el cilindro y la escalera y acarician al perrito asustado y vuelven a agarrar*[420] *la Avenida Revolución.*

ROSENDA

—No le habrán dicho todo
«porque todas las verdades están metidas en nuestros días y se quiebran en mil aristas a la luz de cada mirada, de cada golpe de corazón, de cada nueva línea del azar y usted, ni él tampoco, no supieron lo que fueron aquellos días que transcurrían velados como todos los anveses en cuartos repletos de cortinas de seda y bibelots[421] *y damasco y sillones de terciopelo y figuras de porcelana y cuadros con escenas campestres en nuestro mundo de paz y tranquilidad (antes del amor y la fiesta, sí, porque fueron eso por más caros que se hayan*

---

416 *banqueta:* acera.
417 *Pícale:* Apresúrate.
418 *Órale:* Muévete.
419 *de un jalón:* de una vez.
420 *agarrar* [por]: encaminarse por.
421 Dice «bibelots» en EdA.

pagado, que se debieron pagar) cuando éramos una familia y saliamos con banderitas en la mano a saludar el paso de Don Porfirio por las calles de una ciudad que no era como la de ahora, deforme y escrofulosa, llena de jorobas de cemento e hinchazones secretas, sino pequeña y hecha de colores pastel, donde no era difícil conocerse y los sectores estaban bien marcados (ahora ve usted a los pelados en todas partes, en todas las avenidas, sin el menor respeto sentados en la Alameda, arrastrando sus huaraches por la Reforma, regurgitando sus obscenas comidas manchadas a lo largo de lo que fue nuestra calle de Plateros) y los sitios de cada quien también pero usted no sabe lo que va a suceder cuando las ventanas de una mansión sofocada en esos damascos y barnices quietos y untuosos se abren para que entre una tempestad de palabras que nadie quería escuchar (después, no entonces, no, nunca entonces cuando traían un perfume de verdad que después se secó, guardado en algo más escondido que las páginas amarillas de un libro o el arcón más clausurado: el corazón de una mujer que amó poco) en boca de un tipo varonil (mentiroso) hombruno (seductor) alto (pequeño en mis brazos, casi cándido en su inocencia frente a lo que aún, antes de saber nada del amor, sabemos nosotras) y ahora que yo me voy a morir»

—Me voy a morir, señor

«y él no vendrá a verme, le puedo decir que mire a su alrededor —él no gana nada, ya lo sé, pero aun así, aun así— y piense en aquel palacio que le acabo de perfumar y sabrá todo, cómo se pasa de una vida guarecida en la que cada uno está protegido por los demás, sobre todo cuando se es la niña de la casa (con trajecitos ampones[422] y rizos tiesos y una nana[423] con hojas de orégano en las sienes que sabe cuentos de brujas nocturnas, nacidas de un vértigo de murciélagos, y una alacena abierta a la preciosa gula infantil, alacena de jamoncillos[424] y cremas y dulces de leche blanda, sobre todo) y parece que nada, nunca, jamás, va a desordenar ese palacio de juguetería y entonces entran primero las palabras que queman el cristal y dicen lo que a pesar nuestro queremos saber (no entender, no, no saber así, sino de la otra manera). Así fue Gervasio Pola»

[422] *ampón:* con mucho vuelo y miriñaque.
[423] *nana:* niñera.
[424] *jamoncillo:* dulce de pasta.

—Mi marido se llamaba Gervasio Pola

«una palabra, la palabra que no quería escuchar y que al ima-
ginar me obligaba a cubrirme la cabeza con las sábanas y a
llamar a la nana vieja de orégano, Gervasio que llegó con
todos los hábitos de la seducción en un caballo negro y con
bridas de luz a decirme que ya no era como antes la vida,
que en un buque alemán el jefe de la familia se había mar-
chado (y yo en la casa de muñecas, robándome el jamoncillo
en silencio, sin darme cuenta) y que ahora él, Gervasio, era
coronel y podía darme la vida acostumbrada, merecida, y sus
bigotes pomadosos relucían entre los cortinajes de la sala y mis
padres escuchaban desde el comedor, hasta donde llegaba
todo el brillo de sus botones y sus botas y los cabellos llenos
de pomada, partidos a la mitad, que dibujaban como avellana
el contorno oliva de su piel. Pero eso fue un año, sólo un año; un
año en que ellos lo toleraron (porque era coronel y Madero presi-
dente y estaban en el candelero y había que conservar el pequeño
palacio con los barnices quietos y el terciopelo) un año en que
me llenó para siempre de palabras la cabeza y el vientre, y
esa palabra del vientre (que él nunca conoció, porque la pa-
labra vino al mundo mientras él se pudría en un calabozo y
ya entonces me habían señalado mi estupidez, mi falta de re-
flexión, mi "tú lo quisiste", y todos los hermanos sintieron
la misma repugnancia de saberme en ese estado, aunque es-
tuviera casada, que hubieran sentido frente a cualquier otro
esposo mío, pero que acallaban si el matrimonio era conve-
niente, sí, si la mansa laguna no se agitaba, sí, si todo siguiera
igual, y ahora eso ya no era, y Gervasio estaba en la cárcel y
Madero asesinado y yo con el vientre hirviéndome de las pa-
labras que él dejó allí, de la palabra Rodrigo que fue lo único
que me dejó) que hube de germinar a solas, escondida, en
una casa pequeña y fría lejos del calor untuoso de la otra que
ellos me cerraron, que hube de tolerar a solas (gozando las
primeras patatitas en el vientre a solas, tratando de pensar
en que se lo daría, con mis palabras, todo otra vez, toda la
gestación lenta y oscura del ser creado por sus palabras y mi
sangre, toda) mientras tejía toda la jornada segura de que al
terminar estos zapatos de estambre, esta bufanda, él regresaría
a acariciarme el pelo y decirme que ya estaba bien, que podía
descansar, que fuera con él a la cama a sentir cómo crecía
dentro de mí lo nuestro, a pasar la noche en silencio tratando
de percibir la existencia del hijo, a hacer el amor sin contacto,
con las manos, con el pelo acariciado, con las mejillas ardientes

y no, no pudo ser así, él no estuvo allí mientras su palabra
crecía redonda y grave en el centro de mis entrañas, él no estuvo nunca ni supo nunca porque jamás lo volví a ver, y si
hubiera estado yo habría sabido distinguir tres, tres, pero así
no, así éramos siempre dos, yo y la palabra, yo y el padrehijo,
yo y Gervasio-Rodrigo, una continuación, pero ahora ya no
con las palabras de él, sino con mi silencio, con mis decisiones
aisladas, ¿ve usted? Y no podía haber más decisión que la
de comer; de eso me di cuenta apenas vino a decírmelo, muchos
años más tarde, el capitán Zamacona, cuando yo ya trabajaba
(para comer) en un almacén del centro, y él quiso frecuen-
tarme (era tres años después de la muerte, y yo aún creía que
iba a regresar y con la pura voluntad mantenía mi perfil, el
perfil suyo, para que no pensara en esos días y esos años,
sino que regresara al punto de partida y el adiós y el ejercicio
dulciamargo y la bienvenida se fundieran en un solo momento
en el que recuperáramos todo el tiempo de desolación e ignorancia y gestación) y así se enteró de quién era yo y me lo
dijo: "Yo mismo ordené el fuego, yo mismo estaba allí al frente
del pelotón en la madrugada de Belén frente a la pared descascarada y los cuatro rostros que no quisieron que los ven-
dáramos pero que al fin se dieron las manos y cerraron los
ojos y yo mismo fui a darle el tiro de gracia al rebelde Pola
que se torcía en el polvo —su marido— porque los rasos no
sabían tirar bien y nada más los mataron a medias. Su marido
está muerto desde hace tres años, señora. Fue un crimen más
de Huerta, que bien caros los ha de pagar todos y ahora que
yo estoy con el carrancismo puedo ofrecerle lo que usted se
merece" sí, casi con las mismas palabras y otra vez un kepí
ladeado, unos bigotes tiesos y un porte marcial: el mismo de
siempre, que ahora venía con otras palabras a contarme que
Gervasio había muerto y entonces supe que mi decisión no era
otra más que comer porque pensé que a la calamidad y la
muerte debe seguir, natural y amargo, el acto cotidiano; que
yo debía haber velado a Gervasio para luego preparar sobre
el catafalco nuestra cena (la de Rodrigo y la mía) y mezclar
los olores de vela y gardenia con los de grasa y mantequilla
humeantes pero no fue así, ya ve usted, fue tres años después, y no sabían dónde estaba enterrado así que yo respiraba el polvo (cuando se levantan las tolvaneras de este valle
que he visto secarse, y que antes, en los días que recuerdo,
era más florido y manso) creyendo que allí venían los despojos de mi marido pero el capitán insistía: "No lo pene usted;

me acongoja decírselo, pero no murió bien. Se hubiera ido
él solo al paredón, pero no, tuvo que delatar a sus compa-
ñeros; no supo irse solo, tuvo que decir dónde estaban los
otros fugitivos para no sentir miedo. Así fue señora" y yo no
le reproché su cobardía (¿cobardía? ¿no era el jefe? ¿no tenía
derecho a exigir todo de sus compañeros? hizo bien, pero no
era eso lo que le reprochaba) sino que no me hubiera llamado
a mí para que yo también cayera con él, porque si era el jefe
de esos hombres que murieron a su lado, era mi hombre y el
padre de mi hijo, y debió llamarnos, exigirnos eso; no, nos
dejó solos, diciéndonos que siempre no era el que mandaba,
que nos las arreglásemos, que pudo darme su vida pero no su
muerte: ésta fue su cobardía y el rencor que le guardo, que
me ofreciera tan poco de su vida y luego ni siquiera me re-
galara su muerte, ¿ve usted?, porque algo debió darme por
entero, y no fue nada de él, sino esa prolongación que yo
traje, que yo crié (quizá quiso que eso fuera todo, su vida y
su muerte, ese niño, pero eso nunca lo dio a entender y yo
nunca lo supe) y ese rencor, ese sentimiento de que me faltó
su muerte, me obligó a renunciar para siempre a comprender
ciertas cosas menos una: que Gervasio no había existido, que
el niño había sido engendrado por mi voluntad y mi designio,
que yo misma me había fecundado con el sueño de un hombre
que sólo dormida conocí, que sólo en el vapor entre dos horas
del amanecer me poseyó, que no estuvo allí y que esos dos
momentos concomitantes —la fecundación de mí misma por
mí misma y el largo parto del infante— eran eternos, que
siempre estaba entrando en mí la concepción de mi sueño y
saliendo su producto carnal y éste convirtiéndose en aquélla,
siempre, sin solución. Pero él no quiso, señor, él no quiso ser
parte de mi vida (mi vida, la mía, así, en esos dos momentos
fundidos, de los cuales él debía ser parte permanente, atado
siempre a mi cordón, engendrando el sueño que, a la vez,
debía engendrarlo a él) y sin decirme nada, en sus ojos trans-
parentes de niño, me advirtió que él no era su propio padre
como yo quería, en el estilo que yo hubiera impuesto, su pa-
dreamante, sino su padrecrítico, no el padre que me hubiera
aceptado siempre, sino el que me hubiera espiado, diciéndo-
me en los ojos Ya no eres la de antes; ahora cambias, ahora
tus cuencas se oscurecen y tus ojos se marchitan, ahora tu
piel se afloja y eres una viuda desventurada que envejece y
trabaja inútilmente después de haber sido criada para el pe-
queño palacio de juguetería y la nana que contaba historias

ociosas y la alacena que olía tan diferente de esta casa situada del mal lado del sol adonde las cosas saben a musgo y no pude tolerar eso: mi cara era, tenía que ser, la de siempre, para que él la recordara si regresaba, tenía que corresponder a las frases y a las palabras de amor que la habían convertido en otra cara, la cara de la esposa —pero Rodrigo no lo supo, él sólo vio que había minutos cuadriculados sobre la piel, y me espiaba, más, me obligaba a observarme a mí misma, a saber que era cierto, y que me obligaba a ello este ser pequeño y delgado que se sentaba a hacer su tarea bajo una lámpara verde, que en vez de penetrar en mi vida se separaba de ella, se alejaba para mirarme y decirme No soy tú; puedo estar contigo, pero no seré, yo, tú»

—¡Mi hijo, mi hijo!

—¿Nunca le dijo usted toda la verdad, todo lo que pensaba? ¿Sólo quiso ser sin expresar, esperando que Rodrigo comprendiera todo? —preguntó Ixca Cienfuegos.

—Sí, así quise

«porque yo no podía abaratar, vulgarizar todo mi mundo, ¿ve usted? (mi mundo ya estaba abaratado en esas cosas que se tocan y se miden, y no, no podía abaratarlo más sacando a la luz todo lo que pensaba, porque antes las instituciones se daban claras y tácitas, todo aquello en lo que creíamos en la casa, mis padres y mis hermanos y yo, se daba así, a la luz, sin necesidad de justificarse, de pedir perdón por lo que nos correspondía, en lo que se toca y en lo que se siente: en nuestro hogar y en nuestro sitio; ambos estaban justificados por el orden de las cosas y así debía ser también ahora, sólo que ahora era vulgar mi trabajo, mi casa, mi ropa; no podía ser vulgar también mi alma, ni mis palabras, ni la vida que le comunicara a mi hijo) pero ese alejamiento de él me obligó a volver a buscar a Gervasio, sólo que, igual que Rodrigo me había obligado a sentir que yo era distinta, me obligó a sentir distinto a Gervasio, y se canceló todo lo que había mantenido, el rencor, el tibio recuerdo de su cuerpo, la solución padre-hijo, la necesidad de haber cometido mi muerte en la suya para que él cometiera el parto de nuestro hijo en el mío y así nos unieran muerte y parto, parto y muerte siempre, pues ahora mis horas eran esas horas vulgares de un trabajo gris y monótono donde nunca puede haber recompensa, porque el trabajo puede ser tan gracioso y puro como el ocio, sí, pero éste no lo es, señor Cienfuegos, está despojado de todo, y en esas horas vulgares sólo aprendí a reprochar a Gervasio, a re-

procharle otras cosas que nada tenían que ver con el origen de nuestras vidas y nuestras cópulas y su fruto, que sólo tenían que ver con la nueva vida, la nueva ciudad que crecía a mi alrededor y sus nuevas gentes, las que habían llegado a ocupar los puestos abandonados, y de esa falsedad (de ese contorno ajeno a toda nuestra experiencia y a los hechos nuestros y personales del amor y la muerte y la vida y la concepción) salió el nuevo Gervasio, al que podía reprochar, y de esa nueva imagen salió también el destino que tracé para Rodrigo: porque lo otro, la verdad, lo que acabo de decir (mi vida auténtica) se perdió en ese cúmulo de vulgaridad y tuve que inventar nuevas razones y nuevas relaciones, y esto lo sé sólo ahora que ya estoy sola (pero no, no es estar sola lo que me obliga a darme cuenta, tampoco que voy a morir, es otra cosa) y se lo digo así. Entonces habían pasado diez años de la muerte de Gervasio, y yo volvía a comparar mi aspecto físico con el de aquellos días. Tomaba el retrato de mi esposo (cerca de una cabecera helada donde pasé mi viudez, porque después se deja de ser viuda, de recordar que algo penetró en la carne con tanta falta de escrúpulos y con tanta fuerza recogida y temblorosa, respetuosa de mí, al cabo, y es lo que no todos saben hacer, y él sí; era bueno, lo sé ahora, muy tarde, bueno y generoso y éstas son las cosas que se nos escapan porque complicamos el pensamiento y la carne también y queremos que las cosas sean otra cosa, y no lo que realmente son, al principio, y sin progreso posible, incanjeables y dignas de la mayor protección, de la única protección: bondad, generosidad) y lo ponía a la altura de mi rostro, los dos frente al espejo. Pensaba que ahora yo parecía su madre, y en voz alta lo recriminaba con esas palabras que no eran mías, que eran de mi trabajo desilusionado y de la ciudad y sus nuevas gentes que se venían como una marea a nublar mi corazón Tú te quedaste siempre igual, muerto o donde estés: ya no podrás ser más que aquel iluso de treinta años, metido a bochinchero idealista y ¿no te das cuenta Gervasio que un hombre no tiene derecho a seguir su destino en cuanto tiene que alimentar a una mujer y a un hijo? Iluso, iluso, fusilado en una cárcel y ahora, diez años después, podrías ser rico y dejaba caer el brazo y recordaba las escenas del almacén, donde los nuevos iban a comprar ajuares para las nuevas casas de las nuevas colonias donde iban a habitar todos los que no murieron en la cárcel de Belén, todos, venidos en un tropel que me llenaba de vergüenza, y los antiguos que se habían sabido acomodar y Tú Gervasio no tenías derecho a exponerte; debías haberte protegido como todos estos que ahora son ricos e influyentes. No pensaste en mí, ni en tu hijo; me dejaste sola, a secarme poco a poco; quisiera perdonarte, Gervasio, pero no puedo, no me diste ni tu amor, ni las pocas cosas necesarias para vivir a gusto. Pero haré (ésta era la mentira, ésta era la mentira nacida de mi reproche, y hasta ahora lo sé, cuando es muy tarde, dígaselo al pobrecito, dígaselo antes de que sea muy tarde para él: que no hay triunfos ni derrotas en este país, que no hay memoria para el paso de los hombres sobre esta tierra, que todos fueron y serán fantasmas antes de nacer, sin proponérselo, porque sólo los fantasmas rondan en la verdadera vida de México, y ellos traen sus batallas muy hechas, muy sólidas, para que sean reales nuestros ejercicios de polvo, nuestras individualidades aplastadas por esa otra batalla permanente de fantasmas y sus luchas que no se han resuelto: dígaselo así) que tu hijo triunfe, como se triunfa aquí. Lo torceré pero le daré su carrera, le enseñaré a buscar a los poderosos y a ser sumiso con ellos, para que no me lo vayan a matar junto a un paredón como a ti y él sepa darle un vida normal a la mujer que escoja y esté presente en el alumbramiento de su hijo...»

—... el vaso, señor, el vaso del buró, pronto...

Ixca alargó el brazo en un doble movimiento —para recoger el vaso, para llevarlo a los labios transparentes de la anciana hecha de costras de cebolla que gemía ronca y desarticulada desde el lecho de latón, dando a sus ojos una infinidad de expresiones a medida que las palabras y los pensamientos impronunciables le cruzaban, como una inundación impetuosa, por el cerebro. El líquido gris y opaco bailó un instante entre las venas temblorosas del cuello de Rosenda: —¿Me entiende? «pero no podía vulgarizarme, ¿me entiende?, ni al niño podía decirle esto, sólo al retrato de su padre (porque en el fondo de mis percepciones y mis recuerdos matrices seguía identificándolos y seguía confundiendo la cópula con el parto como en una hora parda del día naciente se confunden los astros y las dos caras de la luna, así fue) porque el niño era sólo un objeto de escarnio en la escuela y cada día se escondía más en su cuarto y yo abajo, tejiendo, desde mi mentira pensaba en las cosas que estaría haciendo, pensaba y me acercaba a la puerta de su cuarto a esperar algún ruido y pensaba en que ya estaba grande, que ya iba para los trece y entonces empezaban las tentaciones; pensaba que debía hablarle de su padre (del fracaso) para que se diera cuenta y no desperdi-

ciara el tiempo (Gervasio, le iba a decir, sólo me dijo muchas frases bonitas y luego se dejó matar) y la mentira me gritaba: ¡No quiero que Rodrigo salga así! él tiene que hacer cosas y por eso me resolví, en la mentira, desde la mentira, desde mi trabajo monótono, desde mi sentirme exilada en la ciudad que había sido mía sin pedir permiso, desde la ciudad que había sido nuestro centro de paz hogareña y después, por un instante, mi plexo convulso de amor y abandono y viudez, y desde mi ansia (¿por qué, por qué un amor tan cruel, tan necesitado de destrucción para sobrevivir, tan premioso ante las naturales fatigas de los hijos, tan ansioso de chupar hacia el centro del vientre al niño que se nos escapa?) de que fuera mío, sólo mío, le dije que su padre era un cobarde, un tonto que delató a sus compañeros, un cobarde que nos dejó en la miseria: así le dije, y él sólo me había preguntado si Gervasio era bueno conmigo, y yo ya había perdido (en mi cama solitaria y en mis noches de viuda y mis días de empleada) la verdad, que (se lo he dicho) eran sólo la bondad y la generosidad de Gervasio, mi iluso, mi tonto, mi cobarde, mi niño, mi carne negra y erecta... Y era al escarnio de esos condiscípulos ricos, y no a mi amor (este amor del que le hablo) a lo que atribuía el silencio de Rodrigo, su cierto alejamiento de mí, su imposibilidad, desde que le hablé esa noche de su padre, su imposibilidad para volver a formar, aunque fuera como antes (mediante unos lazos hechos de miradas abiertas y azoradas, de silencios inverosímiles), un todo conmigo, con mis certezas y mis recuerdos y mis pobres, pobres anhelos: ninguno volvería a saber (como antes usé la palabra: saber) nada del otro. Lo deformaron en la escuela, decía yo, nosotros no somos ricos y se burlaron de él y le quitaron ese desplante necesario para triunfar; lo obligaron a esconderse en el cuarto a escribir, en vez de que pensara en todo lo que tenía que hacer (hacer lo que no hizo su padre; haberse aguantado; todos llegaron alto; Calles era maestro de escuela). Y Rodrigo crecía, y yo aumentaba la mentira: era hombre ya (eran otros deseos) y más que nunca se acercaba el momento de la decisión y el peligro y yo lo vigilaba —desde mi mecedora de mimbre le repetía en silencio, sin que él me escuchara nunca, cuánto temía que la falta de un hombre en la casa lo hiciera fracasar y después de la medianoche entraba en silencio al cuarto atufado donde escribía y comenzaba a fumar en secreto y entonces dormía y me hincaba cerca de la cabecera con los ojos muy abiertos a decir palabras, sólo a hablar, a decirle

que ya no era niño y otras cosas y a arreglarle la almohada
mientras él soñaba inquieto, moviendo la cabeza cuando mis
palabras se repetían en un sonsonete bajo dentro de su sueño.
Era un encantamiento, un encantamiento más que no supo
surtir efectos: él se alejaba, en la liviandad exótica y pres-
tigiosa de nuevos amigos (sabemos que no quieren a nuestros
hijos, señor, que se juntan para olvidarnos, para hacerse la
ilusión de la autonomía y acabar solos, como él ha acabado)»
—¿Usted es su amigo?

«llegaba tarde mientras yo permanecía con la mano húmeda
sobre la manija de la puerta, como si en el cuarto de Ro-
drigo se escondiera una fiera, un monstruo oscuro que me ha-
blara de su vida secreta, de las nuevas relaciones que él no me
permitía comprender, sólo aceptar (no impuestas, no, no obli-
gadas: todo en el silencio, en el nuevo esquema mecánico
del amor filial) y cuando me decidí sólo encontré ese nuevo
amor, esos papeles (más que yo, más que sus amigos, más
que él mismo, creí intuir entonces, no sé ahora: él es tan des-
valido) llenos de versos y allí quise culminar la mentira, ha-
cerla mi dueña y, quizá sin saberlo, permitir que me consu-
miera y me permitiera volver a la verdad»
—Él... ¿él se lo contó?

«¿lo que le dije entonces? pensé que ninguno tenía derecho
a su destino, quise consumar la mentira: era tan grande, ya,
el llano desolado entre mi destino, mi vida entre algodones, y
mi nueva vida de viuda, que no lo creí, no quise que él tu-
viera el suyo, ¿ve, señor?: él como yo sólo debía tener respon-
sabilidades, eso le dije, y en realidad sólo quería contarle
cómo quería que sí tuviera un destino pero que fuera prolon-
gación del mío y del de su padre muerto; pero no me atreví
y no me di cuenta, sólo di cima a la mentira y corrí fuera
de la pieza, golpeándome contra las paredes del estrecho pa-
sillo, hasta mi recámara, a encerrarme. Los vi a los dos, al
padre y al hijo, por última vez, supe que había obligado a
Rodrigo a partir —no en su cuerpo, ese día, ese año, pero
sí alguno— a partir con sus ojos y el suave pulsar de las venas
en la mano con la que me seguiría acariciendo como a un
monumento viejo y mudo, en su cortesía abstracta que me impedi-
ría volver a saber nada de su vida, en su paulatino alejamiento
(hasta el día en que nunca regresó, nunca regresó pero con
amabilidad, sin escenas, sin decirme una palabra de fuete[425]

---

[425] *fuete:* látigo.

que me hubiera salvado, ¿comprende?, que me hubiera sal-
vado) para nunca regresar, nunca saber más de mí, ni el día
de hoy, el día de mi muerte»

—(El vaso, señor Cienfuegos)

«y... y... ¿regresará Gervasio, cubierto de una sangre coagu-
lada que me quedó a deber? porque era un niño lindo, al
nacer...»

—... lo hubiera usted visto... pobrecito

«(allí, en el armario, sofocado en esas planchas manchadas
de los fotógrafos de ayer) cuando corría una mano sobre mi
cabeza; era chiquito, muy chiquito: nació de un borbotón de
pólvora, sí, y no lo supo, no entendió...»

—... dígaselo usted, pobrecito...

«que no hay éxito ni derrota, que correrá a cumplir su destino
(el lo quiso, ¿no?) ínfimo mientras la tierra entera se llena de
viejos fantasmas donde yo viví de niña, con la nana y el dulce
de leche antes de las palabras, dígaselo, no le habrán dicho
todo porque las verdades están metidas en nuestros días y se
quiebran en mil aristas a la luz de cada mirada, de cada golpe
de corazón, de cada línea del azar y usted no supo lo que
fueron aquellos días pero no podían durar, nada dura aquí,
estamos un instante antes de que otro remolino nos abrace y
nos chupe con dientes...»

—El vaso, señor...

«dígale que venga, por una vez... sé que es pobre, que no me
podrá ayudar...»

—...venga, pobrecito

La lengua de Rosenda se disparó, puntiaguda, fuera de sus
labios lineares y un casi imperceptible ruido, ruido de cerra-
zón, en la garganta, hizo que Ixca se pusiera de pie y le cu-
briera la cara con la sábana. Apagó la veladora del buró y
salió del cuarto.

—Saca la cuenta, Luis. Se me hace que no podemos—. La jo-
vencita rubia y delgada, de perfiles afilados y quebradizos, de
pelo lacio y dientes disparejos, se sienta sobre el sofá de bro-
cado rosa. El apartamiento, en un cuarto piso de la calle de
Miguel Schultz, se ahoga esa noche —como todas— en el olor
a gas, cocina y animal doméstico de los inmuebles mexicanos
de modernidad intermedia. Un cubo oscuro conduce a pasillos
oscuros con piso de mosaico gris, a la puerta despintada que
se abre sobre la sala: la mesa de comer, dos sillas, el sofá,
un silloncito de mimbre. Algunos cromos religiosos completan

357

el decorado. —No te apures, Josefina. Tú verás si no—. El joven mestizo, de bigotes ralos y gafas ahumadas, con las mangas enrolladas, escribe números sobre un papel.

—Todavía falta pagar la recámara[426].

—De eso salimos pronto. Mira: me lo han prometido. Desde diciembre, salgo[427] de dependiente. Si me dan el circuito del norte, como viajante se puede hacer mucha lana. El negocio del algodón se va para arriba, chula, y allí se van a vender muchos implementos agrícolas...

—Ay, yo quisiera sacar a Luisito de esa escuela de peladitos y meterlo a la de los hermanos.

—Seguro que sí. Será lo primero que hagamos, no te apures. Después, ya tengo visto un apartamento por otro rumbo...

—¿Cuánto, Luis? Se me hace que...

—Seiscientos pesos, corazón. Doscientos más que aquí, y en un barrio padrísimo: por el rumbo de Nuevo León.

—Ya me cansé de San Rafael. A fuerzas hay que tratar con las vecinas. Te las encuentras en el mercado y en el parque, y como que no son iguales a uno... tú sabes. A veces, Luis, aunque te quiero y tengo tanta confianza en ti, me figuro que nunca vamos a salir de perico perro[428], y me dan...

—Ándale, ándale.

—¿No se echarán para atrás tus jefes?

—¡Qué va! Vieras lo recio que me llevo con el jefe del departamento. Y él ya le habló de mí al mero mero. Está hecho, te digo. En diciembre me hacen viajante, tú verás.

—Si haces mucho dinero en el Norte...

—¡Épale![429] Calmantes[430], Josefina. Espérate tantito. Hace falta averiguar si...

—Luis, es que quisiera tanto un coche. Luisito ya va para los siete, y sería tan bonito salir los domingos de excursión... Y después quisiera otro, porque no está bien que...

—Por favor. No nos podemos echar otra carga encima. Apenas si alcanza para tres bocas.

—Pero es que no está bien, te digo. Nada más porque te quiero mucho y tú me lo pides, pero a mí me enseñaron que es pecado, que hay que tener todos los hijos que Dios nos quiera

---

[426] *recámara:* muebles de la alcoba.
[427] *salgo:* me libro de ser.
[428] *perico perro:* un don nadie.
[429] *¡Epa!, ¡Épale!:* ¡Ea!
[430] *Calmantes:* calma.

358

dar. Si de vez en cuando me acompañaras a misa, sabrías
que...
—*¡Jose, por favor! ¡Qué sabe el cura de los problemas per-*
sonales de cada quien!
—*¡Luis! Ya sabes que yo respeto mi religión, no hables así...*
—*Está bueno. Pero no te preocupes. Ascenderé lueguito.*
Los jefes me estiman, palabra. Hasta puede que dentro de
diez años...
—*¿Nuestra casita?*
—*Seguro, Josefina. No te apures.*
—*Mira, recorté unas vistas de una revista americana. ¿Sabes*
lo que me gustaría más que nada? Pues un desayunador[431] *de*
ésos, junto a la cocina para trajinar menos. Y como que todo
es más íntimo así, ¿no se te hace? Los Rodríguez tienen uno
igualito, y María de la Luz me dijo que...
—*¡Qué saben los Rodríguez! Y no te andes juntando con esa*
vieja que nada más te mete ideas.
—*Pero si son muy distinguidos. El señor Rodríguez ha hecho*
mucho dinero en un dos por tres. Nos convienen esas amis-
tades... Luis, ya no aguanto esta colonia. ¡Apúrales a tus
jefes, por favor, diles que...!
—*Seguro, Jose, seguro. Tú no te apures. Ya verás si no.*

MÉXICO EN UNA LAGUNA[432]

A las siete de la mañana, llovía. El pulso adormecido de la
ciudad continuaba indeciso entre los colores cuando Ixca Cienfuegos, envuelto en una gabardina negra, llegó con el carro funeral a la casa de dos pisos y profundidad de habitaciones
dispersas en Mixcoac. Respiró el aire de vidrio, delgado y
penetrante, y saltó de la carroza a la puerta de entrada: la
callecita estaba anegada por un lodo amarillo.

— Yo les aviso —le gritó a los mozos de la funeraria desde

---

[431] *desayunador:* mueble destinado al desayuno y a comidas infor-
males.

[432] Verso de una canción mexicana, cuyas palabras y sentido se
llenan de alusiones a «lo mexicano», por el uso que le da Carlos
Fuentes. Dos estrofas son: México en una laguna / Guadalajara en
un llano / Me he de comer esa tuna / aunque me espine la mano.
/ L'águila siendo animal / se retrató en el dinero / para subir al
nopal / pidió permiso primero.

la puerta. Con las piernas largas, ascendió, de tres en tres, los peldaños hasta el cuarto de Rosenda. Al abrir la puerta, se concentraron todos los tufos de la mujer. Era como si cada una de las palabras que Rosenda pronunció a lo largo de su vida se hubiesen ceñido, reuniéndose en olores que pugnaban por descender hacia otro verbo. La encontró idéntica a la noche pasada: la lengua puntiaguda, los ojos abiertos, la piel de costras vegetales más transparente. Puso una rodilla en la cama y con gran esfuerzo cruzó los brazos de Rosenda sobre el pecho. Le bajó los párpados. Tuvo que amarrar un pañuelo del cráneo a la quijada[433]. Descendió.

—Pueden subir. Aquí los espero.

El toldo del carro goteaba. Ixca se subió las solapas de la gabardina hasta la nariz. Escuchó el ruido del descenso del féretro por la estrecha escalera, el chapoteo de los pies en la lluvia. Algunas mujeres se asomaron por las ventanas. Una banda de chiquillos que en la Avenida Revolución ofrecían sus servicios para pasar bultos de una acera a la otra[434], vinieron corriendo a ver el traslado de la caja.

—Órale patrón, un quinto[435] por cargarle al muerto...

Uno de los niños no corría ni pedía dinero; con los pies desnudos en el agua, miraba en silencio los esfuerzos de los mozos por no resbalar sobre el lodo. Un fleco negro le cubría la frente y se le enriscaba entre los ojos. Con las manos hacía disimuladamente cruces, y sus labios se movían en silencio. Ixca lo llamó.

—¿Tú no eres el vecino de doña Teódula, chamaco?

—Jorge Morales para servir a usted —dijo el niño con una voz cantarina y sin pausa.

—¿Qué haces aquí a estas horas?

—Con las inundaciones se sacan unos fierros[436], señor—. No dejaba de hacer cruces y murmurar mientras miraba el agua turbia.

—¿Quieres ganarte unos centavos?

---

[433] En la figura de Ixca se conjugan varios atributos emparentados con la mitología prehispánica. La dualidad o ambivalencia de Ixca, en funciones que le toca cumplir (escucha, enterrador) y su comportamiento sexual, lo ligan a las diosas femeninas Ixcuinan (véase nota 386).

[434] Véanse notas 11 y 32 de la primera parte de LRT.

[435] *quinto:* moneda de 5 centavos (ya desaparecieron).

[436] *fierros:* monedas en general.

El niño meneó la cabeza afirmativamente y se rascó una rodilla. No permitía que su mirada se cruzara con la de Ixca.

—Toma volando un camión y vete a casa de doña Teódula. Dile: «Ha muerto la madre.» Nada más. ¿Lo vas a recordar?

El niño volvió a menear la cabeza. —Que se murió la madre. Nomás—. Ixca le dio un peso y el chico salió corriendo, levantando una estela de espuma parda. El carro arrancó.

Entre Mixcoac y San Pedro de los Pinos, la mañana cobró sus derechos. La lluvia, ahora, caía pesada y tibia, esparciendo un vapor caluroso. Ixca pensó en el cadáver que, envuelto en su mortaja, semejaba por fin el fruto que Rosenda siempre había soñado como su gestación de un padre y un hijo, de Gervasio y Rodrigo. La gestación que ella añoraba repetir se cumplía ahora con su propio cuerpo. La ciudad que Ixca veía correr a su lado, chata, gris, teñida de una lluvia que no se resignaba a confundirse, bienhechora y momentánea, en la tierra que bañaba, sino que permanecía, intermedia, en el lodo y el regurgitar de alcantarillas, se transformaba, por el recuerdo de Rosenda, en una vasta placenta hinchada de fusilamientos y amor exigido e indiferencia personal y sacrificios gratuitos. Cuatro millones se alineaban, sin tocarse las manos, cada uno rígido al lado de los otros, a lo largo de un muro coronado de pólvora. Cuatro millones parían, con una mueca cerrada, la luz de cada día, la oscuridad de cada noche, sin solución, en un parto repetido con el ejercicio doloroso de la premura: el día jamás se encadenaba a los días, ni la noche a las noches. Cada uno nacía de esa flora humana para cumplir un horario estricto y desaparecer, sin memoria, sin posibilidad de resurrección. Éste era el cadáver, y ésta la ciudad. Todas las gestaciones de Rosenda se alargaban en una sola: ésta.

Una vereda fangosa se abría entre las hileras de cipreses. Las gotas de lluvia le escurrían a Cienfuegos por la cara mientras, con la cabeza baja, caminaba detrás de los que cargaban la caja. Seguía, inconscientemente y con la mirada fija, las huellas de los zapatos, visibles por unos segundos antes de que el balaceo de la lluvia las borrase. La fosa estaba llena de agua. El féretro de Rosenda descendió y los paletazos de tierra iban formando una efervescencia de burbujas.

—Perdón —murmuró Cienfuegos y salió del cementerio empapado.

Rodrigo Pola se había detenido frente al espejo del baño cuando Teódula Moctezuma, flotando entre sus ropones oscuros, cerraba la puerta de la pieza interior de la calle de Rosales. El reflejo pálido de Rodrigo era, sin embargo, más nítido que su propio rostro suspendido[437]. Empezó a hacer caras de dolor, caras de risa, caras de interés o de suficiencia, hasta sentir que su rostro y el reflejado[438] eran dos, distintos, y tan alejados entre sí como la luna verdadera que nadie conoce y su reflejo quebrado en un estanque. Husmeó el aire de flores secas que la mujer cuadriculada había dejado, antes de partir, en el cuarto. Los músculos faciales comenzaron a dolerle, pero Rodrigo no podía interrumpir su rápida sucesión de máscaras ante el espejo. ¿Qué cara le había puesto a Norma Larragoiti cuando le declaró su amor? Ésta. ¿Y qué cara había hecho cuando Mediana lo había cortado del grupo? Rodrigo frunció el ceño y formó una «O» con los labios. ¿Y cuál era su cara oficial de escritor? Arqueó una ceja y movió con avidez las aletas nasales. Entonces dejó caer los hombros, se rascó la cabeza y sintió una urgencia verdadera, ajena a su comedia de ese instante, de sentarse a escribir —de hablar consigo mismo, de alguna manera—, de dejar una sola constancia verdadera. Metió la mano en el cajón revuelto del buró y sacó un lápiz chato. Entre las páginas de una novela de Pío Baroja encontró un block de cuartillas pardas. Se sentó al filo de la cama. Se rascó la nariz. Escribió.

«El problema consiste en saber cómo se imagina uno su propia cara. Que la cara sea, en realidad, espantosa o bella, no importa. Todo es imaginarse la propia cara interesante, fuerte, definida, o bien imaginarla ridícula, tonta y fea. Yo tengo mis temporadas. A veces, cuando salgo de un cine, me imagino que lo más sugerente de los rostros que durante dos horas me han estado

---

[437] En los momentos cruciales de su vida, muchos personajes de Carlos Fuentes se contemplan en superficies reflectantes (espejos, vidrios, ríos). Cfr. *Aura, La muerte de Artemio Cruz.* En *Terra nostra* (1975) esta contemplación revela, por fin, uno de sus orígenes: el mito de Quetzalcoatl y de Tezcatlipoca («Humo de Espejo», negro o rojo: Yayauhqui o Tlatlauhqui).

[438] Los problemas que atañen a la identidad nacional e individual han preocupado a Carlos Fuentes desde que publicó *Los días enmascarados* en 1954. Desde entonces, el reflejo como doble, imagen, fantasma, reproducción, imitación, aun reencarnación, es una de las características de su obra. (Cfr., por ejemplo, *Una familia lejana,* 1980.)

parpadeando se me ha contagiado. Arqueo las cejas, saco el labio inferior hasta sentirlo seco, inflo el pecho. Estoy seguro de que la gente, en la calle, me distingue y se percata de mi notable personalidad. Soy un hombre radiante, magnético. Soy una prolongación de Victor Francen o de Laurence Olivier. Otras veces, amanezco con un vacío inquietante en la boca del estómago, detengo los movimientos de la navaja para sentirme descorazonado ante esa efigie, barbada de jabón, en el espejo, salgo arrastrando los pies, con la cabeza baja, y estoy seguro de que todos, a mi paso, murmuran, se ríen y señalan con el dedo a ese pobre diablo. Todo depende, pues, de estados de ánimo, de impulsos exteriores. En consecuencia, debería bastar que esos impulsos se condicionaran adecuadamente para lograr el estado de ánimo y la personalidad queridos. Pero resulta que, en general, prefiero que la gente me señale como un pobre diablo y me tenga lástima. ¿Por qué será esto? Quizá porque desde ese terreno puedo saltar a una afirmación de mi personalidad y desmentir a los que me juzgaron pobre diablo. El procedimiento inverso sería, sin duda, mucho más penoso. Esto no quiere decir que, a veces, el contacto con las personas que me han tenido lástima sea tan fugaz, que no tengo tiempo de demostrarles lo contrario. Supongo que esas personas se llevarán la impresión definitiva de que se las han visto con un redomado imbécil. Por esto prefiero elaborar, a largo plazo, mis encuentros y la impresión que busco dejar en el ánimo ajeno. Alguien opinará que todo esto es ridículo, que los hombres pueden ser juzgados objetivamente, que su personalidad auténtica se abre paso a través de todos los disfraces. No estoy muy seguro. Puede ser que el juego, el artificio, a base de reiteraciones, llegue a ser lo auténtico, y que la personalidad original se pierda para siempre, atrofiada por la ausencia de función. No sé. Lo cierto es que, llevado por esta dialéctica personal, yo ya no sé cuál es mi verdadera máscara.

»Veamos algunos ejemplos. Supongamos que yo tengo —o tenía— alguna facultad particular. La de escribir, digamos. Yo empecé mi vida de hombre ostentándome como escritor, presentándole al mundo, como primera introducción, una tarjetita que decía "Rodrigo Pola. Escritor". De la misma manera que otros se anuncian como "Fulanito, ingeniero civil", o "Perengano, experto en restauración de óleos". Sólo que éstos pueden demostrar inmediatamente, y de un modo tangible, que son ingeniero o experto en restauración de óleos: allí está su obra concreta, susceptible de ser apreciada por los cinco sentidos.

¿Pero cómo se demuestra a los demás que se es escritor? Por más tangible que sea un libro, verlo, tocarlo, olerlo, no dirán nada acerca, no digamos ya de sus excelencias de estilo, sino siquiera de su escueta existencia. Se verá un bulto determinado, hecho de papel, letras, goma, hilos. Se tocará ese bultito. Se olerá la goma con que ha sido encuadernado. Incluso se podrá pasar la lengua sobre una de sus páginas: todos estos actos sensibles nada dirán sobre el libro en cuestión. Hasta se podrá dudar de que, en cuanto libro, existe; ¡cuesta tanto aproximarse, en verdad, a él, a lo que, intrínsecamente, es! No sucede lo mismo cuando, directamente y con pruebas palpables, se ve que allí está un edificio de concreto, que allí está un viejo óleo del siglo xv, restaurado, brillante y oloroso a barniz. No existen, pues, pruebas definitivas de que se es escritor; puede, a lo sumo, haber un rumor de prestigio, y entonces se piensa en cómo utilizar ese prestigio para producir obras concretas, que no libros. Yo había escrito un pequeño libro de versos cuando era estudiante preparatoriano, y bien que lo exploté, no para escribir más libros apoyado en el primero sino para, apoyado en el primero, ver cómo le hacía para conseguir tareas más concretas. Pero, claro, si se saca un conejo de un sombrero de copa, las reglas del juego indican que el mago no puede, después de la función, guisar el mismo conejo que, si ha de ser congruente con su particular conejidad, nunca podrá ser sino conejo mágico.

»En efecto: no había otro camino que sentarme en un escritorio como jefe de oficina y dictar palabras que produjesen cartas, memoranda y oficios concretos. Pero aquí es donde interviene mi actitud original; como era preciso demostrar que yo era escritor, a propósito dictaba mal un oficio para, después, poder corregirlo y demostrar mi capacidad de escritor. Sólo que, llevada a sus extremos, esta tesis acarreó, en primer lugar, el odio de mis subordinados burocráticos y, en segundo, la convicción de que mi trabajo era lento y entorpecía las labores. Yo sólo quería causar, al principio, una mala impresión a fin de que la buena constituyese una revelación, una sorpresa.

»De allí que una actitud como la mía sólo pueda desarrollarse a largo plazo, asegurando que habrá tiempo para demostrar las cualidades superiores a partir de las inferiores. Sí, es difícil, porque la gente y las instituciones prefieren —y exigen— una definición pronta y clara, y si no se les da esto, les basta la primera impresión. ¡Qué falta de paciencia! Y de sabiduría. Si mis superiores burocráticos las hubiesen tenido, hubiesen acabado por reconocer las posibilidades inmediatas de mi genio literario. Pero se apresuraron, me juzgaron por los primeros frutos, y me cesaron. Perdieron ellos, no yo. Tales son las consecuencias de la premura espiritual.

»Como no es posible obligar a nadie a detenerse en estas consideraciones, la trascendencia pública de una actitud como la mía acaba por anularse, y entonces no queda más remedio que limitar su planteamiento y su resolución a uno mismo. Un día, de esta manera, decidí no cumplir con ciertas exigencias orgánicas. Me abstuve de ir al baño durante varios días, deleitándome en el progresivo malestar que ello suponía. El deleite se convirtió en una grave enfermedad —peritonitis, nada menos— y sólo entonces tuve que llamar a un médico y sentir, al salvarme de la muerte, que había en mi cura un triunfo que jamás me habría asegurado el hecho, monótono y cotidiano, de defecar.

»Es claro que semejante heroicidad, para serlo de veras, no puede repetirse a diario. Su carácter heroico es, precisamente, su carácter excepcional. Esta consideración obliga a buscar, en la vida diaria, sustitutos menores que, si se han de nominar apropiadamente, no son sino "latas". La categoría de la "lata" merecía un estudio amplio y detenido. ¿Por qué se es "latoso"? ¿Por qué se le da la "lata" a nuestros semejantes? Quizá la "lata" sea la definición, en el plano cotidiano, de mi estilo de heroicidad. Si —como es corriente— no hay tiempo para plantear y desarrollar ante la mirada ajena toda la actitud que yo asumo en la dimensión heroica, se acaba dándole la lata a los demás como prueba fehaciente de que es uno capaz de influir sobre ellos, de hacerse sentir. Así, en mi ocupación burocrática, le ordenaba a mi mecanógrafa que le sacara punta al lápiz; cuando me lo entregaba, lo dejaba caer al suelo y la punta se rompía. Esta operación, naturalmente, conducía, a la postre, a la desaparición del lápiz en sí. Entonces, me sentía autorizado para reclamarle a la mecanógrafa su falta de atención para tenerme el trabajo de máquina listo a tiempo, y si la confusa mujer se atrevía —cosa poco frecuente— a decirme que se había ocupado toda la mañana en sacarle punta al lápiz, siempre podía contestarle que su obligación era escribir a máquina y no sacar punta a los lápices, y que si ella misma desconocía la naturaleza de sus obligaciones, bien podía sugerir que la trasladasen de la máquina al sacapuntas.

»Éstas son, pues, las pequeñas modalidades de mi actitud general. Hay otras ocasiones que se pintan calvas. Hace poco, hice conscientemente el ridículo en una fiesta. Ixca Cienfuegos estuvo presente y se dio cuenta. Regresé a mi cuarto-habitación, preparando ya, como es lógico, el triunfo posterior ante la misma reunión de personas que había presenciado mi ridículo. Me preparé en la hornilla una taza de té y, por un descuido, dejé caer sobre los alambres ardientes mi cinturón de cuero al desvestirme. Sólo me di cuenta del hecho cuando un insoportable olor de cuero quemado me dio en las narices. Si se conoce mi actitud ante las cosas, no es de sorprender que, en primer lugar, dejara que el cuero se siguiera chamuscando[439] y, en segundo, que me acostara a dormir envuelto en una pestilencia insoportable. Cuando al día siguiente llegó Ixca Cienfuegos a despertarme, en seguida pensó que el olor era de gas y que yo intentaba suicidarme —sin duda con motivo del ridículo sufrido en la fiesta de la noche anterior. Sí, la gente está acostumbrada a juzgarme débil e impetuoso. No, no desengañé a Ixca, lo confieso; por el contrario, le seguí la corriente, hablé piadosamente de mi conato de suicidio y de mi fracaso en la vida. Esa misma tarde, me llevó mi amigo a caminar a lo largo de la Reforma, para que "tomara el aire", ¡válgame Dios!, después de estar allí oliendo tanto "gas". Me instó a que le contara cosas de mi niñez (ahora es la moda pensar que la niñez lo determina a uno, como si uno, en vez de llegar a ser, volviera a ser) y bien que me aproveché, dándole una versión que aumentara su sentimiento piadoso hacia mí. ¿Quién sabe...? Quizá dije sólo la verdad, pero es indudable que la teñí de esa actitud humilde, de ese afán de presentarme como un "niño bueno". No sé si se tragó todo. No sé, tampoco, si ahora mismo, pese a que tengo la recta intención de decirme a mí mismo la verdad, no me esté, al mismo tiempo, teniendo compasión.

»De cualquier manera, todo esto no es grave, y mucho menos culpable. Es culpable, por encima de cualquier consideración, la ausencia de generosidad. Pero para ser generoso se debe poseer algo digno de ofrecer a los demás. Capacidad de trabajo, amor, talento, comprensión, qué sé yo. Pero cuando no hay nada que dar, cuando uno está vacío, ¿puede ser culpable la falta de generosidad? Supongo que éste es mi caso. Asimismo, si no hay obstáculos que vencer, ¿es culpable no hacer nada, estarse quieto en un rincón? Yo no tengo tentaciones, por ejemplo. Luego no tengo que superarlas. Me imagino que Cristo, conducido por el Demonio a la cumbre de una montaña

---

[439] *chamuscar:* quemar o tostar superficialmente.

desde la que le exhibe todas las tentaciones del mundo, sabía muy bien: primero, que era el Demonio el que lo conducía; segundo, que como era Dios no podía, por un mínimo sentido de congruencia, o aunque fuera por salvar las formas, sucumbir a la tentación del Demonio. Estaba inmune, por adelantado, al Demonio y a sus tentaciones. El pobre Diablo hizo un ridículo espantoso. Dios no puede ser tentado; no existe para él la tentación, luego no puede ser nunca culpable. No tiene nada que superar. Igual me sucede a mí. Tentaciones no siento; puedo, a lo sumo, sentir entusiasmos, que no es lo mismo.

»En el fondo, sólo me interesa realizar mi dialéctica. A veces, como he apuntado, fracasa la tesis y de allí no pasa la cosa. Pero cada vez que fracaso en ese terreno, me voy al opuesto para ver si desde allí es posible. Mis amigos de la Prepa, por ejemplo, hicieron mofa de mi libro de versos; tuve que cortarme de su amistad y de sus ideas para irme al extremo opuesto. Si ellos eran esteticistas, yo sería un hombre de acción. Luché por la autonomía universitaria, anduve en el vasconcelismo[440], como para decirles: "Yo no necesito de ustedes. Puedo irme a la posición contraria, y bien servido." Pero al menor gesto de impaciencia de parte de las personas del nuevo grupo, allá voy volando a la posición anterior. Y así ad-infinitum[441].

"¿Que cómo se termina cuando se vive y piensa así? Es muy sencillo: la trama se agota y se sabe uno en el límite, por más que los cambios de posición se perpetúen. Sí, en el límite. Y en él, incapaz de cambiar nada. Pues querer siempre pasar por un hombre justo, y cambiar siempre y continuamente de lugar para aparecer en el que, en ese momento, se supone el justo, supone abandonar para siempre toda posibilidad de justicia. Es posible. Se vuelve uno esclavo de su propio juego, el movimiento supera y condena a la persona que lo inició, y entonces sólo importa el movimiento; uno es llevado y traído por él, más que agente, elemento. Ya no es uno bueno ni malo, redimible ni irredimible. Quizá esto se llama quedar fuera de la gracia. Es todo.»

A las seis de la tarde, Ixca Cienfuegos se desabotonaba la gabardina negra en el atrio de Catedral. El Zócalo, a esa hora, se iba despoblando. Salían los últimos camiones cargados, pero llegaban los estudiantes que, rumbo a los cursos nocturnos de

440 Véase Vasconcelos, José, en MPH.
441 Cursiva en EdA.

367

San Ildefonso y Santo Domingo, apresuraban el paso, clavaban las manos en los bolsillos y apretaban un cuaderno entre el brazo y el costado. En cada esquina, un vendedor de billetes de lotería gritaba las terminaciones y sumas. Los puestos de periódicos se doblaban, y los boleros chiflaban y recogían sus trapos manchados, sus cajas brillantes de espejos y chapas de cobre. Después, una parvada de niños descendía por Madero y Cinco de Mayo gritando la «extra» vespertina. El bulto informe de la viuda Teódula Moctezuma cruzó, por fin, la reja y se deslizó sobre el atrio hasta la puerta, turbia de crepúsculo, del Sagrario.

—¿Lo viste? —preguntó Cienfuegos al encender un cigarrillo.

—Sí, hijo—. Teódula se sonó sin ruido con una punta del rebozo y clavó sus ojos huecos en los de Ixca.

—¿Y cómo le dijiste?

—Ay hijo, se me descompuso en seguida —la viuda sacó un cigarrillo mal hilado de su seno y le hizo una seña en solicitud de fuego a Ixca—. «Se murió tu mamacita anoche —le dije—, y yo buscándote por todita la ciudad, y nada.» Que adónde estaba, me preguntó. Que bien enterrada le dije, y que no sabía dónde. Que dónde había estado él, mientras su mamacita se nos iba, le dije yo. Que en una fiesta, me dijo, y se me descompuso todito. Lo hubieras visto, hijo. «Quién te manda. La pobre ya estaba para el otro barrio de viejita y amolada», le dije yo, y ¿sabes lo que hizo, Ixca? —Teódula se quitó el cigarrillo de los labios y comenzó a reír como guajolote. El rostro, semejante a una tortilla vieja, se le cuadriculó.

Ixca sonrió. —¿Qué te dijo?

Teódula levantó las manos y las dejó caer sobre el estómago.

—¡Que con qué derecho le hablaba de tú! ¡Válgame Dios! ¡Válgame Dios! Le dejé mis señas, Ixca, no te preocupes.

Arrojó el cigarrillo y se fue flotando hacia la puerta central. Desde allí, volvió a mirar a Ixca, le sonrió y, tapándose la cara con el rebozo, penetró en Catedral. Ixca siguió fumando, apoyado contra la fachada del Sagrario. Cuando terminó el cigarrillo, sintió que el acto de fumar le había distraído, inconscientemente, de una mirada, y que esta mirada le producía una sensación, a la vez, de malestar y anticipo. Desde el Sagrario, recorrió con la vista los ojos cenicientos del crepúsculo. Un viejo vendedor de estampas religiosas, con su cara correosa. Dos mujeres que entraban de rodillas con grandes escapularios enredados entre las manos y el cuello. Dos ojos de niño: un fleco negro casi los cubría: cerca de la reja, con un par de periódicos bajo el brazo, rascándose la rodilla, descalzo. Jorgito se dirigía a Cienfuegos con una mirada inquisitiva, con una invitación tácita de conocer la voluntad del hombre y cumplirla. Colocó la mano sobre un barrote. Se veía lastimoso y un poco seguro de su piedad, con el pequeño cuerpo cubierto por un overol [442] gris demasiado grande. Ixca caminó hasta la reja; el sol ya se había escondido detrás de los edificios del Zócalo, y su luz era lanzada del nivel de la tierra a una zona intermedia, grisácea, cada vez más estrecha entre las construcciones de tezontle y cantera y la capa oscura que descendía de la noche próxima. Ixca se sintió turbado por esa proximidad. Tosió y acarició la cabeza del niño.

—Te movilizas rápido, chamaco —le dijo.

Jorgito trató de sonreír: —¿No se lleva la extra?

—Ya va a anochecer... ¿No te espera tu madre?— Ixca no podía retirar la mano de la cabeza del niño. Y el sol se le escapaba.

—Mi mamá no vive con nosotros. Trabaja en una casa grande—. Jorgito se limpió la nariz con el brazo y sorbió, tratando de sonreír.

Ixca pasó la mano al hombro del niño. —Vives muy lejos... no quieres...

Jorgito, entre la sonrisa anunciada y la pregunta de sus ojos, se seguía rascando la rodilla. Sus ojos, al recorrer la altura, la gabardina negra, de Ixca, brillaron.

—¿Tu papá se murió, verdad?

El niño afirmó con la cabeza.

—No quieres... unos dulces, o cenar, sí, eso es mejor, cenar algo caliente y luego dormir...— Ixca tomó la mano del niño, la sintió helada, la frialdad repeliendo el cálido sudor de la suya. La sonrisa espontánea del muchacho se paralizó, sus ojos dejaron de interrogar, se volvieron contra Ixca en un impulso cierto, magnético, y trató de desembarazarse del puño del hombre. Ixca apretaba cada vez más la pequeña mano; no podía controlar los ojos, acercaba su cara a la del niño mientras éste, al arrojar los periódicos, luchaba por zafarse y, por fin, mordió la mano de Ixca, se libró y, corriendo, atravesó la calle y se detuvo en el filo de la plaza. Allí, miró una vez más a Cienfuegos y volvió a correr a lo largo del sendero polvoso hasta desaparecer, un punto gris y agitado, por Veinte de Noviembre.

---

[442] Sin cursiva en EdA, que la ha puesto en otras ocasiones.

Ixca Cienfuegos se cubrió con la otra mano la huella sangrante de los dientecillos. Cruzó el pavimento y llegó hasta el centro del Zócalo. Sorbió con los labios la sangre de la herida y, girando sobre sí mismo, bebió con la carne los cuatro costados de la gran plaza. Estaba desierta. El último rayo oblicuo del sol se perfilaba como un escudo. La sangre le corría con la rapidez cambiante del azogue. Cienfuegos se detuvo, la cara abierta hacia ese último rayo. Palacio, Catedral, el edificio del Ayuntamiento y el lado desigual, de piernas arqueadas, dejaban que la penumbra construyera una región de luz pasajera, opaca, entre la sombra natural de sus piedras rojizas y de marfil gastado. Por los ojos violentos y en fuga de Ixca corría otra imagen: en el sur, el flujo de un canal oscuro, poblado de túnicas blancas; en el norte una esquina en la cual la piedra se rompía en signos de bastones ardientes, cráneos rojos y mariposas rígidas: muralla de serpientes bajo los techos gemelos de la lluvia y el fuego; en el oeste, el palacio secreto de albinos y jorobados, colas de pavorreal y cabezas de águila disecada. Las dos imágenes, dinámicas en los ojos de Cienfuegos, se disolvían la una en la otra, cada una espejo sin fondo de la anterior o de la nueva. Sólo el cielo, sólo el escudo mínimo de luz, permanecía igual.

—¿Reaparecerá? —murmuró Ixca, envuelto y arrastrado por la doble imagen.

Bajó la cabeza y embarró la mano herida sobre la tierra suelta: apenas una gota de sangre chupada, transformada a un color seco por el polvo. Volvió a morderse la mano; hundió los dientes en la misma herida hasta sentir que por los labios le corría la nueva tibieza. Cerró los ojos; quería la boca llena del sabor acre, metálico, de su propia sangre. La cabeza le nadaba en ese sabor, y la sangre le zumbaba en las orejas como una doble respiración: la que se une en la hora del terror, la respiración del hombre y la del fantasma, el uno frente al otro, pero invisibles.

Ixca abrió los ojos a la noche. El sol se había puesto. En la oscuridad, con la mirada azorada, el hombre sentía correr una multitud de sombras por su pecho.

—Quiero otra noche, no ésta —murmuró. —Otra noche, no ésta. Una noche en que se puedan recoger los fragmentos de la luna, todos los fragmentos rotos del origen, y volver a tocarlos íntegros. Otra noche—. El alumbrado del Zócalo se encendió. Algunas beatas oscuras salían de Catedral. Encandilado, Ixca se llevó las manos a los ojos. Alrededor de un farol, un jicote[443] zumbaba: entre la sombra y la luz, su vientre amarillo brillaba, su cuerpo negro se dejaba lustrar por el farol. Zumbaba sin penitencia, enamorado de su ruido, de su posesión de la noche, de su esclavitud a la luz ficticia. Ixca adelantó los brazos, ansioso de conjurar la oscuridad. Sus pupilas se alargaban queriendo rasgar la noche, penetrarla y olvidarla hasta el nuevo sol. Las cuencas cada vez más abiertas de los ojos, inyectadas de luz, buscaban por todo el firmamento un signo del astro.

Una lágrima, siquiera una —pensaba Rodrigo Pola con una intensidad de la que, razonablemente, se hubiese creído incapaz, al descender lentamente la escalera. El aire tenso, de clima irresuelto, de premonición natural, le dio en el rostro al salir a la calle de Rosales. La tempestad se preparaba, cargada, estremecida de relámpagos secos. Los anuncios luminosos se habían opacado bajo las luces intermitentes del cielo. Bajo ese piélago de firmamento, Rodrigo se sentía empequeñecido al caminar de Rosales a Puente de Alvarado. Era como si el mundo hubiese sido puesto de cabeza, y el océano ocupado el lugar del aire: agitado, concentrado en la fabricación de la tormenta de electricidad y nubes sin fondo, líquidas, que se radiaban negras como los nervios de un pólipo; relámpagos, jibias porosas que se abrían entre las corrientes de vapor: el mar entero se vaciaría sobre su cabeza minúscula, desde arriba. Oprimido por la amenaza natural, Rodrigo Pola pensaba que su realidad, su persona, sería como la roca —lo nombrable, lo singular— que, ahogada por la torrente de la inundación, no deja de ser roca, no deja de ser singular aunque la arrase esa catarata anónima, central, pero sin núcleo. No era ésta la única ilusión que fabricaba Rodrigo en su caminata nocturna: le obsesionaba, sobre todo en ese instante, en su afán de encontrar un punto de apoyo para lo que creía su dolor obligatorio, la ilusión de que era rechazado porque quienes lo rechazaban lo sentían superior, y la superioridad acobarda a la inferioridad. Tomás Mediana y el grupo de escritores de los Veintes lo habían rechazado, sin duda, porque sentían en Rodrigo, en su juventud y en su promesa, una fuerza y un talento que amenazaba sus posiciones literarias. Norma Larragoiti se había negado a querer a un hombre que la hubiese dominado, que le hubiese exigido una entrega y una devoción muy distintas a las que le exigiría un

---

[443] *jicote:* especie de avispa.

banquero aburrido y sin ideas. La grandeza, el honor, el poder, habían escapado a sus manos —pensó Rodrigo— no por una deficiencia, sino por un exceso. Pensó, y sonrió. En realidad, ese rechazo plural —de los compañeros, de los medios que había frecuentado— se reducía a uno solo, a otra roca singular y nombrable como él mismo: Norma Larragoiti. Se detuvo en el cruce de las calles, frente al jardín de San Fernando, y saboreó sus ideas, sus justificaciones. El momento anterior —la noticia de la muerte de Rosenda, la mujer terrible y anciana que se lo había comunicado, el intento de fijar en un papel destinado a la verdad la explicación más profunda de su vida— le parecía ya lejano e irreal. Necesitaba momentos sueltos en los cuales ir gastando, con esa sensación de lo absoluto que sólo el instante posee y otorga, las salientes mayores de su existencia. Una larga hilera de camiones y tranvías se formaba por Puente de Alvarado y la Avenida Hidalgo. Todos casi vacíos: iban a dar las once. Cruzó el parque, saludó a un Vicente Guerrero de bronce verdoso, custodiado por águilas. La estructura de San Fernando, anclada en un suelo de dignidad imperturbable, reflejaba en su piedra la agitación de los árboles del jardín. La larga galería enrejada que, en Orozco y Berra, representa el frente del panteón, silbaba en el viento que después pasaba, incapaz de reverencia, sobre los mármoles ilustres de las tumbas. Las letras conmemorativas brillaban durante un segundo de relámpago: *vivió por su patria y murió por ella sacrificado en el molino de Soria 1863 llegaba ya al altar feliz esposa allí la hirió la muerte aquí reposa* y las palomas, dormidas ya, reposaban en los nichos de la gran portada de piedra, alguna sobre el cuello de un santo decapitado. Rodrigo continuó por Guerrero. Pasó junto a las flores secas de la sacristía de San Fernando. Descenso de la altura de las casas; cabarets; fachadas quebradizas; misceláneas; torterías, fueron pasando a su lado, apenas visibles en la luz mortecina, agrias en sus sabores. En la esquina de la Violeta, arrojó la vista sobre el mundo circundante, expendio de todas las ocupaciones y vidas de la ciudad: lonchería familiar, abarrotes, ferreterías, zapaterías, molino de nixtamal[444], cantinas, hoteluchos, sanatorio de muñecas y santos, maderería, acumuladores, el conato de clasicismo abaratado por las marquesinas del Cine Capitolio, el ester-

---

[444] *nixtamal:* el maíz medio cocido en agua de cal; molido, es la masa para preparar las tortillas y otros panes.

tor rosado del Cabaret Jardín, la bolería «El brillo de oro» [445] y sus billares cavernosos; «encuadernación de tesis», «bromas, magia, pasatiempos», la galería de vidrios del grabador Tostado: calle del Insurgente Pedro Moreno, calle de Mina, calles de la Magnolia, de la Esmeralda y de Moctezuma. Y los cuerpos pequeños, las eternas caras mongólicas, de especie olvidada, como ictiosaurios comprimidos, jorobados sobre las comidas ardientes, escondidos detrás de todas sus máscaras. Y él anclado en el centro, el único hombre con conciencia de la zona intermedia, del estar entre dos mundos que lo rechazaban. Dio media vuelta y trató de mirar, entre la oscuridad esencial e impenetrable de este México en el que vivía, las luces más altas de Juárez y la Reforma. Él entre las dos zonas, en la ciudad de fronteras imperceptibles en la materia, pero altas, alambradas, férreas en el espíritu. ¿Creaba la ciudad esos abismos, o eran obra de sus hombres? Rodrigo creyó que sólo una vez había intuido esa necesidad —que jamás dicta la inteligencia— de no presentar defensas, cuando conoció a Norma. Había querido abrirse por entero y dejar que de él corriera todo y que en él penetrara todo lo que ella hubiese querido entregarle. Era la forma, el estilo, lo que construía la barrera que cada nuevo encuentro, cada beso nuevo, iba levantando. Se dio cuenta de que él había sentido siempre, con Norma, la necesidad de precisar su amor, de rellenarlo de palabras y ecos de palabras ajenas, de fijarlo, de insistir en el hecho abstracto de su amor en cada conversación, en cada beso —que nunca lo había sido plenamente, sino como un adjetivo más a sus palabras—; y que ella, en cambio, sólo había querido el fenómeno escueto y redondo de ser amada, sin esas palabras, sin esa insistencia verbal en lo que le importaba experimentar de la manera que ella quisiera, transformándolo a su vida de amor sin necesidad de que Rodrigo le preparara, en las palabras, la receta inflexible de lo que ambos vivían. «Dame lo que no sabes que tienes —pensaba ahora Rodrigo—, pues el amor sólo es abrir el terreno ignorado, el que nunca hemos nombrado o recorrido antes»: ésa había sido la solicitud, el reto de Norma, ayer, de Natasha hace pocos días. Ahora, en la lenta caminata entre los olores sápidos y la sordina de los discos tropicales, Rodrigo quería pensar esto. Ella había planteado el reto, él no lo había aceptado. Había amado más sus ecos, sus palabras, que a la mujer que pudo quererlo a él, desnudo, sin palabras.

---

[445] EdA omite las comillas.

El cielo se abrió: en su cúspide, una patena negra, oxidada, colmada de hostias verticales. Rodrigo se guareció bajo el toldo de una ostionería. El agua tamborileaba sobre la lona parchada; las gotas quebradas salpicaban sus hombros. La sinfonola del local se encendió con un estrépito de arco iris y guarachas [446].

Lo que nunca supo que poseía. Lo que nunca había entregado. Por eso ¿lo poseía aún? ¿O lo había atrofiado, acaso aniquilado, para siempre? Sí, tenía escritas las justificaciones: aparecer como lo que no era para sorprender con la revelación, posterior, de su ser auténtico. La cobardía llana hubiese sido más valerosa que este disfraz intelectual. Norma primero. Rosenda, su madre, después. ¡Cuántas veces, durante años, había llegado hasta la puerta en la callecita de Mixcoac, sabiendo de antemano que jamás pasaría el umbral, que sólo iba para engañarse a sí mismo, para pensar que su albedrío le dictaría la acción —entrar a visitar a su madre, no hacerlo— cuando sabía que no iba a entrar desde antes de encaminar sus pasos hacia el lugar! «Soy demasiado orgulloso —se había dicho al llegar a la puerta—; que ella me busque primero.» Así pasaron cerca de once años sin verse. Sin darse cuenta de que no se veían: nada corre tan rápido, tan falto de relieves, como la indiferencia y la mezquindad. Pero había sido orgullosa su madre, no él. Él sólo había jugado al orgullo. Había jugado al orgullo cuando se negó a aceptar el reto de Norma, cuando abandonó su vocación porque los amigos lo criticaron: no había sido capaz de superar, con su obra, las críticas o, sencillamente, de seguir creando por encima de las críticas. Creía que los había dañado a ellos. No... Había sido orgulloso, había abandonado todo para demostrar... ¿qué? Esto se preguntaba Rodrigo: ¿demostrar qué? ¿Qué se había demostrado a sí mismo o a los demás cuando, desde su cuarto, espiaba la salida de los muchachos y muchachas del barrio rumbo a un baile o a una excursión, tomados de la mano y el talle, y él les arrojaba, escondido detrás de los postigos, el desprecio de su espíritu hacia aquellas que quería juzgar naturalezas vacías, ajenas al espíritu? ¿Qué? Rodrigo abandonó la protección del toldo y caminó rápidamente hacia Rosales. La tormenta lo envolvía en una percusión líquida, implacable. Arriba, el espacio se canjeaba a sí mismo estruendos, luz sombría: todos los mitos y símbolos fundados en la aparición de la naturaleza se concentraban en el cielo potente, ensamblador de un poderío oculto. Resonaba el

---

[446] *guaracha*: música y baile cubanos y de Puerto Rico.

firmamento con una tristeza ajena a cualquier circunstancia: no gratuita, sino suficiente.

Rodrigo subió los peldaños de azulejo hasta su pieza interior. Encendió un cigarrillo y levantó la vista: el fósforo había alumbrado un bulto posado frente a la puerta. Ixca Cienfuegos le sonreía desde el umbral en penumbra. La gabardina, el pelo negro, se perdían sobre el fondo oscuro, y sólo el rostro pálido y sonriente flotaba en las sombras. Rodrigo se llevó la mano a la boca, tomó mal el cigarrillo y se quemó los dedos.

—Tenías que venir, ¿no?—[447]. Rodrigo se metió el dedo quemado entre los labios y lo empapó en saliva. Abrió la puerta: Ixca entró y tomó asiento con las piernas abiertas y la gabardina escurriendo gotas de lluvia sobre el piso astillado.

—No me arruines el parquet —dijo Rodrigo y comenzó a pasearse por el cuarto: cinco pasos hacia la pequeña ventana de vidrios opacos, cinco pasos hasta la puerta del baño.

—¡Me agarró la lluvia! —exclamó Cienfuegos. —Pensé que me vendría bien una taza de té. ¿Qué te pasa?

Rodrigo encogió los hombros. Se quitó el saco mojado y lo arrojó sobre la cama. —Pon la tetera en la hornilla, si quieres.

Cienfuegos lo observó detenidamente y guiñó un ojo: —Cuéntame, hombre—. Pola se detuvo y volvió a encogerse de hombros. —Hay que disimular, ¿no? Para eso nos educaron, ¿no?— Se llevó el dedo quemado al párpado. En la yema había nacido una inflamación. —Mi madre murió anoche. Una criada vieja la mandó enterrar esta mañana. Yo ya no la vi. Estaba... estaba tratando de conquistarme a un cuero en casa de Charlotte, estaba tratando de demostrar... ¡carajo!— Rodrigo trató de sonreír. —Ni siquiera estaba invitado. Me colé, igual que a la fiesta del Bobó[448] ese el otro día. Es que si no tuviera esos momentos por lo menos, Ixca...

Ixca no habló. Las facciones de Rodrigo no correspondían con sus palabras. Como si leyera la reflexión de Cienfuegos, Rodrigo le dio la espalda y llevó la tetera al lavamanos.

—¿Qué? —dijo por encima del rumor de agua corriente. Creía que Ixca había respondido. Regresó, colocó la tetera sobre la hornilla. Se sentó al filo de la cama; después, se levantó y abrió la ventana. Una humedad corrupta, hecha de hierbas y desperdicios empapados, de periódicos viejos y cucarachas, ascendía por el cubo del patio encerrado. Rodrigo se dejó hipno-

---

447 Dice: «—Tenía que venir, ¿no?...», en EdA.
448 EdA mantiene la cursiva.

tizar por la lluvia, parda, determinada por su destino, que iba perdiendo transparencia en el descenso al patio. —*Ésta es* —se dijo— *la naturaleza que nos toca. Esta lluvia ocasional y contaminada.* Pensó que sólo llegaría a querer, ya, el silencio y la naturaleza. Sólo escuchar los ruidos que la naturaleza quisiera entregar, sin que nadie se los solicitase. La creación respiraba: no hablaba, no pensaba, sólo respiraba en respuesta de gratitud, murmuraba en el descenso de una cañada, aspiraba los sabores de pasto y mirto y tierra apisonada por caballos sin dueño, y al morir en una onagra dejaba un olor a vino nuevo. Sólo eso. En las noches, una lechuza y un grillo, para compensar la respiración vista con la escuchada. Ningún ruido más allá de eso. Rodrigo dio la cara a Cienfuegos; tuvo la sensación, inconsciente, violenta y olvidada, de que en el rostro de ese hombre se reproducía el mismo paisaje chato y oscuro del patio: que el rostro de Cienfuegos descendía sobre el suyo, igual que la lluvia sobre los montones de basura hinchada, sobre los techos de lámina y azoteas de tezontle[449] y pavimentos de la ciudad. Y como en las calles, ese rostro se tragaba la naturaleza y la mataba, como las calles, con un gesto que equivalía al ruido de sinfonolas y claxons[450]. —¡Ciudad de los Palacios! ¡Calle de Rosales! ¡Primavera inmortal!—. Rodrigo emitió la caricatura de una carcajada. Pensó que hacían falta estaciones[451], cambios de piel[452], para reconocerse y reconocer a los demás. Con los ojos detenidos en esa lluvia que ya, a medio aire, era polvo de alcantarilla, quiso recrear dentro de sí un verano caluroso, pesado, una gestación cargada de frutos dulces, ramas pesadas de oro junto a un arroyuelo que refrescara los cuerpos desnudos... un otoño visible, sepia y rojo, de cosechas y juegos que conmemoraran el trabajo cumplido... un invierno de costras blancas, desnudo de gama, cobertor de la tierra que recupera su fuerza y prepara sus semillas... una primavera: un renacimiento[453], no esta prolongación idéntica a sí misma, sin hitos,

---

[449] *tezontle:* piedra volcánica.

[450] Cursiva en EdA.

[451] La comparación entre el tiempo natural con estaciones (el tiempo europeo) y el de México (sol inclemente; lluvias tropicales) ha sido, ya una obsesión de los personajes de Carlos Fuentes, ya un recurso para mostrar las diferencias y conflictos culturales.

[452] En 1967, Carlos Fuentes publicó la novela *Cambio de piel.*

[453] Renacer es una posibilidad que ha servido a Carlos Fuentes para la creación de lo fantástico (véanse *Aura, Cumpleaños*). La idea

sin calendarios, sin un tiempo de reposo. —Perdemos la cuenta, Ixca. Todos los días aquí como que son iguales. Polvo o lluvia, un sol parejo, nada más. ¿Qué cosa puede resucitar este mundo parejo, Ixca?

Resucitar. Cienfuegos sintió nuevamente la carga de la noche, el cofre de sol cerrado por los candados de la oscuridad, de la misma manera que lo había sentido, ese mismo día a las siete de la noche, de pie en el centro del Zócalo. Fijó los ojos en la tapa de la tetera, que comenzaba a bailotear en el hervor. —No te puedo ayudar. Tú tienes tus signos. Tienes tu vida trazada. ¿Qué quieres que haga? ¿Decirte lo que yo pienso? ¿Lo que para mí es válido?

—¿Por qué no?—. Rodrigo colocó dos bolsas de té en las tazas y vació la tetera.

—Porque no lo entenderías. Tu vida, la vida que me contaste hace unos días mientras caminábamos por la Reforma...

—¿No tiene nada que ver con lo que tú piensas?

—Todo, o nada. No sé—. El rostro como la lluvia, el rostro sin fijeza ni memoria. —El mundo no nos es dado —añadió Cienfuegos, comprimido en su gabardina mojada. —Tenemos que recrearlo. Tenemos que mantenerlo. El mundo es ciego y es bruto. Dejado a sus fuerzas, se arrugaría como una manzana arrancada al tronco, penetrada de gusanos. El tronco le dio su savia y su vida, sí. Pero la mano que arrancó la manzana debe conservarla, o morir con ella.

Rodrigo tomó asiento en la cama: —Sabes, eso pensé cuando... cuando traté de independizarme de mi madre. El día que me salí de la casa del Chopo, sin decir adiós ni nada... sentí eso, nada más, que me cortaba del tronco, que ahora yo era mi propio tronco. Después pensé... que la actitud de mi madre había motivado esa partida, más que mi propia decisión, ¿me entiendes? Por eso, ¿quién nos propuso arrancar tu manzana, Ixca? ¿No había una invitación implícita en ese tronco, en esa fuerza creadora, para que la arrancáramos? ¿Cómo puede desentenderse el creador? ¿No tiene la obligación, él mismo, de mantener su creación? ¿Por qué permite que se pudra la manzana?

Ixca, al parpadear el humo que se le colaba a los ojos, pensó en el padre de Rodrigo, en Gervasio Pola. El origen de un mundo y dos seres determinados por su sacrificio, por su vo-

de renacimiento también está implícita en algunas obras no fantásticas.

luntad de ¿heroísmo, libertad, gloria? —Sí, es posible que sienta vergüenza y remordimiento— dijo con una voz pareja que contrastaba con la excitación nerviosa en el tono de Rodrigo. —¿Qué lo llevó, en primer lugar, a hacer el gesto mínimo de la creación —sé, árbol, sé, manzana? Pero quizá toda la vergüenza y arrepentimiento del creador no basten para deshacer lo hecho, la creación. Si la creación es divina, lleva ese sello original hasta en su podredumbre. Ni el mismo creador podría echar marcha atrás. Ni él mismo podría cancelar lo que ha creado: la creación de Dios es definitiva.

El mismo recuerdo, furioso en su afán de expresarse: fantasma que busca, aullando en silencio, prendido a su propia orfandad transparente, un cuerpo y una boca que lo digan, cruzó por el germen de cada sangre de Rodrigo. No lo supo: —Pero él pudo prever que esa creación sería corrupta, ¿no? ¿Cómo pudo engendrar el mal a sabiendas? ¿Dónde entra el mal en los planes de la creación?—. La lluvia desigual era lenta, ahora. Caía pesada, como plomo exacto y numerado.

—Sí, ¿dónde entra, Rodrigo? Porque Dios debería estar alejado del mal, o éste no sería mal, ¿verdad? Mira... hace tiempo supe de un párroco de uno de nuestros barrios del que se hablaba muy mal —en los chismes de las mujeres, pero después entre los hombres también. Su ejemplar actitud como sacerdote, como confesor, como orador admirado por esa gente, estaba muy lejos de su actitud humana fuera del templo. Se paseaba por la plaza, los domingos después de la misa, con una camisa abierta y un traje gris cualquiera, fumando y lanzando miradas cínicas a la gente; lo veían entrar a las cantinas, lo escuchaban decir palabras fuertes, discutir, en fin. Pero una vez en el templo, su recogimiento, su devoción, su sinceridad indudable durante la misa —que con su presencia dejaba de ser un trámite social para convertirse en un acto vivido y revivido—, la profundidad y alivio que contenían sus sermones, la pureza y dignidad con que confesaba, le valían el amor y el respeto de sus feligreses. Naturalmente, los superiores se enteraron de todo esto y reprendieron al párroco por su actitud frívola y escandalosa fuera de sus obligaciones estrictamente eclesiásticas. El párroco tuvo que frenar sus apetitos mundanos. Pero a medida que lo iba logrando, iba transformándose en su vida religiosa interna. Sus dicharachos cínicos de la calle se convirtieron en apotegmas cínicos, cubiertos de ropaje teológico, desde el púlpito. Se cree que una de sus confesiones arrojó a una muchacha al suicidio. Sin embargo, su actitud fuera del

templo era ya irreprochable: vestía su sotana, caminaba lentamente por las calles poco concurridas del barrio con las manos
unidas en una semblanza de beatitud permanente, multiplicó
las obras pías. Por fin, un domingo, lo encontraron arrojado
sobre el altar, gritando blasfemias y escupiendo sobre el cáliz.
Lo encerraron en el manicomio.

Ixca bebió lentamente el té. —Ésta es la mentira: ese mal,
esa corrupción, son también obra divina; él la quiso, él la pre-
vió, él la cumplió. Porque Dios es el bien infinito, Rodrigo,
pero es también el mal infinito: es el espejo puro, sin fondo,
interminable de todo lo que creó. En el bien y en el mal, somos
sus criaturas. Nuestro destino puede ser diverso, pero si ha de
ser destino verdadero, tiene que cumplir hasta su consumación
cualquiera de esas dos realidades, el bien o el mal. Debemos
dejarnos caer hasta el fondo de nuestro destino, sea cual fuere...
El tránsito es tan breve.

De pie, Rodrigo no quería creer en esa brevedad, y menos
en esa determinación. Quería rechazar a Cienfuegos, quería
recoger en una o dos palabras su fe sumergida en la indiferencia y prenderse a ellas, pronunciarlas para conjurar las de Ixca.
Sintió que no sabía pronunciarlas ya, y que esa incapacidad
determinaba otra realidad: sólos dos cuerpos, el suyo y el de
Ixca, frente a frente: el suyo, quebrado, nervioso, estéril para engendrar una fuerza física explosiva que arrasara la presencia tenaz, de potencia fluida, en el cuerpo de Cienfuegos.

—Sin embargo, Dios es uno ... —quiso murmurar, sin convicción.

Cienfuegos angostó los párpados, concentró la luz de su
cuerpo en las rendijas oblicuas de la córnea: —Ésa es la otra
mentira. Dios es múltiple. Cada Dios fue engendrado por la
pareja, y la pareja por dos parejas, y las dos parejas por cuatro,
hasta poblar el cielo de más dioses que hombres han sido— [454].
La voz de Ixca ascendía, su volumen llegaba al oído de Rodrigo
como un insulto de afirmación y poderío. —Quizá haya un

---

[454] Se trata del politeísmo y dualismo de la religión azteca. «El
punto de arranque en la mitología era una pareja de dioses creadores
que residían en el cielo superior —dice Pedro Carrasco—, o treceno
cielo, de cuyo principio y creación no se sabía nada. Se llamaban
Tonacateuctli, «Señor de Nuestra Carne (o Mantenimiento)», y Tona-
cacíhuatl, «mujer de Nuestra Carne»; o también Ometeuctli, «Señor
Dos», y Omecihuatl, «Mujer Dos». Su cielo se llamaba el Omeyocan,
el «Lugar del Dos» (op. cit., págs. 241-242).

punto de contacto único, sin nombre, donde la singularidad se da cita. Pero de ese punto arranca un río de hombres que reciben la creación y se obligan a mantenerla[455], y otro río de dioses que crean. Cada hombre alimenta la creación de un Dios, Rodrigo; cada hombre, cada sucesión de hombres, refleja el rostro y los colores sin forma de un Dios que lo marca y lo determina y lo persigue hasta que en la muerte se reintegra a la dualidad original. Hay que saber, solamente, si ese tránsito entre la creación y la muerte, ese breve paso, se cumple con la intensidad propicia al alimento del creador, o si se gasta en el compromiso, en el simple transcurso inconsciente. ¿Tú qué quieres?

Rodrigo no respondió. No entendía si lo que Ixca solicitaba era un gran aumento de valores en la vida, o un escueto sacrificio, la renuncia que en un estallido final diera su significado a la vida y la rescatara de la mediocridad. —Hay tantas cosas que pesan sobre nosotros... —dijo Rodrigo— que es como sentir que otros cumplieron ya con esa parte de nuestra vida. Sólo mi padre, ¿ves?, pudo vivir lo que vivió, pero no sólo para él; para mi madre y para mí, también. Es como si esa posibilidad mía ya hubiera sido vivida por él, en la Revolución, fusilado. No, no entiendo lo que pides, Ixca. Pero ¿quién puede entenderlo y otorgarlo hoy, quién?

—El más humilde—. Ixca abrió los labios; los acercó, carnosos, al oído de Rodrigo: —Fue un leproso... un leproso, sí, el que se arrojó al brasero de la creación original para alimentarlo. Renació convertido en astro[456]. Un astro inmóvil. En que un solo sacrificio, así fuera ejemplar, no bastaba. Era preciso un sacrificio diario, un alimento diario para que el sol iluminara, corriera y alimentara a su vez. No, no veo un solo Dios ni un sacrificio aislado. Veo al Sol y a la Lluvia en la cima de la Ciudad. Veo los elementos visibles e inmediatos, copulados sin intermedio a la vida de cada hombre. Veo las pruebas fehacientes —sol, lluvia— de un poder superior, y sobre la tierra mi delgada pared de hueso y carne. Ésta es la zona del encuentro. Más arriba, los Dioses puros. Más abajo, los restos de nuestras vidas, escondidas a los ojos temerosos. Nada más. ¿Tú que quieres?

---

[455] Cfr. nota 16 de la primera parte de LRT.

[456] Se trata de Nanahuatzin, «El Buboso», quien se convirtió en sol al arrojarse sin temores al fuego del sacrificio (por su parte, el favorito de los dioses que temió lanzarse, salta —después de Nanahuatzin se arroja con los ojos cerrados— y se convierte en la luna).

—Yo... yo no sé qué decir (*el fantasma quería hablar, se agitaba en una semilla espesa detrás de los ojos de cada ojo, de la lengua de cada lengua, pero la carne*) qué pensar... Me cuesta trabajo decir la verdad... Yo sé que he fracasado (*pero la carne pellizcada por los barnices de la simulación*), por más que me justifique... no pude alcanzar la fama literaria que me devoraba de adolescente... no pude alcanzar el amor de la única mujer que quise... no pude darle a mi madre las dos gotas de cariño que bastaban...

—¿Y si hubieses renunciado a todo eso? ¿Si hubieses renunciado a la fama, al amor, a la generosidad?

—...¿habrían nacido del sacrificio, Ixca?

—Pudieron haber nacido. Porque no supiste renunciar a ellos, los aceptaste a medias, ¿me entiendes?, los disminuiste. Hay un límite para los hombres como tú; en ese límite, se alcanza la contemplación...

Rodrigo se sintió justificado; las palabras que, ese mismo día, había escrito parecían encarnar, en este momento, en las de Ixca: —Sí, sí...

—...o se alcanza la situación de una ardilla en una jaula. Corres sobre el carril de la estrecha prisión, te haces la ilusión de que avanzas... Y un día, se apagó todo. Finis[457]. Entonces, sólo el sacrificio te puede salvar. Entonces debes abrir los ojos a tu despreciable vida, sin contactos, y convencerte de que sólo cabe tu destrucción, con la esperanza de que algo mejor nazca de tu sacrificio.

El cuerpo de Cienfuegos llegaba a una vibración total y concentrada. Rodrigo sintió un escalofrío en su cercanía a ese cuerpo líquido y apretado. —Ni siquiera hay eso. Sólo faltó una palabra. No sé cuál; ya no la sabría pronunciar. Creo que mi madre, más que otra cosa, me exigió una palabra dura y fuerte. Quizá allí nos hubiéramos encontrado... hubiéramos encontrado a mi padre. No la supe pronunciar. Me fui, Ixca, ¿sabes?, me fui como las criadas sonsacadas, pretextando cualquier cosa... No le dije por qué me iba, lo que pensaba de ella, nada. Así fue todo. Nada fue dicho o hecho hasta el final. Tienes razón. Ahora, déjame ser lo que soy y no...

—Quieres el sacrificio—. Ixca silbaba las palabras entre los dientes, brillantes, esculpidos, que se alargaban fuera de la boca rígida. —En él te podrás redimir. Ven conmigo; yo te enseñaré... Olvida todo lo demás, lo que has sido, Rodrigo, los

---

[457] Cursiva en EdA.

signos que ni siquiera has sabido vivir de una fe que sólo ha aumentado la compasión hacia ti mismo. ¡Escupe sobre lo sagrado si lo sagrado es esa misericordia ramplona que sólo acentuará tu mediocridad! ¡Escupe sobre esa otra mejilla del Dios cobarde! Tiembla y siente el terror en el sacrificio, sí, en el sacrificio, y llegarás a los nuestros, ahogarás al sol con tus besos, y el sol te apretará la garganta y te comerá la sangre para que seas uno con él.

La lluvia y la luz cada vez más amarilla y opaca del cuarto recortaban la figura de Ixca y agrietaban su voz, como si cada palabra estuviese construida de piedra; los ojos y la boca le brillaban con una calidad estremecedora, de exigencia total, ojos y boca prestos a devorar. Cambió el sentido del viento; la lluvia entró en ráfagas quebradas, azotando los dos cuerpos. Ixca miró el rostro perdido, inútil, sin amarres, de Rodrigo Pola.

—¿No quieres el destino de tu padre y de tu madre? —silbó Cienfuegos sobre la cara inánime de Rodrigo. —¿No querías, como ellos, la derrota y la humillación? Dime: ¿no es esto lo que querías, lo que me dijiste que querías aquella tarde? ¿Ser la prolongación de tu padre asesinado y de tu madre exprimida en vida de todos los jugos del amor y de la pertenencia? ¡Ah! «¡Quiero ser la prolongación moral de mi padre!» ¡Con qué facilidad lo dijiste entonces!

—Sí.

—Pues tu padre es el sacrificio, es la muerte enfrentada a solas...

—No, Ixca. Eso no fue lo que quiso decir mi madre. No fue capaz de morir solo. Tuvo que delatar a esos tres hombres para poder morir. Hasta en la muerte quiso caer con otros, no solo... no solo. Hizo lo mismo que mi madre me pidió a mí: protegerme, no quedar solo. Él lo hizo en la muerte. Mi madre me lo pidió en la vida. Pertenencia. Eso es lo que buscaron ellos, en realidad, y lo que yo te quise decir aquella tarde. Que yo sí quería participar, que yo sí quiero arrancarme a esa losa de derrotas que ellos me heredaron. No quiero caer hecho polvo como ellos. ¡Eso no, Ixca! ¡De eso me tienes que salvar! De la humillación, de la derrota... eso te dije entonces. ¿No me entendiste?

La boca de Cienfuegos lentamente perdía su rigidez. Encendió un cigarrillo, tratando de reasumir su actitud cotidiana. Hubiera querido reírse de su equivocación; los fantasmas de Gervasio Pola y Rosenda —pensó Ixca— acaso se reirían de él. Sí; siempre habría que regresar a aquella caminata a lo largo de la Reforma. Rodrigo había dicho que quería ser prolongación de su padre; pero había añadido que Federico Robles sí sabía lo que quería, sí estaba centrado en el mundo mexicano. Federico Robles era la imagen viva y prolongada de Gervasio Pola a los ojos de Rodrigo.

—Eso es muy fácil —volvió a hablar Cienfuegos. —¿O no te has dado cuenta de la sociedad en que vivimos? Oportunidades sobran.

—Pertenecer —dijo, suspendido aún en el clima anterior, Rodrigo. —Sí. Eso me dijo ella. Yo debía haber hecho lo que ellos no pudieron hacer: pertenecer. «Tu padre debió haberse protegido como todos estos que ahora son ricos e influyentes», decía.

—Como Fedrico Robles...

—Sí, Ixca. Como Federico Robles, que vienen también de ese origen revolucionario, pero que sobrevivió para servir a México, para crear...

—... riqueza y bienestar. ¿Eso es lo que quieres?

—No sé cómo decírtelo. Ixca: es que no veo otra posibilidad en México. Mi padre cumplió como había que cumplir en ese momento. Ahora...

Ixca chiflaba entre bocanadas de humo. —Parece que nunca se le va a hacer a mi viuda —masculló sonriendo.

—¿Eh?

—Nada. Cómo no, yo te ayudo, viejo. Para que veas: ya hablé con unos productores de cine. Les hacen falta buenos argumentistas. ¿Quieres conocerlos?

Rodrigo afirmó con la cabeza. La lluvia cesó y una humedad penetrante se dejó sentir desde el patio, mientras Ixca chiflaba y fumaba y alargaba las piernas.

Desde los vidrios azulados de la oficina de Federico Robles, Ixca Cienfuegos recorre con la mirada la extensión de la Avenida Juárez. Ve, sobre todo, a los hombres y las mujeres de todos los días —oficinistas, pasantes de derecho, comerciantes, vendedores, choferes, mozos, mecanógrafas, repartidores—; blancos, mestizos, indígenas, algunos vestidos con saco, otros de chamarra y camisola, ellas con su aproximación a la elegancia impuesta por el cine, subrayando el gusto local —senos, caderas—, y quiere desnudarlos sobre los días que señalan el recuerdo de la misma avenida, con otros hombres, pero con los mismos ojos duales, presentes en el origen y en el destino, alineados o mezclados en turba: el día de agosto en que el anciano lastrado como un roble viejo, escondido detrás de las gafas azules y la gran barba crispada, entra al frente del ejército constitucionalista, tocado por el sombrero de campaña que ha sustituido al viejo bombín de senador[458]*; y los días increíbles de los ojos de estrella carbonizada que brillan con toda la pasión de Ayala*[459]*, que adivinan la pasión de Chinameca*[460]*: los ojos más tristes y más limpios que vieron la avenida, bajo un sombrero de ráfaga solar*[461] *—y el mismo día*[462]*, la gran sonrisa de maíz de Doroteo Arango*[463]*: pantalón de montar, polainas, un sweater gris y Stetson*[464] *texano; el día de julio en que el Caballito florece en un nopal de vítores para el hombre pequeño y dulce, demasiado pequeño sobre su caballo, incongruente en su levita oscura, aplastado por la resaca de voces que hieren su continencia de pequeño santo, de pequeño hombre sin pies ni manos con los que golpear o agarrarse o rechazar*[465]*; el día, también de julio, en que la vieja carroza negra, bañada por toda la tierra oscura de México, pasa por este mismo lugar, apretada en la efigie irreductible del insomnio, en la máscara de una vigilia inviolada*[466]*; el día de junio en que la pareja de espléndidos juguetes engañados*[467] *pasa bajo los arcos de flores escoltada por un ma-*

---

[458] La descripción corresponde a Venustiano Carranza (véase en MPH), cuando llegó a la ciudad de México ocupada por Álvaro Obregón (20 de agosto de 1914).

[459] Se refiere a Emiliano Zapata y, en especial, a su imagen muy difundida; sus fotografías muestran unos ojos excepcionalmente negros, brillantes y fieros. Zapata lanzó el Plan de Ayala contra Francisco I. Madero (véase en MPH).

[460] Lugar en que fue asesinado Emiliano Zapata.

[461] Carlos Fuentes, refiriéndose a Zapata, escribió en *Todos los gatos son pardos* «que [Zapata] alguna vez salvó a la revolución de la mentira.»

[462] El 6 de diciembre de 1914, Francisco Villa y Emiliano Zapata llegan juntos a la ciudad de México.

[463] Nombre original de Francisco Villa.

[464] EdA quita la cursiva en swaeter y en Stetson (sombrero).

[465] Francisco I. Madero hizo un recorrido triunfal desde Ciudad Juárez hasta la ciudad de México (que lo acogió con entusiasmo), después de que Porfirio Díaz renunció.

[466] Se refiere a Benito Juárez, cuyo éxodo por el territorio mexicano preservó la existencia de la República, durante la Intervención Francesa y el II Imperio.

[467] Los emperadores Maximiliano y Carlota llegan a la ciudad de México el 12 de junio de 1864 (véanse Habsburgo, Fernando Maximiliano de; Carlota Amalia; en MPH.)

riscal napoleónico[468] *y un arzobispo poblano*[469]; *el día de septiembre en que un viejo con rostro de león desdentado cae sobre la misma avenida agitando el estandarte de barras manchadas en la garita de San Cosme, en Chapultepec y Churubusco*[470], *mientras su regimiento de la Carolina y su batallón de marinos van siendo cercados por la noche de los léperos empuñalados; la noche de mayo en que la independencia se viste de carnaval para que un sargento imperial y su turba oscura y su gente decente que ilumina las fachadas alumbren al Momo*[471] *que ha traficado con todas las semillas y todas las hambres y todas las banderas; y más lejos, por fin, al lejano día de agosto*[472] *en que las aguas se dividen y todo es confusión y escudos y silbos y penachos y estruendo de arcabuces y bergantines y el Señor Malinche*[473] *se asoma a la azotea de una casa de Amaxac y ve aproximarse la canoa del vencido*[474]. *Y desde entonces son dos —piensa Ixca Cienfuegos—, el del origen y el del destino, los dos plantados sobre la misma avenida, fuese de agua o de cemento. Del Yei Calli al*[475] *1951. Siempre dos, el águila reptante, el sol nocturno.*

Cienfuegos tomó el periódico y se alejó del ventanal.

La voz de Robles se levantó con urgencia.

L'AGUILA SIENDO ANIMAL[476]

—Usted nomás léame en voz alta el periódico, amigo Cienfuegos, y no se preocupe por nada.

---

[468] Elías Federico Forey (véase en MPH).

[469] Pelagio Antonio Labastida y Dávalos (véase en MPH).

[470] Sitios en que ocurrieron algunas de las batallas más importantes de la guerra de 1847 o Intervención Norteamericana (véanse Taylor, Zacarías; Winfield, Scott; Anaya, Pedro María de, en MPH).

[471] Agustín de Iturbide. El 18 de mayo de 1822 el ejército y el pueblo (encabezados por un sargento), tumultuosamente, piden la corona para Agustín de Iturbide (véase en MPH).

[472] El 13 de agosto de 1521 se rinde Tenochtitlán a Hernán Cortés y sus fuerzas (véase en MPH).

[473] Carlos Fuentes funde, en el Señor Malinche, alusiones a la acción de Moctezuma y referencias directas a Hernán Cortés (véanse Cortés, Hernán; Marina, Doña; Moctezuma, en MPH).

[474] Cuauhtémoc (véase en MPH).

[475] *Yei Calli:* el año azteca; *Yei* (tres), *Calli* (casa).

[476] Verso de una canción popular (véase nota 432).

Tres taquígrafas formaban coro alrededor de la mesa de acero de Federico Robles. El hombre hinchado y tenso caminaba de un extremo al otro del despacho mientras Ixca Cienfuegos daba lectura a la prensa y la luz pareja del mediodía se filtraba por las persianas, dibujando de cebra la franela gris del banquero. Robles se detuvo en seco y señaló con el índice a Ixca:

—Fue buena su idea, amigo Cienfuegos. Los regiomontanos[477] han de haber hecho un colerón, por más que sus declaraciones indiquen que han bajado la cabeza. Pero donde manda capitán...

Robles mascó el puro con satisfacción y se lustró las uñas en la solapa.

—Que con su pan se lo coman, pues. Seguro que de no vender yo las acciones, ellos venden las suyas. A ver quién sienta a quién. Tuvo usted una buena idea, Cienfuegos. Eso se llama olfato. Les ha de haber caído como mentada encontrarse de pronto de socios del grupo de Couto. Ahora, por más caras de amabilidad que hagan, saben que o ellos se comen a Couto, o Couto se los merienda a ellos. Y nosotros, ya ve usted, manos fuera, y con el mejor precio.

Robles se golpeaba las gruesas caderas y sonreía. Cienfuegos no interrumpió la lectura en voz alta: con un sonsonete irónico, reproducía las declaraciones del grupo regiomontano. Robles angostó los párpados: había estado demasiado atento al contenido de la lectura para percibir, hasta ahora, el tono de voz de Ixca.

—Véngase a comer a la casa cuando acabe de dar órdenes. Hay que celebrar el golpe. Norma va a llevar a uno de esos intelectuales de coctel que tanto la visten, y yo voy a quedar en la berlina.

Ixca, con un crujido final de las páginas del periódico, terminó de leer. —¿Quién, licenciado?

—Un tal Zamacona.

—¿De Michoacán?

Cienfuegos no quiso, con ampliar su mueca inquisitiva, provocar la reacción de desconcierto físico de Robles. El banquero bajó la mirada y apretó los labios. —¿Eh? Pues de repente. No lo conozco; ya le digo, es amigo de Norma—. Dio la espalda a Cienfuegos y se asomó por el gran ventanal a la Avenida

---

[477] *regiomontano:* oriundo de Monterrey, capital del Estado de Nuevo León —la segunda ciudad industrial del país—. La influencia del grupo empresarial regiomontano abarca toda la República.

Juárez. Pensó que Cienfuegos iba a seguir inquiriendo, como el otro día, y él no quería volver a caer en esa trampa. Creía estar muy seguro de sus móviles y acciones, y se había prestado a relatar la historia de su pasado sólo para convencerse a sí mismo de que podía enfrentarse a los hechos de su origen, a los nombres de su padre, de Froilán Reyero, del cura, de la muchachita aquella de la hacienda sin más emoción que la que sentiría al buscar un apellido en la lista de teléfonos. Era suficiente. No había por qué regresar una vez más...

—A ver, señorita —Robles dio la cara a la mujer nerviosa y delgada que no apartaba las manos sudorosas del block[478] de taquigrafía. —Autorice el préstamo del banco a la fraccionadora y asegure los terrenos con la compañía. Memorándum para el Consejo: referencia al negocio de Prado Alto. Mismo procedimiento—. Nuevamente pasó las uñas por la solapa, observó a Cienfuegos y a él dirigió sus palabras. —Interés del jefe. Usted, señorita, recordatorio a Juanito de la caja de puros para el Secretario. Él ya sabe.

Robles comenzó a pasearse como un felino por el tapete hondo. —Fuera todas—. Las tres señoritas salieron sin hacer ruido, amortiguadas por el tapete, mientras Robles se desplomaba, con las piernas abiertas, sobre el sofá de cuero. Dejó caer una mano pesada sobre la rodilla de Ixca.

—Va usted a ver: el Banco —que es mío— le presta a la fraccionadora —que es mía— y la compra de terrenos se hace con pura saliva. Calculo que comprando a diez pesos metro al tarugo ese que cree salir ganando, puedo vender en seguida a 30, o dentro de un año a sesenta. De cualquier modo, nos asegura la Compañía, que también es mía. Trescientos mil pesos de ganancia inmediata, o más de medio millón si nos esperamos, y ni quien se las huela. Ya ve usted —Robles suspiró y agitó las cenizas del puro sobre el cenicero de pie—, ahora hay que barajárselas solo. Todavía recuerdo que en tiempos del General[479] para hacer lana había que meterse en cada argüende[480]. Hubo quienes recibían igualas de cinco o seis mil pesos mensuales —¡y de aquellos pesos!— de los gobernadores de los Estados dizque por cuidar sus intereses en la Presidencia. Ahora, pues siempre se requiere el respaldo moral de los meros meros,

[478] Cursiva en EdA.
[479] Álvaro Obregón, cuyo estilo de incrementar sus ganancias personales, creó un tipo de funcionario público.
[480] *argüende*: lío.

porque así son las cosas en México, pero adquirido con amistad y confianza. Cienfuegos, porque saben que uno trabaja por el bien del país y de acuerdo con la política nacional de progreso. ¡A ver!

Se puso de pie y volvió a recorrer con la tensión de un puma el tapete. —No, si lo que me tiene que brinco de gusto es haber vendido mi parte de la cadena sin decirles ni pío a los codomontanos[481] esos, ¡el berrinchazo que habrán hecho! Ándele, véngase a tomar una copa para celebrarlo. Al fin a usted le toca algo del éxito.

Cienfuegos no había perdido su mueca; y Robles, aun cuando quería evaporarla con sus palabras de afirmación, no podía sustraerse a ella. —No, hoy no puedo, licenciado. De todas maneras, le interesará platicar con Manuel. Es un chico inteligente, y se enterará usted de cómo piensan las nuevas generaciones...

—¿A qué se dedica?

—Es poeta...

—¡Újule![482].

—... pero vive de los editoriales y columnas que escribe para un periódico. Conviene atraerlo, licenciado. Ustedes no se han preocupado mucho por atraer a esa clase de gente nueva que también da prestigio.

Robles gruñó mientras masticaba el cabo apagado del puro: —Aquí nos bastamos, amigo Cienfuegos. Y cada chango a su mecate[483].

—Bueno, en todo caso —Ixca acentuó su mueca, intermedia entre la sonrisa y el bostezo—, dicen que hablar con los jóvenes rejuvenece. Y usted no tiene hijos.

Al mezclar un nuevo gruñido con una exhalación, Robles dijo: —¡Ay, amigo Cienfuegos! Ya no estamos para esas danzas. De aquí a diez o quince años, ya me habré cansado de trabajar, y no me quedará más satisfacción que corroborar el resultado de mis esfuerzos en el progreso del país. Ése será mi hijo, pues. No crea usted; hace falta hacer tanto, y éste es un país de holgazanes. Aquí un puñado de hombres tiene que hacer el trabajo de treinta millones de zánganos.

---

[481] *codomontano:* nombre popular de los regiomontanos que estereotipa su supuesta tacañería. Codo(a): tacaño, avaro, miserable (TPM); Codópolis: Monterrey (TPM).

[482] *újule:* expresión burlesca de asombro.

[483] Cada oveja con su pareja. *Mecate:* cuerda de pita.

—Mejor; es casi sentirse un redentor, ¿verdad?

—No, si redentor no; nomás cumplir...

—Es que México siempre anda a la caza de un redentor, ¿no le parece? —Ixca afiló su sonrisa—: Ahora a ustedes les ha tocado acarrear con todos los pecados de nuestro país. A usted, en lo particular, puesto que le ha tocado vivir todos los hechos fundamentales de medio siglo de vida mexicana. De la huelga de Río Blanco a la venta de acciones del gran consorcio. Del sombrero de paja de Zapata al Panamá planchadito que legó J. P. Morgan[484] a sus émulos universales. De pe a pa. Dígame: ¿qué se siente? Siempre he sentido curiosidad ante estas transformaciones radicales. ¿Se sigue siendo, pese a todo, el que se era en el origen? ¿O cuál es el elemento transformador? Todas estas cosas revueltas, el trabajo en una milpa, la batalla de Celaya, el tesón y la ambición y el colmillo[485] para los negocios, ¿cómo se compaginan? ¿Cuál es su punto de concentración? ¿Se siente uno igual que en el origen, o recuerda uno siquiera el origen? ¿Se ha hecho uno mejor, o sólo ha ido desgastando un don original? ¿Somos originalmente, o llegamos a ser? ¿Nuestra primera decisión es, en realidad, nuestra decisión final?

Robles no atendía las palabras de Ixca, lo que estrictamente decían. Volvían a correrle por el cerebro una multitud de imágenes desordenadas que su postura, la expresión de su rostro, toda su actitud, pugnaban por disfrazar. Robles quería alcanzar, fijar una cualquiera: eran un tumulto de luces y sombras preñadas que querían decirle algo que había olvidado. Sólo pudo entender esto, antes de que tomara, con rapidez, el sombrero veraniego que yacía sobre un archivero, se lo clavara sin preocupación en la cabeza cuadrada y dijera: —Bueno, voy a llegar tarde. Vámonos, amigo Cienfuegos.

En cuanto se levantaron de la mesa, un mozo vestido con filipina[486] y pantalón negro se acercó a Norma: —Hoy es viernes, señora. Las gentes ya están en la puerta.

—Ahorita voy —dijo Norma, obligándose a una sonrisa que juzgaba encantadora—. Los viernes vienen los pobres —le ex-

---

[484] Famoso financiero de los Estados Unidos.

[485] *colmillo:* astucia. Colmilludo(a): astuto, perspicaz, inteligente (TPM).

[486] *filipina:* chaqueta ligera de lino (RVP).

plicó a Manuel—. No creas que es pura filantropía. Sirve para deshacerme de las sobras, de la ropa vieja, hasta de los periódicos. Con permiso. Ahorita vuelvo.

Con Norma, se ausentó tanto un perfume ligeramente escondido, como el punto de unión entre Zamacona y Robles para sostener una charla. El banquero abrió las puertas de vidrio que conducían al jardín e invitó a Manuel a salir. Al fondo, detrás de la reja cochera, se apiñaban una docena de caras morenas, algunas oscurecidas por sombreros de petate, otras cubiertas hasta la boca por rebozos, todas inmóviles. Manuel trató de distinguir algún sentimiento particular en ellas: cada una no revelaba otra cosa que su muda e inmóvil espera: labios cerrados, ojos negros, despojados de brillo, pómulos altos. Manuel los imaginó, idénticos, en todas las épocas, en todas las vidas. Como un río subterráneo, indiferente y oscuro, que corría por debajo de cualquier cambio o idea. Cuando el mozo y Norma aparecieron —aquél cargado de bolsas de papel, ésta con la barbilla en alto y un aire singular de persona que se dispone a colmar a sus semejantes—, algunas manos tomaron los rebozos, como para taparse y hacer aún más anónima su presencia, otras se alargaron entre los barrotes negros, y todas las cabezas se inclinaron. El mozo pasó las bolsas, sin abrir la reja. Un niño con los labios llenos de mocos comenzó a chillar en brazos de una mujer amarilla. Después todos dieron unas gracias, cantarinas o gruñidas, pero anónimas también, y se fueron con las bolsas de papel, algunos lanzando, ahora, silbidos agudos. Norma, desde la reja, indicó con el índice y el pulgar que tardaría un instante.

—¿De manera que usted es intelectual? —dijo, sin más preámbulos, Federico Robles una vez que Norma se había excusado.

—Sí —sonrió Zamacona—. Me imagino que para usted eso no acarrea gran prestigio.

Robles hurgó en su chaleco: —Maldito lo que me importa a mí el prestigio. Lo importante es hacer cosas.

—Hay muchas maneras... —volvió a sonreír Manuel.

—Correcto —Robles encontró un puro crujiente de celofán—. Pero no en este país. Aquí no podemos darnos lujos de esa clase. Aquí hay que mirar hacia el futuro. Y los poetas son cosas del pasado.

Manuel bajó la cabeza, clavó las manos en los bolsillos: —Habría que definir qué cosa es el pasado.

—El pasado es lo muerto, amigo, algo que le hace a usted,

en el mejor de los casos, sentirse grande o sentirse piadoso. Nomás.

Manuel levantó la cabeza, y, guiñando, fijó la mirada en Robles: —¿Y el de México?

A pesar de su concentración en la envoltura del puro, Robles no dudó: —No existe. México es otra cosa después de la Revolución. El pasado se acabó para siempre.

—Pero para enfrentarse a ese futuro del cual me ha hablado —insistió en guiñar, en penetrar con los ojos los rayos del sol vespertino que caían sobre la cabeza y los hombros de Robles— en algún momento debió usted darse cuenta de que había un pasado que, en todo caso, había que olvidar.

—Puede.

El sol cortaba la figura de Robles en un solo bloque, coronado de luz, sólido y sin transparencia en la mirada molesta de Manuel.

—Y cuando lo observó usted, licenciado, ¿qué sintió ante ese pasado? ¿Se sintió usted engrandecido o piadoso?

Por fin, Robles rasgó el celofán y se llevó a la nariz el primer aroma del habano, fresco y virgen: —Para mí el pasado fue la pobreza, amigo. Nomás. El pasado mío, quiero decir.

—¿Y el de México, licenciado? Usted tiene ideas...

—Está bueno. Pues para mí México es un país atrasado y pobre que ha luchado por ser progresista y rico. Un país que ha tenido que correr, que galopar diría, para ponerse al corriente de las naciones civilizadas. Durante el siglo pasado, se pensó que con darnos leyes parecidas a las de los Estados Unidos o Inglaterra, bastaba. Nosotros hemos demostrado que esas metas sólo se alcanzan creando industrias, impulsando la economía del país. Creando una clase media, que es la beneficiaria directa de esas medidas de progreso. Ahora deme usted su versión.

Hablar de México. Manuel no sabía por dónde empezar. Recordaba que un día había sellado un pacto de sol, tácito y permanente, con México. ¿Por dónde empezar? Se recordaba arrojando su papel, sus palabras, al centro del sol de México. Sólo así podía hablar. Y ahora... —No dejo de envidiar su claridad. Yo... pues yo quisiera explicarme con tanta nitidez como usted la historia de México. Precisamente, lo que siento es que no encuentro el silogismo...— Manuel quería encontrar ésta, alguna, cualquier palabra; se mordió el labio inferior: —...la palabra mágica o la simple justificación que me expliquen una historia tan teñida de dolor como la nuestra.

Robles abrió los ojos y apagó el fósforo antes de encender el puro: —¿Dolor? ¿Cuál dolor? Aquí estamos en jauja, amigo. Pregúntele usted a un europeo si esto no es el paraíso. Dolor es haber pasado dos guerras mundiales, bombardeos y campos de concentración.

—No, no, no me entiende usted —Manuel iba hundiendo la suela en la hierba floja del jardín: —Porque esos hombres que sufrieron el bombardeo y el campo de concentración, como usted dice, pudieron al cabo asimilar sus experiencias y cancelarlas, dar una explicación a sus propios actos y a los de sus verdugos—. Quería representarse muchas, dos, sólo una cara de un hombre torturado, desplazado, marcado con la estrella amarilla. Sólo podía recrear las caras del minuto anterior, las anónimas y pedigüeñas. —La experiencia más terrible, Dachau o Buchenwald, no hizo sino destacar la fórmula agredida: la libertad, la dignidad del hombre, como guste llamarla—. Como un río subterráneo, pensó, indiferente y oscuro. —Para el dolor mexicano no existen semejantes fórmulas de justificación. ¿Qué justifica la destrucción del mundo indígena, nuestra derrota frente a los Estados Unidos, las muertes de Hidalgo o Madero? ¿Qué justifica el hambre, los campos secos, las plagas, los asesinatos, las violaciones? ¿En aras de qué gran idea pueden soportarse? ¿En razón de qué meta son compresibles? Toda, toda nuestra historia pesa sobre nuestros espíritus, en su integridad sangrienta, sin que sean nunca plenamente pasado ninguno de sus hechos o sus hombres.

Sin quererlo, tomó la manga de Robles y la estrujó, obligándolo a adelantar dos pasos. —Apolo, Dionisio, Fausto, l'homme moyen sensuel[487], ¿qué diablos significan aquí, qué diablos explican? Nada; todos se estrellan ante un muro impenetrable, hecho de la sangre más espesa que ha regado sin justicia la tierra. ¿Dónde está nuestra clave, dónde, dónde? ¿Viviremos para conocerla? —Manuel desprendió la mano de la manga de Robles: —Hay que resucitar algo y cancelar algo para que esa clave aparezca y nos permita entender a México. No podemos vivirnos y morirnos a ciegas, ¿me entiende usted?, vivirnos y morirnos tratando de olvidarlo todo y de nacer de nuevo todos los días sabiendo que todo está vivo y presente y aplastándonos el diafragma, por más que querramos olvidarlo: Quetzalcoatls y Corteses e Iturbides y Juárez y Por-

_____

[487] El francés en cursiva en EdA.

firios y Zapatas, todos hechos un nudo en la garganta. ¿Cuál es nuestra verdadera efigie? ¿Cuál de todas?

—A ustedes los intelectuales les encanta hacerse bolas —dijo Robles al abrir la mitad de la boca retacada de tabaco—. Aquí no hay más que una verdad: o hacemos un país próspero, o nos morimos de hambre. No hay que escoger sino entre la riqueza y la miseria. Y para llegar a la riqueza hay que apresurar la marcha hacia el capitalismo, y someterlo todo a ese patrón. Política. Estilo de vida. Gustos. Modas. Legislación. Economía. Lo que usted diga.

El sol brilló sobre el jardín con su intensidad total: menos rotunda que la del mediodía, pero más penetrante, más inquietante por la proximidad de la luz que, al hacer el último esfuerzo, vibraba por dar testimonio de su partida.

—Pero es lo que hemos hecho siempre —balbuceó Zamacona—, ¿no se da cuenta? Siempre hemos querido correr hacia modelos que no nos pertenecen, vestirnos con trajes que no nos quedan, disfrazarnos para ocultar la verdad: somos otros, otros por definición, los que nada tenemos que ver con nada, un país brotado como hongo en el centro de un paisaje sin nombre, inventado, inventado antes del primer día de la creación[488]. ¿No ve usted a México descalabrado por ponerse a la par de Europa y los Estados Unidos? Pero si usted mismo me lo acaba de decir, licenciado. ¿No ve usted al porfirismo tratando de justificarse con la filosofía positivista, disfrazándonos a todos? ¿No ve usted que todo ha sido un carnaval, monárquico, liberal, comtiano, capitalista?

Robles dejó caer un chorro de humo sobre las solapas de Manuel: —¿Y qué quiere usted, amigo? ¿Que volvamos a vestirnos con plumas y a comer carne humana?

—Es precisamente lo que no quiero, licenciado. Quiero que todas esas sombras ya no nos quiten el sueño, quiero entender qué significó vestirse con plumas para ya no usarlas y ser yo, mi yo verdadero, sin plumas. No, no se trata de añorar nuestro pasado y regodearnos en él, sino de penetrar en el pasado, entenderlo, reducirlo a razón, cancelar lo muerto —que es lo estúpido, lo rencoroso—, rescatar lo vivo y saber, por fin, qué es México y qué se puede hacer con él[489].

Robles se separó de Manuel y caminó hacia la reja: —No

---

[488] Cfr. notas 218 y 348 de la primera parte de LRT.

[489] Los personajes de *Cambio de piel* ejecutan, simbólicamente, la propuesta de este personaje.

sea usted presuntuoso. Con México sólo se puede hacer lo que nosotros, la Revolución, hemos hecho. Hacerlo progresar.

—¿Progresar hacia dónde?

—Hacia un mejor nivel de vida. O sea, hacia la felicidad particular de cada mexicano, que es lo que cuenta, ¿no le parece?

—¿Pero cómo se puede hablar de la felicidad particular de cada mexicano si antes no se ha explicado uno a ese mexicano? ¿Cómo sabe si cada mexicano quiere lo que usted se propone otorgarle?

Manuel, ahora, seguía a corta distancia a Robles. El industrial dio la vuelta y la cara a Zamacona: —Soy más viejo que usted, amigo. Conozco la naturaleza humana. Los hombres quieren bienes. Un carro. Educación para sus hijos. Higiene. Nomás.

—¿Cree usted que quienes ya tienen eso se sienten plenamente satisfechos? ¿Piensa usted, por ejemplo, que la nación más rica que ha conocido la historia es una nación precisamente feliz? ¿No es, por el contrario, una nación presa de un profundo malestar espiritual?

—Puede. Pero eso es secundario, amigo. Lo importante es que la mayoría de los gringos come y vive bien, tiene un refrigerador y un aparato de televisión, va a buenas escuelas y hasta se da el lujo de regalarle dinero a los limosneros de Europa. Se me hace que su cacareado malestar del espíritu les viene muy guango[490].

—Quizá tenga usted razón. —Manuel sacó las manos de los bolsillos y quiso captar el origen del sol y el aire transparente. Se tapó los ojos con la mano. —No sé. Acaso haya planteado mal el problema. Quizá esté enfermo de odio hacia los Estados Unidos. Por algo soy mexicano.

Robles sonrió y le dio una palmadita obsequiosa en el hombro. —Ándele, no se me achicopale[491]. Me gusta discutir con los jóvenes. Después de todo, ustedes también son hijos de la Revolución, como yo.

Al querer corresponder la sonrisa, Manuel se dio cuenta de que, en realidad, fabricaba una mueca. —La Revolución. Sí, ése es el problema. Sin la Revolución Mexicana, ni usted ni yo estaríamos aquí conversando de esta manera; quiero decir, sin la Revolución, nunca nos hubiéramos planteado el

---

[490] *guango* [*huango*]: que no ajusta, por ser demasiado grande.

[491] *achicopalar* o *agüitar:* desanimar, empequeñecer, cohibir (TPM).

problema del pasado de México, de su significado, ¿no cree usted? Como que en la Revolución aparecieron, vivos y con el fardo de sus problemas, todos los hombres de la historia de México. Siento, licenciado, siento sinceramente que en los rostros de la Revlución aparecen todos ellos, vivos, con su refinamiento y su grosería, con sus ritmos y pulsaciones, con su voz y sus colores propios. Pero si la Revolución nos descubre la totalidad de la historia de México, no asegura que la comprendamos o que la superemos. Ése es su legado angustioso, más que para ustedes, que pudieron agotarse en la acción y pensar que en ella servían con suficiencia, para nosotros.

—Ustedes tienen el deber de proseguir nuestra obra.

—No es lo mismo, licenciado. Ustedes tenían tareas urgentes por delante. Y su ascenso corría rápido, y parejo, a la realización de esas tareas. Nosotros nos hemos encontrado con otro país, estable y rígido, donde todo está más o menos asentado y dispuesto, donde es difícil intervenir temprano, y decisivamente, en la cosa pública. Un país celoso de su statu quo. A veces se me ocurre pensar que México vive un prolongado Directorio, una fórmula de estabilización que, a la vez que procura una notable paz interna, impide un desarrollo cabal de aquello que la Revolución se propuso en su origen.

—No estoy de acuerdo con usted, amigo. La Revolución ha desarrollado plenamente sus metas, en todos sentidos. Las ha desarrollado con suma inteligencia, por vías oblicuas, si usted quiere, pero las ha desarrollado. Usted no sabe lo que era México en 1918 ó 20. Hay que darse cuenta de eso para apreciar el progreso del país.

Los eucaliptos del jardín tapaban el sol; los rayos se perdían, se enmarañaban entre las hojas y las ramas, y apenas protegían, con un tinte cálido, las cortezas.

—Pero ¿adónde nos conducen esas «vías oblicuas»? —dijo Manuel Zamacona—. ¿No resulta bastante contradictorio que en el momento en que vemos muy claramente que el capitalismo ha cumplido su ciclo vital y subsiste apenas en una especie de hinchazón ficticia, nosotros iniciemos el camino hacia él? ¿No es evidente que todo el mundo busca fórmulas nuevas de convivencia moral y económica? ¿No es igualmente claro que nosotros podríamos colaborar en esa búsqueda?

—¿Qué quiere usted? ¿Un comunismo criollo?

—Póngale usted el mote que quiera, licenciado. Lo que a mí me interesa es encontrar soluciones que correspondan a México, que permitan, por primera vez, una conciliación de nuestra sustancia cultural y humana y de nuestras formas jurídicas. Una verdadera integración de los miembros dispersos del ser de este país.

—A ver, a ver... —Una inmensa llaga rosada coronaba todas las cimas del jardín—. Hablaba usted de las cosas que la Revolución se propuso en su origen. ¿Qué cosas fueron ésas?

Zamacona no quería discutir más. Pensaba, inquieto sobre el césped húmedo, que todo tenía dos, tres, infinitas verdades que lo explicasen. Que era faltar a la honradez adherirse a uno cualquiera de esos puntos de vista. Que acaso la honradez misma no era sino una manera de la convicción. Sí, de la convicción: —Tácitamente, a ciegas, lo que le acabo de decir: descubrir la totalidad de México a los mexicanos. Rescatar el pasado mexicano del olvido y de la mentira. El porfirismo, también de una manera implícita, pensó que un pueblo sólo es feliz si sabe olvidar. De allí su mentira y su disfraz. Díaz y los científicos pensaron que era suficiente vestir a México con un traje confeccionado por Augusto Comte y meterlo en una mansión diseñada por Hausmann para que, de hecho, ingresáramos a Europa. La Revolución nos obligó a darnos cuenta de que todo el pasado mexicano era presente y que, si recordarlo era doloroso, con olvidarlo no lograríamos suprimir su vigencia—. ¿Qué significaban todas sus palabras, pensaba Manuel detrás de ellas? ¿En qué punto real, concreto, se apoyaban? ¿A quién le servían? ¿O no era suficiente pensarlas, decirlas, para que se cumplieran y, llevadas por el aire, por su tangible estar dichas y pensadas, penetraran en todos los corazones? Sí, esto era, esto era, volvía a repetirse, detrás de sus palabras: —Y expresamente, la Revolución, al recoger todos los hilos de la experiencia histórica de México, nos propuso metas muy claras: reforma agraria, organización del trabajo, educación popular y, por sobre todas las cosas, superando el fracaso humano del liberalismo económico, anticipando el de los totalitarismos de derecha e izquierda, la necesidad de conciliar la libertad de la persona con la justicia social. La Revolución Mexicana fue el primer gran movimiento popular de nuestro siglo que supo distinguir este problema básico: cómo asegurar la plena protección y desarrollo de lo comunitario sin herir la dignidad de la persona. El liberalismo económico sacrificó, en aras del individuo, a la sociedad y al Estado. El totalitarismo, en aras el Estado, sacrificó a la sociedad y al individuo. Frente a este problema universal, ¿no cree usted que México encontró un principio de solución en el movimiento de 1910 a 1917? ¿Por qué no lo desarrollamos? ¿Por qué nos quedamos con las soluciones a medias? No puedo pensar que el único resultado concreto de la Revolución Mexicana haya sido la formación de una nueva casta privilegiada, la hegemonía económica de los Estados Unidos y la paralización de toda vida política interna.

Robles eructó tres pequeñas risas, mezcladas con la irritación del tabaco. —Calmantes montes[492], amiguito. En cuanto al primer punto, eso que usted llama casta privilegiada lo es en función de su trabajo y del impulso que da al país. No se trata ya de terratenientes ausentistas. El segundo: México es un país en etapa de desarrollo industrial, sin la capacidad suficiente para producir por sí mismo bienes de capital. Tenemos, en bien del país, que admitir inversiones norteamericanas que, al fin y al cabo, se encuentran bien controladas por nuestras leyes. El tercero: la vida política interna no ha sido paralizada por la Revolución, sino por la notoria incompetencia y falta de arraigo popular de los partidos de oposición.

—No, licenciado, no acepto su explicación. —Manuel sentía cómo le vibraban las aletas de la nariz, anticipando un encuentro definitivo con Robles y, sobre todo, con su mundo. —Esa nueva plutocracia no ha tenido su germen en el trabajo, sino en el aprovechamiento de una situación política para crear negocios prósperos; y su temprana creación frustró, desde arriba, lo más puro de la Revolución. Pues esta casta desempeña no sólo una función económica, como usted cree, sino una función política, y ésta es reaccionaria. Usted sabe también que el principio de la limitación de la participación extranjera en una empresa mexicana ha sido y es violado, y que se trata de empresas mexicanas de membrete. Usted sabe que las inversiones extranjeras, si no ayudan a la creación de un mercado interno mexicano, valen bien poco. Y sobre todo sabe usted que los precios de nuestra producción agrícola y minera, que la posibilidad de fomentar nuestra industria, que todo el equilibrio de nuestra economía, no depende de nosotros. Estoy de acuerdo en que el «partido único» es preferible a cualquiera de esos llamados partidos de oposición que parecerían, más bien, los aliados efectivos del PRI[493]. Lo que

---

[492] Véase nota 430.
[493] *PRI:* Partido Revolucionario Institucional (el partido oficial de

rechazo es la somnolencia que el «partido único» ha impuesto a la vida política de México, impidiendo el nacimiento de movimientos políticos que pudieran ayudar a resolver los problemas de México y que podrían organizar y sacudir buena parte de la indiferencia en que hoy dormitan elementos que jamás se afiliarían a los partidos de la reacción clerical o de la reacción soviética. ¿O estará dispuesto el PRI a sancionar un statu quo sin solución alguna? Esto equivaldría a decirle al pueblo de México: «Estás bien como estás. No es necesario que pienses o hables. Nosotros sabemos lo que te conviene. Quédate allí.» Pero ¿no es esto lo mismo que pensaba Porfirio Díaz?

—Habla usted como un irresponsable. Veo que no nos entendemos, amigo Zamacona.

—Y sin embargo, es tan necesario que nos entendamos, licenciado Robles.

Manuel tendió su mano y caminó hasta la reja del jardín, pálido, en el atardecer, transparente en el vago cristal del crepúsculo de otoño: el valle estaba recién lavado por las últimas lluvias de la temporada, y era posible recoger, a cada paso, los olores de eucalipto y de laurel.

Con las yemas de los dedos hinchadas y eléctricas, Hortensia Chacón, en la oscuridad, recorría los brazos de Federico Robles. El pelo suelto de la mujer crujía levemente: un ambiente opresivo, avanzada de la próxima tempestad, se colaba por las rendijas. Federico abrió los ojos desde el fondo de un sueño pesado y tierno como la carne que lo recogía y sintió una revelación en toda la figura de Hortensia. No era su primera tarde en el apartamiento de la calle de Tonalá y, sin embargo, sólo hoy creía entender así, en todos sus límites, y nunca más con la vaguedad de antes, la existencia de la mujer que, desde hacía tres años, le había otorgado su compañía y algo más que Federico aún no sabía nombrar. Ahora, al verla en la cama, unía a ella dos nuevos momentos que en todos los años del pasado inmediato no se hubiesen presentado. El desenterrar de imágenes del pasado con Cienfuegos. Y el leve rechazo, sentido por primera vez, de su mujer, el domingo que

---

México). En 1929, Plutarco Elías Calles fundó el Partido Nacional Revolucionario (PNR), que nació de la coalición de los grupos revolucionarios (Lázaro Cárdenas fue presidente). En 1938, Lázaro Cárdenas fundó el Partido Revolucionario Mexicano (PRM), después de que disolvió el PNR. El PRM se convirtió en el PRI en 1946.

se arreglaba para ir a una boda. Entonces había querido, sin proponérselo, pensar en lo que realmente significaba Hortensia Chacón. Pero había necesitado estar con ella una vez más, y dormir a su lado en letargo pétreo, insondeable, antes de decirse que era verdad lo que sin querer había pensado entonces. La mujer de treinta y dos años, gestadora de tres hijos, mantenía una suavidad cremosa de piel sobre el estómago hinchado y los senos flojos. Robles recordó el instante pasado, anterior al sueño. El silencio y la oscuridad de Hortensia, su falta de palabras o de gemidos, su entrega sin hacer ruido, sin anunciar con tambores esa entrega concentrada y furiosa. En el momento culminante, Federico sólo había mordido el pelo de la mujer, y los dientes apretados en la oscuridad habían convocado, fijado ante su memoria, resucitado del desorden de los últimos días, exprimido de los elementos circundantes de su vida diaria, la imagen del campo de Celaya, el día que mordió las riendas y sintió toda su carne erguida ante el combate, los hombres en batalla, el estruendo, que cercaban su cuerpo y que él podía dominar, desde su caballo, desde su rienda mordida, desde su carne erecta. Las preguntas de Cienfuegos regresaron, nítidas, a su memoria. Cerró nuevamente los ojos: no era Cienfuegos quien hacía esas preguntas, en su recuerdo: era el hombre joven que esta misma tarde había almorzado en su casa y le había tenido la confianza de expresar lo que pensaba, de tratarlo como a un ser vivo, no como a un emblema del éxito y los valores tácitos de México. La imagen de Manuel Zamacona turbó a Robles con una intensidad que lógicamente le pareció infundada. Miró fijamente a Hortensia, buscando entre la imagen recordada y la presente alguna liga, la unión que estos recuerdos súbitos parecían dictar. La mujer se movió con un cuidado exagerado.

—Ya desperté; no te preocupes —murmuró Robles desde la almohada.

—Está bien.

La voz queda y sumisa, pero dirigida a él, apretada en su intención de dirigirse sólo a él, desde la oscuridad y el silencio. Pensó que Hortensia era todo esto: el poder silencioso, directo; la consumación poderosa y directa de los actos singulares, los que se podían contar con los dedos y vivir sin intermediarios, por abajo, o por encima, de las exteriorizaciones diarias del poder. Sedimento, savia, aire. Llano ensangrentado de Celaya. Cuerpo húmedo y abierto de Hortensia. El pecho de Robles se llenó de aire; su pulso corrió rápidamente, invadido de sangre. Levantó las piernas, lampiñas y delgadas, y se sentó sobre el borde de la cama de nogal labrado. Hortensia, con los dedos, recorrió la espalda del hombre.

—¿Te sientes a gusto? —preguntó.

Robles trató de apretar todos los músculos del cuerpo al mismo tiempo, de trasladar a su carne la fuerza que sentía en cada centro vital del pensamiento. ¿A gusto? Poderoso, limpio, aligerado... pero mañana, pensó, se gastará toda la fuerza recogida aquí, con Hortensia. Volvió a observar el cuerpo mestizo de la mujer, y bajó la vista a su estómago, a su sexo oscuro. ¿Correspondía el origen de la fuerza a su destino?, volvió a preguntarle la voz de Ixca Cienfuegos desde los labios de Manuel Zamacona. La carne morena de Federico y Hortensia se recortaba sobre las sábanas.

—Hortensia...

La mujer colocó una mano sobre el hombro de Robles.

—¿Recuerdas a veces...?

Los dedos subieron a la nuca hirsuta: —Un poco.

Robles se restregó la cara; un mundo blanquecino, con bordes niquelados y ojos de gas neón, cruzó velozmente por sus pupilas; detrás de él, otro mundo, horizontal, rojizo, poblado de canciones y nombres y colores enarbolados y corceles furiosos. En el centro de cada uno de estos mundos, se plantaba su propia figura: transparente y pálida en uno, renegrida y quemada en el otro. El hombre incendiado alargaba los brazos al espectral; éste no tenía la voluntad de levantar los suyos. Robles acercó sus labios a la cabeza de Hortensia: sintió allí, una vida sin roturas, una vida única, apretada. Del parto a la muerte, una sola línea, espesa y recargada, sin posibilidad de quebrarse... Quizá —ya no deseaba pensar más, sino correr fuera del apartamiento de Hortensia con su tesoro de fuerza y arrojarlo a las fauces del mundo que esperaba las golosinas del hombre poderoso—, quizá sólo renunciando a ese trueque de la fuerza recogida en Hortensia por los elementos del poder exterior... quizá sólo así...

Se puso de pie y canceló su pensamiento. Los ojos opacos de Hortensia trataban de penetrar la sombra de Federico, y sólo sonrieron al escuchar los ruidos de la ropa recogida, de los zapatos sobre el piso de madera, de la respiración.

En la terminal de Ramón Guzmán, bajan del camión salpicado de fango el hombre con sombrero norteño, la mujer vestida de algodón y el muchacho de diez años, flaco y con una mancha de tiña en la mejilla. El hombre moja los gruesos labios sobre el cigarrillo negro y aprieta los ojos de chinche mientras vigila el descenso del equipaje, cubierto por un toldo de lona sobre el techo del camión. La mujer, sin ser gorda pero sin línea, como una paca[494], deja caer los hombros aún más y detiene del brazo al chamaco de pantalón azul y camisola abierta que grita y señala hacia la calle.

—Bueno, ya están las petacas[495]. ¡Vas a ver vieja, lo que es nuestra capital!

—Ay sí[496], como si tú ya hubieras estado.

—No, si no he estado; pero uno como hombre se entera de más cosas que ustedes, ¿quihubo?[497]

—Mira, venden helados; mira, venden helados, ¡yo quiero mi helado!

—Cállese, escuincle latoso. ¡Qué ganas de ver crecido al demonio este!

—Sí, cómo no, y entonces te quejarás de que se encuete[498] y se vaya con las putas...

—¡Cállese[499], Enrique! ¡Luego dice que quién le enseña tanta majadería[500] al niño!

—Vénganse pues —dice el hombre de bigotes desiguales y ojillos de chinche. —¡Mira nomás, Tere, mira nomás qué ciudad! ¡Por algo le dicen la ciudad de los palacios[501]! ¡Ve nomás qué avenida! Mira allá, a la glorieta: ése es Cuauhtémoc. ¿Felipito? ¿Quién fue Cuauhtémoc?

—Ése de la noche triste[502]; ¡yo quiero mi helado!

—Ya ves, Tere, para eso los manda uno que dizque a la escuela. ¡Felipito! ¡Dime quién fue Cuauhtémoc!

—¡Oh, qué fregar! ¡Yo quiero mi helado!

---

[494] *paca:* fardo.
[495] *petacas:* maletas.
[496] *Ay sí:* expresión de burla.
[497] *quihubo:* expresión muy común para saludar, llamar la atención, proseguir la plática.
[498] *encuetarse:* emborracharse.
[499] En algunas regiones del Norte de la República, el usted se usa para dar un matiz de mayor intimidad y familiaridad.
[500] *majadería:* grosería.
[501] *ciudad de los palacios:* frase hecha (véase nota 6).
[502] Se llama *Noche Triste* a la retirada nocturna de Hernán Cortés (del 30 de junio al 1 de julio de 1520). Según la tradición, Cortés y sus hombres sufrieron una acometida que culminó con la salida de Tenochtitlán y el llanto de Cortés debajo de un ahuehuete (árbol).

El hombre amenaza con la mano al niño; la mujer recrimina
con los ojos al hombre.
—*Bueno, ya estamos aquí, México lindo*[503]. *Vas a ver, Tere,*
cómo en la capital salimos de dificultades. Aquí se hace dinero
pronto, verás si no. Con mi oficio de talabartero, y con la
clientela de gringos que hay aquí, al año somos ricos.
—*Eso mismo dijiste cuando nos fuimos de Culiacán a Piedras*
Negras, y ya ves, ni para el arranque.
—*¡No me hables de esos pueblos, Tere! Ve nomás donde es-*
tamos ahora. Aquí, con nuestros ahorritos nos instalamos, y
hasta tomo un aprendiz, y al año nos están entrando tres
mil pesos al mes, libres. Tú verás.
La mujer sin forma tuerce la boca. El niño señala cosas. El
hombre de sombrero norteño respira hondo en el cruce de
Reforma e Insurgentes.
—*¡Ésta es mi capital, sí señor!*

PIMPINELA DE OVANDO

—Usted sí que es chistoso, Cienfuegos. Me cita en un bar
—dese cuenta— y ahora quiere que le hable de mi vida.
—¿Y qué esperaba de mí?
—Cuando menos es usted franco. ¿Quiere que le haga la
lista de posibilidades?
—¿Por qué no?
—En primer lugar: Cienfuegos es amigo de Robles y puede
servirme para sacar ventajas. ¿De acuerdo?
—De acuerdo. Pero ¿le cuento una cosa? El poderoso banquero va que chuta al Asilo Mundet. Basta con que alguien
llegue a pedir la liquidación de su cuenta para que la Maison
d'Usher[504] se tambalee.
—Pues no parece, oiga...
—No parece porque a nadie se le ha ocurrido que Robles
pueda tener todos los depósitos del banco sumidos en quién

---

[503] *México lindo:* frase hecha. Proviene de una canción popular,
interpretada por Jorge Negrete (véase en MPH), que trata del amor
de un mexicano a su país y de lo que debiera hacerse si es que falle-
ce fuera de la patria («México lindo y querido / si muero lejos de
ti / que digan que estoy dormido / y que me traigan así...»).
[504] Dice *Maison d'Usher* en EdA.

sabe qué aventuras fantásticas de compras de terrenos arenosos y esas cosas... Pero en fin, como no es el caso.

Pimpinela se lamió los labios y aparentó una absoluta despreocupación:

—Segundo: Cienfuegos cree *qu'il peut coucher avec moi,* y yo nunca soy ajena a la tentación de darle lecciones a la gente. Crecí para aprender a dar lecciones. ¿De acuerdo?

—Sí, pero tampoco es el caso.

—Tercero, improbable en su caso, pero al fin mi *métier:* usted quiere que un nombre aristocrático le dé brillo, mi amigo. Para eso estoy yo. Creo que usted mismo lo dijo alguna vez, ¿no? Dame lana y te doy clase, dame clase y te doy lana. Pero como éste no es su caso, pues entonces me imagino que el caso es que le cuente mi vida, ¿no?

—Su vida, exactamente, no. Las vidas, en general, sí...

—Eso es el chisme.

—Y a usted bien que le gusta.

Pimpinela sonrió y se quitó los guantes. Miró a su alrededor, en busca de caras conocidas. El pequeño bar lo era, más bien, para amasiatos y canas al aire y novios sonrojados. Con avidez mayor, Pimpinela buscó caras conocidas. Una pequeña vela mortecina envuelta en un cucurucho de papel pergamino se sembraba sobre cada mantel. Las caras no se podían distinguir. La distribución del bar en caballerizas aumentaba el encubrimiento, y un pianista tenaz sumergía los ya imperceptibles murmullos de los hombres y mujeres diseminados por la salita.

—Por lo menos en los reservados de hace treinta años había *chaisse-longues* y otras facilidades.

—Vivimos en la época del cachondeo[505], señorita.

Pimpinela apretó el guante y dejó que sus ojos brillaran con una cólera helada:

—Le prohibo... hay ciertas palabras que revelan inmediatamente la clase de la persona que las pronuncia.

—¿Qué toma, Pimpinela?

—¡Le estoy dirigiendo la palabra! No haga usted guiños de lépero[506].

—Querida Pimpinela: con esa falta de ductilidad no se llega a ningún lado, mucho menos a la devolución de haciendas y a la restauración del pasado...

---

[505] *cachondear:* palpar las zonas erógenas de otra persona (TPM).
[506] *lépero:* grosero. De extracción social muy baja.

—¡Qué sabe usted! Es muy fácil juzgar. ¡Qué sabe usted!

Pimpinela se levantó y dio la espalda a Ixca mientras se ponía los guantes. Forzó una sonrisa y salió del bar. En su Opel, corrió hacia el apartamiento de la calle de Berlín. Ansiaba volver a estar, sólo a estar, en un receptáculo adecuado, en un lugar fabricado cuidadosamente para preservar, y demostrar, ese imponderable del que se sentía depositaria. Abrió la puerta y, antes de encender la luz, se detuvo un momento: quería oler las alfombras mullidas, el ramo de siemprevivas, el leve perfume que su propio cuerpo había ido dejando, suspendido, en cada día de vida aquí. En la oscuridad, recorrió con las puntas de los dedos los muebles de terciopelo rojo, las vitrinas enchapadas, el marco de los cuadros. Encendió el tocadiscos y colocó la aguja sobre el que ya estaba puesto. Un río domeñado de cuerdas insistentes inundó la sala; Pimpinela se recostó en el diván de terciopelo, cerró los ojos y dejó que Vivaldi la arrastrara a un mundo a la vez intangible y hondo, hecho de cristal marino, océano de aire. Creación plena, se repetía sin hablar Pimpinela, herida por la música, inerte, sin una sola célula en tensión: sentía que la música la licuaba; quería agradecer una creación que sentía destinada a ella sola, como una especie de premio providencial que se acumulara a los del nacimiento, a los de la colocación en la vida —y sin embargo, se repetía también que ella no lo había querido, ni pedido. Se sentía, más que recompensada, definida, entera, absoluta —y al mismo tiempo, se repetía que vivía rota y fragmentada, y que era ese fragmento de algo lo que luchaba y se fatigaba en la restauración de otros fragmentos, de otros fragmentos rotos que tampoco podrían volver a ser. En un segundo sagrado, Pimpinela tocó, olió, recordó, sustrajo del pasado todos los elementos de su ansia de conservación; su memoria voló hacia atrás y hacia adelante, en un doble movimiento unido por el afán de recuperación, mientras sus ojos se llenaban de un humo opaco y volátil.

—La niña Pimpinela no quiere comer, señora.

La señora de Ovando se dirige, flotando entre la mesa de corpiños y sedas ruidosas, a la niña de bucles rojizos que hace pucheros, sentada en su alta silla de caoba, sobre el plato de avena. Parece un alfiler dorado perdido en el centro del comedor, sobre los tapetes persas, bajo los dos candiles que jamás —recordaría— dejaban de surtir un levísimo campaneo de cristal, la mesa con incrustaciones de cobre hecha para acomodar a veinticuatro personas, los espejos —uno en cada extremo— que reproducen en un acordeón de imágenes el mundo intermedio y sus objetos: las paredes tapizadas de damasco verde, la cómoda en marquetería de concha nácar, los vasos de mármol blanco con las estaciones representadas en una guirnalda ininterrumpida de frías peras, flores, nueces, duraznos, castañas. Pimpinela abre los ojos un instante a los objetos de la gran casa, rodeada de jardines planos y elaborados. Sillones de tapicería y un gabinete de porcelana azul de Sèvres; el reloj en «rocaille», coronado por un cupido gordinflón que iba levantando su arco a medida que avanzaban las horas; las mesas con patas en cabriola mantenidas sobre cuatro máscaras de leones. Más gabinetes de vidrio repletos de abanicos pintados que reproducen escenas de Watteau. Arabescos sobre los respaldos de punto, flautas suspendidas sobre las puertas, candelabros con listones amarillos de plata. El salón de entrada, con su escalera de doble ascenso. Dos bustos de Marco Aurelio, idénticos, en los nichos. Y el reflejo infinito de los dos espejos de marco dorado.

—Una por papá, otra por mamá...

La niña se prende al cuello de su madre.

—¿Qué tiene mi niñita? ¿No le gusta su avena fea? Véngase con su mamá, mi sol.

Un landó capitoneado espera en la puerta. Pimpinela clava sus ojos azules en el cielo, viéndolo correr entre dos playas de árbol. Mueve rítmicamente sus piernas en el aire, se acerca a las telas suaves, casi eléctricas, de su madre. Casas de uno, de dos pisos, pintadas de rosa y verde pálido, con balcones enrejados y altos zaguanes. Hombres con enormes sombreros puntiagudos se pasean cargando cubetas de agua. Puestos de dulces, calles empedradas, rígidas lámparas de gas. Y otra vez el cielo detrás del follaje. Encajes amarillos circundan los bordes del landó, y su olor es empolvado y penetrante. El medido clic-clac de los caballos sobre la baldosa la adormece. Pimpinela huele los encajes amarillos, luego las ropas de su madre, esconde la cabeza en su regazo, y duerme.

—Defenderemos lo nuestro, Angélica.

—La niña ya está grande. Merece otras cosas, merece el ambiente para el cual la criamos. No puedes negarle eso a tu hija. No puedes destinarla a vivir a escondidas en un país destruido por la revolución y la vulgaridad.

—Defenderemos lo nuestro, Angélica. Mira a tu prima Lo-

*renza. Ella y su hijo sí que viven a escondidas del país y de
sus deberes. Nosotros rescataremos lo que se pueda de esta
orgía de barbarie.*

*Don Lucas de Ovando se pasea por el vestidor con un dedo
en la leontina roja que le cuelga del chaleco. Con la otra
mano, da forma a la barbilla entrecana que se dispara de
su mentón exagerado y firme, como sus ojos metálicos, como
los dos surcos de las mejillas, la compacta rigidez de su escasa estatura. Alta, blanca, lánguida, Angélica cepilla su largo
pelo de tonos cobrizos frente al espejo.*

—*No entiendo cómo, Lucas...*

—*¿Tú crees que esta revolución es distinta a cualquiera? No.
Ya hemos visto demasiadas en México. Nuestras familias han
pasado por la Acordada[507] y la proclamación de Pío Marcha[508],
por el Plan de Casamata[509] y el Plan de Ayutla[510], por el de
la Noria[511] y ahora por el de Guadalupe[512]. Todo es lo mismo.
Para superarla hay qué entender de qué se trata cada revuelta
económicamente y afianzarse por allí. Ahora el peligro son los
zapatistas y todos esos rufianes agrarios. Allí va a venir el
golpe.*

—*Pero si de eso vivimos, Lucas, de las haciendas. ¿Qué vamos
a hacer entonces?*

—*Deshacernos de las haciendas. Venderlas rápido a los americanos. Cambiarlas por casas en la ciudad. En el Distrito Fe-*

---

[507] Se refiere al motín de la Acordada (1828), en el ex cuartel de
ese nombre. Varios generales siguieron al ministro de Guerra, el general Manuel Gómez Pedrazas que aspiraba a la presidencia (el otro
candidato era Vicente Guerrero).

[508] El sargento Pío Marcha, encabezando al pueblo, proclama emperador a Agustín de Iturbide; la proclamación fue ratificada por el
Congreso dos días después (véase nota 471).

[509] Se llama Plan de Casamata al primero de los golpes de Estado
de la milicia mexicana (1 de febrero de 1823). Tenía el objetivo de
derrocar a Agustín de Iturbide, que había clausurado el Congreso.

[510] El Plan de Ayutla se proclamó contra Antonio López de Santa
Anna (1 de marzo de 1854), encabezado por el general Florencio
Villarreal.

[511] El Plan de la Noria fue proclamado por el general Porfirio
Díaz contra el presidente Benito Juárez (8 de noviembre de 1871).
Las tropas rebeldes fueron dominadas por el ejército leal a Juárez.

[512] El Plan de Guadalupe desconoció al gobierno del general Victoriano Huerta (involucrado en el asesinato del presidente Francisco
I. Madero) y propuso a Venustiano Carranza como presidente interino
(se firmó el 26 de mayo de 1913).

deral no va a haber revolución agraria, Angélica. —Pero no es
eso lo que me preocupa. Es la falta de un ambiente adecuado...
¡Pobre Pimpinela! Cuando pienso en mi vida de señorita...
—Prefiero a nuestra hija con un carnet de cotillón vacío que
muerta de hambre. Está resuelto. Ya vi los terrenos del último
tramo de la Reforma. Valen cuartilla. Y más de un hombre
de escasas luces está dispuesto a cambiarme una esquina del
centro por una hacienda. Verás cómo tengo razón.

—¿Tú fuiste a muchos bailes, mamá?
Angélica acaricia la cabeza de Pimpinela. El cuello, los brazos,
la cara de la muchacha casi brillan en el contraste con el flojo
ropón negro. Esa nariz —piensa Angélica—, esa nariz de
Lucas, ese signo de calidad, otra vez en Pimpinela. Sin embargo, era tan chatita de niña.
—Sí, entonces las cosas eran distintas —trata de reír Angélica—. Ahora, ya ves, hay que ser de Sonora o de Sinaloa.
—¿No sería precioso dar un baile cuando cumpla mis diecinueve?—. Pimpinela, de rodillas, se acerca a las piernas de
su madre. El vestidor es el mismo, pero con las cosas un poco
estropeadas. Faltan criados que sacudan minuciosamente el
polvo dormido entre los pliegues del mármol de los vasos y
sus pedestales. —¿No sería precioso? Ahora que ya pasó el
luto de papá...
—Es que casi no queda nadie, hijita. ¿A quiénes invitaríamos?
—¿Por qué se han ido tus amigos y los de la familia?
—En fin; tu padre tenía ideas muy definitivas. Sí, rescató algo,
como él decía. Pero la vida no es sólo eso. Es un ambiente,
es estar con las gentes iguales a uno...
Pimpinela piensa en todos los bailes a los que no había podido ir; ¿para qué hablar?; conoce la respuesta de su madre:
—Mientras no puedas ir a bailes de gentes conocidas, acompañada por un muchacho decente, y al cual también haya
sido invitada tu madre, te quedas en tu casa.
—Hay un muchacho, mamá... lo conocí con Margarita en un
salón de té... es abogado, y...
—¿Cómo se llama?
—Roberto Régules.
—¿Régules? ¿Régules? Es la primera vez que escucho ese
nombre.
Angélica, sentada en un incómodo sillón bordado, come lentamente marrons glacés. A sus pies, Pimpinela frunce la frente,
ceñida por una banda negra.

—Pero mamá, es un muchacho muy bien, se viste correctamente, es muy atento.

—El hábito no hace al monje, niña. Tú sabes que cuanto hago es por tu bien. Mira: tu padre fue muy inteligente y nos dejó acomodadas, mientras tantos lo perdieron todo. Podemos vivir decentemente de nuestras rentas. No hay necesidad de mezclarse en este nuevo ambiente. Rescatamos, como quería tu padre, algo de la fortuna. Sepamos también rescatar nuestra dignidad. Tenemos el deber, en honor de la memoria de tu padre, de ser fieles a él.

—Sí, mamá...

—No podemos sacrificar eso por un baile, Pimpinela. Pero te entiendo, te entiendo— Angélica acerca la cabeza a la de la muchacha. —¡Cómo no voy a entender! Cuando pienso en mi juventud, tan distinta... Hubieras visto los uniformes que se usaban entonces, aquellos penachos, y los cascos. Las cuadrillas... llegó luego el vals, y volaban las telas, en un remolino, en brazos de jóvenes que... Era como una ceremonia, ¿ves? Tal día del año, el baile de una familia, otro día, el de otra, y así... —Angélica toma los hombros de Pimpinela: —¡Y si vamos juntas a Europa!

Pimpinela salta agitando las manos: —¡Mamá! ¡Mamá! ¡Europa!

La madre recoge las faldas negras y corre al pequeño armario enchapado; excitada, revuelve los papeles amarillentos: los títulos, los contratos de arrendamiento, hasta sacar, al azar, uno. —Cinco de Febrero y Bolívar... cincuenta pesos el metro... hoy valdrá cien; ¡ya está, hija! ¡Eso es!

—¿Recuerdas al chico Régules, mamá?

—¿Régules? Primera vez...

—Primera vez. Sí.

—¿Qué le sucede a tu señor Régules?— Angélica tose agudamente desde su cama espumosa, inundada de colchonetas y almohadones bordados.

—Se ha casado— Pimpinela recorre lentamente, con los dedos, el filo dorado de la cama. Siente en el porte de la mujer madura, aun aquí, en el lecho de enferma, cierto brillo que ella, al bajar la vista, refleja opaco en su propio cuerpo. —Se ha casado con su secretaria. Van a Nueva York de luna de miel. ¿Recuerdas que lo conocí... hace seis años, cuando era un abogado joven? Ahora es...

Angélica se compone cuidadosamente el pelo bajo una cofia

408

blanca: —*Sí, me imagino. Las carreras se hacen pronto hoy. Alguna diferencia debe haber entre 1910 y 1935. Rapidez, modernismo, sí, eso es, todo eso*— Angélica vuelve a toser, arqueando las cejas.

—*Tienen una casa en las Lomas, con un gran jardín, un automóvil. Roberto es el abogado de muchas compañías nuevas.*

—*Sí, sí, modernismo; antes sólo los hombres maduros tenían responsabilidades.*

—*Pude haberme casado con él.*

Angélica mueve la cabeza con un signo de impaciencia: —*Estamos bien, hija, estamos bien. No nos falta nada.*

Pimpinela aprieta el filo de la cama con ambas manos:

—*¿Soy guapa?*

—*Más que guapa. Diría que eres distinguida, que has heredado la...*

—*¿De qué me sirve? Mamá, mamá, no quiero hacerte sufrir, lo sabes. Pero dime de qué me sirve ser una mujer decente, respetada, con un nombre ilustre. Dime.*

—*Hijita, no te excites. Estás en muy buena edad...*

—*Eso dijiste cuando fuimos a Europa. ¿Se acercó alguien a la mexicanita pobretona? ¿Se acerca alguien en México?*

—*Si te hubiera tocado vivir mi juventud, si te hubieran tocado los bailes, los paseos, la forma de vida del siglo pasado...*

—*Pero no me tocaron... Y no es un baile o un paseo, es pertenecer, saber que eres aceptada... no sé... mamá, te juro que no es por hacerte sufrir, pero quiero saber...*

—*No tuvimos la culpa* —Angélica adelanta un brazo, requiriendo la mano de Pimpinela—. *Se vino abajo nuestro mundo. No puedes culparme... Se cerraron las puertas.*

—*Roberto se casó con su secretaria.*

—*Déjalos, están bien, ése es su mundo, no el tuyo. Conténtate. Estamos bien, no nos falta nada. Y si nos falta, ya sabes que podemos vender una manzana, ir otra vez de viaje...*

—*Pimpinela de Ovando.*

—*¡N'hombre! ¿De los meros apolillados?*

Pimpinela amplía una brillante sonrisa. Pasea la vista, con una delectación que sus anfitriones no dejarán de malinterpretar, por la sala. *La cáscara californiana*[513] —*ventanas de*

---

[513] Se trata del estilo «colonial californiano que —en palabras de Jorge Alberto Manrique— «tendría su revancha en algunos barrios ricos, donde los ricos propietarios exponían su riqueza en complica-

*colores con marcos de poschurriguera, abundancia de rejas,
pisos de azulejo— está rellena de muebles en estilo moderne:
patas niqueladas, asientos de caucho, mesas de laca roja; y
la docena de espejos de todas las formas —estrella, luna men-
guante, ola, escalera. La dueña de la casa, con visible entu-
siasmo, maniobra las persianas.*
—*Están decorando precioso en México*— *suspira Pimpinela.*
—*Disponga, es su casa.*
—*¡Qué pintura deliciosa!*
—*No se crea; apenas una de las primeras cosas que compré.*
—*Un Tiépolo, se diría. Algo de esa gracia densa, crepuscular,
de Venecia...*
—*Eso eso, eso es. Venecia al atardecer, el crepúsculo, pues.*
—*Hmmm* —*Pimpinela desparrama su sonrisa sobre los anfi-
triones*—. *¡Qué agradable! Hace mucho que no visitaba algo
tan chic* [514].
—*Eso es.*
—*Ustes que es* connoisseur, *general, se interesaría en unos
cuadros que yo tengo. Claro, datan del siglo XVII y han pa-
sado de generación en generación, pero tratándose de usted...*

—*Podemos tutearnos, ¿verdad?*
—*¡Pimpinela! He aprendido a apreciarla... a apreciarte
tanto...* — *Silvia Régules sirve dos tazas humeantes de té,*
—*¿Limón?*
—*Gracias.*
*El atardecer entra oblicuo, por los anchos ventanales de la
mansión de las Lomas de Chapultepec y cae, en una coro-
nación intangible, sobre la cabeza y los hombros de Pimpinela.*
—*Tus sugestiones para el party* [515] *de la otra noche fueron
espléndidas, sencillamente espléndidas, Pimpinela. No sabría
cómo pagarte...*
Pimpinela da dos pequeñas palmadas sobre la mano de Silvia.
—*Olvídalo. Da tanto gusto, en el ambiente de México, encontrarse con una mujer como tú. La distinción no se aprende,
Silvia querida. Sabes, después de haberlo perdido todo con
la Revolución, no tenemos más riqueza que la de encontrar
gente igual a nosotros, con las cuales pensar, un poco, que*

das labores de piedra, torreones, ajimeces, galerías y escalinatas»
(op. cit., págs. 297-298).
[514] Sin cursiva en EdA.
[515] *Ídem.*

410

nada se ha perdido, que los dones de la discreción y la elegancia...
—Pimpinela querida...
—En fin: encontrar espíritus afines.
—Tu amistad significa tanto para mí.— *Silvia respinga un poco más su nariz y se acaricia el cuello y los pendientes.*
—Ya ves, Roberto siempre está cargado de trabajo, el pobre. De la Presidencia[516] lo llaman a cada rato. Ya es consejero de quién sabe cuántas compañías.
—Sí, ya sé lo que es eso. Mi padre llevó una vida semejante. Pero todo eso se acabó para nosotros, Silvia. Nosotros fuimos alguien, ¿sabes?
—¡Pimpinela! ¡Fue horrible!— *Silvia se lleva la mano a la garganta y abre desmesuradamente los ojos.* —Todos esos asesinatos y esos curitas matados. Y los robos, los robos. Todas aquellas haciendas preciosas.
—Sí, todo es cierto. Pero te repito: es la amistad lo que importa conservar, no los bienes. La amistad, la distinción, la elegancia, los verdaderos bienes del espíritu.
—Sí, sí, Pimpinela. Eso es lo que siento contigo. A veces me desespero tanto, sola aquí, con los niños en la escuela y Roberto trabajando hasta las diez de la noche.
—Cuenta conmigo. Podemos salir cuando quieras, a dar la vuelta, a un cine, a tomar la copa.
Un claxon[517] insistente penetra hasta la sala. Pimpinela saca un espejo de mano y se polvea. —Ése es Pierrot[518] Caseaux que viene por mí. Nos veremos mañana, ¿verdad?
—Sí.— *Silvia vuelve a los pendientes y sorbe una lágrima ficticia.* —¿Pierre Caseaux, ese chico tan guapo que sale retratado cada rato en los sociales?
—El mismo. Es encantador, y con la ventaja de que no tiene otra cosa que hacer que pasear a sus amigas, ¡es divertido! ¿Quieres que te lo presente?

—Norma, Norma, si no fuera por la amistad que nos une...
—Para eso es, Pimpinela, ¡no faltaba más! Cómo no voy a atender tu asunto, si es el mío, si yo pasé por eso. Yo tuve la suerte de casarme con Federico, y eso me solucionó todos

---

516 Presidencia de la República.
517 Sin cursiva en EdA.
518 Ídem.

los problemas. Cómo crees que no voy a ayudar a una amiga de mi clase...

—Sí, eso nos salvará siempre, Norma, esa fidelidad a nuestra clase. Hay quienes no lo comprenden.

—Cuenta con lo que quieras. Hoy mismo le hablaré a Federico. No le gusta que me meta en sus negocios, pero por ti haré cualquier cosa.

—Tía Lorenza quedó encantada contigo.

—Es una monada. Me recuerda a mi madre, que en paz descanse.

—Dice que cuantas veces quieras la vayas a visitar; que le recuerdas su juventud.

—¡Qué monada! No cabe duda que las gentes que se han criado igual acaban juntándose. Sobre todo en este ambiente tan inmoral. ¿Qué te parece lo de Silvia y Caseaux?

—No hay que culparla. Vivía sola, sin la menor atención de su marido, sobre todo en esos pequeños detalles que tanto cuentan.

—Yo vivo igual y no me quejo ni ando buscando padrotes[519], tú.

—Ahí está la diferencia, claro. Tú eres gente decente. La decencia da fuerza.

—Seguro que ya la llevó a la hacienda esa, ¿verdad?

—Por supuesto; van todos los week-ends.

—Vivir para ver. ¡Qué gusto tenerte a ti de amiga, Pimpinela, tú que estás por encima de toda esta pelusa[520]!

—Son cosas que no se aprenden, Norma... así nos criaron.

—Y no te preocupes por nada; ese asunto se va a resolver a tu favor. Me dejas apuntado lo que quieres, ¿verdad?

Pimpinela se levantó del diván y encendió las luces; la aguja saltaba del disco, repitiendo un chillido agudo de violín: era, sin embargo, parte de Vivaldi, pensó Pimpinela y dejó que el ruido se siguiera repitiendo, infinitamente, mientras ella se detenía frente al espejo a observar su elegancia rubia, su cuerpo delgado, su severo sastre negro, sus manos tensas sobre los muslos, su nariz aguileña, los dos ojos metálicos fijos en el reflejo, los surcos que comenzaban a hundirse en la barbilla altanera. Quiso recoger, detrás del vidrio, toda la minucia de su casa infantil, iniciar otra vez el recuerdo... «Señora, la niña Pimpinela no quiere comer» ... «No tienen derecho a juz-

---

[519] *padrote:* mantenido por prostitutas (TPM).
[520] *pelusa:* plebe (TPM).

garme», dijo, y volvió a apagar la luz mientras la aguja continuaba chirriando sobre el disco rayado.

El rostro catalán, de hachazos, se enfrenta a la cara gastada, redonda y rojiza. La mujer del rostro de hachazos está sentada en una silla tan rígida como sus propias espaldas, y en la pequeñísima estancia lucen fotos viejas, dos reproducciones de Los Caprichos, una fila de libros ojerosos: Prados, Hernández, García Lorca, León Felipe, Altolaguirre.

—¿De manera que lo habéis visto?

—Vamos, señora, ver es un decir... ya estaba tan malo su esposo... no lo hubiese usted reconocido.

—¿En qué lugar?

—Hombre, en las cercanías de Tarragona. Pero ya era otro. Nadie lo hubiese reconocido.

—Cumpliré pronto trece años en México, se olvida usted.

—Vamos, ni así. En fin, ya era otro, no era el mismo.

La mujer rígida, alta, sabe que el hombre redondo y colorado no la entiende. Ella quiere decir: su rostro es el mismo para siempre, es el rostro del miliciano, tostado por el sol, con el máuser oxidado al hombro, es ese rostro perdido que se voltea para decirle el último adiós, agitando la gorra mientras el aire de San Feliu mezcla Mediterráneo y Pirineos y todas las voces, de pueblo y milicia, cantan... en el frente de Teruel, primera línea de fuego... y los ojos cenicientos de Pablo se alzan hasta el balcón donde ella permanece con su mejor sonrisa, se alzan sobre el ruido de la marcha y las voces y el cruce de aires, de montaña y sal, y a ella le dirigen su canto raspado, de espuela y trinchera... si me quieres escribir, ya sabes mi paradero, en el frente de Teruel... Nada cambiará ese rostro: la mujer catalana con el perfil de hachazo lo sabe:

—No venirme con pamemas. Hable de una vez.

—¿Trece años en México, señora?

—Van a serlo. Ya veis, una tienda de dulces y allá vamos sin pasar hambres. Nada se nos ha negado. Ahora somos de aquí y de allá. Dos patrias siempre son mejores que una. ¿Y vosotros? ¿Escapasteis? ¿Cómo?

—Vamos, andando. De noche. Hasta la sierra de la Pena y de ahí a Jaca. Luego por lo más alto, para bajar a Francia, a Laruns. Nada más. ¡Y que reviente el Moro barrigón si puede caminar lo que yo he caminado!

—Sois bravos, como siempre.

—Séalo usted también, señora, que dejé muy malo a Pablo en el campo.

—Él sabrá aguantar. Aguantó los stukas[521], ¿por qué no ha de aguantar las alubias podridas de Franco? Aguantó Teruel y Guadalajara y el sitio de Madrid. Así es mi Pablo, sabedlo. ¡Qué cosas tenéis! Si él sabe que lo estoy esperando aquí, que para mí trece años... vamos. Eso me dijo cuando salía cantando de San Feliu con la milicia. Ya sabes mi paradero. Yo aquí; él allá: es lo mismo. La distancia no se mide por los mares.

—Señora... no sé Pablo ha muerto. Quiso protegernos las espaldas. Lo acribillaron los guardias. No salvó la vida: creyeron que era sólo él. Era un valiente.

La voz atropellada del hombre redondo pasa por todo el cuerpo de la alta mujer rígida con ojos de ciruela y manos largas. Una percusión de escenas: despedidas, llanto limpio, fugas, soldados escondidos, caminantes por la nieve, cantos, rostros de meseta y de costa, de Navarra y Valencia, de Castilla y Extremadura, botas y alpargatas, vino y cebollas, los rostros de la única historia honrada y pura hasta la raíz, de la única prueba absoluta del hombre concreto, rasgan los ojos de la mujer. Las manos largas empujan su cuerpo fuera de la silla rígida. La voz apagada espera algo más.

—Ya le he dicho que la distancia no se mide así. De pie, señor, de pie... y cante conmigo, cante como antes, cante para despedir a Pablo.

La voz apagada de la mujer con el rostro de hachazos, la voz ronca y quebrada del hombre redondo y rojizo apenas se escuchan en la pequeña sala de la calle del Nazas: con el quinto quinto quinto, con el quinto regimiento, madre yo me voy al frente, para las líneas de fuego... [522].

AUNQUE ME ESPINE LA MANO[523]

Durante toda la cena, Robles se dedicó a hacer reminiscencias de su vida política. Sólo al tomar la copa de vino cortaba su flu-

---

[521] Sin cursiva en EdA.

[522] En *La muerte de Artemio Cruz,* Carlos Fuentes retoma el tema de la Guerra Civil: el hijo del triunfador revolucionario, muere en España por compartir ideales. Así, al cruzar los Pirineos, cae acribillado el joven mexicano que sí supo ser fiel a una línea (a diferencia de su padre, que traicionó a la Revolución mexicana).

[523] Verso de una canción (véase nota 432).

jo de palabras y Norma, ya mecánicamente, cumplía la lección y se dirigía a Ixca Cienfuegos:

—¿Ya leyó usted a Curzio Malaparte?... ahora viene un ballet[524] hindú a Bellas Artes... el domingo pasado, en el Jockey...[525] en fin, la dignidad y la discreción exigen ciertas cosas... cenamos Federico y yo con Su Alteza y la Condesa Aspacúccoli... tuve la suerte de encontrar un Orozco impresionante... encargamos ese bibelot[526] de Bruselas...

y dejaba de hablar en cuanto su marido volvía a colocar la copa rosada sobre el mantel:

—Le iba diciendo, Cienfuegos, que nuestra borrachera con el petróleo ya debe acabar. No poseemos las capacidades para conducir exploraciones permanentes y en gran escala. Poco a poco, disfrazadas pero seguras, las compañías extranjeras tendrán que regresar a darnos su saber técnico y su dinamismo. De lo contrario, tendremos que seguir un proceso de industrialización lento, frenado por el afán patriotero de gritar que el petróleo es nuestro[527]. El bienestar definitivo del país, se lo digo, está por encima de cualquier satisfacción patriotera.

Cienfuegos observaba en silencio este juego y se divertía contando los minutos, casi equivalentes, en que se desarrollaban sus fases en contrapunto. En una cabecera, la figura plomiza de Robles, rígida y lenta, y en la otra, la languidez natural y rubia de su mujer. Al finalizar, Robles encendió un puro y pidió permiso para retirarse:

—Tengo una junta extraoficial, pero todavía es temprano. Norma, atiende al señor Cienfuegos, ofrécele un licor— Y con un abrupto movimiento de cabeza, se despidió.

—¿Cognac[528], menta, anis...? — inquirió Norma mientras se frotaba una muñeca sobre la otra, repitiendo los movimientos que hacía el perfumarse.

—Sí... un cognac —dijo, mirándola fijamente, Ixca Cienfuegos.

El silencio se prolongó; Norma preparaba la bebida. Y por varios minutos más: Cienfuegos calentaba la copa.

—No tiene usted ninguna obligación de quedarse— dijo Norma suprimiendo un, sin embargo, notorio bostezo. —Si he de

---

[524] Cursiva en EdA.
[525] Ídem.
[526] Ídem.
[527] Lázaro Cárdenas decretó la expropiación petrolera en 1931.
[528] Cursiva en EdA.

serle franca, estas situaciones no son sino muestras de confianza que me da Federico. Las inició desde que nos casamos, figúrese.

—¿Le han servido de algo?

Norma rió: —Hoy sólo se engaña a los maridos por puritito sentido del deber. Y a mí me gusta hacer las cosas con peligro o alegría, ¡ja!

Había algo incómodo, tieso, en toda la estancia de muebles forrados de brocado azul que no hacían juego con la arquitectura colonial y con los vitrales ilustrados por escudos de armas que acompañan a la escalera en su ascenso. Una extraña mezcla de estilos señalaba a toda la mansión: paredes de imitación piedra, pintadas de un marrón amarillento, un balcón en el segundo piso, nichos para diversas vírgenes locales —los Remedios, Zapopan— lado a lado con bustos romanos y estatuillas chinescas. Los cuadros de Félix Parra[529] que Pimpinela les había vendido a los Robles, y que en otra época decoraron el vestíbulo de la casa de Hamburgo. Algunos bibelots y un piano de cola; grandes espejos de patinación postiza. Los sofás de brocado azul y añadidos de madera labrada. El piso de mármol, los candiles del comedor, las rejas de las ventanas, todo parecía desentonar con la elegancia al día de la dueña de la casa, con su vestido y sus joyas. Cienfuegos pensó en este lugar mestizo del encuentro de Federico y Norma. Su mirada, fija, concentrada, no varió:

—Usted ha servido a su marido.

—Se lo acabo de decir: no hay mérito alguno. A mí me gusta hacer las cosas...

—No, no me refiero a eso. Quiero decir que Robles ha conseguido de usted lo que quería al casarse. Pero —dígame si me paso de la raya— ¿usted ha sabido aprovecharlo a él?

—No se preocupe. Creo que somos gentes de mundo. Y nada pierdo con decirle que me casé con él porque estaba arruinada. Mi familia perdió todo en la Revolución...

—Conocí a su hermano en el Norte, Norma. Entonces ganaba muy pocos centavos en aquella mina. Puede que ahora, de bracero, le vaya mejor.

Norma sintió que con sólo arquear la ceja y reír, como lo hizo, no lograría disfrazar su repentino malestar: —¿Es usted chantajista de profesión, señor Cienfuegos?

---

[529] Félix Parra (1845-1919). Pintor académico mexicano.

—En cierto sentido... Quiero decirle que conmigo no tiene usted que fingir. Acépteme así, o córrame ahora mismo.

—Ya se lo he dicho: peligro... o alegría.

—¿Qué le hacen sentir estos nombres: Santa María del Oro, Rodrigo Pola, Pedro Caseaux, la hacienda de San Fermín, Natasha, Pimpinela de Ovando: peligro, o alegría?

—Si quiere usted llamarme nueva rica, o social clímber[530], o prostituta, me dan risa —dijo Norma al encender un *Parliament*—. —Si quiere llamarme esnob, me dan tristeza. ¿Quién no es esnob de alguna manera hoy en día?

—¿Y usted, de qué?

—Yo, pues de nombres y dinero y de sentirme que soy lo mejor que puede ofrecer este país. ¿Usted sabe lo que es arrancarse a la vida cursi de la clase media mexicana? ¿Usted sabe lo que es estar condenada por quién sabe qué reglas a ser mediocre, modesta, mal vestida, avergonzada de uno misma, triste, tristísimamente casta hasta cuando se pierde la virginidad? Yo me crié en ese ambiente, y de haberme dejado, hoy vendería lociones en un almacén y viviría ilusionada por ir a un cine los sábados. Llámelo esnobismo, o talento, o afán de vivir, pero aquí estoy yo y allá abajo quedaron ellos.

Norma se puso en pie: —Le prohibo que los mencione... Lo haré yo: mi madre y mi hermano. Ellos no pudieron, o no tuvieron lo que hace falta. Y esas victorias se ganan solas, no se pueden compartir. Si eso es esnobismo, me siento orgullosa de serlo. Ahí está.

—Quizá el esnobismo sea algo más grave de lo que usted dice. Quizá no sea sino una forma de ceguera del espíritu: considerar todas las cosas en sí, sin atributos. El esnob intelectual que sólo considera la inteligencia en sí, el esnob social como usted, el esnob de la ignorancia para quien no saber nada es un signo de superioridad, el esnob físico, el de la clase que usted quiera, vacían de contenido todas las cosas. Las que ellos prefieren son buenas; las que rechazan, malas. La mitad del mundo se les muere en la indiferencia. El mundo, sin embargo, nunca es una mitad, la mitad que nosotros quisiéramos. Pero volviendo a usted: yo sólo quiero llamarla Norma Larragoiti, la mujer que ha permitido a Federico Robles afirmarse frente a los otros, encontrar su diferencia frente a los que dejó, y superar todas sus vergüenzas. La cómplice.

—Tiene usted gracia. ¿Por qué no le dice eso mismo a Fede-

---

530 Dice «social *climber*» en EdA.

rico? Él es un *self-made man*. Yo, pues yo sólo he cumplido mi propio destino, aparte del de Federico. Yo sólo le sirvo a mi marido como hoy en la noche: hablándole de Malaparte a desconocidos.

—¿Lo cree usted, o no se da cuenta? Piense, Norma, que es usted la auténtica soldadera[531] ¿Cómo, sin usted, sin su estilo ficticio de amistades, sin su tipo ficticio de conocimientos marginales, pudo haberse desprendido plenamente Robles de ese pantano opresivo —y no digo esto con desprecio, sino, digamos, atestiguando un espesor, una succión hacia el fondo que hay en nuestra vida popular— de su origen? ¿Cree usted que le hubiera bastado el dinero y el éxito para hacerlo?

Norma se acariciaba la mejilla: —Casi repite usted las palabras que yo misma le dije cuando lo conocí.— Sus ojos y su boca formaron una caricatura de la ingenuidad: —«Hay que disfrutar de este México nuevo, alegre y cosmopolita, ¿no le parece? Hay que disfrutar, señor Robles, porque todo mundo tiene derecho a gozar después de trabajar toda la vida. ¡Pero hacen falta hombres de veras, con quienes disfrutar! Una chica decente como yo conoce tanto pelele sin personalidad, y tan pocos hombres con carácter a los que podría ayudar, pues en mil pequeños detalles. La vida social. La ropa. El buen gusto. El verdadero difrute de los bienes verdaderos de la vida, ¿no le parece, señor Robles?»

Ixca y Norma rieron juntos. Ella, con movimientos alegres, se sirvió una copa. La chocó con la de Ixca, y ambos volvieron a reír mientras se daban la mano.

—No crea, Cienfuegos, hace bien soltarse el pelo. Me cae usted bien.

—¡Cuidado! Recuerde el terrible chantaje que puedo hacer con el bracero Larragoiti.

—*Touché*. Pero ya lo sabía usted. Y ninguno de estos cretinos que me rodea se había logrado enterar de ese complejito. Pero no le creerían si fuera con la intriga. Pueden más mi *pose* y mis alhajas que todas sus palabras.

—Ya ve usted que nos separan menos cosas de las que podrían unirnos.

—Si no sospechara algo más sobre usted de lo que usted mismo sospecha, le diría que se acerca peligrosamente a lo cursi.

—Derecho al talón. Pero déjeme insistir: si un estadígrafo con imaginación quisiera clasificarla, la colocaría en la colum-

---

[531] Véase nota 50 de la primera parte de LRT.

nita de las novedades, y bajo el título de «intermediaria social».

Norma bebió de un golpe el cognac[532]. —La Procuratrice des Hauts Lieux, dat iz mi...[533]

—Me imagino que Robles supo instintivamente —en nuestro país este adverbio suple todos los defectos de la inteligencia— que ni su dinero ni su éxito bastaban. En la otra orilla estaban los que, con más experiencia, sabían que la nostalgia de pasadas grandezas y los títulos apolillados no dan de comer. Ergo[534], Norma Larragoiti.

—¡Ergo Norma Larragoiti! ¡Social Climber Number One![535] ¡A la bío, a la bau![536]

Los ojos de Ixca brillaban, seguían el ondular del cuerpo delgado y flojo de Norma sobre el sofá. Ixca, con un mismo instinto voluntario, aflojó y volvió tensos sus músculos. Sentía una potencia fluida en cada órgano, que le nacía de las piernas, recogía su fuerza en el nudo de sexo y vientre, le ascendía y huía de sus ojos, en una corriente cargada, hacia los de Norma y su nudo, sus piernas. Norma fijó los ojos, los sintió opacos y rompió con una risa el primer encantamiento, mientras se acariciaba la mejilla:

—Sabes, Ixca, cuando me dijo Federico que venías a cenar, creí que eras mujer, ¡con ese nombrecito! Y ahora vuelvo a pensarlo. ¿De dónde sacaste esa cara, rorro?[537]. ¿por qué no te peinas de crêw cut?[538]. A ratos pareces gitano, encanto, y al rato te me conviertes en una especie de Guadalupana feroz.

—Óyeme, Norma...

Norma lanzó los brazos al aire; se pasó, desde lo alto, la mano por el cabello revuelto y rubio: —Ay, ya chole[539]. «Instintivamente, los de la otra orilla se convirtieron en jocoque»[540]— decía con la cara fruncida, imitando los gestos y la voz de Cienfuegos. Pero sabía ya que sus habituales actitudes no bastaban en esta ocasión, que Ixca Cienfuegos no era Rodrigo Pola: abrió los labios, los humedeció y cerró los ojos. Cienfuegos arrojó la

---

532 Cursiva en EdA.
533 EdA utiliza la cursiva en toda la frase.
534 Cursiva en EdA.
535 Dice: «¡*Ergo* Norma Larragoiti! ¡Social *Climber Number One!*», en EdA.
536 Vivas. Fragmentos de una cancioncilla para aclamar.
537 *rorro:* muñeco.
538 Dice: *crew cut,* en EdA.
539 *ya chole:* basta ya. Expresión de fastidio.
540 *jocoque:* alimento. Leche agria y cuajada o a punto de cuajar.

copa al piso. El cristal pulverizado no afectó la actitud de Norma.

«No debo permitirle que diga lo que me quiere decir ¿por qué él y ningún otro? mi mundo está hecho, me costó trabajo llegar aquí y ahora sólo quiero gozar de todo lo que tengo —y este hombre quiere decir palabras, palabras que me hagan desear más y más, y más, hasta que estalle; y yo no puedo callarlo con mis palabras, sino con mi cuerpo y nunca he sentido mi cuerpo tan peligroso y tan alegre como ahora, nunca, ninguna de las dos veces, la vez de Pierre y la vez de Federico, la misma vez repetida y monótona y mi cuerpo va a pedir y a hablar solo, sin que yo lo quiera, sin que yo quiera nada porque yo ya estoy arriba, donde nadie puede tocarme ni hacerme daño, y ya no puedo llegar más arriba porque me destruiría y estallaría, sí, y estallaría, sí, y estal»

Ixca arrojó la copa de Norma, también la hizo estallar *«Tú eres el amor como la muerte, más, como océano, capaz de contener a millones de cuerpos en su fondo, de tragarlos y nunca devolverlos»*

«Amor como la muerte, más allá de nosotros, el que no podemos manchar, Ixca, el amor expulsado de la vida, llevado a su mundo y a su muerte, intocable para nuestras manos sucias»

«Porque un día es posible —¿lo has pensado alguna vez, Norma?— que ya no estés aquí, que ya no haya nada que le diga a los demás: ésa es Norma Larragoiti (que ya no te recuerden ni te busquen ni sepan nunca que Norma Larragoiti existió un día y vivió en lo más alto)»

Norma abrió los ojos y recorrió la figura de Cienfuegos, de pie, con los puños apretados y las piernas abiertas. Quiso descubrir en su actitud humildad, gratitud: lo que los demás le ofrecían cuando buscaban a Norma.

—¿Hay algo que no podemos tocar, donde somos lo que mereceríamos ser?

—Hay algo...

—¿Por qué lo crees?

—No lo creo. Lo acabo de sentir, junto contigo.

Norma se sintió, blanda y delgada sobre el *couch,* un poco despreciable. Sentía una pérdida de dominio; escuchaba, todavía dentro del cuerpo, imperceptible para Cienfuegos, un jadeo de animal herido y gozoso, una existencia radical de cada minúsculo poro, de cada poro y tejido palpitando en órganos, de todo el cuerpo que aquí, en su vida, a nadie había ofrecido con verdad y que ahora quería otorgar en un amor muerto, que ni ella ni el hombre pudieran tocar, un amor más allá de quienes lo practicaban.

—Dime «Te quiero» —angostó los párpados Norma.

—¿Por qué no vivir en el fondo del mar? ...Hay tanto campo...

—Dime «te quiero, te quiero, te quiero»...

Norma sabía que nunca escucharía esas palabras. Sólo sabía del flujo oscuro y magnético que corría desde el centro de Cienfuegos hacia el de ella. De pie, apretó contra el suyo el cuerpo de Ixca y sobre sus labios cayeron los de él. Las lenguas se enlazaron mientras Norma buscaba la espalda tensa de Cienfuegos para allí clavar las uñas, e Ixca sentía los senos sueltos de Norma, calientes bajo la lana y luego, con los dedos, buscaba el pezón erguido y débil.

«Así soy», rió con una voz de murmullos, detrás de los labios de Ixca, Norma, y hundiendo aún más las uñas en la espalda del hombre y con un tono grave y espeso, sólo con la garganta: «Sólo tú lo sabes ahora».

Cienfuegos contaba números mientras se prolongaba el beso; masticaba la lengua de Norma, conocía ya todos los pliegues de su boca. Entonces ella se desprendió, lo alejó con los brazos y preguntó con una mueca feroz: —¿Qué tiene mi marido que no tenga yo? Dímelo ahora.

—El poder. Y saber cómo usarlo— dijo Ixca, saboreando la pintura labial.

—Ven conmigo— Norma lo tomó del brazo, y, perdiendo voluntariamente todo sentido de locomoción, golpeándose contra el barandal, riendo y acariciándose el pelo y arañando los brazos de Ixca, le hizo ascender. Abrió la puerta de la alcoba.

—¡El poder! ¡El poder!— decía a carcajadas mientras se quitaba los zapatos y el vestido. —¿Ves? Nada. Sólo tú lo sabes.

Norma se paseaba las manos por el talle; extendió los brazos hacia Cienfuegos: —Te juro que no me he acostado con nadie más que con mi marido desde que nos casamos.

Ixca estaba frente a ella de pie, tenso y fugaz, en la oscuridad, como una llama, que sólo por obra de la oscuridad brilla, pero que aun sin ella se consume: —Y lo has hecho con miedo.

Norma se cubrió lo senos con las manos, frente a Ixca: —Sí, miedo. Mira mi cuerpo, tócalo, y luego míralo a él, y dime si no me ha de dar miedo pensar que puede hervirme en la barriga otro igual a él...dime— Norma se dejó caer en la cama.

—¿Quieres uno como yo?

—No, ninguno... ven, Guadalupe feroz...

Cienfuegos tomó asiento en la cama y colocó la mano sobre el cuello de Norma. —Escúchame, desdichada, ¿quieres mi cuerpo o mis palabras? Yo no tengo sino palabras, hasta mi cuerpo es de palabras, y esas palabras pueden ser tuyas.

—Ixca, me lastimas.

—Voy a apretar hasta que la lengua se te paralice como un aguacate negro. Óyeme... tú no necesitas carne, quieres palabras, palabras para oprimir y palabras que regresen a ti convertidas en dolor de otros. No tienes derecho a sentirte satisfecha de ti misma, porque no se quiere lo que tú me acabas de decir que querías —el dinero, los nombres, el sentirte lo mejor de México— por sí solos, sino para usarlos. Tienes que ser tú, tú entera y con todas las consecuencias de tu vida, ¿me entiendes, no es eso lo que quieres?

Un gemido sin articulación escapaba de los labios de Norma, pero sus ojos no lanzaban miedo, sino un desprecio cercano a la avidez. El cuerpo, desnudo pero sin voluntad, perdía todo su atractivo, inerme.

—Toma el poder, te pertenece. No necesitas otra cosa. Y yo no te daré el gusto de que sientas mi carne hasta que te tragues todas mis palabras, te den náusea y te embaracen como a un pulpo, hasta que las hagas tuyas.

Ixca volvió a clavar los dientes sobre los labios de Norma, hasta arrancarles sangre. Norma dejó escapar un nuevo gemido, involuntario, prolongado, fabricado de tiempo más que de ruido y abrazó con una fuerza nueva, fuerza de la primera entrega, entrega sin razón, poblada de ojos dormidos, lastrada por el azar y la locura, a Ixca. Las uñas en la carne, la boca gimiendo, los ojos implorantes. Norma sintió que una marejada de sol la levantaba y la arrastraba y la dejaba caer en una estela de ceniza honda y aérea que corría sola, a espaldas de ese sol, esclava de su ruta, y volvió a clavar las uñas y los labios mientras el aliento de Ixca Cienfuegos entraba, como un escape de vapor, a su oído: —¿Lo harás, Norma, lo harás?

Y no su voz, sino todos los ecos de ese nuevo mundo realizado en un instante, mundo de ojos dormidos y azar y locura, contestó: *«Haré lo que quieras, pero me harás tuya una y otra vez, ¿verdad?»*

Cienfuegos pensó que Norma se haría, y se destruiría, a sí misma. Con los ojos abiertos buscó con su lengua la otra para hablarle desde dentro a la mujer, acre en los acentos de pasión de sus axilas, con una voz que sólo así podrían escuchar los dos, y ya no sentía las uñas de Norma que penetraban más y más en su carne hasta abrirla y rasgarla y gemir: —Dime te quiero, te quiero, te quiero.

El padre, la madre, la abuela y cinco niños llegan al puerto de Acapulco[541] *en un Chevrolet 1940 cuajado de lodo y olor a vómito y cáscaras de plátano. Los niños gritan al ver, por primera vez, la franja verdosa del mar. «¡A callar, escuincles babosos!»*[542]. *«No tienes por qué ponerte así, Pedro. Es natural». «Si usted siempre ha sido de lo más considerado —respinga la abuela—, de lo más fino en todo, cómo no. Luisa, ¿recuerdas a aquel joven tan guapo que te cortejaba antes de que cayeras con este... con este hombre tan considerado...?» «Cállese la boca, señora, si no quiere que le falte al respeto —aúlla, desde el volante, el hombre colorado de cerdas canosas—. Usted se olvida de que yo anduve con las fuerzas de Maytorena*[543], *y si ya no tengo que cuerear*[544] *a un cabo borracho, todavía puedo hacérselo a una suegra metiche*[545] *y loca como usted». «¡Usted no ha peleado en más batallas que las que yo le he dado, lépero!»— grita la abuela desde el asiento posterior, inundada de niños sucios y despeinados. «¡Señora! ¡Mi paciencia tiene límites!» «Ándele, pelado; cuando pienso que Luisa pudo...» «Está bien, mamá. ¿Qué tal estará el hotel adonde vamos, Pedro? Ojalá no tenga piscina; me da tanto miedo que uno de los niños...» «¡Ah, cómo no! Nomás faltaba que después de dejar todos los ahorros del año zambutidos*[546] *en este esquilmadero, se nos ahogue uno de los mocosos. Mira, Luisa, vámonos regresando. Ya veo lo que va a ser esta vacación. La vieja loca repelando...» «¡Lépero! ¡Así lo han de haber criado!», gruñe la abuela de chongos*[547] *alborotados y mejillas temblorosas. «...tú sin descanso por cuidar a los escuincles...»«Y tú sin oportunidad de parrandearte*[548]*, ¿verdad?» —comienza a lagrimear la mujer morena y delgada. «No es eso; saca la cuenta; treinta pesos por*

---

[541] *Acapulco:* ciudad de gran afluencia turística.
[542] *babosos:* tontos.
[543] José María Maytorena (1867-1948). General del Estado de Sonora. Primero, peleó al lado de Venustiano Carranza; luego, junto a Francisco Villa.
[544] *cuerear:* azotar.
[545] *metiche:* entrometida.
[546] *zambutidos:* embutidos.
[547] *chongo:* moño.
[548] *parrandear:* ir de juerga.

persona con comidas, multiplicado por ocho... ¡es la ruina, Lui-
sa! Y las propinas, y los meseros tan altaneros, y que su paseíto
en lancha, y que su agua de coco, ¡francamente, es el cuento de
nunca acabar». «Entonces, ¿para qué nos prometiste?» «¡Poco
hombre! Si Luisa se hubiera casado con...» El puerto sofocado,
su olor a pescado corrupto y gasolina, brilla a cada lado del vie-
jo Chevrolet. Los niños gritan y empiezan a desvestirse.

PARADISE IN THE TROPICS

«Este hombre me quiere destruir», pensó Norma, ahora tendida
sobre la arena amostazada de la playa particular que, en una
breve ensenada de las rocas, brillaba al pie de la enorme casa
amarilla de terrazas voladas y toldos azules y plantas de sombra
apiñadas en torno al bar de bambú y cocoteros: dos puntos dorados, de luz artificial entre tanta como el cielo quería otorgar.
Lo pensó ahora, cuando las olas se acercaban tímidas y exte-
nuadas a lamer sus pies, y quería saber que lo creía desde el
momento en que conoció a Ixca Cienfuegos. El sol la tostaba,
ahora, como en otro momento de sus recuerdos: Norma levantó
la cabeza y vio la de Ixca, lejana en el mar, nadando rítmicamente hacia la playa. Los ruidos, escasos —lejano silbato en
Icacos, el saludo ahogado de las golondrinas—, se reproducían
con nitidez, con tanta nitidez como la cabeza de Ixca que, ahora, Norma veía como en el dibujo exacto de unos prismáticos.
¿Era esto lo que en realidad quería —se preguntó sin saberlo—:
que el hombre la destruyese? Se mordió un dedo. ¿Por qué esa
palabra precisamente, destrucción? ¿No se trataba, simplemente, de una demanda de otro tipo? ¿Qué había esperado de los
otros? El cuerpo de Ixca surgió brillante de sal y espuma y cayó
sobre ella; Norma no pudo hablar: fijó la vista en las huellas de
los pies del hombre sobre la arena, y en seguida desató el nudo
de su conciencia y se dejó avasallar por el otro cuerpo que recla-
maba todo, que perseguía toda su carne para aniquilarla, para
agotarla en un espasmo cercano a la muerte: quería gastarla,
gastarla totalmente, y no otorgarle palabras o consuelos o la
más leve promesa de que, gastada, exprimida, podría contar
con otra cosa que con la repetición del mismo gasto sin propósitos. ¿No era esto lo que Norma quería, lo que Ixca afirmaba?
Los cuerpos entrelazados y húmedos sobre la arena —la sal y la
espuma de él excitando el cuerpo quemado y seco de ella— detenían el tiempo y toda relación futura: era aquí, aquí, todo

aquí y ahora, sol paralizado, olas detenidas para siempre un instante antes de estallar, y ella pensando que su entrega era excesiva y creyendo distinguir en el silencio y la exigencia total de Ixca una sonrisa irónica y una compasión apenas disfrazada. Norma alejó el pecho del hombre de los suyos.

—Ahora déjame— dijo Norma con una voz ronca, e Ixca rodó sobre la arena, sonriendo, sin decir palabra, el cuerpo brillante y satisfecho, afirmativo, insultando la carne exánime de la mujer. Pero había en su sonrisa, en su ironía —se dijo Norma mientras con la toalla se quitaba la arena acarreada por Ixca— algo por completo ajeno a la burla, al libertinaje: era una risa seria, una ironía solemne, y era esto lo que la desconcertaba y, gastada, exprimida, la hacía volver sobre el hombre, arrojarse sobre su cuerpo y volver a sentir cómo le era exigida una entrega muda y mortal, sólo para saber qué había al final de todo, en qué razón comprensible se resolvían todos los elementos de la pasión de Cienfuegos. Pero saberlo —supo cuando los labios de Ixca mordían los suyos, no como un regalo, sino como una nueva exigencia de que destruyese sus defensas, dejase de ser, se aniquilase voluntariamente— sería como saber que él se había rendido, que había abierto las puertas a la dominación de la mujer. Era esta incapacidad de rendirse, de permitir una demanda equivalente por parte de ella lo que la agotaba y enloquecía: ¿cómo era posible —una ola grande estalló, por fin, y permitió a las aguas veloces bañar los dos cuerpos— estar radicado en semejante fuerza cuando él no recibía nada, cuando en realidad Ixca se sustentaba sobre un inmenso vacío, un vacío en el que ni la piedad, ni el amor, ni siquiera el odio de los demás, era admitido? Pedro Caseaux se había entregado a ella, ésta era la verdad; al ofrecerse a él, Norma había recibido, él la había carburado en su vida de mujer; Rodrigo Pola sólo había querido lo momentáneo, el cosquilleo y la disipación; Federico Robles había hecho de ella un pasaje intermedio, un instrumento, pero así le había otorgado un lugar en el mundo, un lugar exterior y visible que satisficiera su necesidad más apremiante. Sólo Cienfuegos le exigía todo sin permitirle a ella una sola reclamación. Tenía que haber una explicación final, murmuró Norma puesta la boca sobre el hombro salado de Ixca, una explicación clara e inmediata, que no fuese necesario explicar. Cienfuegos rio, se puso de pie y corrió hacia las olas, a perderse de nuevo mientras ella permanecía, sin fuerza, sobre la faja de arena, aplanada por el gasto sexual. Podría ponerse el traje de baño —pensó— y darle a entender que no estaba siempre a su disposición, desnuda sobre la toalla, esperando a que él regresara de su combate con las olas, a que emergiera rígido y sensual de su contacto con el gran cuerpo líquido, a vaciar la excitación contagiada de una naturaleza potente y cálida sobre su cuerpo mostrenco. Pero no pudo, y buscó la cabeza de Ixca en el mar y deseó otra vez el contacto mortal y la sospecha de la ironía y el sentirse, por primera vez, sojuzgada, esclava de un amo —esto creía pensar, mientras el sol alcanzaba su extrema altura y todos los ruidos minuciosos se ceñían a las alas planeantes de las golondrinas y en la cima de las rocas la casa de Federico Robles se embarraba en el firmamento, amarilla como un melocotón de yeso teñido.

Natasha, arrastrada por un gran danés de ojos cocidos, presidía la pequeña procesión que caminaba, por Caletilla[549], hacia el Bar Bali. Un gran sombrero de *coolie* chino, un pañuelo de seda azul amarrado a la quijada, los enormes anteojos negros, cubrían casi completamente su rostro. El cuerpo se había mantenido esbelto, y Natasha podía lucir unos slacks[550] negros y una camisa de cambaya[551]. Charlotte, un poco más atrás, saludaba con el brazo regordete a todas las caras conocidas que emergían del mar, grueso de aceite y salivas, o que se recostaban sobre petates a lo largo de la breve playa, alguna vez límpida, y que, entonces, era ya el depósito conocido de botellas vacías, cocos aplastados y humanidad aceitosa. Las seguían Bobó[552] y Gus; el primero había perdido la línea para siempre y aún no lo sabía: su estrecho bikini caía, fortuito y ejemplar, como una hoja seca sobre una masa de harina. Gus, envuelto en una bata a rayas, caminaba a saltos, evitando las colillas encendidas. Desde una lancha de motor Cuquis y el Junior[553], mientras se despojaban de los aqua-lung[554] y los anteojos de buceador que los asemejaban a saurios lisos e intrépidos, agitaron los brazos y gritaron los nombres de los cuatro integrantes de la caravana. —¡De Neptuno a Baco, queridos! —aulló Charlotte, arrugando los párpa-

---

[549] *Caletilla:* playa de Acapulco, de moda en los años 50. Está situada en la parte vieja de la zona turística.
[550] Cursiva en EdA.
[551] *cambaya:* tela de algodón tejida rústicamente y teñida con colores brillantes.
[552] Cursiva en EdA.
[553] *Ídem.*
[554] *Ídem.*

dos que, como una espuma demasiado sólida, rodeaban sus ojos miopes de huachinango, y señalando àl bar que, bajo el copete de palma vieja, se cimbraba en un rumor de guitarras y vasos chocados. Natasha amarró al danés a una de las columnas de la cabaña ocupada por el Bali y buscó una mesa vacía. A la una de la tarde, el lugar comenzaba a llenarse de personas en traje de baño y de altos vasos de Tom Collins[555] y Planters's Punch[556]. El eterno trío de guitarristas, detalle inevitable de la expansión mexicana, rumiaba canciones melosas. Todo el que quería ser visto en Acapulco se sentaba a esa hora, hasta atestarlo, en el Bar Bali. Más tarde, irían cayendo, con aires de conquista océanica, los aristócratas del yacht[557] y la lancha que pasaban, sobre los esquíes, cortando las cabecitas boyantes de los nadadores. Charlotte, Gus y Bobó se abrieron paso hasta la mesa detentada por Natasha. La vieja cortesana bufaba, cercada por grupos sudorosos de jóvenes con copetes altos y rizados, mangas enrolladas hasta la axila, medalla del Sagrado Corazón sobre el pecho, quienes, a su vez, rodeaban a alguna muchacha lacia y teñida que fumaba sin interrupción, no entendía las alusiones y pedía socorro para desprenderse los tirantes del traje de baño.

—¿Vieron a la Cuquis con Junior?— dijo Charlotte al sentarse. —Te juro, Natasha, que antes había que tener más cachet[558] para amarrase a tantos millones. Figúrate tú, la Cuquis ésta era dependiente en un almacén de perfumes y ahora, ya la ves, en todos nuestros parties, dándose taco con el Junior éste que está podrido en lana y además es un cuerote.

Gus y Bobó llegaron a la mesa: —Otra excursioncita de éstas por las playas selváticas y entrego los documentos, Natasha— gimió Bobó.

—Fuchi[559], si ahora está requete[560] feo esto— intervino, mientras espolvoreaba su bata a rayas, Gus. —Acapulco era padrísimo hace veinte años, cuando nadie te conocía y podías correr desnudo por Hornos a las seis de la tarde. No había turistas y todo era virgen, virgen...

—Y tú, chamaco, chamaco— dijo Charlotte. —¡Ay, Gus!

---

[555] *Ídem.*
[556] *Ídem.*
[557] *Ídem.*
[558] *Ídem.*
[559] *fuchi* o *fúchile:* expresión de asco o repugnancia (TPM).
[560] *réquete:* muy.

Esto no será Cannes, ni modo, pero para lo que puede ofrecer el pinche país, date de santos. Por lo menos se ven caras conocidas y te puedes dar taco con los ricos. Además, de qué te quejas. Sale en los periódicos que viniste aquí, que anduviste en el yacht del Junior, que te fuiste a la fiesta de Roberto Régules. Todo eso se traduce en devaluados, entérate. Regresas a la Gran Tenochtitlán y te llueven las invitaciones, haces conexiones, ¡prosperas, gordito! No te hagas.

Gus se lamía la sal en los labios inflados: —¡Qué materialismo, Charlotte! Antes había un poco más de espiritualidad en México. Los intelectuales eran los intelectuales y no se andaban metiendo en chismes con la gente popoff[561]. Ahora no hay más que este revoltijo en que el artista tiene que dárselas de hombre de mundo y las niñas bien de sabelotodo y nadie entiende nada. ¡No somos humanos!

Cuquis y Junior llegaron, empapados, hasta la mesa: —¡Quiobas![562]. Tres alka-seltzers[563] y un rompope[564] para la niña. Ahorita volvemos. ¡Qué divino es el mar, a poco no! —y la pareja corrió hacia las olas, tomada de las manos.

—Después de esta revelación de las verdades naturales, que me sirvan un tequila doble —suspiró Charlotte. —¿No les digo? «¡Ay, ay, qué divino el mar!» ¡San Pepitón de Huamúchil! Come elle est spirituelle, celle là[565].

—Es la única manera.— Natasha dejó sentir su respiración, nostálgica, mal avenida con los ritmos del trópico. —¿Cómo empezó Norma Larragoiti? ¿O Silvia Régules? Tu le sais, chérie[566]. Las dos vulgares y de la clase media, que se pescan millonarios a base de decir que el mar es divino y poner los ojos en blanco. Los mexicanos no quieren problemas de otro estilo con sus mujeres. Nada más bobitas que se sientan seguras y contentas con la lana y se acuesten every now and then[567] como cadáveres a recibir sin chistar los chorros de machismo satisfecho...

Bobó y Gus recibieron con un coro de carcajadas esta obser-

---

561 Cursiva en EdA.
562 *Quiobas:* expresión de saludo.
563 Cursiva en EdA.
564 *rompope:* bebida que se hacía en los conventos durante la época colonial. En la actualidad también se fabrica industrialmente (aguardiente, huevos, azúcar, canela o vainilla).
565 El francés en cursiva en EdA.
566 Dice: *«tu le sais, chérie»*, en EdA.
567 El inglés en cursiva en EdA.

vación, que fue interrumpida cuando Charlotte, tensa en su perpetua radiación social, agitó el brazo para llamar la atención de Pimpinela de Ovando, que caminaba cubierta por una sombrilla roja y fumando, por Caleta[568]. Su falda amplia y plisada parecía un rosetón entre los jóvenes musculosos que formaban pirámides humanas y simulaban luchas ante los ojillos sonrientes de sus conquistas de temporada.

—Bueno, el caso de Pimpinela es diferente— dijo Bobó entre sorbo y sorbo de un agua de coco con ginebra. —¡Mira tú que mantener esa dignidad entre tanto pelandufas[569] como trata! ¡Lo que no tendría que hacer para los frijoles, la pobre!

Gus se arropó en su bata. —Y prendida a su virginidad, toda chorita, como si la aristocracia se definiera por el culo. Palabra, Bobó, eso estaba bien cuando México era una aldea y todas las familias se conocían. ¡Pero ahora, con cuatro millones! Francamente, ni quien te lleve la cuenta de los orgasmos.

Cuatro sonrisas recibieron a Pimpinela:

—¡Pimpis querida!

—¡Estás chulísima!

—¡No tienes derecho a contrastar de esa manera con la plebe que ha invadido esta playa! Margaritas a los cerdos.

Pimpinela tomó asiento con su habitual aire de cordialidad glacial.

—¿Qué chismes hay en México?— dijo Charlotte.

—¿Ya descubrieron a qué contrabando se dedica el señor de Cienfuegos?— murmuró Bobó—. —Darling![570]. Llevamos una semana aquí, sin leer los periódicos ni nada, dedicados a recrearnos en Mater Natura…[571].

—Brut[572], 1927…— interpuso Natasha.

—…como para hacernos de desear, oyes. Ya estábamos choteadísimos[573]. Con la pachanga[574] en tu casa, Charlotte, ya fue el colmo. Salí doce veces seguidas en la página social, tú, y al viejito ese todo despeinado que inventó la bomba atómica, ya ves, se muere y ni un lazo[575].

---

568 *Caleta:* playa de Acapulco.

569 *pelandufas, pelangoche:* pelado (variante de pelado igual que lépero; véase nota 133 de la primera parte de LRT).

570 Cursiva en EdA.

571 El latín en cursiva en EdA.

572 Cursiva en EdA.

573 *choteado:* demasiado visto, vulgarizado.

574 *pachanga:* fiesta, reunión social.

575 *echar un lazo:* tomar en cuenta.

El regreso de Cuquis y Junior interrumpió la risa que Bobó esperaba como corona de su ocurrencia.

—Hola, Pimpinela— dijo el Junior y colocó una mano mojada sobre el *print* de la aludida. —¡Chispas! Esto está rete[576] internacional. Ya nomás falta que les caigan Norma y su nuevo amiguito...

El silencio ávido que acogió las palabras del Junior apenas dio pausa para las palabras atropelladas de Cuquis:

—¡Los vieran! Todos amartelados en una playita materialmente escondidísima. Qué tal si no vamos hoy por aquel rumbo, Junior. Aquí se averiguan más cositas que si pusieras un detective a espiar a la gente en México— y Cuquis se tomó, de un trago, los restos de la bebida de Charlotte, quien movía nerviosamente los pies y las manos: —¿Lo conocemos? ¿Lo conocemos? No es que quiera meterme en la vida de los demás, pero si se trata de un hombre casado, habrá que prevenir a su esposa. Está bien que los hombres se den sus escapaditas de vez en cuando, pero con mujeres inferiores.

—P's[577] el tipo aquel que estaba en tu casa, Bobó, uno muy apretado y lleno de frases que nomás nos miraba...

—¡Cienfuegos!— aulló Bobó. —¡Nuestro contrabandista!

Pimpinela esperó hasta entonces: —Seguro que tras el dinero no va.

—¡No!— eructó Charlotte. —Seguro que es por la tilma de Juan Diego[578].

Pimpinela se detuvo otro instante, sonriendo hasta saber que todos atendían sus palabras. Los cuatro cuerpos calurosos, sin nervio, y los dos que, de pie, se descascaraban en jirones de carne tostada, adelantaron las cabezas para escuchar el tono bajo y pausado de Pimpinela: —Federico Robles está en la ruina, en serio. Nada más mantiene el aparato, ¿saben?, para impresionar. Resulta que ha tomado todo el dinero del banco para unas inversiones rarísimas que no le resultaron, y anda a la cuarta pregunta[579] pidiendo prestado para recuperar lo que perdió. Yo, sinceramente, ya fui a sacar mis ahorritos de allí. Imagínense si voy a exponer a la tía Lorenza, con lo poquito que le quedó de la antigua fortuna, a que acabe sus días en el

---

[576] EdA dice: reteinternacional. Rete: muy (véase nota 560).

[577] *p's:* pues.

[578] Expresión humorística de incredulidad. Véase Diego, Juan, en MPH.

[579] *andar a la cuarta pregunta:* estar al borde de la ruina.

asilo. Claro que esto lo sé de la mejor fuente, y la misma discreción que me pidieron les pido a ustedes.

Las voces de los seis estallaron alrededor de Pimpinela. —¡Y a mí que me embarcó[580] la tal Norma con cerca de mil acciones de no sé qué chivas!— gritó, fuera de sí, Charlotte.

—¡Deja eso!— chirrió Bobó. —A Roberto Régules le ha sacado quién sabe cuántos créditos. ¡Con razón!

—¡Y mi papá le descuenta sus bonos!— gimió el Junior.

Sólo Cuquis se desprendió del azoro general de la mesa y, contoneando de highball[581], se fue serpenteando a otra. —¡Hola, Cuquis!— le dijo la voz alegre y borracha que la presidía. —¡Niña dorada, azote de los hombres, Mesalina totonaca!

—¡Mi ocho columnas adorado!— Cuquis abrazó al periodista de la guayabera[582] repleta de puros. —Tú siempre con la flor y nata, como quien dice—. Cuquis dejó caer sus párpados oscuros al recorrer a los amigos del periodista, quienes saborearon, con una sonrisa reticente, el cumplido. —¡A poco no está divino Acapulco! ¡Y cómo se averiguan chismes!

El periodista, columpiándose sobre su vaso, guiñó el ojo a uno de sus acompañantes: —¡Hombre! Por lo pronto, mañana se sabrá que ya te amarraste[583] al heredero más sensacional de la meseta.

—¿De veras, mi amor?— Cuquis plantó un beso yodado en la coronilla del periodista. —¡La rabia que van a hacer! Ya ves cómo cuesta ser independiente en México, luego luego te calumnian. Creen que vas a acabar de prostituta, ¿a poco no?—. Cuquis iluminaba su sonrisa, levantaba el brazo, le rascaba el pelo al periodista. —Al Junior me lo andan queriendo matrimoniar con la zonzita de la niña Régules, ¡dime tú! cuando lo que necesita es una chica con experiencia, que sepa llevarle la corriente y tratar a la gente, dime si no. Y sobre todo que no lo ponga en ridículo, mi amor—. Cuquis se sentó en el regazo del periodista y cruzó la pierna. —Como la Robles, tú, que ya se echó un amante al plato, y eso que el viejo ya se hundió, de plano...

El periodista acercó la oreja a los labios de Cuquis, sin dejar de guiñarle al compañero.

---

580 *embarcar:* emprender algo (DC).

581 Dice *highball* en EdA. Whisky con agua y hielo.

582 *guayabera:* chaqueta de tela ligera que se usa como camisa. Tiene pliegues verticales en el frente y, a veces, también bordados.

583 *amarrar:* ligar, conquistar.

—...¿qué se te hace? Yo nomás pienso en las gentes que tienen sus ahorritos metidos ahí, tú, es medio como para que te dé el telele[584], ¿a poco no? ¡Júrame que no lo vas a publicar!

El periodista carraspeó y apretó el talle de Cuquis: —No, monada, mi deber es proteger los intereses del público. ¿Crees que voy a dormir con la conciencia tranquila después de lo que me has contado? Yo mismo ¿no tengo mi cuenta corriente con Robles? No, monada, no. Has hecho un servicio, palabra. Vas a evitar la ruina de muchas familias honradas.

Natasha, de lejos, seguía con los ojos la maniobra de Cuquis. Más allá, fuera del olor a arena pegosteada[585] sobre trajes de baño y el sudor de los tres guitarristas y el sentido tangible de las grasas y aceites que embadurnaban los cuerpos, pasaban los esquiadores como títeres rígidos y, más allá, se levantaban los mogotes de estuco, de teja y de mosaico, totales en su fealdad sin resquicios bajo el sol.

Cuquis inició, lentamente, el regreso a su mesa. Sus caderas apretadas entre los tirantes del traje rozaban los hombros y las espaldas desnudas.

—Si no se puede hablar de política, mano, qué sería de nosotros sin estos escandalitos— le dijo el periodista a uno de sus compañeros.

El Chino Taboada ofrecía, tirado en un petate, su macizo cuerpo al sol vespertino. Con los brazos abiertos, en una mano detenía un highball[586] y en la otra un puro. Ocasionalmente, bajaba la del puro a los tobillos para rascarse un piquete. Dos algodones le cubrían los ojos. La malla de baño, blanca y con facsímiles estampados de autógrafos famosos, resaltaba sobre la piel quemada. Dos tobilleras enrolladas y un sombrerito de paja roja coronaban sus extremos. Simón Evrahim permanecía en la sombra, con visera, una pañoleta amarilla amarrada al cuello y pantalones baloon[587] de lino. Tiesamente sentado en una silla de mimbre, Rodrigo Pola jugueteaba con un popote y hurgaba tesoneramente en su imaginación.

—Bueno —dijo por fin—. Hay un tema para la taquilla, pero puede que la censura lo prohiba.

—Aviéntamelo— gruñó Taboada desde su expansiva postu-

---

[584] *telele:* soponcio, susto (TPM).
[585] *pegosteada:* pegoteada.
[586] Cursiva en EdA.
[587] Dice *balloon* en EdA.

ra. El mar llegaba a los pies de la terraza con un murmullo de alas de pájaro. La tarde se reproducía en sordina.

—Es que se trata de lesbianas...— prosiguió Rodrigo.

—No li hace— intervino Simón. —Lu adaptamus, siñor, las hacemos maxicanas...

Rodrigo, con una curiosa alegría, rió. Se sentía, por fin, superior al medio. Repasó, sin darse cuenta, dos o tres frases de Mediana en la Preparatoria, uno o dos gestos de Norma Larragoiti, escuchó las risas sofocadas del Junior, de Pimpinela, de Bobó. Ahora estaba seguro de que podría dominarlo todo. Cuando Simón dijo «maxicanas», Rodrigo hubiera querido responder «el espíritu santo, el crespón negro de la casa del abuelo». Había recuperado el juego; ¡si le hubiesen dicho a tiempo que sólo faltaba conocer la nueva mecánica del nuevo juego para superarlo todo, intelectuales burlones, novias deslumbradas por la riqueza, madres opresivas! Pues el juego dependía de sus jugadores: una vez en él, era cuestión de tiempo dominarlo, hacerse indispensable.

—Las hacemos mexicanas, señor Evrahim, no faltaba más. Con eso queda resuelto todo: tenemos un tema universal y las características locales que impresionan al público extranjero. Las dos chicas, ve usted, se crían en ambientes distintos. Una es popoff[588], la otra humilde.

—¡Es de festival!— volvió a gruñir Taboada.

—Perdón, es como si ya tuviera usted el León de San Marcos sobre su repisa— intervino decisivamente Rodrigo. —¿Qué va a ser de las muchachas? Una lo tiene todo...

—¡Otra no tiene nada— suspiró Taboada: —nació en el arroyo, cuida a sus hermanitos!

—Es goérfana. Sabes, Chinu, hay una vecindad[589] preciusa que puede servirnos. Les damus autoctonidad a estas escenas y nus ahurramus el set.

Taboada hizo gárgaras con el whiskey[590]: —La gente quiere realismo, Simón; muy bien. Les vamos a dar en la torre a los italianos. Fíjate: vecindad, ropa tendida a secar, la chismosa, el cinturita[591], todo el ambiente de los rebeldes sin causa, de la delincuencia infantil...

—Recuerdas que es en tejnicolor— Evrahim movía una pier-

---

588 EdA mantiene la cursiva en este caso y en Junior, Bobó.
589 *vecindad:* casa en donde vive mucha gente pobre.
590 Dice *Whisky* en EdA.
591 *cinturita:* explotador de prostitutas (TPM).

na con impaciencia y sentía, experimentando con ello un singular alivio, cómo la brisa del mar se le colaba por el pantalón y le ascendía hasta la rodilla. —Hay que poner algo que luzca bonitu.

—Por eso— concluyó Rodrigo —la otra muchacha se cría en este ambiente popoff, en una mansión lujosa, saca ropa elegante y se pasea en un Cadillac, convertible.

—¡Preciosu!— Evrahim estiró las piernas para que la brisa le llegara más arriba. —Lo veu todu. Una gran salón decoradu con gladiolas[592]. Gran escalera de mármol. La Venus de Milu en el descansu de la escalera. Da muy bien en pantalla ancha.

Rodrigo se puso de pie, paseándose con la mirada brillante de Evrahim a Taboada, de Taboada a Evrahim. —¿Qué pasa entonces? La niña popoff sale con pachucos[593] en su convertible rosa...

¡—Preciosu!

—...es una loca del mambo, presta su casa para fiestas desenfrenadas cuando sus papás salen de viaje de negocios, empieza a darle a la droga...

Taboada se sentó sobre el petate: —¡No siga, Pola! Lo visualizo todo. La otra, la chamaca humilde, cose en una máquina Singer destartalada para mandar a sus hermanitos a la escuela. Por fin, se organiza una posada[594] y ella demuestra que se las trae como rumbera. Un empresario de teatro la ve...

—¡Preciosu! Papel clavadu para Dido del Mar.

—Mientras tanto, la otra se las truena[595], se la zampa el padrotito, cae en manos de unos explotadores...

—¡Magnífico, señor Taboada!—. Rodrigo trazó un gran círculo con el brazo. —La idea del contrapunto es genial. La muchacha popoff, durante la Nochebuena, se acerca avergonzada a la casa de sus padres. Desde la calle, espía la cena. Llora. No puede entrar.

—Anda vestida con un traje de lentejuelas y medias caladas, ¿a poco no?— exclamó Taboada en el mismo instante en que los algodones se le desprendían de los párpados.

—Eso es. Demasiado tarde. Cruza la calle corriendo. Un camión la atropella.

_____

[592] *gladiolas:* gladiolos.
[593] Véase nota 221 de la primera parte de LRT.
[594] *posadas:* fiestas decembrinas de origen religioso, que conmemoraban la peregrinación de la Virgen y San José, durante nueve días.
[595] *tronárselas:* fumar marihuana.

—Mientras la otra— Taboada masticaba con furor el puro—, la chamaquita humilde, se casa con el empresario.

Taboada se secaba el sudor con una toalla: —¡Es de festival!

Rodrigo volvió a sonreír. Sí, estaba en el juego, pero ya les demostraría quién era él; que lo consideraran lo que quisieran ahora; él les demostraría... él escribiría el gran argumento, los sorprendería alguna vez con la revelación de su genio. Eisenstein, Pudovkin, Flaherty: Rodrigo lanzó una carcajada.

—Vamus despaciu— volvió a mover la pierna impacientemente Evrahim. —Hacen falta galanes para el público femeninu.

—Y que canten— gruñó Taboada. Volvió a acostarse, satisfecho. Un mozo, sofocado en su pechera rayada, pasó a colocar cubos de hielo en las bebidas.

—El padrote de la popoff— Rodrigo chupó los popotes con entusiasmo —canta boleros en un cabaret de altos vuelos. El empresario, por el contrario, es un muchacho del campo que en sus ratos de ocio se viste de charro y le lleva serenatas a la muchacha humilde[596].

—Mientras ella le reza a la Virgen. También hay que ser respetuosus con la religión —dijo Simón con las manos sobre su ancho regazo.

Rodrigo paseó la vista por la explanada de la casa de verano de Taboada. Sobre las mesitas yacían, exhaustos, molcajetes[597] transformados en ceniceros, cacharros de barro, piezas de la cocina indígena. En la cocina —pensó Rodrigo— usarían ollas express y licuadoras. Quiso preguntarle a Evrahim si en las casas de Hollywood exponían sus sartenes y platos refractarios en la sala, pero se contuvo cuando la voz de Taboada volvió a tronar: —¡Ya está! Oyes, Simón, que Rodrigo se quede aquí una semana para escribir todo lo que acabamos de decir. Ya sabes, mano, diálogos poéticos, queremos hacer algo de calidad; por ejemplo, la chamaquita esta dada al queso[598], y el empresario se vienen a Acapulco un fin de semana y él hace comparaciones, que si el mar se parece a esto, que si las olas a lo otro, que si tu boca y las palmeras— mientras yo busco locaciones y tú piensas en la producción. Dentro de una semana, podemos empezar los exteriores, y en dos más terminamos la película.

---

[596] Cfr. Negrete, Jorge, en MPH.

[597] *molcajetes:* morteros de piedra volcánica.

[598] *dado(a) al queso:* que está en malas condiciones (física o económicamente).

Simón frunció la nariz y se rascó la coronilla. —Rodrigu ya tiene muy bien visualizada la idea. En cuatro días la termina.

—Ándale, codales[599]—. Taboada se puso en pie y empezó a ejecutar movimientos de gimnasia sueca. Las tetillas le brincaban y del pelo, lacio y enroscado en la nuca, le caían gruesas gotas de vaselina. —No te preocupes, mano. Oyes, Simón, ¿la extra esa, la chatita que hizo de india oprimida en mi última película, anda libre?

—Pues si nu ya la libertaremus, Chinu.

—Que se la manden aquí al compañero Pola para que trabaje a gusto. ¡Esto va a ser un taquillazo! ¿Cómo le ponemos?

—Wczsyliczylszly es el espertu en títulus. Está en Cuernavacu pensandu unu. Para esu se le paga.

—O. K., O. K.

—A Rodrigu le damus doce mil por ser la primera.

—O. K., O. K.

Rodrigo descansó la cabeza sobre el respaldo de la silla. Cerró los ojos y tarareó un bolero. Sentía a gusto el vaso helado en la mano, la expansión de las arterias bajo el sol, el calor lento y sabroso del whiskey en el estómago. El sol se iba poniendo, armonizando los colores de las nubes de manera espectacular, como para agradar en su intensidad estética los sentidos de Evrahim y Taboada. Los dos suspendieron la conversación para rendir un silencioso homenaje a la naturaleza. Rodrigo abrió los ojos y sintió ganas de escribir sobre el firmamento rojizo la palabra «fin».

—Está demasiado picado el mar— dijo Norma desde la silla de lona y hierro negro en el centro de la amplia terraza volada sobre las rocas.

—Mejor; probaremos el velero— respondió Ixca.

Norma no deseaba mover su cuerpo tostado. Cada poro reflejaba la luz del atardecer, y en cada uno, también, mientras se pasaba las manos por los hombros, revivían todas las imágenes de los últimos días, bañados de astro y sal, sobre arenas blancas y bajo un agua aturquesada, y las últimas noches, las únicas noches de amor —se decía en ese momento— que recordaría. Con los ojos a medio abrir, Norma observaba los escasos movimientos del cuerpo oliva de Cienfuegos que, con la mirada fija en el mar, fumaba lentamente con un pie sobre el filo de la terraza.

---

[599] *codales:* tacaño (véase nota 481).

—¿Has estado contento?

Cienfuegos no respondió. Se dejaba colorear por el sol poniente que se estrellaba sobre sus facciones y su pecho, acentuando la morenía de la piel con un fulgor ocre.

—¡Castigador!— Norma cerró los ojos y frunció los labios. —No te atufes[600], farouche[601]. Ya sabes que haré lo que tú quieras, que soy tuya.

Ixca sonrió sin dar la cara a Norma. Comenzaba a levantarse, desde el puerto, el rumor eléctrico de los danzones vomitados por las sinfonolas. Una brisa cada vez más intensa crespaba la superficie del mar.

—Ven, Norma.

—Va a soplar mucho viento. Aquí estamos tan a gusto.

—Ven.

Los dos bajaron por la escalinata de piedra hasta el embarcadero. Cienfuegos izó la vela mientras Norma saltaba, con los brazos en cruz, al velero. Boca abajo sobre la popa, vio correr a su lado el desfiladero de roca mientras Ixca maniobraba el velero hacia el mar.

—¡Qué tiempecito!

El mar iba oscureciéndose: el fondo cada vez más negro, el cielo agitado, envolvían a Norma en una placenta de sal opaca. Observaba la espalda de Ixca mientras maniobraba y quería levantarse a mordérsela. Un ansia irrefrenable de morderle la espalda la asaltó, de hacerlo aunque jamás lo volviera a ver, de morderle la espalda como una consumación de todos sus días de amor. Pensó que jamás podría regresar a la casa de Acapulco, que los lechos estaban teñidos, traspasados por la carne de Ixca, la que ahora quería morder. Volvió la cara hacia la costa, cada vez más perdida en la noche y el viento.

—¿Me quieres, Norma?— gritó Ixca por encima del aleteo de la vela.

—¡Sí, sí! ¡Más que a mí misma!— Un rugido ronco envolvió sus palabras. —¡Ixca! ¡Vámonos regresando!

—¿Más que a ti misma?— volvió a gritar Ixca. Pero Norma no escuchó. Olas cortadas, quebradizas, sin integración, comenzaron a lavantarse, a envolver el ligerísimo velero entre dos, tres columnas de agua —ahora concentrada, ciega, sin fondo.

—¡Baja la vela, Ixca!

---

600 *atufarse*: enfadarse por lo que otros dicen o hacen, sin declararlo, pero mostrándolo en el gesto o actitud (DEM).

601 Cursiva en EdA.

—¿Más que a ti misma?

—¡Vamos a zozobrar! ¡Baja la vela!

Norma, de rodillas, miró rápidamente a ambos lados: dos curvas altísimas, anónimas, despojadas de luz —más oscuras que el cielo que amurallaban—, corrían, con la boca abierta, a encontrarse; en el estruendo inmediato, Norma se asió con desesperación al salvavidas: sintió que otra mano se lo arrebataba, no con desesperación, como ella quería tomarlo, sino fría y lúcidamente: otra mano que oprimía su muñeca y la separaba del duro círculo de salvación. Norma sintió que otro círculo, intangible, la succionaba y le zumbaba en la cabeza: la oscuridad se pobló de ráfagas plateadas, peces invisibles que surcaban el océano sin otra presencia que su desplazamiento de color sin forma; luego volvió a sentir el aire en la boca y, a su derecha, la respiración de Ixca, asido al salvavidas. —¡Dame, dame!— trató de gritar la mujer: no quiso creer en la sonrisa húmeda, como la de un tiburón incomprensible, que brillaba, en el centro de la oscuridad, en los anchos labios de Cienfuegos. Un nuevo rumor quebrado tronó: otra vez el mundo plateado, esta vez denso como una baba, otra vez las uñas de los pies alargándose hasta un fondo lejano, y otra vez el aire: allí estaba siempre, en el centro de sus ojos, la cabeza brillante apoyada sobre el salvavidas. Norma dio tres brazadas, su sangre inflamada, hasta el círculo blanco y duro: —¡Dame, dame!— jadeaba, arañando el rostro de Cienfuegos, clavando los dedos en el cuello del hombre, sólido como una faja de tierra, machacando y enturbiando el agua hasta abrazar la cabeza de Ixca, hundirla, hundirla, y apretar sus brazos sobre el salvavidas.

El mar se calmó. Las nubes pasaron veloces y tibias entre la noche y Norma, extenuada, pataleaba hacia la costa, hacia los puntos diseminados de luz. Su propia efigie le brillaba ante los ojos, y la sangre le hervía en el pensamiento de su salvación, salvación de su cuerpo, de todo su poder.

Su barbilla se hundió en la arena. Aflojó los músculos, cerró los ojos. Sólo sentía el entrar y salir de olas suavísimas por los labios. No pudo encontrar palabras para una oración; sólo «Norma, Norma» escurría de su boca a la arena y al mar, nuevamente, el nombre ahogado, el cuerpo a salvo. Y de su cuerpo reptaban más nombres, salían de todos sus orificios pero no se desprendían de ellos, amarrados por un hilillo de baba. «Rodrigo... Pimpinela...» decía Norma cálida y espumosa en la playa, inconsciente, «...Ixca...Rodrigo...Federico...»: atados a su cuerpo salvado. La cabeza le volvió a zumbar. Abrió los ojos.

Corrió sin orientación por la playa hasta encontrar una escalinata abrupta. Corrió hacia arriba. Era el camino de la Quebrada. Corrió hacia la puerta de su casa, corrió por el jardín de bugambilias[602] y plantas de sombra, corrió por la sala abierta al mar, hasta su cuarto. No se detuvo a descansar; el peine, la toalla, el lápiz labial, la máscara, corrieron sobre su cuerpo y su cara. Un vestido estampado, zapatos blancos, la bolsa, dinero.

Metió la llave en la marcha del automóvil y salió velozmente a la carretera, corrió por la oscuridad hasta encontrar las luces azules del puerto, el tráfico tardío que ascendía de las playas a los hoteles, los convertibles llenos de jóvenes bronceados, de camisas abiertas hasta el ombligo, de bikinis y toallas arenosas y radios puestos a todo volumen; el pueblo laxo junto a los muebles de la bahía: mulatos verdosos, negras panzonas, niños amarillos, hilitos de pesca infructuosa, vendedores de coco: todos de espaldas a la ciudad, sentados frente al mar; el «cuarcuar» de las bandadas de norteamericanos con sombreros de paja y faldas de colorines y anteojos oscuros y habanos y cámaras: las luces neón de los bares y los hoteles, el olor a gas y pescado descompuesto, los claxons[603] insistentes, el pitido de los policías, las sinfonolas como acordeones ahogados en el calor; los edificios nuevos, descascarados ya, frente alto y brillantón que escondía tres techos de paja, una niña desnuda, el temblor del paludismo: cuerpos enjutos que caminaban de las playas populares al centro; trajes de baño de lana sobre cuerpos obesos y permanentes deshechos; batas, castillos de arena abandonados, playas cubiertas de colillas y botellas; perros viejos, cansados, calientes, de hocicos cremosos; el mar lleno de aceite, los esquíes aventados, las lanchas bamboleantes: ginebra y ron, batachán, ginebra y ron, batachán, batachán iba y venía, de Playa Azul a Copacabana al Bum-Bum, el ritmo del tambor tropical, los cuerpos enlazados, ginebra y ron, las axilas al aire, batachán, la contorsión de miembros, la uña blanca y vegetal de Acapulco incrustada en el dedo de alcohol y cemento y dólares. Todo ello respiraba su aliento sobre las mejillas encendidas de Norma mientras su coche corría. Lo detuvo frente a un bar: el techo de palmeras se cimbraba con el cuádruple ritmo de los pies y el bongó, los vasos y la clave. Norma entró y arrojó los zapatos. Entró sola en la pista de baile, con las piernas abiertas, los brazos ondulantes, los labios y los párpados humedecidos de sudor

---

[602] *bugambilias:* arbusto o enredadera con flores de intenso color rojo, rosa, etc.
[603] Cursiva en EdA.

y maquillaje. Un hombre musculoso, crespo, de bigote tupido y ojos oblicuos, la tomó del talle; Norma humedeció aún más los labios, pegó su vientre al del hombre, onduló los brazos sobre su torso.

—¿Tú no bebes?

—Yo sí bebo; que me pongan una hilera de daiquirís[604], de daiquirís frapé[605], en la barra— dijo Norma con la voz ronca y alegre.

Mientras bailaba, recogía los vasos y los bebía de un golpe. El ritmo del bongó era ya su ritmo natural mientras iba y venía, bailando, de mesa en mesa, de copa en copa: los demás bailarines desalojaron la pista.

—¡Así me gusta!— chilló Norma dentro de una voltereta de faldas. —¡Que reconozcan lo que vale! ¡Así me gusta! ¡Dejarme sola!

—Está aquí el barquito— le dijo al oído el hombre, crespo.

—¿Cuál barquito, rorro?

—El brinco[606], tú, no te hagas[607].

—El brinco, pues, no me hago.

La lancha rebanaba el mar: fuera de la zona jurisdiccional, se mecía un yacht[608] blanco con banderitas fosforescentes. Norma subió, bailando, por la escalinata. Un viejo corpulento y enrojecido le cerró el paso.

—Soy yo, el Macaracas— [609] gritó el crespo.

—Come on, boy[610].

—¿Traes lana?— le preguntó el Macaracas a Norma.

Norma se detuvo en seco, miró los ojos oblicuos y congelados de su compañero, y se soltó riendo a carcajadas; abrió la bolsa de mano y le arrojó tres billetes de mil pesos a la cara: —Toma, pendejo, y aprende a distinguir.

Cayó sobre las mesas de ruleta; el barco se bamboleaba; pidió más daiquirís.

—Aquí hay nieve[611]; ¿no quieres?— se acercó a decirle el Macaracas.

---

604 *Ídem.*
605 *Ídem.*
606 *brinco:* casa clandestina de juegos de azar (TPM).
607 *no te hagas* [la ignorante]: no finjas ingenuidad.
608 Cursiva en EdA.
609 *Ídem.*
610 Toda la frase en cursiva en EdA.
611 *nieve:* cocaína, droga, estupefaciente (DC).

Norma no pudo contener, nuevamente, su risa.

—¡Estoy viva? ¿sabes?

—N'hombre...

—Y no dependo de nadie, ¿sabes?

—Ah qué niña...

—Y puedo jodérmelos a todos, ¿sabes?, a todos...

—Así me gusta, nena.

—Porque soy lo mejor...— Norma se llevó una mano a la sien y se pescó del cuello del Macaracas; reía sin interrupción.

—...lo mejor que ha dado México, ¿sabes?

—Pues luego.

—Y los tengo a todos en mi poder, a Pimpinela, a Rodrigo, hasta al muerto que ya se ahogó.

—Vente.

Un norteamericano de barba azul, delgado, nervioso y tocado con una gorra de capitán, abrió la puerta.

—Yo quiero, yo quiero, mi nieve de limón— entró cantando Norma, abrazada al Macaracas, descalza y aérea.

En un corredor de los Tribunales del Distrito, en las sombras del patio interior con sus tableros de citaciones y fotografías de cadáveres desconocidos, el pequeño secretario de juzgado empuja el dedo índice de la mano derecha sobre la palma abierta y amarilla de la izquierda: —Ya sé que me dio usted cuatro mil pesos para arreglar el asunto a su favor, señor, pero las pruebas eran contundentes. No hubo manera de zafarse. —¿Conque sí?— silva entredientes el hombre gordo y sudoroso. —¿A quién le ha visto usted la cara de pendejo aquí?

El hombrecillo demacrado y obsequioso pasa sus manos amarillas por las solapas del hombre gordo. —No se me sulfure, no se me sulfure. Verá cómo lo arreglé.

El aire limpio de septiembre pasa veloz sobre el patio oscuro y musgoso. Afuera, un anciano manco vende códigos de tapas rojas, cancioneros populares y ejemplares del Diario Oficial[612].

—Le di la mitad, ni más ni menos, al juez de segunda instancia. Ahora que su asunto pase allá, tiene usted ganado el pleito. El hombre gordo ríe y se seca las gotas gruesas de sudor que ruedan de su Stetson gris. —Ah qué caray. ¿Y cuánto le dieron los de la otra parte por ganar el pleito en primera instancia.

El secretario responde con una sonrisa rota, de dientes amarillos y dispersos. —Cinco mil maracas[613], mi estimado. Ya ve

---

612 Dice Diario Oficial en EdA.

613 *maracas:* pesos.

que sale usted ganando de todas maneras. Y uno... pues uno qué va a hacer con el miserable sueldo que nos dan, óigame. Ya ve usted cómo sube la vida, cada día más. Ya no saben qué inventar. Ahora que dizque la guerra de Corea. Ya ve usted. Cada quien hace su luchita, ¿no? Ya le digo, no se preocupe por nada. Usted ganará el pleito. El secretario, con un expediente junto al codo raído, corre con premura por el patio, saluda con la cabeza baja a un grupo de abogados, y sube, con su paso veloz de ratoncillo, por las escaleras de piedra gastada de los Tribunales del Distrito.

LA DIVISIÓN DE LAS AGUAS

Mientras caminaba, lentamente, por el campo de golf, Roberto Régules no dejaba de pensar en lo que Pimpinela de Ovando le había comunicado. Una rica gama de verdes, procreada por las lluvias con la colaboración de un ejército de jardineros, rodaba a lo largo del campo. Con los ojos grises y los surcos de las mejillas ahondados en la piel tostada hasta el límite del pelo corto, de un rubio canoso, caminaba de regreso hacia el club después de haber suspendido el juego en el noveno hoyo. Detrás de él, un grupo de hombres ataviados con gorras diseñadas sobre el modelo de las de los almirantes norteamericanos del teatro de operaciones del Pacífico, sweaters[614] de angora y cachemira, gruesos zapatos y pantalones de lino y franela, comentaba y reía. Régules frenó el paso para que los hombres lo alcanzaran.

—Se nos cuarteó usted muy pronto hoy, licenciado...

—Sí— sonrió Régules. —Quiero llegar temprano a la oficina.

—Pero si apenas son las once.

—No crea usted, hay un asunto que me preocupa.

—¡Hombre! Todos llevamos negocios muy importantes.

—Éste es urgente. Usted, don Jenaro, me comprendería...

—¿Yo? Ya lo creo... Después del sentón[615] que nos dio Robles a los de Monterrey con esa transmisión de acciones, me va usted a contar lo que es sudar tinta...

—¡Cómo no!— exclamó Régules, jugando con la pelota de golf entre las manos. —Eso se llama falta de probidad. Pero ya ve usted, no hay quien pare a Robles. Yo digo que está bien trabajar por nuestros intereses personales, pero hay un límite:

---

[614] Dice *sweaters* en EdA.
[615] *sentón:* frenazo.

el respeto a los intereses de los demás. El exceso de ambición es peligroso, don Jenaro...

—¡Me lo dice a mí, licenciado! ¿Qué sentiría usted si lo convirtieran, de la noche a la mañana, en socio del bandido ese de Couto, así por las buenas? Pues eso nos hizo Robles; le transmitió su 51 por 100 al chinaco[616] ese, y ahí nos tiene usted plantados.

—¡Ah! Fue Couto...

—Ese mero...

—Mi querido don Jenaro: ¿las acciones que Robles transmitió a Couto era nominativas?

—Por desgracia, no. Todas al portador.

—Usted es muy amigo del grupo de Ibargüen, Velarde y Capdevila, ¿no es así?

—Hombre, no es ningún secreto. Somos quienes somos gracias a...

—Don Jenaro, le convido un whiskey[617] para celebrar nuestra sociedad.

—¿Eh?—. Un brillo inteligente asomó en las pupilas acatarradas de don Jenaro, y los dos hombres se desprendieron del grupo al llegar a la cantida del club.

Esa misma tarde, Régules estaba en marcha. Su nueva oficina, frente a la glorieta de Colón, ostentaba una barra de cuero y vidrio empotrada a la pared, y desde ella, con un highball[618] en la mano pecosa, Régules, atildado y fresco después del juego y el masaje, telefoneaba sin interrupción. Los ojos de miel cristalina de Pimpinela de Ovando parecían surgir de cada número del disco a medida que la uña de Régules lo arañaba. Recordaba, en esos breves instantes entre cada conversación nerviosa, rápida, definitiva, la figura juvenil de Pimpinela, el día que los presentaron en Sanborn's. Eran los días en que toda la gente bien de México se reunía a tomar el té y a merendar en la vieja casa de azulejos[619] y Régules, recién recibido, había llegado de Guanajuato lleno de ambiciones: dinero y clase eran sus divisas, y en Sanborn's esperaba encontrar ambas. Creyó que Pimpinela le daría lo segundo; hoy, agradecía que el cerrado orgullo de la familia de Ovando hubiese dado al traste con sus pretensiones

---

616 *chinaco:* nombre del guerrillero en las filas liberales durante las guerras de Reforma, Intervención Francesa e Imperio (RVP).

617 Dice *whisky* en EdA.

618 Cursiva en EdA.

619 Cfr. nota 175 de la primera parte de LRT.

matrimoniales. Él mismo —pensaba ahora Régules— se había creado su clase. La divisa era una sola, el primer término del binomio. El dinero daba la clase; su triunfo era más completo imponiendo a su antigua secretaria, Silvia, una muchacha de clase media, como la señora de Régules, y recibiendo las solicitaciones de Pimpinela para intervenir en la devolución de unas haciendas, los chismes de Pimpinela sobre la inestable situación económica de Federico Robles, que ingresando en el empolvado clan de los Ovando[620].

—¿Silvia?... No, no me interesa; te hablo con urgencia. Pídele a tu amigo Caseaux que se comunique inmediatamente conmigo... ¿Qué, no tienes lengua?... ¿Cinismo? N'hombre, si yo lo mantengo en parte, bien puede hacerme un favor para corresponder... Te hablo en serio. Quiero que dentro de media hora me hable... Sí, ya sé que es cumpleaños de Betina, pero voy a estar muy ocupado. Consíguele una pareja y salgan al Versalles[621], o algo así... Está bueno. Adiós.

—¡Amigo Couto! ¡Qué milagrazo! Ya no se deja usted ver por su casa...[622]. ¿Eh? Sí, a todos nos abruma el trabajo. Óigame: ...Sí, como no, entiendo... óigame, esa prenda que tengo sobre acciones suyas por valor de novecientos mil... sí, las nominativas de la explotadora de azufre... mire, sé que por ahí viene un golpe... ¡ah, usted ya lo sabía también, y no me lo había contado! ...Bueno, somos amigos, Couto, y los dos podemos zafarnos ese trancazo... Sí, se entera uno de las cosas, figúrese nada más... No, cómo no voy a creer en su buena fe. Pero en fin, si los dos estamos al tanto, ¿qué se le hace si cambiamos la prenda sobre las nominativas de azufre a una prenda sobre las de la cadena de don Jenaro? Sale usted ganando cien mil pesos, y puede negociar enseguida lo del azufre, antes de que nadie se entere. Fíjese, si no lo consigo a usted hoy, yo mismo me deshago de esas acciones, a como dé lugar... Hay maneras, sabe usted... Hoy por ti, mañana por mí, ¡no faltaba más! Por acá lo espero para la operación, amigo Couto... Siempre a sus órdenes...

—¿Don Jenaro? Hecho. Mañana soy acreedor prendario de las acciones al portador de Couto... Sí, ya hablé con él, está hecho... Sí, muy buitre, pero sólo ve el interés inmediato, la rapi-

---

[620] EdA corrige: los De Ovando.

[621] *Versalles:* el cine Versalles.

[622] La casa de usted; su casa; esta es su casa: frases de cortesía que ofrecen al interlocutor la casa del que habla.

ña, no tiene visión. De hecho, ejerceré los derechos como socio de usted, y con una pequeña movida que hagamos... Eso es. Couto se contenta con los cien mil que sale ganando en el cambio... ¿Hoy mismo se le cancelan las concesiones a Robles? ¡Magnífico! ¿Y la suspensión de crédito? ...Ah, claro, espaciadito, para que no se las huela. ¡Ah! ¿A usted no le interesaban esos terrenos adyacentes a su fábrica? ¡Ah, se le adelantó Robles! ¡Vaya! Se me hace que también puedo arreglar eso... usted dirá... ¿Violaciones a la Ley del Trabajo...? ¿Y usted puede crearle camorra con los líderes...[623] ya sabe? Muy bien: dando y dando.

—Cómo le va, Caseaux. Voy al grano: ¿no ha concluido usted la venta de esos terrenos con Federico Robles? ...Falta la firma solamente, ¿eh...? Ah, ya le hizo un fuerte anticipo. No le hace: le están viendo la p en la frente[624], amiguito... ¡Je! Una cosa son los negocios y otra darse tonos de elegante. Óigame, o váyase al carajo... Lo que oyó... Esos terrenos valen por lo menos el doble de lo que usted cree. Robles le está tomando el pelo. Yo le ofrezco veinte pesos metro... lo que oye... tiene usted muchas deudas, amiguito, cuesta caro vivir del cuento... no, si no lo amenazo; nada más por intercesión de Silvia me he guardado aquí esas letras sin chistar, ¿usted me entiende?... ¡ah, el anticipo! ¿Cuánto fue?... Hecho: aquí está ese dinero a su disposición para que mañana se lo entregue a Robles y suspenda ese asunto... Ándele, amiguito, ándele.

—Sí, señor. Yo mañana mismo retiro todo del Banco. La situación de Robles es muy mala. Ha invertido en lo de la azufrera, y usted ya sabe lo que va a pasar ahí. Se lo aviso porque sé que usted tiene metido allí... Mala política, cómo no. Mientras más de los interesados se enteren, mejor. Hay que cuidar los intereses de la familia financiera... Soy su servidor, señor, no faltaba más... Sí, me dijo Silvia. Que se pongan de acuerdo las señoras, estaré encantado. Es un honor. Hasta muy pronto, entonces...

—¿Licenciado Capdevila? Régules... Ré-gu-les, con R... sí, amigo de don Jenaro... Perdone, lo sé, pero tengo una noticia importante en relación con la industria... Sí, la fábrica de Robles... sí, la competencia que le hace a usted Robles es desleal,

---

[623] Cfr. Morones, Luis N., en MPH.

[624] *Tener la p* [de pendejo] *en la frente:* demostrar estupidez con la expresión de la cara.

por lo menos... y pérfida, cómo no... ¿dumping?...[625]. No, es que aquí tengo unas pruebas de violaciones legales, sí... cómo no, están a su disposición. Y yo también, licenciado, y yo también... Soy su servidor.

Régules colgó el receptor y se ajustó la corbata de seda roja y las esquinas del pañuelo. Tomó asiento en el sillón de cuero azul y apretó un botón.

—Tome nota, señorita. Memo confidencial para el Departamento Jurídico, a primera hora. Preparación de contrato de prenda a celebrar con el señor Juan Felipe Couto sobre acciones al portador por valor de ochocientos mil pesos. Cancelación del contrato anterior con el mismo señor, posterior a la celebración del nuevo. Preparación de un contrato de compraventa con el señor Pedro Caseaux: diez mil metros a veinte. Otro igual; el suscrito vendedor; Jenaro Arriaga comprador; diez mil metros a treinta y cinco. Sáqueme eso y ordene que me traigan el expediente personal de Federico Robles.

Hasta las nueve de la noche, Régules se dedicó a extraer de ese expediente las cifras, los datos, todo cuanto fuera susceptible de dar una idea precisa de la fortuna y la vida de Robles.

—Estás negro, hijo, negro y morado como las noches de antes[626], las que recuerdo— dijo la viuda Teódula Moctezuma al admitir a Ixca en su choza de musgo húmedo y flores secas. —Como que has peleado con el sol[627], se ve lueguito. ¿Qué me traes?

Cienfuegos se dejó caer sobre el petate empolvado. La choza, detenida en una esfera de oración —tan impertinente al tiempo como un rezo que implora para que no suceda lo que ya sucedió—, lucía siempre el polvo exacto, las manchas de agua y comida exactas sobre el piso de tierra escarbada y las tumbas subterráneas.

—¿Qué me traes?— volvió a preguntar Teódula Moctezuma, con los ojos reducidos a un solo clavo negro y escondido en la carne, tenso en su espera de un mundo resucitado. Ixca hundió la cara en las manos y desde allí su voz sonó hueca, ultrajada, sin unión con su cuerpo. —Nuestro mundo ha muerto, Teódula, para siempre. Lo mismo daría que las cenizas de tus hijos y

---

[625] Cursiva en EdA.

[626] Alusión a Tezcatlipoca, Señor de la Noche.

[627] Transposición del combate cósmico en el cual la noche derrota al día.

de Celedonio fueran regadas por la tierra sin un solo llanto, sin una sola esperanza de habernos alimentado.

—Hijo— la viuda se mascaba las encías mientras hablaba, encorvaba su silueta de guadaña carnal sobre la espalda de Cienfuegos —no son los hombres los que hacen la vida sino la tierra misma que pisan, ¿sabes? Pueden venir los que vinieron, todos, los que nos quitaron las cosas y nos hicieron olvidar los signos, pero debajo de la tierra, allá, hijo, en los lugares oscuritos a donde sus pies ya no pueden pisotearnos, allá todo sigue igualito, y se escuchan igualitas las voces de donde venimos: tú lo sabes.

Ixca, al levantar los ojos, besó las manos de Teódula. —No, ya no se escuchan. Mira que he querido escucharlas, mira que he pasado los años con los ojos cerrados esperando su rumor. Es como si un viento de palabras nuevas se lo hubiera llevado todo. El sol de hoy no es ya nuestro sol[628], Teódula, es un sol... ¡qué sé yo!, hecho para tostar las pieles cubiertas de aceite sintético, de...

La viuda observó a Ixca con una mirada lejana, de incomprensión total. Anclada en un día y un año que habían desaparecido hacía siglos, que nada tenían que ver con el momento ineludible de ese día, de ese año. Ixca sintió que la cáscara vieja que daba una forma inteligible al cuerpo de Teódula se desvanecía, que sólo quedaba una joya brillante, roja, sin reductos, suspendida entre el sol y la tierra. El tintineo de las joyas de la viuda, poco a poco, fue reuniendo otra vez, en la memoria y la mirada de Ixca, la silueta actual de Teódula, su margen de carne gastada, su rostro seco y apasado.

—Quién sabe, hijo, quién sabe cómo se llegue, por qué caminos... Puede que lo que tú creas no sea así. Puede que con nuevos trajes y otros ritos nuevos que tú y yo no conocemos se cumplan las mismas cosas. Porque esta tierra reclama —eso yo lo sé, hijito, lo sé muy bien—, reclama y acaba por tragarse todas las cosas para devolverlas como deben ser, aunque sea muertas. No hay manera de escaparse. Esta mujer, Ixca, esta mujer a la que le ibas a arrancar la raíz...

—Norma— dijo, sin tono, Ixca. —Recuerda su nombre.

—Esta Norma, puede que no entienda las cosas como tú y yo. ¡Qué más da, hijo! Haga lo que haga, digo yo, nuestra tierra acabará por tragársela, ya verás si no. Allá donde se acaba todo, donde se te acaba la cuerda, hijo, allá la vamos a encon-

---

[628] Cfr. nota 23 de la primera parte de LRT.

trar. Antes no, porque la apariencia es otra, y la gente no tiene de dónde agarrarse para cumplir nuestros ritos y entender nuestra entrega; pero al final, cuando ya los pobrecitos no hablan ni se les entiende, ahí sí, hijo, ahí sí. Ahí podemos caerles encima y hacerlos nuestros, ahí sí. Ésa es nuestra región... después, ahí vivimos, después.

La viuda se sentó en cuclillas, cerca de sus piezas de cocina, a ronronear más palabras no dichas. Ixca, en silencio, trataba de escucharlas, de hilar todos los pensamientos de Teódula. Y le dijo:

—¿Es suficiente que tú y yo lo pensemos, Teódula, y tratemos de vivirlo, para que nuestro mundo exista en verdad? ¿No es ésa, quizá, nuestra única fuerza? ¿Podemos exigir más? ¿Me entiendes, Teódula?

La viuda cacheteaba la masa con una fuerza sinuosa, de correa tensa. —Yo sólo sé lo que te digo. Los nuestros andan sueltos, andan invisibles, hijo, pero muy vivos. Tú verás si no. Ellos ganan siempre. La de sangre regada, la de héroes que se murieron, la de muertos que se hundieron en esta tierra llenos de colores y cantos, hijo, como en ningún otro lado, se me hace. Tú sabes mejor que yo que ellos no nos dejan de la mano y que a la hora de la hora ahí están. Como para cobrarse de lo que pasó antes, como para decir que todo acaba donde empezó, en ellos y en sus signos, hijo, ¿no se te hace? Ahí nomás, en sueños mientras no son llamados. Porque son llamados, hijo, así como quien no quiere la cosa, los seguimos llamando a ellos para que den razón de nuestras vidas y la última cara, que es la que cuenta, no se nos olvide y la llevemos siempre puesta. Tú verás si no. Si alguno se te escapa, como tu amigo ese el de la mamacita que se murió, ya te caerá otro. Con uno está bueno, hijo. Antes de morirme lo veré, y a él le entregaré mis joyas y mi última mirada, para que sepa que alguien sabía. Al que haga la voluntad del sacrificio, hijito. Nos secamos, se olvidaron de nosotros en la vida. Se fueron y nos dejaron solos con el que vino disfrazado con la máscara de metal. Pero en la muerte nunca nos olvidan, Ixca hijo, ya verás.

Dejó caer la masa en el regazo y, con las manos viejas y rotas unidas, Teódula abrió los ojos, los clavó sobre el rostro desencajado de Cienfuegos, y dijo con una voz que jamás se escuchó, que de haber resonado sólo pudo hacerlo en un tiempo muerto y olvidado, sepultado en agua y cenizas y caracolas y piel de tambor, una voz de escamas más que de palabras: —Nos acercamos a la división de las aguas. Ellos morirán y nosotros resucitaremos al alimentar. Hemos pagado nuestro tributo de sueños; la ciudad lo pagará por nosotros. Arca de turquesas, corazón de piedra, viento de serpientes, no sueñes más.

Y Cienfuegos, en las palabras no dichas, vio apretarse, en una lengua de fuego y anunciación, las figuras de la ciudad dormida, los cuerpos de muñecos rotos de Robles y Norma, apretados en un sueño y en una recuperación finales.

—*Vámonos de aquí, manito, vámonos de aquí. El muchacho de pantalón vaquero desteñido se detiene en la esquina de Bucareli y la Avenida Chapultepec y lanza una mirada de desafío a todos los hombres y cosas de la ciudad. —Pero en mi casa, Lalo, en mi casa... Órale, no te me chivíes. En tu casa creen que estás en la secundaria, igual que yo. De aquí a la hora de salida ya nos pelamos. Ni quien averigüe nada. El otro muchacho, más bajo, vestido con una chamarra de lana amarillenta, se muerde la uña. —Ya... ¿A poco no te lo decía que te ibas a rajar? —Oye, manito, es que mi mamá se queda sola... —Voy, a poco tú llevas lana a tu casa. —No, pero ella quiere que me prepare y haga una carrera. Ya ves cómo trabaja la pobre para que yo estudie y vaya a la escuela. Se va a quedar toda inquieta si no regreso. —¡Sólo los tontos trabajan, mano! Tú y yo somos listos. Nomás que en esta pinche ciudad no nos saben apreciar. En Ciudad Juárez*[629] *ya verás... —Pero tu primo este, que nos va a hacer ricos, ¿ya le hablaste? —No, manito, pero es cuate, tú verás. allá tiene su cabaret, y todas esas cosas suaves, donde haces harta lana divirtiéndote. ¿Aquí qué? Echa las cuentas: un año más en la secundaria haciéndonos majes, dos de la prepa, cinco o seis en la Uni. ¡Nueve años más sin un quinto, mano, haciéndonos tarugos con maistros que nomás te están tomando el pelo! N'hombre. Si tú naciste para eso, quédate aquí. Yo me voy a Ciudad Juárez. El muchacho bajo, regordete, frunce el ceño y baja los ojos. El otro, esbelto, nervioso, se peina el copete negro y se pasa los dedos por la nuca. —¡Pinche ciudad ésta! Aquí acabas de bolero. ¿No has visto a todos esos niños bien*[630] *con coche, tú, Memo? ¿A poco tú y yo les vamos a hacer competencia? ¿Crees que así, a pata, te caen las buenas viejas? Aaaah... de veras que tú nunca has estado con una vieja, ¡puñetero!*[631] *El muchacho regordete mira aver-*

---

[629] *Ciudad Juárez* (antes Villa del Paso del Norte) es una población fronteriza, en el Estado de Chihuahua.

[630] *niños bien:* jóvenes burgueses o de clase media.

[631] puñetero: masturbador (TPM).

gonzado a su compañero. —Ponte abusado, manito, porque ahora en el Norte hay que fajarle[632] a todo. Bueno, ¿te decides?

Ixca Cienfuegos camina hacia la calle de Tonalá y cruza la vista con el muchacho nervioso y esbelto. El muchacho le devuelve una mirada retadora y turbia. —Así te miran todos aquí, Memo. Con puritita compasión. ¡No me voy a dejar! ¡Volveremos a vengarnos de todos estos capitalinos que se sienten tan salsa![633] Y los dos muchachos cruzan la calle, evitando los tranvías, saltando entre los automóviles con las manos en los bolsillos.

HORTENSIA CHACÓN

—¿De mí no le habló él, verdad? ¿Cómo supo de mí? «él es demasiado dulce, demasiado pudoroso; yo no le reprocho que no me exhiba, por el contrario, prefiero así la cosa, sabe usted —los dos nos hemos visto siempre, menos la primera vez, únicamente solos, el uno con el otro, aquí. Como si nuestro mundo no pudiera extenderse un centímetro más».

—Allí por donde está usted, se sienta él también «y me deja sentirlo de lejos primero»;

—... ¿es el sofá donde está, verdad?
«no; no se lo reprocho, ni me avergüenzo; hacen falta lugares exactos para las cosas, para que nuestro amor y nuestro odio se asienten y penetren hondo —de otra manera temo, sí, temo que seríamos fantasmas; yo casi lo fui; y esto es lo que le agradezco a Federico, que me haya dado las medidas del amor y el odio para sentirme como me siento, de carne y hueso, hoy»

—Vaya; lo voy a aburrir —¿desea un café? no, sé muy bien dónde quedan las cosas: mire, allí, donde está usted, el sofá de color café y a su izquierda una chimenea —de adorno nomás; no sirve— y después, aquí una silla y en el centro... pero lo aburriré aún más...
«y los sentidos me dicen que usted quiere saber algo, ¿no?, y sé que lo merece; ¿por qué lo sé? yo vine de lejos también, de donde nos entendemos sin hablar; mis facciones, si no ni modo, deben decírselo, ¿no? porque nos criamos sin palabras, sólo con esas miradas. No se pueden aguantar demasiado esas miradas,

---

632 *fajar:* liarse a golpes, reñir a lo valiente (TPM).
633 *sentirse tan salsa* [o muy salsa]: fanfarronear.

¿no cree usted?; nosotros mismos no toleramos mucho tiempo nuestro verdadero rostro, ¿cómo le diré?, hay rostros que nos espantarían y nos llevarían a todos los extremos de las pasiones, buenas y malas, y eso no podría ser, ¿no le parece?, todavía hay tantas reglas, hay que saber medirse tanto para no caer, para no ser visto con horror y miedo por los demás, los que nos destruirían si mostrásemos la verdadera cara. Sí, ésa es la mirada que sospecho en usted, y que usted sabrá distinguir en mí: por eso sé que le puedo hablar, que merece usted mis palabras. Quizá nos parezcamos en algo. Algunas gentes son semejantes; quiero decir, cada uno como debe ser, y esto no es igual a los demás. Pero en el principio yo fui igual, en una como agua estancada, sin ondas. Mi madre era una mujer humilde y yo su hija natural, ¿ve usted?, de manera que toda mi niñez fue mudarme de un cuarto clausurado, donde la única cama se apretaba contra las paredes llenas de baúles y ropa vieja (que a veces nos regalaban) a otro cuarto, igual de arrinconado que el otro; no era muy bonito, ¿no le parece?, pues apenas podía yo moverme, asomarme a las salas grandes, temer alguna grosería de los niños de la casa, saber que mi cumpleaños era un secreto que mi madre no se atrevería a comunicar a los dueños pues eso era como mendigar el regalo y al fin ni las fechas de todos, ni la Navidad, nos regalaban nada. Pero eso no tiene importancia y...»

—...debo aburrirlo...

«No; lo que quiero decirle es que desde entonces aprendí, en secreto, sin nada de palabras, aprendí desde allí, en el centro de mi larga infancia, a saber esperar, es decir a ser mujer (pues no nos corresponde solicitar, pedir, abrumar: éstas no son mujeres, nunca lo serán, son cuerpos, son ratas blancas de una piel demasiado suave que el menor calor vuelve tiñosa y rala: la mujer tiene que esperar sin abrir los labios, esperar su momento de dolor y su momento de que la llamen, sin pedir anticipadamente ese dolor o esa llamada, usted lo sabe; y eso aprendí; no con palabras, le digo, no con claridad, pero sí en el lugar mudo de todo lo cierto»

—Mi madre —una mujer humilde— ahorró algo, señor Cienfuegos. Ya había paz (yo nací en 1918) cuando pude ir, demasiado grande y atrasada, a la escuela. Hice las primeras letras y luego el curso de taquimecanografía. De repente hubo más oportunidad para la gente como yo

«pero se abrió algo profundo entre mi madre y yo pues ella seguía vestida con sus rebozos y sus faldas hinchadas de llaveros y delantales y su cara de nuez seca, despintada, y sus cáscaras de *cebolla en las sienes y su chongo tieso y devoto y yo ya pude usar medias de seda y pintarme la boca, pues pude ir al cine a ver cómo se vestían y arreglaban las artistas, y tratar gente distinta en la escuela; pero eso fue después, y antes sólo eran las cocinas olorosas, cocinas de tiro y brasero, cocinas de molcajete y azulejo, de las casas de antes: la casa donde crecí, sobre todo, de la señora de Ovando*[634] *donde espiaba a la señorita Pimpinela salir a la puerta y yo trataba de imitar sus gestos y de vestirme como ella»*

—Recuerda usted las pieles que se usaban entonces, las faldas de olanes y los sombreros, muy encajaditos o de alas anchas *«yo los quería, ¿quién no los hubiera querido?; y por eso decidí entrar a la escuela y trabajar de mesera para pagarme la carrera (no, mi madre no entendió muy bien; ella creía que nuestro lugar estaba hecho, que ya habíamos hecho demasiado huyendo del pueblo aquel de Hidalgo para venir a México sin ninguna idea de lo que haríamos, ella embarazada y yo como una semilla calurosa, a buscar trabajo aquí; ella creía que estaba bien así, que yo debía colocarme en mi lugar, y que no tenía que andar haciendo tratando de coserme ropa como de la niña Pimpinela ni menos trabajando en un café de chinos entre hombres que no la sabían respetar a una: (Hortensia Chacón, dieciocho años, cara indígena pero muy fina, de facciones delgadas pero con la boca gruesa, trompudita, y esbelta pero piernuda) y allí me encontró él»*

—Mi marido, sabe usted... uno de esos hombres no muy altos pero fortachones, robustos, de bigote espeso y pelo ensortijado. Por ahí debo tener una foto...
«vestido de saco y corbata: eso era todo para mí, saco y corbata, entonces, que iba a tomar su vaso de café con leche y chilindrinas[635] *cuando salía del trabajo en la Secretaría de Hacienda: ¿cómo le diré, cómo me amó? sí, sigue siendo novedad, pese a todo, porque era como descubrir una ciudad —sí, esta ciudad—, darse cuenta del lugar en que estábamos, hacerlo nuestro por la ilusión del amor, por ser el sitio escogido, y olvidarse de todo para volar sobre sus azoteas y descender unos instantes a descansar, en un cine de barrio, en el bosque de Chapultepec, en una feria con pajaritos adivinadores, y por eso me casé con él y tuve sus hijos»*

—Tuve tres hijos con él. Ya deben estar muy crecidos

---

[634] EdA corrige: De Ovando.
[635] Véase nota 102 de la primera parte de LRT.

«y esperé a que me volviera a llevar al cine y a la feria (¿cómo se espera, señor? no, ahora lo sé: se espera sólo lo que no puede volver a suceder, se espera la repetición de dos, tres momentos del principio que nos marcaron y nos impidieron seguir adelante, al momento de la conformidad —¿por qué, para qué esa memoria?; son dos, tres, instantes, el momento antes de un beso, el momento después de un alumbramiento, sí, alguna muerte: en ellos me quisiera, o me quería, concentrar y dejar que los otros, los largos, los que forman de verdad nuestras vidas ya no estuvieran allí—, de la conformidad, no, no la entendía) pero ya era otra vida, vida de mujer casada que sólo espera (y eso, se lo dije, es lo que aprendí) pero que debe esperar algo, sin pedir: no es lo mismo que saber que no quieren que esperemos, que ni para esperar servimos, que no esperan que esperemos; así fue Donaciano; él no me dio a entender nunca que apreciaba mi espera, que quizá nunca me daría nada, pero que entendía (o por lo menos veía, sólo veía) mi espera de eso que nunca me daría; pero no, era el silencio, silencio de la carne (sí, aun cuando la suya creía vibrar dentro de mis cámaras de espera lenta y ávida, de gérmenes de más hijos helados) hasta cuando él creía excitarse y no lo lograba sino como un ejercicio sudoroso y mecánico: sí. Silencio de la voz, se sabe; impaciencia por volver con los amigos, por emborracharse a medias, sin alegría ni compasión, sin lograr en el licor llegar hasta sí mismo, a lo que debía ser una borrachera de hombre, suntuosa, horrible, no así, arrastrada y vergonzosa —o su amor con otras mujeres, que también debió ser helado y sin asco, pero con más dichos (los que esperaba de esa mujer, porque iba en busca de dichos más que de sexo, iba en busca de dichos ¿sabe usted?, porque los dichos se pueden llevar y traer, y con ellos se puede impresionar en el círculo del prestigio y las alabanzas y las confidencias y la presunción, pero con el sexo no se puede hacer nada de eso, porque se consume en un segundo, se consume entre dos y ya nunca, ese mismo acto, puede recuperarse: es demasiado amargo para ser relatado en el prestigio, demasiado cruel y pequeño para impresionar a los amigos: vuela y sin embargo se queda dentro, a curar las heridas más hondas causadas por él mismo: allí sabemos lo que somos: yo quise saberlo, pelota de él, caverna de él, esperando alguna verdad de su contacto) —o sus gritos en los toros, escondido entre miles de cabezas, lejos de la marioneta luminosa que lo dominaba a él, dominaba a las bestias, marioneta que no escuchaba sus soeces insultos —o sus bofetizas ocasionales por el quítame allá esas pajas: ¿qué eran? él y sus amigos: entendían

*que en esas actitudes vivían, se afirmaban, quizá: por lo menos,
Donaciano regresaba con los ojos muy luminosos y creía que yo
iba a adivinar el nuevo prestigio ganado en cada insulto, en cada
bofetada, en cada burdel, en cada cantina (y debe haber sos-
pechado que yo no, que yo sólo esperaba algo muy pequeño y tibio: beso, feria, cine, no sé, que nada tenía que ver con ese prestigio que se agotaba en un círculo de amigos; y así me violaba, me
exigía todo de la carne, me rajaba y se rajaba a sí mismo en un esfuerzo divagado por darme toda la gloria de su machismo en un
ejercicio mecánico, frío —y pensaba que al día siguiente regresaría a una mesa y a un archivo donde recibiría órdenes y nadie sabría de sus proezas varoniles, eso debe haber pensado a la mitad
de todos sus coitos conmigo porque se aflojaba todo y sin embargo
no me decía nada, no lloraba allí mismo, no quería admitir ninguna verdad, no quería sentirse pobre diablo —y así se hubiera
salvado, pues pese a su desilusión habría recogido algo, dos dedos de mi amor y algo más de respeto, pero esto no lo sabrá
nunca un hombre así, ¿verdad?, y seguirá buscando esos momentos falsos, falsos de afirmación, ¿verdad?) y por eso nunca
me perdonó que cuando se murió mi madre fuera a buscarlo a
la oficina aquella, musgosa y escondida, a pedirle dinero para
el entierro y él sólo sintiera que allí no estaba a la mano una sola de sus justificaciones, que allí era empleado inferior que no
podía fornicar con los archivos ni emborracharse con la electropura*[636] *ni abofetear al jefe por un quítame allá esas pajas: lo vi
en sus ojos, en los movimientos desesperados de sus manos por
alcanzar un legajo, o algo menos tangible que un expediente,
para disfrazarse de importancia. Sí, sentí ternura, pero también desprecio: no pude, por más que quise, tolerar su voz
mandona e impotente: 'Aquí no es funeraria, chata; a volar'*[637]*:
no supo darse más importancia que ésa, ¿ve usted?»*

—Le toleré todo a mi marido, señor Cienfuegos, pero llega
un momento en que...

—¿Usted nunca le...?

—No, nunca le dije a su cara: ¡Mentiroso, mentiroso! No lo
permita Dios que se lo diga nunca. Hoy lo odio, y le daría algo
muy mío, lo más que pudiera darle, si le dijera la verdad, si lo
llamara ¡Mentiroso! Lo digo ahora, y suena como blasfemia en
templo vacío. ¡No me avergüence usted, señor!

—¿Alguien niega aquí lo que otro se atreve, de una vez por

---

[636] *electropura:* agua embotellada.
[637] *a volar* [gaviotas]: largo de aquí.

454

todas, a afirmar? No, nuestra cortesía es parte de nuestro odio.

—Sí...

«...los obligamos a creer su mentira, para siempre, hasta su muerte. Así fue...»

—La vida sube y sube, señor, y él sin darme nada. Ya éramos cinco de familia, recuerda usted: mi mayorcita, Guadalupe, que ya debe estar muy crecida y hasta debe andar pintada; Chanito, que me decía las cosas que iba inventando, que me las dedicaba, en cuanto pudo saber algo, que lo entendió todo, que fue mi sostén en los últimos días con mi marido; y el niño Severo, el que se murió después. Ya éramos cinco, y por eso le dije a Donaciano, a mi marido, que yo trabajaría también, que al fin tenía mis cursos de secretaria para ayudarlo

«se quedó tonto otra vez, buscando fuera de su vida, de lo que él era, algo masculino con que contestarme. Que te estés quieta, que tú de aquí no sales, que parece que no tuvieras marido e hijos, que parece que no trabajara como un negro, que no me salgas con lo de siempre, que te estés quieta, que te atreves de dudar que soy capaz de traer el pan a esta casa, que te crees que no sé la verdad, que nomás quieres encadenarme como si fuera un perro faldero, ¡poco te importa el dinero! es que me quieres tener aquí encerrado, es que no aguantas un hombre a tu lado, seca, seca, seca, no puedes conmigo y yo puedo contigo y tres viejas más. Todo eso me dijo»

—Yo me fui a buscar trabajo, y lo encontré, señor. Y en cuanto lo tuve me fui con mis hijos y él no pudo aguantar

«no porque nos quisiera, no porque nos necesitara, sino porque le faltaba el eco de sus acciones, porque le importaba más que nosotros supiéramos de sus borracheras y sus prostíbulos a que lo supieran sus propios amigos: eso creo, y así me explico lo que hizo, lo que hizo también para que tuviera repercusión, para que alguien lo admirara. Ésa era la vida de mi pobre Donaciano, y la última vez que lo vi, creo que por primera vez se dio cuenta de que yo, la mujer silenciosa que lo esperaba, que yo, la infeliz a la que era capaz de invalidar para siempre, era más fuerte que él, podía aguantar más que él (que yo había aguantado la violación y el parto, la humillación y el desdoro, que yo, yo había aguantado el relato de sus inmundicias, señor, que yo era más hombre que él porque soportaba lo mío y lo suyo, que él no podía soportar su propia vida de paria a medias, que él necesitaba contarla y dejarla huir para que se depositara en mí y que ni en sus coitos sucios y torpes podría recuperar su propia vida, absorbida por mí, gesticulada por mis entrañas, incubada

de nuevo, con nuevas palabras, con nuevas borracheras, con nuevas fornicaciones, con nuevos golpes, en mí, para mí y nunca para él): eso supo entonces, eso vi en su cara en el instante antes de gritar y de llevarme las manos a los ojos»

—Llegó un momento en que no aguanté más, ¿ve usted?, y él quiso vengarse.

Hortensia se acomodó lentamente las gafas oscuras y acaso sonrió un poco. Ixca Cienfuegos esperó sus palabras husmeando el perfume de azucenas de la pequeña estancia, repasando los cuadritos de loza con motivos mexicanos.

—En el hospital sólo pensaba que qué necesidad había. Sólo eso. Mis amigas de la oficina me pagaron la curación y atendieron a los niños. Entonces vino el jefe, al que yo conocía, a visitarme. Recuerdo todavía igual su voz muy suave, deseándome bien, asegurándome que no me faltaría nada. Regresó, sí; yo no sabía por qué; me apenaba todo eso. Regresó a preguntarme lo que había sucedido

«y yo a decirle lo que he tratado de contarle a usted. Llegué a esperar su voz, su única presencia, ¿cómo le diré?, como un pan bendito y amargo que me obligaba a darme cuenta de lo que había sucedido, a no olvidar, quizá (dudaba entonces, lo sé hoy) a encontrar esos lugares exactos de mi amor y mi odio. Antes, con Donaciano, vivía yo sola; con Federico ya no. Puede que sea más fácil aguantar la soledad, señor. No estar solo es como morirse de pena; esto es lo que me ha enseñado Federico, sin saberlo él mismo, que vive solo, solo. Él también me habló de sus cosas, de su niñez, de su mujer, y de todo ello supe que lo mío (mi vida y mis imitaciones de la señorita Pimpinela y mi nostalgia de algunos minutos de amor y mis recuerdos de la infancia olorosa a cocina y luego los hijos que vinieron y todo, señor, todo lo que he querido decirle) era más sencillo y más evidente. Que yo quería esperar (como le he querido decir) y ser de un hombre que me hiciera esperar; que no quería serlo todo, ni de él ni de nadie, sino ser tan sólo digna de la espera de un hombre que supiera librar mis batallas por mí, y no hacerme el angosto pasaje de sus derrotas, ¿ve usted? (que no me contara sus minutos de vejación y fuerza, que yo los supiera en silencio; que no me hiciera eco de su vida entre los hombres, que viniera pesado y erguido a buscar mi minuto de espera acumulada, de espera ciega). Ciega. Así lo quisieron los dos. Donaciano, que me dejó ciega, y Federico, que me buscó ciega. Que me ha hecho añorar su efigie y su cuerpo que nunca vi con mis ojos, que me ha dado su amor mientras me describe a mí misma y des-

cribe la luz que penetra por las celosías, mientras yacemos, y baila sobre mi frente y mi boca, en rayos parejos, y yo sólo puedo olerlo todo, tocarlo todo, y esperar siempre, esperar a que con una fuerza lúcida y penetrante, erguida y sin excusas, pero respetuosa de mí, de lo que soy exactamente, de lo que soy, pues él ni me ha levantado ni me ha hundido, me ha amado tal como soy, así, con mis recuerdos, mis ojos más quemados que el centro del sol, mis esperas y cuanto soy, me dé su amor varonil. Su amor y su odio. No, me ha alejado de mis hijos. Les paga un internado, pero no es lo mismo. Quizá por esto lo odie, y se lo he dicho. Pero él quiere eso, mi amor y mi odio (el primero solo, señor, sería mi vida a medias) para él y para todos: él me enseñó a odiar a Donaciano, a regocijarme en la idea de su prisión, a pensar en la mugre que me había arrojado encima mi marido, en todo eso. Pero su brutalidad es dulce, ¿sabe usted? Es la parte de brutalidad que merezco y quiero, para querer y merecer mi vida, nada más, porque sé que la verdadera, la grande brutalidad la ha dejado en su vida de hombre, en el uso que hace de las personas que lo rodean (de su mujer, sí, nunca sombra para mí, sólo el fantasma sin mi amor y sin mi odio, sin el amor ni el odio de Federico, que forma parte del otro mundo). Porque el mundo que será al fin el mundo de Federico Robles está aquí, créame usted. Todavía no, porque Federico no es quien es en realidad, sino lo que la vida lo ha hecho. Como yo. Pero atrás, señor, atrás está esa cara verdadera, la primera, la única. Cuando Federico reconozca que yo existo, señor, que una persona existe fuera de él, de lo que ha sido, de su vida, entonces será lo que debió ser, sí. Éste era el mundo que quería. No merecía otro, y a mí me llena, me llena ofrecérselo, pues todo me dice que ahora soy yo quien le ofrezco algo y no él a mí. ¿Qué le ofrezco, piensa usted? Es lo que nunca me he atrevido a preguntarle, cada tarde que viene, pues es parte de lo que busca, ahora, que yo no pregunte ni penetre en su otra vida. Pero lo sé, sin embargo (mis ojos secos, a veces, reflorecen y recrean un espejo sin fondo en el que, más que las imágenes, vuelven a nacer unas aves turbias que vuelan detrás de mis párpados, cosidas al centro de mi vientre, y me devuelven horas de ciudad, de esta ciudad de México que me ha engendrado y me ha regalado mi vida y sus calles, que me ha visto correr por ella, parir mis hijos sobre su suelo, subir a sus camiones e interrogar su noche sin devolverme la imagen que le pido, hablándome siempre con olores de cosas tibias y corruptas: así lo siento, señor) y yo me dirijo al aire que respiro y al

457

*olor y al tacto que me devuelve y a ellos —a la presencia física
de Federico no, aunque para mí sea ellos—les pregunto: ¿es la
oscuridad lo que le ofrezco? ¿es la oscuridad el lugar donde
puede encontrar su luz Federico Robles? ¿es esto, señor Cienfuegos? dígame usted»*

Hortensia tosió y adelantó su silla de ruedas. Decidió, con
rencor, romper el bochornoso silencio y dijo: —Él con seguridad que no le habló de mí. ¿Cómo se enteró usted de mí? ¿Qué
quiere conmigo? ¿Qué hace aquí?

PARA SUBIR AL NOPAL[638]

Nueva aurora, nueva ciudad. Ciudad sin cabos —recuerdo o
presentimiento—, a la deriva sobre un río de asfalto, cercana a
la catarata de su propia imagen descompuesta: en la cima de la
aurora, Ixca Cienfuegos caminaba entre los miembros sin coyuntura del esqueleto de México, Distrito Federal[639], de la fortaleza roja de las Vizcaínas[640] al témpano de cemento y baratijas de San Juan de Letrán, túnel por donde volaban todas las
hebras y cáscaras de la noche anterior con el estruendo brutal
de lo que nada dice: cuerpos y papeles, el eco del rumor de los
cabarets[641] y los pies arrastrados por los pavimentos y las manos
de pergamino que acariciaron todos los senos caídos, de
Meave[642] al Barba Azul a la Bandida[643], desprendidos tres o
cuatro veces durante la noche a cambio de setenta, cientocin-
cuenta pesos, fruta magullada y sin zumo, al museo de cortinas
de hierro[644] que a esa hora es Madero, museo roto por la espera
profunda y olorosa a claveles de San Francisco, por el olvido en-
hiesto del Palacio de Iturbide. Cienfuegos caminaba como era
su costumbre, con las manos encajadas en los bolsillos del im-
permeable negro y los ojos detenidos en un punto sin lugar en la

---

[638] Verso de una canción (véase nota 432).

[639] Cfr. nota 8 de la primera parte de LRT.

[640] *vizcaínas:* se trata del Colegio de San Ignacio Vizcaínas, fundado en 1732 (fue escuela de caridad para niñas pobres sin mezcla de
sangre; tenían preferencia las de origen vasco).

[641] Cursiva en EdA.

[642] *Meave:* se refiere a Ambrosio de Meave, comerciante y uno de
los fundadores del Colegio de San Ignacio Vizcaínas.

[643] Nombres de cabarets.

[644] *cortinas de hierro:* cierres metálicos de los comercios.

458

distancia, distraído sólo cuando la arquitectura inevitable, o la persona singular —barrenderos, tecolotes[645], chamacos, ancianas de osamenta negra— cruzaban esa zona de la visita sin relieve: Sanborn's, High Life, Maria Pavignani, Pastelandia, American Book, cine Rex, Mazal, Kodak, RCA, Calpini, Kimberley, Hotel Ritz.

Era ésta la hora de la ciudad. Bajo una luz del gris más acerado, sólo lo esencial, el perfil, el bosquejo, ajeno al sobresalto o la mentira de otras horas bajo el sol o la luna. Hora del instante previo a la resurrección. Ixca creía ser el testigo cotidiano, en su diaria caminata del despertar, de esta resurrección; desde sus dedos crispados sentía brillar la electricidad que pondría en movimiento el sistema y hoy sólo pedía, desde sus dedos, que la imagen final se fijara. Creía contar en la sangre con la verdad de Rodrigo, de Norma, de Robles. Norma y Rodrigo ya iban rumbo a su máscara definitiva; Robles era el enigma, el insondable, el que, amo del nuevo mundo mexicano ante el cual se arrodillaban Norma y Rodrigo, era más que cualquiera otro su esclavo y su rebelde, su Gran Pelado-Decente, el único que había conocido o intuido mundos más vastos en el origen y el margen del mundo central que, hoy, a todos los ceñía. ¿Cuál era este origen, verdadero origen, de Robles? Ixca, detenido en la esquina de Madero y Palma para encender un cigarrillo, sabía que debió ser de tal manera escueto y sencillo que él, Ixca, jamás lo entendería. Que la vida oscura y marginal que Hortensia Chacón le ofrecía era un sustituto, a lo sumo un reflejo intermedio de ese encuentro original, que el ejercicio de poder descrito por Librado Ibarra (y también, otra mañana, por el propio Robles) no era sino una fuga, que a la vez suponía una constitución, de ese mismo origen escondido. Y en el destino de ese origen, sintió en ese momento Ixca Cienfuegos, allí se libraría la batalla, allí triunfarían, o la nueva imagen de Robles, o Cienfuegos y Teódula, allí, en el corazón de las espinas. Supo que el día cobraba autoridad y pensó en muchos ojos despiertos, cercanos a los suyos, ojos pensantes que precipitaran los destinos escogidos.

En la calle de Berlín, Colonia Juárez, en el departamento de barniz y terciopelo, de vitrinas enchapadas y última sequedad de las siemprevivas, Pimpinela de Ovando despierta con los ojos rasgados por la primera luz.

---

[645] *tecolote:* búho; gendarme (TPM).

Norma Robles había regresado de Acapulco, quemada como un remolino de sol, despojada de todos los requerimientos anteriores que halagaban a Pimpinela, con una fuerza definitiva en cada miembro, un poco demacrada y flaca, pero tensa y total como un alumbramiento, a decirle que Benjamín había sido corrido del Banco y que ojalá y ella y toda su runfla[646] de muertos de hambre se murieran de hambre, así le dijo y arqueó la ceja y añadió:

—Además ya sé lo de tus haciendas, preciosa. Si crees que gracias a que lambisconeas a Roberto Régules y le sirves de tapadera a Silvia vas a conseguir eso, te equivocas, chula. Por algo hizo Federico la Revolución y ahí está para defenderla: nomás te aviso. Más vale que te olvides de eso, bebesona[647], porque no va a ser[648] desgarriate[649] el que Federico te arma en los periódicos.

Y Pimpinela no podía decir lo que quería, con sarcasmo y negligencia, porque Norma, flaca y renegrida, tirada en el diván y envuelta en una bata floja, no le daba pie para el tratamiento acostumbrado, para destruirlo ahora como antes lo había construido, pero desde ese terreno, y no otro: Pimpinela no entendía la gratuidad de la nueva actitud de Norma. Los contactos entre ambas se habían desarrollado, siempre, en un lugar de encuentro claro y definido, el de sus intereses respectivos, y ahora todo era gratuito, gratuito como las siguientes palabras de Norma:

—Mira, bebesona, yo no soy de ninguna familia popoff[650]; mi padre era un comerciante pobretón del Norte y mi mamá una vieja bastante vulgar —tú la viste un día, hace mucho, en la estación del tren, ¿te acuerdas?, y creíste que era mi criada. Mi hermano picó piedras toda la vida y ahora anda de bracero, ¿qué se te hace? Pero a pesar de todos tus títulos y antepasados coloniales, chulita, yo soy más que tú, porque estoy acá arriba, y tú allá abajo, ¿ves?, y la vieja atufada[651] de tu tía no es más que una criada, por más sangre azul que tenga, es tan criada como tú o Rosa mi recamarera.

Y ésta le parecía a Pimpinela más ficción, esta verdad sin complicaciones, que la ficción aceptada —haciendas robadas,

---

[646] *runfla:* conjunto de personas o cosas (despectivo, TPM).
[647] *bebesona:* bebé. Aquí, tiene una intencionalidad irónica.
[648] Negación por afirmación: «... va a ser...».
[649] *desgarriate* o *desgarreate:* desorden, tumulto, confusión (TPM).
[650] Cursiva en EdA.
[651] *atufado(a):* altivo, vanidoso (DEM).

gran familia en decadencia— del origen de Norma. Pimpinela sintió que nunca más le podría decir a la tía Lorenza: —Norma es una cursi y su esposo un barbaján salido de quién sabe qué chaparral—, nunca más, pues era la verdad, la verdad admitida, con todas sus consecuencias de pan cotidiano y chiles y centavos para Pimpinela y los suyos, cuando Norma, con una furia ininteligible para Pimpinela, volvió a hablar:

—¿A poco sabías que los padres de mi marido fueron peones de campo en la hacienda de su tío? Ahí tienes, y ahora tú y los tuyos son los criados de Federico. ¡Ja! ¡Qué vueltas, chula, para qué te aviso! Pero criados de veras, ¿eh?, no de guasa, bebesona, porque el cretino de tu sobrinito sale hoy mismo del empleo y tú te quedas esperando que te devuelvan las tierras hasta que los burros tengan alas, ¿eh?

Y Pimpinela, erguida, sintió que le volaban por la cabeza todos los preceptos de dignidad no dichos, respirados, que habían sido y querían seguir siendo, el santo y seña de los de Ovando[652] y allí, entonces, supo que ya no tenían aplicación concreta alguna, que a nada podían apelar, que se habían gastado y deteriorado para siempre: sin recursos, Pimpinela aflojó su cuerpo y dijo:

—Es que nos hace falta, Normita; la tía Lorenza está muy vieja, ya ves, y Joaquinito nunca ha trabajado, ¿de qué quieres que vivan? Mil pesos significan mucho para ellos. Piensa que lo tuvieron todo; es como si mañana tú...

Y las carcajadas de Norma, plenas, resonantes, de un triunfo sabido y gozado, incontenibles, todavía zumbaban en la cabeza de Pimpinela, despierta, despierta, calle de Berlín, Colonia Juárez.

«¿Y a qué te dedicas ahora, querido?»

Norma lo había citado para esta hora en el Nicte-Ha. Lo había citado por medio de una criada y al principio Rodrigo había decidido no ir, plantarla, y se había sentado una hora antes de la cita a escribir su segundo argumento —*Pasión truncada* ya había entrado en su última semana de filmación—, saboreando la espera de Norma hasta que, al filo de las siete, sintió una urgencia y una esperanza que no lo abandonaron hasta el momento en que entró en el bar y, en la penumbra, pudo distinguir el brillo inequívoco de Norma, su exigencia de rendición, su invariable condescendencia: —¿Y a qué te dedicas ahora,

---

[652] Dice De Ovando en EdA.

querido?— y él, en vez de afirmarse (o quizá, en su peculiar congruencia, por afirmarse), había dicho lo mismo que durante el último encuentro con Norma: —No sé... escribo un poco...— y ella había vuelto a aplaudir con las manos enguantadas y a murmurar detrás de un velo de humo: —¿Qué tomas, querido? —Un martini[653] —Uyy, ¡si antes eras de puro orange-crush?[654] —Y Rodrigo había ostentado, sin desearlo, su primera mueca de fastidio frente a Norma, mientras recorría, guiñando los ojos, a la concurrencia, disfrazada en las sombras del bar. —¿Qué, no te divierte?

—No, si tú siempre me has divertido, Normita.

—No veo cómo puedes divertirte zambutido en tu eterna pobreza. ¿Nunca vas a reaccionar, no tienes ambiciones? ¡Ja!

—¿Qué ofreces?—. Rodrigo sintió que, por primera vez, su sonora dialéctica, la que tantas veces, a solas, había acariciado y repasado y explicado sin más testigos que una tetera y un catre de hierro, iba a serle útil: pretender que era un pobre diablo, y luego asombrar con la súbita revelación de su auténtico y glorioso ser. —Perdón, Norma. No tengo derecho a hablarte de esa manera. Llegamos, ¿me entiendes?, a una situación límite, donde desaparece la dignidad, donde, sencillamente[655], hace falta comer...

—¡Querido! Para eso te cité. Hay un momento en que tiene uno el deber de la generosidad, ¿no se te hace?, y se olvidan las cosas pasadas. De repente, tú, recordamos que hay viejos amigos, como tú, a los que la vida no ha tratado bien y que merecen nuestra compasión y nuestra ayuda... Podría hablar con Federico —si te interesa, viejito— y proponerle que te dé una buena chamba. Claro, tú no eres ambicioso, Roderico, de manera que te conformarías con algo, pues no de mucho bombo, tú, pero seguro. Que supieras que cada quincena...— Los ojos de Norma se perdieron detrás de una fumarola. Detenía un brazo sobre la mesa, y su sonrisa parecía congelada en una máscara de buena samaritana con *arriére-pensé*.

—Sí, Norma, eso es— repuso Rodrigo, afectando una imitación de los ademanes de la mujer. —Con eso me conformaría. Y quizá, de tarde en tarde, me honrarías con una copa —pagándola tú, naturalmente.

---

[653] Cursiva en EdA.
[654] *Ídem* (refresco embotellado).
[655] Dice: «..., donde sencillamente,...», en EdA.

Norma rió: —Bueno, tú, no sé. Sabes, yo tengo amistades, ¿cómo te diré?, muy exigentes, de otro estilo...

—Claro, comprendo. Pero nos podríamos ver a solas, ¿no crees? Con el sueldo que me dé tu marido podría alquilar un apartamento[656] mejor, y tú podrías visitarme allí; vernos solos, como cuando éramos muchachos. Yo me haría cómplice de tus gustos —reconóceme, por lo menos, cierto talento mimético— y de tu refinamiento, pondría una mesa para dos, con velas y champagne[657] y música de Cole Porter a lo lejos. Como en los anuncios de *Life*, ¿ves? Y después de la cena, te iría desvistiendo lentamente, a medida que se apagaran las velas, y te besaría las nalgas, ¡puta!

El mozo se acercó. Norma, inmutable en la voz y el ademán, pidió el Martini de Rodrigo. Se compuso el pelo con lentitud y sorbió su copa de bordes azucarados:

—Como te decía, exigentes, de otro estilo. A los que no se compadece, tú.

Rodrigo bajó la cabeza. Un pianista comenzó a bailar los dedos sobre el teclado mientras conversaba con la mesa vecina. Un grupo de jóvenes con melenas enriscadas y ojos fríos entró en el bar, contoneándose con las manos en los bolsillos y el cigarrillo en la esquina de los labios, para tomar su sitio en la barra, y algunas norteamericanas cuarentonas bebían en silencio con los ojos pegados sobre el grupo de muchachos.

—Antes —murmuró Rodrigo—, ¿recuerdas?, no había necesidad de palabras fuertes para herirse el uno al otro.

Norma respingó la nariz. —¿Herirse? ¿Crees que alguna vez me tocaste siquiera? ¡Ja! Le das demasiada importancia a un incidente entre adolescentes babosos.

Pero ya Rodrigo estaba hablando, sin escuchar la respuesta de Norma: —¿Cómo fue, recuerdas?

—¡Ja! Pides que se acuerde uno de cada cosa...

Rodrigo se rascaba un párpado. —Sí. Tu tío era un vasco rubio y solemne, jefe del departamento de lencería donde trabajaba mi madre. Un día la mandó llamar y le pidió que me invitara a una fiestecita en tu honor. Sí. Recuerdo muy bien que al principio me negué a ir; nunca había ido a una de esas reuniones, y no sabía bailar. Pero mi mamá imploró, me pidió que lo hiciera por ella, que tomara en cuenta su situación en el almacén.

---

[656] Dice apartamento en EdA.
[657] Cursiva en EdA.

—¡Patanes tú y ella! ¡Y el tío! Allí te hubiera gustado verme para siempre, hecha una cursi de marca...

—Me tardé mucho en vestirme. Pasaba una y otra vez el cepillo por el pelo, me miraba la cara en el espejo, verde, lánguida, de facciones puntiagudas. Tu casa, ¿recuerdas?, estaba en la Colonia Juárez, cerca del Paseo de la Reforma, ¿cómo se llamaba?...

—...¡Ja!

—...y tardé mucho en llegar, caminando desde el Chopo, deteniéndome en las esquinas y dudando hasta el último momento.

—No cambias, querido.

—Tenía diecinueve años, Norma. No puedes negar que tú...

—Oh, ya chole[658].

—La casita estaba iluminada, salía una melodía de moda...— Rodrigo sonrió y tatareó y luego cantó en voz baja: —*Heaven, I'm in heaven*... Bueno, yo traté de arquear la ceja—. Volvió a sonreír, como si la ceja arqueada y la mueca de Norma no estuvieran allí. —Traté de encontrar una actitud de mundanidad y desplante antes de entrar. Los muchachos reían en una esquina y lanzaban miradas furtivas a las filas de muchachas vestidas de rosa y azul que estaban sentadas en aquellas altas sillas de cuero, ¿recuerdas?, y que se exprimían las manos en pañuelos de encaje...

—Siguen igualitas— rió Norma.

—La victrola[659] estaba tocando, sin que nadie se atreviera a bailar, y entonces tu tío me dijo que ya ibas a bajar, que era tu cumpleaños. Yo seguía bebiendo ponche con la ceja arqueada. Entonces apareciste tú...

—¡La pequeña Lulú![660]—. Norma apuró, nerviosamente, su copa.

—...con los ojos verdes y el pelo rubio, vestida de beige[661], con un traje escotado.

Y la plantó con fuerza sobre la mesa: —¡Ya cállate, tú! ¿Crees que soy la misma? Mírame a la cara y dímelo. ¿Queda algo de...?

---

[658] *ya chole*: basta ya.

[659] *victrola*: tocadiscos (probablemente, el nombre proviene de dos elementos: consola y la marca de aparatos eléctricos RCA Víctor que puso a la venta un aparato con ese nombre).

[660] Personaje infantil de las historietas dibujadas (para niños).

[661] Cursiva en EdA.

—Saludaste a cada invitado con una sonrisa fresca, húmeda. Nos presentaron, pero tú no hablaste; seguías con la sonrisa, bebiendo un ponche. Me dijiste que debíamos conocernos desde hacía mucho, que te habían hablado mucho de mí y de mis versos.

—¡Hermanito del alma![662] ¡Pero qué cursilería!

—Y yo no sabía qué contestar. Todo el mundo fuera de mis estudios y mis amigos escritores era nuevo, y la frase que acababas de pronunciar era... era como saber que alguien podía escucharme...

—¡Ni me lo recuerdes! Lo que me tuve que soplar[663]. Palabra, eres vaciadísimo[664].

—...y decirme cosas que me alegraran. Así de fácil. Te dije que mis versos no valían gran cosa, y me contestaste que era tan joven y ya con fama, que mirara a todos esos niños amontonados en la esquina...

—«Ellos no tienen ambiciones», ¿a poco no?

—Sí. Luego me invitaste a bailar y te dije que no sabía, pero me colocaste los brazos, siempre con aquella sonrisa, y me pusiste la mano en la nuca, me estrechaste y me condujiste. Yo sólo olía tu pelo. Deseaba decirte que contigo podría hablar, sacar las cosas al aire, decir lo que pensaba de las cosas y que si no queríamos hablar bastaba estar así, cerca, para decirlo todo.

—Debías escribir las «Rutas de Emoción»[665], rorro.

—Entonces me convidaste a salir al jardín, aquel jardincito sofocado de palmeras, y levantaste los brazos y me dijiste que lo importante era una persona, que estaba bien hacer fiestas para conocer a una persona y luego olvidarse de los otros, ¿recuerdas? Yo te dije que pensaba igual, que...

—Ahora cuéntame una de piratas[666].

—No; te tomé de la cintura, y tú reclinaste la cabeza en mi hombro.

—No me mates de la risa, bebesón.

—Te dije que de pronto uno sabía que no era una idea o una obra lo importante, sino una persona, y tú metiste la barbilla en

---

[662] Frase hecha de Agustín Lara.

[663] *soplar:* aguantar.

[664] *vaciado:* chistoso.

[665] Dice *Rutas de emoción* en EdA (historietas para adultos).

[666] *contar cuentos* [o historias] *de vaqueros* [o de piratas]: mentir (TPM).

mi corbata y me pediste que te volviera a visitar pronto, y que no hiciera promesas que luego no fuera a cumplir. Me dijiste: «A ver, déjame verte los ojos», y repetiste mi nombre. Yo sólo te tomé las manos, las oprimí, apreté tu cabeza contra mi mejilla y levanté tu cara y sentí cómo mis palabras entraban en tu boca y te pedí que me dejaras ser el primero. Tú sólo repetías «te quiero, te quiero» y no me dejabas decir nada mientras abrías los labios y...

Todo el ruido del bar, que Rodrigo había suprimido en su mente, regresó en una catarata de palabras sumergidas y teclas y risas estridentes. —¡Cállate!— gritó Norma. —Ni siquiera tienes gracia para decirlo. Has inflado un triste cachondeo de adolescentes a no sé qué...

—Lo digo como lo siento, nada más.

Norma se arropó la estola en torno a los hombros quemados, amarillos. —No sentiste nada; inventaste lo que sentías, como inventabas todo, que eras un gran escritor, que ibas a salvar al mundo, qué sé yo.

Rodrigo hubiese querido un espejo. —¿Y tú?

—Yo abusada, tarugo— dijo Norma, adelantando su cara hacia la de Rodrigo con la misma ferocidad gratuita que había demostrado frente a Pimpinela. —Yo sabía que no servías más que para el manoseo, para los ratos perdidos. Ahora lo sé mejor que nunca: sólo quieres sentirte bueno, ¡pobrecito!, incapaz de matar una mosca.

—Pero tus manos, tus labios, todo...

—¿Ah, sí?— Norma frunció los labios —¿a calzón quitado[667], tú? Pues sí, pude haberte querido, si me dejas, fíjate. Se puede querer a cualquier gente; cuestión de voluntad. Si me hubieras dejado vencerte, o si me hubieras dominado. Pero no querías eso, ¿sabes?, querías complacerte a ti mismo, a ti solito, hacer tus monerías conmigo y luego irte a esconder y sentirte muy feliz y muy bueno. Pero a solas. Querías las cosquillas, nada más. Si hubieras tenido el valor de violarme, te lo hubiera agradecido.

Rodrigo jugueteaba con los cerillos, sentía la espina dócil, sin fuerza: —No mientas, fue mi pobreza.

—¡Qué tu pobreza ni qué ojo de hacha![668] Eso vino después, porque no me dieron otra cosa. Tú no querías ser mío, querías

---

[667] *a calzón quitado:* sin ambages. Hacer algo a calzón quitado: hacer las cosas en forma directa y sin rodeos (DEM).
[668] *ojo de hacha:* negación irónica.

ser un salvador de los hombres, sin vida real, y hacerme a mí un testigo sin sexo de tu grandeza moral, de tu gran bondad y talento. Nunca me dijiste: «Te voy a dominar; y si no, domíname tú». Ésa es la diferencia entre un guiñapo como tú y un hombre como Federico, que me ha sometido, que me demuestra, hasta en su indiferencia, que hace dinero y es poderoso para someterme. Tú, ¿cuándo?

El autor de *Florilegio* se daba cuenta de su figura lastimosa, de sus ademanes falsos, de todo lo que unas cuantas semanas de éxito aún no habían borrado de su vida. No es cierto, Norma, te juro que no es cierto. Era real. No hay nada más real que el amor, porque exige la presencia real del ser amado. Eso es lo que yo exigía. Sólo el odio puede fabricarse en la irrealidad, pero no el amor, Norma.

—Ahí está. Tú lo has dicho. Que dizque la presencia real. ¡Ja! ¿Pues cuándo tuviste mi presencia real, tú? Te quedaste inventando ilusiones...

—No es cierto.— Rodrigo quería suprimir ese tono plañidero, el mismo de los diecinueve años, cuando Norma dejó dicho que nunca estaba para Rodrigo y él telefoneaba y rondaba la casita de la Colonia Juárez y después la nueva, en las Lomas.

—Te volví a encontrar en otras mujeres que siempre eran tú, tu cara, tu cuerpo...

El mozo se acercó. Norma, con los dedos, indicó que quería la cuenta. —Bueno, no vine aquí a servirte de paño de lágrimas, sino a ofrecerte una chamba para que no te mueras de hambre. Abusado, Rodrigo. Ésta es una ciudad de mujeres interesadas, y todo el que quiere encuentra oportunidades. Se hacen fortunas nuevas todos los días, y de guaje[669] se va a meter una mujer con un pobretón. Tira a la basura tu nostalgia, bebesón, y ponte al alba[670]. Ya verás cómo te caen las viejas en cuanto huelan la mosca. De repente hasta te olvidas de mí, ¿eh? Bueno, ¿quieres la chamba o no?

Rodrigo dejó que Norma pagara el consumo. De pie, caminó detrás de ella hasta la puerta de Juárez. —Mi coche está en Balderas— dijo Norma. —¿Te dejó por ahí?— El portero del Hotel del Prado abría la puerta de un Jaguar convertible amarillo, con respaldos de cuero y entorchados de níquel. —Aquí está el mío. Gracias— contestó Rodrigo con una sonrisa que era, por fin, la de su plenitud y su triunfo, la sonrisa requerida por

---

[669] *guaje:* tonto (DC).
[670] *ponerse al alba:* avisparse.

toda su vida de justificaciones y afanes truncos. Nada más —pensó Rodrigo—, no quería sino esto[671], este momento, frente a esta mujer. La mueca de Norma fue un bálsamo que lo curó de todas las nostalgias, de todas las enfermedades del alma. Un muchacho pasó corriendo, gritando el periódico vespertino, y cruzó entre Norma y Rodrigo. «¡Lea lo de la bancarrota! ¡La bancarrota del famoso banquero!», y se perdió en la noche de la Avenida Juárez. Rodrigo respiró hondo, abarcó con la vista las luces desiguales, las alturas sin simetría, el cañón de prosperidad de la Avenida, y subió al automóvil que, con impar generosidad, Evrahim le había regalado como anticipo de varios argumentos de cine.

—No, no me van a vencer— decía Federico Robles, en mangas de camisa entre un torbellino de secretarias y papeles revueltos y abogados que formaban una nueva hinchazón en torno a su figura obesa. —Se lo dije a Norma una vez, Cienfuegos, y ahora se lo repito a usted: si hoy me quedo en la calle, mañana rehago mi fortuna. ¡Verá!

Las voces mandonas o implorantes avasallaban a Robles.

—...la declaración tiene que afectar a todos los departamentos, licenciado...

—...aquí está el sandwich[672] que pidió, licenciado...

—...que si quiere usted que el síndico...

—...Le leo: «Artículo 437: El proyecto de graduación se sujetará...»

—...llamó el licenciado Régules...

—¡Ah!— exclamó Robles, arrojando un expediente al aire. —¡Ya apareció el buitre ese! Pues que lo sepa bien: aquí sólo hay lugar para su tiznada madre[673]. Si cree que ahora va a dar el zarpazo...

—Créditos fiscales por impuestos corrientes; acreedores de la masa; y gastos generales de la...

—¡Dígale que tantos años de marquesa; que se atreva a aprovecharse ahora, dígaselo a él y a su...!

—Acreedores privilegiados, a los cuales se aplicará...

Robles se irguió, con la rapidez de un gato acorralado, y aulló con la voz chillona y rota: —¡Largo de aquí todos! ¡Fuera! ¡Al demonio! ¡Déjenme solo!

---

[671] Dice: «..., no quería esto,...», en EdA.
[672] Cursiva en EdA.
[673] *tiznada madre:* insulto, variante de chingada.

Cuando la puerta se cerró detrás del último abogado, todo el afán de paz y silencio y soledad de Robles quebró su rigidez. Su cuerpo se desinfló. Cayó sobre el sofá. Ixca, de pie, lo observaba.

—Tantos años... ¡de marquesa!—. Estiró el cuerpo y dejó caer un brazo al suelo. —Así no se asesina en México, Cienfuegos. Así no. Por la prensa y con base en un chisme, en una calumnia cualquiera. Así no. Que vengan a matarme cara a cara. Que me den de dónde agarrarme. Como hombres. Pero así no, le digo.

Cienfuegos, desde su altura rígida, dijo: —¿Usted le ha dado esa oportunidad a sus enemigos?

Como si dependiera de un resorte, Robles levantó la cabeza: —¿Qué quiere usted decir? No he hecho ni más ni menos que cualquier otro hombre de negocios. Pero no le he costado una lágrima a nadie. Sí, ya sé lo que piensa usted. Cuando me vino con la noticia de que los regiomontanos se preparaban a vender su parte, se lo agradecí, Cienfuegos, lo admití en mi confianza, le encargué gestiones serias y seguí su consejo: dar el golpe primero. ¿Eso es lo que me va a echar usted en cara ahora?—. Y la dejó caer nuevamente. —Le he contado mi vida. Yo vengo desde la milpa aquella, Cienfuegos, y he llegado por mi trabajo y mi ambición, sin ayuda de nadie. ¿Que yo he sido eficaz y los otros torpes? Pues ahí tiene usted toda la historia de este país en dos palabras. No hay más que eso.

Cienfuegos sonrió. Robles, con un gemido, se sentó en el sofá de cuero. Su piel amarilla se había dibujado, como un mármol viejo, de placas amoratadas. —Al rato van a caer los periodistas; esto va a ser el infierno. Mire, aquí cerca, en Aquiles Serdán, hay un café rascuache[674]. Espéreme allí para que nos tomemos algo y me calme. Al ratito lo alcanzo.

Ixca bajó a la Avenida Juárez y caminó lentamente hacia Bellas Artes. Manuel Zamacona, con unos libros bajo el brazo, salía del pórtico desnivelado. Los árboles de la Alameda se mecían desde la tierra. La gente que abandonaba las oficinas y comercios, sin alegría, bajo el peso de una indiferencia sin nombre que ni siquiera posee el relámpago de injusticia que acicatea la rebeldía, arrastraba los pies sobre el pavimento. Los puestos de revistas se estaban doblando, había largas colas que esperaban el Lindavista, el Mariscal Sucre, el Lomas, el Pensil[675]. Zamacona saludó a Cienfuegos:

---

[674] *rascuache:* de mala muerte; sin personalidad.
[675] Autobuses urbanos.

—Una mesa redonda sobre la literatura mexicana. Que si se debe hablar sobre los sarapes de Saltillo, que si Franz Kafka dependía del presupuesto de Wall Street, que si la literatura social no es más que el eterno triángulo entre dos stajanovistas y un tractor, que si por más mexicanos más universales, que si debemos escribir como budistas o como marcianos. Mucha receta, y cero libros.

Cienfuegos tomó a Manuel del brazo:

—Te convido un café.

—Seguro.

Zamacona era más bajo que Cienfuegos, y los libros, la gabardina enrollada en el brazo, lo hacían redondo y pequeño a la mirada casual. Sólo la cabeza, grande, dibujada a tinta, y el perfil finísimo, permitían distinguir a Zamacona de cualquier otro mestizo, de estatura mediana y cuerpo sin músculo, que transitara por esas calles. —Mira: Guardini, *El laberinto de la soledad*[676], Alfonso Reyes, Nerval— dijo, a la altura del Banco de México, indicando los cuatro libros que llevaba bajo el brazo.

—¿Para qué? Nuestra vida cultural vive en un perpetuo *statu quo*, igual que nuestra vida política. Sólo la burguesía se mueve y remueve, avanza, se apropia del país. Dentro de diez años éste será un país dominado por los plutócratas, tú verás. Y los intelectuales, que podrían representar un contrapunto moral a esa fuerza que nos avasalla, pues ya ves, más muertos del miedo que una virgen raptada. La Revolución se identificó con la fuerza intelectual que México arrancó de sí mismo, de la misma manera que se identificó con el movimiento obrero. Pero cuando la Revolución dejó de ser Revolución, el movimiento intelectual y el obrero se encontraron con que eran movimientos oficiales. ¡Ay del que venga a remover estas aguas! Nacionalismo, valores falsos, simulación. ¡A todo dar![677]

La carcajada de Manuel rebotó sobre los muros, casi anaranjados, del palacio veneciano del Correo. Ixca Cienfuegos sonreía con él: en México es de mal tono no tomar a broma las propias desventuras. Los tranvías[678] avanzaban lentamente por Tacuba:

---

[676] Libro de ensayos de Octavio Paz (véase en MPH), obra capital de y para la cultura mexicana, que ha influido en varias generaciones de intelectuales.

[667] *¡A todo dar!:* ¡excelente!

[678] Los tranvías ya cedieron su lugar a los automóviles (medio de transporte privilegiado en la ciudad de México) (véase nota 415).

otro Palacio, el de Minería, resonaba con el estruendo de los cohetes: los estudiantes pedían vacaciones adelantadas. Ixca y Manuel entraron en el café, donde el agresivo olor a flit[679] corría por la galería de caballerizas apenas iluminada por la luz mortecina, verdosa, de los tubos de neón. Ni la higiene ostensible, pulida, del modelo norteamericano, ni el sabor recoleto, la sensación de estar, de los viejos cafés mexicanos. Zamacona asoció este lugar, que no obedecía a necesidad alguna, con el perro, hijo de todas las cruzas, engendrado entre la sangría de gasolinas y aguas frescas de la ciudad, que se paseaba con la cabeza entre las mesas, husmeando el piso de linóleo agujereado.

—¿Qué van a hacer los intelectuales mexicanos el día que el debate se plantee?— sonrió Manuel, dejando caer en montón los libros y la gabardina sobre la mesa. —Porque se acerca el día, Ixca, en que la gente va a pedir sólo eso. No mitotes, ni balazos, ni siquiera que el PRI pase a la oposición. No. Sólo que las cosas se puedan decir abiertamente, que se puedan discutir las personalidades públicas y los problemas sociales. El candidato del PRI llegará, como siempre, a ser el Presidente. No es ése el problema. Lo que el pueblo quiere, y lo querrá cada día más, es que el candidato definitivo no sea escogido, a su vez, por un cónclave de ex-Presidentes. Querrá discutir a los hombres y, con ellos, los problemas. Nuestra prensa mercenaria, claro, no ayuda mucho. Y los intelectuales son, o los marxistas más tontos del mundo, o los que creen que es más importante hacer una obra en serio, aunque sea aislados, que mancharse en una vida pública tan estúpida y mecánica como la nuestra.

Ixca ordenó dos cafés a un mozo bovino que se rascaba las ingles. —Hay siempre un paso de más, el que nadie puede evitar: la violación— dijo, con la boca un poco torcida, Cienfuegos. —No bastan las lecciones reiteradas del pasado. Siempre se da al paso de más.

—Y éste es un país que ya ha sido violado demasiadas veces —guiñó los ojos, al encender un cigarrillo, Zamacona: —¿Eso es lo que me quieres decir?

—No—. La voz de Ixca se reproducía en un monótono, como si su verdadera voz no fuese audible. —Una sola vez. Como todos.

—¿Cuándo?

—Cuando olvidó que la primera decisión es la última.—

---

[679] Cursiva en EdA (líquido insecticida).

Ahora, pensó Manuel, la voz de Cienfuegos era demasiado espesa, demasiado consciente de una cualidad que el propio Ixca se había atribuido a sí mismo, de manera gratuita. —Que no se puede ser más que esa voluntad original, que todo lo demás son disfraces.

Manuel quería adivinar, a su vez, el disfraz aparente de Cienfuegos: —¿Cuál decisión original?

—La del primer México, el México atado a su propio ombligo, el México que realmente encarnaba en el rito, que realmente se creaba en una fe, que...

—...Que realmente se sometía a un poder despótico, sanguinario y disfrazado por una teología satánica...— interrumpió Manuel la cantinela de Cienfuegos.

Ixca lo miró con cierto desdén divertido. —¿Y el poder actual? Dentro de unos instantes llegará aquí Federico Robles. Hoy, él ejerce —o ejercía— el poder. ¿Es mejor este poder barato, sin grandeza, de mercachifle, a un poder que tenía, por lo menos, la imaginación de aliarse al sol y a las potencias reales, permanentes e invioladas del cosmos? Yo te digo que prefiero morir inmolado en una piedra de sacrificios que bajo la mierda de una triquiñuela de capitalistas y de un chisme de periódico.

Los dos cafés llegaron, sebosos y humeantes. Zamacona rechazó el ofrecimiento de azúcar de Cienfuegos. —Lo tomo negro. Sí, leí la prensa de la mañana. Quisiera saber qué pierde con esto un hombre como Robles. A qué renuncia...

—¿Renuncia?

—Sí.— Manuel sorbió con desagrado el café de garbanzo amargo. —Quisiera saber si su personalidad depende de esos elementos de poder que hoy le han sido arrebatados, o si hay algo más, una fuerza verdadera, algo que me permita reducir a Robles, pese a una quiebra. Esto es lo que me importaría saber, no el hecho escueto de que Robles se hunda... Para mí —Zamacona inquirió, con una leve sonrisa, los ojos de Cienfuegos—, Federico Robles es una persona.

La mano de Cienfuegos hizo una seña: Robles entraba. El mozo tropezo con el banquero y le gritó: —Órale, órale, fíjese por dónde anda...

Robles no pudo contener una sonrisa agria. Tomó asiento frente a Cienfuegos, al lado de Manuel. Los párpados avejentados, extendidos en gruesas bolsas de cuero, contrastaban con el brillo intenso, la mirada de cuervo, de Ixca Cienfuegos.

—Sí, conozco al señor... Ya ve usted, Cienfuegos— dijo arrojando el sombrero a un lado. —No he cambiado de ropa ni de ademán. Pero hasta los meseros adivinan que no soy un gran señor. *Órale, órale*... Hace tantos años que un inferior no me decía eso.

—Es un café rascuache, con clientela rascuache— opinó Ixca.

—Y uno se vuelve rascuache. Tomé tantos años para crearme un exterior invulnerable... En fin, a Zamacona ya lo conozco, podemos hablar. Ya ve usted, qué rápido se cae la fachada. Para ese mesero, no soy más que un indio gordo y torpe que le pisó los callos. Es muy duro renunciar a lo conquistado, Cienfuegos.

Ixca tomó un sorbo de café, diluido y fangoso en el fondo de la taza de plástico, todavía embarrada de lápiz labial mal enjuagado.

—¿Cree usted que es más difícil renunciar cuando se tiene todo, o cuando no se tiene nada?— guiñó Manuel, torciendo el cuello para ver a Robles, y clavando, en seguida, la mirada en Ixca.

—No, no hablo de bienes materiales— interrumpió Robles. —No me importan la casa ni el automóvil. Yo renuncio al poder, ¿se da cuenta? Yo inventé el poder. Sin mí, sin el puñado de Federicos Robles que han construido durante los últimos treinta años, no habría nada, ni la posibilidad de renunciar. Sin nosotros, quiero decir sin ese círculo mínimo de poder, se me hace que todo se hubiera perdido en la apatía tradicional de nuestro pueblo.

—¿La Revolución?— inquirió Zamacona.

—Sí, la Revolución. Ustedes saben cómo empezó, y yo lo viví. Sin programa, sin ideas, casi sin metas —aunque el amigo Zamacona aquí piense lo contrario. Con jefes improvisados y pintorescos. Sin táctica ni pensamiento revolucionario auténticos. De acuerdo: mucho se perdió o fue traicionado. Pero algo se salvó, y lo salvamos nosotros...

—Los eficaces... —dijo Ixca, sin la intención de evocar la reciente conversación con Robles.

—Sí señor, los eficaces. Carranza y Calles contra los que nos hubieran llevado de cabeza al desastre, Zapata o Villa. Los que construimos por encima de la pereza y la apatía. Los que nos ensuciamos las manos...

Ixca, sin desearlo, pues sólo quería retener este momento, sin antes ni después, el momento singular del destino de Robles, sintió cruzar por su sangre las imágenes relatadas de los combates de Celaya, impulsadas por la voz y el recuerdo de Robles.

—...los que fuimos lambiscones con los de arriba y altaneros con los de abajo; los que acabamos con algo de nuestra dignidad para salvar cosas más importantes. ¿A todo esto voy a renunciar ahora?

El rostro de Cienfuegos, afilado y brillante como un perfil de hacha, se acercó al de Robles: —Renunciará usted cuando lo posee todo. Esto es fácil. La renuncia terrible vendrá después, cuando deba usted renunciar sin tener nada.

—¡Vaya chiste!— gimió Robles. —Ni a Dios se le pidió tanto.

—...Dios...— murmuró Zamacona.

—Seguro.— Robles infló el pecho, volvió a afirmarse. —Si Jesucristo impresiona a la gente, es porque renunció a salvarse como Dios para que lo sacrificaran como ladrón. ¿Creen ustedes que la solución inversa habría sido efectiva? ¿Que siendo un ladrón se habría sacrificado como Dios? Se me hace que...

La voz nerviosa y rápida de Zamacona se interpuso en la afirmación de Robles: —Pero Cristo no murió como ladrón excluyendo la posibilidad de morir como Dios. Precisamente permitió que cada ladrón futuro muriese como un Dios. Su muerte asumió todas las muertes, las voliciones de muerte, de renuncia y de fracaso. Cristo no sólo renuncia a su divinidad aparente, no sólo renuncia a ser Dios ante los terceros: renuncia, asumiéndose, a las posibilidades de hombre, de ladrón, de santo, de adúltero. Todos pueden morir como un Dios, porque Dios ha muerto por todos. Todos han de salvarse —todos, o nadie. Se han de salvar el que en la humildad y el sacrificio teje su vida anónima, y el que atenta a sabiendas contra la caridad y el amor.— Manuel se detuvo un momento. Sintió en su voz acentos que jamás había percibido; recordó sus frases de unas semanas antes, en casa de Bobó, y se sorprendió ante el nuevo curso de su pensamiento: la sorpresa se dejó sentir en su voz: —El más grande criminal puede decir: «Voy a cometer mi crimen con toda premeditación, voy a infligir todas las indignidades y torturas, las que más hieran la libertad y la semejanza divina de mi víctima, y sin embargo el amor que Dios siente por mí, sangriento criminal, puede perdonarlo todo y puede salvarme».— Ixca mantenía su mirada de desdén y diversión. Robles observaba fijamente el montón de libros y la gabardina de Zamacona. —El único que nunca se salvará será el resurrecto, porque ya no puede cometer un crimen ni sentir una culpa. Ha conocido y ha regresado.

—¿Lázaro?— sacó los labios, en un intento de caricatura, Cienfuegos.

Los tres hombres rieron. Zamacona volvió a fruncir el ceño:

—Lázaro. En el fondo inconsciente de su espíritu, late la convicción de que, cada vez que muera, volverá a resucitar. Tendría alevosía y ventaja; podría cometer todos los crímenes con la certeza de que a los días de muerto, regresaría a cometer nuevos crímenes: nadie le pediría cuentas. Lázaro no morirá sobre la tierra. Pero ha muerto, definitivamente, para el cielo. No es un inmortal: vivir para siempre en la tierra es la negación de la inmortalidad. El resurrecto ya no se salva, porque no puede renunciar a nada, porque no es libre, porque no puede pecar.

—¿Pero usted pide que se renuncie sin tener nada como condición básica? A ver, ¿por qué? Y barájela despacio —gruñó Robles.

—Porque entre Lázaro y nosotros media la posibilidad de la culpa; él no la posee, nosotros sí. Él ya no puede asumir el dolor o la culpa ajenas: se ha hecho hermético a la vida, nada cuenta para él sino la parálisis de conocer, en redondo, su propio destino.— El mozo se acercó, con una cara de vigilancia soñolienta. Robles pidió un tehuacán[680]. —Entonces no puede asemejar su destino al de sus semejantes. ¿Me entiende, licenciado? Se puede renunciar en primer grado cuando se tiene todo y entonces se ha ganado muy poco, y la renuncia puede pervertirse en la añoranza y el pesar y la duda. Hemos perdido el lugar entre nuestros iguales. Ellos allá, nosotros aquí. Pero cuando se renuncia sin tener nada, no cabe más que la posibilidad de asumir el dolor y la culpa, ya no de los iguales, sino de los semejantes. Es ésta la única riqueza que queda entre nuestra renuncia y nuestra perdición. Desnudos de todo lo nuestro, sólo podemos vivir con los demás, para los demás. Y usted, licenciado, ¿va a renunciar a todo para añorar lo perdido, o va a renunciar para acabar renunciando incluso a añorar, para arrancarse la piel de su individualidad falsificada y cubrirse con el llanto y la sangre desnudos de los otros mexicanos? Ésta es mi pregunta.

Robles se quedó mirando la superficie manchada de la mesa. Ajena a toda su lógica vital, una sensación inasible de adivinanza y misterio se apoderaba de él y encontraba su punto concreto en los ojos de Manuel Zamacona. Sus palabras le importaban menos; no eran sino un flujo que permitía a Robles dejarse

---

[680] *tehuacán:* agua mineral embotellada.

arrastrar a otra región donde dos ojos que había olvidado para siempre trataban de recuperar la imagen misma de Robles. La sangre del banquero, como cruzada por una lanza de plomo, se reflejó con un color ceniza en su piel. Casi no escuchó las palabras de Ixca, coronadas por una carcajada:

—Mi querido Manuel, toda esta tesis está bien cuando se apoya en una idea de personalidad capaz de recibir, y engendrar, redención, culpa, etcétera. Pero no veo qué razón tenga en un país donde no hay persona, sino otra cosa —aire, sangre, sol, un tumulto sin nombre, una masa torcida de hueso y piedras y rencores, pero jamás una persona.

—Entonces éste es un país presa de lo satánico...— repuso Zamacona.

Cienfuegos rió nuevamente, adelgazando su córnea amarilla.

—¡Lo satánico! Estoy hablando en serio, Zamacona, no como un mitómano medieval...

Al pegar con el puño sobre la mesa, Zamacona hizo saltar el tehuacán del banquero, que se regó sobre el piso. Robles permaneció con la mirada fija, temblorosa, en Manuel. —Habló de realidades. Habló de la dispersión, de la ruptura infinita de la unidad humana. Ese punto oscuro donde no se puede alcanzar el amor, ni la compasión, ni siquiera la contemplación de sí mismo, porque hasta la unidad más nimia de la persona está atomizada, sin lugar de referencia con la liga vital que nos ata a un ser amado, a un simple, escueto admitir la vida de los demás. Esa vida ficticia que sólo admite la existencia de sí misma es lo satánico.

La sonrisa paralizada de Ixca Cienfuegos era negada por sus ojos densos y oscuros, colmados de una resaca de odio que se disparaba sobre las figuras sentadas frente a él. Parpadeó hasta aclarar esa laguna turbia. El mozo se acercó, lanzó el brazo al aire en una seña de maldición, y trapeó el agua mineral regada.

—Por eso quiero saber —dijo ahora Zamacona— qué significa esa conmoción anónima a que te refieres, Cienfuegos, qué sentido... Nada ganamos con saber que allí está, mostrenca. Quiero saber el sentido del tumulto sin nombre, de la masa torcida de sangre y rencor que para ti es México.

—De ella depende la salvación, la salvación de todos.— Cienfuegos adelantó el rostro, de una palidez brillante, hasta acercarlo al fruncido e inmóvil de Zamacona. —La salvación del mundo depende de este pueblo anónimo que es el centro, el ombligo del astro. El pueblo de México, que es el único contemporáneo del mundo, el único pueblo que aún vive con los dientes pegados a la ubre original. Este conjunto de malos olores y chancros y pulque viscoso y carne de garfios que se apeñusca en el lodo indiferenciado del origen. Todos los demás caen, hoy, hacia ese origen que sin saberlo los determina; sólo nosotros hemos vivido siempre en él.

Cienfuegos solicitó una respuesta de Robles; el banquero, hundido en su propia carne, estaba muy lejos. Todas las palabras dichas llegaban a él convertidas en sensación e imagen. Un gancho de memoria perdía su mirada, aniquilaba su cuerpo. Semejaba, sentado en el estrecho banco de la caballeriza, un montón de tierra ceñida.

—Federico Robles diría —dijo Cienfuegos— que eso es pedir que nos detengamos, que ya no trabajemos, no creemos industria, bienestar... Sí. Que los destruyan para que el amanecer nos encuentre sobre un desierto, sin más riqueza que nuestra piel y nuestra palabra. Para que todos partamos de la arena primera, del cuerpo tatuado de heridas y derrotas. *Y el mundo que gima y alce sus voces plañideras* —no supo Ixca si lo pensaba o lo decía, pero la mirada que le devolvía Zamacona parecía escucharlo todo—; *sabrá entonces que no es el suyo, el dolor de lo perdido, el verdadero dolor: que hay otra tierra, otros hombres, que no han vivido más que el dolor y el fracaso. El equinoccio del sufrimiento se dio en México; aquí se hermanaron todas las promesas, todas las traiciones; aquí el sol es más viejo y arrugado: y sólo aquí sus rayos son luz de tinieblas. El sol ruge sin cesar, pero siempre es de noche. Noche de los dioses que huyeron despavoridos, noches rezando para que no suceda lo que ya sucedió, noches largas frente a un espejo, haciendo la mímica de los modelos mientras las espaldas se nos caen a jirones y el llanto nos suda por las manos. Noche cargada de fardos y de cofres de oro y plata, noche de la bayoneta y del pedernal* —y Cienfuegos sabía que en la faz cada vez más antigua de Federico Robles, en el apremio desbocado de su memoria y sus ojos perdidos y su carne sin huesos, penetraban también, y corrían como una liebre de fuego, sus palabras no dichas—; *la sábana de ceniza volcánica vuela hasta las constelaciones, Robles, Zamacona, para decirles a todos: si no se salvan los mexicanos, no se salva nadie. Si aquí, en la tierra embrutecida de alcohol y traiciones y mentiras resplandecientes no es posible el don —el mismo don que tú pides, el de la gracia y el amor— no es posible en ninguna parte, entre hombres algunos. O se salvan los mexicanos, o no se salva un solo hombre de la creación. ¿Pero cómo decirlo, Robles, Zamacona, si los rato-*

nes nos han comido la lengua, si todo nuestro lenguaje son los
colores y el sexo y las geografías mudas?: —Y en ese origen, Zamacona, se sabrá que no ha habido dolor, ni derrota ni traición
comparables a los de México. Y allí se sabrá que si los mexicanos no se salvan, no se salvará un solo hombre de la creación.

—Sí— dijo Manuel Zamacona, devuelto por las palabras de
Ixca a remover sus libros, a jugar con una cajetilla de fósforos,
a mojar su colilla en el residuo del café. —¿Pero a quién se hará responsable de ese dolor y esa traición? Insisto, Cienfuegos:
no basta atestiguar la miseria y las derrotas de México. ¿A
quién son imputables? Te lo digo en serio: por cada mexicano
que murió en vano, sacrificado, hay un mexicano responsable.
Y regreso a mi tesis: para que esa muerte no haya sido en vano,
alguien debe asumir la culpa. La culpa por cada indígena azotado, por cada obrero sometido, por cada madre hambrienta.
Entonces, sólo entonces, ese hombre singular de México será todos los mexicanos humillados. Pero ¿quién acarrea los pecados
de México, Ixca, quién?

Viejo, cada minuto, cada palabra más viejo, montaña inmóvil y río subterráneo, sus ojos corriendo como lava entre lagunas
petrificadas, Federico Robles sentía y tocaba las palabras de
Manuel Zamacona. —Lo espantoso, Cienfuegos, es que a veces
no sabe uno si esta tierra, en vez de exigir venganza por tanta
sangre que la ha manchado, exige esa sangre. Si esto fuera cierto, entonces sí acepto tus ideas: volcán anónimo, dispersión y
muerte del hombre.

Pero no era esto lo que escuchaba, en voces plegadas como
serpientes, Federico Robles. Escuchaba un nombre olvidado,
cancelado por el éxito y el poder; escuchaba el calor de una capital de provincia, la voz taconeada de un hombre gordo y olvidado, el rumor explotando en ecos de pólvora sobre un llano
de yeso y matorrales. Se llevó los dedos a los párpados en un esfuerzo último por recordar esos nombres: en ellos, a ciegas,
buscaba la encarnación de las palabras de Zamacona. Un hombre muerto en vano; un hombre culpable. Las voces de Ixca y
Manuel huían, por fin se dejaban devorar por una oscuridad lejana, y Federico Robles permanecía solo, antiguo y olvidado como la gota más vieja del mar, con los ojos cerrados, inviolable
en este último apoyo de su conciencia, en el recuerdo definitivo
que sólo este día, el del derrumbe de su poder, pudo
convocar...

Hasta la celda de Feliciano llegaban los rumores de la fiesta: 15 de septiembre[681], y él metido aquí[682]. Con un movimiento de la cabeza cuadrada, Feliciano intentó dar un ritmo a los ruidos[683]. Como que ya los había ordenado, dispersos, durante el tiempo que había estado en la prisión. Ahora se le agolpaban: todos juntos[684], deshacían su esquema. ¿De dónde venían? No de la gente, que afuera, en el aire, pactaba el silencio. Venían de otra parte: los creaban el recuerdo, las luces de bengala, el chisporroteo de la sangre. Porque nadie metía boruca, así al aire libre[685]. Después —¡cómo le ardía a Feliciano hacer memoria de otros años!— venía el mitote, el relajo[686], ya a puertas cerradas. El sacrilegio, entre paredes. Con los dedos, marcaba Feliciano en el muro los sonsonetes que le devolvía esta noche[687]. Ya estaba bien de encerrona. No era la primera: siempre había estado al frente, exponiéndose donde nadie quería estar. Con los ferrocarrileros, con los leñadores en El Chaparro regado de sesos, con los mineros. Ya debía estar aprovechado, descansando, cuando le cae la gorda. Ahora sí habían pellizcado sus palabras; y no sería la última vez. Se acercó a la reja y contuvo un estornudo:

—¡Oiga...! ¡Oiga! A usted le hablo[688], nalgafría[689].

---

[681] Fecha en que se celebra el inicio de la Independencia.

[682] LRT incorpora algunos fragmentos de «Calavera del quince» (CDQ). Debido a que la novela reorganiza algunos fragmentos cuento, daré el número de página de la fuente. Dice: «Hasta la celda de Feliciano llegaban los rumores opacos del Zócalo. 15 de septiembre, y él metido aquí», en CDQ, pág. 236.

[683] Dice: «Con un movimiento de la cabeza cuadrada, Feliciano intentaba dar un ritmo a los ruidos de la ciudad», en CDQ, pág. 236.

[684] Dice: «... se le agolpaban; todos juntos,...», en CDQ, pág. 236.

[685] Dice: «¿De dónde venían? El se conocía, conocía a su pueblo: conocía el pacto del silencio, tácita constitución de soledades. El ruido venía de otra parte: lo creaban el recuerdo, las luces de bengala, el chisporroteo de la sangre. Porque el pueblo no metía boruca, así, al aire libre», en CDQ, pág. 236.

[686] *relajo:* desorden.

[687] Dice: «Marcaba Feliciano, con los dedos en el muro, los sonsonetes que le devolvía esta noche», en CDQ, págs. 236-237.

[688] Dice: «... No era la primera; siempre había estado...», en CDQ, página 237.

[689] Dice: «... nalgafría...», en CDQ, pág. 237.

Un indio envaselinado, con máuser, se acercó:

—Usted se la anda buscando, se la anda buscando...

—Déjese de payasadas. Oiga, ¿no han venido los muchachos?

—A usted no lo busca nadie, no lo busca nadie.

Siempre hacía la misma pregunta. Nunca habían venido los del sindicato. Nunca habían protestado por los encarcelamientos. Sabían aguantarse.

—Oiga, ¿qué clase de changarro[690] es éste? Ya van tres días que pido un pañuelo[691]. Estoy bien acatarrado[692].

El soldado miró, con sus ojos brillantes, esculpidos en aceite, a Feliciano. Y comenzó a reírse, con una risa inquieta, concentrada. Se fue por el pasillo del calabozo, gimiendo su risa, lenta, saboreada. Y gruñó desde el fondo: —Tú estás para catarros[693].

Federico Robles, con la mirada opaca y un traje «salt and pepper»[694] nuevo, había sido encargado de ir a exponer la situación. Acababa de cumplir treinta y nueve años, y a su casa recién estrenada de Cuernavaca asistían, cada fin de semana, otros abogados jóvenes y ambiciosos, banqueros conservadores, diplomáticos alemanes y dirigentes de los Camisas Doradas[695]. Pronto estaría lista la casa de la Colonia Hipódromo, pintada de rosa y con frisos alegóricos realzados en yeso sobre la portada. Había ascendido rápidamente, y ahora estos hechos —su juventud, la falta de resonancia exterior de sus ligas e ideas— lo convertían en el personaje perfecto para ir al Estado a comunicar el peligro que suponía la visita del líder Feliciano Sánchez.

—Éste viene a armar la grande— había dicho Federico Robles. —El hombre tiene cada día más fuerza en las centrales de México, pero si se le corta por lo sano, ni quién levante un dedo. Los que vienen detrás de él están dispuestos al compromiso, y preferirán dejar las cosas en paz con tal de asegurarse en sus puestos. Nadie va a salir a vengar a Sánchez, no se preocupe.

---

[690] *changarro:* tendejón, cuchitril, chamizo (TPM).

[691] Dice igual desde «Siempre hacía la misma...», en CDQ.

[692] Dice: «Estoy acatarrado, bien acatarrado», en CDQ, pág. 237.

[693] Dice: «Y gruñó desde el fondo —gruñó la sombra—: —Tú estás para catarros...», en CDQ, pág. 237. Hasta aquí, el primer fragmento de CDQ.

[694] Dice *salt and pepper* en EdA.

[695] Véase nota 159.

¿Un pretexto? No hace falta. Sánchez es muy aventado[696], dice las cosas claras y él mismo se encargará de darnos el pretexto. Aquí viene a hablar en las plazas, a pegar manifiestos en las paredes: a subvertir el orden público, mi general. Eso ya es delito suficiente, ¿no se le hace?[697] Se lo digo en serio: el grupo se ha dado cuenta de que este hombre es capaz de dar al traste con todo si no se le frena a tiempo. La directiva de México y nuestros amigos extranjeros lo consideran nocivo para los intereses, no digamos del grupo, sino de la patria. Mientras haya hombres como este Feliciano en México, no se podrá trabajar en paz. Los inversionistas se asustarán y no nos darán un centavo.

—Pero si Sánchez también se opone al Gobierno— había taconeado las palabras, desde la silla de lona de la terraza sombreada, el General —¿No nos conviene más explotar esto?

Robles trató de penetrar la sombra que abrazaba al General. Lo habían sentado a diez metros del hombre, fuera de la terraza, bajo los rayos del sol. Una larga mesa se interponía entre ambos. En los extremos de la terraza, varios tipos armados permanecían de pie. Otros se paseaban por el patio, fumando lentamente. —No, mi General. Eso es lo que le da fuerza al cabrón. Su independencia. Los que le sigan se dejarán halagar y dominar por el Gobierno; los obreros perderán fe en los líderes, y entonces serán más fáciles de atraer hacia nosotros.

Los dientes blancos del General brillaron desde el fondo. —Está bueno, licenciado. Aquí le arreglamos al chivo.

Boca abajo sobre el catre, Feliciano trataba de conciliar el sueño con la tos y la irritación de la garganta, cuando una mano le pegó en la espalda. Feliciano gruñó y volvió la cabeza[698].

—Arriba, arriba.

—Oh, señor. Me siento muy mal. Todavía no amanece.

—De eso se trata. Vamos a curarle el catarro[699].

Feliciano se levantó, abotonó la camisa, se sobó las espaldas cuadradas, adoloridas. Con los puños, se restregó los ojos y el bigote entrecano. Sin saber qué lo movía, siguió al soldado fue-

---

696 *aventado:* arrojado.

697 *¿no se le hace?:* ¿Qué le parece?

698 Dice: «Boca abajo sobre el catre, Feliciano trataba de conciliar el sueño con la tos y la irritación de su garganta. Cuando una mano le pegó en la espalda. Feliciano gruñó y volteó la cabeza», en CDQ, página 244.

699 Dice: «¡Vamos a curarle el catarro!», en CDQ, pág. 244.

ra de la celda y, súbitamente, sintió el latigazo de la mañana de septiembre[700]. Subió el camión, entre dos guardias.

—Adónde vamos— ensordeció su voz, le robó la interrogación, el escape del motor.

—A celebrar el quince— dijeron las encías blancas del soldado: —Éntrele al tequila. Se le quita el catarro[701].

El camión pasó las rejas mientras Feliciano empinaba la botella. Un breve resplandor parpadeante indicaba la presencia nocturna de la fiesta[702]. Se iba haciendo pequeño y lejano[703]... Como en un tobogán, Feliciano sólo veía el espacio de carretera negra iluminada frente a sus ojos. Pero olía la meseta, su vestido oscuro de llanos secos; sentía las paredes de basalto, los garfios de luna y piedra[704]. Los soldados, con ojos de pescado, balanceaban sus cabezas indias al ritmo del camión. Y Feliciano respiraba, con cada vuelta de rueda, prisionero entre dos carnes armadas[705], el paisaje estéril, la naturaleza heráldica, parda, poblada, en el frío y la modorra de este amanecer, por aves de metal. El camión se detuvo. Todo el viento se hacía remolino, en el llano, sobre la cabeza de Feliciano Sánchez[706].

—¡Aquí mero!— dijo un soldado al otro. El farol buscador del camión cayó sobre Feliciano, cegándole.

—¡Ahora, a correr!— le gritó el cabo, y lo empujó fuera de la carretera, por la senda alumbrada de yeso. Feliciano se apretó la barriga, quería desplomarse allí mismo. Cayó de rodillas sobre la tierra dura[707]. El cabo lo levantó y volvió a empujarlo, y Feliciano, limpiándose el caliche de las rodillas, despertó y corrió hacia la oscuridad, escapando a la luz punzante del camión.

---

[700] Dice: «Feliciano se levantó, abotonó la camisa. Sin saber qué lo movía, siguió al soldado fuera de la celda y sintió, súbitamente, el látigo de la mañana de septiembre», en CDQ, pág. 244.

[701] Dice: «Se le quita el catarro. / —Gracias. / —Para servirlo»., en CDQ, pág. 244.

[702] Dice: «Un breve resplandor, parpadeante, indicaba la presencia nocturna de la ciudad», en CDQ, pág. 244.

[703] Dice: «... y lejano.», en CDQ, pág. 244.

[704] Dice: «Pero olía la meseta, su vestido oscuro de llanos secos, sentía las paredes de basalto, los garfios de piedra y luna», en CDQ, página 244.

[705] Dice: «... las dos carnes...», en CDQ, pág. 245.

[706] Dice Feliciano Ramos en CDQ.

[707] Dice: «Cayó de rodillas, sobre la tierra dura», en CDQ, pág. 245.

—Agárralo bien, de espaldas— dijo uno de los soldados, mientras la luz bañaba, serpenteando, a Feliciano[708].

Una lluvia suave, hipnótica, entró por su espalda, y Feliciano cayó de boca sobre los matorrales enanos y la superficie de plomo[709].

Federico Robles se había plantado frente a su casa en construcción. Desde la orilla del Parque Hipódromo, observaba con las facciones rígidas el ir y venir de obreros por los andamios, olía los elementos de ladrillo, cal y pintura, y prefiguraba esos ornatos en relieve con Ceres ubérrimas trenzadas en espigas y cornucopias. A su lado, el hombre vestido de negro esperaba una respuesta. Las sombras veloces de las palmeras le bailaban a Robles sobre la cara morena, cuidadosamente afeitada, como una pasta amarillenta decorada por dos botones negros, más brillantes, menos penetrables que dos ojos cualesquiera.

—No, amigo, no. No exijo tanto por mis servicios. Agradézcale al General su oferta. Pero una cartera en su próximo gobierno revolucionario me viene demasiado ancha. Hay hombres que han prestado servicios más importantes a la causa, hombres con experiencia y dotes administrativas. Yo puedo serles más útil si no aparezco públicamente. Dígale al General que me conformo con unos cuantos metros de esos terrenos que tiene por allá arriba. Total no le cuesta nada y todo queda, como quien dice, en familia. Aquellos terrenos pelones, ¿sabe usted? Van a pasar muchos años antes de que alguien se decida a construir tan lejos de la ciudad. Ándele, pues.

Federico pensó que unos vitrales de color harían falta en el baño, y le hizo una señal al arquitecto.

CALAVERA DEL QUINCE[710]

El día siguiente al del atardecer pasado por Robles, Zamacona y Cienfuegos en el café de Aquiles Serdán, amaneció brillante

---

[708] Dice: «... la luz bañaba, serpenteando a Feliciano», en CDQ, página 245.

[709] Dice: «Una lluvia suave, hipnótica, entró por su espalda, y Feliciano pegó en la tierra, de boca entre los matorrales enanos y la superficie de plomo», en CDQ, pág. 245. Aquí termina el segundo fragmento de CDQ.

[710] Título del cuento que, fragmentariamente, se reelabora en LRT (véase nota 682).

de sol y extrañamente quieto. Era el 15 de septiembre, y trescientas mil personas habían abandonado, en trenes impuntuales, en camiones, en convertibles importados, la ciudad de México. Robles nunca supo en qué había terminado la discusión entre Manuel e Ixca; hubo un momento en el que se levantó de la caballeriza, caminó por las calles y solo corrió el velo que cubría el brillo intenso de sus pupilas indígenas al penetrar, nuevamente, en la agitación de su oficina. Mecánicamente, había proseguido con los trámites de la quiebra. Su voz no volvió a levantarse: corría, lento como en los sueños, a lo largo de expedientes y consultas y papeles. El nuevo amanecer lo sorprendió, en mangas de camisa, derrumbado sobre un sofá de cuero. No percibió la primera luz —la más penetrante, sin embargo— y dejó que la noche se siguiera colando por sus ojos hasta no distinguir el color de sus propias manos: con tal de no encender la luz, o moverse del sofá. *Hay alguien que me quiere mirar —pensó—, hay alguien que me quiere mirar hasta adentro. No está aquí, junto a mí. No le hace. Me quiere mirar de otra manera. Quiere dejarme sus ojos dentro de los míos. Como dos huevos esperando que el cascarón se rompa y los pájaros crezcan dentro de mí y batan sus alas dentro de mí y se apoderen de mí.* No podía pensar otra cosa. Estaba solo. Sólo los zapatos lustrados brillaban —junto con los ojos apretados entre los párpados de cuero espeso— en la oscuridad intermedia que sigue al primer alumbramiento del día. Robles desinfló su pecho y sintió todo el peso del aire concentrado en el estómago. En el sexo, un hormigueo de ritmo desigual pugnaba por ascender al cerebro de Federico. Sus manos se apretaron como si cada una empuñara un látigo, hasta que las venas comenzaron a pulsar en desorden, apresurando la sangre por todo el cuerpo laso y, a la vez, inconscientemente rígido y expectante. Pensó levantarse y encender la luz. ¿Qué vería? Recorrió con la memoria los elementos reunidos en este despacho: archivos, una mesa dispuesta a solicitar comunicaciones y a expedir órdenes, una caja fuerte anticuada, la pintura de Rivera, los sillones de cuero, el ventanal ligeramente azulado para filtrar la resolana. El recinto del poder. Robles sintió, por primera vez, que el lugar y el hombre no coincidían. Se levantó pesadamente y caminó hasta el baño anexo a la oficina. Se quitó la camisa: la camiseta arrugada no podía contener el pecho lampiño y acanelado, las tetillas gruesas, los pliegues de los brazos y la cintura. Mojó la brocha y dejó correr el agua caliente. Bajo la máscara de jabón, el rostro comenzó a aparecer, piel oscura bajo máscara blanca, a medida que la navaja recorría, minuciosamente, las mejillas de Federico Robles.

—Me voy a Acapulco— le decía Manuel a Ixca ese amanecer. —Vamos por mi carcacha; vente conmigo. Me voy a festejar a los héroes[711].

Los dos habían bebido toda la noche, discutido, Manuel enfático en sus contradicciones, Ixca frío, tratando de comunicar el pensamiento con los ojos. El taxi los dejó en Reforma y Neva.

—Aquí está el fotingo. Vente. A Acapulco, Perla del Pacífico, a recuperarnos de nuestro desgaste intelectual—. Manuel se prendió de las mangas de Cienfuegos. —A ver los cueritos en las playas, manito, a hacer la vida que nos corresponde. ¿No vienes?—. Manuel subió al automóvil y asomó la cara por la ventanilla: —No tengo el valor de morir por lo que digo. Eso es todo. ¿Y para qué seguir si no lo tengo?—. Arrancó por la Reforma, e Ixca caminó, a paso rápido, a través de la neblina delgada del amanecer.

Natasha, Bobó[712], Charlotte, Paco Delquinto y Gus salían a las once de la mañana hacia Cuernavaca. Lally les había prometido un almuerzo de carne al carbón, preparada al lado de la piscina de su casa, y la asistencia de dos o tres columnistas de sociales.

—Es la oportunidad de tomar en nuestras manos la venganza de la pobre Pimpinela y contar todo lo que sabemos de la parvenue[713] esa de la Larragoiti— dijo Charlotte, tapándose la nariz para no oler las excrecencias de la fábrica de papel de Peña Pobre[714].

Paco Delquinto, al volante, se contentó con sorber despectivamente. Gus, a su lado, esponjó su bufanda de seda. —No me dirás, Paquito, que esto no es tomarle el pelo a uno. ¡Tanto hablar de haciendas perdidas y doña Carmelita Romero Rubio!—[715]. Paco Delquinto asomó la cabeza fuera del automóvil y respiró honda y teatralmente el mal olor del lugar.

---

[711] Los héroes de la Independencia.
[712] Cursiva en EdA.
[713] *Ídem.*
[714] *Peña Pobre:* fábrica situada en la ruta hacia Cuernavaca y, en la actualidad, ya dentro del área urbana del Distrito Federal.
[715] Se trata de Carmen Romero Rubio y Castillo de Díaz («Carmelita»), esposa de Porfirio Díaz.

Desde[716] las seis de la tarde, el Zócalo comenzó a llenarse. Por los cuatro flancos, en silencio, desfilaban arrastrando los pies. Una disciplina desordenada los mantenía a todos revueltos, callados. A las siete, los reflectores abrieron los párpados y acribillaron[717] la Catedral, el Palacio, el Ayuntamiento. Alumbraron la piedra y las cabezas negras y el bullir de rebozos y camisetas blancas. Recortaron los castillos de fuego. La gran laguna negra, fauces de la ciudad, se apretaba, angosta, entre el cielo de polvo y la vieja tierra de agua. Y en el silencio, el primer estallido de petardo: no necesitaba acallar voces: el ruido del cohete podía reinar sin murallas, esparcirse, ser centella y redondez, estallar sin mutilar su eco[718]. Nubes de pólvora ceñían a la muchedumbre. Los castillos abrieron sus pulmones de luz, respirando el estruendo de azul y escarlata, de chispas sin color, de humo nocturno. Entre el florecer de[719] fuego, gran fanfarria de trompetas: verde, blanco, rojo[720], el fuego de artificio pasaba a habitar el cielo, latigazos de lumbre rociaban todos los perfiles. El olor se inundaba de carnitas y tortilla caliente y jícama fresca[721]. El rito luminoso, en el aire. Y pegado al suelo, el polvo, las carnes apretujadas, toda la meseta de víscera seca, los cuerpos morenos, la[722] mirada fija en el balcón[723].

—¡Mueran[724] los gachupines!

Desde que tenía uso de razón, el Fifo venía a la fiesta del Grito[725]: a robar carteras, a vender gorditas, después a arrimár-

---

[716] Aquí empieza otra parte de CDQ.

[717] Dice: «... abrieron los párpados, acribillaron la...», en CDQ, página 235.

[718] Dice: «... acallar voces; el ruido del cohete podía reinar sin murallas; esparcirse, ser centella y redondez, estallar sin mutilar su eco», en CDQ, pág. 236.

[719] Dice «...del fuego» en CDQ.

[720] Verde, blanco y rojo son los colores de la bandera mexicana.

[721] Dice: «... el cielo; latigazos de lumbre rociaban todos los perfiles; el olor inundado de carnitas y tortilla caliente y agua de jamaica», en CDQ, pág. 236.

[722] Dice: «... los cuerpos morenos, vacilantes, la...», en CDQ, página 236.

[723] Aquí termina la parte de CDQ que, originalmente, antecede a las demás que utiliza LRT.

[724] Aquí empieza otro fragmento de CDQ.

[725] *Grito:* así se llama el momento culminante de las fiestas que conmemoran la Independencia. Cada 15 de septiembre, a las 11 de la noche, el presidente de la República (o un representante, si es que éste prefiere efectuar la ceremonia en la ciudad de Dolores Hidalgo) apare-

seles a las mujeres, a gritar *¡mueran los gachupines!*[726]. Ahora
que se abría paso a codazos entre la turba, para divisar mejor el
gran balcón central y la campana de Dolores[727] bañada de luz
artificial, se perdía entre el surtidor de fuegos, lo iba masticando una de las multitudes. Alzó la cara; se sintió desaparecer entre la gente. La otra multitud, la que asomaba por las ventanas
de Palacio, se veía tan nítida. Quería divisar, hasta adentro. La
campana de Dolores sonó ronca, y la multitud gruñó, alzó los
brazos, encendió más petardos. El Fifo buscó una actitud que
le diera un aire de desplante, de estar allí, él, con su nombre y
su cuerpo en medio de todas las cabezas sobre las cuales pasaban, volando, las ráfagas de la luz del cohete y de los reflectores[728].

—¡Fifo, Fifo![729].

—¡Mueran los gachupines!

—La trae atravesada[730], ya tan erly[731]— dijo el Tuno.

---

ce en el balcón central del Palacio Nacional y grita frases para arengar
al pueblo. Estas frases son vivas a México y a su Independencia; aunque difieren de las que originalmente pronunció Miguel Hidalgo y Costilla (véase en MPH), de hecho se representa la sublevación que dio
comienzo a la lucha por independizarse de España.

[726] Al descubrirse la conspiración insurgente, Miguel Hidalgo y
Costilla pronunció las siguientes frases: «Caballeros, somos perdidos;
aquí no hay más recurso que ir a coger gachupines.» Los gritos en
contra de los gachupines (véase nota 450 de la primera parte de LRT)
expresaron el sentir del pueblo mexicano durante la Guerra de Independencia. Posteriormente, sin justificación histórica o social, algunos
gobernantes retomaron esa arenga, carente del contenido e intención
originales. LRT muestra cómo esta frase cumplió el papel de provocar
el desfogamiento popular, al igual que las otras pronunciadas (véase
nota anterior).

[727] Se trata de la campana que tocó Miguel Hidalgo y Costilla, en
Dolores, para llamar a la sublevación.

[728] Dice: «Ahora que se abría paso a codazos entre la turba, para
divisar mejor al Presidente, el Fifo venía buscando a un hombre. Entre el manantial de fuego, se perdía, lo iba masticando una de las
multitudes. Alzó la cara: se sintió desaparecer entre la gente. La otra
multitud, la que asomaba por las ventanas de Palacio, se veía tan
nítida. Quería divisar hasta adentro. La campana de Dolores sonó
ronca, y la multitud gruñó, alzó los brazos, encendió más petardos»,
en CDQ, pág. 238.

[729] EdA mantiene la cursiva en este mote y en Beto.

[730] *traerla atravesada:* estar borracho.

[731] Cursiva en EdA.

—¿Qué nos queda pa' después, manito?[732]

—Ya estuvo suave de tomar el fresco, Beto. Vámonos, já-
lense todos a la cantina— dijo Gabriel[733].

Todos asintieron con un alarido. El pequeño grupo se echó
a andar por Moneda, silbando, el Fifo chancleteando, Gabriel
rascándose las quijadas de pelos lacios:

—Ya sé a dónde vamos. Yo le quiero ver la cara a uno. A ver,
Beto, empínense la botella[734].

El mezcal dio la vuelta al grupo, y Beto gritó: —Ayyy-jayjay,
¡hoy me la pela la mera muerte calaca![735]

—No será más suit[736] una güera balín[737]— suspiró el Tuno.

Todos se abrazaron y se metieron por la callejuela lateral
de la Academia, rumbo a la Merced. La Santísima, con su cúpula de mantequilla, vibraba con luces bajo los castillos y los cohetes. Cantaban y chiflaban[738]... *desde la cuna comienza, y a
vivir, martirizado*[739]...

—¿Ya trajeron la caja?[740]

—Ahi está, afuerita nomás. Ojalá y no tengan que usarla.

—¿De qué color la trajeron?

—Blanca, para el angelito. De ocote bueno. ¿No quiere el
respaldo de seda?[741]

---

[732] Dice: «—La trae atravesada, ya tan temprano. ¿Qué nos queda
para después, manito?», en CDQ, pág. 238.

[733] Dice: «—Ya estuvo suave de tomar el fresco, Nacho. Vámonos,
vámonos todos a la cantina», en CDQ, pág. 238.

[734] Dice: «Los compañeros de Nacho asintieron con un alarido. El
pequeño grupo se echó a andar por Mina, silbando, el Fifo chancleteando, rascándose las quijadas de pelos lacios: / —Ya sé a dónde
vamos. Yo le quiero ver la cara a uno. A ver, Nacho, tomen de la botella», en CDQ, pág. 238.

[735] *me la pela...:* hoy me burlo de la muerte.

[736] Cursiva en EdA.

[737] *balín:* falso, postizo (TPM). Se puede referir a una rubia teñida.

[738] Dice: «El mezcal dio la vuelta al grupo, y Nacho gritó: / —Ayy-
jayjay, ¡no juegues con la muerte, Fifo! / Y el Fifo, pegando con los
tacones en la acera: / —Pero jugar con la vida, ¿quién me lo va a
impedir? / Todos se abrazaron, y se metieron por la callejuela lateral,
cantando y chiflando:...», en CDQ, pág. 238.

[739] Hasta aquí CDQ. LRT no retoma la historia que corresponde a
Tomás Mediana en CDQ (que se alterna con la de Feliciano y con la
del grupo de jóvenes).

[740] Aquí empieza otro fragmento de CDQ.

[741] Dice: «Ahí está, afuerita nomás. Ojalá no tengan que usarla. /

488

Rosa Morales[742] se asomó al cuarto alumbrado por dos veladoras. De su rebozo, sacó un Judas[743] pequeño, pintado de amarillo y morado, con gran nariz de carbón[744] y un rabo puntiagudo[745].

—Esto lo mete de una vez. Es su juguete que más le gusta.

El enterrador tomó el Judas por la nariz y lo metió en la caja[746], de lado, para que cupieran los dos.

—¿Me hace usted otro servicio? Nadie va a venir hasta que se muera. Avísele al pulquero que hoy hay velorio. El café lo hago yo[747].

Rosa entró de nuevo en la casa. Jorgito, amoratado, sacaba cada vez más la lengua.

—Ya estaría... si siquiera me hubieran averiguado de qué se murió.

Encendió una tercera veladora[748], pero no podía mantener la atención fija en la imagen de la Purísima. Su vista recorría el aposento, desnudo, el comal y los braseros, las ollitas pintadas, la masa en el suelo[749]. Volteó a ver al niño. Ya estaba muerto. Rosa corrió la cortina que separaba al cuarto de la calle y salió a la vereda terrosa[750]. Las cantinas, los aba-

---

/ —Qué poco sabe usted. ¿De qué color la trajeron? / —Blanca, para el angelito. De ocote bueno. ¿No quieren el respaldo de seda? / —La tierra y los gusanos se contentan con poco. Bastante es carne y madera», en CDQ, pág. 240.

[742] Dice Doña Zenaida en CDQ.

[743] *Judas:* juguete de cartón. El Jueves de Corpus todavía se venden muñecos que representan figuras amenazantes de la religión católica (Judas, el Diablo).

[744] Dice cartón en CDQ.

[745] Dice «... puntiagudo: ...» en CDQ.

[746] Dice féretro en CDQ.

[747] Dice: «Nadie vendrá acá hasta que se muera», en CDQ, página 240. Se trata de la preparación de una fiesta comunal. Los velorios populares mexicanos pueden convertirse en encuentros catárticos; se comparte el duelo y las bebidas (café, aguardiente, pulque); ocasionalmente, también hay música.

[748] Dice: «Doña Zenaida entró de nuevo a la casa. El niño, amoratado, sacaba cada vez más la lengua. *Ya estaría... si siquiera me hubieran averiguado de qué se murió.* Encendió una tercera veladora,...», en CDQ, pág. 240.

[749] Dice: «... la masa en el suelo, y los racimos de chile seco», en CDQ, pág. 240.

[750] Dice: «Doña Zenaida corrió la cortina que separaba el cuarto de la calle, y salió a la vereda terrosa. *¿Dónde se le va a llorar? ¿Dónde*

rrotes[751] para los clientes de la noche del Grito, la cortina de humo de cohetes que volaba sobre el barrio: Rosa sintió[752] que la castigaban, que se burlaban de ella. *Dime, Juan: ¿para qué venimos a dar aquí? ¿para qué una cosa o la otra, si las dos son lo mismo?*[753] Se tapó la cara con el rebozo y levantó la cajita blanca para meterla en el cuarto[754].

Manuel Zamacona no encontró alojamiento en Acapulco y decidió seguir, por Pie de la Cuesta, hasta Coyuca, hasta gastar la noche. Había pasado las primeras horas nocturnas en la playa y ahora, poco después de las once, abandonaba el puerto iluminado por luces de tres colores, sudando en los pantalones de franela, con las mangas arremangadas y el montón de libros y gabardina al lado, zarandeados por las curvas y el calor que doblegaba y reblandecía las páginas. El mar rugía en Pie de la Cuesta, por encima del grupo que, alrededor de una fogata, tañía guitarras. La carretera descendió al pantano y se internó entre platanares espesos, cuando Manuel advirtió que el automóvil estaba dejando escapar la gasolina y que el tanque disminuía rápidamente. Prosiguió con lentitud a través de la geografía oscura y sofocante, coreada por papagayos despiertos, hasta distinguir unas luces. Tres o cuatro jacales de paja precedían al edificio de un piso, blanqueado de cal, de donde surgían voces cortadas y el rumor de una sinfonola. Algunas mujeres amarillas se mecían en hamacas y dejaban correr entre los charcos de la carretera a los niños desnudos que el ruido de la pequeña cantina, la noche del Grito, había arrebatado al sueño. Manuel detuvo el automóvil a pocos pasos de la cantina y quiso exhalar todo el cansancio y el sudor preñados. Encendió un cigarrillo y hojeó uno de sus libros: *et c'est toujours la seule —ou c'est le seul moment...* Descendió, abrió la cajuela y sacó una lata de aluminio. Repitiendo a Nerval, se dirigió a la cantina. El danzón lentísimo que carraspeaba la sinfonola se oponía a las

---

hay aquí un refugio limpio? Qué ganas de irse corriendo, por un campo, de puro cielo y puro olor a flores, para llorar con el ruido del viento», en CDQ, págs. 240-241.

[751] Dice: «...los abarrotes abiertos...», en CDQ, pág. 241.

[752] Dice: «... sintió Zenaida...», en CDQ, pág. 241.

[753] En estos pensamientos, el personaje pregunta las mismas cuestiones que los filósofos de la antigüedad prehispánica; sus interrogantes están formuladas a la manera de las versiones castellanas de esos pensadores o *tlamatinime* (por ejemplo, Nezahualcóyotl).

[754] Hasta aquí CDQ, págs. 241.

490

altas voces, a los cuellos hinchados de gritos, de los hombres vestidos de blanco que apenas movían los cuerpos, en su intercambio de palabras soeces: las bocas desdentadas, la morenía lívida de los rostros.

—Perdón: ¿me podrían vender unos litros de...?

Uno de los hombres le dio la cara a Manuel Zamacona; desprendido como un trompo de la barra de madera, con los ojos redondos y sumergidos de canica, disparó su pistola dos, tres, cinco veces sobre el cuerpo de Zamacona.

Manuel dejó caer el bote de aluminio, se clavó las manos en el estómago, salió con la boca abierta hasta el camino espeso de olores vegetales, y cayó muerto.

—A mí nadie me mira así— dijo el hombre con ojos de canica[755].

Durante todo el día de fiesta, Federico Robles había permanecido, costra inmóvil de sí mismo, reflejo denso y oscuro de todos sus recuerdos, sentado sobre el sofá de cuero de su oficina, la mirada lejana en los árboles de la Alameda, las cúpulas perdidas de la Santa Veracruz y San Juan de Dios. Más allá, una bruma exacta, de pólvora y luz, comenzaba a levantarse, desde la gran plaza olvidada de Santiago Tlaltelolco y sus cuarteles pardos, de altísimos muros descascarados, desde las calles festivas de Peralvillo. No era esto lo que percibía Federico Robles; en el primer plano, le bailaban por el cerebro un periódico que anunciaba a ocho columnas, en el página roja, la situación de quiebra inminente de un banco, las aventuras audaces en que su gerente había comprometido, no sólo el capital social, sino todos los depósitos también; el periódico vespertino, graduado, que daba la noticia con nombres; el día siguiente, lleno de manos agitadas frente al banco, la invasión gomosa de hombres y mujeres retirando su dinero, las operaciones costosas y los negocios apresurados para liquidar acciones, vender terrenos y casas, procurar crédito. El rostro de Roberto Régules, quemado en el campo de golf, de ojos grises y líneas acentuadas, le sonreía en la palma de cada mano extendida que exigía un depósito; Régules había negado los créditos, se había movi-

---

[755] La muerte de M. Zamacona y lo gratuito de su asesinato quizá rememoran a la del Fifo en «Calavera del quince»: «... Brilló el metal y Fifo pegó un grito. / —A mí nadie me mira así... —silbó el gordo, con la navaja ensangrentada en la mano morena, donde se podían contar los poros abiertos» (pág. 243).

do en todos los círculos aseverando la veracidad de los malos manejos de Robles, oponiendo intereses, preparando el derrumbe final, adquiriendo derechos reales a la mitad de su valor, títulos a la tercera parte, prometiendo en todos lados una participación lucrativa en la ruina de Robles. Pero detrás de esto, en una zona sin articulación en su mente, brillaba el rostro de Feliciano Sánchez, acribillado y blanco; y más atrás, en el último estanque de la memoria, el de Froilán Reyero, hablando con el padre de Federico Robles junto a una fogata en un jacal de Michoacán y embarrado de polvo junto al paredón. Los dos rostros se aliaban y confundían en esa zona última de la memoria: rostros asesinados, decorados de pólvora y sangre, ambos idénticos en la reproducción mental, no querida, de Robles. Ambos muertos en vano —creyó Robles que podría pensar—, sin una sola voz capaz de recordarlos o de decir: —¡Fui yo! ¡Yo soy tu asesino! Las dos cabezas muertas, en los ojos perdidos de Robles, se unían en un solo cuerpo de mil brazos acribillados, picoteados de plomo. Froilán Reyero, Feliciano Sánchez, los dos nombres que él recordaba, no eran sino una manera singular de nombrar a todos los muertos anónimos, a todos los esclavos, a todos los hambrientos. La tristeza y desolación de todas las vidas mexicanas cruzó, en ese instante, por la sangre de Robles. Albano... un viejo de pocas palabras, que las pocas que decía eran arrojadas fuera del mundo, como piedras candentes, al centro del sol, que manchaba toda las noches sus huaraches de lodo para que el sol los secara y quebrara su estampa calurosa en todo el sudor del hombre. Mercedes... una mujer amortajada de oscuridad, concebida en la oscuridad de las manos jóvenes de Federico... Metralla y sol, campos de Celaya, semilla y abono, y un caballo furioso, ligero y tenso entre el fuego del combate, idéntico al caballo que... que... Robles quiso volver a recobrar un nombre anterior, anterior y de ese instante mismo, y sólo pudo recuperar los nombres y los rostros lejanos de Froilán Reyero, Feliciano Sánchez. Las muertes de esos dos nombres rodeaban, como una placenta de fuego, el cuerpo y la vida de Robles en ese momento. Del mundo habían huido todos los objetos palpables: sólo una envoltura oscura y vasta, las dos estrellas errantes de los muertos y él, boca abajo, sin locomoción, con las alas rotas y los ojos pegados a la tierra. Sin palpitación, ondulantes, dispersos: sueño de fantasma: un ojo le decía a otro ojo espesos de una mímica de astros.

«¿cómo, Ibarra? ¿accidente de trabajo?

»conviene que la noticia provenga de una institución privada.

»viejo de ojos terribles y manos dulces

»entonces vino la huelga y todos sabían que no iba a haber qué comer... yo tenía pena y rabia, y ya nunca se me ha de quitar

»es un indito frágil y dócil, que ha comprendido

»hubiera usted visto aquellas caritas de porcelana

»y la otra hermana que iba a cumplir dieciséis

»dos mil quinientos pelones fueron los que se agarraron

»ora sí ya vienen las vacas gordas

»¡Maycotte está sitiado en Guaje!

»así, siempre, por favor, así, siempre, sucias

»un viejo amor, ni se

»hemos creado, por primera vez en la historia de México, una clase media estable, con

»¡ahora sí es una gran capital! hay que disfrutar de este México nuevo, cosmopolita, ¿no le parece a usted?

»¿somos originalmente o llegamos a ser? usted no tiene hijos, licenciado

»a veces pienso que no es vida, tanto trajín social; créeme que lo hago por ti

»no podemos vivirnos y morirnos a ciegas, ¿me entiende usted?

»¿te sientes a gusto?

»Hortensia

»Si los mexicanos no se salvan, no se salvará un solo hombre.

»¿quién acarrea los pecados de México, Ixca?

»Feliciano cayó de boca entre los matorrales»

Con un movimiento brusco, Robles se llevó las manos a los ojos. La noche había caído, y un rumor concentrado, múltiple y, sin embargo, sordo, ascendía de toda la ciudad hasta el despacho. Se celebraba el Grito. Los petardos se aceleraban por encima de las voces cuando Federico, a las once de la noche, salió de su oficina y serpenteando para evitar los grupos de borrachos y celebrantes y niños que lanzaban cohetes, ascendió en su automóvil hasta las Lomas. La sala de la casa estaba apagada. Federico pronunció el nombre de su mujer y subió a la recámara encendida: Norma, envuelta en un *deshabillé* de seda y encaje, le dio la cara desde la cama.

Ambos rostros, el del marido y el de la mujer, se habían reducido a las líneas definitivas: los ojos enrojecidos, la mueca, el cuerpo flojo de Norma —la concentración de la carne, las manos crispadas, los ojos antiguos de Federico.

493

Norma sólo dejó escapar un rugido hueco y arrestado en su origen, que rompía para siempre el destino evidente de la lujosa recámara de paredes capitoné, cristal enmarcado en oro y alfombras rojas.

—¿También esta casa se nos va?— dijo la voz sumergida de Norma. —¡No me mientas! ¡También la casa!

Federico paseó su nueva mirada por la pieza. Plantado como un macizo de plomo sobre el tapete, su figura no pertenecía ya al lugar. El color de la alfombra lo mareó; dos cuerpos, siempre dos rostros, le parecían surgir de esa mancha roja.

—También.

—Norma arañó la almohada: —¿Y qué vas a hacer? ¿Vamos a vivir de limosna, o qué? ¡Dime!

—Es por el momento. Ya nos recuperaremos—. Las palabras ascendieron a la garganta de Robles automáticamente; sintió, en el centro del cuerpo, un afán nuevo, de asco y destrucción y nuevo encuentro, que sin saberlo había germinado en las voces, los recuerdos y las horas solitarias del último día. Irguió el dedo índice, culebra escapada de la solidez monolítica de su carne: —Dame las joyas.

—¡Ja!—. El cuerpo de Norma se irguió de la cama, los senos picudos bajo la bata, los nervios bailándole en el cuello. —¿Y qué más? ¿Me meto de cabaretera para comer? ¿O vamos a poner un tallercito de costura a domicilio?

—No grites. Te van a escuchar los criados.

—Ni eso, tú—. Norma cruzó los brazos y acentuó su mueca, revisando a Federico de pies a cabeza. —La cocinera se fue a su tierra a celebrar, a Rosa se le está muriendo un mocoso. No has sido para[756] venir a acompañarme...—. Dejó caer la cabeza. —Sentí que me moría de rabia y de soledad.

Robles hubiese querido correr, por primera vez, a consolarla, a tomarla entre sus brazos con algo más que la mecánica helada de sus noches juntos, proyectadas de antemano, exactas y lúcidas, cada uno llevando la cuenta y la observación de los movimientos, de los preparativos y de la higiene del otro. Era este recuerdo el que se interponía entre Federico y el cuerpo quejoso de su mujer. Y era, sin embargo, la primera vez que ella no lucía con todo el esplendor de su elegancia minuciosa, pronta a evaporar el olor de los contactos, de los cuerpos de poros cerrados. Robles no movía un músculo:

---

[756] *No has sido para:* No has tenido la delicadeza de...

—Las joyas.

Norma adelantó su cuerpo hasta el filo de la cama: —¡No! ¡Te digo que no! ¡Por lo menos con eso me quedaré!

—Me darás las joyas y te quedarás conmigo.

El remolino de sábanas y seda y encaje de Norma se acentuaba frente a la inmovilidad espantosa, irreal, de su marido.

—¡Contigo! ¡Pero si estás arruinado, bebesón! ¡Hoy hablé con Silvia Régules; me dijo cómo estaban las cosas, más de lo que dice el periódico...! ¡Contigo! ¡Pero si yo estoy casada con esta casa, con el automóvil, con mis joyas, no contigo!

Robles extendió la mano y Norma se retrajo hasta las almohadas: —Vete de aquí. No quiero verte hoy, Federico. No quiero decir cosas que no digo, que el momento... No sé... déjame en paz. No somos lo que debíamos ser, ninguno de los dos. Hemos jugado. Está bien. Pero ya somos lo que somos ahorita. ¡Que te vayas! ¡No te soporto hoy... no!

Como un autómata, Federico avanzaba hacia Norma, impulsado por un mecanismo que la mujer adivinaba incontrolable, monstruoso, ajeno al propio Robles.

—¿Qué, te duele la verdad? ¡Vete, Federico, te digo! ¿Qué, me vas a pegar? ¡Ja!—. Las palabras de Norma chocaban con su cuerpo aterrado, sin fuerza, paralizado sobre la cama. Robles llegó hasta ella, le apretó los hombros, acercó sus labios al cuello de la mujer. Norma se zafó del abrazo pesado, metálico.

—¡Vete, vete!

—Las joyas— murmuró Robles. —Dámelas ahora mismo.

—No te doy nada—. Norma corrió hasta la puerta. —Y mañana me voy con ellas. No me haces falta, ¿ves? Yo tengo mi mundo, que nada tiene que ver con un tipo como tú... yo tengo mis propias fuerzas, no porque esté casada contigo, entérate. ¿Pero qué crees que he hecho todo el tiempo que me has dejado sola, buscándome una vez y ya la semana para que me acostara contigo?—. Todo el cuerpo de la mujer se iba hinchando de fuerza. —Pero si desde nuestra noche de bodas averiguaste que no era virgen, ¿qué te esperabas? ¿Y por qué me toleraste? Porque yo te daba algo, ¿verdad?, lo que no te podían dar todos tus millones. La sensación de que pertenecías, de que no eras un barbaján, un indio mugroso, que podías llegar a ser gente decente, ¡ja!... Y sabes...— Norma rió, detenida frente al cuerpo rígido y pesado de Robles, en cuyos ojos volvía a brillar la lejanía, la evocación presentida. —... no soy fuerte porque soy tuya; yo sola puedo vivir, y amar y torcer a la gente e imponerme, no porque esté casada con... con un pelado con aires, con un peón de hacienda, con ... ¿Pero te has visto bien? ¿Crees que eres un galán de cine, o qué? ¡Ja!

En su risa, Norma volvía a sentirse arrastrada por el mar, arrastrada por el mar que ella vencía y dominaba, lejos de la sonrisa eléctrica de Ixca Cienfuegos, hasta tocar la tierra: ella sola, singular, Norma Larragoiti, aún frente al hombre que la había vencido.

—¿Nunca sentiste el asco que me daba acostarme contigo, tratando de aguantarme, hasta vencer mi propia carne y dejarte pasar por ella como si fueras... otra cosa, un camaleón, no un hombre? ¿Nunca? ¿Crees que...?

De pie, sin ritmo, tambor de carne extendida, Robles desató su furia hurgando en los cajones, revolviendo los closets, arrancando cortinas. La risa de Norma ascendía, se estrellaba contra la risa anterior y la que subía, urgente, por su garganta. La furia de Robles lo arrastró fuera de la recámara, al pasillo, a la escalera, mientras Norma seguía riendo. En cuanto sintió los pasos desiguales de Federico en el mármol de la sala, Norma cerró la puerta y arrojó la llave sobre la cama revuelta. Allí se tendió, con los brazos y las piernas abiertos, a sentir cómo le ascendía la risa desde el vientre y después se le iba perdiendo entre los senos y volvía a surgir de sus labios un murmullo seco, furioso, que no era ya en beneficio de nadie, que a nadie trataba de impresionar. Que al escuchar Norma temblaba, como si surgiese de otros labios cercanos, no de los suyos.

Evrahim, el Chino[757] Taboada y Rodrigo llegaron después de las doce de la noche a la casa de Lally en Cuernavaca. Los tres hombres habían pasado el día junto a la piscina, discutiendo los pormenores del nuevo argumento de Rodrigo. La idea original de Rodrigo —una monja que deja los hábitos y se lanza a la conquista del mundo— había sido transformada, por respeto a los sentimientos católicos del público, en la historia de una cabaretera que termina en monja. La casa de Lally, que pretendía ser un *show-place* de la decoración mexicanista, se escondía tras de una alta barda color mamey[758]. El azul añil y el blanco enjalbegado alternaban en las restantes paredes, cubiertas de bugambilia. Las puertas habían sido enmarcadas por tiras de feria en diversos colores, y en las cúpulas de mosai-

---

[757] Cursiva en EdA.
[758] *mamey:* fruto del árbol del mismo nombre cuya pulpa tiene un color amarillo rosado.

co se encontraban los baños. Estofados de un falso siglo XVII, ex-votos de lámina, trípticos coloniales, corroboraban los motivos. En la amplia terraza que veía sobre la barranca, Paco Delquinto se paseaba, bailando con una botella de champagne[759] entre los brazos.

—¡El Lubitsch de Coatzacoalcos!— gritó Bobó[760] al distinguir, entre las plantas del jardín, la figura envaselinada del Chino.

—Mira, Bubú, esta casita está chicha[761] para la película de Cruz Diablu que pensamus... —dijo Evrahim, que lo tocaba todo.

—Les presento a Rodrigo Pola, nuestro nuevo genio literario, ¡más puesto[762] que un zapato japonés!— movió el brazo Taboada sobre las cabezas, recostadas en sillas de lona y cuero, de Gus, Natasha, Charlotte, Pimpinela de Ovando, Paco Delquinto y el mismo periodista que, en Acapulco, había recibido las comunicaciones de Cuquis. La mayoría recordaba a Rodrigo de las fiestas de Bobó y Charlotte: la presentación de Taboada logró que todos, con un brillo de interés en los ojos, creyeran ver a Pola por la primera vez. Un «Mucho gusto» colectivo lo recibió; sólo Natasha, detrás de sus permanentes gafas negras, sonrió y le extendió los huesos azules a Rodrigo.

—Es guapo, ¿verdad, tú?— le dijo en un aparte Charlotte a Pimpinela.

—En su estilo; morisco, ¿verdad?— habló con voz alta Pimpinela y dio la cara al periodista: —Le decía que subir por el propio esfuerzo me parece muy bien; lo que le choca a una gente de raza es la simulación, la mentira. Usted sabe que a Norma la aceptamos porque creíamos que había sufrido lo mismo que nosotros en la Revolución...

—Chére—[763] gimió Natasha al doblar las rodillas sobre el canapé de cuero: —Une révolution, ça ne se fait pas: ça se dit—[764] y se puso de pie, acomodando sobre su estómago plano los pliegues del pantalón de terciopelo. Rodrigo la esperaba, con una sonrisa. Natasha encontró el briquet[765] de oro que

---

759 Cursiva en EdA.
760 *Ídem.*
761 *chicho(a):* bueno, agradable, sabroso (TPM).
762 *estar puesto:* dispuesto.
763 Cursiva en EdA.
764 El francés en cursiva en EdA.
765 Cursiva en EdA.

alumbró su largo cigarrillo ruso: —Mmm. Hasta en eso, mon petit.—[766] Lo tomó del brazo para recorrer la terraza; Rodrigo respiraba plenamente el aire del valle dulce y templado de flamboyana[767] y aguacate.

—Veo que te decidiste. Ya tienes las alas de un color. Sacrificaste algo, ¿verdad?— Rodrigo no quiso dar crédito a las palabras de Natasha quien, desde sus dientes postizos y parejos, volvió a hablar: —Oh n'a[768]... no se tiene más que un solo destino. ¿Para qué tener, mon vieux[769], el destino opuesto al del mundo? oh, la rébélion, les révoltés; on los a bien foutus, ceux-lá! Ce sont des poétes, tu vois! Mais toi![770]. Yo te vi la ambición en la frente desde la primera vez, ¿sabes?; sólo un ambicioso podía sentirse tan a disgusto de no pertenecer en la fiesta de ma chére bête[771] Charlotte. Ahora que ya perteneces, tâchez, oui, tâchez[772] de plegarte a ellos, de obedecer sus leyes, y tendrás cuánto quieras. No es cuestión de hacer, sino de laisser faire[773]. El mundo viene a los que nada hacen y se aleja de los que tratan de reformarlo, tú verás.

—¡Vautrin con faldas!— rió Rodrigo, apretando el brazo frío de Natasha.

—Tu as de l'esprit, chérie[774]... Sí, la cosa se parece, no creas. Yo conocí otro mundo, hecho, estable, digno. No es muy agradable vivir estos momentos de la iniciación burguesa. Me da risa estar viviendo aquí lo que pasó en Europa hace más de un siglo. Nueva casta dominante hecha a base de dinero y negocios turbios sancionados por la ley. Les Révolutions ont toujours son Empire; les Robespierre devient Napoléons[775]... ¡Qué le vamos a hacer! Así es el mundo. A ti te toca vivirlo, de acuerdo con sus leyes. Tu arriveras[776], Rodrigo. Llegas en el momento en que se abren en México todas las posibilidades de fortuna personal; la Revolución está enterrada. Ahora hay una corte burguesa que sólo respeta el dinero y la elegancia; ten eso, y

---

[766] El francés de cursiva en EdA.
[767] *flamboyana* o *framboyán:* árbol con flores rojas.
[768] El francés en cursiva en EdA.
[769] Ídem.
[770] Ídem.
[771] Ídem.
[772] Ídem.
[773] Ídem.
[774] Ídem.
[775] Ídem.
[776] Ídem.

serás alguien en México; sin eso, caes de narices en el lum-
pemproletariat[777] de los pícaros que acompañan todo gran crecimiento de uña ciudad. Sí, tienes razón: haré de ti mi pequeño
Rastignac, mi Lucien de Rubempré mexicano...— Charlotte
rió, y Rodrigo le hizo eco, pero en el centro de su cuerpo
sentía un calor fecundo, ambicioso, de gloria alcanzada. Vio
que Pimpinela de Ovando no dejaba de observarlo; los slacks[778]
bien cortados, la elegante camisa Bermuda de finas rayas azules,
todo el nuevo porte de Rodrigo era muy diferente a su viejo
atuendo, típico de la clase media mexicana: traje de gabardina
oliva con pantalones bombos, demasiada hombrera y solapas
anchas. —Pimpinela es muy agradable— sugirió Natasha al
arrebatar las dos miradas cruzadas. —Sólo una persona no la
quiere— añadió con toda intención —porque le tiene envidia,
porque sabe que con todo su dinero no puede alcanzar el
chic[779] y las cualidades de race[780] de Pimpinela: Norma Robles.
Cette petite parvenue![781].

Las palabras de Natasha justificaron a Rodrigo en su nueva
actitud; desde ese momento, no tendría dudas o razones falsas.
Todo un mundo, un mundo seco de pólvora y paredón, de pri-
vaciones infantiles, de largas noches al pie de la mecedora de
Rosenda, de conatos de gloria literaria, todo lo pensado o recordado por Rodrigo se canceló, en ese instante, para siempre. Las
palabras de pesadilla que acompañaron a Rosenda toda su vida, en ese instante se hundieron en verdad con ella hasta el fondo de la tumba de San Pedro de los Pinos: nadie más volvería a
decirlas o a pensarlas. Los dos hilos de vida que se cruzaban y
entretejían en la sangre de Rodrigo, que partían de una mañana gris y un paredón acribillado en Belén y terminaban en una
charla de fantasmas entre Rosenda e Ixca Cienfuegos, se corta-
ban y huían para siempre.

—¡Oigan a la maldita raza de bronce!— aulló Delquinto
cuando un cohete estruendoso retumbó por la barranca.
—¿Qué carajos celebran? Miren que de tener a un virrey con
peluca a otro con barras y estrellas, se me hace mejor lo primero.

Rodrigo se acercó a Pimpinela y tomó el lugar del periodista,

---

[777] Cursiva en EdA.
[778] Ídem.
[779] Ídem.
[780] Ídem.
[781] El francés en cursiva en EdA.

499

quien ahora bailaba una samba con Charlotte. —Delquinto *nos* hace reír— dijo Rodrigo, subrayando el pronombre; —ya es algo en una sociedad tan triste como la nuestra, donde tan pocas gentes saben mantener el aplomo, el ingenio y la elegancia que hacen, de la vida social, un elemento ejemplar para el pueblo.

—Se llegará a eso— contestó Pimpinela, acercando su brazo al de Rodrigo. —Nuestra sociedad es demasiado nueva; ya se irá limando. Afortunadamente, hay quienes hemos salvado ciertos valores tradicionales; la Revolución mexicana fue un choque tan espantoso, pero ya ve usted. No todo se perdió.

Rodrigo sintió una invitación cordial en los ojos de Pimpinela. —Tiene usted razón, Pimpinela. Mi madre —que fue la hija de don Ramiro Zubarán, amigo íntimo del general Díaz— siempre me dijo lo mismo. Puedo comprenderla; nosotros pasamos de un palacete en la Colonia Roma a una casita pobre del Chopo. Eso sólo sirvió para que nos aferrásemos más a nuestros verdaderos valores…

—Me agrada su sinceridad.

Pimpinela y Rodrigo se tomaron las manos. Con los ojos, él la invitó a bailar. Una mano fresca y perfumada, un brazalete helado, acariciaron la nuca de Rodrigo.

—Mira, Chinu. Luegu luegu se ve el buen gustu de Rodrigu.

—No tendrá mucha lana, Evrahim, pero para darse taco…

—Él tendrá la lana, Chinu, ella le dará categoría. Two eggs fer da prize of one [782].

Lally, en cuclillas junto al tocadiscos, escogía las piezas. Ahora, colocó una docena de *blues* seguidos y suspiró sobre su copa de champagne [783]; debía rebajar diez kilos. *I love you, for sentimental reasons.*

Gabriel, abrazado a Beto, se acurrucaba en la caballeriza [784]. Vasos se desparramaban, veladoras pasaban ardiendo, y los mariachis cantaban. —¡Que me canten los mariachis que hoy me tanteo [785] a la pelona! [786] Ay, Beto [787], cómo te entra la melanco-

---

[782] El inglés en cursiva en EdA.

[783] Cursiva en EdA.

[784] Empieza otro fragmento de CDQ. Dice: «Fifo, abrazado de sus cuates, se acurrucaba en la caballeriza», en CDQ, pág. 241.

[785] *tantear:* engañar (TPM).

[786] Dice: «¡Que me toquen los mariachis que hoy me burlo de la misma muerte pelona», en CDQ, pág. 241. *La pelona:* la muerte (TPM).

[787] Dice Nacho en CDQ.

lía cada quince de septiembre; cómo te acuerdas de cosas que no te quisieras acordar. Siempre se la anda uno buscando, ¿a poco no? Quién nos manda...[788].

—Por ser la fiesta de la patria, y en honor de la clientela[789], hoy hay comilona para el que quiera. Ahi se las preparó la señora, para que estén más contentos...— gritó el patrón gordo, en cuyas manos se podían contar los poros, por encima de los chiflidos y aullidos. Pasaron humeando las cazuelas de mole y totopos[790] con frijoles y tamales costeños de piel dorada y chipocles y las jarritas de atole rosa y las tortillas grises[791]; y los dulces (jamoncillos, ates, macarrones, biznagas)[792] bullendo de moscas y los vasos de pulque amarillo rociado de canela comenzaron a correr por encima de las cabezas. Las uñas ávidas, las bocas infladas, embarradas de salsa oscura y los hilos espesos[793] rodando por las barbillas y las salsas desperdiciadas en las camisas. Las guitarras se hacían carne y los dedos con la tensión de un adiós prolongado[794].

—¡Ábranme que vengo herido—! gritaba Gabriel desde su caballeriza. —¡Canten como si aquí mero nos fusilaran! ¡Aaaaaaaay, ay, ay![795].

Sus gemidos fueron coreados por la multitud: sentada, de pie, sobre las mesas, ojos vidriosos, carne oscura, labios húmedos, la que rodeaba a los mariachis, con sus ojos almendrados y bigotes caídos, de relumbrón, y sus sombreros cuajados de plata oxidada[796]: *En las barrancas te aguardo, a orillas de los nopales, como que te hago una seña, como que te chiflo y sales...*

---

788 Dice: «Quién nos manda... *no vale nada, la vida, la vida no vale nada...*» [versos de una canción popular], en CDQ, pág. 241.

789 Dice: «..., y en honor de nuestra distinguida y contenta clientela,...» en CDQ, pág. 241.

790 *totopos:* tortillas de maíz tostadas y muy crujientes.

791 *grises:* elaboradas con un tipo de maíz de color azul gris.

792 *biznagas:* confitura de la pulpa cristalina y jugosa de esta cactácea.

793 Los hilos espesos son de pulque, que tiene consistencia viscosa.

794 Dice: «Las uñas ávidas, las bocas infladas, embarradas de salsa oscura y los hilos espesos rodando por las barbas, el desperdicio de salsas en las camisas. Las guitarras se hacían carne y los dedos rasgueaban con la tensión de un adiós prolongado», en CDQ, pág. 241.

795 Dice: «—¡Mitote, mitote! —gritaba el Fifo desde su caballeriza—. ¡Cantan como si aquí se acabara todo, aaaay, ay, ay», en CDQ, página 242. *Mitote:* jaleo, bulla, desorden.

796 El traje de los mariachis copia pobremente al de los charros.

y los brazos se agitaban en movimientos rectos y cortantes, de reto y entusiasmo seco, y las gargantas se llenaban de espuma y picos de navaja[797]:

—Seguro, Gabriel. Te empiezas a acordar de todo la noche del quince. Te hace falta contárselo a tus cuates, para sacarte las cosas del pecho—. Beto empinó su copa y meneó la cabeza:

—¡Cada descontón[798] que te pega la vida! ¡Cada recuerdo que te dan ganas de llorar!

—Puro rimember moder—[799] el Tuno[800] se rascaba las orejas.

—Me cae que sí[801]. Sufre, Beto, sufre. Si no es con tus meros hermanos como yo, ¿con quién? Me cae de madre. ¡Palabra que te quiero, Beto, palabra que eres mi hermano!— Gabriel se prendía al cuello del ruletero y le palmeaba los hombros[802].

—Ay wanna foc—[803] dijo el Tuno con una cara impasible, perdida, lejana[804].

—Si no fuera por los cuates, Beto. Si yo te empezara a platicar mis desgracias. ¿Conoces a Yolanda, esa que dizque acá está su mamacita, y a la hora de la hora resulta más apretada que un culo de chinche?— Fifo, al hablar, castañeteaba los dedos[805].

---

[797] Dice: «Sus gemidos fueron coreados por la multitud, sentada, de pie, sobre las mesas, la que rodeaba a los mariachis, con sus ojos almendrados y los bigotes de relumbrón, caídos, y los sombreros cuajados de plata teñida: *Les dijo el general Villa, conque está dura la plaza, ya les traigo aquí unos gallos, ¡que creo son de buena raza!,* y los brazos se agitaban, y las gargantas se llenaban de espuma y picos de navaja» en CDQ, pág. 242.

[798] *descontón:* golpe.

[799] Cursiva en EdA. «Remember mother»: insultos o mentadas de madre.

[800] *Ídem.*

[801] *Me cae que sí; me cae de madre:* por supuesto.

[802] Dice: «—Tienes razón, Fifo. Te empiezas a acordar de todo la noche del quince. Te hace falta contárselo a tus cuates, para sacarte las cosas del pecho. ¡Cada descontón que te pega la vida! ¡Cada recuerdo que te dan ganas de llorar! / —Sufre, Nacho, sufre. ¿Si no es con tus meros hermanos como yo, con quién? ¡Palabra que te quiero, Nacho, palabra que eres mi hermano!», en CDQ, pág. 242.

[803] Cursiva en EdA.

[804] Este parlamento no aparece en CDQ.

[805] Dice: «—Si no fuera por los amigos, Fifo. Si yo te empezara a platicar de mis cosas. ¿Conoces a Yolanda, esa que dizque acá está tu mamacita, y a la hora de la hora resulta más apretada que un culo de chinche?», en CDQ, pág. 242.

—Aquella de los ojos de zarzamora, que camina como si fuera ola de mar...[806].

—Esa mera. Ésa es Yolanda. Pero que no te hagan de chivo los tamales[807], Beto... Es traicionera, y el corazón de un hombre le viene más guango que el aire a Juárez, mano[808].

—Ésas son las que me hieren[809], ¡jaaaaaaay, jay! Ésas son... *qué se creían esos americanos, que combatir era un baile de carquís...* Ya, Fifo, ¿quién va a platicar una noche como ésta?... *se regresaron corriendo a su país, se regresaron...* [810] Uuuuuy, juy, juyyyyy, ¡qué gordos me caen los gringos! ¡Un mexicano se come vivos a cien güeros de ésos! ¡Jijos del mal dormir!— [811] Gabriel se paró gritando[812].

Entre los dedos del mariachi, el guitarrón cabalgaba con la fluidez secuestrada de las cataratas. Amasijo de cuerpos, las mujeres con trajes de chaquira abrazadas al cuello de sus hombres, el pequeño olor a vómito que comenzaba a vencer al de pipián[813], los alaridos viejos, con los puños cerrados y los ojos apretados, *y sentir hervir la sangre por todito el cuerpo entero y al gritar ¡Viva Jalisco! con el alma y corazón*[814].

—Ésa la cantaba George Negreti[815]. Teníamos el discacho en el campamento de Texas, ¿te acuerdas?

—¡Que me echen a los gringos!

---

806 Dice: «—Aquella de los ojos entornados, aquella que camina como si se la llevara el mar...», en CDQ, pág. 242.

807 *hacer de chivo los tamales:* engañar, ser infiel.

808 Dice: «—Esa mera. Esa es Yolanda. Pero no te dejes llevar por las apariencias, Fifo... Es traicionera, y el corazón de un hombre, ¡le hace lo que el aire a Juárez!», en CDQ, pág. 242 [Se trata de Benito Juárez, cuya imperturbabilidad y fortaleza pone de relieve el dicho, «el aire o el viento» no pueden doblegarlo.]

809 Frase hecha que expresa un dolor profundo.

810 En cursiva los versos de una canción popular.

811 Variante del insulto «hijos de la chingada».

812 Dice: «—Esas son las que dejan huella. Esas son...: *que se creían esos americanos, que hacer la guerra era un baile de carquí...* Ya, Nacho, ¿quién va a platicar un día como éste? Déjame gritar... *se regresaron, corriendo, a su país, se regresaron...* Uuuuy, juy juyyyy, ¡qué gordos me caen los gringos! ¡Hijos de la gran chingada! ¡Hijos de la gran Metates! ¡Un mexicano se come vivos a cien güeros de esos! *corriendo a su país...*», en CDQ, págs. 242-243.

813 *pipán:* plato de comida mexicana cuya salsa se espesa con semillas molidas de calabaza.

814 En cursiva los versos de una canción popular.

815 Jorge Negrete.

503

—¡Ahi está Gabriel!—— chilló una mujer pintarrajeada, con dientes de oro[816].

Los mariachis se sirvieron sus copas y volvieron a tañer con lentitud, sacándole el nervio a cada cuerda. La cantina bajó a un susurro mientras Gabriel se abría paso hasta la mujer. *Xochimilco*[817] *Ixtapalapa, ay qué lindas florecitas mexicanas...*[818]. El hombre flaco y alto con el sombrero gacho y traje de gabardina entró en el lugar, seguido del que siempre lo acompañaba con la boca abierta y los ojos en redondo.

—Séntido, séntido— [819] suspiraba Gabriel, pisando pies y apartando codos, su mano en todos los hombros, su aliento en todos los oídos, la mirada opaca y vacilante... Brilló el metal y Gabriel pegó un grito.

—Te dije que a mí no me agarrabas igual dos veces, manito— dijo el hombre flaco, con la navaja ensangrentada en la mano[820]. —A mí no me manoseas así... Vámonos, Cupido[821].

Gabriel se retorcía en el piso de la cantina, regado de pólvora y serpentinas. Los mariachis callaron. El hombre flaco con el sombrero gacho guardó la navaja y empujó, contoneándose, hasta llegar a la puerta. —El que se la busca... —El compañero se rascó la cabeza, abrió más la boca y rió con un chillido prolongado.

Gabriel ya no se movía. Beto llegó hasta el cuerpo moreno, hasta los pantalones de mezclilla enrojecida. El mariachi volvió a cantar, con los petardos y los buscapiés, los gritos y las banderitas de papel de china, *se agacha y se va de lado, querido amigo*[822].

---

[816] Dice: «..., el pequeño olor a vómito que comenzaba a vencer el de pipián, los alaridos viejos, con los ojos cerrados y los puños apretados, *y sentir hervir la sangre, por todito el cuerpo entero, y al gritar, ¡Viva Jalisco!, con el alma y corazón. /* —¡Que me echen a los gringos!— se paró, gritando, el Fifo. —Ahi está el Fifo! —chilló una mujer pintarrajeada, con dientes de oro. / —¡La feicita y tristecita! sorbió el pulque Nacho», en CDQ, pág. 243.

[817] Dice: «Los mariachis se sirvieron sus copas, y comenzaron a tañer con lentitud, sacándole el nervio a cada cuerda. La cantina bajó a un susurro mientras Fifo se abría paso hasta la mujer. *Xochimilco...*», en CDQ, pág. 243.

[818] En cursiva los versos de una canción popular.

[819] *séntido:* que siente pena y dolor.

[820] Cfr. nota 755.

[821] Cursiva en EdA.

[822] En cursiva los versos de una canción popular.

La mujer pintarrajeada le dijo a Beto: —Ya se murió.
—¡Aguas! ¡La chota![823].

—Doña Teódula, háblele a mi patrona— le había dicho Rosa,
con la cara escondida en el delantal, a la viuda Moctezuma.
—Es la señora Norma; ahorita le doy el teléfono. ¡Dígale que se
murió, que hoy tengo que velarlo!— La viuda, con las manos
dobladas sobre el regazo, observaba las facciones filosas y frías
de Jorgito, metido en la caja de ocote con un Judas. *Norma: recuerda el nombre* —le había dicho Ixca a Teódula. Los ojos
profundos de la viuda no habían variado, apresados por una intuición. —Si viene el hombre alto y moreno ese a verme— le
había dicho Teódula a Rosa Morales —dile que lueguito regreso; que me espere. Que te acompañe con el chamaco.

—Ya estamos cerca— había pensado Teódula, sentada en la
banca de madera del autobús vacío que la conducía a las Lomas
de Chapultepec. El chofer la miraba, reflejada en el espejo, con
inquietud. Nadie viajaba hacia las Lomas, esa noche, en un camión de segunda. Las criadas y jardineros que los utilizan se
habían volcado al Zócalo, o habían pedido permiso para ir a su
tierra a celebrar las fiestas patrias. Las joyas de la viuda chocaban entre sí a medida que el camión se apresuraba por llegar a
su destino y cancelar la jornada. El oro pesado, recargado de
relieves y signos, bailaba en las muñecas de Teódula; sobre su
pecho seco, una pequeña máscara de oro reía con ojos oblicuos,
amarrada a la nuca de la mujer por una cadena. —Ya estamos
cerca.

---

[823] Dice: «...*florecitas mexicanas...* / —Séntido, séntido —suspiraba el Fifo pisando pies y apartando codos, su mano en todos los hombros, su aliento en todos los oídos, la mirada opaca y vacilante... Brilló el metal y Fifo pegó un grito. / —A mí nadie me mira así... —silbó el gordo, con la navaja ensangrentada en la mano morena, donde
se podían contar los poros abiertos. / Fifo se retorció en el piso de la
cantina, regado de pólvora y serpentinas. El mariachi volvió a cantar,
con los petardos y los buscapiés, los gritos y las banderitas de papel
de china. / *se agacha y se va de lado, querido amigo,* / La mujer
pintarrajeada le dijo a Nacho: —Ya se murió. / *El santuario del nopal
nos recibe; todo desierto está cerca. Los huesos mondos se visten de
galas. Lejos, Chantico. Cerca, el Señor de la Región de los Muertos, y
su jauría de estrellas volcánicas. El corazón de las montañas se abre
para que lleguemos a la feria oscura.* / Boca abajo sobre el catre, Feliciano trataba de conciliar el sueño con la tos y la irritación de su
garganta...», en CDQ, pág. 243-244 (cfr. nota 698). Hasta aquí CDQ.
Chota: policía secreta (DC) [o policía en general].

505

Por eso, al descender, no se sorprendió del cielo rojizo, del humo que ascendía. La mansión de estuco amarillo y ventanas labradas y rejas negras y nichos y azulejo y vitrales azules brillaba como una tea que ennegrecía y perdía, en la nueva envoltura de llamas, los perfiles antiguos. Como un coágulo oscuro, la puerta encendida brillaba al fondo de un jardín de rosas aplastado por los pies apresurados de los curiosos y los bomberos.

—¡Atrás, atrás!

La viuda arrugó los párpados sobre las cabezas que miraban el incendio. Serpiente de oro, su cuerpo se fue trenzando entre los demás hasta alcanzar la reja. El chorro de agua logró, por un instante, apretar las llamas en un solo haz erguido y tembloroso: en seguida, el fuego volvió a estallar, disperso.

—¡Detengan a esa vieja!

Teódula, arrancándose las joyas de los brazos, del cuello, de las orejas, corrió con una suavidad tensa de conejo hasta la puerta en llamas; su piel de costras antiguas, sus ojos, carbón apagado, toda su vida oscura y escondida a los ojos del mundo brilló junto con el incendio: Teódula levantó los brazos: en sus manos, relumbraban las joyas antiquísimas, más potentes que el estruendo de las llamas[824].

—¡Gracias, hijo!— gimió, más con el cuerpo entero que con la voz, y arrojó las joyas hacia el centro del salón sofocado de humo.

Las manos calurosas y húmedas de los bomberos tomaron los hombros de la viuda. —¿Qué hace usted aquí? ¿No se da cuenta del peligro?

—Es que aquí vive mi amiga Rosa; es la cocinera, señor —sonrió, con una mueca cenicienta, Teódula Moctezuma.

—No había nadie en los cuartos de criados, ni en la planta baja. Si había alguien, se quedó arriba y ya ni remedio. ¡Quítese, señora!

Teódula volvió a sonreír. Limpia de oro, sentía los brazos y el cuello ligeros. —Así lo queríamos los dos, Ixca hijo— murmuró mientras se alejaba del puño de fuego negro de la mansión de Federico y Norma Robles. —Te lo dije; ellos andan escondidos, pero luego salen. A recibir la ofrenda y el sacrificio[825].

Norma, tosiendo, con una mano sobre el rostro y otra pegando en la puerta, había caído, poco a poco, de rodillas. Las manos nerviosas del primer terror, cuando olió el humo seco que se

---

[824] Cfr. nota 456 de la segunda parte de LRT.

[825] El sacrificio con fuego también existió entre los aztecas. Confróntese nota 376.

colaba por las rendijas y luego vio la llama gigantesca que nacía al pie de la ventana, no pudiendo encontrar, entre las sábanas revueltas, la llave. El incendio que subía, crujiendo sobre la enredadera seca, lamió en un segundo las cortinas de gasa: Norma había corrido hasta la puerta, a gritar y a pegar con los puños: la lengua roja avanzaba sobre los tapetes, acariciaba las sábanas, por fin tocó su bata y las plantas de sus pies. —¡Ja!— dijo Norma cuando sintió el dedo llagado sobre su espalda y se dejó caer hasta el fondo de sus propios ojos.

Fuera de la puerta iluminada por dos cabos de vela, Ixca Cienfuegos, con la espalda pegada al polvo de los adobes sueltos, escuchaba el llanto de Rosa Morales sobre la caja de su hijo. La adivinanza total brillaba en las pupilas de Ixca; todas las palabras y ritos de su corazón le corrían entre la sangre hasta apeñuscarse, hernia de voces, en su estómago: *Cuatro días para llegar a la feria*— [826] decía entre dientes, en silencio, a las sombras de la mujer y la caja que se proyectaban, lanzadas por la luz desigual de las velas, sobre el cuerpo de Ixca Cienfuegos, apretado contra la pared; —*cuatro días; subirán las bandadas de penachos a alimentar el sol; hacia el poniente, se las llevarán tiradas de las piernas, el ombligo entre las serpentinas del cielo.*

Su voz inaudible mascaba las dos sombras, se tragaba el llanto de Rosa: —*A la feria de las ofrendas suntuosas, las finales... llevaremos dones y ofrendas, Rosa. En alto, con los brazos de pluma, entre las dos montañas que nos quieren destrozar...*— Hundía los homóplatos en el adobe, quería ser testigo y no sabía cómo, quería penetrar en el llanto y las luces tenues de Rosa Morales, y no sabía cómo. —*Ocho desiertos, ocho colinas nos separan del santuario... Te miraré como al primer extraño de la noche, te lo juro, porque sé que vamos juntos a la feria, donde soplan las ánimas de los peregrinos. Se abre el corazón de las montañas para que lleguemos a la feria oscura. Aceite entre las piernas, sangre en el pelo, para llegar dignamente. El perro rojo nos lleva por el río*— Ixca se mordía los labios, doblaba los hombros bajo una oración que no sabía pronunciar —*ya estamos en la tierra regenerada, la misma tierra que dejamos, vuelta a nacer. No la hemos abandonado; toda ella es la sepultura. No hemos viajado. Entramos a los nueve infiernos, al punto de*

---

[826] En cursiva las creencias aztecas respecto a la muerte (cfr. notas 16 y 23 de la primera parte de LRT, y 367 y 376 de la segunda parte de LRT).

donde salimos...— Los sollozos de Rosa, por debajo de la oración de Ixca, fluían adormecidos. Un sol colgado a la pólvora y
a las serpentinas lanzó su primer vaho. Teódula Moctezuma caminaba, ligera dentro de su ropón colorado, por la vereda de
tierra suelta hacia la figura, quebrada en ángulos de sombra,
de Ixca Cienfuegos.

—Ya se cumplió al sacrificio— silbó la viuda al oído de Ixca
cuando, en su velo de aire, llegó hasta el cuerpo embarrado a la
pared de polvo. —Ya podemos volver a ser los que somos, hijo.
Ya no hay por qué disimular. Volverás a los tuyos, aquí, conmigo. Me diste mi regalito antes de que me vaya. La mujer esa,
Norma, ya se la chupó el mero viejo[827]. La anciana alargó un
dedo, doblegado y amarillo como una hoja de maíz, hacia el sol
naciente: —Mira: ya salió otra vez[828]. Ya podemos entrar. Te
espera tu nueva mujer, hijo, con el niño que ya está con mis escuincles y con Celedonio.

Ixca no quería comprender; sólo repetía, dentro de un sueño
sin cabos, la oración y las palabras incomprensibles. Recordaba
a Jorgito vivo, con sus periódicos bajo el brazo, entre el atardecer frente a la Catedral, y lo adivinaba ahora como un anuncio
del regreso al hogar y a los ritos y a la vida oscura de Teódula y
sus muertos.

—Óyela nomás llorar, Ixca hijo. La pobre no sabe. Tú nomás
rézale aquí, igual que le rezamos a mis chamacos, y luego entra
a consolarla.

—Queda una vida, madre— murmuró Ixca, uno con la
pared.

—Vé y vela si quieres, hijo. Pero tú ya estás aquí, con nosotros. Aquí vas a vivir. Ya se acabó lo otro. Ya cada quien es
quien debe ser, tú lo sabes.

Teódula Moctezuma entró, aligerada del peso antiguo, en la
casucha desde donde gemían los cirios y el féretro y la voz de
Rosa Morales.

La ciudad se había descascarado. Los últimos grupos, fatigados,
de mariachis, se iban caminando, entonando, con desidia, en-

---

[827] Se refiere a *Huehueteotl* («dios viejo»), una de las deidades más
antiguas del Valle de México, que fue considerado el padre y la madre
de todos los dioses. Tardíamente se llamó *Xiuhtecuhtli* («señor del
fuego», «señor del año»): dueño del tiempo y encarnado en el fuego
(representado como anciano); las víctimas se le ofrecían después de
haberlas arrojado al fuego (entonces, se les sacaba el corazón).

[828] Cfr. nota 16 de la Primera parte de LRT.

tre bostezos, arrimándose a las paredes rosa, verde, gris, el himno del nuevo día,

> *era de madrugada, cuando te empecé a querer,*
> *un beso a la medianoche, y el otro al amanecer...* [829]

MERCEDES ZAMACONA

Cerca de la ventana, la sombra otorgaba un corte severo al perfil de la mujer. La línea más recortada de frente, nariz, garganta, brillaba apenas y detrás de ella, al fin, se abrían el aire y la plaza, empedrada, robustecida por el viento, desigual en la respiración mohosa de los ahuehuetes, alta protección de las casas bajas, rodeadas en balcones enrejados, detrás de las cuales se extendían nuevos jardines de enredaderas y tapias añosas, antiguas caballerizas transformadas, pozos de agua limosa. Mercedes Zamacona repasaba con lentitud las cuentas del rosario. Pronto se escucharían las vísperas de la parroquia de Coyoacán. Los otros ruidos —camiones, bicicletas, voces— no le llegaban. Mercedes sólo escuchó (era la hora acostumbrada para un vaso de leche con pastas y dulces amasados por las monjas de San Jerónimo) los pasos de la criada sobre el piso de tezontle oscuro, la puerta de vidrio que se abría (y el retintín del visillo roto) y los pasos sofocados sobre la alfombra que hacían el circuito necesario para evitar la consola de pino.

Señora... la buscan— dijo con una voz muy baja la criada.

—¿Manuel? —Mercedes dio la espalda a la ventana y el aire agitó su pelo, entrecano, restirado hasta el chongo[830] inmóvil y apuñado.

—No; un señor Cienfuegos.

—¿Cómo es?

—Alto, señora, alto y...

—¿Qué más?

—Moreno, con los ojos muy negros, muy oscuros.

Mercedes repitió las palabras casi no dichas de la criada:

—Moreno, con los ojos muy negros, muy oscuros—. Su mirada se recuperó de una lejanía furiosa que la había sofocado, hecho perder pie en su actitud estricta. Se dio cuenta de que, frente a la criada, había bajado la cabeza y dejado caer los hombros de

---

[829] Fragmento de una canción popular.
[830] *chongo:* moño.

su habitual rigidez. Se compuso la pechera de encaje y el cama-feo que en su centro, como un relieve más nítido del mismo en-caje, destacaba. —Ya sabes que no recibo a nadie sino a Ma-nuel, mujer. Dile que no estoy.

—Sí, señora.

El esquema de los pasos, del visillo de cobre azotado contra el vidrio, del tezontle claro como una campanada bajo los taco-nes de la criada, se repitió en sentido inverso. Mercedes paseó la vista por las cuatro paredes enjalbegadas, desnudas de deco-rado. Volvió a erguirse sobre el sillón y a dar el perfil a la tarde. Un hombre moreno, con los ojos muy oscuros. Oscuros. Recogió el rosario; abrió el misal y con una mueca de repugnancia volvió a cerrarlo. Pensó que no eran éstas las palabras verdaderas: esta prosa azucarada y despojada de grandeza. Un hombre more-no y oscuro. Un viento repentino levantó hasta el aullido el mar de hojas de la plaza, y en seguida se detuvo en el mismo silen-cio. Mercedes asomó un ojo a la calle. Las grandes palabras de-bían ser inventadas —habría que pensar esto, pensó— y tener en sí la resonancia de las cosas terribles y oscuras del espíritu y la re-ligión. Oscuras. Se llevó la mano a los ojos. No quería volver a recordarlo todo; y sin embargo, ¿qué otra cosa había hecho du-rante todos estos años sino recordar, día tras día, cada detalle, cada leve olor, brisa de aire, de fruta, que la ayudara a recrear la imagen de aquel hombre y de aquel momento? No; hoy no —se dijo y, en voz alta, conjurando al pensamiento, las palabras que le corrían como un tiro de caballos desbocados por el cerebro:

—El espíritu de la verdad dará testimonio de mí

«sí, porque sólo después, mucho después, había pensado Mer-cedes en esas palabras del Evangelio que su tío, el párroco, le había hecho memorizar, de niña, cuando ella tuvo que ir a Morelia para asistir a las clases de primeras letras. Una señorita tiesa, que olía a alcanzor, le enseñaba las letras y los números, pero era el padre el que se ocupaba de predicarle la palabra del Señor, y eran éstas sus palabras, para que Mer-cedes aprendiera a distinguir las falsas apariencias de la ver-dad, para que aprendiera a mantener la verdad pese a las tentaciones del mundo y la murmuración de la gente: que la verdad triunfaría al fin, y daría testimonio de sí misma y de Mercedes, como llegó a dar testimonio del Cristo. Pero esto sólo lo pensaba ella —no entonces, o quizá desde enton-ces, pero sólo lo recordó años más tarde— porque su tío el párroco sólo le exigía la memoria, repetir sin descanso el-es-píritu-de-la-verdad-dará-testomonio-de-mí»

—No me toques aún, aún no he ascendido hasta el padre «pero a los trece años una señorita ya sabe todo lo que puede aprender de letras y de números, y dicen que debe regresar a enseñarse en otras cosas, al lado de su madre. Pero su madre está atada a una silla de ruedas, y su hermana mayor se ha casado y cada día del tiempo la adelgaza más, como a un metal aplanado y recto que debe irse despojando de todos sus excesos hasta ser una lámina invariable, irreductible, exacta en el punto de resistencia, y su hermano anda de oficial en el ejército federal fusilando revoltosos

»—Cuatro hombres el domingo pasado, Merceditas, cuatro bochincheros que tuvieron que morir juntos, llenos de orgullo, sin temor de Dios, creyendo que los cuatro se perdonaban entre sí y se daban fuerzas los unos a los otros, sin temor de Dios

»Mercedes arrojaba el estambre y se tapaba los ojos: no me toques aún... hasta ascender al padre; no antes —había pensado, o recordaba ahora que había pensado, y en realidad sólo ahora lo pensaba— nunca antes de que Él nos convoque y nos juzgue, antes no. Sólo después —o ahora— creería que estaría recordando esas palabras: al escuchar los relatos de su hermano cuando gozaba de licencia y se presentaba, con el kepí ladeado, las botas brillantes y los bigotes rubios y erizados, a la Kaiser, en la hacienda cercana a Uruapan; o al sentir a su hermana como una columna delgada de lámina fría y ojos de nitrato, juzgando sin hablar a todos, sintiéndose juzgada ya, arrinconada a los treinta años en la soltería que la llenaba de compasión hacia sí misma: su único, irreductible placer; o al ver a su madre atada a la silla de ruedas, muda también, como si no tuviera ya tiempo suficiente para callar y en silencio reprocharle a Dios su invalidez: como un medio sin lengua entre su propia cólera y la cólera de Dios que la había lisiado, como el tamiz entre dos juicios que se nutren sin hablar y se mezclan en una arena única, donde no hace falta hablar; y sólo el hermano juzgando con la espada, juzgando en nombre de las palabras no dichas y el silencio estruendoso de la madre y la hermana, compensando sus juicios mudos con la sangre y el hierro y todos los muertos que lo eran en juicio de la madre inválida y la hermana virgen —así era su casa cuando Mercedes llegó de Morelia, a los trece años, vestida de calicó y con el pelo castaño hecho en dos trenzas que le caían hasta el talle y con las puntas de los senos irritadas y nuevas, y con dolores de vientre que quería comunicarle con la vista a su madre y a su hermana y que ninguna de las dos entendía o le explicaba, porque la madre ya había olvidado eso y

511

la hermana lo escondía entre los trapos negros de su vergüenza. Así pasaban las noches, sentadas en silencio sobre mecedoras de respaldos tiesos mientras el olor a granos de café tostado y el rumor del pasto eléctrico de grillos entraba, acarreado por un viento suntuoso, amasado con lentitud entre la montaña y la tierra tropical, que hormigueaba en la nariz de Mercedes y la obligaba a cerrar los ojos y dejar que el acento perfumado de aquella piedra, de estos frutos, descendiera hasta el vientre pesado y adolorido, y más abajo, y más abajo, penetraba por las ventanas abiertas de par en par»

—Tú, cuando ores, cierra la puerta, ora a tu Padre, que está en lo secreto; y tu Padre, que ve en lo oscuro, te recompensará «habría querido —cree pensar que sabía— golpear las voces no escuchadas de su madre y de su hermana, para que ellas formaran el coro de su vida y Mercedes pudiese orar detrás de la puerta cerrada y de esta manera un ritmo, sí, un ritmo cualquiera, se estableciese, rigiéndolas, entre su oración y su vida, ligándolas, pero no así, planas ambas, silenciosa la vida, silenciosa la oración. Mercedes salía por las mañanas, penetrando en el polvo delgado que levantaban los primeros pies, las carretas iniciales, filtradas por un sol violento que comenzaba a animarse en el olor previsto de la cocina feroz y ardiente que quemaba las aletas nasales y los dedos antes de llegar a un solo paladar caluroso. Algunos gallos se paseaban, orondos, raspando sus espolones contra las piedras, irregulares y redondas, de la breve calle que desembocaba, a poca distancia, en el corral, y después la vereda que se iba abriendo entre los campos cosechados y todo el llano quebrado entre el río y la montaña. Mercedes caminaba entre los cosecheros y recogía algunos granos de ese café moro y perfumado que dominaba cualquier otro olor de la comarca: hombres morenos, de cráneos largos y ojos como jade quebrado, levantaban los rostros a su paso, sobre todo cuando cumplió catorce años y sintió que caminaba de otra manera, que existían nuevos elementos, pesados y, a la vez, erguidos, que exigían portarse con un aire levantado y un ritmo casual pero consciente: así se paseaba Mercedes, a los catorce años, por los cafetales, tratando de distinguir las miradas de los hombres que trabajaban sombreados por la paja y al mismo tiempo evitándolas porque así lo exigía el nuevo porte que exigía el aire levantado y ella sólo quería el coro, el comentario que en realidad no escucharía y menos atendería, pero que en su escueto murmullo crearía el ritmo que, por fin, le permitiese entrar y cerrar la puerta —que daría fe— y orar sola —que atestiguaría— y arrepentirse de algo —del porte provocativo— y pedir perdón por algo —por las miradas oscuras—: así creería hoy que había pensado entonces. Hasta que logró fijar una de aquellas miradas —pero sin consecuencias, pues no volvió a ver a ese hombre singular, o si lo vio no supo que era suya la mirada fija— y entonces perdió el paso, se detuvo, miró sobre el hombro y escuchó una voz, que era la suya, y que le decía: —Me va a suceder algo, pronto me va a pasar algo— y pudo regresar, rápidamente pero sin prisa, con un frío concentrado en la nuca y en las piernas flojas, a la casa y a su cuarto y cerrar la puerta y darse golpes de pecho y murmurar en silencio su arrepentimiento por haber provocado lo que no entendía —pues sólo lo que ella sabía era lo sancionado; el cura le había explicado la palabra de Dios; tenía que saber, tenía que distinguirlo a Él del Demonio— y Dios, que veía en lo oscuro, la recompensaría, la recompensaría de todo aun de haber pecado cuando supiera concurrir al perdón: pero nunca la recompensaría. —pensaba ahora— por no haber vivido, por haber juzgado contra la gracia en silencio, como las otras dos mujeres de la casa. Había que seguirlo; dejarlo todo y seguirlo, seguirlo en su palabra y su espíritu pero también en su encarnación»

—Sígueme y deja que los muertos sepulten a sus muertos «en su encarnación viva de pecado y perdón, de centro y rostro último de todas las cosas: los muertos sepultaban a los muertos en la silla de ruedas y en las mecedoras rígidas, en el rígido sabor de almidones y clausuración sedentaria, allí, en ese rectángulo de silencio y furias no expresadas, sofocadas por los trapos negros, benditas por el tío que olía a orines pegosteados, allí aún más que en los paredones sobre los cuales, con un movimiento nervioso y decisivo del sable, ordenaba su hermano las descargas, allí: fuera de allí se le podía seguir; Él tenía que estar fuera de allí, en cualquiera de los hombres oscuros que olían a tierra húmeda y grano de café y si no en ellos en el aire tamizado por los colibríes o en esa simple faja verde que se extendía de un extremo al otro de su vista. A veces, Mercedes subía al campanario de la capilla y, con la cabeza inmóvil, corría los ojos de un extremo al otro de las cuencas, tratando de abarcar, en ese espacio, la totalidad de Su mundo, donde los muertos no enterraban a los muertos, sino que un acto de creación perpetua descendía de Sus dedos sobre la costra verde poblada de miradas que debían fijarse, que querían decirle algo, lo que no podría escuchar en el rectángulo de silencio de la madre, la hermana, el cura y ella misma, destinada por ellos al cuarto rincón, a ser el testigo, mudo como las mujeres, o elocuente y martilleante en todas las fórmulas

»—*el espíritu de la verdad*

»—*dad de comer al hambriento, dad de beber*

»—*los humildes de espíritu*

»—*apártate, Satanás, no tentarás a tu Dios y Señor*

de su tío, el cura. Afuera estaba lo que se debía seguir: un galope de sangre le subía por las piernas cuando pensaba esto, sólo esto: que Su mundo era éste, y no el clausurado de la casa. Entonces no eran necesarios el porte y la conciencia de sus pechos nuevos, de la navaja inasible entre las piernas, sino la escueta existencia de los nuevos centros brillantes como tres lunas gemelas que cantaran entre sí, que dialogaran sobre su nacimiento súbito, atónito, y sobre su muerte de vidrios pulverizados: su otra mitad, oscura: lunas redondas, negras frente al sol, plateadas en la noche: así las sentía. Y todas las miradas escondidas en el cafetal no alcanzaban a decírselo, a ponerla en contacto seguro con lo que sólo su imaginación le revelaba en los momentos aislados —de pie en el campanario, arrodillada en su propia alcoba cerca de la cama de barroquerías cobrizas, drapeada de redes blancas, de pequeños insectos verdes y pálidos que corrían azorados ante su paso o, persistentes, ajenos a la posibilidad de un manotazo súbito, volaban imbéciles alrededor de la lámpara de kerosén, furiosos, embebidos en la luz que los sojuzgaba, furiosos porque sabían que ésta no era la natural de la noche— no como algo sólido, penetrado para siempre en su cuerpo, sino como la novedad intermedia, preparatoria a su destino verdadero: el drenaje fosforescente y profundo que la bañaba para mejor discernir, después, la obligación de sus oraciones y sus golpes de pecho y su solicitud de perdón. Esto era las tres lunas, los frutos gemelos y la navaja, que desde el campanario blanco dominaban, de uno a otro extremo de la vista, la faja feraz, hogar de la semilla y los grillos, de Uruapan, patios de flores asfixiadas y líquenes guiñantes, paredes de blancura descarada, caídas de agua en la tierra lodosa y rica germinada sobre la falsa esterilidad de cenizas volcánicas, hombres rígidos de huesos delgados y cabezas largas, mujeres sin lengua hincadas y apretujadas sobre los bultos de comida, de ropa, de hijos, el rumor persistente y olvidado de Tzaráracua[831] y su estruendo ahogado en la vegetación de color majestuoso y mci-bundo que circunda el horno frutal del Balsas, y un aire tibio y

---

[831] *Tzaráracua:* salto de agua.

oloroso a la procreación de frutos aromáticos, menudos, apenas transitorios entre la semilla original y el jugo, el licor, el dulce. Mercedes pensó: —Ahora, aquí, me va a suceder algo»
—Entrad por la puerta estrecha, porque ancha es la puerta y espaciosa la senda que lleva a la perdición
«después, cuando las mujeres hablaran y recordaran cosas dirían que Mercedes, cuando acababa de cumplir quince años, supo que su tío el cura llegaría de Morelia acompañado de un joven limpio, escueto, sin una línea excesiva de carne, ceñido como el paisaje mismo que se recupera en una o dos memorias suficientes y más que los ojos que la perseguían en su diario paseo por los cafetales. Era el sacristán de la parroquia, dijo el cura cuando llegó, un indito humilde, trabajador, respetuoso —esto lo machacó, como acostumbraba repetir sus frases de martillo teológico— y Mercedes sólo lo vio, al principio, al llegar, porque en seguida fue despachado a comer a la cocina mientras el cura repetía *humilde trabajador respetuoso* y Mercedes recobraba el recuerdo fugaz de los ojos oscuros que apenas levantaban una mirada densa y como recién sorprendida por una revelación. Era todas las miradas de los campesinos del lugar, pero no diversa y plural como ellas, sino única, inseparable de ese cuerpo, de ese hombre, a otros más. Mercedes se dio cuenta de que el muchacho asomaba sus ojos intransferibles entre las tiras de concha nácar que separaban al comedor del pasillo oscuro que conducía a la cocina, durante cada comida, y sólo ella podía darse cuenta, sentada en la cabecera opuesta a los ojos que como dos abejorros furiosos se hundían en la oscuridad del pasillo, cada vez más atrás, hasta desaparecer con un leve rechinar de la puerta. Esto sucedía en la mañana, cuando las tres mujeres desayunaban solas, y durante el largo y condimentado almuerzo presidido por el cura y, por fin, cuando a las ocho de la noche un olor de café humeante y mantequilla derretida volaba de la cocina por los corredores hasta todas las piezas, dispuestas en cuadro sobre el patio de mosaicos azulados. Al pasearse, cada mañana, entre los cafetales, Mercedes se decía que hoy, sí, hoy, esos ojos brillarían un instante entre las hojas pardas, y después asomarían con todo su cuerpo a hacer una presencia íntegra bajo el sol, sin reductos. Pasaron los días calurosos, uno tras otro, mordiéndose las colas de sol, y los ojos seguían espiando durante cada comida, y ella buscándolos en sus paseos matutinos: esta vez sí era él, con la cabeza baja, caminando por el mismo sendero: su ropa era ya la del muchacho urbano, pero poco acostumbrado a ella; el cura había pasado

ese traje rabón de un sacristán a otro. Se cruzaron; Mercedes no se atrevió a buscar, una vez allí, la mirada; pero se detuvo, se compuso la hebilla del zapato y con el rabo del ojo siguió el trayecto cabizbajo del muchacho. Lo siguió a corta distancia, deteniéndose de vez en cuando a acariciar una planta, o la nariz de una yegua, mientras el muchacho caminaba hacia el corral, al finalizar el sendero, y una nube cada vez más espesa de polvo corría camino abajo: una nube bufante, explosiva, que preñaba de relinchos la quebrada extensión de las tierras: Mercedes se detuvo, apretó su cintura contra la barda y esperó, paralizada, el paso de la cabalgata de ruido y cascos enloquecidos; por fin, pudo distinguir las aletas nerviosas, la espuma dilatada de los belfos del caballo; pateando la barda, embistiendo el polvo, su carrera, por errática, no era menos veloz; el polvo envolvió a Mercedes: los ojos del animal caían como dos alfilerazos sobre sus pechos. Cuando se quitó las manos de la cara, Mercedes sintió una dominación cercana, que acentuaba el sudor, los relinchos y la cólera del caballo: el muchacho, con un garrote erizado de pernos, se había colocado frente a la bestia: un clavo negro brillaba en el lomo del animal, y la mano del muchacho se acercaba cautelosamente a las riendas sueltas. El muchacho le daba la espalda a Mercedes: ella sólo distinguía los músculos tensos de su brazo, el pelo revuelto y el puño apretado en torno al garrote. La bestia relinchaba, oscura y con el clavo de sangre nueva enterrado en el lomo; todo el cuerpo del caballo se levantaba y caía con bufos espesos. Fascinada, Mercedes recorría con la vista al caballo, tratando de descubrir, en la exaltación de toda la carne animal, el reflejo y la explicación de su propia carne erguida, de todas las carnes: a medida que el muchacho ganaba dominio sobre las bridas y se acercaba al cuello doblegado del caballo, la exaltación de éste se concentraba: los ojos llameantes, los belfos húmedos, el florón de sangre que manchaba el perno y, entre las piernas, la navaja gruesa y nerviosa, como la semilla de la fuerza, como el origen vibrante de toda la cólera y locura y majestad de la furia desencadenada. Mercedes no pudo respirar —o sintió, supo que cada respiro no anunciaba otro, que su posibilidad de respirar quedaría cortada al terminar cada exhalación—: su vista telegrafiaba, del muchacho con el garrote que se abrazaba al cuello de la bestia, al muñón de carne erecta del animal. Un río de poder corría, magnético, entre las carnes exaltadas del hombre y el animal, trenzados como un centauro roto, y la triple efigie lunar de la muchacha: lunas que pulsaban, levantadas como toda la naturaleza de su tierra, en ese instante de dominación y orgullo. Jadeante, el caballo bajó la testuz; entonces se desató la cólera del muchacho, que sólo esperaba la abyección de la bestia y la destrucción de su poder para afirmar su cólera y su poder humanos: sin gritar, con los dientes apretados, con el sudor vivo sobre las sienes, golpeaba al caballo con el garrote, abriéndole, como a un zapote[832] maduro, gajos de sangre empalagosa y negra. Mercedes cerró los ojos y pensó en el puño de carne vibrante del caballo, escondido ahora en el muchacho, hombre y bestia idénticos en el grano irreductible, en el origen del poder. Al cesar el tumulto, la vereda se abría ancha y espaciosa: el polvo había descansado en su lecho invariable, y los hombres del campo se alejarían del lugar del combate, despejando aún más el camino dilatado por el caballo y su domador»

—...y limpiará la era y recogerá su trigo en el granero, pero quemará la paja en fuego inextinguible...

«no, nunca volvería a saber cómo supieron, los dos, el lugar de la cita no expresada, el lugar a oscuras donde los ojos se escondían en las uñas y las yemas de los dedos, ni cómo entendieron, vírgenes ambos, ambos sin verse, sin hablarse, lo que era necesario hacer, así, sin ofensas, en una pura intuición sensual, sin voces, en el entresuelo oscuro de la capilla, donde jamás llegaba la luz y ambos abrían más los ojos como si sus retinas pudiesen llegar a rasgar todos los velos de la oscuridad y lanzar machetazos de luz: no sólo desde los ojos, sino desde cada nuevo centro de amor táctil, otorgado totalmente a las manos oscuras y sabias del otro. Sin verse jamás, pues él sólo espiaba a la hora de las comidas y ella no alcanzaba a ver sino sus ojos escondidos y después él ya estaba en el entresuelo cuando ella llegaba y sin hablar, a tientas, buscaba sus manos y apretaba su cuerpo contra los pechos que ya no le ardían, que encontraban un reposo violento sobre su cuerpo y ambos buscaban a ciegas sus labios y la cruz definida y el tornillo de velos y reían al tocarse y caían sobre las viejas mantas de la sacristía clausurada mientras, afuera, los acompañaba el rumor doblegado de la tarde, de la siesta, del reposo. Y ella quería alimentar su fuerza, sólo eso; darle parte de su semilla de poder para que con ella venciera a

---

[832] *zapote:* fruto del árbol del mismo nombre. Hay varios tipos de zapotes (fruto blanco, negro); el que se menciona en LRT es el llamado zapote negro (su interior es muy oscuro, carnoso y aterciopelado). Su piel de color verde es tan delicada que basta el más mínimo roce para hacer salir la pulpa.

los caballos y tomara entre sus manos un enorme garrote claveteado y abriera con él los caminos y recogiera los frutos y le dijera que sus tres astros vivían y tenían una razón de ser y daban
calor y sabores a un mundo: porque nunca olieron, nunca sintieron asco o desdén o compasión: Mercedes olía a café y a cirio, y estaba segura de que todas sus tardes en el campanario
habían preparado este momento, que su pensamiento de entonces era tan limpio como su obra de hoy, y que todo formaba
parte natural de su oración, del paisaje que le rodeaba, de
cuanto hubiera podido decir o pensar o creer antes de hacerlo.
Por eso el horror, la pesadilla, la ruptura de lo que ella sentía
ordenado por Dios —aquí, en sus encarnaciones seguras y
palpables—, el Dios que confundía con el mundo de la siembra
y el sol y las tierras al pie del campanario, vino en boca y manos
de los dos seres negros, de las voces y la luz que una tarde invadieron la antigua sacristía para que Mercedes pudiese ver los
dos cuerpos juntos por primera vez y el muchacho se cubriese
los ojos con la mano, no como si lo cegaran las luces, sino tratando de dividir la luz de las sombras y recobrar éstas mientras
la voz chillona de la hermana tosía y se cubría la boca con sus
trapos negros mientras el cura aullaba y movía los brazos como
un cuervo
»*te lo dije tío yo vi esas miraditas esas inquietudes esa nueva cara
en la niña ¡la niña! como si un vaso roto se pudiera reparar
cría cuervos ernestina cría cuervos dale de comer al hambriento
para que así te pague deshonra de esta casa pura hasta hoy inviolada por la murmuración y el escándalo y mi ejemplo tío mi
ejemplo de honradez y castidad mis años aquí sacrificada cuidando a mi madre enferma para que ésta ésta míralos como dos
perros míralos el asco y la perdición y el pecado míralos cría
cuervos eso se saca uno por traer indios piojosos donde la gente
decente gente decente y a oscuras como ciegos los dos asco asco
y la gente decente que dirá dirá dirá dios mío se acabó la honra
el pecado dios mío devorados por el pecado y la lujuria llévate a
esta niña ernestina escóndela de la vista de las gentes honradas
que de este demonio me encargo yo puta puta ernestina ella es
inocente fue violada por este salvaje ella no sabe no se da cuenta de lo que ha hecho te consumirás en las llamas eternas mercedes no puede haber salvación mientras yo me he hecho vieja
aquí cuidando a nuestra madre de pie zángano ya te enseñaré a
distinguir entre una niña decente y tus indios malparidos como
su madre hijo de la mala sangre y yo aquí guardando la honra de
la familia dime tío dime tío y yo y yo y yo*

»porque Mercedes ya había olvidado *y yo y yo y yo* que aferra a la circunstancia y a la vida medida y prevista y en ese instante *y yo y yo y yo* se dio cuenta y se sintió al filo de una muerte personal, la suya, la de su carne y su ser fecundado y quiso asirse a yo-soy y dejó de ser lo que era pues dio la cara con furia al muchacho doblegado mientras la luz y el tiempo acostumbrados —nuevos— perdían su simetría, su localización, y Mercedes corría descompuesta hacia la casa, a la vista de todos los ojos amodorrados que se levantaban de las siestas pegajosas, corría con un orgullo abyecto —diría que el orgullo no se da, sino que se aprende y se construye, y ella, sin quererlo, lo aprendía en ese momento— y se repetía que ella era decente y él un indio mugroso, que su hermana se había sacrificado y su tío poseía la palabra de Dios, y todo —el orgullo, el llanto, la vergüenza— se le apretaba entre las piernas como una disecación madura, como las cuerdas rotas por un tijeretazo de palabras, y un medio terror (pues desde entonces se diría que no habría plenitud, que todo se daría a medias: el orgullo y el pecado, y el amor y la vergüenza) que pulsaba por ascenderle al vientre y allí mismo, detenida de pronto como un corcel arrestado por su furia, imposibilitado por el exceso de su poder, supo que iba a tener un hijo y sintió crujir en su seno el esqueleto de la razón a medida que las campanas de vísperas comenzaban a tenderse, llanas y ojilechuzas, sobre el valle feraz y las caras azoradas de los hombres y mujeres de Uruapan y los venidos del trabajo desde los Reyes de Salgado y Paracho, desde Tingambato y Parangaricutiro, de toda la tierra de luto húmedo que en ese momento, con los ojos tibios que sentía acarrear entre las manos, Mercedes quiso aprehender en todas las fases, de cosecha y siembra, de plenitud y sequía, de sol y estrella, de extensión roturada y verticalidad ósea, apresurar y comprimir todas las fases de esa tierra en su seno y apresurar así, con toda la tierra pesando sobre su estómago, su propio alumbramiento: así fue. Después la gente habló —todavía habla hoy— de esa figura de orgullo satánico y ojos de inocencia turbada que se paseaba a todas horas del día, con la barriga hinchada, por los cafetales y el corral y hasta frente a la iglesia, a la casa sagrada, luciendo su deshonra, orgullosa de su nueva forma, con el feto brillándole en el centro como un carbón final, de día y a veces de noche, aplanando el polvo con los pies descalzos y pidiendo de beber a los labriegos y recriminándoles sus miradas —como si nunca hubieran visto a una mujer embarazada en sus vidas, como si su carne no fuese la misma que cuando se paseaba antes miraban

de otra manera, como si entonces no acarreara los mismos frutos
que ahora, dormidos aún, pero los mismos— y luego se acosta-
ba entre el llanto seco de la madre seca y los golpes de la hermana sobre la puerta de su recámara, pidiendo que la dejara
entrar para que rezaran juntas y no se condenaran, Mercedes
por sus acciones, Ernestina por sus omisiones y Mercedes, grande sobre la cama bronceada, se dormía con el orgullo y el pecado en la garganta, condenándose cada noche, durmiéndose a
sabiendas en pecado, en espera de la muerte, de su muerte,
presentida en aquel caos de luz y tiempo en que se convirtieron
su inocencia y su placer— así habló la gente. Y hablaron, por
fin, la madre y la hermana, hablaron desde sus sillones tiesos,
hablaron con sus caras de hierro pintado de carne, hablaron sobre el pecado y la eterna perdición de las almas, hablaron como
si su silencio eterno y doblado jamás hubiese existido, hablaron
de la virtud y de la honra, de lo que habría hecho el paradigma
de caballeros que fue el difunto padre, sobre lo que haría el co-
lérico hermano del fuete y los paredones cuando se enterara,
hablaron todo lo que no habían hablado en sus vidas, hablaron
desde su inmunidad conquistada por las misas pagadas y las in-
dulgencias plenarias y los rosarios nocturnos y las cantinelas dominicales y por todos los muertos visitados y continuaron hablando el día mismo en que Mercedes gimió y mordió las sábanas con los dientes y ellas esperaron, hablando y recordando sus
obras pías, a que el fruto del pecado llegara y se fuera solo, eva-
porado del mundo por sus buenas conciencias:[833] sola, Mercedes
apenas tuvo fuerza para llegar hasta el balcón de su recámara,
abrirlo y gritar palabras de su garganta, no de su razón, palabras que dieran voz de una mujer sola en el parto y vio pasar,
envueltas en fundas negras, a su madre en la silla y a su hermana empujándola, ambas rumbo a la iglesia, mientras el niño se
abría ya entre sus piernas, vivo y oloroso e inquietante como un
río que sólo de noche fluye: oscuro, silencioso como el momento
de su concepción, palpable en su oscuridad y su silencio ante la
cabeza atónita de Mercedes que esperaba un estruendo natal y
sólo pudo arrebatar unas tijeras de la mesa y caer sobre la cama
nuevamente y torcerse y morderse las manos mientras el niño
nacía y después, con los ojos dormidos, con el cerebro retrotraí-
do a cualquier otro día y hora menos ésos, encogerse sobre su
carne extenuada y mover las tijeras y levantarlo por los pies y

---

[833] Cfr. nota 120.

golpearlo mientras cantaba algo, una canción también de otro día, este futuro, que sólo al cantar después recordaría haber entonado entonces y después olvidarse y despertar y no encontrarlo mientras los senos le ardían como dos rocas escupidas por un terremoto carnal y ella lo buscaba y ofrecía al aire sus pechos adoloridos y la leche bramaba por salir y el niño no estaba. Sólo entonces recordó y buscó al otro elemento, al padre, y en su sueño vaporoso y urgente lo condenó a la oscuridad —a la de la concepción y el parto—, a vivir a ciegas y a sólo encontrar en lo oscuro su verdad y su satisfacción y su origen y sobre todo —esto apenas lo intuía— a vivir presa del yo-soy, a condenar su poder maltratado, el que ella recordaría en la doma del caballo, en el flujo de cópulas, a un despeñadero inútil, egoísta, que le asegurara a Mercedes, en su delirio, que los frutos erguidos y reales de ese poder sólo fueran de ella, que los había germinado en aquel momento, y después se disiparan para siempre: lo condenó, sin voz, sin pensamiento, sólo buscando con las manos al hijo ausente de ese padre, a recobrar en la oscuridad su poder y a gastarlo en la luz, a no encontrar jamás la fórmula exacta de la razón entre el poder y su fruto. Y sólo recordó el nombre del padre de su hijo, recordó que él jamás se lo había dicho, que sólo el cura lo había pronunciado una vez, ocasionalmente, al llamarlo, y ahora, sin poder volverlo a recordar en su vida, brotado del centro tumultuoso de su sueño y su cuerpo pálido y postrado, gritó:

«—¡Federico!»

Aquí, siempre, en ese minuto en el que coincidirían el recuerdo y el nombre, la memoria de Mercedes se detendría. Ya había oscurecido y sólo los alfileres brillarían sobre el pelo atornillado de su nuca. Pues habría cerrado los ojos y después «y después permaneció durante horas no señaladas, no medidas, con los ojos cada vez más enormes sobre la almohada viendo pasar por las paredes de su recámara el rostro último en el que se confundían el no visto del hijo con el apenas recordado del padre, y desde la sala llegaban los murmullos de oración vergonzante, quietos y filosos en el atardecer caluroso de la tierra, cuando el cura acercaba su cara de pastel lechoso y sus dos ojos, dos pasas rojas incrustadas sin simetría sobre la máscara de harina, a los de la madre, que ya no estaban allí, que poseía otra máscara, lupina no a fuerza de enfermedad y fatiga o de dolor, sino a fuerza de no estar allí, de irse escondiendo, presa del terror por tantas palabras jamás dichas, en el último refugio de los huesos y más allá: los dos muy cerca cuando el cura dice:

—Tu hija se ha condenado, Ana María, ha pecado contra la carne y también contra el espíritu y jamás me admitirá en su recámara para escuchar su confesión y repetir conmigo las palabras que podrían darle el consuelo de Nuestra Santa Madre la Iglesia y así la salvación y tú Ana María, tú también debes condenarla y estar del lado de Dios y su Iglesia mientras ella no baje la cabeza y acepte las cenizas del remordimiento— y piensa *sálvame, Dios mío, sálvame de tus infiernos y tus congojas sobre esta tierra y hazme un hombre justo y permíteme, en tu nombre, distribuir la justicia de este mundo y del otro y el perdón y la culpa con ella y no me permitas abrirle el corazón a quienes te ofenden con su concupiscencia y su delectación: condena a esta niña para que yo me salve ejecutando tu voluntad terrible y tu condena, Dios mío, para que yo pueda ser tu ejecutor y tenga la oportunidad de probarte mi Fe* y dice otra vez, mientras pega los labios a la oreja que no está allí de la madre que ya no está allí: —Sé fuerte, Ana María, y condénala conmigo; en nombre de tu esposo que Dios tenga en su gloria y de todos los muertos en el seno de la Iglesia, condénala para siempre pues creo que la gracia jamás volverá a descender sobre esta infeliz muchacha y que su arrepentimiento no será sino obra del orgullo satánico que la domina— y piensa, sin saber que el eco de su pensamiento, concentrado en un grano definitivo y que ella entendería sin saberlo, llegaría hasta la recámara donde Mercedes esperaba *pues ahora ella ha sufrido y sabe que el pobre ser mortal es capaz de tolerar todo el dolor por sí, solo, sin más alivio que el que sepa encontrar dentro de sí, y entonces encontrará las palabras justas y la vía recta a la paz del espíritu, sin necesidad de mí, a través de su dolor y tocará Tus dedos y sentirá Tu aliento cercano al dolor y no necesitará ni de mis palabras ni de mi recta decisión en Tu nombre ni del perdón que como Tu ministro yo puedo otorgarle en Tu nombre y será, en verdad, una mujer de Dios, sin mí sin mí* pero Mercedes había escuchado el murmullo del pensamiento de su tío, el cura, y estaba pronunciando las palabras de vida y muerte que había aprendido en dos instantes de carne abierta y carne fecundante y en ellas encontraba paz y decisión. Por eso pudo salir de la casa, erguida, como sería siempre desde entonces, erguida y con el nuevo sentimiento, que jamás la abandonaría, de una agresiva resignación —*las cosas no deben hacerse, las cosas tienen que hacerse*—, erguida con una sombrilla de seda azul y dos maletas y una criada indígena a buscar por los orfanatorios de Michoacán y de todo el Bajío, con la bolsa repleta de los centenarios [834] que la madre que ya no estaba allí le había entregado sin decir palabra, azorada por la letanía del cura, aterrada por tantas palabras jamás dichas, un instante antes de hundirse para siempre en el esquema de sus huesos, azorada ante la perdición y la condena totales. Mercedes pudo viajar por el Bajío en una vieja diligencia de la hacienda con la criada indígena y un cochero vestido de blanco, con la sombrilla de seda tiesa, recuperando los cabos, ajena al nuevo estruendo enarbolado de jirones de estandarte y metralla, buscando entre los ojos de la tropa los ojos del que la había fecundado, segura de que en algún paraje sus ingles oscuras se erguirían domando un caballo bravo, de que su poder requería esta coyuntura de la sangre y el fuego y la batalla, hasta que lo dio por muerto el día que en Celaya, en una casa de niños recogidos, encontró —días antes de los combates entre las fuerzas de Obregón y Villa— al de rostro rojizo y perfiles delgados que había dejado allí, con su firma, su hermana Ernestina, y con él viajó a México y compró una casa en Coyoacán y bautizó al niño Manuel y lo crió en el amor a la verdad y así pasaron los años, sin pasar, detenidos en dos o tres momentos que recogían todo el tiempo y toda la vida: pulsando como un coágulo sobre el tiempo, sólo esto: *padre de mi hijo, no tendrás más poder que el que me exprimiste a mí, y deberás regresar a mi imagen y a la de tu hijo para encontrar la verdad y el origen de tu fuerza y lo demás será la disipación y el orgullo sin frutos y el crimen más horrible, el que no se sabe que es crimen* y lo presentía corriendo por el mundo, por el nuevo mundo y la nueva ciudad, domando, domando siempre, hinchado de poder por la fuerza que ella y cuanto la circundaba —tierra húmeda, frutos de la tierra, ojos y manos y rostros mexicanos que sin verlos fueron testigos de su amor— le habían dado en el origen»

Ya se había apagado el cielo. Un escuadrón de caballería que regresaba del desfile del 16 de septiembre rompió, con sus cascos cansados, el silencio de la plaza.

Mercedes se puso de pie y cerró la ventana. Nuevamente, los pasos de la criada corrían por su sendero habitual a anunciarle la cena. Como una lámina de lutos incomprendidos, Mercedes caminó en la oscuridad. Sus espaldas rígidas cargaban sólo aquellos instantes de revelación y amor y orgullo y redención. Después no había sucedido nada. Manuel Zamacona no había

---

[834] *centenarios:* monedas de oro.

muerto estúpidamente en una cantina de Guerrero, la noche anterior. Federico Robles no había desencadenado su poder en la muerte antes de volver a encontrar la verdad ofrecida, en la semilla inicial, por Mercedes. La mujer se sentó y vació la jarra de chocolate perfumado dentro de una taza de barro tosco.

EL ÁGUILA REPTANTE

La luz del amanecer se condensó en Federico Robles: en su opacidad, el hombre viejo y silencioso, con el traje arrugado y las manos escondidas en el saco, parecía el origen de la misma luz que lo bañaba. Había caminado, sin rumbo, sin sentirlo, por barrios que le eran desconocidos, que habían surgido fuera de su memoria mientras él se aferraba al círculo urbano estricto desde donde había cumplido su vida y su poder. No buscaba nada, no preveía nada en su caminata fría y ciega; el somero esqueleto gris de la ciudad apenas lograba rasgar su vista mientras caminaba, sin lentitud y sin prisa, acarreado por sus ojos antiguos, entre los residuos de la fiesta del Grito; los grupos de mariachis desvelados, de borrachines simpáticos, de mujeres que hacían cola frente a las lecherías de barrio, con los niños envueltos como nudos de lombriz en los rebozos, corrían sin sentido alrededor de Federico Robles: sabía, sir verlo, que nadie lo observaba detenidamente, que a nadie le resultaba fuera de lugar su figura negra, su vejez repentina, todo su nuevo contorno; que su persona excepcional de ese instante era la persona común que todos aceptarían. Robles se detuvo en seco al cruzar una calle, cuando el estruendo de un camión materialista logró penetrar más allá del estruendo de fuego que se había apoderado de su oído. El cuerpo de Robles volvía a desplazarse, con una pesantez furiosa, por los salones de la mansión de las Lomas —con una secreta intuición destructiva, jamás deseada, jamás consciente; era el estruendo de tibores estrellados sobre el piso de mármol, de lámparas arrancadas a sus contactos, de un mantel arrastrado con toda su cuchillería y platos de porcelana, con la cena helada que jamás se había consumido, con los candelabros parpadeantes que iluminaban el comedor; era el estruendo de la risa sollozante de Norma golpeando la puerta cuando Federico, sin distinguir la luz helada de los cubiertos y el mármol de la lenta y lamida de las velas caídas, salió de la casa con un portazo y se lanzó en su automóvil Lomas abajo, con todas las imágenes superpuestas y bailarinas, imagen de luz

y risa y destrucción y carne azorada. Cuando abrió los ojos y
metió, con un asombro repentino, el freno, respiró el aire de
madrugada de un lugar que desconocía; se sintió al final de un
largo viaje: los muros despintados le cerraban las vías, los postes de luz y teléfonos, reblandecidos, formaban una selva de
alambre impenetrable. Robles descendió con el traje arrugado
de tres días de vida y vio la placa de la calle: *Fray J. Torquema-
da*. Una vía recta, donde el color sin tonos del pavimento se
continuaba en las casas y en el firmamento. Robles caminó sin
rumbo, perdido en su afán secreto, conducido por otras manos
y otros pies al centro y ombligo de la urbe, al lugar del nuevo
encuentro. Los olores de la ciudad se apretaban en un solo haz
nítido que el trajín y dispersión del día hacían desaparecer. Ese
olor de vapor y ruedas de tren, de gas escapado, de flores des-
piertas llevadas al mercado, de orines húmedos sobre la pared y
el polvo, de las primeras cocinas del día y de la ciudad.
Envuelto en un aire transparente, sin peso, de navaja líquida.
Las calles de Algarín y la Colonia Obrera no tenían nombre ni
rostro: como una serpiente gris, reptaban los pliegues de la ciudad, se enrollaban y erguían bajo los pies cansados de Federico. Un murmullo de letanía y sollozo que partía, más que de las
voces, de la alta neblina que nacía en una alcantarilla y rodeaba
una casucha de adobes pardos y maderos claveteados, lo detuvo.

—Estrella matutina...

—Arca de la alianza...

Desde la puerta abierta, Federico Robles guiñó los párpados
ante las velas, altas y trenzadas de flores, que por un momento
sumergían en la oscuridad a los cuerpos de trapo negro que re-
zaban al pie de una caja de madera blanca.

—Arca de David...

—Cordero de Dios...

—Cálmese, doña Madalena, cálmese.

—Había de venir a que lo mataran, nomás a eso...

—¡Pobre Grabiel!— dijo el viejo con ojos de insomnio, sosteniendo la gorra de beisbolista entre las manos de pan seco.

—Tan ilusionado que vino, con sus regalos para toda la familia. ¡Quién le iba a decir...!

—Era mi mero cuate...— sorbió desde la nariz Beto. —Tó-
mese su cafecito, don Pioquinto, ya no hay de qué quejarse.

—Ya le veremos la cara al flaco ese, jijo...— comenzó a hablar el Fifo[835].

---

[835] Cursiva en EdA.

—Respeto, bróder— [836] dijo con la cabeza gacha el Tuno [837].

El olor de gardenia y cirio alumbró la pequeña habitación ante los ojos de ave descendida de Federico Robles.

—Pásele, señor; ¿usted era su cuate también?

Beto tomó del codo el cuerpo sin voluntad de Federico y le colocó un vaso de pulque amarillo en las manos. —¡Ya se nos fue Grabiel, señor! Él no se la buscó, palabra; le cayó nomás; así es la suerte.

—La suerte...— repitió Federico en su sueño de ojos abiertos.

—¡Averiguar por qué se muere la gente! De que les toca, ya estaría de Dios—. Beto empinó el vaso e hizo un gesto de salud a Robles. El murmullo de las mujeres obligaba al suspiro de las otras voces: —Pero Grabiel, señor, tan joven... Morirse así nomás, sin razón, de repente. Sin verle la cara a su ultimador, sin que le hayan dado chance de defenderse. Es como morirse en balde, señor.

Los ojos antiguos de Robles recorrieron el cuerpo rígido de Gabriel, la mancha humeante de su vientre, la cadena de mujeres oscuras que amordazaban el cadáver. Ojos y carne y muerte del pueblo. *Éste es mi primo Froilán la mañana que lo fusilaron en Belén*— dijeron esos ojos cada vez más viejos de Robles sin que su lengua pudiera pronunciar los nombres o su memoria saber cuáles eran; —*éste es Feliciano Sánchez, asesinado por la espalda, corriendo en un llano de caliche...* Y eran la voz adivinada y los ojos ondulantes de Manuel Zamacona los que repetían estas palabras en el centro carnal de Robles: el hombre moreno y obeso dio la cara a la puerta, al cielo cada vez más claro de estrellas cercanas, feroces, oprimidas hacia la tierra por el temblor del sol. Quiso volar hacia esa cercanía de astros; volar porque sentía el estómago pegado a la tierra, su cuerpo reptando entre los cadáveres injustificados. *No es necesario hacer algo para morir* —le decían esa voz adivinada, esos ojos de su carne reflejada—, *para morir en vano no cuenta la voluntad*.

Federico volvió a mirar el cadáver de Gabriel. *¿Quién dará razón de su muerte?* —resonó, hasta la furia, la voz adivinada—, *¿quién es el asesino de este hombre, de todos nuestros hombres?* Con un sollozo seco que nadie escuchó, Federico cayó de rodillas sobre el suelo de petate y polvo. La mano de Beto tocó el hombro doblegado de Robles.

—Era de los nuestros— dijo Beto. —Como que no éramos

---

[836] *Ídem.*
[837] *Ídem.*

cada uno distinto del otro, sino todos igualitos, ¿me entiende? Como que Grabiel era yo y yo Grabiel. Así son los cuates.

Las rodillas de Federico se hundían en la tierra suelta. Tierra de laguna y surtidor subterráneo, escondida para siempre, seca en su costra visible, húmeda y ronca en su centro antiguo, en el lugar de los encuentros. Desde sus huesos, Robles sintió surgir, negándola, una explicación inmediata. Más allá de sus huesos y de su sangre, en las vidas de otros que en ese minuto de humillación y carne rendida eran su propia vida, en las vidas mudas que lo habían alimentado, sintió la razón verdadera: y esas vidas mudas, cuyos nombres quizá no recordaba, se multiplicaban en una escena de pantomimas fatales, hasta abarcar toda la tierra de México, todas las derrotas y asesinatos y batallas, hasta regresar, hablándole, reconociéndole, al cuerpo de Federico.

De rodillas Robles levantó el brazo y pasó la mano por la frente helada de Gabriel.

Al subir la escalera de la pequeña casa de apartamentos de la calle de Tonalá, el hombre súbitamente viejo y cansado sentía que cada peldaño era un recuerdo. La casa tenía tres pisos, con dos apartamentos en cada uno. La escalera de mosaico quebradizo corría al lado de una pared rayada, de yeso embadurnado por manos de niños y sirvientas. El tragaluz de la azotea dejaba caer una capa de polvo gris: Hortensia Chacón habitaba el tercer piso, pero Federico Robles supo que había algo más —una vida, hubiese querido decir— entre la planta baja y Hortensia, ciega en su tercer piso, esperando con su criada vieja las visitas de Federico en la tarde, rumiando, como él, recuerdos confusos, sin coyuntura, inexplicables a la luz de la razón inmediata que teje el hilo exigente de lo cotidiano, hilo de dogal, tejido en la premura. Ahora no. Ahora los recuerdos se detendrían y caerían en su verdadero orden, en su explicación original y ambigua. Peldaño de Albano Robles y su tierra húmeda y cocida. Peldaño de Froilán Reyero y sus bigotazos lacios mojados en la jícara: Froilán en los tumultos de carabina y hambre y muros acribillados, para quien no estar solo era como morirse de pena. Peldaño de Mercedes Zamacona, tibia y oscura en el centro de la siesta, convocándolo con su carne a una cita sin ojos ni palabras, en quien todas las semillas germinaban sin ruido entre las manos del amor, en quien las horas de la vida se alargaban en una sola línea, honda y surcada, de poder inconsciente: frente a los caballos, relincho, en el ofrecimiento secreto de amor, tibieza de germen insuflado por la primera vez, en la creación primitiva, honda y oscura. Peldaño de Celaya: campos abiertos a todos los ríos de la carne, campos donde, en la metralla y las bayonetas y la diana y las herraduras quemadas de velocidad, todo un mundo perecía para siempre y todo un mundo, sin hitos anteriores, creado por los hombres plantados con su sangre y su pólvora en ese campo, abierto por esos mismos hombres para que lo dominasen y lo hiciesen suyo, nacía. Peldaño de Librado Ibarra: noches de juventud y ambición, y noches deformadas por la ciudad, noches de aprendizaje en la triquiñuela, noches en que los caminos se abrían fáciles y las aristas eran limadas por la solicitud y el engaño a sabiendas y la justificación tácita. Peldaño de Feliciano Sánchez: último acto de la sangre, última decisión de la sangre antes de llegar al lugar de cita de la singularidad y el poder aceptado y bendito. Peldaño de Norma Larragoiti: fluye mansa la carne por los cauces establecidos, donde nadie nos puede dañar, donde nada vive y todo dura, donde los garfios del origen, pulidos, se van doblando en la esfera de la complacencia y la escueta, larga perduración. Y el último peldaño, roto, donde el pie muelle pierde el equilibrio y toda la vida es vuelta a sacudir, exigiendo que se le recuerde, que se sepa que fue todo lo anterior, que se niega a ser cancelada. Allí, a la altura del último peldaño, se abría la puerta de Hortensia Chacón.

Como una intuición viva, como si un oído de murciélago hubiese acompañado a Federico en su lento ascenso por la escalera de la casa de Tonalá, la mujer sin ojos, sentada en la silla de ruedas, esperaba con la puerta abierta. Ni él ni ella hablaron; se tomaron las manos, y Federico condujo la silla a través de la pequeña sala, hasta la alcoba. Allí, tomado siempre de la mano cálida, regordeta, morena de la mujer, la contempló. Las facciones finas e indígenas de Hortensia sonreían ligeramente. Las gafas oscuras escondían sus ojos. La sangre le pulsaba en las puntas de los dedos, ligeros sobre las yemas de Federico. Toda la sangre del hombre se disparó hacia ese lugar de encuentro. Los dos sentados, con la vida entre los dedos, sin hablar. Parte de esa sangre era de esclavo, de señor sometido, de vida que ha olvidado para siempre su vida. El hombre y la mujer morenos, vestidos con las ropas de la civilización occidental, sólo tenían esos dedos para decirse que eran iguales, y otros. Una ternura común anticipaba, a través de ese contacto, un reconocimiento. No hablaban.

Federico sintió que el sol de ese día llegaba a su punto más alto, desierto de color, llagado y suntuoso. Sabía que aquí, entre los dedos de Hortensia Chacón, iba a saber. Acarició la cabellera negra de la mujer.

—Has venido...— dijo por fin Hortensia.

—Sí.

—No sé; te esperaba tanto.

—¿Me esperabas?

—Sí, tanto...

Con los ojos entre las manos, Hortensia buscó el filo de la cama y se sentó al lado de Robles. Después se recostó. Robles acercó su mejilla a los senos de la mujer. Más que en el latido del corazón, más que en las cercanías de las voces del cuerpo, ambos sintieron que se acercaba el deseo. A ciegas, en la oscuridad del cuarto, ambos se buscaron con un tacto y una respiración directos y sin palabras. No era como si estuvieran solos, ni como si ya fuesen uno; tampoco como si aún fuesen dos. Eran dos, sí, pero cada uno era otro porque había sido reconocido así, como el otro nuestro, como el otro que me pertenece. Era esta sabiduría sin palabras la que le comunicaba a Hortensia un deseo, y a Federico una voluntad: la de otro ser dictado por ese momento exacto de la carne, la de otro ser vivo ya en el centro caluroso de ambos, el ser que los reconocía ya y clamaba por su propia vida en el contacto entre este hombre y esta mujer. No necesitaban decirlo; los cuerpos enlazados, la cópula temblorosa de Hortensia Chacón y Federico Robles eran sólo la primera caricia dada al hijo vivo ya, al hijo que en ese instante los obligaba a anudar sus sexos.

Federico dormía y Hortensia lo vigilaba. Detrás de las cortinas más densas de su sueño, Robles se veía con otros, nunca más solo, y el rostro que mojaba los bigotes en la jícara de barro le decía que no es la soledad lo terrible, que estar con otros es el único dolor. Y Hortensia vigilaba ese sueño, lo vigilaba con los ojos ciegos y abiertos, para que al abrir Federico los suyos fuese ella lo primero que viese, y en ella viese al mundo.

La noche descendió, con pasos sofocados, sobre el 16 de septiembre de 1951.

3

BETINA RÉGULES

JAIME CEBALLOS siempre se había distinguido por su ambición y su capacidad. Desde los quince años[1], comenzó a publicar poemas en las fugaces revistas de provincia y, ya en la escuela de leyes, lo llamaron a decir discursos en varias ocasiones: frente al Gobernador, cuando se inauguró una presa, y después para el Presidente un 16 de septiembre. Sus estudios fueron especialmente brillantes, y su porte distinguido, su estilo maduro de vestir y accionar, le atrajeron la simpatía de toda la gente decente de Guanajuato. Por eso, cuando en abril de 1954 fue a pasar una temporada Betina Régules, una de las chicas bien más populares de la capital, y a la cual los cronistas de sociedad llamaban «la niña dorada», hija del famoso abogado y hombre de negocios don Roberto Régules, todas las señoras procuraron que los dos se conociesen.

Al principio, Betina casi no habló con nadie. Siempre saludaba con corrección, sonriente, pero nunca dejaba de levantar una barrera entre ese encuentro casual y el primer grado de la intimidad. Andaba, sin duda, calando el ambiente. Las primeras veces, le dio a Jaime el mismo tratamiento que a los demás galanes locales. Pero, poseída ya del clima social de la provincia, procedió sin titubeos a elegirlo a él. Jaime sintió que la barrera desaparecía; bastó un brevísimo movimiento de Betina mientras se polveaba la nariz. Jaime la sacó a bailar; lentamente, sus mejillas se acercaron; luego, él se atrevió a apretar sus

---

[1] *Las buenas conciencias* (1959) narra la historia de Jaime Ceballos hasta los quince años de edad (véase nota 120 de la segunda parte de LRT).

dedos en torno de aquella cintura de diecinueve años, y por fin los dos perfiles se unieron estrechamente, en silencio, ajenos ambos al ritmo de la música. Las señoras sentadas en fila a lo largo del salón daban muestras de contento.

—Betina es chulísima. ¡Quién nos iba a decir que una chica así, con tanto éxito en la capital, había de caer con una de nuestras promesas!

—La tierra llama, doña Asunción. No en balde el padre de Betina también es guanajuatense y de aquí salió a valerse en el mundo.

—¡Qué pareja tan primorosa!

—Y don Roberto está millonarísimo. ¡Fíjese usted qué ventaja para Jaime! Ahora, en cuanto se reciba, podrá ir a México, a que lo encarrile don Roberto en los negocios. ¡Ay, se han sacado la lotería, los dos, los dos!

Todas las noches parecían insuficientes. Primero, tomados de la mano, por el paseo de la Presa; luego, del talle, por los callejones morados; por fin, en el fondo del automóvil de Betina, los ojos brillantes, los labios repitiendo docenas de veces las mismas palabras, gastadas y cada vez pronunciadas por la primera vez, y en seguida el prólogo del silencio:

—¿Estás a gusto, mi amor?

—Sí, Jaime...

—¿No te molesta el humo del cigarrillo?

—No, te lo juro, estoy bien...

—¿Seguro?

para sentir los labios y la lengua comunes, y los senos de Betina, apretados, contra su camisa.

Las noches del joven amor huían veloces. El calor animal, la carne dulciamarga, que se quieren conservar en los únicos instantes sin tiempo:

—¿Para siempre, Betina?

—¡Para siempre, Jaime, mi amor, mi amor!

—¡Mi vida! Quisiera llenarte de estrellas el pelo...

—No hables, Jaime; apriétame...

y el pelo de Betina se llenaba de estrellas, y los dos cuerpos caían abrazados, las manos de ella temblorosas sobre la nuca de él, los dedos de él hundidos en el hueso de la espalda de ella y recorriendo con las yemas ligeras la cintura, los brazos, la visible división de los pechos. Eran noches de provincia, tan lentas como ellos las querían, tan silenciosas —apenas el murmullo del disco favorito, tocado una y otra vez por la sinfonola del bar desierto.

mientras los pies apenas se desplazaban y Betina sentía la respiración apasionada de Jaime en la oreja.

Sólo los domingos parecía Betina mudar de personalidad; entonces, cuando los dos se presentaban al tradicional té danzante de las cinco de la tarde en el hotel, una Betina distinta se desprendía de la totalidad formada con Jaime —la que él quería sentir e imaginar— para exhibir sus vestidos de corte severo y provocante entre los tules indiferenciados de las chicas locales. Entonces Betina arqueaba la ceja, afirmaba su elegancia y superioridad capitalinas y la palabra «cursi» salía a cada momento de sus labios y de su mirada. Entonces gustaba de bailar con alegría y pasos complicados entre los movimientos torpes de las parejas provincianas.

—En París nos alojamos en el Crillon— le decía con la voz más alta que de costumbre a Jaime; —Papá dice que por allí ha pasado toda la historia de Francia. Figúrate, en esa misma plaza estaba la guillotina.

Jaime la sentía distinta, pero no dejaba de aplaudirla y de agradecer esta sensación de independencia frente a la provincia que él también hubiese adoptado de poseer las armas de Betina.

A principios de Junio, Betina tuvo que regresar a México. En cuanto Jaime se recibiera, iría a verla y entonces decidirían las cosas.

La tesis de Jaime no resultó tan brillante como todos esperaban. Él, con íntima satisfacción, se repetía los motivos: las largas noches con la mirada perdida, los largos pliegos de cartas diarias, el calor permanente en la boca del estómago.

En la estación de Buenavista lo esperaba la niña soñada, de pelo rubio ceniza y ademán lánguido. Betina agitó la mano, pero Jaime no puedo dejar de observar la pequeña mueca de fastidio en la boca de la muchacha. Descendió del tren, vestido con su traje dominguero, negro, su chaleco y un clavel en el ojal; corrió a abrazarla:

—No, Jaime, ahora no. Nos están viendo.

En el MG amarillo, con el cabello azotado, corrieron hasta la pensión que le habían recomendado a Jaime, en la calle de Milán.

—Vé pensando qué vamos a hacer, Jaime. ¿Qué te gusta? ¿Golf, tenis, equitación?

—Ya sabes que no soy deportista, Betina. Los estudios, las letras...

—Pues eso vamos a remediarlo. Escoge pronto. Te recojo hoy a las nueve de la noche. ¡Ah! ¿Y no tienes ropa menos solemne, así como más británica, tú? Sabes, elegante pero cómoda. Y, oyes, aquí no se usan flores en el ojal.

—No sé... tendré que comprarla... A ver si me acompañas...

—Okey[2]. Aquí estamos. Chao, mi amor. ¡Hasta las nueve!

Betina arrancó, brillante bajo el sol, levantando una nube de polvo y humo.

La sala de Bobó[3] era la misma de siempre; el cordial anfitrión, más abotagado, con el chaleco de ante que ahora apenas ceñía sus ociosas lonjas, recibió a Betina y a Jaime, balanceando entre los dientes amarillos su boquilla de oro:

—¡Caros! Entren a aprehender las eternas verdades. Por ahí anda un indígena con charola y bebestibles. Voici[4], oh Rimbaud...

Y corrió, transfigurado por la niebla del tabaco y el agrio sabor de ginebra y whiskey[5] que permeaba la estancia. Jaime se sentía molesto con su traje negro arrugado por el viaje, y hasta el grueso anillo con el escudo de la escuela parecía fuera de lugar. Se arreglaba continuamente las puntas del pañuelo; con disimulo, se lustraba los zapatos contra la valenciana.

—¡Gus darling![6] —exclamó Betina y abrazó a un pequeño hombre regordete y con las cejas depiladas.

—¡Belleza! ¡Tanto tiempo! ¡Desde los idus de marzo!

Ambos rieron en honor del pequeño chiste privado, y Gus, con la mano en la cintura, observó detenidamente a Jaime:

—Preséntanos a tu agente de funeraria, Betina...

Pero Jaime ya le había dado la espalda y se dirigía a la cantina. Betina le siguió, apretando los dientes:

—Cuando menos *algo* de educación, querido...

Ambos se fundieron en el diapasón de la fiesta. Betina se desplazaba con un profundo conocimiento del terreno, y Jaime, detrás de ella, apenas farfullaba unas palabras *mucho gusto... mucho gusto... llegué hoy... sí, Betina me ha dicho...* y luego

---

[2] Cursiva en EdA.
[3] Ídem.
[4] Ídem.
[5] Dice *whisky* en EdA.
[6] Cursiva en EdA.

recorría con la vista el salón de Bobó, sus paredes de distintos colores, los cuadros y las estatuillas. Desde lo alto de la escalera, Pichi se asomaba, los ojos cargados de rímel, a suspirar:

—¡Mon romance royal![7]. ¡Ya llega mon romance royal!

Bobó se acercó a Betina y Jaime:

—No cabe duda que ya estamos viernes[8]. Hace poco, tus papis[9] eran el elemento joven aquí. Ahora, tú eres la princesa del salón. ¡Cómo ha corrido agua bajo el puente! ¡Y los desengaños y sufrimientos! México no volverá a ser el mismo desde la horrenda muerte de Norma...

—Bueno, era medio cursilona la pobre, pero en fin— interrumpió una Charlotte García más tiesa, como si le faltara aceite, blandiendo los mismos impertinentes de estructura mantenida con tela adhesiva. —¡Mira que morirse así, achicharrada, en plenas Lomas de Chapultepec! Si te digo que aquí todavía anda suelto Huichilobos, palabra. Oyes, ¿y has sabido del famoso banquero?

—Nada— gimió Bobó, masticando su boquilla; —algo de que se casó con una gata, algo así de espantoso. ¿Y qué me dices del impostor de Vampa?

Charlotte se llevó una mano al corazón: —¡Ay! Ni me recuerdes ese golpe mortal. ¡No sé cómo respiro después de eso! ¡Mira que tomarnos el pelo de esa manera!

El rostro de Bobó se arrugó de angustia: —¡Resultarnos con que no era más que cocinero titulado de una pizzería[10] de San Francisco!

—¡Nosotros que lo tratamos como si fuera de sangre azul! Ni me lo recuerdes, Bobó, que me muero de la indignación... y pensar que Pierrot Caseaux lo tomó para su servicio... ¡si cada vez que como ahí siento que los macarrones conocen todas mis intimidades!

—Ay, pero cuánta desgracia— rió Betina, jugando con su collar de brillantes. Charlotte repasó con sus ojos miopes a Jaime: —No, chulita, también han pasado cosas muy buenas. ¡Estoy encantada, Bobó, con lo felices que son Pimpinela y Rodrigo!

—Si te lo dije desde que Rodrigo vino por primera vez a un coktail[11] aquí— dijo entusiasmado Bobó. —«Ese chico tiene talento», ¿a poco no?

---

[7] El francés en cursiva en EdA.
[8] *viernes:* viejo, anciano, decrépito (TPM).
[9] *papis:* padres.
[10] Cursiva en EdA.
[11] *Ídem.*

—Sí. ¡Y cómo reciben! La casa del Pedregal les ha quedado
linda. Eso sí da gusto, tú. Tanto cachet[12], tanto cómo te diré de
refinamiento y buen gusto. Luego luego se ve quién es quién en
esta miserable aldea.

La Contessa[13] Aspacúccoli se acercó haciendo buches de guacamole[14]: —Perdí las llaves, queridos. ¿Quién me invita a dormir chez lui?[15]— Su mirada, ávida, recorrió el grupo: —¿Usted, joven desconocido?— dijo señalando imperialmente a Jaime. Todos rieron y Jaime no supo evitar un sonrojo. La risa de
Betina, al notarlo, se suspendió en medio aire. Dio la espalda al
grupo y se dirigió, con rapidez, al tocador. Allí estaba Natasha,
reducida a la línea intermedia entre el esqueleto y la piel, y una
Cuquis ya fodonga[16], con las líneas en torno a los labios impresas sobre la piel.

—¡Salut[17], Betina!— gimió Natasha desde su lápiz labial perfumado e intenso. —Ya vimos a tu futuro. ¿Es ése, no?

—Un auténtico merenguero— añadió enfáticamente Cuquita. —¿Por eso cortaste con César? Francamente, chula... ¡Pensar que la beatita hipócrita esa de María del Rosario se va a llevar tantos millones! ¡Pero qué desperdicio, mi amor!

Betina se soltó llorando, la cara escondida entre las manos.

—Conocer el destino es no tenerlo— declaró Rodrigo Pola al
grupo que, atento y servicial, lo rodeaba. —El éxito en el cine
es eso, una perpetua aventura, donde triunfa el que sabe dominar, el que sabe poner su talento al servicio de las grandes ma-
sas. Es evidente que en México ya existe un público enorme que
pide cosas que lo entretengan, fáciles de digerir, pero con cierta
clase. ¡Todos, estrellas, argumentistas, productores, nos debemos a ese público, nuestro público!

—Tu éxito ha sido maravilloso, Rodrigo— insistía Charlotte.
—¿Y no intervienes en la selección de nuevas estrellas?

—Bueno, no es propiamente mi terreno, pero una sugestión
mía pesa, ¿me entiendes?— Un traje italiano de tres botones y
una corbata de seda gris vestían a Rodrigo. Su rostro, ágil, irra-
diaba un aplomo total.

---

[12] Ídem.
[13] Ídem.
[14] guacamole: ensalada de aguacate (ají, cebolla, tomate y culantro).
[15] El francés en cursiva en EdA.
[16] fodonga: sucia y descuidada.
[17] Cursiva en EdA.

Junior[18] se acercó a Jaime: —¿Usted es el pior-es-nada[19] de Betina, no? Fíjese, mi mamá es fantástica: ¡fue hasta la Basílica[20] a hacer una manda a la Virgen para que Betina y usted no se casaran! ¡Qué detalle más padre, a poco no!

Entraron, entre la indiferencia general, los miembros de la orquesta tropical, e iniciaron su ritmo y su estribillo *vacilón, qué rico vacilón, cha cha cha, qué rico cha cha cha*[21].

Cuquis, observándose en el espejo, susurró a Betina: —No dejes de recordarle a tu papi mi asunto. Aquellos terrenos por el rumbo de Barrilaco, ¿recuerdas?

Pero Betina no escuchaba. «No sólo es pobre —pensaba con la polvera en la mano—; no sabe hacer las cosas, es triste, sí, es ramplón y barato. No se siente a gusto con la riqueza y la elegancia.» Pero la sensación de las caricias y los besos chocaba contra su pensamiento, y entonces resurgía la imagen del pequeño payo, mal trajeado, inepto para hacer conversación o brillar con la luz inequívoca de la pertenencia y la elegancia, y volvía a sucederla el recuerdo de sus manos nerviosas, de los besos los besos los besos.

ricachá, ricachá, ricachá, así llaman en Marte al cha cha cha[22].

—Todas las cosas son viejas, y sólo son novedosas al tener éxito— repetía Rodrigo Pola ante el grupo de admiradores que, con su sola presencia, lo coronaban de aplausos. —Éste es el secreto del buen argumentista de cine. Ya vieron el éxito de *Almas desnudas*. La eterna historia de Romeo y Julieta, pero llevada al ambiente de los bajos fondos, con un Romeo cinturita y una Julieta fichadora que además es hija de un viejo torero ciego. Luego, la novedad del cha cha cha, y Doris Leal en un papel completamente distinto al de esposa abnegada que venía haciendo. Fórmula vieja y probada, drapeados novedosos: ¡taquillazo!

pican, no pican los tamalitos de Olga, Olga[23]

—¡Ya llega mon romance royal!—[24] seguía suspirando Pichi cada vez que un nuevo invitado entraba en el salón.

---

[18] *Ídem.*

[19] *pior-es-nada:* querido(a) (DC). Peyorativo.

[20] La Basílica de la Virgen de Guadalupe.

[21] Fragmentos de una canción tropical (véase nota 62 de la Primera parte de LRT).

[22] *Ídem.*

[23] Fragmentos de un chachachá.

[24] El francés en cursiva en EdA.

—¿Quién es tu pinche romance, Pichi[25]. se puede saber?—
dijo en voz baja Gus al oído de la muchacha. El rostro de Pichi
se descompuso, y volvió a suspirar: —Ya llega, Gus, ya llega mi
chevalier royal...[26]

tome chocolate, pague lo que deba[27]

Pierrot Caseaux entró con una chica nueva, radiante, de colores subidos y ojos de gacela. —Allí está el señor Pola— suspiró la niña, con los labios llenos, a Pierrot. —¿Vamos trabajando una prueba de cine?

pimpollo, pimpooooollo, pim-pim-pimpollo[28]

Jaime se quedó solo, con los brazos cruzados, frente al ventanal. Betina se acercó y lo tomó del brazo. Quiso hacer conversación ligera, y con una voz cantarina le dijo: —¿Qué te parece el
grupo, Jaime?—[29] Betina colocó la mano sobre el brazo de Jaime. —Mañana vamos a ver a papá. Está de acuerdo en todo y
quiere que entres luego luego al bufete. Me dijo que nos iba a
regalar una casa en Anzures.

Los dos guardaron silencio. Jaime acarició lentamente la mano de Betina.

no quieeeero codazos, ni tampoco cabezaaaazos[30]

RODRIGO POLA

A la una de la mañana, Rodrigo abandonó la fiesta de Bobó[31] y
descendió a la Avenida de los Insurgentes. Su automóvil estaba
estacionado en la esquina con Nápoles: Rodrigo abrió la portezuela y se dispuso a penetrar cuando percibió, dentro del automóvil, una figura oscura. Dio un paso atrás y cerró con fuerza
la portezuela. Pasando ese segundo de miedo repentino, trató de
distinguir el rostro del bulto oscuro a través del vidrio. Una sonrisa amarga contestó a la mirada inquisitiva de Rodrigo, quien
volvió a abrir la puerta.

---

[25] Cursiva en EdA.
[26] El francés en cursiva en EdA.
[27] Fragmentos de un chachachá.
[28] Fragmentos de otro chachachá.
[29] Jaime Ceballos y Betina Régules reaparecen en *La muerte de Artemio Cruz* (1962) y en *Cambio de piel* (1967), como dos miembros de
la burguesía mexicana.
[30] Fragmentos de un chachachá.
[31] Cursiva en EdA.

—¿Tanto he cambiado?— le dijo la voz del rostro moreno y gastado.

—¡Ixca! Es que desde hace tres años...

—Súbete. Vamos a dar una vuelta.

Rodrigo siguió por Insurgentes. A su lado, sentía a un Cienfuegos distinto, no sólo en el abandono de su aspecto físico, en su camisa sin corbata, en el aflojamiento de esa máscara que, antes, parecía eternamente ávida y rígida. Ixca pasó los dedos sobre el cuero del *Jaguar.* —Esto es muy distinto del cuarto aquel de la calle de Rosales— dijo por fin Ixca, al llegar el automóvil al cruce de Chapultepec, Oaxaca e Insurgentes, donde un rostro plano y sonriente lanzaba humo por la boca desde el anuncio de los cigarrillos «Raleigh»[32].

—¿Adónde te dejo?— preguntó Rodrigo mientras se ponía los guantes, detenido por la luz roja. La noche era de diciembre, y un viento tenue pero cortante cruzaba bajo el cielo estrellado.

—¿Adónde vas?

—A mi casa; en el Pedregal de San Ángel[33]. Pero te puedo dejar donde quieras.

—Dondequiera...

Ixca trató de sonreír al observar las facciones renovadas de Rodrigo, figuradas de nuevo por la piscina y el whiskey[34], su pesado abrigo de pelo de camello, sus guantes amarillos.

—¿Qué ha sido de tu vida?— preguntó Rodrigo al arrancar.

—No importa. ¿Qué ha sido de la tuya?... Regálame un cigarro.

Rodrigo sacó una cajetilla de la bolsa cálida del abrigo y apretó el encendedor. Ixca guiñó los ojos entre el humo: —Ahora eres lo que querías ser, ¿verdad? Me da gusto verte así.

—¿Qué?

—Tu éxito, tu dinero, tu esposa. No es lo mismo que cuando te encontré en el cuartito de Rosales, medio muerto con las ventanas cerradas y el gas...

Rodrigo rió con ganas. ¿Qué había sido de aquella confesión escrita en las cuartillas pardas alojadas entre las páginas de Pío

---

[32] Sin comillas en EdA. La descripción se apega fielmente a la glorieta en los años 50. En la actualidad, una estación del metro ocupa el centro hundido de la glorieta y, en el segundo nivel, circulan los automóviles.

[33] *Pedregal de San Ángel:* zona residencial situada en el sur de la ciudad.

[34] Dice *whisky* en EdA.

Baroja? Le hubiese gustado, ahora, leérselas a Ixca. Pero su primera decisión, al abandonar el cuarto de Rosales, había sido la de no llevarse nada de aquel lugar, dejarlo todo ahí e indicarle al portero que podía disponer de la cama de latón, de su ropa, de los trastos del té, de Baroja y de la confesión. A falta de aquellas cuartillas, un pequeño demonio confortable, guardado también entre la nueva ropa elegante, comenzó a zumbarle, a exigirle que viviese, una vez más, lo escrito en ellas frente a Ixca Cienfuegos.

—¡El gas! ¡El éxito! ¡Mi esposa! ¡El dinero!— rió Rodrigo, nuevamente detenido por el alto de la Avenida Álvaro Obregón.

—Claro, ni quién se queje... pero, ¿y la otra vida, Ixca, no era mía también? ¿Crees que porque estoy aquí ya no estoy allá? ¿Crees eso? ¿Crees que una nueva vida destruye a la antigua, la cancela?

—Tu nueva vida debía cancelar la anterior...

—¡Pinches ideas! —Rodrigo arrancó con un respingo—. ¡Puras pinches ideas, Ixca, no sabes responderme con otra cosa, siempre con recetas! ¿Te cansaste de esta receta? ¡Venga la otra! Caray, qué fácil.. Y tú con tus misterios y tu pasado ignorado, ¿tú qué? ¿Puedes pararte en la otra orilla a ver pasar el desfile, a taparte la nariz y ordenar en el cerebro el destino ajeno?

—In vino veritas[35].

—¡Vamos al carajo! Has de ser... no sé, puto o algo... sólo así se explica que juegues de esa manera con los demás....

—¿Jugar con los demás?

—¡Sí! Sólo así se explica... que le hayas escondido a un hijo la muerte de su madre, que...

—¿Te importaba?

—¿Me importaba? —Rodrigo pensó en Rosenda, en el único testigo que realmente le hubiese importado de su prosperidad y su éxito. ¿Norma? Norma no; Norma había sido testigo, la noche que ambos salieron juntos del «Nicte-Ha»[36]. Allí había terminado Norma para él, pensó en lo más secreto, no sin cierta vergüenza, y con ganas de confesarlo. Pero Rosenda nunca fue testigo. Le era ya muy difícil reconstruir el rostro de su madre; más que carne, un viento de polvo, un olor concentrado, cruzó por sus sentidos. La cadena interminable de anuncios luminosos y focos de colores —se aproximaba la Navidad— amarraba

---

[35] El latín en cursiva en EdA.
[36] Sin comillas en EdA.

los miembros de Insurgentes. —No, no sé, no ella, como ella era, así, con su nombre y su cara de siempre, puede que eso no... Me importaba... es que ella nunca supo, ¿ves?, nunca supo lo que yo quería ser, sólo sabía lo que era en ese momento, en cada ocasión, pero no lo que yo quería... Empezar las cosas bien, no terminarlas, justificarme, destruirme. ¡Caray, cómo me justifiqué! Y te echo en cara tus recetas, Ixca, todavía me atrevo, ¡carajo!

Entre sus palabras, Rodrigo iba pensando y dudando de su veracidad. No tenía por qué darle gusto a Ixca Cienfuegos, su nueva vida exigía cierta conducta frente a los demás: una conducta que, sobre todo, suprimía la necesidad de ofrecer razones y justificarse. Y sin embargo...

—Óyeme, Ixca: entonces era muy fácil destruirlo todo, y sin embargo se trataba de las cosas que no se pueden destruir. Y ahora que sólo tengo cosas que piden ser destruidas, que dizque se las lleva el viento, ahora no puedo tocarlas, las respeto, las conservo. Todo lo nuevo. Y mandé a la chingada el amor, el respeto a mí mismo, la vocación, todo... y mi madre sabía que así iba a ser, ¿sabes?, por eso me exigía esas defensas, sí, burguesas, las mismas que he terminado por crearme. Mi madre me entendía, cómo no, pero me entendía en cada ocasión, en el momento mismo; no lo sabía, ¿cómo te diré?, por entero, abarcando toda mi vida, y lo sabía sin decirlo, Ixca, buscando otros pretextos fuera de lo que yo quería ser, y yo tenía que justificarme por las cosas que ella sabía pero que no decía. Era como un juego donde los dos jugadores jamás se encuentran, cada uno jugando como loco por su lado y creyendo que el otro está en el juego.

—Pero si ahora estás haciendo lo mismo, ¿no te das cuenta? No puedes verte a ti mismo con verdad, por más que trates. Ahora mismo sé que quieres ser sincero, Rodrigo, y sólo estás buscando que te compadezca y me admire de tus nuevas justificaciones. Eres un...

—¡Cállate, pendejo! Tú que vas a saber de nada, tú que vives como sombra, hurgando, escondido, comiéndote las vidas de los demás. Tú que no tienes carne ni huesos. ¡El hombre puro! Hijo de la gran chingada. Más te valdría justificarte una sola vez y sentirte pobre diablo una sola vez...

—Siéntelo entonces, no hay necesidad de que lo digas.

Rodrigo clavó el dedo en el encendedor. —¡El hombre puro! ¡El hombre fuerte capaz de llevar toda su tragedia adentro! ¡Cobarde! Nunca le has dado nada a nadie, sino tus recetas, tus

maldito soluciones de hombre justo; nunca has querido...
¡Bah; ahora ya no puedes ningunearme!

Ixca fumaba con lentitud, derrumbado sobre una esquina del auto. —Te duele lo de Norma.

Rodrigo metió el freno. Ixca fue arrojado hacia adelante y se detuvo con ambas manos sobre el parabrisas. —¡Cabrón, repite eso y...!— Rodrigo acercó el puño al rostro de Cienfuegos. —¡Tú qué sabes! Tú te la cogiste una vez para probar qué sé yo —quién va a entender por qué haces tú las cosas—, no porque la querías; nunca la quisiste, ¡nadie la quiso más que yo, me oyes! tampoco voy a pensar que lo hiciste para demostrarme que podías a la primera de cambios lograr lo que yo no logré en toda mi vida. Pero tú no te la cogiste cada vez que tenías que salir a escondidas de tu casa a un burdel, tú no tuviste que darle a cada puta la cara y el cuerpo de Norma para poder quererla un poco, tú no tuviste que decirles a las putas las mismas palabras que le hubieras querido decir a Norma, que habías pensado sólo para Norma; tú no tuviste que sustituir a Norma por las docenas de cuerpos sin nombres y sin caras y sin oídos, ¡cabrón!

Amontonado en su rincón, con el cuerpo flojo, Ixca sonreía.

—Seguro, mano, seguro. Ríete. A ti qué más te da.

El automóvil, lentamente, volvió a correr. Las manos enguantadas de Rodrigo arañaban sin fuerza el volante. Sólo esta vez —se juraba a sí mismo— sólo esta vez, nunca más. Pensaba que todas las explicaciones son posibles, y que él no tenía por qué regresar a las que le dolían, a las que no debían tener lugar en su nueva vida.

—Perdóname, Ixca— ¿No era ésta la actitud que le correspondía?, pensó Rodrigo. —Sé que eres mi amigo, que harías cualquier cosa... claro, cualquier cosa desde tu punto de vista. Dos y dos son cuatro. Telón. No, no es así... porque cuando tienes talento y no lo desarrollas... cuando sabes que puedes amar y no amas... cuando sabes la verdad y te rellenas a sabiendas de mentiras...

—¿Y ahora, ahora que lo tienes todo?

Por última vez, lo juraba: —¿Qué? ¿Pimpinela? Ella me da cosas, me da su nombre, su elegancia y sus relaciones —pero igual me daba Norma otras cosas, aunque ella no lo supiera— y yo sigo sin darle nada. Me casé con Pimpinela por eso. Por lo que ella me da —desde su virginidad, oye. Ella ha de creer que yo le doy algo. La tía Lorenza ya pudo reconstruir su pinche casa de Hamburgo y darse el gusto de correr a los judíos y a los gachupines y volver a recibir a las momias que quiera. Joaquinito pudo morirse en paz, con una botella de Hennessy[37] abrazada al pecho. El retrasado de Benjamín ya no tiene por qué preocuparse. Pero yo no les he dado nada mío, Ixca. En cambio ella sí me ayuda, ¿ves?, me relaciona bien, me lleva más momias al Pedregal. Pero no sabe ni sabrá nunca quién soy...

—¡Más vale!

—No te rías: no sabrá la mierda que soy; sinceramente ha de pensar que soy el gran tipo, que con diez argumentos taquilleros se hace de una casa de grandes muros blancos y jardines de piedra y piscina y esculturas de Henry Moore, *Jaguar*[38] a la puerta y esposa con apellido. Seguro que eso piensa y se siente muy satisfecha. Pero lo que yo soy, eso se quedó solo, como un pedazo de tierra convertido en isla, a que yo lo piense y lo repiense a solas —porque ya no puedo hablar con nadie sobre estas cosas, no me lo tolerarían— y nunca sepa quién soy, qué me pasó. Mira: —Rodrigo soltó el volante y acercó sus manos al rostro de Ixca—. No son distintas de otras manos...

—No juegues. Conduce bien— sonrió Cienfuegos.

—Mano puñetera y mano que escribe y acciona y busca un sexo de mujer y que juega y trabaja: mírala. Con esta mano no he hecho otra cosa que... sacarme los mocos, Ixca. Esta mano —¡tú lo sabes, no te pido tu compasión!— pudo haber escrito el gran poema, pudo haber amado a Norma Larragoiti... mírala... pudo, pudo, pudo. Mi madre pensó que esta misma mano pudo arrancarla de la pobreza y el culto al muerto... pudo. Y no sirvió ni para cerrarle los párpados. No, estaba muy ocupado sacándome los mocos. Pudo.

Arrinconado, presa de sí mismo, Ixca rugió: —Ya cállate. Me das asco. Ya tienes lo que merecías.

—¡Merecer! ¿Qué merecería mi madre: que papá resucitara de su paredón de ajusticiado? ¿Qué merecía Norma: que un destripado llamado Rodrigo Pola la amase? Merecemos esto, lo que somos, mi madre su nostalgia y Norma su muerte y yo mis mocos.

Al pasar el puente en el cruce de Nuevo León, los automóviles corrían veloces. Disminuían las luces, aumentaban los jardines.

—¿No te comprometen mis confidencias?— sonrió Rodrigo.

—Sólo soy tu espectador— respondió Ixca.

—Sí, es mucho más cómodo. Es como ser el único hombre li-

---

[37] EdA no mantiene la cursiva en las marcas de fábrica.

[38] Sin cursiva en EdA (véase nota anterior).

bre, ¿no?— Rodrigo rió ampliamente. —Déjame ver: una vez, en la Preparatoria, con el grupo de Tomás Mediana; tendrías entonces diecisiete años, pero tu cara ya era la de ahora, igualita. Otra vez durante las huelgas de la autonomía universitaria[39]. Después, hasta 1951 en que apareces de seudo-confidente de Federico Robles. Y ahora. ¿Qué haces ahora?

—No vivo en esta ciudad— respondió Ixca. —Aquí ya hice lo que tenía que hacer.

—¿Qué cosa? ¿Se te acabó la posibilidad de sacarle el jugo a Robles y a Norma, y a volar? ¡Valiente vida para el hombre justo!

Ixca permanecía derrumbado en una esquina del automóvil. Sin corbata, con un saco negro cruzado y pantalón gris viejo, no se distinguía de cualquier hombre de la ciudad. —Todos encontraron su destino. Hasta yo...

—¿Destino? Ah, sí, hablabas mucho de eso, y del sacrificio. ¡Vaya!

—El sacrificio— volvió a murmurar la voz gruesa de Cienfuegos. —Así murió Norma, pero sin darse cuenta.

—Sí, cuéntame aquello. ¿Qué tuviste que ver tú?

—¿Yo? Yo nada. Ellos dieron lo que traían adentro.

—Del que se perdió todo rastro fue de Robles. ¿Tú sabes qué fue de él? Me dijeron que se había vuelto a casar—. Rodrigo conducía con movimientos elegantes y seguros de la cabeza y los brazos. Quería que ésta fuese la última impresión de Ixca. Pasaron al lado de varias pollerías y restaurants de un piso.

—Sí, se casó. Vive en el Norte; creo que tiene unas tierras y cultiva algodón. Creo que en Coahuila. Tiene un hijo.

—¿Nunca se explicaron el origen del incendio?

—No. Robles fue a la policía y dijo que la culpa era suya. Que él era el responsable de la muerte de Norma. Estaba muy trastornado, y no le dieron crédito, sabiendo, sobre todo, lo de su quiebra.

—¿Quién le habrá inventado el chisme aquel? Pobre hombre, después de todo. Dicen que todo fue una maniobra de Roberto Régules, mi distinguido compañero de banca. Bueno, ¿y tú?

Cienfuegos sintió que el viejo brillo le regresaba a los ojos:

—¿Y yo?

—Sí, ¿y tú? A veces me pregunto si comes o duermes—, rió Rodrigo.

---

[39] Véase nota 531 de la primera parte de LRT.

Ixca puso un pie sobre el derecho de Rodrigo, que oprimía levemente el acelerador.

—Ciudado...

Y oprimió el pie de Rodrigo mientras el automóvil ascendía en su marcha: —¿Y yo? ¿Qué quieres? ¿Mis recuerdos, mi vida? ¿Crees que no daría algo por conocerlos?

—¡Ixca, quita el pie...!— Rodrigo apoyó un brazo sobre el claxon, que comenzó a berrear por encima del chillido de ruedas.

—¿Crees que recuerdo mi propia cara? Mi vida comienza todos los días— le gritaba Ixca a Rodrigo —y nunca tengo el recuerdo de lo que pasó antes, ¿ves?, nunca[40]; todo fue un juego espantoso, nada más, un juego de ritos olvidados y signos y palabras muertas; ¡estará satisfecha, ella sí que estará satisfecha, ella sí que cree que Norma fue el sacrificio necesario, y que una vez que el sacrificio nos fue dado podíamos volver a hundirnos en la vida del pobre, a rumiar palabras histéricas sobre nuestros deudos, a jugar a la humildad!

—¡Ixca, quita el pie del acelerador, voy a perder el control del...!

—¡Ella me obligó a vivir con esta criada y con sus hijos, otra vez en la oscuridad! Tú no conoces a mi madre, Rodrigo... mi madre es de piedra, de serpientes, no tiene... —Ixca gritaba y reía, hundiendo el pie cada vez más sobre el de Rodrigo. Los faroles de los autobuses y de los otros autos pasaban como luciérnagas rojas entre los ojos de los dos hombres. Por fin, sin dejar de reír, pero sin el ruido de la risa, Ixca retiró el pie. El automóvil se detuvo abruptamente, con un estremecimiento de aceite y vapor y dinámica arrestados. Estaban frente al convento del Carmen. Ixca se subió las solapas del saco y le torció, riendo, una oreja a Rodrigo. Descendió. El automóvil arrancó nuevamente hacia el Pedregal, y Cienfuegos, riendo, junto al muro del viejo convento sintió que el frío le entraba en los huesos. Una ligera neblina se levantaba del jardín del atrio; una neblina que iba envolviendo su cuerpo, limando sus contornos, penetrando en su carne hasta poseerla y convertirla en otra neblina, menos real y transparente que la que ascendía, con la respiración helada, de la tierra. El frío viento de diciembre arrastró a Cienfuegos, con pies veloces, por la avenida, por la ciudad, y sus ojos —el único punto vivo y brillante de ese cuerpo sin luz— absorbían casas y pavimentos y hombres sueltos de la hora, as-

---

[40] Cfr. nota 361 de la segunda parte de LRT.

cendían hasta el centro de la noche y Cienfuegos era, en sus ojos de águila pétrea y serpiente de aire, la ciudad, sus voces, recuerdos, rumores, presentimientos, la ciudad vasta y anónima, con los brazos cruzados de Copilco[41] a los Indios Verdes[42], con las piernas abiertas del Peñón de los Baños[43] a Cuatro Caminos[44], con el ombligo retorcido y dorado del Zócalo, era los tinacos y las azoteas y las macetas renegridas, era los rascacielos de vidrio y las cúpulas de mosaico y los muros de tezontle y las mansardas, era las casuchas de lámina y adobe y las residencias de concreto y teja colorada y enrejado de hierro, era los nombres y los sabores y las carnes regaladas a lo largo del gran valle hundido, pesado, sin equilibrio, y era todas las losas de las tumbas y las voces, y las voces, era Gervasio Pola que quería salvarse solo, como su hijo, era Froilán Reyero y Pedro Ríos y Sindulfo Mazotl que murieron con el ¡Viva Madero! en las gargantas y era Mercedes Zamacona con la memoria cercana a un amor oscuro y a un poder germinado y era Norma Larragoiti cubierta por una tumba de pieles de visón y alhajas y era la catalana erguida que cantaba con lágrimas las canciones de la Guerra de España y era Federico Robles chupado hasta el origen del origen, hasta el centro de la sangre de México, sólo para reconocer a los otros y al ser singular: los ojos ciegos de Hortensia Chacón, esperando hasta el final, hasta que una voz diera fe de su existencia, y era todos los títeres seguros y confiados, Charlotte, Bobó[45], la Contessa[46] Aspacúccoli, Gus, Pedro Caseaux, Cuquis, Betina Régules, Jaime Ceballos, y era un talabartero del Norte que llegaba ilusionado a la ciudad de los palacios y era un payaso al que no le alcanzaba para comprar pinturas para su rostro, y era Rosenda en el fondo de su tumba, unida por

---

[41] *Copilco* («en la corona real»): sitio arqueológico situado en el Oeste del Distrito Federal.

[42] *Indios Verdes:* monumento situado en la entrada de la carretera de Laredo (al Norte, cerca de la Villa de Guadalupe).

[43] *Peñón de los Baños:* sito a la misma altura que el Zócalo, pero en los límites de la ciudad (junto al aeropuerto). Según el mito, allí murió Copil, hermana de Huitzilopochtli, y de su corazón arrojado al lago surgió el nopal en que habría de posarse el águila (cfr. notas 13 y 36 de la primera parte de LRT).

[44] Plaza de Toros Cuatro Caminos situada en el noroeste de la ciudad.

[45] Cursiva en EdA.

[46] *Ídem.*

fin al polvo que había sido su primera alucinación de amor y palabras y fecundaciones y era Librado Ibarra que sólo cumplió su vida y un anciano de bigote amarillo que añoraba los palacios porfirianos y era Gladys García en su oración inconsciente de la felicidad mínima, y eran Beto, el Fifo[47] y el Tuno[48] y doña Serena y también los cadáveres gratuitos y las muertes irracionales de Manuel Zamacona y Gabriel y era una familia que dejaba todos sus ahorros en una vacación acapulqueña y Feliciano Sánchez muerto sobre un llanto de plomo y Pimpinela de Ovando y era, por fin, su propia voz, la voz de Ixca Cienfuegos.

LA REGIÓN MÁS TRANSPARENTE DEL AIRE[49]

Dueños de la noche, porque en ella soñamos; dueños de la vida, porque sabemos que no hay sino un largo fracaso que se cumple en prepararla y gastarla para el fin; corazón de corolas, te abriste: sólo tú no necesitas hablar: todo menos la voz nos habla. No tienes memoria, porque todo vive al mismo tiempo; tus partos son tan largos como el sol, tan breves como los gajos de un reloj frutal: has aprendido a nacer a diario, para darte cuenta de tu muerte nocturna: ¿cómo entenderías una cosa sin la otra? ¿cómo entenderías a un héroe vivo? el cuchillo de jade es largo, y la noche te lo entregó con una boca sangrante y desdentada, ¿cómo puedes rechazar las súplicas de la noche, que son los ruegos de tu imagen? largo es el cuchillo, cercanos los corazones, pronto el sacrificio que otorgas sin caridad, sin furia, veloz y negro, porque te lo pides a ti mismo, porque tú quisieras ser ese pecho herido, ese corazón levantado —mátalo en la primavera de resurrecciones, la primavera eterna que no te permite contar las canas, las otras caricias, las señales, los tránsitos; mata a ése, igual a sí mismo, que eres tú, mátalo antes de que pueda hablar porque el día que oigas su voz no lo podrás resistir, sentirás odio y vergüenza y querrás vivir para él, que no eres tú, que no tienes nombre: mátalo y creerás en él, mátalo y tendrás tu héroe: acerca, acerca el fuego a sus pies para que la carne ascienda hasta el polvo y tus restos vuelen sobre el valle, exactos sobre el meridiano de los nombres, nombres

---

[47] *Ídem.*
[48] *Ídem.*
[49] Epígrafe de Alfonso Reyes (cfr. nota 37 de la primera parte de LRT).

densos y graves, nombres que se pueden amasar en oro y sangre, nombres redondos y filosos como la luz del pico de la estrella, nombres embalsamados de pluma, nombres que gotean los poros de tu única máscara, la máscara[50] de tu anonimato: la piel del rostro sobre la piel del rostro, mil rostros una máscara Acamapichtli[51], Cortés, Sor Juana, Itzcóatl, Juárez, Tezozómoc, Gante, Ilhuicamina, Madero, Felipe Ángeles, Morones, Cárdenas, Calles, Obregón, Comonfort, Alzate, Santa Anna, Motolinia, Alemán, Limantour, Chimalpopoca, Velasco, Hidalgo, Iturrigaray, Alvarado, Gutiérrez Nájera, Pánfilo de Narváez, Gutierre de Cetina, Tetlepanquetzal, Porfirio Díaz, Santos Degollado, Leona Vicario, Morelos, Calleja del Rey, Lerdo de Tejada, Moctezuma, Justo Sierra, Amado Nervo, Zumárraga, Xicoténcatl, Bazaine, Axayácatl, Malinche, Zapata, O'Donojú, Genovevo de la O, Winfield Scott, Allende, Abasolo, Aldama, Revillagigedo, Ruiz de Alarcón, Vasconcelos, Carlota, Fernández de Lizardi, Escobedo, Riva Palacio, Sóstenes Rocha, Zachary Taylor, Gómez Farías, Linati, Posada, Forey, Huitzilíhuitl, Vanegas Arroyo, Tolsá, Sahagún, Pancho Villa, Antonio de Mendoza, Sigüenza y Góngora, Fernández de Eslava, Echave, Díaz Mirón, Bernardo de Balbuena, Servando Teresa de Mier, Nezahualpilli, Mina, Antonio Caso, Juan Escutia, Lupe Vélez, Cervantes de Salazar, Carranza, Vasco de Quiroga, Xavier Villaurrutia, Ávila Camacho, González Ortega, Nezahualcóyotl, Cantinflas, Labastida, Maximiliano de Habsburgo, Quintana Roo, Iturbide, Emilio Rabasa, Eulalio Gutiérrez, Anaya, Miramón, Ignacio Vallarta, Roberto Soto, José Clemente Orozco, Bernal Díaz del Castillo, Juan Álvarez, Guadalupe Victoria, Victoriano Huerta, Bustamante, Andrés de Tapia, Ignacio Ramírez, Niño de Guzmán, Juan Diego, Cuauhtémoc, Altamirano, Pino Suárez, Abad y Queipo, Manuel Acuña, Otilio Montaño, Nicolás Bravo, Tizoc y tú sin tu nombre, tú que fuiste marcado con el hierro rojo, tú que enterraste el ombligo de tu hijo con las flechas rojas, tú que fuiste el bienamado del

---

[50] La preocupación por la identidad del mexicano, una de las más constantes en Carlos Fuentes, se tradujo en la figuración de un ente enmascarado durante y por el curso de la historia. Las máscaras han sido para el autor, tanto motivo de crítica como material para su obra (cfr. mi libro *Los disfraces: la obra mestiza de Carlos Fuentes,* México, El Colegio de México, 1981).

[51] Este personaje y los que LRT nombra enseguida aparecen en MPH.

espejo nocturno, tú que metiste las uñas en la tierra seca y exprimiste el maguey, tú que lloraste en el altar de los monstruos
del crepúsculo, tú que fuiste el juez y el sacerdote, y el nombrado flor de turquesa del maíz, tú que tomaste el sexo de tu mujer
bajo el signo del mono, tú que danzaste estrangulado por las
flautas, tú que hiciste el viaje del perro colorado, tú, tú mismo
que viste la agonía del sol resurrecto, tú que señalaste el camino, tú que caíste acribillado en la laguna, tú que lloraste la orfandad y la derrota, tú que diste a luz un nuevo hijo con dos
ombligos, tú que pintaste el ángel solferino y esculpiste el dios
espinoso, tú que sembraste la caña, tú que olvidaste tus signos,
tú que rezaste entre cirios, tú que te quedaste sin lengua, tú
que acarreaste el fardo, tú que labraste en el hambre, tú que levantaste un palo y una piedra, tú, el decapitado sin nombre,
tú, el de la picota, tú, y tú, el que no tuvo parque, tú el que nació sin recuerdos, tú que te alojaste en las bayonetas, tú que
volviste a caer labrado de plomo, tú que caminaste descalzo con
un fusil oxidado, tú que cantaste aquellos nombres, tú que te
vestiste de papel de china y cartón de colores, tú que enciendes
los petardos, tú que vendes los billetes y las aguas frescas, tú
que voceas los periódicos y duermes en el suelo, tú que te pones
hojas de tila en las sienes, tú que te amarras a la frente el fardo,
tú que gritas los pescados y las legumbres, tú que arrastras los
pies en el cabaret y corres por las calles con la boca abierta a
ver si te cae una palabra, tú que corres lejos a cruzar el río
granizado de plomo y a arrancar las naranjas vecinas, tú, tú
tameme[52], que no supiste ni cuándo, que sientes a los hijos salir
chupados y negros, que buscas qué comer, que duermes en los
portales, que viajas de mosca en los camiones, que no sabes hablar de dolor, tú que nada más te aguantas, tú que esperas en
cuclillas, tú que ya sientes las ganas, tú que te quedaste solo en
una barriada donde hay que defenderse, tú que no tienes zapatos, que te llenas de fritangas y aguardiente, tú que te fuiste y llegaste y te volviste a ir sin que nadie pronunciara la palabra de
bienvenida o de adiós, tú que te pusiste a contar lo que faltaba,
tú que te sentaste a tejer las sillas de paja, tú que tocas la guitarra por unos centavos, tú que eres ciego y suenas un silbato al
cruzar las calles, tú que los domingos te pintarrajeas y te compras un rebozo morado, tú que traes un manojo de hierbas a

---

[52] *tameme:* cargador (RVP). Los tamemes fueron el medio de
transporte y comunicación durante el imperio azteca; transportaban
mercancías y tributos.

vender a la plaza, tú que esperas la llegada del hombre sobre
un catre de hierro, tú que sales a escarbar los basureros y a recoger las colillas, tú que nomás no das una[53], tú que te la pelan, tú que se las mientas, tú que juegas rayuela, tú que te mo-
riste de viruela loca, tú que fuiste a quemar Judas[54], tú que te
quedaste a rezarle a la Virgen, tú que te dejaste apachurrar por
un tranvía, tú que te diste de cates en la esquina, tú que ya no
amaneciste, tú que estiraste la pata, tú que fuiste a empeñar tu
mesa, tú que colocas los ladrillos y truenas cohetes el día de la
Santa Cruz[55], tú que te vas de rodillas a la Basílica, tú que hin-
chas los labios y chiflas en la Arena México, tú que manejas un
libre, tú que llegas y te encuentras a un chamaco muerto, tú
que comes chicharrón y garnachas, tamarindo y mamey magu-
llado, sopes y frijoles refritos, quesadillas de flor[56] y gusanos de
maguey, carnitas y pozole, ponches de granada y mangos de
Manila, sandías ennegrecidas, salsa de pipián y cajeta quemada, pulque curado y chilaquiles[57], chirimoya y guanábana[58],
dulces fríos de cristal[59] y jamoncillo tricolor[60], tú que te pones
un overol azul y un sombrero de petate y una camisola de rayas
y medias caladas y calzón de manta y un chal de estambre y
cinturones con hebilla de plata y anillos con la piedra del sol y
aguamarinas rosa y chamarras de mezclilla y tú que no te
rajas[61] y tú que me la mamas[62]
y en el centro vacío mi corazón que delira
y en la otra orilla ustedes que esperan el bienestar y la fama

---

[53] *no dar una:* fracasar en todo.

[54] El Jueves de Corpus se queman los muñecos de cartón llamados Judas (cfr. nota 743 de la segunda parte de LRT).

[55] En su fiesta, el Día de la Santa Cruz, los albañiles colocan
una cruz adornada con flores, en el edificio, casa, etc., que construyen y organizan una fiesta.

[56] *quesadillas de flor:* tortillas dobladas por la mitad y rellenas
con un guiso de flores del calabacín.

[57] *chilaquiles:* guiso de trozos de tortilla con salsa picante.

[58] La *chirimoya* y la *guanábana* son plantas de la familia de las
anonáceas; sus frutos, muy parecidos entre sí, tienen la pulpa de
color crema.

[59] *dulces fríos de cristal:* jelatinas de colores espolvoreadas de
azúcar y con forma de fruta (rebanada de naranja, limón, sandía).

[60] *jamoncillo tricolor:* dulce de leche en forma de pan y teñido
con los colores de la bandera mexicana.

[61] *que no te rajas:* que no te acobardas.

[62] *mamar:* ingerir bebidas alcohólicas; efectuar el acto sexual con
la boca; cometer tontería o necedad (TPM).

—yo, nosotros, ustedes, nunca tú, nunca el tercero— y ustedes que burlaron el azar para no ser tú, ustedes que pudieron haber sido ¡bastaba un sol[63], un parto! el mismo tameme, el mismo suplicante, pero ustedes que fueron los contados, los elegidos del reino de la tuna: ustedes que viajan y van y vienen y poseen un nombre y un destino claro y ustedes que suben y bajan y ustedes las hormigas y ustedes que construyen carreteras y altos hornos y sociedades anónimas y consorcios industriales y comparten su consejo de administración con míster aquiteinvierto y míster acálastortas[64] y ustedes que del jockey[65] al versalles[66] al amba[67] al focolare[68] al club de yates al penthouse[69] de don lalamemelculo a la hacienda de don pintaviolines y ustedes que se barnizan la cara y se joden a maxfactor y se arreglan las chichis y ustedes con su pompón y su poodle[70] y ustedes que recibieron su corte de brístol y ustedes que se treparon a un alfarromeo platinado con entorchados de cromo y respaldos de cuero oloroso a reses sacrificadas y ustedes con su barrera de primera fila y ustedes que son amigos del zar del azufre y la reina del bebop[71] y ustedes que son tratados con respeto, que guardan sus distancias, y ustedes que ancho es el mundo y ustedes con bidet[72] y lociones y ustedes que tienen su nombre su nombre, y fícole y fúcole y sus antepasados ¡Lo Cortés no quita lo Cuauhtémoc![73] ¡Jijos de Ruiz de Alarcón![74]. ¡Don Asusórdenes y doña Estaessucasa, Míster Besosuspiés[75] y Miss Damelasnalgas: no hay cuidado, se lo ruego, usted primero, sufragioefectivo, norreelección![76].

---

[63] Alusión al quinto sol que, según las profecías míticas, habría de ser el último del mundo azteca (cfr. nota 23 de la primera parte de LRT).

[64] *acálastortas:* acá las tortas: el todopoderoso [fanfarronada].

[65] Cursiva en EdA.

[66] Se refiere al cine Versalles.

[67] Se trata del restaurante Ambassadeurs.

[68] Cursiva en EdA. Se trata del restaurante y sala de fiestas.

[69] Cursiva en EdA.

[70] *Ídem.*

[71] *Ídem.*

[72] *Ídem.*

[73] Variante de la frase: «lo cortés no quita lo valiente.»

[74] Variante de la frase: «jijos de la chingada.»

[75] Carlos Fuentes critica con frecuencia la cortesía retórica del mexicano. Aquí juega con las frases típicas y huecas del saludo en sociedad.

[76] «Sufragio efectivo, no reelección» es el lema gubernamental que se imprime en los documentos oficiales.

Y soñamos el discurso, y las palabras se nos quedaron en la punta de un puñal, en la carcajada de un cohete: él dijo mi nariz brilla de lejos como la luna, mi trono es de plata y la faz de la tierra se ilumina cuando salgo frente a mi trono y le contestaron de las casas sobre las pirámides, de la mansión de los peces llegaron las mazorcas amarillas y las mazorcas blancas pero en la noche cuando se apagan los tubos neón y los cuerpos se aprietan contra los perros y se busca el rincón de un nicho para dormir cubierto de lonas y periódicos otra vez nos dice míranos, escúchanos, no nos dejes, no nos desampares, danos nuestra descendencia, antiguo secreto, antigua ocultadora, abuela del alba y su doble les contesta ¡serán esclavas las palabras esclavos los árboles esclavas las piedras! pero entonces tenía una boca en cada articulación y con todas mordían, entonces cuando nacía el niño la madre agonizaba y el niño tenía la ventura de que lo criaran las serpientes y de que las cuatrocientas liebres se llevaran los huesos sagrados de la madre: esto decían las voces y se pasaban las palabras de aire en aire y las palabras eran un escudo de plumas de águila, palabras de dardo de turquesa y se sabe que la madre posee un rostro con máscara y los niños pueden ir bajo su signo a tremolar flores en el lugar del humo y todas las voces cantan a la vez, se escuchan sobre los montes y en las alas del colibrí, en las garras del tigre y en la piedra labrada; cantan las barcas ensartadas como esmeraldas a la laguna, cantan los peldaños de piedra y las cabelleras de aceite que no venimos a vivir, que venimos a dormir, que venimos a soñar, cantan todas las voces a un tiempo pero un águila les comió la lengua, y la piedra se ennegreció de fuego, y sonaron las cornetas y gritos y silbos y se levantaron los penachos y divisas de oro por última vez sobre la ciudad, muerte de falo erecto, muerte de alarido mudo, y entonces fue el tiempo de la viruela y de la pestilencia, y de arrancar el oro a las sepulturas, y el tiempo de huir al monte y buscar el signo silvestre y el tiempo de bajar a la mina y ponerse el hierro en los labios mientras otros vestían el jubón y el sayo y la chupa y eran otros los que andaban pobres y descalzos y conversaban mansamente: he aquí que la medalla se vuelca y el troquel es de arrieros y cachopines, clérigos y pleitantes, y festones y frisos de oro estriados: he aquí el emporio de Cambray y Scita, Macón y Java, y el emporio de relaciones y plegarias, romerías y sermones, regocijos, bizarrías, jaeces, escarches, bordaduras, fiscales, relatores, ediles, canciller (resguardo inútil para el hado), alcahuete de haraganes, el que tiraba la jábega en Sanlúcar y un cucurucho negro: simulador

confidente, relapso, dogmatista y luego la empresa eternamente
memorable
porque el anciano[77] sólo quería libertad para los esclavos
porque el rayo —sitiado entre águilas— sólo quería el mejor
arreglo y felicidad interior
porque sólo fueron dos cabezas paseadas entre la burla de la
tropa y expuestas en una lanza roja: canas teñidas, y el rostro
de cuero con las sienes apretadas[78], amortajadas por el paño
blanco desde la primera espada
porque las castas se hallaban infamadas por derecho y porque eran tributarios y se hallaban en el mayor abatimiento y de-
gradación y el favor de las leyes les aprovechaba poco[79] y han de
dividirse las tierras realengas (no son mis palabras, es mi hambre de corazón)
porque veis este anciano respetable, es mi padre, y la patria es
primero[80], porque las victorias no son de las cabezas paseadas
en una lanza, porque las victorias son de las cabezas de laurel[81] y del que las cortes del imperio designaren y de los primeros hombres del imperio por sus destinos, por sus fortunas,
representación y concepto y el producto total del diezmo eclesiás-
tico y 1593 fincas de regulares del sexo femenino y bienes raíces
de las obras pías y limosnas y obvenciones anuales que reciben
los regulares de ambos sexos y primicias que se pagan en 1204
curatos y el valor material de la colegiata de Guadalupe incluso
los retablos, pinturas, campanas, ornamentos, mármoles y todos los adornos y los vasos ciriales cruces blandones incensarios y

---

[77] Miguel Hidalgo y Costilla (véase en MPH).
[78] Se trata de Miguel Hidalgo y Costilla y de José María Morelos
y Pavón (véase en MPH).
[79] El 6 de diciembre de 1810, Miguel Hidalgo y Costilla decretó
la abolición de la esclavitud en México. El 5 de octubre de 1813,
José María Morelos y Pavón volvió a decretar en contra de la esclavitud y ordenó que se diera libertad a los esclavos. Durante la colonia, las castas en la Nueva España habían tenido extensas clasi-
ficaciones raciales para calificar cualquier matiz étnico o diferencias
exteriores.
[80] Se trata de Vicente Guerrero, quien pronunció esas célebres palabras como respuesta al intento de sometimiento del virrey Juan
Ruiz de Apodaca, por medio de la influencia de su padre.
[81] La oligarquía criolla, el alto clero y el ejército dieron un giro
al movimiento independentista que se desligó de los ideales de Miguel
Hidalgo y Costilla y José María Morelos y Pavón, cuando Agustín
de Iturbide cobró importancia. Así, los primeros fueron los receptores
del poder que Agustín de Iturbide se había encargado de asegurarles.

el valor de las alhajas en pedrería perlas oro y plata en los expresados templos porque ya es la noche de mayo de 1822[82] y Doña Nicolasita[83] se ha convertido en Princesa y los demás en Ujieres de Palacio y Gentileshombres de Cámara con ejercicio porque el anciano sólo quería libertad para los esclavos y las tierras para las comunidades de los naturales (no son mis palabras, es mi hambre de corazón)

porque el gallero[84] proclama adhesión absoluta al federalismo, al progreso, a la libertad, a todos los conceptos abstractos que la moral del siglo impone como banderas en la lucha social y es el supremo redentor de México: religión y fueros, ochocientos pesos para los pasteles[85], y Monsieur Remontel, y un párroco que cabalga a enterrar la pierna[86]: que no me nieguen el único título que quiero donar a mis hijos: el de buen mexicano[87], y Mr. Poinsett[88], los escoceses y los yorquinos[89], *El Sol* y *El Correo de la Federación*[90] y los puros y los moderados[91]

---

[82] La noche del 18 de mayo de 1822. De Iturbide fue proclamado emperador.

[83] Una hermana de Agustín de Iturbide.

[84] Se trata de Antonio López de Santa Anna (véase en MPH), quien se dedicó a la cría de gallos de pelea (a la ganadería y agricultura), durante uno de sus retiros de la vida pública.

[85] Referencia a la llamada «Guerra de los pasteles» (la primera que México tuvo con Francia), cuyo nombre proviene de las reclamaciones de los comerciantes franceses, por pérdidas económicas debido a los trastornos políticos del país.

[86] Antonio López de Santa Anna comandó las tropas mexicanas que se enfrentaron a las francesas en la «Guerra de los pasteles». En un encuentro fue herido y le fue amputada la pierna izquierda (que enterró con honores el cura párroco de Veracruz; la pierna fue trasladada a la ciudad de México para depositarla en un monumento. El pueblo sacó la pierna y la arrastró por las calles de la ciudad).

[87] Palabras de Antonio López de Santa Anna. Fragmentos de un parte que lanzó al perder la pierna y creer que iba a morir.

[88] Joel R. Poinsett. Ministro plenipotenciario de los Estados Unidos, enviado a México (1822) para observar la situación del país al concluir la guerra de la Independencia. Fue uno de los encargados de manifestar el deseo de su gobierno de comprar Texas. V. Guerrero le pidió que se retirara de México.

[89] *escoceses* y *yorquinos* fueron logias masónicas con gran injerencia política.

[90] *Federación:* órgano de expresión de los centralistas que intentaban crear una república centralista (mientras que los federalistas pugnaban por una república federal).

[91] Liberales, puros, evolucionistas, moderados: partidos políticos a mediados del siglo XIX.

y Barradas[92] y Gómez Farías[93] y el cólera morbo[94]
Old Zack's[95] at Monterrey Bring on your Santa Anne[96] For
every Time we lift a gun Down goes a Mexicanner[97] barrancas
pardas de Buenavista chaparral que ciñes el Cerro Gordo[98]
campanas mudas de Puebla[99] y por fin El Ayuntamiento de
México protesta del modo más solemne a nombre de sus comi-
tentes, ante la faz del mundo y del general en jefe del ejército
norte-americano[100], que si los azares de la guerra han puesto a
la ciudad en poder de los Estados Unidos del Norte, nunca es
su ánimo someterse voluntariamente a ningún jefe, persona ni
autoridad, sino a las que emanan de la Constitución Federal
sancionada por el gobierno de la República Mexicana, sea cual
fuere el tiempo que de hecho dure la dominación extraña: El
capitán Roberts del regimiento de Rifleros, que había mandado
la cabeza de la columna de asalto en Chapultepec en todas las
operaciones del 13, fue designado por mí para enarbolar la bandera estrellada de nuestro país en el palacio nacional; la bande-

---

[92] El brigadier español Isidro Barradas, quien intentó la reconquista de México, en 1829, con 3.000 hombres (véase López de Santa
Anna, Antonio, en MPH).

[93] Véase Gómez Farías, Valentín, en MPH.

[94] Además de los disturbios políticos que México vivió durante
la etapa de consolidación como país independiente, hubo varios acontecimientos más que impactaron la vida de sus habitantes: la bancarrota económica; epidemias de cólera morbo, tifus y viruela (frecuentes y terribles, causaron enorme mortandad; h. 1830); el cometa
Halley.

[95] Se trata de Zacarías Taylor (véase en MPH), que hizo ca-
pitular Monterrey en la invasión norteamericana (1846).

[96] Antonio López de Santa Anna (desterrado en Cuba al principio
de la guerra con los Estados Unidos) obtuvo permiso de cruzar el
bloqueo de los norteamericanos, debido a la certeza de los atacan-
tes de poder comprar sus servicios. Sorpresivamente, el general se
unió a la defensa mexicana (sin embargo, su comportamiento mereció siempre sospechas justificadas de traición).

[97] Cursiva en EdA desde «Old Zack's...».

[98] Antonio López de Santa Anna fue vencido en Cerro Gordo
el 18 de abril de 1847. Este triunfo de los invasores allanó el camino hacia la capital de la República (que siguieron la misma ruta
de Hernán Cortés).

[99] Winfield Scott (véase en MPH) esperó en Puebla, durante tres
meses, refuerzos para organizar la marcha hacia la ciudad de México
y se congració con el clero, por respetar las costumbres e instituciones
religiosas.

[100] Dice norteamericano en EdA.

ra, primera insignia extraña que había ondeado sobre este edificio desde la conquista de Cortés, fue desplegada con entusiasmo por todas mis tropas; el palacio, que se había llenado ya de ladrones y rateros, fue puesto a cargo del teniente coronel Watson y de su batallón de Marinos

porque Mr. Lane ya está en la Mesilla[101] y Raouset de Bourbon[102] en Guaymas y Su Alteza Serenísima[103] decreta las ocasiones en que pueden usar bastón los Consejeros de Estado y un reglamento establece que únicamente los miembros del gabinete pueden vestir de amarillo a sus lacayos y los barcos llegan cargados con cajones de la Orden de Guadalupe[104] y se compran y venden Gubernaturas y Comandancias y los polkos siguen bailando[105] y ya hay quienes prestan sobre los bienes del clero y después se los guardan y entonces son otra vez los rostros oscuros y las banderas manchadas y las palabras mudas y los ojos brillantes de Ayutla[106]: se ha corrido el telón sobre el

---

[101] El general William Car Lane, gobernador de Nuevo México, declaró que el territorio de La Mesilla era propiedad de los Estados Unidos (1853). Con esa justificación, ocupó esa región y México sufrió la pérdida de otra parte de su territorio (véase López de Santa Anna, Antonio de).

[102] Dice Raousset-Boulbon, en EdA. Gastón Rousset de Boulbón fue un aventurero francés que pactó con la casa Jecker de la Torre y Cía. para apoderarse del Estado de Sonora. Con un grupo de franceses, desembarcó dos veces en Guaymas. En la primera ocasión, proclamó la independencia de Sonora. El 13 de julio de 1854, fue vencido; en agosto, después de un consejo de guerra, fue fusilado.

[103] Véase López de Santa Anna, Antonio, en MPH.

[104] Antonio López de Santa Anna exhumó la «Distinguida Orden Mexicana de Guadalupe» (1853), la cual había sido creada en el Primer Imperio (véase Iturbide, Agustín de, en MPH) y se nombró el Gran Maestro de la Orden y su Jefe Supremo.

[105] Los polkos formaron un grupo contra el gobierno durante la ocupación norteamericana (1847). Su rebeldía la originó el decreto de Valentín Gómez Farías a favor de la expropiación de los bienes de la Iglesia (para financiar la guerra); los polkos exigían la derogación de la ley y el retorno al poder de Santa Anna. El nombre viene de la imagen que dieron al pueblo, la cual los ligaba al presidente del país invasor (James K. Polk), y por la afición de las clases acomodadas (a las que pertenecía el grupo) por bailar la polka.

[106] La dictadura de Antonio López de Santa Anna provocó gradualmente el disgusto de todos los grupos políticos. En la rebelión de Ayutla puede verse el momento culminante de numerosos conflictos. El Plan de Ayutla, proclamado el 10 de mayo de 1854, des-

carnaval, pero antes deben pagarse sus galas: en Tacubaya y sobre las cabezas de Ocampo y Santos Degollado y entre las garras de Márquez[107] mientras las palabras se iban hundiendo en la tierra seca de costras pardas a esperar entren al dominio de la Nación todos los bienes del clero habrá perfecta independencia entre los negocios del Estado y los puramente eclesiásticos[108]. Se convoca a un Congreso Extraordinario para que constituya libremente a la nación bajo la forma de república democrática representativa mientras otras palabras se hincaban ante el trono[109]. La corona imperial de México (non te fidare)[110] se ofrece a Su Alteza Imperial y Real (torna al castello) el Príncipe Fernando Maximiliano[111] (trono putrido di Montezuma) para sí y para sus descendientes (nappo galico pieno d'espuma) y el indio de Guelatao[112] con la capa negra y el alto sombrero negro recorre en la carroza negra la tierra aplanada por la sequía y la pólvora, los desiertos de espina verde, las montañas de puño cerado mientras en Chapultepec se decide que el Limosnero Mayor no dirigirá nunca, por ningún motivo, la palabra a los Emperadores en la Capilla[113] y se decide que el Director de la Música de la Cámara le presente al Emperador para su aprobación los ajustes eventuales de artistas y se decide que habrá en la Ca-

---

pojaba al gobernante del poder ejecutivo (véase Comonfort, Ignacio, en MPH).

[107] El general conservador Leonardo Márquez («El Tigre de Tacubaya») derrotó a Santos Degollado en las lomas de Tacubaya y se extralimitó sanguinariamente con los prisioneros (allí surgió su sobrenombre).

[108] Cuando triunfó la revolución de Reforma (1 de enero de 1861), se solucionaron las tensiones y los conflictos entre los partidos por medio de la separación definitiva del Estado y la Iglesia.

[109] Un objetivo de los conservadores, en el siglo XIX, fue reemplazar la República por una monarquía. Esta ambición la expresó públicamente José María Gutiérrez de Estrada en su carta abierta al presidente Anastasio Bustamante (1840). Antonio López de Santa Anna retomó la idea y buscó contacto con Gutiérrez (quien estaba exiliado) para que intervinieran en México las casas reales de Londres, París y Madrid.

[110] En cursiva esta cancioncilla italiana, o «presagio», en EdA.

[111] Véase Habsburgo, Fernando Maximiliano de, en MPH.

[112] Se trata de Benito Juárez (véase en MPH).

[113] Aunque profundamente interesada en cuestiones políticas, la emperatriz Carlota también se ocupó del protocolo en palacio (Chapultepec) y dedicó mucho tiempo a reglamentar las normas de etiqueta.

sa Imperial el Gran servicio de honor y el pequeño servicio de honor y el Servicio de Campo y se decide que durante la entrega de la birreta a los Cardenales las damas de honor y de palacio vestirán escotado, con la Banda de San Carlos y la cifra de la Emperatriz y se decide que el río anónimo manche los paredones blancos a lo largo de las Tierras Calientes y la meseta polvosa, que los cuerpos sigan cayendo bajo la metralla de Bazaine y Dupin, que el gran lago de sangre de México no se seque, no se seque jamás, único río eterno, única humedad floreciente bajo el sol furioso, pero también se decide que (en lo hondo de su pecho[114]) el luto Nacional no se lleve más que (ya sienten la derrota) por la muerte de los Emperadores de México (adiós mamá Carlota) durante este tiempo (adiós mi tierno amor) las oficinas de la Corte sellarán sus comunicaciones con lacre negro y ella ya sabe que ¡no debí haber deshonrado la sangre de los Borbones humillándome ante un Bonaparte aventurero![115] y él cree saber que ¡continuaré al mando del timón hasta que la última gota de mi sangre sea derramada en defensa de la nación![116]: el valiente general Márquez[117], el galante general Miramón, el intrépido general Mejía[118], el patriótico general Vidaurri[119], en frente los veinticinco mil hombres sin nombre que marchan por las orillas del río San Juan y cierran el círculo sobre Querétaro abandonaste esos países envidiables donde en unión de tu Carlota allá vivías, tú que viniste a desafiar al indio Juárez siendo a la vez que a tu nación no la ofendía son las siete

---

[114] Entre paréntesis, una estrofa de la canción *Adiós a mamá Carlota,* compuesta por el pueblo, a raíz del viaje de la emperatriz a Europa.

[115] Palabras de la emperatriz Carlota Amalia (véase en MPH).

[116] Palabras del emperador Fernando Maximiliano de Habsburgo.

[117] Véase nota 107. L. Márquez fue miembro de la comitiva que siguió a Maximiliano; en Querétaro, el emperador lo nombró Jefe del Estado Mayor. Se propuso romper el sitio de Querétaro y salió en busca de ayuda hacia la ciudad de México; sin embargo, su deserción fue el resultado de esa empresa. Porfirio Díaz lo derrotó en Puebla (el 22 de abril de 1867, pocos días después de dejar la ciudad sitiada) y, ante este fracaso, Márquez decidió abandonar al emperador (se ocultó en la ciudad de México y salió al extranjero, cuando se calmaron las cosas).

[118] Miguel Miramón y Tomás Mejía fueron los militares que murieron al lado de Maximiliano (véase en MPH).

[119] Este militar acompañó a L. Márquez en su escapatoria de Querétaro.

y cinco minutos de la mañana del día 19 de julio de 1857[120] tal
fue el análisis de un hijo de la Europa, y que después de cumplir tan sangrientos dramas, y que la Historia nunca borrará en
sus hojas, el memorable gran cerro de las Campanas y era el
criado que corría a apagar las llamas, causadas por el tiro de
gracia, que incendiaban la levita en vano fue tu noble esposa
hasta París, a recibir sólo un desdén de Napoleón, en vano fue
hasta el Vaticano la infeliz, sólo a perder del pensamiento la impresión[121] y después sólo era el cadáver embalsamado con los
ojos negros de una virgen queretana, lampiño después de una
inmersión en tanques de arsénico, ennegrecido por las inyeccio-
nes de cloruro de zinc[122], que sube a la cubierta del Novara[123]
y el rostro impasible vuelve a hablar Mexicanos: el gobierno nacional vuelve hoy a establecer su residencia en la ciudad de México Mexicanos[124]. Encaminemos ahora todos nuestros esfuerzos a obtener y a considerar los beneficios de la paz[125]. La paz
era el deseo verdadero del país, el anhelo del pueblo mexicano
de un extremo al otro de la República, desde las puertas de la
profesa[126] hasta la esquina de Jockey Club[127], la paz era des-

---

[120] EdA corrigió parcialmente la errata. [El 19 de junio de 1867
es la fecha correcta del fusilamiento de Fernando Maximiliano de
Habsburgo]. Dice: «... del día diecinueve de julio de mil ochocientos
sesenta y siete...», en EdA.
[121] Carlota Amalia se trasladó a París para obtener de Napoleón
la ayuda militar necesaria, pero no pudo convencerlo (se negó rotun-
damente —1866—). En Roma, la emperatriz pretendió que el Papa
aprobara el Concordato (para lograr el apoyo de los conservadores
mexicanos). Ante el Sumo Pontífice, en la emperatriz surgen las per-
turbaciones psicológicas que la mantendrían varias décadas en reclusión (septiembre de 1866). La locura de Carlota (tenía la obsesión de
que el emperador francés pretendía eliminarla) le impidió regresar a
México y, hasta su muerte, permaneció en el castillo de Bouchop
(Bélgica).
[122] Con esta alusión, se sugiere que el sentido de la muerte de
Maximiliano fue convertirlo en mexicano (en cierto modo ese fue
el deseo del austríaco), pues el aspecto de su cadáver lo asemejó a
un nativo (Maximiliano era rubio, de tez blanca y ojos azules).
[123] Fragata austríaca. La misma que condujo a Maximiliano y
Carlota desde Europa hasta México.
[124] Dice «... en la ciudad de México mexicanos:...», en EdA.
[125] Tarea general del gobierno de Porfirio Díaz (váse en MPH), que
se volvió lema demagógico y justificación a sus acciones dictatoriales.
[126] Dice: «... La Profesa...», en EdA.
[127] «Desde las puertas de La Profesa hasta la esquina del Jockey

558

pués de La Noria[128] y Tuxtepec[129], la paz era Mr. Hearst[130]
y Mr. Pearson[131], la paz era ¡mátalos en caliente![132], era
poca política y mucha administración[133], la paz eran las
tierras de las comunidades divididas entre los latifundis-
tas[134], la paz eran la acordada y los rurales, la paz era la
paz trancazo, el enganchador y el jefe político, la paz era
Belén y el Valle Nacional y Cananea y Río Blanco, la paz eran
El Hijo del Ahuizote[135] y las calaveras engalanadas de Posa-

---

Club»: fragmentos de una poesía del «Duque Job» (véase Gutiérrez
Nájera, Manuel, en MPH).

[128] Plan de la Noria, lanzado por Porfirio Díaz (véase en MPH).

[129] El Plan de Tuxtepec se proclamó contra el presidente Sebastián Lerdo de Tejada y reconocía a Porfirio Díaz como general en
jefe del Ejército Regenerador. A diferencia del Plan de la Noria que
no tuvo consecuencias, el de Tuxtepec culminó con el ascenso de
Porfirio Díaz al poder.

[130] William R. Hearst, multimillonario norteamericano. Propietario
de extensos territorios ganaderos en Chihuahua durante el régimen
de Porfirio Díaz (quien protegió los intereses de Hearst).

[131] Weetman Pearson, británico. Fue empresario del ferrocarril de
Tehuantepec, región de riqueza petrolera. Obtuvo de Porfirio Díaz
la Ley del 24 de diciembre de 1901, que tenía como objeto favore-
cerlo en la explotación de mantos de petróleo. Instaló la refinería de
Minatitlán y organizó la «Compañía de Petróleo El Águila, S. A.».

[132] Frase muy conocida de Porfirio Díaz. Preludio —y concesión—
de la represión gubernamental sangrienta, en Veracruz (en donde se
habían rebelado los cañoneros «Independencia» y «Libertad»). La respuesta telegráfica de Porfirio Díaz al gobernador del Estado, Luis
Mier y Terán, expresaba esas palabras (según otros: «in fraganti fu-
silará a los comprometidos y diezmará la guarnición» —junio de 1879).

[133] Fórmula que sintetiza la concepción de Porfirio Díaz acerca de
las acciones de un gobernante. Implicó que él fuera el único capaz
de guiar sabiamente al país, es decir, las cámaras de diputados y senadores sólo debían aprobar los mandatos presidenciales. La opinión
pública únicamente debía expresar su confianza en la habilidad del
presidente, para preservar la paz y para incrementar la administración.

[134] La historia de México muestra que el país tiene un problema
fundamental en la distribución desigual de la tierra. Ese problema
se agudizó en el Porfiriato. La aplicación irrestricta de las Leyes de
Reforma había diezmado las propiedades comunales campesinas y,
durante el régimen de Porfirio Díaz, las tierras pasaron a manos de
terratenientes. Las rebeliones campesinas y la Revolución se debieron,
en gran parte, al problema agrario.

[135] Periódico que criticó la dictadura de Porfirio Díaz (apareció
desde 1885 hasta 1902). Durante el Porfiriato se publicaron perió-

da[136] y ya lo hemos dicho, el general Díaz desea hacer el mayor bien posible a su patria, siempre que sea compatible con su pertenencia indefinida en el poder: sí estamos aptos para la democracia: el pueblo mexicano no debe fiar sus destinos en manos del general Díaz y debe resolverse a representar el papel que le corresponde en la próxima campaña electoral: ¡escoged! Si queréis el grillete, la miseria, la humillación ante el extranjero, la vida gris del paria envilecido sostened la Dictadura que todo eso os proporciona; si preferís la libertad, el mejoramiento económico, la dignificación de la ciudadanía mexicana, la vida altiva del hombre dueño de sí mismo venid al Partido Liberal que fraterniza con los dignos y los viriles[137]

y el pecho constelado y las grandes cortinas blancas que esconden los labios lineares y la piel de indio polveada y las anchas aletas de saurio altivo[138] se agitan cuando una parvada de palomas vuela alrededor del Castillo de Chapultepec: «Vería con gusto la formación de un partido oposicionista en la República de México»

y todos los hombres y cantos y frases y ordenanzas y batallas y ritos no son sino el recuerdo de mañana, el recuerdo que no quisimos encontrar hoy: es cuando (cometa, si hubieras sabido) el tiempo preñado da a luz todos sus hijos y cada hueso se yergue desde la tierra de lutos y dice su palabra y cae (lo que venías anunciando, nunca hubieras salido): las tumbas y los rostros tienen fuegos rayados entre la sangre, y la memoria (por el cielo relumbrando) es, por fin, la de todos, todos aquí, hoy, todos vivos y adivinándose los unos a los otros como surtidores sobre las ruinas, reconociéndose sobre la tierra cuadriculada de sangre (el veintidós de febrero, fecha de negros pesares) y entre la tormenta de humo y sobre los caballos veloces y los corazones que se dejan beber por la noche y los cañones que se limpian el polvo de la garganta Ciudad Juárez la Ciudadela[139] «los terre-

---

dicos con el nombre de *El Ahuizote, El Nieto del Ahuizote* (del náhuatl *ahuizotl:* nutria).

[136] Véase Posada, Guadalupe, en MPH.

[137] Frases del programa del Partido Liberal Mexicano, que se dio a conocer en Saint Louis Missouri, el 1 de julio de 1906. Sus firmantes y redactores radicaban en Texas y, posteriormente, combatieron con las armas a Porfirio Díaz (Ricardo Flores Magón, Antonio I. Villarreal, Juan Sarabia, Enrique Flores Magón).

[138] La descripción corresponde a Porfirio Díaz.

[139] El 19 de febrero de 1913 estalla el golpe militar en la Ciudadela contra el presidente Francisco I. Madero (véase en MPH).

nos montes y aguas que hayan usurpado los hacendados científicos o caciques entrarán en posesión de los pueblos»[140] Villa se
unió con Urbina[141] y con don Maclovio Herrera[142] con Pereyra[143] y los Arrieta Aguirre[144] y el jefe Contreras «para la organización del ejército encargado de hacer cumplir nuestros propó-
sitos nombramos como primer jefe del ejército que se denomi-
nará constitucionalista»[145] adiós todos mis amigos me despido
con dolor ya no vivan tan engreidos de este mundo traidor[146] el
nombre Emiliano Zapata[147] Hilario Salas Cesáreo Castro Otilio
Montaño Catarino Perdomo Antonio Villarreal Francisco Múgi-
ca Pedro Colorado Eulalio Gutiérrez Cenobio Moreno es el
nombre de todos, de ellos y de los anteriores, el río de tierra que
corre entre el río de voces surgido de una huella del tamaño de
un hombre, de una tumba del tamaño de un hombre, de un
canto del tamaño de un hombre (campanas[148] de Villa Ayala[149]

---

[140] Artículo 6.º del Plan de Ayala (véase Zapata, Emiliano, en
MPH).

[141] Tomás R. Urbina. Militar que se levantó en armas cuando fue
asesinado Francisco I. Madero y organizó las fuerzas de Durango (con
las que se formó el núcleo de la división del Norte, el ejército de Francisco Villa). Murió en 1915, ya distanciado de Francisco Villa, en combate con el general villista, Rodolfo L. Fierro.

[142] Maclovio Herrera Cosío y su hermano Luis fueron precursores
de la Revolución (como Tomás R. Urbina; véase nota anterior). Se separó de Villa por razones personales y militares (fusilamiento de dos
hermanos suyos). Murió por confusión de sus soldados, quienes lo
acribillaron a tiros (1915).

[143] Orestes Pereyra. Militar revolucionario que combatió al lado de
Francisco Villa. Fue fusilado por los constitucionalistas (1915; véase
Carranza, Venustiano, en MPH).

[144] Domingo y Mariano Arrieta. Mineros y arrieros que lucharon
por Francisco I. Madero al lado de Venustiano Carranza. Domingo
combatió al villismo; Mariano provocó dificultades entre Francisco
Villa y Venustiano Carranza.

[145] El Ejército Constitucionalista se formó con las facciones de
Francisco Villa, Emiliano Zapata y Venustiano Carranza (la carrancista se identificó con ese nombre desde 1914). Se organizó para
combatir al gobierno del general Victoriano Huerta (véase en MPH),
al formarse el Plan de Guadalupe (el 26 de marzo de 1913). Su primer
jefe fue Venustiano Carranza.

[146] Fórmula de despedida con la cual concluyen los corridos.

[147] Este personaje y los más relevantes de los que menciona aquí
LRT aparecen en MPH.

[148] En el paréntesis se entreveran versos de varios corridos revolucionarios.

[149] Verso del corrido De la muerte de Emiliano Zapata que, en la

ay Villaldama Chihuahua para sarapes Saltillo camino de Huehuetoca[150] Vicente Cornejo canta en el puente del Naranjo)[151]. sólo la tierra habla, ¡no va más! Las memorias están echadas. Aquí está, por un segundo, fijo, abierto como un balcón de oración en las nubes, el rostro de todos que es el único rostro, la voz de todos: la única voz, de la axila de Puerto Isabel al puntapié de Catoche, de la cadera del Cabo Corrientes a la tetilla del Pánuco, del ombligo de México al costillar de Tarahumara[152] y después el humo desciende, las herraduras duermen cansadas en el llano, las guitarras quiebran el último aire rasgado y se acabaron las pelonas[153] ¡pompas ricas! ¡de colores![154] y es nuevamente la ciudad inflada, en el centro, sin memoria, sapo de yeso plantado de nalgas sobre la tierra seca y el polvo y la laguna olvidada, vino de gas neón, rostro de cemento y asfalto, donde el sexo es un cazador inerme, donde los mataderos de la prostitución trabajan noche y día, cercenando las yugulares de desperdicio y billetes y ordeñando a la luna y perdiendo las huellas: es la Candelaria[155] Pantitlán Damián Carmona Balbuena Democracias Allende Algarín Mártires de Río Blanco Bondojito Tablas Estanzuela Potrero del Llano Letrán Norte Artes Gráfi-

---

siguiente versión, inicia una estrofa: «Campanas de Villa Ayala / ¿por qué tocan tan dolientes? / —Es que ya murió Zapata / y era Zapata un valiente.»

[150] Otro verso del corrido *De la muerte de Emiliano Zapata* («Camino de Huehuetoca / preguntaba así un turpal: / —Caminante, ¿qué se hizo / del famoso caporal?»).

[151] Verso del corido *De la toma de Papantla* («El trovador de la gleba / el ciego de los fandangos / Vicente Cornejo canta / en el puente del Naranjo.»)

[152] La voz abarca el territorio de México al cual descubre con el diseño de un cuerpo humano. Así, «geomorfológicamente», el país aparece como un mexicano (símbolo de todos) con los brazos abiertos. Un brazo se alargaría hasta la Península de la Florida (que no le pertenece), pues la axila de Puerto Isabel se encuentra entre México y los Estados Unidos. Al Oeste, el otro brazo cobra forma con la Península de Baja California. La espalda del hombre descansa sobre el Océano Pacífico y su cadera se dibuja con la parte que penetra más en ese océano. Frontalmente, la tetilla es una prolongación en forma de delta, cuyo vértice rompe el trazo casi circular del Golfo de México. El puntapié lo recibe el Cabo Catoche situado en la Península de Yucatán, en el punto más al noreste de esta región (contrapuesta diagonalmente a la Península de Baja California).

[153] Verso de una canción popular.

[154] *Ídem.*

[155] Barrios de la ciudad de México.

562

cas San Andrés Tetepilco Progreso del Sur Coapa Portales
Atlántida Altavista Polanco Guadalupe Inn Florida Nochebue-
na Américas Unidas Letrán Valle Vértiz Narvarte Eugenia San
Pedro de los Pinos Hidalgo San Miguel Virreyes Jardines del
Pedregal Nueva Anzures Roma Pino Suárez Santa María Barrilaco Popotla Elías Calles Atlampa San José Insurgentes Peralvillo Nacozari Magdalena de las Salinas Héroes de Churubusco
Buenos Aires Juárez San Rafael Lindavista Tepeyac Ignacio
Zaragoza Deportivo Pensil Cuauhtémoc Marte Retorno Si-
fón Coyoacán Tlacopac Oxtopulco San Jerónimo Alfonso XIII
Molino de Rosas Boturini Primero de Mayo Guerrero 20 de Noviembre Jóvenes Revolucionarios Aztecas Lomas de Sotelo México Nuevo y sus cuatro millones [156], es Gabriel puñado de alcantarillas, es Bobó [157] de vahos, es Rosenda de todos nuestros
olvidos, es Gladys García de acantilados carnívoros, es Hortensia Chacón dolor inmóvil, es Librado Ibarra de la brevedad inmensa, es Teódula Moctezuma del sol detenido, del fuego lento, es el Tuno [158] del letargo pícaro, soy yo de los tres ombligos,
es Beto de la risa gualda, es Roberto Régules del hedor torcido,
es Gervasio Pola rígido entre el aire y los gusanos, es Norma Larragoiti de barnices y pedrería, es el Fifo [159] de víscera y cuerdas, es Federico Robles de la derrota violada, es Rodrigo Pola
con el agua al cuello, es Rosa Morales de calcinaciones largas,
son los rostros y las voces otra vez dispersos, otra vez rotos, es la
memoria vuelta a la ceniza, es el bracero que huye y el banquero que fracciona, es el que se salvó solito y el que se salvó con
los demás, es el jefe y es el esclavo, soy yo mismo ante un espejo, imitando la verdad, es el que acepta al mundo como inevitable, es el que reconoce a otro fuera de sí mismo, es el que carga
con los pecados de la tierra, es la ilusión del odio, es el tú eres
del amor, es la primera decisión y la última, es hágase tu voluntad y es hágase mi voluntad, es la soledad apurada antes de la
última pregunta, es el hombre que murió en vano, es el paso de
más, es el águila o sol, es la unidad y la dispersión, es el emblema heráldico, el rito olvidado, la moda impuesta, el águila de-
capitada, la serpiente de polvo: el polvo que huye en constelaciones sobre todos los perfiles de la ciudad, sobre las ilusiones

---

[156] La zona metropolitana de la ciudad de México tiene actualmente
trece millones de habitantes, según los últimos datos del Censo de
1980.

[157] Cursiva en EdA.

[158] *Ídem.*

[159] *Ídem.*

rotas y las conquistadas, sobre las antiguas cimas de penacho y sangre, sobre las cúpulas de cruz y hierro, sobre los palacios del vals y la polka, sobre los altos muros que cubren a la vista las mansiones con piscina y tres automóviles y cuerpos escondidos entre el visón y el diamante, el polvo veloz que acarrea todas las palabras dichas y no dichas

«por lo menos que uno se salve el pellejo; más vale que uno viva solo y no que los cuatro mueran juntos

»nosotros tenemos todos los secretos; sabemos lo que necesita el país, conocemos sus problemas

»sólo le pido a Dios que no me arrebate mi orgullo; es lo único que tengo, que verdaderamente siento mío: mi orgullo

»no hay nada indispensable en México, Rodrigo

»tu padre no tuvo destino: tuvo muerte, desde que nació, muerte para él y los suyos.

»cuando levantas el dedo en clase porque eres el único que sabe la lección, cuando esperas a que otros pasen por la calle para entregar la limosna al mendigo.

»se necesita alquien que envejezca con uno, no crea usted. Todo lo que se puede compartir no se pierde, sino que es como si se tuviera dos veces, ¿no se le hace?

»luego luego a tenerle compasión a uno

»¡qué más diera uno que trabajar bien y ganar lana en México!

»y entonces supimos que también el sol tenía hambre, y que nos alimentaba para que le devolviésemos sus frutos calurosos e hinchados

»ninguno se fue solo; a todos les engalané los huesos

»que yo nomás quiero volverte a calentar la cama una vez más, antes de que ya no me acuerde de tu cara ni de tu cuerpo

»y así nos unieran muerte y parto, parto y muerte siempre

»que yo sí quería participar, que yo sí quería arrancarme a esa losa de derrotas que ellos me heredaron

»vivirnos y morirnos tratando de olvidarlo todo y de nacer de nuevo todos los días sabiendo que todo está vivo y aplastándonos

»¿traes lana?

»hay que cuidar los intereses de la familia financiera

»como para cobrarse de lo que pasó antes, como para decir que todo acaba donde empezó, en ellos y en sus signos, hijo

»se espera sólo lo que no puede volver a suceder, se espera la repetición de dos, tres momentos del principio, el momento antes de un beso, el momento después de un alumbramiento, sí, alguna muerte

564

»piensa que lo tuvieron todo; es como si mañana tú...

»si no se salvan los mexicanos, no se salva nadie

»por cada mexicano que murió en vano, sacrificado, hay un mexicano responsable

»dime, Juan: ¿para qué venimos a dar aquí?

»Tu as de l'esprit, chérie[160]

»si no fuera por los cuates, Beto; si yo te empezara a platicar mis desgracias

»ya cada quien es quien debe ser, tú lo sabes

»condena a esta niña para que yo me salve ejecutando tu voluntad y tu condena, Dios mío

»padre de mi hijo, no tendrás más poder que el que me exprimiste a mí

»era de los nuestros

»no sé; te esperaba tanto»

y sobre el puente de Nonoalco se detiene Gladys García, veloz también dentro del polvo, y enciende el último cigarrillo de la noche y deja caer el cerillo sobre los techos de lámina y respira la madrugada de la ciudad, el vapor de trenes, la somnolencia de la carne, los tufos de gasolina y alcohol y la voz de Ixca Cienfuegos, que corre, con el tumulto silencioso de todos los recuerdos, entre el polvo de la ciudad, quisiera tocar los dedos de Gladys García y decirle, sólo decirle: Aquí nos tocó. Qué le vamos a hacer. En la región más transparente del aire.

---

[160] El francés en cursiva en EdA.

Colección Letras Hispánicas